Charlotte Link

Die
Rosenzüchterin

Roman

GOLDMANN

Umwelthinweis:
Alle bedruckten Materialien dieses Taschenbuches
sind chlorfrei und umweltschonend.

Der Goldmann Verlag ist ein
Unternehmen der Verlagsgruppe Random House GmbH.

Taschenbuchausgabe 10/2002
Copyright © 2000 by Blanvalet Verlag, München, in der
Verlagsgruppe Random House GmbH
Umschlaggestaltung: Design Team München
Umschlagfoto: Mauritius/Pigneter
Satz: Uhl + Massopust, Aalen
Druck: Elsnerdruck, Berlin
Titelnummer: 45283
Lektorat: Silvia Kuttny
BH · Herstellung: Heidrun Nawrot
Made in Germany
ISBN 3-442-45283-X
www.goldmann-verlag.de

5 7 9 10 8 6 4

Prolog

Manchmal konnte sie Rosen einfach nicht mehr sehen. Dann meinte sie, ihre Schönheit nicht länger ertragen zu können, den Anblick ihrer samtigen, bunten Blüten, den Hochmut, mit dem sie sich der Sonne entgegenreckten, als seien die warmen Strahlen nur für sie bestimmt und für niemanden sonst. Rosen konnten empfindlicher sein als die sprichwörtlichen Mimosen; einmal war es ihnen zu naß, dann zu kalt, zu windig oder zu heiß; sie ließen oft aus unerfindlichen Gründen die Köpfe hängen und vermittelten den Eindruck, als schickten sie sich zum Sterben an, und es kostete Mühe, Kraft und Nerven, sie daran zu hindern. Dann wieder, ebenso unerklärbar, bewiesen sie eine unerwartete Zähigkeit, behaupteten sich gegen harsche Witterung und unsachgemäße Behandlung, blühten, dufteten und wuchsen. Sie machten es niemandem leicht, der mit ihnen zu tun hatte.

Ich sollte, dachte sie, auf Rosen nicht so aggressiv reagieren. Das ist albern. Und unangemessen.

Sie hatte vierzig Jahre ihres Lebens der Rosenzucht gewidmet, aber sie hatte nie eine wirklich glückliche Hand für diese Blumen gehabt. Vermutlich lag das daran, daß sie sie nicht mochte und eigentlich immer etwas anderes hatte tun wollen. Ihr waren ein paar einigermaßen interessante Kreuzungen gelungen, Teehybriden vor allem, denn wenn überhaupt, so konnte sie diesem Rosentyp noch am ehesten etwas abgewinnen. Sie vereinten Eleganz mit einer gewissen Härte und Festigkeit – und verkauften sich gut. Irgendwie war es ihr stets gelungen, das Auskommen ihrer kleinen Familie zu sichern, aber oft hatte sie gedacht, daß sie, käme plötzlich eine gute Fee mit einem Goldschatz daher, nie wieder im Leben eine Rose anfassen würde.

Manchmal, wenn sich Beatrice Shaye mit der Erkenntnis konfrontierte, daß sie Rosen weder mochte noch wie eine wirkliche Expertin mit ihnen umzugehen verstand, fragte sie sich, *was* eigentlich ihrem Herzen nahe stand. Sie mußte sich von Zeit zu Zeit vergewissern, daß es da noch etwas gab, denn die Erkenntnis, ihr Leben einer Tätigkeit und einem Objekt gewidmet zu haben, das ihr so wenig Sympathie abringen konnte, stimmte sie manchmal traurig und ließ sie grübelnd nach einem Sinn suchen. Dabei hatte gerade sie sich stets zynisch über Sinnsucher geäußert. Den Sinn des Lebens hatte sie immer mit dem Begriff *Über*leben erklärt – überleben in einer schlichten, undramatischen Bedeutung. Überleben hieß, das Notwendige zu tun: aufstehen, die Arbeit verrichten, die getan werden mußte, essen, trinken, zu Bett gehen und schlafen. Alles andere war schmückendes Beiwerk: der Sherry, der wie helles Gold in den Gläsern funkelte. Musik, die durch den Raum toste, das Herz schneller schlagen und das Blut leichter fließen ließ. Ein Buch, das man nicht mehr aus der Hand legen konnte. Ein Sonnenuntergang über dem Meer, drüben am Pleinmont Tower, der unmittelbar an die Seele rührte. Eine Hundeschnauze, feucht und kalt und stürmisch, im Gesicht. Ein warmer, stiller Sommertag, der nur durchbrochen wurde in seiner Ruhe von den Schreien der Möwen und dem leisen Rauschen der Wellen in der Moulin Huet Bay. Heißer Fels unter nackten Füßen. Der Duft der Lavendelfelder.

Eigentlich stellten diese Dinge die Antwort auf ihre Frage dar: Sie liebte Guernsey, ihre Heimat, die Insel im Ärmelkanal. Sie liebte St. Peter Port, die malerische Hafenstadt an der Ostküste. Sie liebte die Narzissen, die im Frühjahr an allen Wegrändern blühten, liebte die wilde, blaue Hyazinthe, auf die man in den lichtdurchfluteten, hellen Wäldern stieß. Sie liebte den Klippenpfad hoch über dem Meer, besonders den Teil, der vom Pleinmont Point zur Petit Bôt Bay führte. Sie liebte ihr Dorf Le Variouf, liebte ihr steinernes Haus, das ganz hoch am oberen Dorfrand lag. Sie liebte sogar die Wunden der Insel, die häßlichen Wachtürme der ehemaligen Befestigungsanlage, die von den deutschen Besatzern gebaut worden war, das trostlose, in Granit geschlagene »German Underground Hospital«, das die Zwangsarbeiter damals hatten bauen müssen, und die Bahnhöfe, die die Deutschen hatten vergrößern lassen, um das Material zum Bau ihres Westwalls transportieren zu können. Zudem liebte sie manches an dieser Landschaft, auf dieser Insel, was niemand außer ihr sah und hörte: Erinnerungen an Bilder und Stimmen, an Momente, die sich unauslöschlich in ihr Gedächtnis gebrannt hatten. Erinnerungen an über siebzig Jahre Leben, die sie fast ausschließlich hier verbracht hatte. Vielleicht stand einem Menschen nahe, was er sein Leben lang kannte. Ob gut oder schlecht, das Vertraute grub sich seinen Weg in jene Winkel des Herzens, in denen Zuneigung geboren wurde. Irgendwann fragte man nicht mehr, was man gewollt hatte; man betrachtete, was man bekommen hatte. Und fand sich damit ab.

Natürlich dachte sie ab und zu daran, wie ihr Leben in Cambridge ausgesehen hatte. An Abenden wie diesem kam ihr die alte Universitätsstadt in East Anglia besonders häufig in den Sinn. Sie hatte das Gefühl, an die tausend Mal – so wie heute – am Hafen gesessen und Sherry getrunken zu haben, und es war wie ein Sinnbild ihres Lebens – des Lebens, das sie *anstelle* von dem in Cambridge geführt hatte. Auch anstelle eines möglichen Lebens in Frankreich. Wenn sie damals nach dem Krieg mit Julien hätte nach Frankreich gehen können …

Aber wozu, so rief sie sich zur Ordnung, sollte sie lange überlegen? Die Dinge waren so gelaufen, wie sie vielleicht hatten laufen müssen. In jedem Leben, davon war sie überzeugt, wimmelte es von verpaßten Chancen, von versäumten Gelegenheiten. Wer konnte von sich sagen, immer konsequent, zielstrebig und kompromißlos gewesen zu sein?

Sie hatte sich abgefunden mit den Fehlern und Irrtümern ihres Daseins. Sie hatte sie eingeordnet zwischen all die anderen Ereignisse, die ihr widerfahren waren, und in der Menge verloren sie sich ein wenig, wurden unauffällig und blaß. Zeitweise gelang es ihr, sie völlig zu übersehen, manchmal sogar, sie zu vergessen.

In ihrem Verständnis hieß das, daß sie sich abgefunden hatte.

Nur mit den Rosen nicht.

Und nicht mit Helene.

Der Wirt vom *Le Nautique* in St. Peter Port näherte sich dem Tisch am Fenster, an dem die zwei alten Damen saßen.

»Zwei Sherry, wie immer?« fragte er.

Beatrice und ihre Freundin Mae sahen ihn an.

»Zwei Sherry, wie immer«, erwiderte Beatrice, »und zweimal Salat. Avocado mit Orangen.«

»Sehr gerne.« Er zögerte. Er unterhielt sich gerne, und zu dieser frühen Stunde – es war noch nicht einmal sechs Uhr am Abend – hatte sich noch kein anderer Gast ins Restaurant verirrt.

»Es ist schon wieder ein Schiff gestohlen worden«, sagte er mit gedämpfter Stimme, »eine große, weiße Segelyacht. *Heaven Can Wait* heißt sie.« Er schüttelte den Kopf. »Eigenartiger Name, nicht wahr? Aber den wird sie kaum behalten, so wenig wie ihre schöne, weiße Farbe. Wahrscheinlich haben sie sie längst umgespritzt, und sie gehört schon irgendeinem Franzosen drüben auf dem Festland.«

»Diebstähle von Yachten«, sagte Beatrice, »sind so alt wie die Inseln selbst. Es gibt sie und wird sie immer geben. Wen regt das noch wirklich auf?«

»Die Leute dürften ihre Schiffe nicht wochenlang unbeobachtet lassen«, meinte der Wirt. Er nahm einen Aschenbecher vom Nachbartisch, stellte ihn zu den beiden Damen, gleich neben die Vase mit den Rosen, die in dieser Woche den Gastraum schmückten. Er wies auf das kleine, weiße Reservierungsschild. »Ich brauche den Tisch ab neun Uhr.«

»Da sind wir längst weg.«

Das *Le Nautique* lag direkt am Hafen von St. Peter Port, der Hauptstadt der Insel Guernsey, und durch die zwei großen Fenster des Restaurants hatte man einen wunderschönen Blick über die zahllosen Yachten, die dort vor Anker lagen; man hatte sogar den Eindruck, zwischen all den Schiffen zu sitzen und Teil des Lebens und Treibens dort zu sein.

Man konnte vom Restaurant aus die Menschen beobachten, die über die hölzernen Stege schlenderten, konnte Kindern und Hunden beim Spielen zusehen, und man konnte schon ganz weit in der Ferne die großen Dampfer ausmachen, die Ferienreisende vom

Festland brachten. Manchmal glich der Blick dem auf einem Gemälde, bunt und unwirklich. Zu schön, zu vollkommen, wie die Fotografie aus einem Reisekatalog.

Es war Montag, der 30. August, ein Abend voller Wärme und Sonne, und doch schon spürbar vom Nahen des Herbstes geprägt. Die Luft hatte nicht mehr die laue Weichheit des Sommers, sie war nun wie Kristall, kühler und frischer. Der Wind trug einen herben Geruch heran. Die Möwen schossen vom Meer zum Himmel hinauf und wieder zurück, wild schreiend, als wüßten sie, daß Herbststürme und Kälte bevorstanden, daß schwere Nebelfelder über der Insel liegen und das Fliegen beschwerlich machen würden. Der Sommer konnte noch zehn Tage oder zwei Wochen andauern. Dann wäre er unwiderruflich vorbei.

Die beiden Frauen sprachen wenig miteinander. Sie stellten übereinstimmend fest, daß der Salat wie immer ausgezeichnet war und daß nichts über einen schönen Sherry ging, vor allem dann, wenn er, so wie hier, großzügig in hohen Sektgläsern ausgeschenkt wurde. Ansonsten aber fand kaum ein Austausch zwischen ihnen statt. Beide schienen in ihre eigenen Gedanken vertieft.

Mae betrachtete Beatrice eindringlich, was sie sich erlauben konnte, da ihr Gegenüber offensichtlich nichts davon bemerkte. Sie fand, daß sich Beatrice für eine siebzigjährige Frau ganz und gar unangemessen kleidete, aber darüber hatte es zwischen ihnen schon zahllose Diskussionen gegeben, die nicht gefruchtet hatten. Sie lebte in ihren Jeans, bis diese zerschlissen waren, und trug dazu ausgeblichene T-Shirts oder unförmige Pullover, deren einziger Vorteil darin bestand, daß sie ihre Trägerin bei Wind und Wetter warm hielten. Das weiße, lockige Haar band sie meist einfach mit einem Gummiband zurück.

Mae, die gerne schmal geschnittene, helle Kostüme trug, alle vierzehn Tage zum Friseur ging und mit Make-up die Spuren des Alters zu vertuschen suchte, bemühte sich unverdrossen immer wieder, die Freundin zu einem gepflegten Äußeren zu bewegen.

»Du kannst nicht mehr herumlaufen wie ein Teenager! Wir sind beide siebzig Jahre alt und müssen diesem Umstand Rechnung tragen. Diese Jeans sind einfach zu eng, und ...«

»Das wäre nur dann fatal, wenn ich fett wäre.«

»…und deine ewigen Turnschuhe sind…«

»…das Praktischste, was man tragen kann, wenn man den ganzen Tag auf den Beinen ist.«

»Dein Pullover ist voller Hundehaare«, sagte Mae anklagend und zugleich resigniert, denn sie wußte, weder an den Hundehaaren noch an den Turnschuhen, noch an den Jeans würde sich auch nur das geringste ändern.

Heute jedoch sagte sie gar nichts. Sie war mit Beatrice befreundet, seitdem sie beide Kinder gewesen waren, und sie verfügte inzwischen über feine Antennen, was das psychische Befinden ihrer Freundin betraf. Heute, das spürte sie, war Beatrice nicht allzugut gelaunt. Ihr gingen anscheinend unerfreuliche Gedanken durch den Kopf, und es war besser, sie nicht zusätzlich zu reizen, indem man an ihrem Aussehen herummäkelte.

Sie hat eine gute Figur, dachte Mae, das muß ihr der Neid lassen. Sie hat seit ihrem zwanzigsten Lebensjahr offensichtlich kein Gramm zugenommen. Sie wußte, daß Beatrice sich so geschmeidig bewegte, als seien die körperlichen Beschwerden des Alters eine Erfindung, die für andere gemacht war, nicht aber für sie.

Mae fiel das gestohlene Schiff wieder ein, von dem der Wirt gerade gesprochen hatte. *Heaven Can Wait.*

Wirklich ein seltsamer Name, dachte sie.

Beatrice schaute zum Fenster hinaus auf den Hafen und nippte dabei an ihrem Sherry. Sie sah nicht, was dort unten vor sich ging, sie war völlig versunken in ihre Gedanken.

Mae brach schließlich das Schweigen.

»Wie geht es Helene?« fragte sie.

Beatrice zuckte mit den Schultern. »Wie immer. Sie jammert viel, aber letztlich begreift niemand, was eigentlich so schlimm ist an ihrem Dasein.«

»Vielleicht begreift sie das selber nicht so genau«, meinte Mae. »Sie hat sich nur so an das Jammern gewöhnt, daß sie damit nicht mehr aufhören kann.«

Beatrice haßte es, über Helene zu reden.

»Wie geht es Maja?« erkundigte sie sich, um das Thema zu wechseln.

Mae wurde stets nervös, wenn man sie auf ihre Enkelin ansprach.

»Ich fürchte, sie bewegt sich in schlechter Gesellschaft«, sagte sie. »Ich sah sie neulich mit einem Mann zusammen, da schauderte es mich. Ich habe selten ein derart brutales Gesicht gesehen. Mein Gott, wie froh wäre ich, wenn es zwischen ihr und Alan endlich klappte!«

Über ihren Sohn Alan mochte Beatrice nicht reden.

»Man wird sehen«, erwiderte sie in einem Ton, der Mae unmißverständlich klarmachte, daß sie über dieses Thema nicht weiter zu sprechen wünschte.

Mae begriff dies auch sofort, und so saßen sie einander wieder schweigend gegenüber, bestellten zwei weitere Sherry und sahen hinaus in das letzte, milde Licht des vergehenden Augusttages.

Und in diesem Licht, in dieser immer rascher einfallenden Dämmerung, glaubte Beatrice plötzlich, einen Menschen zu erkennen, den sie viele Jahre zuvor zuletzt gesehen hatte. Ein Gesicht in der Menge, das ihr auffiel, das sie zusammenzucken und blaß werden ließ. Es dauerte nur eine Sekunde, dann war sie schon wieder überzeugt, sich getäuscht zu haben. Aber Mae hatte die Veränderung an Beatrice bemerkt.

»Was ist los?« fragte sie.

Beatrice runzelte die Stirn und wandte sich vom Fenster ab. Von einem Moment zum anderen war es ohnehin zu dunkel geworden, als daß sie noch etwas genau hätte wahrnehmen können.

»Ich dachte nur gerade, ich hätte jemanden gesehen...«, sagte sie.

»Wen?«

»Julien.«

»Julien? Unseren Julien?«

Es war nie *unser Julien*, dachte Beatrice verärgert, aber sie nahm Maes Bemerkung kommentarlos hin.

»Ja. Aber wahrscheinlich habe ich mich getäuscht. Weshalb sollte er nach Guernsey kommen?«

»Meine Güte, er muß sich sowieso sehr verändert haben«, sagte Mae, »er ist doch jetzt bald achtzig Jahre alt, oder?«

»Siebenundsiebzig.«

»Auch nicht viel besser. Ich kann mir nicht vorstellen, daß wir ihn überhaupt wiedererkennen würden.« Sie kicherte, und Beatrice fragte sich, was es zu kichern gab. »Und er uns zwei alte Schachteln auch nicht, fürchte ich.«

Beatrice sagte nichts, schaute nur noch einmal zum Fenster hinaus, doch selbst wenn sie überhaupt noch etwas hätte sehen können, wäre der Mann, den sie einen atemlosen Augenblick lang für Julien gehalten hatte, sicher längst in der Menge verschwunden.

Ein Irrtum, dachte sie, und wegen eines Irrtums sollte, weiß Gott, mein Herz nicht so jagen!

»Komm«, sagte sie zu Mae, »laß uns zahlen und dann nach Hause fahren. Ich bin müde.«

»In Ordnung«, sagte Mae.

Erster Teil

1

Ein Morgen war wie der andere. Um sechs Uhr früh klingelte Beatrices Wecker. Sie gönnte sich fünf Minuten, in denen sie still liegen blieb, die Wärme des Bettes und die Ruhe um sich herum genoß. Eine Ruhe, die unterbrochen wurde von einigen vertrauten Geräuschen ringsum: Vogelgezwitscher aus dem Garten, manchmal, wenn der Wind günstig stand, ein leises Meeresrauschen. Irgendwo im Haus knackten ein paar Holzdielen, kratzte sich einer der Hunde, tickte eine Uhr. Dann schob sich Beatrices Schlafzimmertür einen Spalt weit auf, und Misty streckte ihre Nase hinein. Mistys Fell hatte die bleigraue Farbe des Nebels, der im Herbst über Petit Bôt Bay lag, und daher war der Name Beatrice sofort durch den Kopf geschossen, als sie den Hund als Welpen zum erstenmal im Arm gehalten hatte. Damals bestand Misty nur aus großen, tapsigen Pfoten, aus weichem, buschigem Fell und aus lebhaften, kohlschwarzen Knopfaugen. Heute hatte sie die Größe eines Kalbes.

Misty nahm Anlauf und sprang aufs Bett, das unter ihrem Gewicht schwankte und ächzte. Sie kuschelte sich in die Decken, wälzte sich auf den Rücken, streckte alle viere in die Luft und schleckte Beatrice kurz mit der Zunge über das Gesicht – ein triefend nasser, von Herzen kommender Liebesbeweis.

»Misty, runter vom Bett«, befahl Beatrice halbherzig, und Misty, die wußte, daß sie auf den Protest der Hausherrin nichts geben mußte, blieb, wo sie war.

Für Beatrice waren die fünf Minuten der Beschaulichkeit vorbei. Sie stand schwungvoll auf und ignorierte, so gut sie konnte, die leichte Steifheit ihrer Gelenke, die ihr verriet, daß sie nicht mehr so jung war, wie sie sich manchmal fühlte. Sie wollte keineswegs so werden wie Mae, die sich von morgens bis abends mit ihrem Körper beschäftigte, ständig in ihn hineinlauschte und jeden dritten Tag beim Arzt saß, weil sie meinte, daß irgend etwas in ihrem Inneren nicht stimmte. Nach Beatrices Ansicht zog sie sich damit die Unpäßlichkeiten überhaupt erst heran. Aber darüber hatten sie schon oft gesprochen, ohne daß eine von ihnen ihre Meinung geändert hätte. Ihre Freundschaft bestand ohnehin im wesentlichen darin, sich gegenseitig mit kopfschüttelnder Verwunderung zu betrachten.

Während sie im Bad unter der Dusche stand, überlegte Beatrice, was sie am heutigen Tag tun würde. Sie konnte sich derlei Überlegungen inzwischen leisten, denn aus dem eigentlichen Berufsleben, das früher ihren Tagesablauf bestimmt hatte, hatte sie sich zurückgezogen. Ihren Rosengarten versorgte sie nur noch zu ihrem privaten Vergnügen, wobei das Wort »Vergnügen« den Sachverhalt nicht wirklich wiedergab. Aber die Rosen waren nun einmal da, also kümmerte sie sich auch um sie. Ab und zu, wenn jemand vorbeikam, der Rosen kaufen wollte, Touristen vor allem, gab sie noch welche ab. Aber sie inserierte nicht mehr in den einschlägigen Zeitschriften und hatte den Versand völlig eingestellt. Sie versuchte auch nicht mehr, neue Sorten heranzuzüchten. Das überließ sie anderen, und überhaupt: Es hatte ihr nie übermäßig Spaß bereitet. Wenn sie aus dem Bad kam, waren ihr meist an die hundert Dinge eingefallen, die erledigt werden mußten, und in ihren Bewegungen lagen bereits die Schnelligkeit und Ungeduld, die typisch für sie waren. Alles, was sie tat, schien sie stets in Eile zu tun, was die meisten Menschen in ihrer Umgebung als äußerst anstrengend empfanden.

Von halb sieben bis halb acht ging Beatrice mit ihren Hunden spazieren. Außer Misty gab es noch zwei weitere Mischlinge, beide groß, undefinierbar in der Zusammensetzung ihrer Rassen und wild. Beatrice liebte Hunde ausnahmslos, umgab sich jedoch am liebsten mit solchen, die die Statur von Ponys oder Kälbern hatten. Die Hunde tobten sofort los, kaum daß Beatrice ihnen die Haustür geöffnet hatte. Das Haus lag oberhalb des Dorfes Le Variouf, und man konnte von hier aus bis zum Meer blicken. Die Landschaft ringsum bestand aus weiten Wiesen, die gelegentlich von Baumgruppen durchsetzt waren. Bäche plätscherten in Richtung Meer, und an ihren Ufern standen hier und da baufällig gewordene Mühlen, die in früheren Zeiten mit Wasserkraft betrieben worden waren. Steinerne Mauern umgrenzten weitläufige Weiden, auf denen Rinder und Pferde grasten. Die Luft roch nach Salz und Wasser, nach Algen und Sand. Je näher man dem Meer kam, desto frischer wurde der Wind, desto klarer die Luft. Bald hatte Beatrice den Klippenpfad erreicht und konnte das Wasser sehen. Nur noch wenige Bäume standen hier, windzerzaust und flach. Der Weg wurde gesäumt von wilden Hecken, Stechginster-, aber auch Brombeerhecken, an denen dicke, reife Früchte hingen. Die Hunde, animiert vom Schreien der Seevögel und vom Wind in ihren Nasen, jagten laut bellend davon. Beatrice wußte, daß sie jeden Fußbreit Boden genau kannten, und machte sich wegen ihrer halsbrecherischen Sprünge keine Gedanken. Sie blieb auf der Anhöhe über dem Wasser stehen und atmete tief durch.

Obwohl es noch früh am Tag war, hatte sich die Sonne schon ein Stück über den östlichen Horizont hinaufgeschoben und warf rotgefärbte Strahlen über die Wellen. Der Septembertag war klar und würde wieder fast hochsommerlich heiß werden. Schon die ganze letzte Woche über war es ungewöhnlich warm gewesen für die Jahreszeit. Das Heidekraut an den oberen Klippen leuchtete rötlich, unten in den Buchten glänzte hell der Sand. Kormorane und Seeschwalben machten sich auf zu den ersten Beutezügen des Tages.

Beatrice setzte ihren Weg auf dem Pfad fort. Ab und zu pflückte sie im Vorbeigehen eine Brombeere, schob sie genießerisch in den Mund. In gewisser Weise war dies ein Ablenkungsmanöver. Diese Minuten des Tages, dieser Spaziergang hoch über dem Meer, gehörten zu den gefährlichsten Momenten ihres Alltags. Mit der Petit Bôt Bay, zu der dieser Weg führte, verbanden sich zu viele Erinnerungen, gute und schlechte, aber das machte fast keinen Unterschied. In den schlechten Erinnerungen lebten alte Schrecken wieder auf, und zum Teil hatten sie bis zum heutigen Tag nichts von ihrer Macht verloren. Und den guten Erinnerungen haftete die Erkenntnis der Unwiederbringlichkeit an, die Trauer darüber, daß Momente des Glücks das Leben streifen, sich aber nicht in ihm verankern können. Beatrice hatte sich jede Regung von Selbstmitleid schon vor langer Zeit verboten, aber manchmal konnte sie sich des bitteren Gedankens nicht erwehren, daß ihr das Leben nicht allzuviel Glück gebracht hatte. Wenn sie daran dachte, mit welcher Leichtigkeit und Zufriedenheit Mae immer gelebt hatte – zumindest dann, wenn sie sich nicht gerade mit eingebildeten Krankheiten oder mit düsteren Prognosen, die Zukunft der Welt betreffend, herumschlug. Mae hatte nie eine echte Tragödie durchleiden müssen; das bisher schmerzlichste Ereignis war der Tod ihres Vaters fünf Jahre zuvor gewesen: Er war, zweiundneunzigjährig, in einem schönen Altersheim bei London einem Herzschlag erlegen, und Beatrice fand, daß er einen besseren Lebensabend und einen leichteren Tod gehabt hatte als viele andere Menschen. Mae hatte den Anschein erweckt, ein Drama durchstehen zu müssen, während ihre alte Mutter, die allein in dem Heim zurückblieb, den Schicksalsschlag mit großer Würde hingenommen hatte.

Mae war von ihrem Mann auf Händen getragen worden, ihre Kinder hatten sie nie enttäuscht, und auch ihre Enkel entwickelten sich zu Prachtexemplaren. Außer Maja vielleicht, vor der kein Mann auf der Insel sicher war, aber sie mochte zu einem durchaus gefestigten Menschen werden, wenn ihre Sturm-und-Drang-Zeit erst hinter ihr lag. Nein, Mae war nie wirklich böse behandelt worden vom Leben.

Und ich? fragte sich Beatrice. Bin ich böse behandelt worden vom Leben?

Es war die Frage, die ihr fast jedesmal hier oben auf dem Klippenpfad durch den Kopf schoß, und sie war der Grund, weshalb Beatrice manchmal dachte, es sei besser, die Bay und ihre Umgebung zu meiden. Doch bisher war es ihr noch immer geglückt, die Frage unbeantwortet zu lassen und wieder zu verdrängen, und mit einer Art wütendem Trotz schlug sie jeden Morgen denselben Weg ein, den sie nun schon seit Jahrzehnten nahm und von dem sie sich ein paar quälender Gedankengänge wegen nicht vertreiben lassen wollte.

Sie schob die Frage nach den Widrigkeiten in ihrem Leben auch an diesem Morgen zur Seite und rief nach den Hunden – Zeit, den Rückweg anzutreten. Helene saß sicher schon aufrecht im Bett und erwartete ihren Morgentee. Beatrice wußte, wie ungeduldig sie ihrer Rückkehr vom Spaziergang entgegensah. Nicht, weil sie etwa hungrig oder durstig gewesen wäre. Aber nach einer langen Nacht gierte Helene nach einem Menschen, bei dem sie jammern und klagen konnte. Helene weinte gern und viel, und ähnlich wie Mae beschäftigte auch sie sich allzuviel mit zahlreichen Wehwehchen. Aber während Mae auch ihre sehr fröhlichen, kumpelhaften Seiten hatte, bestand Helene oft nur aus Unzufriedenheit und Genörgel.

»Kommt, Jungs!« sagte Beatrice zu den Hunden – Misty als einziges Weibchen bezog sie einfach in diesen Sammelbegriff mit ein –, »wir müssen heim und uns um Helene kümmern!«

Die Hunde schossen herbei und trabten nun im Rudel vor Beatrice her in Richtung Heimat. Hatte sie zuvor die Aussicht auf ein wildes Toben am Meer gereizt, so lockte nun die Erwartung eines üppigen Frühstücks daheim.

Sie sind immer zufrieden, dachte Beatrice, weil die ganz einfachen Dinge im Leben wichtig für sie sind. Sie stellen nichts in Frage. Sie leben einfach.

Auf dem Rückweg lief sie noch flotter als auf dem Hinweg, und als sie zu Hause ankam, hatte sie alle quälenden Gedanken abgeschüttelt.

Das Haus, gemauert aus dem bräunlichen Granit der Insel, umgeben von Rosen, Rhododendren und riesigen blauen Hortensien, lag wie ein kleines, friedvolles Paradies im Licht des Morgens. Die grünen Fensterläden standen weit offen, nur die vor Helenes Fenster im ersten Stock waren geschlossen. Es war genau halb acht. Jeder auf der Insel Guernsey hätte nach Beatrice die Uhr stellen können.

Um zehn vor acht betrat Beatrice Helenes Zimmer. Sie trug ein Tablett, auf dem eine Tasse Tee und ein Teller mit zwei Scheiben Toastbrot standen. Helene behauptete zwar stets, morgens überhaupt nichts essen zu können, aber auf geheimnisvolle Weise waren die Brote später immer verschwunden. Beatrice hatte einmal danach gefragt, und Helene hatte geantwortet, sie habe die Vögel damit gefüttert, aber Beatrice hatte das nur halb geglaubt. Helene war zart und schlank, doch sie sah keineswegs abgemagert aus, und es war klar, daß sie heimlich mehr aß, als sie zugab.

Sie hatte die Nachttischlampe eingeschaltet und saß aufrecht in ihren Kissen. Sie mußte bereits im Bad gewesen sein, denn ihre Haare waren gekämmt, und auf ihren Lippen lag ein Schimmer von hellrosafarbenem Lippenstift. Gereizt fragte sich Beatrice, warum sie, wenn sie schon aufstand, nicht auch in der Lage war, Fenster und Fensterläden zu öffnen. Ihr Zimmer, dunkel, warm und stickig, erinnerte an eine Gruft, und vermutlich war dies auch genau der Eindruck, den Helene erwecken wollte. Sie war achtzig Jahre alt und konnte manchmal etwas vergeßlich und konfus sein, aber sie bewies immer noch einen erstaunlichen Scharfsinn, wenn es darum ging, das Mitleid ihrer Umwelt zu erregen.

Helene wollte von morgens bis abends bedauert werden. Beatrice wußte, daß sie nicht immer so gewesen war, aber sie hatte stets den Hang gehabt, sich in ein Gefühl der Schutzlosigkeit hineinzusteigern und die Menschen um sich herum zu zwingen, ihr Mitleid und Anteilnahme entgegenzubringen und ihr hilfreich zur Seite zu stehen. Mit den Jahren hatte sich diese Neigung verfestigt, und inzwischen gab es nur noch wenige, die ihre ständige Larmoyanz ertrugen.

»Guten Morgen, Helene«, sagte Beatrice und stellte das Tablett auf einen Tisch neben das Bett. »Hast du gut geschlafen?«

Sie kannte die Antwort, und sie kam prompt. »Ich habe fast kein Auge zugetan, ehrlich gesagt. Die ganze Nacht habe ich mich herumgewälzt, ein paarmal habe ich das Licht angemacht und zu lesen versucht, aber abgespannt, wie ich zur Zeit bin, konnte ich mich einfach nicht konzentrieren, und...«

»Es ist einfach zu heiß hier drinnen«, unterbrach sie Beatrice. Schon nach einer halben Minute in der dumpfschwülen Luft des Zimmers hatte sie das Gefühl, kaum noch atmen zu können. »Warum du im Sommer bei geschlossenem Fenster schläfst, werde ich nie begreifen!«

»Es ist nicht mehr Sommer! Heute ist der 2. September!«

»Aber es ist heiß wie im Sommer!«

»Ich habe Angst, daß jemand einsteigen könnte«, sagte Helene verzagt.

Beatrice gab einen verächtlichen Laut von sich. »Also, Helene, wirklich, wie sollte das denn gehen? Da ist doch nichts, woran jemand heraufklettern könnte!«

»Die Mauer ist nicht ganz glatt. Ein geschickter Fassadenkletterer könnte...«

Beatrice öffnete das Fenster und stieß die Läden weit auf. Samtigfrische Morgenluft strömte ins Zimmer. »Solange ich denken kann, schlafe ich bei offenem Fenster, Helene. Und noch nie ist irgend jemand bei mir eingestiegen. Nicht einmal in den Jahren, in denen ich jung war und es vielleicht ganz gerne gehabt hätte«, setzte sie hinzu, bemüht, durch einen Scherz den Ärger abzumildern, der wahrscheinlich in ihrer Stimme gelegen hatte.

Helene lächelte nicht. Sie kniff die Augen in der plötzlichen Helligkeit zusammen, griff nach ihrer Teetasse, nippte daran. »Was hast du heute vor?« fragte sie.

»Ich wollte mich heute vormittag um den Garten kümmern. Nachmittags bin ich mit Mae verabredet. In St. Peter Port.«

»Ja?« Helenes Stimme klang hoffnungsvoll. Sie wurde von Beatrice und Mae manchmal mitgenommen, wenn diese sich irgendwo auf der Insel zum Spazierengehen oder zum Einkaufen trafen, und Helene liebte es, mit Mae zusammenzusein. Mae behandelte sie stets sehr fürsorglich, war liebevoller und warmherziger zu ihr als Beatrice. Sie erkundigte sich ausführlich nach Helenes Befinden, hörte sich geduldig alle Klagen an. Nie fuhr sie ihr gereizt über den Mund, wie Beatrice das oft tat, nie gab sie ihr das Gefühl, eine lästige alte Person zu sein, die allen nur auf die Nerven fiel. Mae war immer reizend und nett. Leider hatte selten *sie* zu bestimmen, was passierte; den Ton gab meist Beatrice an, und die war kaum je erpicht darauf, Helene irgendwohin mitzunehmen.

Auch jetzt erwiderte sie nichts auf das fragende »Ja?«, sondern machte sich im Zimmer zu schaffen, räumte Helenes Wäsche vom Vortag weg, suchte frische aus einer Kommode hervor und legte sie auf einem Sessel zurecht.

»Was wollt ihr denn machen in St. Peter Port?« hakte Helene nach. »Kaffee trinken?«

»Ich fahre nie irgendwohin, um einfach nur Kaffee zu trinken, Helene, das weißt du doch!« sagte Beatrice ungeduldig. »Nein, wir haben einfach verschiedene Dinge zu erledigen. Maja wird dabei sein, sie soll sich ein Geburtstagsgeschenk aussuchen, das Mae ihr kaufen will, und von mir soll sie auch irgendeine Kleinigkeit bekommen.«

»Maja hat doch erst nächsten Monat Geburtstag«, nörgelte Helene. Sie stand Maes Enkelin mit gemischten Gefühlen gegenüber, versuchte sich jedoch neutral zu verhalten. »Wie alt wird sie denn?«

»Zweiundzwanzig. Sie will eine Party veranstalten und möchte dafür etwas zum Anziehen haben, das so sexy ist, daß es die Männer anlockt wie Honig die Bienen – so hat sie es jedenfalls ausgedrückt.«

Helene seufzte. Für Majas promiskuitiven Lebenswandel konnte eine anständige Frau nur Verachtung übrig haben, aber manchmal entdeckte sie zu ihrer großen Verblüffung auch einen Hauch von Neid zwischen all den Schichten von Ablehnung und Entrüstung und moralischer Genugtuung darüber, daß Maja wenigstens gelegentlich die Quittung für ihre ungehemmten Ausschweifungen bekam – in Form eines blauen Auges etwa, das ihr ein gekränkter Liebhaber verpaßte, oder in der eines schmerzhaften Eingriffes, mit dem sie die unerwünschten Folgen einer Liebesnacht beseitigen lassen mußte. Maja hatte schon zweimal abgetrieben – jedenfalls wußte Helene von zwei Abbrüchen, es mochten aber tatsächlich auch mehr gewesen sein. Mae hatte Helene anvertraut, daß Maja Weltmeisterin darin war, die Einnahme der Pille zu vergessen. Helene sagte sich, daß auf ganz Guernsey – sowie auf den Nachbarinseln – vermutlich kein Mann zu finden war, der jemals bereit wäre, Maja zu heiraten, eine Frau, die es mit beinahe jedem Mann getrieben hatte, der ihren Weg kreuzte. Also wahrlich kein Grund, neidisch zu sein! Dennoch nagte da manchmal etwas; sie konnte sich nicht recht erklären, woher das Gefühl kam, und vielleicht wollte sie es sich auch gar nicht erklären, weil Erkenntnisse in diesen Fragen nur Schmerz bedeutet hätten. Auch wenn sie die Tatsache mit einbezog, daß sie in einer anderen Zeit jung gewesen war als Maja und daß das Leben damals nach anderen Wertvorstellungen geordnet gewesen war, so konnte sie doch dann und wann nicht anders, als Vergleiche zwischen der jungen *Helene* und der jungen *Maja* anzustellen. Und jedesmal löste dies einen eigenartig heftigen Schmerz in ihr aus.

Du hättest mehr vom Leben haben können, wenn du dir mehr *genommen* hättest, hatte eine barsch klingende Stimme in ihrem Innern einmal zu ihr gesagt, und seither war diese Stimme nie mehr ganz verstummt.

»Ich würde Maja auch gerne etwas schenken«, sagte sie nun rasch, »ich komme mit euch, und sie könnte sich etwas aussuchen.«

Beatrice seufzte; sie hatte gewußt, daß Helene es wieder einmal versuchen würde.

»Helene, du willst Maja doch gar nichts schenken, und das erwartet auch kein Mensch von dir«, sagte sie. »Du magst Maja nicht besonders, was dein gutes Recht ist, und du brauchst nicht an ihrem Geburtstag so zu tun, als ob das anders wäre.«

»Aber...«

»Du willst einfach mit, weil du wieder einmal nicht weißt, was du sonst mit dir anfangen sollst. Das ist wirklich keine gute Idee. Du weißt, wie Maja ist, wenn man ein Geschenk für sie kauft – sie jagt kreuz und quer durch alle Geschäfte, und schon Mae und ich kommen kaum hinterher. Mit dir im Schlepptau wären wir völlig unbeweglich, denke nur an die vielen steilen Straßen und Treppen in St. Peter Port und an dein Rheuma!«

Helene war zusammengezuckt, und ihre Augen füllten sich mit Tränen. »Du kannst wirklich sehr kalt sein, Beatrice. Warum sagst du nicht gleich, daß ich euch lästig bin?«

»Dann würdest du mich ja noch kälter finden«, entgegnete Beatrice und wandte sich zur Tür. Sie hatte alles im Zimmer einigermaßen geordnet und aufgeräumt, und es befiel sie schon wieder das Gefühl, jeden Augenblick zu ersticken, wenn sie noch länger Helenes quengeliger Stimme lauschte und in ihr blasses Gesicht blickte.

»Es wird ein sehr schöner Tag werden. Du kannst dich in den Garten setzen und lesen und dich freuen, daß du nicht in der Gegend herumlaufen mußt.«

Helene kniff die Lippen zusammen. Andere Menschen sahen unsympathisch aus, wenn sie einen schmalen Mund bekamen, nicht aber Helene. Sie wirkte noch immer mitleiderregend.

»Wenn du dich schon so für Majas Geburtstag engagierst«,

stieß sie hervor, »denkst du dann gelegentlich wohl auch daran, daß *ich* bald Geburtstag habe?«

»Das kann ich ja nun beim besten Willen nicht vergessen«, entgegnete Beatrice barsch.

Wie sollte sie auch? Sie und Helene hatten am selben Tag Geburtstag – am 5. September. Allerdings war Helene zehn Jahre früher geboren. Und überdies nicht auf Guernsey, so wie Beatrice.

Sondern in Deutschland.

Sie hatte Rindermist kommen lassen von einem Bauern aus Le Variouf. Damit wollte sie die Rosen düngen, zum letztenmal in diesem Jahr. Rindermist eignete sich am besten, viel besser als jeder andere Dünger, den man in Geschäften kaufen konnte. Sam, der Bauer, war gleich nach dem Frühstück erschienen und hatte eine Fuhre abgeliefert. Das Zeug stank jetzt im Schuppen vor sich hin, und Beatrice hatte irgendwie keine Lust, mit der Arbeit anzufangen. Vielleicht war es einfach zu heiß. Auch Sam hatte gemeint, es werde fast unerträglich warm werden – auf jeden Fall viel zu warm für die Jahreszeit.

»Das habe ich schon beim Aufstehen gemerkt«, hatte er gesagt, den Hut aus der Stirn geschoben und sich mit einem Taschentuch den Schweiß abgewischt. »Wird verdammt heiß heute, hab ich gedacht. Und da war wenigstens noch eine Brise in der Luft. Jetzt regt sich nichts mehr, merken Sie das? Kein Windhauch, nichts! Wird hart heute mit der Arbeit!«

»Ausgerechnet heute muß ich in die Stadt«, hatte Beatrice gesagt, »aber da kann man nichts machen. Ich werde es schon überleben.«

»Klar. Sie überleben alles, Mrs. Shaye!« Er hatte gelacht und trotz der Hitze den Schnaps angenommen, den sie ihm anbot. Sam trank gerne einen kräftigen Schluck zwischendurch, aber er mußte es heimlich tun, weil seine Frau schimpfte, wenn sie etwas davon mitbekam.

Beatrice mußte an seine Worte denken, während sie durch den Garten wanderte, einen großen Hut zum Schutz vor der Sonne auf dem Kopf, einen Strohkorb am Arm und eine Gartenschere in der Hand, mit der sie Verblühtes abschnitt und Wildtriebe an den

Rosen kappte. Eine ruhige, angenehme Beschäftigung, der Wetterlage angemessen.

Sie überleben alles, Mrs. Shaye!

Sie wußte, daß sie den Ruf hatte, unverwüstlich zu sein und sich von nichts und niemandem unterkriegen zu lassen, und manchmal wunderte sie sich über die Hartnäckigkeit, mit der ihre Umgebung an dieser Überzeugung festhielt. Sie selbst fühlte sich nicht einmal halb so stark, wie das die Menschen ringsum offensichtlich von ihr dachten. Eher hatte sie den Eindruck, daß es ihr geglückt war, einen recht stabilen Panzer um sich herum zu errichten, der allem standhielt, was von außen herandrängte, und der vor allem ihr Innenleben vor neugierigen Blicken schützte. Dort gab es, so meinte sie von Zeit zu Zeit zu spüren, noch eine Reihe Wunden, die bis heute nicht aufgehört hatten zu bluten. Das Gute war, daß offenbar wirklich niemand sie zu entdecken vermochte.

Sie schnippelte rasch und geübt an ihren Rosen herum, allerdings ohne ein einziges Wort an sie zu richten. Ihr Vater hatte immer mit den Rosen gesprochen und behauptet, dies sei außerordentlich wichtig.

»Sie sind Lebewesen. Sie brauchen Zuwendung und das Gefühl, ernst genommen und gemocht zu werden. Sie spüren genau, wenn man es gut mit ihnen meint, ihren Charakter, ihre Wesenszüge und Eigenarten respektiert. Und genauso merken sie es, wenn du sie herablassend und gleichgültig behandelst.«

Als kleines Mädchen hatte Beatrice diesen Worten andächtig gelauscht und keine Sekunde lang an ihrer Richtigkeit gezweifelt. Aber Andrew Stewart, ihr Vater, war für sie sowieso gleich nach dem lieben Gott gekommen, und es gab schlechthin nichts auf der Welt, was sie ihm nicht gläubig abgenommen hätte. In gewisser Weise war sie auch heute noch der Ansicht, daß er recht gehabt hatte, aber sie hatte seine Worte nie umsetzen können. Irgendwann, in den harten Jahren des Krieges und in den schweren Zeiten danach, war ihr die Fähigkeit abhanden gekommen, seine gemütvolle, sanfte und von einer echten Liebe zur Schöpfung durchdrungene Art zu leben für sich selbst zu übernehmen. Andrew war zu verletzbar gewesen, und das konnte und wollte sie sich nicht leisten. Und irgendwie wurde sie die Vorstellung nicht los, daß ein Mensch, der mit den Rosen sprach, dem Leben die Breitseite zum Angriff bot. Es mochte eine fixe Idee sein, ein Vorurteil, nicht zu belegen, aber es bewirkte, daß sie nicht in der Lage war, auch nur ein einziges Wort an ihre Rosen zu richten. Sie hatte es seit ihrem fünfzehnten Lebensjahr nicht mehr fertiggebracht. Eine Ahnung sagte ihr, es werde einem Dammbruch gleichkommen, wenn sie es tat.

Als Helene vom Haus her rief, Beatrice möge ans Telefon kommen, war sie dankbar für die Gelegenheit, ein paar Minuten lang der immer drückender werdenden Hitze zu entkommen.

»Wer ist es denn?« fragte sie, als sie in den Flur trat. Helene, inzwischen mit einem rosafarbenen seidenen Morgenmantel bekleidet, stand vor dem Spiegel und hielt den Telefonhörer in der Hand.

»Es ist Kevin«, sagte sie, »er möchte dich etwas fragen.«

Kevin züchtete ebenfalls Rosen, stand aber im Unterschied zu Beatrice noch mitten im Geschäftsleben. Er war achtunddreißig Jahre alt und schwul, und er hing mit einer rührenden Zuneigung an den beiden alten Damen aus Le Variouf. Seine Gärtnerei lag zwanzig Autominuten entfernt an der Südwestspitze der Insel.

Kevin rief oft an; er fühlte sich häufig einsam und hatte es zu einer wirklich intakten, stabilen Partnerschaft noch nicht gebracht. Seine langjährige Beziehung zu einem jungen Mann namens Steve war gerade zerbrochen, sein gleichzeitig verlaufendes Verhältnis zu einem etwas zwielichtigen Franzosen bestand ebenfalls nicht mehr. Im Augenblick schien es niemanden für ihn zu geben. Guernsey bot wenig Möglichkeiten für Homosexuelle. Kevin träumte davon, eines Tages nach London zu ziehen und dort den »Mann fürs Leben« zu finden – wobei jeder, der ihn kannte, wußte, daß Kevin seine Insel nie verlassen würde. Und für das rauhe Leben in einer Großstadt war er schon gar nicht geschaffen.

Beatrice nahm Helene den Hörer aus der Hand. »Kevin? Was gibt's? Findest du nicht auch, daß es heute viel zu heiß ist zum Arbeiten?«

»Ich kann es mir leider nicht leisten, auch nur einen Tag blauzumachen, das weißt du ja«, sagte Kevin. Er hatte eine ungewöhnlich tiefe Stimme, mit der er Frauen am Telefon halb verrückt machen konnte. »Hör zu, Beatrice, ich brauche deine Hilfe. Es ist mir wirklich peinlich, aber... könntest du mir ein wenig Geld leihen?«

»Ich?« fragte Beatrice überrascht. Kevin pumpte sich häufig Geld, vor allem im vergangenen halben Jahr, aber er wandte sich mit diesem Problem fast immer an Helene. Sie hatte einen Narren an ihm gefressen, und er konnte sicher sein, nie mit leeren Händen davongehen zu müssen.

»Es ist mir unangenehm, schon wieder bei Helene vorstellig zu werden«, sagte Kevin unbehaglich, »sie hat mir ja gerade erst mit einer größeren Summe ausgeholfen. Ich meine, wenn du...«

»Wieviel brauchst du denn?«

Er zögerte. »Eintausend Pfund«, sagte er schließlich.

Beatrice zuckte zusammen. »Das ist ziemlich viel.«

»Ich weiß. Ich zahle es auch bestimmt zurück. Du mußt dir keine Gedanken machen.«

Natürlich mußte man sich bei ihm Gedanken machen. Beatrice wußte, daß Kevin Helene noch kaum je einen Penny zurückgezahlt hatte. Er hatte das Geld einfach nicht. Er hatte *nie* Geld.

»Du kannst die Summe haben, Kevin«, sagte sie, »und mit dem Zurückzahlen laß dir einfach Zeit. Aber ich verstehe nicht so recht, warum du immer wieder so große Summen brauchst. Laufen deine Geschäfte so schlecht?«

»Wessen Geschäfte laufen schon gut zur Zeit«, meinte Kevin vage. »Die Konkurrenz ist groß, und die allgemeine wirtschaftliche Lage ist nicht allzu rosig. Außerdem habe ich zwei weitere Gewächshäuser gekauft, und bis sich die Ausgabe amortisiert, wird es eine ganze Weile dauern. Dann jedoch werde ich...«

»Schon gut. Komm morgen vorbei und hole dir einen Scheck ab.« Beatrice mochte nicht seine unhaltbaren Versprechungen hören, und sie mochte ihm auch keine Vorhaltungen machen. Ihrer Ansicht nach lebte Kevin einfach auf zu großem Fuß. Die feinen Seidenkrawatten, die Cashmerepullover, der Champagner... All dies hatte seinen Preis.

Er wird nie auf einen grünen Zweig kommen, dachte sie.

»Du bist ein Schatz«, sagte Kevin nun voller Erleichterung. »Ich werde mich bei nächster Gelegenheit revanchieren.«

»Gern«, sagte Beatrice. Kevin revanchierte sich auf die immer gleiche Weise. Er konnte kochen wie ein Gott und eine herrliche Dinner-Atmosphäre schaffen – mit Blumen, Kerzen, Kristall und Kaminfeuer. Er liebte es, einen Gast zu umsorgen, zu verwöhnen. Häufig lud er Helene ein, aber das geschah aus einer gewissen Berechnung heraus. Zu Beatrice hingegen sagte er manchmal, sie sei die einzige Frau, in die er sich je verliebt habe.

Nachdem sie das Gespräch beendet hatten, blieb Beatrice noch einen Moment lang nachdenklich im Flur stehen. Sie fand, daß Kevin gehetzt geklungen hatte. Es schien eine Menge für ihn vom Erhalt des Geldes abzuhängen.

Hoffentlich sitzt er nicht tiefer im Schlamassel, als er zugibt, überlegte Beatrice.

»Was wollte Kevin denn?« fragte Helene. Sie hatte sich während des Gesprächs diskret in die Küche verzogen, tauchte nun aber wieder auf und versuchte beiläufig zu erscheinen – was nicht der Wahrheit entsprach. Helene war nie beiläufig. Sie befand sich stets in einer innerlichen Hab-acht-Stellung, war immer wachsam, immer angestrengt, alles mitzubekommen, was im Haus vor sich ging – vor allem, was Beatrice betraf: mit wem sie sprach und worüber, mit wem sie sich traf, was sie vorhatte und warum.

»Du bist neurotisch kontrollsüchtig!« hatte Beatrice ihr einmal entnervt entgegengeschrien, und Helene war in Tränen ausgebrochen, aber es hatte nichts geändert.

»Kevin braucht Geld«, erklärte Beatrice. Ihr war klar, daß Helene ohnehin gelauscht hatte und daß sie daher mit offenen Karten spielen konnte. »Und ich soll es ihm geben.«

»Wieviel?«

»Eintausend Pfund.«

»Eintausend Pfund?« Helene schien wirklich verblüfft. »Schon wieder?«

»Warum? Brauchte er kürzlich erst soviel?«

»Letzte Woche. Ich habe ihm letzte Woche eintausend Pfund gegeben. Wieso kommt er nicht zu mir?«

»Wahrscheinlich genau deshalb.« Beatrice versuchte, nicht allzu gereizt zu klingen, aber selbst das kurze Gespräch mit Helene entnervte sie schon. »Er will nicht schon wieder bei dir antanzen und die Hand aufhalten.«

»Wozu braucht er denn ständig soviel Geld?«

»Ich weiß es nicht. Mir ist das nicht geheuer. Ich vermute, er hat einen neuen Liebhaber, der ziemlich teuer ist. Das wäre typisch Kevin.«

»Aber warum...«

»Lieber Himmel, Helene, hör bitte auf, mir Löcher in den Bauch zu fragen! Ich weiß auch nicht, was bei Kevin los ist. Wenn du es unbedingt herausfinden willst, dann geh zu ihm und frage ihn!«

»Du redest schon wieder so gereizt mit mir!«

»Weil du *immer alles* wissen mußt. Soll ich dir demnächst noch meine Träume aufschreiben und die Zeiten, zu denen ich auf die Toilette gehe?«

Helenes Augen füllten sich mit Tränen. »Immer bist du so häßlich zu mir! Auf Schritt und Tritt zeigst du mir, daß ich dir auf die Nerven gehe. Den ganzen Tag sitze ich da, und niemand kümmert sich um mich, und für niemanden bin ich auch nur im geringsten wichtig. Und wenn ich dann wenigstens ein bißchen an deinem Leben teilhaben will, dann...«

Wenn Helene anfing, ihre Lebensumstände zu beklagen, konnte das endlos dauern, und es würde in einem Meer von Tränen enden. Beatrice hatte nicht den Eindruck, dies jetzt ertragen zu können.

»Helene, vielleicht sollten wir ein anderes Mal deine bedauernswerte Situation besprechen. Ich würde jetzt gerne im Garten mit den Rosen weitermachen und dann losfahren, um Mae zu treffen. Meinst du, das wäre möglich?«

Sie hatte mit jener gefährlichen Höflichkeit in Stimme und Tonfall gesprochen, von der sie wußte, daß Helene sie fürchtete. Tatsächlich biß die alte Frau sich auf die Lippen und wandte sich ab. Sie würde sich jetzt in ihr Zimmer zurückziehen und ihren Tränen dort freien Lauf lassen.

Beatrice sah ihr nach, wie sie langsam die Treppe hinaufstieg, und fragte sich, warum sie unfähig war, Mitleid für die arme, neurotische Person zu empfinden. Helene war eine tief unglückliche Frau, war es immer gewesen. Sie fand einfach keinen Frieden, nicht einmal im Alter.

Und mir gelingt es nicht, sie zu bedauern, dachte Beatrice. Und sie erschrak fast selbst, als sie unwillkürlich in Gedanken hinzufügte: Es gelingt mir nicht, weil ich sie mit jedem Tag mehr hasse.

2

Franca hatte schon im Flugzeug gewußt, daß auf dieser Reise alles schieflaufen würde. Sie hatte sich in der Maschine zunächst auf den falschen Platz gesetzt und war von dem Mann, dem der Sitz zugeteilt worden war, in einer Art angefahren worden, als habe sie sich auf völlig unverzeihliche Weise an fremdem Eigentum vergriffen. Danach war sie in der Maschine umhergeirrt, bis sich eine Stewardeß ihrer erbarmt, ihre Bordkarte angesehen und sie zu ihrem Platz geleitet hatte. Einer Panikattacke nahe, war Franca in die Polster gesunken und hatte mit zitternden Fingern in ihrer Handtasche nach Tabletten gesucht, hatte die flache Schachtel schließlich gefunden und dann voller Entsetzen festgestellt, daß sie fast leer war. Das hatte es noch nie gegeben, nie war ihr so etwas passiert. Wenn sie tatsächlich einmal das Haus verließ, was selten genug vorkam, dann vergewisserte sie sich vorher ein dutzendmal, daß sie genügend Beruhigungsmittel eingesteckt hatte. Diesmal, zu Beginn einer längeren Reise, hatte sie das natürlich auch getan, aber sie hatte geglaubt, die zwei Blisterstreifen in der Schachtel seien voll bestückt.

Wie konnte das nur passieren? fragte sie sich verzweifelt. Bis auf eine einzige Pille waren beide Streifen *leer!*

Ihr erster Impuls war, aufzuspringen und aus dem Flugzeug zu hasten. Die Maschine mußte ohne sie starten, sie konnte nicht mitfliegen. Auf Guernsey, also im *Ausland,* würde sie die Medikamente, die sie brauchte, nicht bekommen, ganz abgesehen davon, daß sie auch kein Rezept dabeihatte. Aber da schob sich das Flugzeug schon langsam aus seiner Parkposition heraus, und Franca begriff, daß sie keine Chance mehr hatte. Sie würde nach Guernsey fliegen, und sie würde mit einer einzigen Tablette auskommen müssen.

Sie wußte inzwischen nur zu gut, daß ihre Panikattacken meist unvermittelt kamen, sie überfluteten wie eine riesenhohe Welle und sie für qualvolle, lange andauernde Minuten in einem Zustand des Entsetzens und der Verzweiflung verharren ließen. Die Panik, die sie nun im Flugzeug überfiel, hatte sie vorausgeahnt: Sie war ausgelöst worden, als der Mann, auf dessen Platz sie gelandet war, sie angeschnauzt hatte, und sie erhielt ihren entscheidenden Schub mit der Entdeckung, daß die Tablettenschachtel fast leer war. Doch obwohl Franca genau gewußt hatte, daß sie jeden Moment mit unerbittlicher Gewalt zuschlagen würde, schnappte sie fassungslos nach Luft unter der Wucht des Angriffs. In Sekundenschnelle war ihr leichter Baumwollpullover von Schweiß durchtränkt, verwandelten sich ihre Beine in Pudding, begannen Herz und Puls zu rasen, als habe sie einen Marathonlauf hinter sich. Sie fing heftig an zu frieren, wußte aber, daß das Frieren von innen kam, daß nichts auf der Welt sie würde wärmen können. Ihre Zähne schlugen kaum hörbar aufeinander. Sie wußte um ihre aschfahle Gesichtsfarbe in solchen Momenten. Sie mußte aussehen wie ein Gespenst.

Neben den körperlichen Symptomen, dem Zittern, Schwitzen und gleichzeitigen Frieren, breitete sich die Angst in ihrem Innern aus, mit der Geschwindigkeit eines Feuers in einem ausgedörrten Wald. Fast meinte sie Michael zu hören, seine genervte, ärgerliche Stimme.

»Was denn für eine Angst, Herrgott noch mal?« Das fragte er immer wieder, und offensichtlich gelang es ihr nie, ihm eine zufriedenstellende Antwort zu geben.

»Es ist nicht einfach Angst. Das Wort ist zu schwach. Es ist Panik! Aber eine unbestimmbare Panik. Ein Gefühl von Entsetzen. Von Qual. Von Ausweglosigkeit. Eine namenlose Angst, der man nichts entgegensetzen kann, weil man nicht weiß, woher sie kommt.«

»Es gibt keine *namenlose Angst*. Keine *unbestimmbare Panik*! Man muß doch wissen, *wovor* man Angst und Panik hat!«

»Vor *allem*. Vor dem Leben. Vor den Menschen. Vor der Zukunft. Alles erscheint dunkel, bedrohlich. Es ist...«

Jedesmal waren ihre Schilderungen in Hilflosigkeit erstorben. »Michael, ich weiß es einfach nicht. Es ist schrecklich. Und ich bin völlig wehrlos.«

»Unsinn. Man ist nie völlig wehrlos. Das ist nur eine Frage des Willens. Aber du hast dich ja schon vor sehr langer Zeit auf den bequemen Standpunkt zurückgezogen, eben keinen Willen zu haben. Damit kannst du getrost die Arme hängenlassen und von einer Panik zur nächsten taumeln.«

Sie hörte seine Stimme gnadenlos auf sich einhämmern, während das Flugzeug zur Startbahn rollte und sie vergeblich versuchte, ihr Zittern und die innere Qual auf irgendeine Weise unter Kontrolle zu bringen.

Die Tablette... Sie wußte, innerhalb einer knappen Minute würde sie sich beruhigen, wenn sie sie schluckte. Aber dann war sie weg. Ihre Wirkung hielt fünf bis sechs Stunden an, höchstens. Und sie konnte Guernsey erst übermorgen wieder verlassen.

»Geht es Ihnen nicht gut?«

Sie vernahm die Stimme ihrer Nachbarin wie durch einen Nebel. Verschwommen sah sie das freundliche Gesicht einer alten Dame. Weiße Haare, gütige Augen.

»Sie haben graue Lippen und zittern wie Espenlaub. Soll ich die Stewardeß rufen?«

»Nein, vielen Dank.« Jetzt nur kein Aufsehen erregen. Sie wußte aus Erfahrung, daß dies die Situation verschärfen würde. »Ich habe hier eine Tablette... Wenn ich die schlucke, geht es mir sofort besser.«

»Haben Sie Flugangst?«

»Nein... ich bin... ich habe eine verschleppte Erkältung...« Das klang sicherlich völlig unglaubhaft, aber ihr fiel in diesem Moment nichts anderes ein. Sie brauchte drei Anläufe, um die Tablette aus dem Zellophan zu drücken. Ihre Finger bebten, als sie sie in den Mund steckte. Sie bekam sie leicht ohne Wasser hinunter, das hatte sie in den vergangenen Jahren, in denen sie die Tabletten in den unmöglichsten Momenten hatte schlucken müssen, nur zu gut gelernt.

»Ich hatte schreckliche Flugangst früher«, sagte die alte Dame, die Erklärung mit der verschleppten Erkältung ignorierend. »Zeitweise bin ich in keine Maschine mehr gestiegen. Aber dann habe ich mir gesagt, daß ich es irgendwie bekämpfen muß. Meine Tochter ist auf Guernsey verheiratet. Und schließlich will ich sie und die Enkel ab und zu sehen. Mit dem Auto ist das eine sehr weite

Strecke, und mit der Bahn ... ach, du lieber Gott!« Sie winkte ab. »Da habe ich mir das Fliegen richtig antrainiert. Und inzwischen macht es mir überhaupt keine Probleme mehr.« Sie lächelte. »Sie werden das auch in den Griff bekommen.«

Franca schloß die Augen. Die Tablette begann bereits zu wirken. Das Zittern verebbte. Sie hörte auf zu frieren. Der Schweiß trocknete auf ihrer Haut. Die Panik versickerte langsam. Sie atmete tief durch.

»Sie bekommen wieder etwas Farbe auf den Wangen«, stellte ihre Nachbarin fest. »Diese Tabletten scheinen phantastisch zu wirken. Was ist das eigentlich?«

»Ein Baldrianpräparat.« Franca ließ die Schachtel eilig in ihrer Handtasche verschwinden. Ihr Körper entspannte sich. Sie lehnte den Kopf an die Lehne.

Sechs Stunden. Sechs Stunden, wenn sie optimistisch dachte, und Optimismus fiel ihr in dieser Phase, kurz nach der Einnahme, nicht schwer. Sechs Stunden, in denen sie Ruhe hatte.

Und dann?

Wie mache ich das morgen in der Bank, überlegte sie, wie schaffe ich es, aus dem Hotelzimmer zu kommen?

Das Abendessen und das Frühstück konnte sie ausfallen lassen und einfach im Zimmer bleiben. Wenn sie Glück hatte, gelang es ihr noch, auf dem Flughafen in St. Martin ein Sandwich zu kaufen, dann mußte sie nicht allzusehr hungern. Aber zur Bank mußte sie morgen, und es war ihr ein Rätsel, wie sie diesen Gang bewältigen sollte.

Ich muß morgen darüber nachdenken, beschloß sie, vielleicht habe ich gar keine Attacke, und damit gibt es überhaupt kein Problem.

Irgendwo in einem Winkel ihres Gehirns wußte sie, daß eine Attacke kommen würde, denn es kam immer eine, aber gedämpft durch das Medikament konnte sich dieser Gedanke keinen Raum verschaffen. Ein sanfter Schleier hatte sich über ihr Empfinden gebreitet. Sie würde die Dinge einfach auf sich zukommen lassen.

Reza Karim fuchtelte aufgeregt mit den Händen und gab einen Wortschwall in seiner pakistanischen Muttersprache von sich, ehe er sich besann und in sein hartes, etwas abgehacktes Englisch zurückfiel.

»Ich weiß es nicht! Ich weiß wirklich nicht, wie das passiert sein kann. Ich habe hier keine Buchung! Mrs. Palmer, ich bin untröstlich. Kann es sein, daß Sie vergessen haben, mich zu verständigen?«

Franca hielt sich mit beiden Händen am Tresen der Rezeption fest und starrte Reza Karim hypnotisch an. »Mr. Karim, mein Mann hat das Zimmer gebucht. Vielmehr, seine Sekretärin hat es getan. Und das hat doch immer funktioniert.«

»Ja, aber ich habe diesmal keine Buchung!« Hektisch blätterte Karim in seinem Reservierungsbuch vorwärts und rückwärts. »Hier ist nichts! Hier wird alles eingetragen. Hier ist nichts!«

»Ich brauche ein Zimmer, Mr. Karim.« Sie begann zu schwitzen, aber das mochte an der Hitze liegen, die über der Insel brütete. Noch hielt die Wirkung des Tranquilizers an. Aber was, um Himmels willen, sollte sie tun, wenn sie kein Hotelzimmer bekam?

Sie war jedesmal im *St. George Inn* abgestiegen, wenn sie auf Guernsey gewesen war. Eine preiswerte Absteige, und manchmal hatte sie gedacht, daß Michael ihr ruhig ein etwas feudaleres Quartier hätte spendieren können als dieses zwischen anderen Häusern eingezwängt stehende Gebäude, in dem stets abgestandener Essensgeruch zwischen den Wänden hing, der dicke, weinrote Teppichboden vor Schmutz starrte, die schmale Treppe sich halsbrecherisch steil nach oben schraubte und die Badezimmer jede Andeutung von Komfort vermissen ließen – ganz abgesehen davon, daß man sich in den winzigen Zellen kaum einmal um sich selber drehen konnte und beim Haarefönen ständig mit den Ellbogen an die Wände stieß. Aber irgendwann hatte sich Franca an die stickigen Räume und an Mr. Karim gewöhnt, und Michaels Rechnung war aufgegangen: Letztlich hielt Franca an allem fest, was ihr einmal vertraut war. Selbst wenn sie sich nicht wirklich wohl fühlte in dem Hotel, so erschien es ihr doch weitaus erträglicher, einen *vertrauten* schrecklichen Zustand aufrechtzuerhalten, als etwas Neues zu probieren und möglicherweise an einen *ungewohnten* schrecklichen Umstand zu geraten.

»Natürlich brauchen Sie ein Zimmer, natürlich«, sagte Karim

nun, »aber unglücklicherweise bin ich vollständig ausgebucht. Sie wissen ja, über Gästemangel konnte ich mich noch nie beklagen!« Er lachte. Franca hatte das bisher nicht gewußt, konnte es sich auch nicht vorstellen, aber sie nahm an, daß er die Wahrheit sagte, was seine augenblickliche Situation anging. Hätte er auch nur das kleinste Kellerloch noch frei gehabt, er hätte sie hineingequetscht.

»Kann ich telefonieren?« fragte Franca.

»Selbstverständlich!« Er schob ihr den Apparat hin, ein altmodisches schwarzes Monstrum, wie es Franca nur aus nostalgischen Fernsehfilmen kannte. Sie wählte die Nummer des Labors, die Durchwahl von Michaels Büro.

Er war sogleich selbst am Telefon. »Ja?«

»Michael, ich bin es, Franca. Ich stehe hier im St. George, und stell dir vor, irgend etwas muß schiefgelaufen sein. Für mich ist kein Zimmer gebucht.«

»Das kann nicht sein.«

»Es ist so. Mr. Karim hat keinen Eintrag vorliegen.«

»Dann soll er dir eben so ein Zimmer geben.«

»Er ist ausgebucht. Es ist absolut nichts frei.«

Michael seufzte. »Das *kann* nicht sein!« Sein Tonfall, seine Stimme klangen, als würde er sagen: »Was hast du denn jetzt schon wieder versiebt? Gibt es denn *nichts*, einfach *gar nichts*, was du jemals richtig machst?«

Irgendwo in ihrem Körper begann ein Nerv zu vibrieren. Es war wie eine eigentümliche Art von Schmerz, jedoch nicht lokalisierbar und nicht beschreibbar. Es war, als sei dort eine Stelle über Jahre hinweg wundgerieben worden und sende nun bei der geringsten Berührung quälende Strahlen aus.

»Ich weiß nicht, ob es sein *kann*«, sagte sie, »aber es ist jedenfalls so. Hier ist kein Zimmer für mich gebucht.«

»Dann muß es ein Versehen sein«, meinte Michael, »ich hatte Sonia jedenfalls Bescheid gesagt.« Sonia war seine Sekretärin, und im allgemeinen erledigte sie jeden Auftrag mit größter Gewissenhaftigkeit.

»Was soll ich denn jetzt machen?« fragte Franca verzagt.

Michael seufzte erneut. »Du wirst doch wohl in der Lage sein, dir ein anderes Hotel zu suchen und dort ein Zimmer zu mieten! Lieber Gott, was soll ich denn von hier aus für dich tun?«

»Michael, ich habe Angst. Ich würde am liebsten wieder zurückfliegen. Ich ...« Sie zögerte, ihr Mißgeschick einzugestehen, brachte die Worte dann aber doch über die Lippen: »Ich habe keine Tabletten. Ich hatte nur noch eine, und die habe ich im Flugzeug nehmen müssen. Nun weiß ich nicht ...«

»Das darf doch wohl nicht wahr sein!« Wer Michael hörte, hätte meinen können, er habe es mit einer Schwachsinnigen zu tun, die ihn mehr und mehr entnervte. »*Ich* schicke dich nach Guernsey. *Ich* bezahle den Flug. *Ich* bitte dich *einmal* um etwas. Und ...«

»Ich bin schon oft für dich hier gewesen.«

»Es ist aber tatsächlich auch das einzige, was von dir verlangt wird. Es gibt sonst weiß Gott nichts, worum ich dich bitte. Die minimalsten Erwartungen und Ansprüche, die ein Mann haben kann, habe ich ja schon zurückgeschraubt. Nur um diesen *einen* Gefallen bitte ich dich noch – zweimal im Jahr! Und das ist jetzt auch schon zuviel? Das empfindest du jetzt auch schon als Zumutung? Dafür bist du jetzt auch schon zu fein, zu zart, zu sensibel?«

»Das habe ich doch gar nicht gesagt.« Der leise Vibrationsschmerz wurde stärker. Noch hielt die Wirkung des Medikaments an, aber Franca wußte, wenn sie das Gespräch nicht bald beendete, würde es nicht sechs Stunden dauern, bis der Zustand der Ruhe in sich zusammenbrach.

»Du wirst den Aufenthalt auf Guernsey jetzt *nicht* beenden! Hörst du? Du wirst morgen zur Bank gehen und erst *danach* zurückkommen. Wenn du nicht bis Samstag warten willst, dann versuche, einen Flug für morgen abend zu bekommen. Aber du gehst zur Bank! Haben wir uns verstanden?«

»Ja«, hauchte sie. Sie hatte wie immer das Gefühl, unter seiner Stimme buchstäblich kleiner zu werden. So, als verliere sie tatsächlich an Zentimetern, schrumpfe in sich zusammen. Irgendwann würde sie so klein sein, daß niemand mehr sie sah. Oder sich einfach auflösen.

Michael klang nun ein wenig freundlicher. Er schien sich zu erinnern, daß ihre Paniken heftig sein konnten, und womöglich kam es ihm in den Sinn, daß es besser sein könnte, Franca ein wenig zu stabilisieren, anstatt ihr den letzten Rest Selbstvertrauen zu rauben.

»Du wirst das schon hinkriegen. Du gehst jetzt los und suchst dir eine Übernachtungsmöglichkeit. Vielleicht kann Mr. Karim dir behilflich sein. Ruf mich heute abend an und sage mir Bescheid, ob alles geklappt hat!« Damit beendete er das Gespräch, und Franca, die noch etwas hatte sagen wollen, verschluckte ihre Worte und legte ebenfalls auf.

»Können Sie mir helfen, ein Zimmer zu finden?« wandte sie sich an Karim.

Der kratzte sich am Kopf. »Das wird schwierig. Verdammt schwierig. Die Insel dürfte weitgehend ausgebucht sein.«

Alan Shaye kam sich völlig lächerlich vor, wie er hier gegenüber dem Haus parkte, in dem Maja wohnte, und Tür und Fenster anstarrte, als erwarte er dort jeden Moment etwas Besonderes zu sehen.

Ein mieser, kleiner Schnüffler, sagte er sich. Wenn Maja mich entdeckt, lacht sie sich tot!

Hin und wieder kamen Autos vorbei, die es auf der steilen, engen Straße schwerhatten, ihn ohne Probleme zu passieren. Manche tippten sich an die Stirn oder schüttelten demonstrativ den Kopf über ihn. Er ignorierte sie. Er schaute hinauf zum zweiten Stock und fragte sich, was dort wohl gerade passierte.

Obwohl er es im Grunde ganz genau wußte. Er kannte Maja gut genug, vielleicht besser als sich selbst. Sie verschwand nicht mit einem Mann in ihrer Wohnung, um mit ihm Tee zu trinken und zu plaudern. Maja hatte eine sehr konkrete Vorstellung davon, wie Genuß aussehen sollte. Sie betrachtete Männer unter simplen Gesichtspunkten: Konnten sie ihr sexuelle Befriedigung im höchsten Maß beschaffen? Hatten sie Geld und waren bereit, es großzügig für *sie* auszugeben? Stellten sie möglichst keinerlei Besitzansprüche, gaben sich zufrieden mit dem, was sie bekamen, und fingen nicht an, eifersüchtig herumzutoben, wenn sie feststellten, daß sie sich Majas Bett mit einem Dutzend weiterer Liebhaber teilten? Denn Maja konnte sich nicht mit einem einzigen Mann zufriedengeben.

»Das wäre, als würde ich nur *ein* Buch lesen«, hatte sie einmal erklärt, als er ihr Vorhaltungen wegen ihres Lebenswandels gemacht hatte. »Oder als würde ich nur *ein* Land auf der Welt kennen. Immer Spaghetti essen und nichts anderes. Immer den gleichen Wein trinken. Meine Vorstellung von den Dingen wäre total beschränkt!«

»Das kannst du doch nicht vergleichen! Du kannst Essen, Trinken, Reisen und Lesen nicht mit Männern über einen Kamm scheren. Du kannst Männer nicht ausprobieren wie Weinsorten oder verschiedene Reiseveranstalter!«

Sie hatte gelacht. »Und warum nicht? Nenne mir einen einzigen Grund, warum es da einen Unterschied geben sollte! Warum soll ich nicht schauen, was sich mir alles bietet, bevor ich mich entscheide?«

»Kein Mensch hat gesagt, du sollst am ersten besten Mann in deinem Leben hängenbleiben.«

Sie hatte erneut gelacht. »Weil das nicht du warst. Sonst würdest du auch das von mir verlangen!«

»Maja, was du tust, geht über Ausprobieren und Anschauen wirklich weit hinaus. Du konsumierst doch wahllos. Du bist überhaupt nicht lange und intensiv genug mit einem Mann zusammen, um *irgend etwas* über ihn sagen zu können. Es ist wie ein Sport für dich. Du *willst* dich zudem überhaupt nicht entscheiden. Nach meiner Ansicht hast du vor, es dein ganzes Leben lang auf diese Weise zu treiben.«

Sie hatte die Arme um ihn geschlungen und gelächelt. Sie war bildschön, und sie konnte sehr charmant sein. »Oh, Alan! Du klingst wie eine Gouvernante! Und du blickst so ernst und so streng drein. Schau mal, auf meine Art bin ich doch durchaus treu! Mit dir bin ich jetzt schon seit fast vier Jahren zusammen. Egal, was ich tue, ich verlasse dich nie wirklich!«

Er hatte sich aus ihren Armen gelöst. Es war zu lächerlich, zu demütigend, was sie da sagte. »Wir sind nicht seit fast vier Jahren zusammen! Seit vier Jahren reihst du mich nur hin und wieder in die Sammlung deiner Liebhaber ein. Du findest es ganz nett, ab und zu mit mir zusammen zu sein. Aber du bist nicht bereit, eine Beziehung mit mir aufzubauen.«

»Wir haben doch eine Beziehung!«

»Entschuldige, aber möglicherweise definiert jeder von uns den Begriff ein wenig anders. Für mich heißt Beziehung, sich wirklich aufeinander einzulassen. Verstehst du? Und dies wiederum schließt Dritte aus. Ich gehe ja auch nicht noch mit anderen Frauen ins Bett, wenn ich mit dir zusammen bin.«

»Könntest du aber.«

»Wenn du das ernsthaft sagst, liebst du nicht!«

»Ach!« Sie hatte sich abgewandt, gereizt und gelangweilt. »Liebe? Ich bin einundzwanzig, Alan! Was willst du von mir? Ein Versprechen für die Ewigkeit? Ein Treuegelöbnis? Die Erklärung: du und kein anderer? Das mag in deinem Alter so üblich sein, aber ich fühle mich einfach zu jung!«

Natürlich hatte sie damit den Nagel auf den Kopf getroffen. An dieser Stelle lag das Problem. Er dachte es wieder, als er nun hier an diesem heißen Nachmittag im September vor ihrem Haus parkte und langsam verging zwischen Blech und Ledersitzen. Der Altersunterschied war zu groß. Er war jetzt zweiundvierzig Jahre alt. Maja würde in Kürze ihren zweiundzwanzigsten Geburtstag feiern. Er war einfach zwanzig Jahre älter. Er *fühlte* sich keineswegs alt, aber im Vergleich zu ihr *war* er es. Er hatte andere Vorstellungen, weil er sich in einer anderen Lebensphase befand als sie. Obwohl er sich nicht erinnern konnte, mit Anfang Zwanzig einen derart exzessiven Lebenswandel geführt zu haben wie sie. Er kannte überhaupt niemanden, der das tat oder je getan hatte.

Vergiß sie, dachte er müde, laß verdammt noch mal die Finger von ihr!

Er hatte vorgehabt, sie während dieses Aufenthalts auf Guernsey nicht zu besuchen. Nach ihrem letzten Treffen im Sommer, irgendwann Anfang Juni war es gewesen, hatte er ihr gesagt, ihrer beider Beziehung sei von seiner Seite aus beendet. Sie hatte mit den Schultern gezuckt. »Wir haben einander ja sowieso kaum gesehen«, hatte sie gesagt. »Du in London, ich hier … die paar Mal im Jahr, die du da bist … aber du wolltest es ja nicht anders!«

»Ich wollte dich in London haben!«

»Ja, aber zu deinen Bedingungen. Du wolltest, daß ich eine Ausbildung mache, daß ich arbeite, daß ich …«

»Daß du vor allem erst einmal einen Schulabschluß machst, ja. Wir hätten aber unterdessen zusammenleben können. Ich hätte für dich gesorgt. Das weißt du.«

»Du bist ein richtiger kleiner Moralapostel, Alan. Ich muß erst das angemessene Wohlverhalten an den Tag legen, dann werde ich von dir belohnt. Aber du kannst mich nicht wie ein kleines Mädchen behandeln. Ich bin eine erwachsene Frau.«

»Dann verhalte dich auch so. Bring irgendeine Struktur in dein Leben. So, wie du es dir vorstellst, funktioniert es nicht. Du lebst in den Tag hinein, verschläfst den halben Vormittag, verbummelst die Nachmittage und tanzt und trinkst in den Nächten. Du läßt dich von deiner Großmutter finanzieren und scheinst zu meinen, daß das irgendwie immer so weitergehen wird!«

»Es wird so weitergehen. Warum soll ich mir jetzt Gedanken machen, was in zehn Jahren ist? Es wird sich etwas finden!«

»Mae wird nicht ewig leben.«

»Dann wird jemand anderer da sein.«

»Du meinst – ein Mann?«

»Ja. Irgendein Mann wird immer da sein.«

Er hatte sie nachdenklich betrachtet, ihren sorglos lachenden Mund, ihre funkelnden Augen. »Du wirst nicht immer zwanzig sein, Maja. Du wirst nicht immer so attraktiv sein wie jetzt. Verstehst du? Es werden sich nicht dein Leben lang die Männer darum reißen, dich auszuhalten.«

»Immer mußt du unken, Alan. Immer schwarzmalen! Du kannst so schrecklich fade und langweilig sein! Man wird ganz trübsinnig in deiner Gegenwart.« Sie hatte dabei gelacht, war weit von jeder Art Trübsinn entfernt gewesen.

Als er an diesem Tag am Flughafen von St. Martin aus der Londoner Maschine gestiegen war, hatte er daran gedacht, daß er es kaum würde vermeiden können, Maja zu begegnen. Zum Geburtstag seiner Mutter am Sonntag würde sie wahrscheinlich auch kommen. Er ärgerte sich, daß er überhaupt einen Gedanken daran verschwendete, aber er hatte Angst vor der Begegnung. Angst, sein Gesicht könnte die Gefühle verraten, die er für sie hegte und die er seit Jahren ebenso erbittert wie erfolglos bekämpfte. Er fragte sich, warum es ihm nicht gelang, sich Maja ein für allemal aus dem Herzen zu reißen. Weshalb war sie stets präsent? In seiner Londoner Wohnung, in seinem Büro. Wenn er sich mit Freunden traf und sogar, wenn er mit anderen Frauen zusammen war. Er wurde Maja nicht los.

Welch ein Armutszeugnis, dachte er manchmal.

Er hatte am Flughafen einen Wagen gemietet, und anstatt gleich zu seiner Mutter nach Le Variouf zu fahren – wozu er ohnehin keine Lust hatte und was noch früh genug geschehen würde –, hatte er den Weg nach St. Peter Port genommen und war die Straße hinaufgefahren, in der Majas Haus stand. Sie bewohnte dort eine sehr hübsche Zwei-Zimmer-Wohnung, die ihre Großmutter Mae bezahlte. Von den rückwärtigen Fenstern hatte sie einen herrlichen Blick auf das Meer und auf Castle Cornet, der Festung im Hafen der Stadt.

Er hatte gerade aus dem Auto steigen wollen, da hatte er Maja plötzlich entdeckt. Sie kam die steile Straße herauf, sehr langsam, der Hitze des Tages angemessen. Sie trug einen kurzen, engen Rock und ein weißes T-Shirt, das knapp oberhalb der Taille endete und ihren Bauchnabel freiließ. Ihre langen Beine waren braungebrannt. Sie hatte Turnschuhe an und wirkte wie immer sehr unbekümmert.

Den Mann, der sie begleitete, fand Alan mehr als suspekt. Ein südländischer Typ mit einer Menge Gel im schwarzen Haar und einer verspiegelten Sonnenbrille vor den Augen. Er war mager, aber sehnig und sicher kräftig. Er sah schlichtweg aus wie ein Vorstadt-Zuhälter.

Und vielleicht, dachte Alan, ist er das auch.

Natürlich blieb er sitzen und hoffte, daß Maja ihn nicht entdeckte. Das Auto konnte sie nicht identifizieren, und ansonsten würde sie wohl nicht so genau hinsehen. Sie strahlte den Kerl neben sich an, aber der erwiderte ihr Lächeln nicht. Er folgte ihr ins Haus, und die Tür fiel hinter ihnen zu. Alan sagte sich, daß es das beste wäre, jetzt Gas zu geben und davonzufahren. Alles andere war purer Masochismus, und warum sollte er sich die Qual antun, hier zu sitzen und zu warten, bis die beiden da drinnen in der Wohnung ihr Treiben beendet hatten? Aber irgend etwas hielt ihn zurück, ließ ihn verharren, zwang ihn, die Tortur auf sich zu nehmen und unter den Fenstern sitzen zu bleiben, hinter denen sie sich vergnügte. Irgendwann, dachte er, wird es vorbei sein. Er meinte nicht ihre sexuellen Spiele mit dem schmierigen Typen. Er meinte seine Besessenheit. Eines Morgens würde er aufwachen und feststellen, daß er Maja Ashworth nicht mehr liebte. Daß sie der Vergangenheit angehörte und er seine Freiheit zurückgewonnen hatte. Daß er andere Frauen lieben und das Leben wieder genießen konnte.

Gegen sechs Uhr hielt er es nicht mehr aus. Schon die ganze Zeit über hatte er Durst gehabt, was kein Wunder war bei dem Wetter. Aber zunehmend kristallisierte sich das Bedürfnis nach einer *bestimmten* Art des Durstlöschens heraus. Er hatte nicht einfach Durst nach Wasser oder Orangensaft. Er brauchte etwas Härteres. Wie immer. Wie an fast jedem Tag.

Dicht unterhalb von Majas Haus lag ein Pub, das um sechs Uhr öffnete. Als Alan hineinging, war außer den vier jungen Leuten hinter dem Tresen noch niemand da. Ein großes Plakat kündigte Live-Musik für den Abend an. Alan orderte einen Whisky und setzte sich damit vor den großen, gemauerten Kamin gegenüber der Bar. Eine riesige Kneipe, über zwei Stockwerke gebaut, mit wuchtigen Deckenbalken und vielen hölzernen Tischen und Stühlen. In den späteren Abendstunden, das wußte Alan noch, war es hier brechend voll. Jetzt blieb er fast eine Dreiviertelstunde völlig allein, ehe zwei Männer kamen, Fischer offensichtlich, die sich über eine Bootsfahrt mit Touristen nach Sark unterhielten. Er trank in der Zeit zwei weitere Whisky und ging dreimal auf die Toilette. Er wollte sich einen vierten Whisky bestellen, aber er dachte daran, daß er noch Autofahren mußte und daß seine Mutter wieder lamentieren würde, wenn er nach Alkohol roch. Die ganze Zeit über hatte er zur Tür gestarrt, hatte halb und halb erwartet, Maja mit dem Typen hereinkommen zu sehen. Er wußte, daß sie die Kneipe manchmal aufsuchte. Aber heute zog sie es offensichtlich vor, im Bett zu bleiben, oder sie war mit dem Mann woanders hingegangen. Er erhob sich schwerfällig, ging zur Bar und zahlte. Dann trat er hinaus auf die Straße.

Der Herbst machte sich bemerkbar. Die Sonne war hinter den Häusern verschwunden, und die Schatten waren schon kühl. Wer jetzt draußen blieb, mußte einen warmen Pullover anziehen.

Bald, dachte er, sind die Tage sehr grau. Besonders in London. Die Abende sind lang und dunkel und einsam. Man braucht eine Menge Whisky, um sie zu überstehen.

Hinter Majas Fenstern brannte kein Licht, aber das mußte nicht bedeuten, daß sie fortgegangen war. Vielleicht waren sie eingeschlafen. Der Whisky machte den Gedanken ein wenig leichter.

Ist alles nicht meine Sache, dachte er, geht mich nichts an.

Er sah die Frau, als er gerade sein Auto aufschließen wollte. Sie stand auf der anderen Seite des Wagens auf dem Bürgersteig. Im ersten Moment meinte er, daß sie zwischen Auto und Hauswand nicht hindurchkonnte, denn er hatte so verwegen geparkt, daß er tatsächlich fast den ganzen Gehweg blockierte. Doch dann fiel ihm auf, daß sie sich mit beiden Händen am Wagendach festhielt. Sie war aschfahl im Gesicht, grau bis in die Lippen. Ihre Haut glänzte unnatürlich feucht.

»Ist Ihnen nicht gut?« Er konnte schlecht losfahren, solange sie sich am Dach seines Autos festkrallte. »Brauchen Sie Hilfe?«

Sie hatte ihn offensichtlich zuvor nicht bemerkt, denn sie zuckte zusammen und starrte ihn überrascht an. In ihren Augen las er eine Verzweiflung, die ihn verblüffte. Er hatte das Gefühl, mit einem Schlag nüchtern zu werden.

»Vielleicht sind Sie den Berg zu schnell hinaufgelaufen«, mutmaßte er, »bei der Hitze kann das böse Folgen haben. Wenn Sie sich einen Moment setzen wollen…? Warten Sie, ich schließe das Auto auf.«

Der Wagen hatte keine Zentralverriegelung. Er kam auf ihre Seite, schloß die Beifahrertür auf. »Hier. Setzen Sie sich. Sie sehen aus, als fielen Sie gleich in Ohnmacht.«

Sie bewegte fast tonlos ihre grauen Lippen. Er versuchte zu verstehen, was sie sagen wollte.

»Sie müssen lauter sprechen. Was ist los?«

Sie sank auf den Sitz. In einer unendlich müden Bewegung lehnte sie den Kopf zurück, schloß die Augen. Er trat an den Kofferraum, kramte in seiner Tasche, fand ein Stück Traubenzucker und kehrte damit zu der Frau zurück. Er wickelte den Zucker für sie aus dem Zellophan. »Essen Sie das. Es wird Ihnen guttun.«

Sie reagierte nicht, und so schob er ihr den Zucker einfach vorsichtig zwischen die Zähne. Einen Moment lang stemmte sie ihre Zunge dagegen, aber dann ließ sie es geschehen.

»Nicht kauen«, mahnte er besorgt. »Lassen Sie ihn langsam im Mund zergehen.«

Sie öffnete die Augen. »Es… geht… schon«, murmelte sie.

»Sie sehen aber noch immer sehr schlecht aus. Soll ich Sie vielleicht zu einem Arzt bringen?«

Sie schüttelte den Kopf. »Ich… habe kein Zimmer«, sagte sie mühsam.

Jetzt begriff er, was ihn schon die ganze Zeit irritiert hatte: Ihr Englisch, obwohl flüssig, war das einer Ausländerin. Auf keinen Fall stammte sie von der Insel, und sie war auch keine Engländerin. Eine Touristin offenbar. Ohne Zimmer? Aber wie eine Landstreicherin sah sie nicht aus. Sie hatte die Augen wieder geschlossen und gab ihm dadurch Gelegenheit, sie ausgiebig zu mustern.

Er hätte nicht sagen können, ob er sie hübsch fand oder nicht. Für seinen Geschmack war sie ziemlich farblos. Sehr dünn, blaß, ungeschminkt. Die blonden Haare hatte sie mit einem schmucklosen Gummi zurückgebunden. Sie trug Jeans und einen hellen Baumwollpullover, der zerknittert und verschwitzt aussah. Vielleicht hätte sie etwas aus sich machen können, aber offensichtlich interessierte es sie nicht, wie sie aussah.

»Sie haben kein Zimmer?« fragte er. »Wann sind Sie denn angekommen?«

Sie hob erneut die Lider. Sie hat schöne Augen, dachte Alan. Sie waren von einer interessanten blaugrünen Farbe und überschattet von auffallend langen Wimpern.

»Ich bin heute gelandet«, sagte sie. »Aus Deutschland.«

»Und Sie haben kein Zimmer?«

»Es hat… etwas mit der Buchung nicht geklappt…« Ihr Blick wurde langsam klarer. Sie setzte sich aufrechter hin. »Es geht mir besser. Wirklich, es wird besser.«

Er sah, daß ihre Wangen tatsächlich wieder eine Spur Farbe bekamen. »Sie sehen auch schon besser aus. Aber bleiben Sie bloß sitzen!« fügte er eilig hinzu, als er sah, daß sie Anstalten machte, aufzustehen. »*So* fit sind Sie nun auch wieder nicht!«

»Die Sekretärin meines Mannes wollte ein Zimmer buchen«, er-klärte sie, »aber irgend etwas hat nicht geklappt.«

»Wo sollten Sie denn bleiben?«

»Im *St. George Inn.* Dort wohne ich immer. Ich habe mein Gepäck jetzt dort abgestellt. Mr. Karim – ihm gehört das Hotel – hat herumtelefoniert, aber er hat auch kein freies Zimmer mehr auftreiben können. Ich wollte zum Touristikbüro gehen, unten am Hafen, und zwischendurch war ich im…«, sie legte die Stirn in Falten, »wie heißt es? So ein Selbstbedienungsrestaurant gleich neben der Kirche. Ein wenig exotisch…«

Er kannte es. »*The Terrace.* Dort werden Sie wohl gewesen sein.«

»Ja. Ich stand in der Schlange am Tresen. Ich hatte schon Essen und Getränke auf dem Tablett und war kurz vor der Kasse, da…« Sie stockte.

Er musterte sie aufmerksam. »Ja?«

»Ich bekam Panik«, fuhr sie leise fort, »und der Raum drehte sich vor meinen Augen. Die vielen Menschen… Ich war in Sekundenschnelle völlig aufgelöst. Ich mußte raus, etwas anderes konnte ich gar nicht mehr denken… Ich ließ alles fallen, das Tablett meine ich, mit dem, was darauf stand…«

»Und dann stürzten Sie davon?«

»Ja. Ich rannte einfach weg. Ich wollte zum Hotel, zu meinen Sachen… Ich lief die Straße hinauf, und plötzlich konnte ich nicht mehr weiter. Meine Beine waren ganz weich… und ich hielt mich an Ihrem Auto fest…« Sie versuchte erneut, aufzustehen, aber Alan drückte sie sanft zurück. »Einen Moment noch. Sie sind immer noch ziemlich blaß um die Nase.«

»Aber ich halte Sie auf…«

»Sie halten mich nicht auf. Wissen Sie was? Wir gehen jetzt dort hinüber in *The Cock and Bull*«, er wies auf das Pub schräg gegen-über, »und trinken einen Schnaps. Das wird Ihnen guttun.«

»Ich muß mich um eine Unterkunft kümmern.«

»Da hätte ich eine Idee. Meine Mutter vermietet ab und zu ein Zimmer in ihrem Haus. Ich könnte sie anrufen, und wenn der Raum frei ist, könnten Sie ihn haben. Le Variouf liegt zwar sehr einsam, ganz im Süden der Insel, aber das ist Ihnen gleich, oder?«

»Das ist mir ganz egal. Wenn ich nur weiß, wo ich schlafen kann heute nacht.«

Sie zog sich langsam an der offenen Wagentür hoch. Sie schien noch ein wenig wackelig auf den Beinen zu sein, aber es ging ihr eindeutig besser.

»Ich muß noch zu *The Terrace*«, sagte sie, »und das Geschirr bezahlen, das ich zerdeppert habe.«

»Ich fürchte, die haben jetzt schon zu. Sie können morgen hingehen. Das eilt nicht so sehr.« Er überlegte, ob er ihren Arm nehmen sollte, unterließ es dann aber. Er würde neben ihr gehen und konnte immer noch zugreifen, wenn er merkte, daß ihr wieder schlecht wurde. Aber mit jedem Schritt wurde ihr Gang ein wenig sicherer.

Warum tat er das? Die Frau gefiel ihm nicht besonders, und nun hatte er sie in gewisser Weise am Hals. Ging mit ihr etwas trinken und hatte sich auch das Problem ihrer Übernachtungsmöglichkeit aufgeladen. Wenn seine Mutter das Zimmer nicht frei hatte oder gerade keinen Gast haben wollte – was vorkam, und wenn sie zickte, dann zickte sie –, dann konnte er dieses zittrige Nervenbündel nicht an irgendeinem Wegrand abladen. Dann mußte er etwas für sie organisieren.

Ich glaube, dachte er in gnadenloser Ehrlichkeit, ich mache das nur, weil es mir ermöglicht, noch einmal in die Kneipe zu gehen und etwas zu trinken.

Im *The Cock and Bull* hatte sich inzwischen schon eine ganze Reihe von Gästen eingefunden. Die meisten lehnten an der Bar, eine Gruppe hatte sich um den Kamin versammelt. Die Musiker der Live-Band waren gerade eingetroffen und packten ihre Instrumente aus. Ein Künstler stimmte sein Cello.

Die Frau blieb in der Tür stehen und sah plötzlich aus, als wollte sie umkehren und davonlaufen. »So viele Menschen…«

»Das sind nicht viele. In dem großen Raum verteilt sich das doch.« Er hoffte, sie würde keinen Rückzieher machen, denn nun konnte er den Alkohol schon riechen, und die Gier fiel ihn unvermittelt an. »Setzen Sie sich in die Nähe der Tür. Dann haben Sie das Gefühl, jederzeit hinausgehen zu können.«

Er redete mit Engelszungen auf sie ein. Schließlich hatte er sie soweit, daß sie zögernd in Türnähe Platz nahm – auf der äußersten Stuhlkante schwebend, ständig sprungbereit, mit einem Gesichtsausdruck, als sei sie von schrecklichen Gefahren förmlich umzingelt. Er ging zum Tresen und fragte, ob er telefonieren könne, und kippte dabei schon den ersten Schnaps. Die Fremde ging ihm auf die Nerven, aber der Alkohol hatte ihn stabilisiert. Genug jedenfalls, um die Vorwürfe seiner Mutter ertragen zu können, von denen er wußte, daß sie kommen würden.

Natürlich hatte sie sich Sorgen gemacht. Sie wußte, wann sein Flugzeug gelandet war, und hatte sich gefragt, wo er blieb.

»Hättest du nicht wenigstens anrufen können? Wo bist du denn jetzt? In einer Kneipe?«

Angesichts der eindeutigen Hintergrundgeräusche konnte er es kaum abstreiten. »Ja, mit einer Bekannten.« Er wußte nicht einmal den Namen der Frau, aber das mußte er seiner Mutter nicht sofort auf die Nase binden. »Hör zu, Mummie, ist dein Fremdenzimmer zufällig frei? Hättest du Lust auf einen Gast?«

Wie er geahnt hatte, zierte sie sich. »Eigentlich nicht. Am Sonntag haben wir das große Fest, es ist viel vorzubereiten, und …«

»Diese Frau ist vollkommen pflegeleicht.« Sie erschien ihm hochgradig neurotisch, aber auch das behielt er vorsichtshalber für sich. »Ich bringe sie nachher mit. Sie hat keine andere Übernachtungsmöglichkeit. Es wäre schön, wenn du helfen würdest.«

Sie seufzte. »Hauptsache, du läßt dich endlich einmal blicken. Du warst so lange nicht mehr auf Guernsey, und kaum kommst du einmal, vertust du einen ganzen Nachmittag in einer Bar. Ich mache mir Sorgen, Alan. Du weißt, daß es gefährlich bei dir ist, wenn du einmal mit dem Trinken anfängst. Du …«

Er konnte es nicht mehr hören. »Bis nachher, Mummie. Es wird nicht allzu spät!« Er legte den Hörer auf, ließ sich zwei Whisky einschenken und ging damit an den Tisch zurück. Die Fremde saß inzwischen so weit vorne auf der Stuhlkante, daß er fürchtete, sie werde jeden Moment hinunterfallen.

»Hier!« Er stellte das Glas vor sie hin. »Trinken Sie das. Übrigens, ich heiße Alan Shaye.«

»Franca Palmer. Aus Berlin.« Sie nippte an ihrem Whisky. Ihre

Augen schweiften gehetzt durch den Raum, saugten sich dann an Alan fest. »Was hat Ihre Mutter gesagt?«

»Es klappt. Das Zimmer ist frei, Sie können es haben.« Er setzte sich neben sie. Der Geruch des Malt im Glas machte ihn ganz schwach. Er wußte, er hätte nicht ein zweites Mal hierherkommen dürfen. Jetzt würde er möglicherweise mit dem Trinken nicht mehr aufhören können, und er kannte das Ende: Alan Shaye, das lallende Häufchen Elend, am Boden kriechend.

Er sah, daß Franca offenbar anfing, sich zu entspannen. Die Aussicht, ein Zimmer für die Nacht zu haben, gab ihr ein wenig Kraft zurück.

»Mein Gott«, sagte sie, »was für ein Tag!«

»Wahrscheinlich war alles ein wenig zuviel für Sie«, meinte Alan, »und da hat dann Ihr Kreislauf schlappgemacht. Morgen geht es Ihnen sicher wieder viel besser.«

Ihre Augen begannen schon wieder zu zucken. Es machte ihn rasend zu sehen, daß sie ihren Whisky kaum mit den Lippen berührte. Er hatte sein Glas schon fast wieder leer. Am liebsten hätte er nach ihrem gegriffen und davon getrunken.

»Morgen«, sagte sie, »muß ich zur Bank.«

»Das wird kein Problem sein. Von Le Variouf aus können Sie mit dem Bus fahren. Aber wahrscheinlich kann Sie auch jemand mitnehmen. Ganz sicher fährt meine Mutter morgen nach St. Peter Port, und ich wahrscheinlich auch. Also machen Sie sich keine Gedanken.«

Sie seufzte tief, drehte ihr Glas hin und her.

Wovor, fragte er sich, hat sie so schreckliche Angst? Sie sieht aus wie ein Kaninchen, das vor einem Gewehrlauf sitzt.

»Ich werde bis Montag auf Guernsey bleiben«, erzählte er. Im Grunde hatte er kein Interesse, der Fremden irgend etwas über sein Leben mitzuteilen, aber er wollte eine Unterhaltung in Gang bringen – in erster Linie deshalb, um sich von den quälenden Gedanken an das nächste Glas Whisky abzulenken.

»Ich lebe in London. Aber ich bin auf der Insel aufgewachsen. Die Familie meiner Mutter lebt seit Generationen hier.«

»Was machen Sie in London?« erkundigte sie sich höflich. »Ich meine, beruflich?«

»Ich bin Rechtsanwalt.«

»Ein interessanter Beruf.«

»Ich mag ihn. Ich wollte Anwalt werden, solange ich denken kann.« Er überlegte kurz. »Und London gefällt mir auch sehr gut. Ich möchte in keiner anderen Stadt leben. Sind Sie je in London gewesen?«

»Nein. Ich bin als Kind manchmal gereist, aber in London war ich nie.«

»Und heute reisen Sie überhaupt nicht mehr?«

Sie schüttelte den Kopf. »Seit fast zehn Jahren nicht.«

»Und warum?«

Er merkte, daß er sie mit der Frage in Verlegenheit brachte. »Wenn ich zu indiskret bin...«

»Nein, nein.« Sie überlegte. »Ich weiß nur nicht genau, wie ich Ihnen antworten soll. Es ist eine lange Geschichte.«

Er hatte eigentlich keine Lust auf ihre Lebensbeichte, zumal er den Verdacht hatte, daß sie höchst langweilig war. Aber er wollte nicht nach Hause. Er wußte, daß er inzwischen zumindest angetrunken war, und er konnte das Lamento seiner Mutter einfach nicht ertragen. Er wollte auch nicht ins Bett. Wahrscheinlich würde er dann anfangen, über Maja nachzudenken und schließlich über sich, und irgendwann würde das wieder in einer quälenden Selbstanalyse enden.

»Erzählen Sie mir doch Ihre Geschichte«, ermunterte er sie, »nachdem Sie nun schon beinahe bewußtlos neben meinem Auto zusammengebrochen sind...«

Sie lächelte, aber es war ein gequältes Lächeln. »Wo soll ich anfangen? Ich...« Dann unterbrach sie sich plötzlich, und ihr Gesicht trug auf einmal einen sachlichen Ausdruck, den Alan als sehr anziehend empfand und der ihr, wie er dachte, viel besser stand als die Leidensmiene, die sie zuvor getragen hatte. »Ach, eigentlich läßt es sich auch in ein paar wenigen Worten sagen. Ich war Lehrerin. Ich bin in meinem Beruf gescheitert. Irgendwie komme ich seitdem seelisch nicht mehr richtig auf die Beine. Und seit einigen Jahren lebe ich mit starken Beruhigungsmitteln. Ich kann ohne die Tabletten praktisch gar nicht auf die Straße gehen.«

»Oh...«, sagte Alan überrascht. Er hätte diese langweilige Person nicht für eine Medikamentenabhängige gehalten. Aber, fragte er sich sofort, was denkst du, wie Medikamentenabhängige aussehen? Irgendwie dramatisch? Es waren wohl völlig normal wirkende Menschen, denen so etwas passiert.

»Dann war das heute…«, deutete er eine Vermutung an.

Franca nickte. »Es war nicht die Hitze. Nicht der Kreislauf. Ich habe meine Tabletten vergessen. Daheim in Deutschland. Eine einzige hatte ich noch. Mit der habe ich den Flug geschafft. Aber dann ließ die Wirkung nach – in der Warteschlange von *The Terrace*. Na ja«, sie zuckte mit den Schultern, »und den Rest kennen Sie.«

»Ja. Den Rest kenne ich.« Er stand auf. »Entschuldigen Sie, ich hole mir nur noch einen Whisky.« Es fiel ihm ein wenig schwer, den Kurs auf die Bar zu halten. Ihm war schwindlig, und er hoffte nur, daß er den Heimweg mit dem Auto schaffen würde. Ich dürfte eigentlich nicht mehr…, dachte er, aber zugleich wußte er, daß er nicht würde verzichten können. Sein ganzer Körper verlangte nach noch mehr Alkohol. Und seine Seele. Mit jedem Schluck wurde ihm Maja gleichgültiger, aber noch war sie ihm nicht gleichgültig genug. Er brauchte noch ein, zwei Gläser, und dann würde er gelassen zusehen können, wie sie mit jedem Mann der Insel vögelte.

Ziemlich wacklig kehrte er mit dem Glas in der Hand zum Tisch zurück, wo die blasse Frau aus Deutschland immer noch auf der äußersten Stuhlkante balancierte, ihr volles Glas umklammert hielt und jeden Neuankömmling aus schreckgeweiteten Augen ansah.

Wie schwach sie ist, dachte er mit einem Anflug von Aggression, aber gleich darauf hätte er fast gelacht: Wer war er, so zu denken? Er hielt sich am Alkohol genauso fest wie sie sich an ihren Tabletten. Seine Ängste, seine quälenden Gedanken, seine Phobien mochten anderer Natur sein als ihre, aber das spielte im Grunde gar keine Rolle. Es gelang ihm nicht, das Leben ohne Whisky zu ertragen, und sie mußte Tranquilizer schlucken, um überhaupt auf die Straße gehen zu können.

Da haben sich wirklich zwei gefunden, die in einem Boot sitzen, dachte er, und angesichts ihres zerquälten Gesichts empfand er diese Vorstellung als äußerst unangenehm. Er hatte doch wohl keinesfalls eine ähnlich labile Ausstrahlung wie sie? Oder vielleicht war das bereits der Fall, und er merkte es nur nicht?

»Ab und zu scheinen Sie aber doch zu reisen«, stellte er fest, »denn sonst wären Sie ja nicht hier, oder?«

»Zweimal im Jahr«, sagte sie. »Zweimal im Jahr fliege ich für zwei oder drei Tage nach Guernsey. Das ist aber auch alles.«

»Und das schaffen Sie?«

Sie hob entschuldigend die Schultern. »Mit Hilfe der Tabletten, ja.«

»Und warum bleiben Sie immer nur so kurz? Da lohnt sich der Flug doch kaum. Und Sie können die Insel gar nicht kennenlernen.«

Sie druckste ein wenig herum. »Ich bin geschäftlich hier. Für meinen Mann.«

»Verstehe.« Er verstand tatsächlich. Vermutlich handelte es sich um eine Steuergeschichte. Er nahm an, daß Franca Gelder abhob, die ihr Mann an der deutschen Steuer vorbei nach Guernsey gebracht hatte. Geschäfte dieser Art hatten sie hier ständig. Ihn ging es nichts an. Auch wenn illegale Machenschaften dahintersteckten, er brauchte sich darum nicht zu kümmern.

»Sie sollten sich mal länger auf der Insel aufhalten«, meinte er, »diesmal zum Beispiel. Das Wetter ist herrlich. Und es soll die ganze nächste Woche so schön bleiben. Sie könnten wandern und schwimmen und sich ein wenig erholen.«

Sie lächelte sehr müde. »Das geht nicht. Ich muß so schnell wie möglich nach Hause. Ich brauche meine Tabletten und das Rezept meines Arztes. Sie verstehen nicht...« Sie runzelte die Stirn, schien angestrengt zu überlegen, wie sie ihm den komplizierten Sachverhalt klarmachen könnte. »Es geht mir sehr schlecht ohne die Medikamente. Ich kann dann nicht für mich garantieren. Ich habe entsetzliche Panikanfälle, von denen ich nicht weiß, wie ich sie durchstehen soll.«

»Aber diesen haben Sie durchgestanden.«

Sie sah ihn erstaunt an. »Was meinen Sie?«

»Na ja, Sie haben doch vor ungefähr zwei Stunden in *The Terrace* einen solchen Panikanfall bekommen. Und Sie konnten dabei nicht auf Ihre Tabletten zurückgreifen. Sie haben ihn durchgestanden.«

»Nun, ich...«

»Nein. *Sie haben ihn durchgestanden.* Es war schlimm, es war fürchterlich, aber Sie sind nicht daran gestorben.«

»Ich *dachte*, ich sterbe. Ich wußte nicht mehr ...«

Diesmal zögerte er nicht, sie anzufassen. Er legte ihr beruhigend die Hand auf den Arm. Er konnte das leise Zittern in ihrem Körper spüren. »Sie *dachten*, Sie sterben. Sicher, das kann ich verstehen. Sie dachten, Sie stehen es nicht durch. Aber was war dann?«

»Sie kamen vorbei und kümmerten sich um mich.«

Er schüttelte den Kopf. »Ich habe Ihnen einen Sitzplatz in meinem Auto angeboten. Aber das war nicht entscheidend. So oder so, die Panik wäre verebbt. Das ist einfach so.«

»Woher wollen Sie das wissen?«

»Ich denke, so ist das Prinzip. Und der Vorgang mit Ihnen hat das bestätigt. Ich denke, Sie haben seit sehr langer Zeit zum erstenmal wieder die Panik bis zu ihrem Höhepunkt kommen lassen. Zwangsläufig, weil Sie sie diesmal nicht vorher mit Ihren Pillen abfangen konnten. Aber nichts, gar nichts kann höher steigen als bis zu seinem eigenen Höhepunkt. Danach beginnt es wieder zu fallen. Das ist wie mit den Wellen des Meeres. Sie steigen und steigen, türmen sich auf, hoch, bedrohlich. Sie schwellen immer mehr an. Doch dann ist der Scheitelpunkt erreicht. Sie kippen und stürzen in sich zusammen. Und dann rollen sie ganz flach und schäumend über den Sand.«

Sie schob ihr Glas von sich. »Ich bin entsetzlich müde. Glauben Sie, wir könnten jetzt fahren?«

Sein Glas war wieder leer. Normalerweise hätte er nun weitergetrunken bis zur Besinnungslosigkeit, er befand sich genau auf der richtigen Schiene. Aber vielleicht sollte er ihrer Bitte nachkommen und es als Fügung betrachten. Jetzt mit ihr nach Hause zu gehen, würde ihn vor einem fürchterlichen Absturz bewahren – und vor einem äußerst schmerzhaften Kater am nächsten Morgen.

»Okay«, gab er nach, »wir gehen.« Er stand auf. Es machte ihn fast verrückt, die goldfarbene Flüssigkeit in ihrem Glas zu betrachten – den Whisky, den sie nicht mehr trinken würde und den er ... Nein, er würde es nicht tun. Sogar die labile Person hatte es ohne Droge geschafft; es war das mindeste, es ihr jetzt gleichzutun.

»Sie sollten an diesen Tag immer denken«, sagte er, als sie nebeneinander hinaus in die Dunkelheit traten. Die frische, salzhaltige Luft tat ihnen gut. »Sie sollten sich erinnern, wie es war, als die Panik kam und Sie ihr nichts entgegenzusetzen hatten. Wie es sich anfühlte, als sie anstieg und anstieg und Ihnen den Atem nahm und Sie dachten, Sie müßten sterben. Und wie sie dann in sich zusammenfiel. Wie Sie wieder atmen konnten, ruhig und gleichmäßig. Wie das Zittern aufhörte. Wie die Gedanken wieder klar wurden und Sie feststellten, daß Sie am Leben bleiben würden. Und so wird es immer sein.«

»Wie wird es sein?« fragte sie verwirrt.

»Sie werden nie daran sterben. Sie werden Ihre Panik jedesmal überleben. Das bedeutet, Sie müssen nicht halb soviel Angst haben, wie Sie jetzt empfinden.«

Sehr leise sagte sie: »Ich habe aber Angst. Und ich glaube, ich werde nicht aufhören können, mich zu fürchten.«

»Vielleicht doch. Wenn Sie an diesen Tag denken.« Er schloß die Autotür auf. »Es war bestimmt das erste Mal seit sehr langer Zeit, daß Sie eine Panik durchgestanden haben, oder?«

»Ja.«

»Sie sollten stolz darauf sein. Und sich als Siegerin fühlen. Was Sie einmal geschafft haben, das schaffen Sie immer wieder.«

Sie schloß für einen Moment die Augen. »Bitte, fahren Sie jetzt.«

»Wir holen noch Ihr Gepäck bei Reza Karim«, schlug er vor, »okay?«

Sie antwortete nicht. Sie lehnte den Kopf zurück, vertrauensvoll wie ein kleines Kind.

Dieser Tag konnte ja nicht anders enden, dachte er resigniert, ich hätte einfach nicht herkommen sollen.

Er warf einen letzten kurzen Blick zu Majas Fenstern hinauf.

In der Wohnung war es noch immer dunkel.

3

Dieser schreckliche Doppelgeburtstag, der jedes Jahr mit soviel Brimborium gefeiert werden muß, dachte Beatrice gereizt.

Ihr selbst hätte es überhaupt nichts ausgemacht, den 5. September stillschweigend zu übergehen. Sie fand, daß es nicht unbedingt Grund für eine fröhliche Festlichkeit gab, wenn man schon wieder ein Jahr älter wurde, und schon gar nicht, wenn man erst mal über siebzig war. Sehr viel Gutes würde das Leben kaum noch bringen, und sie haßte es, wenn die Gratulanten in ihrem Bemühen, die bittere Pille zu versüßen, genau *das* immer behaupteten.

»Du wirst sehen, Beatrice, das Leben hält noch Turbulenzen bereit«, hatte Mae gesagt, sie an sich gedrückt und ihr ein Hermès-Tuch überreicht. Beatrice würde das Tuch nie tragen, und Mae wußte das, aber sie war fest entschlossen, in ihrem Bemühen, Beatrice zur feinen Dame umzustylen, nicht nachzulassen.

»Steter Tropfen höhlt den Stein«, sagte Mae oft, aber Beatrice hatte nicht den Eindruck, daß dies in ihrem Fall zutreffen würde.

»Aber, Mae, auf Turbulenzen habe ich gar keine Lust«, hatte sie gesagt, und Mae hatte erwidert, nach Lust oder Unlust werde man im Leben nie gefragt, grundsätzlich nicht. Mae liebte philosophisch angehauchtes Geplänkel – hirnlose Amateurpsychologie nannte Beatrice das im geheimen.

Sie hielt sich abseits an diesem Tag, überließ es Helene, Mittelpunkt und gefeiertes Geburtstagskind zu sein. Helene wollte das Fest, Jahr für Jahr, und nie brachte es Beatrice fertig, ihr diesen Wunsch abzuschlagen. Obwohl sie sich gräßlich fühlte, versöhnte sie zumindest Helenes glücklicher Gesichtsausdruck mit dem Gewaltakt, den sie sich antun mußte. Helene sah oft unfroh und frustriert aus, aber an diesem Tag lächelte sie, und in ihren Augen lag ein Glanz, der sich niemals sonst zeigte. Sie trug ein geblümtes Sommerkleid, für das sie eigentlich zu alt war, aber Helene besaß überhaupt nur Kleider, die sich für Frauen geeignet hätten, die mindestens dreißig Jahre jünger waren als sie. Sie hatte überdies ziemlich viel Rouge und Lippenstift aufgelegt und eine künstliche Rose an ihrem aufgesteckten Haar befestigt. Sie hielt ein Champagnerglas in der Hand, plauderte mit den Gästen und wirkte gelöst und entspannt.

Beatrice beobachtete Kevin, der am Buffet stand und die angebotenen Speisen mißtrauisch musterte. Als exzellenter Hobbykoch stellte er hohe Ansprüche an kulinarische Genüsse, und selten fand etwas Gnade vor seinem verwöhnten Gaumen. Beatrice stellte amüsiert fest, daß er offenbar schon wieder Mängel entdeckte. Das Buffet war von einem sehr guten Partyservice in St. Peter Port geliefert worden, aber Kevin würde eine Reihe von Haaren in der Suppe finden, würde am nächsten Tag dort anrufen und sich mit spitzer Stimme beschweren.

»Hallo, Beatrice«, sagte eine rauhe Frauenstimme, »du siehst aus, als wünschtest du dich ans Ende der Welt.«

Beatrice wandte sich um. Maja war an sie herangetreten und sah sie aus spöttischen Augen an. Sie trug ein Fähnchen von einem Kleid, eine Art schwarzes Nichts, das allzuviel von ihrem makellos gebräunten Körper sehen ließ. Die langen Haare fielen offen bis zur Taille herab. Finger- und Fußnägel hatte sie schwarz lackiert, und an ihrem rechten Handgelenk klimperten mehrere dünne, silberne Armreifen.

»Hallo, Maja«, erwiderte Beatrice. Wie immer, wenn sie Maja auch nur einen Tag lang nicht gesehen hatte, fühlte sie sich für einen Moment überwältigt von der Attraktivität der jungen Frau. Maja hatte eine Ausstrahlung von Jugend und Erotik, die anderen Menschen manchmal die Sprache verschlug. Ihr Körper schien sich stets in einer Haltung von Erwartung und Provokation zu befinden, ihre kleinen, festen Brüste waren wie eine einzige Herausforderung.

»Dieses Mädchen muß lediglich eine Bewegung machen, einen Satz sagen oder auch einfach dastehen«, hatte Mae einmal gesagt, »und immer scheint sie dabei eine Aufforderung zum Beischlaf auszusprechen. Ich frage mich, was das ist! Wahrscheinlich kann sie gar nichts dafür.«

Aber sie weiß es ganz genau, dachte Beatrice nun, sie ist sich ihrer Wirkung in jedem Moment bewußt, und sie setzt sie höchst kalkuliert ein.

»Ich sollte dir jetzt zum Geburtstag gratulieren«, sagte Maja,

»aber da ich annehme, du kannst keine Glückwünsche mehr hören, lasse ich es lieber. Soll ich dir statt dessen irgend etwas holen?«

»Danke, nein. Ich frage mich, wie ihr alle soviel Champagner trinken könnt. Mir ist es dafür viel zu heiß.«

»Ach, ich kann Champagner eigentlich immer trinken.« Maja ließ ihren Blick schweifen und blieb an Kevin hängen, der sich, inzwischen schon fast angewidert wirkend, vorsichtig einige Essensproben auf einen kleinen Teller lud. »Sieht Kevin nicht wieder einmal großartig aus?« fragte sie. »Ich habe noch nie einen Mann mit einem solchen Körper erlebt. Er weiß auch genau, wie er sich anziehen muß. Diese Jeans sind einfach toll.«

Für Beatrice war eine Jeans wie die andere; es gelang ihr nie, herauszufinden, nach welchen Kriterien die jungen Leute diese Art von Kleidungsstücken als entweder völlig unmöglich oder als den letzten Schrei einstuften. Aber in jedem Fall hatte Maja recht: Kevin sah phantastisch aus. Neben ihr war er der schönste Mensch im Raum.

»Ihr beide würdet ein optisches Traumpaar abgeben«, meinte Beatrice, »aber leider kann daraus ja nichts werden.«

»Es würde wirklich allein bei der Optik bleiben«, sagte Maja, »und das wäre auf die Dauer zu wenig.«

Beatrice lachte. »Vor allem für dich. Du würdest durch eine Art Sinnkrise gehen.«

Maja stimmte in ihr Lachen ein. »Da hast du vermutlich recht. O Gott, ich fürchte, ich werde Helene gratulieren müssen. Sie wird mich wieder mit diesem Blick mustern, der mir das Gefühl gibt, ein Flittchen zu sein, und es wird mir bewußt werden, daß mein Kleid etwas offenherzig ist. Komisch, nicht? Helene ist der einzige Mensch, der mich irgendwie einschüchtern kann. Ob es daran liegt, daß sie Deutsche ist? Man sagt ja, daß die Deutschen…«

»Vorsicht«, warnte Beatrice, »sag so etwas bloß nicht zu ihr! Das könnte einen hysterischen Ausbruch heraufbeschwören. Mit ihrer Herkunft kommt sie überhaupt nicht zurecht.«

»Sie verkompliziert da etwas, was gar nicht kompliziert ist. Sie ist Deutsche, na und? Die alten Feindschaften existieren doch schon lange nicht mehr.«

»Nicht für dich und deine Generation, und das ist gut so. Aber auf Guernsey leben viele Menschen, die den Krieg noch sehr bewußt mitbekommen haben. Helene kam als Frau eines Besatzungsoffiziers hierher. Das kann sie nicht vergessen, und eine ganze Reihe von Leuten vergißt es auch nicht.«

»Sie ist inzwischen eine von hier. Niemand wirft ihr irgend etwas vor.«

Beatrice sah zu Helene hinüber, die gerade mit einem kleinen Mädchen sprach, das ihr einen Blumenstrauß überreicht hatte.

»Die Zeit damals«, sagte sie, »hat uns alle auf eine gewisse Weise traumatisiert. Jeder geht anders damit um, aber da ist manches, was nie vergessen sein wird.«

Majas Blick verriet, daß ihre Gedanken abschweiften. Beatrice kannte das schon. Die jungen Leute mochten nichts hören vom Krieg, von der Zeit der deutschen Besatzung auf den Kanalinseln. Das war lange her und hatte mit ihnen nichts mehr zu tun. Es interessierte sie nicht, was damals geschehen war, und Maja, mit ihrer Leidenschaft für Nachtclubs, Männer und Affären, interessierte es schon gar nicht.

»Ich bringe das mit Helene jetzt hinter mich«, sagte sie. »Wir sehen uns noch, Beatrice, bis nachher!«

Sie trat auf Helene zu, und deren Miene verdüsterte sich sofort.

Sie und Maja werden nie zueinanderfinden, dachte Beatrice.

Sie hatte inzwischen größte Lust, ihre eigene Geburtstagsparty unauffällig zu verlassen, da sah sie, daß Alan den Raum betrat. Den ganzen Morgen über hatte er sich noch nicht blicken lassen. Sie seufzte tief. Sie konnte nicht in dem Moment verschwinden, da ihr einziger Sohn zum Gratulieren kam.

Alan sah seinem Vater immer ähnlicher, je älter er wurde. Er hatte dunkle Haare und dunkle Augen und wirkte manchmal wie ein südfranzösischer Lebemann. Er war attraktiv, doch von den Spuren seines exzessiven Alkoholgenusses deutlich gezeichnet. Seine Haut neigte bereits zur Schlaffheit, obwohl er erst zweiundvierzig Jahre alt war, und er hatte auffallend starke Tränensäcke unter den Augen. Er war längst Alkoholiker, da machte sich Beatrice nichts vor, auch wenn sein Leben nach außen hin noch funktionierte, er seinem Beruf erfolgreich nachging und seine Sucht noch immer recht gut vertuschen konnte. Beatrice wußte, daß er einige Jahre zuvor eine Affäre mit Maja gehabt hatte – zumindest hatte sie geglaubt, es habe sich nur um eine Affäre gehandelt. Aber irgendwann war ihr klargeworden, daß Alan sich in die Geschichte mit dem jungen Mädchen viel tiefer verstrickt hatte, als er jemals zugeben würde. Er war wie besessen von dieser Frau. Beatrice konnte nicht verstehen, wie ein interessanter und gebildeter Mann sich so stark zu einer so oberflächlichen Person hingezogen fühlen konnte, denn so hübsch Maja war, kein Mann von Verstand würde ernsthaft eine längerfristige Verbindung mit ihr anstreben wollen. Maja würde sich nie zu einer treuen Ehefrau wandeln können. Sie würde dem Mann an ihrer Seite ohne Unterlaß Hörner aufsetzen – und Beatrice hoffte, daß Alan dies irgendwann erkennen und sich davon angewidert zeigen würde.

»Hallo, Alan«, sagte sie, als er vor ihr stand, »es ist Sonntag, es ist elf Uhr am Vormittag, und du bist schon wach. Soll ich das als besonderes Zeichen deiner Zuneigung zu mir werten?«

Alan hauchte ihr einen Kuß auf die Wange. Sein Atem roch stark nach Pfefferminz, aber die Bonbons, die er ganz offensichtlich aus Tarnungsgründen gelutscht hatte, konnten die darunter schwingende Whiskyfahne nicht verbergen.

»Meinen Glückwunsch zum Geburtstag, Mummie. Du siehst gut aus für dein Alter, wirklich!«

»Das ist wahrscheinlich als Kompliment gemeint. Danke, Alan.« Sie sah, daß sein Blick suchend im Raum umherschweifte. »Maja steht dort drüben bei Helene, falls du herausfinden möchtest, ob sie da ist«, sagte sie. »Du wirst Gelegenheit haben, sie zu begrüßen.«

Alan lächelte, aber er sah dabei ein wenig gequält aus. »Ich habe gar nicht nach Maja geschaut, Mummie. Ich habe mich nur umgesehen, wer überhaupt so da ist. Jede Menge alter Damen, so scheint es. Hast du so viele Freundinnen? Oder eher Helene?«

»Es sind Bekannte. Keine von den alten Schachteln steht mir besonders nahe, aber wenn es irgendwo gratis etwas zu essen und zu trinken gibt, strömen sie in Scharen herbei. Ehrlich gesagt, könnte ich auf jede einzelne von ihnen verzichten, aber Helene braucht das Gefühl, daß ihr Geburtstag ein ganz besonderes Fest ist, und so spiele ich eben mit.«

»Hm.« Alans Blick hatte sich für einen Moment an Maja geheftet, die noch immer mit Helene sprach. Er sah rasch zur Seite, als er bemerkte, daß seine Mutter ihn aufmerksam musterte.

»Und, Mum, wie geht es sonst so?« fragte er leichthin. »Was machen die Rosen? Ist dir eine neue, tolle Kreuzung geglückt?«

»Ich habe es schon lange nicht mehr versucht. Nein, von den Geschäften habe ich mich völlig zurückgezogen. Ich lebe in den Tag hinein und tue nur, was mir Spaß macht.« Sie verzog das Gesicht, halb spöttisch, halb traurig. »Wenn man alt ist, wird das Leben langweilig, weißt du.«

»Aber dein Leben doch nicht, Mum!« Alan nahm sich ein Champagnerglas von einem Tablett, das vorübergetragen wurde. Durstig trank er es sogleich in einem Zug zur Hälfte leer. »Du hast doch immer etwas vor und bist ständig beschäftigt. Ich glaube, ich habe dich kaum je untätig erlebt.«

»Das ändert nichts daran, daß die Dinge, die ich tue, langweilig sind. Aber laß uns von etwas anderem sprechen. Beruflich ist alles in Ordnung bei dir?«

»Klar.« Sein Glas war leer, aber er hatte Glück: Das Tablett wurde zum zweitenmal an ihm vorbeigetragen, er konnte sofort Nachschub beschaffen. »Weißt du, Kontakte sind einfach wichtig in meinem Job, und damit hatte ich noch nie Probleme. Ich kenne einige recht einflußreiche Leute in London, und das erleichtert mir meine Arbeit immer wieder.«

»Wie schön. Ich freue mich, wenn alles gut läuft«, sagte Beatrice. Das leise Zittern seiner Hand, mit der er das Glas hielt, weckte Besorgnis in ihr. Er hatte am Tag seiner Ankunft auf Guernsey getrunken, an jenem Abend, als er irgendwann aus der Kneipe in St. Peter Port aufgetaucht war, eine junge Frau im Schlepptau, die er auf der Straße aufgesammelt hatte. Es hatte sie geärgert, daß ihn sein erster Weg auf Guernsey in ein Wirtshaus geführt hatte, aber wenigstens war es *Abend* gewesen. Freitag und Samstag war er daheim geblieben, hatte zwar abends zum Essen Wein getrunken, aber nicht auffallend viel. Jetzt war es *früher Vormittag*, und er hatte bereits dem Whisky zugesprochen. Vielleicht, dachte sie, hat er das in den letzten Tagen genauso gemacht, und ich habe es nur nicht gemerkt.

Dieser Gedanke deprimierte sie tief. Sein Verfall war weiter vorangeschritten, als sie geahnt hatte.

»Und … privat?« fragte sie vorsichtig. »Irgend etwas Neues?«

»Privat geht es mir wirklich gut«, erwiderte Alan sofort, beinahe etwas zu rasch und zu fröhlich, um glaubhaft zu wirken. »Mal die eine Geschichte, mal die andere. Ohne daß es jemals zu eng wird. Eine normale, bürgerliche Beziehung paßt wohl gar nicht zu mir.«

Beatrice wußte, daß er sich nach einer *normalen, bürgerlichen Beziehung* sehnte, aber es war klar, daß er es niemals zugeben würde. »Man sollte durchaus eine feste Bezugsperson haben im Leben«, sagte sie, »es geht dann einfach alles besser. Die sogenannte Freiheit hat nur einen trügerischen Reiz. Irgendwann besteht sie nur noch aus Leere und Überdruß.«

»Mummie …«, sagte Alan ungeduldig, aber sie unterbrach ihn sofort: »Es ist dein Leben, ich weiß. Ich habe kein Recht, mich einzumischen. Aber ich frage mich eben, ob es dir privat wirklich so gut geht, wie du behauptest. Die Tatsache, daß du bereits am Morgen schon nicht mehr ohne Alkohol auskommen kannst, deutet darauf hin, daß du vielleicht ein paar ziemlich gewichtige Probleme hast.«

»Was heißt, ich komme schon am Morgen nicht mehr ohne Alkohol aus?« fragte Alan erregt. »Ist das hier eine Party oder nicht? Schau dich mal um, außer dir trinkt jeder Champagner! Ich meine, weshalb läßt du Alkohol anbieten, wenn du dann herummeckerst, daß man ihn tatsächlich trinkt?«

»Ich meine nicht den Champagner, Alan«, sagte Beatrice sanft. »Du hattest schon etwas getrunken, als du herkamst. Ich habe es ziemlich deutlich gerochen, es kann nicht nur eine Kleinigkeit gewesen sein.«

»Mein Gott, zwei oder drei Schluck Whisky nach dem Frühstück! Ist das ernsthaft eine Katastrophe in deinen Augen?«

Beatrice schüttelte den Kopf. »Nein. Aber es kann eine werden. Du betäubst dich, Alan. Ich glaube, die Leere, von der ich sprach, hat dich bereits ergriffen, und du versuchst sie zu füllen. Aber

Whisky ist ein ziemlich oberflächlicher Tröster. Er gaukelt dir vor, daß alles leichter wird, aber in Wahrheit macht er alles nur schlimmer.«

Alan kippte mit aggressivem Schwung den zweiten Champagner hinunter. »Weißt du, Mummie, ich hätte eine gute Idee, wie du dir die Langeweile des Alters vertreiben könntest«, sagte er böse. »Werde doch Prediger bei den Anonymen Alkoholikern. Du hast echtes Talent für den Job. Du wirst eine Menge gefallener Schäfchen auf den rechten Weg zurückbringen. Und...«

»Alan, du solltest...«

»Ich hätte ein geeignetes Objekt für deine Ambitionen. Es geht zwar nicht um Alkohol, aber um etwas Ähnliches.« Er schaute sich um, wies schließlich in eine Ecke, wo Franca Palmer auf einem Stuhl kauerte und sich aus angstvollen Augen umsah. Ein Mann, der ein paar Sätze mit ihr gewechselt und sich offensichtlich um eine Unterhaltung bemüht hatte, ging gerade entnervt davon. Es war äußerst schwierig, mit Franca in ein Gespräch zu kommen.

»Franca Palmer ist tablettenabhängig, Mummie. Sie nimmt starke Beruhigungsmittel. Sie hat Angstzustände und Panikattacken. Du könntest sie wundervoll therapieren.«

Beatrice schaute zu Franca hinüber. »Wie du gerade *sie* aufgabeln konntest, ist mir ein Rätsel. Sie hat überhaupt nichts mit den Frauen gemeinsam, die du sonst anbringst.«

»Ich sagte dir doch, es war Zufall. Sie ist mehr oder weniger in mein Auto gefallen. Kümmere dich um sie! Vielleicht nimmt sie deine Bemühungen dankbarer an als ich.«

Er drehte sich um und ging davon, griff sich demonstrativ ein weiteres Glas mit Champagner. Er blieb bei Helene und Maja stehen und begann einen von etwas fahrigen Gesten begleiteten Monolog zu halten.

»Dummer Kerl«, sagte Beatrice inbrünstig. Es reichte ihr endgültig. Sie hatte keine Lust, noch länger auf einem Fest zu bleiben, auf dem sie sich nur ärgerte. Vielleicht sollte sie die arme Spitzmaus Franca Palmer aus ihrer Ecke ziehen und zu einem kleinen Spaziergang im Garten überreden. Es interessierte sie, mehr über die Frau zu erfahren, die Alan aufgelesen und mit nach Hause gebracht hatte. Auch wenn er sie nur zufällig kennengelernt hatte, so mußte doch irgend etwas an ihr ihn genug gefesselt haben, daß er ihr seine Hilfe angeboten hatte. Vielleicht ließe sich da etwas ausbauen. Beatrice hätte eine Menge dafür gegeben, ihren Sohn von der unmöglichen Maja Ashworth loszueisen, und sie dachte, daß es nicht schaden konnte, die junge Deutsche ein wenig unter die Lupe zu nehmen.

Außerdem wollte sie ohnehin gern nach draußen. Es herrschte herrliches heißes Sommerwetter, aber es war typisch für Helene, daß sie im Haus blieb und dadurch die Gäste zwang, ebenfalls auf die Sonne zu verzichten. Helene jammerte einfach immer über das Wetter. Es war ihr entweder zu kalt oder zu heiß, zu naß oder zu trocken. Beatrice hatte noch nie erlebt, daß sie ein einziges Mal zufrieden gewesen wäre.

Sie griff sich zwei Gläser Champagner und ging damit auf Franca zu. Sie hatte keine Lust, noch länger zuzusehen, wie Helene sich feiern ließ und Alan Maja anhimmelte. Und sich dabei betrank. In spätestens zwei Stunden würde er nicht einmal mehr wissen, wie er hieß.

4

»Ich habe heute ein interessantes Buch gelesen«, sagte Franca. »Die Geschichte eines Mannes, der die deutsche Besatzungszeit auf den englischen Kanalinseln erlebt hat.«

»So?« gab Michael zurück, müde und lustlos. Es war spät am Abend, er hatte einen anstrengenden Tag hinter sich. Er wollte längst im Bett sein, aber er war zu erschöpft, sich aufzuraffen, die Treppe hinaufzugehen, sich auszuziehen und die Zähne zu putzen. So kauerte er am Küchentisch und hielt sich an einem Glas Rotwein fest. Franca saß ihm gegenüber, wacher und weniger frustriert als sonst. Durch das geöffnete Fenster strich die noch immer samtene Wärme der Septembernacht herein, und eine eigentümliche Stille lag über dem Haus – eigentümlich, weil sie ein wenig geheimnisvoll war und weil sie ein unbestimmtes Versprechen zu bergen schien, die Verheißung einer Veränderung.

Eine Nacht, die etwas verspricht, dachte Franca, ein dummes Gefühl von mir wahrscheinlich nur... jede Wette, daß Michael nichts dergleichen empfindet.

Es schien eine Ewigkeit her zu sein, daß sie zuletzt so beieinandergesessen hatten: müde, Wein trinkend, ohne Erwartungen aneinander. Ab und zu sprachen sie, dann schwiegen sie wieder, aber dieses Schweigen war frei von jenem lähmenden Unbehagen, das sich Francas für gewöhnlich bemächtigte. Vielleicht lag es daran, daß Michael so sichtlich müde war, daß sie keine Angriffe von ihm befürchten mußte. Seine Scharfzüngigkeit ließ nach, wenn er hart gearbeitet hatte und dann noch Alkohol trank. Die Situation erinnerte Franca an die allererste Zeit ihrer Beziehung, als die Dinge zwischen ihnen noch besser funktioniert hatten. Sie hatten manchmal abends so beieinandergesessen, damals in ihrer heruntergekommenen Studentenbude in Kreuzberg, und hatten billigen Wein getrunken, der Kopfschmerzen verursachte und eigentlich nicht schmeckte, den sie aber dennoch geliebt hatten.

Die Entfremdung zwischen ihnen war schleichend eingetreten, hatte sich genährt von Francas beruflichen Mißerfolgen, ihren daraus erwachsenden Selbstzweifeln und Depressionen. Und von Michaels Karriere, von seinem Streben nach immer mehr Geld, von der Gier, mit der er seine Ziele verfolgt und erreicht hatte. Die Schere zwischen ihnen war immer weiter aufgegangen. Irgendwann hatten sie jeder für sich auf einem Berg gestanden, ohne Verbindung zueinander, eine Schlucht zwischen sich, über die nirgendwo eine Brücke führte. Es hatte kaum noch eine Verständigung stattfinden können.

»Ich habe dir doch von der Frau erzählt, bei der ich auf Guernsey gewohnt habe«, fuhr Franca fort. Sie redete etwas zu schnell, aber sie war bemüht, den Moment einer gewissen Vertrautheit und Ruhe zu nutzen. »Beatrice Shaye. Sie lebt dort zusammen mit einer anderen alten Dame, einer Deutschen. Helene Feldmann. Beatrice spricht deshalb auch perfekt deutsch.«

»Gut für dich. Dann mußtest du dein Englisch nicht strapazieren«, meinte Michael ziemlich desinteressiert. Er gähnte. »O Gott, bin ich müde! Ich müßte längst im Bett liegen.«

»Während der deutschen Besatzung im Zweiten Weltkrieg war

Deutsch Pflichtfach an allen Schulen auf den Kanalinseln«, sagte Franca. »Wußtest du das?«

»Nein.«

»Helene Feldmann kam damals als Frau eines Besatzungsoffiziers nach Guernsey. Sie okkupierten das Haus, in dem Beatrice lebte. Ihre Eltern waren geflohen. Sie wuchs bei den Feldmanns auf.«

»Ich verstehe wirklich nicht, was dich an diesen Menschen so sehr interessiert«, meinte Michael. »Es sind ganz normale Leute, mit denen du nichts zu tun hast. Du wirst sie nie wiedersehen.«

»Ich werde doch wieder für dich nach Guernsey fahren.«

»Ja, aber dann wohnst du natürlich im Hotel! Dieses Zimmer in – wie heißt es gleich? Le Variouf oder so ähnlich – war eine Notlösung. Du wirst dich doch in Zukunft nicht in diese Einöde setzen!«

»In dem Buch, das ich über den Krieg auf den Kanalinseln lese«, kehrte Franca beharrlich zum Ausgangspunkt ihres Gespräches zurück, »wird Erich Feldmann auch erwähnt. Er war zunächst Major, wurde im Laufe des Krieges zum Oberstleutnant befördert. Er war zuständig für den Transport von Baumaterial auf die Insel – weißt du, alles, was gebraucht wurde, um die Befestigungsanlagen und die vielen unterirdischen Bunker zu bauen. Dabei hatte er natürlich auch mit den Zwangsarbeitern zu tun. Der Autor des Buches schildert ihn als eine völlig unberechenbare Persönlichkeit. Er konnte von guter Laune förmlich überwältigt werden und Sonder-Essensrationen an die Arbeiter ausgeben lassen, und er konnte auch von einem Moment zum anderen Menschenschinder werden, der drakonische Strafen verhängte und zur Willkür neigte, wenn seine Wut ein Ventil brauchte.«

»Von diesen Typen hat es damals doch gewimmelt«, sagte Michael. »Das Dritte Reich hat diese verkappten Sadisten aus ihren unauffälligen Schlupflöchern geholt und nach oben geschwemmt. Die konnten ihre Neigungen endlich ungehindert ausleben und bekamen noch Orden dafür verliehen. Dieser Erich Feldmann ist einer unter Tausenden.«

»Auf sein Konto gehen Erschießungen und Mißhandlungen. Eine Menge Scheußlichkeiten.«

»Ich nehme an, er lebt nicht mehr?«

»Er kam Anfang Mai 1945 ums Leben. Kurz vor der Kapitulation der Inselbesatzer. Die Umstände scheinen ein wenig unklar, aber in dem allgemeinen Chaos damals ging wohl sowieso alles unter.«

»Vermutlich haben ihn die befreiten Zwangsarbeiter gelyncht«, meinte Michael, »jedenfalls hoffe ich, daß sie das getan haben. Aber wieso machst du dir überhaupt Gedanken um so einen miesen Typen?«

»Ich habe seine Witwe kennengelernt. Ich habe die Frau getroffen, die als junges Mädchen mit ihm unter einem Dach lebte. Ich würde gern mehr über sie alle herausfinden.«

»Geh in Pressearchive. Durchstöbere Unterlagen der entsprechenden Zeit. Nicht daß diese Tätigkeit irgendeinen Sinn hätte, aber du bist beschäftigt und grübelst nicht von morgens bis abends über deine Neurosen nach. Ich habe früher immer gesagt, du solltest Journalistin werden, zumindest irgend etwas in dieser Richtung anstreben. Aber du wolltest ja ...«

»Ich weiß. Ich wollte unbedingt meine eigene Entscheidung treffen, und die war falsch, und damit muß ich nun leben. Wir haben oft darüber gesprochen.«

»Man *muß* mit gar nichts leben. Man kann alles ändern.«

»Ich bin vierunddreißig. Ich ...«

»Ich sage doch: Man kann alles ändern. Mit vierundsechzig, mit vierundachtzig – man muß es nur *wollen*. Verstehst du, eine Spur von *Willen* ist natürlich die Voraussetzung. Und *Wille* ist erlernbar. *Kraft* ist erlernbar!« Er sah sie an, geballte Entschlossenheit in den Augen.

Diese erschlagende Stärke, dachte sie, diese gnadenlose Energie. Immer wenn er mich so ansieht, verliere ich auch noch den letzten Rest meines kläglichen Selbstvertrauens.

Auf einmal sehr erschöpft, sagte sie leise: »Darüber wollte ich gar nicht reden. Ich wollte dir eigentlich erzählen ...«

»Wir sollten aber darüber reden.«

»Nein.«

»Warum nicht?«

»Darum«, sagte sie störrisch.

Michael schüttelte den Kopf. Er hatte seinen toten Punkt überwunden, war jetzt wach und klar – und damit wieder gefährlich. »Du redest manchmal wie ein kleines Kind. Nur ein Kind sagt einfach ›darum‹, wenn ihm kein Argument mehr einfällt. Herrgott noch mal, kannst du nicht einfach einmal *erwachsen* werden?«

»Ich…«

»Im übertragenen Sinne, Franca, bist du ein Mensch, der nur noch mit hängenden Armen dasteht. Du hast dich aufgegeben, und du tust dir entsetzlich leid. Dir ist etwas schiefgegangen, und nun hast du nicht den Mumm aufzustehen und einen neuen Anfang zu wagen. Du legst dich auf die Analytikercouch und jammerst und dröhnst dich im übrigen mit Tabletten zu, die dir vorgaukeln, die Dinge seien halbwegs in Ordnung. Du wirst darüber immer schwächer…«

»Auf Guernsey«, sagte Franca mit nun schon recht kraftloser, verzagter Stimme, »bin ich drei volle Tage ohne die Tabletten ausgekommen.«

Er wischte den Einwurf mit einer unwirschen Handbewegung vom Tisch. »Und das siehst du nun als großen Sieg an? Dir blieb nichts anderes übrig, also hast du es irgendwie durchgestanden. Mehr schlecht als recht übrigens, nach allem, was du erzählt hast. Mußtest du nicht – von *meinem* Geld – eine Menge zerschlagenes Geschirr in einem Restaurant bezahlen, nachdem du dort einen hysterischen Anfall bekommen hattest? Ich finde, das hört sich nicht gerade so an, als hättest du deine Abhängigkeit plötzlich in den Griff bekommen!«

»Ich hatte keinen hysterischen Anfall. Ich hatte eine Panikattacke. Das kannst du nicht…«

»Das ist doch Haarspalterei! Hysterie, Panik… Tatsache ist, daß es Tausende von Frauen gibt, die in ein Restaurant gehen und sich *ganz normal* benehmen können, oder? Die nicht wieder hinausgehen und die halbe Einrichtung zertrümmert hinter sich zurücklassen!«

Irgendwo hinter ihren Augen begann es zu brennen. Das erste Anzeichen dafür, daß die Tränen aufzusteigen begannen. Er übertrieb maßlos, und er war gemein in seinen Übertreibungen. Und es war nicht nur, *was* er sagte. Auch *wie* er es sagte verstärkte die bösartige Wirkung seiner Worte. Giftpfeile, mit besonderer Härte und Präzision abgeschossen.

»Ich habe nicht die ganze Einrichtung«, begann sie, brach den Satz dann aber ab. Es hatte keinen Sinn, er würde ihr nicht zuhören. Ihre Therapeutin hatte gemeint, sie lasse sich viel zu schnell in die Defensive treiben. »Verteidigen Sie sich nicht immer! Ein Kind stellt sich hin und rechtfertigt sich. Oder ein Beschuldigter vor Gericht. Beides sind Sie nicht. Sie sind eine erwachsene Frau, die nicht ständig nach allen Seiten hin Erklärungen für ihr Verhalten abgeben muß.«

Sie kennt Michael nicht, dachte sie, sie kennt seine Vorwürfe und Angriffe und Attacken nicht. Sie kennt nicht das Gefühl, an die Wand gedrückt zu werden und hilflos mit Armen und Beinen zu rudern.

»Und was deine Nachforschungen über diesen Erich Feldmann angeht«, fuhr Michael fort, und sein Ton ließ keinen Zweifel offen, wie überflüssig und sinnlos er ihr Interesse an einem toten Nazi-Offizier fand, »so werden auch sie völlig im Sande verlaufen. Es ist ohnehin Zeitverschwendung, sich damit zu beschäftigen, aber wie ich schon sagte, es hätte dich davon abgehalten, vierundzwanzig Stunden am Tag um dich selbst zu kreisen. Und wenn du tatsächlich ein Archiv oder eine Bibliothek aufsuchen würdest, dann wäre das einfach einmal etwas anderes, als immer nur im Haus zu sitzen und dich in deine Phobien gegenüber anderen Menschen und der gesamten Außenwelt hineinzusteigern. Aber soll ich dir etwas sagen? Du wirst es nicht tun! Du wirst keinen Fuß vor die Tür setzen, geschweige denn, dich bis in irgendeinen *öffentlichen* Ort hineinbewegen. Du kannst mich ja schon nicht einmal mehr im Labor besuchen. Du kannst manchmal nicht in den *Supermarkt* gehen. Du überschätzt dich maßlos in dieser Geschichte. Aber vielleicht fühlst du dich wohl dabei, Tagträume zu kreieren, die sich nie erfüllen werden.«

Er hatte sich in Wut geredet, seine Stimme war sehr laut und heftig geworden. Franca erkannte den Zorn, der in ihm schwelte, den ganzen Ärger, der sich in den vergangenen Jahren in ihm aufgestaut hatte. Natürlich hing ihm die Situation zum Hals heraus. Ein gutaussehender, erfolgreicher Mann, Besitzer eines großen zahntechnischen Labors, kulturell und gesellschaftlich interessiert – gefesselt an eine Frau, die wegen ihrer Ängste und Zwangsvorstellungen kaum noch das Haus verlassen, niemanden empfangen, ihn nirgendwohin begleiten konnte. Eine Frau, die zunehmend in Farblosigkeit versank, in immer den gleichen formlosen Klamotten herumlief, sich nicht einmal traute, ihre Haarfarbe aufzuhellen oder einen Rock zu tragen, der nicht bis zu ihren Knöcheln hinunterreichte. Er sehnte sich, das wußte sie, nach einer anderen Partnerin. Nach einer Frau, mit der er sein Leben wirklich hätte teilen können.

»Immerhin«, sagte sie leise, »bin ich wieder einmal allein nach Guernsey geflogen.«

Michael hob in einer übertriebenen Dankesgeste beide Hände zum Himmel. »Du bist nach Guernsey geflogen! *Wieder einmal!* Dem lieben Gott sei Dank, daß er seine Flügel schützend über dich gebreitet hat während dieser gefährlichen Exkursion. Was waren das Dramen, bis ich dich im Flugzeug hatte! Tagelang vorher Tränenausbrüche. Ausflüchte. Panik. Und dann das Fiasko, als du feststelltest, ohne Tabletten gereist zu sein. Und kein Zimmer zu haben. Jesus, ich dachte, die Welt geht unter! Dabei warst du nur nach *Guernsey* geflogen. Um mir einen kleinen Gefallen zu tun. Und dir«, fügte er etwas ruhiger, aber zugleich noch kälter hinzu, »im übrigen auch. Von dem Geld lebst du nicht schlecht.«

»Ich habe vier Tage ohne Tabletten gelebt. In einem anderen Land. Unter fremden Menschen. Ich habe eine schwere Panikattacke ohne Medikamente überstanden. Zählt das überhaupt nicht für dich?«

Er trank den letzten Schluck aus seinem Glas, stand dann auf. Er hatte sich unter Kontrolle, würde keine scharfen Angriffe mehr starten an diesem Abend. Doch deswegen würde er noch lange nicht freundlich und versöhnlich sein.

»Bitte verlange jetzt keine Anerkennung dafür, daß du *einmal* nicht so auffallend agiert hast wie sonst«, sagte er müde. »Ich kann sie dir nicht geben. Ich will dich nicht belügen, dir nichts vorheucheln, was nicht stimmt. Ich kann dich mit deinen Problemen nicht mehr verstehen. Ich kann deine Erklärungen dazu nicht mehr hören, deine Rechtfertigungen und Ausflüchte und deine winzigen

Erfolgserlebnisse, die *nie* zu einem großen Erfolg führen, sondern Lichtblitze in einem schwarzen Tunnel bleiben. Ich kann dir nicht geben, was du erwartest. Ich kann dir nicht über die Haare streichen und sagen: ›Gut gemacht, Franca! Welch ein Fortschritt! Ich bin so stolz auf dich!‹ Ich bin nicht stolz auf dich. Auf nichts mehr, was du sagst oder tust. Ich habe Schwäche immer verachtet. Vielleicht ist das kein guter Charakterzug an mir, aber ich bin so, wie ich bin. Weshalb sollte ich so tun, als sei ich ein anderer?« Er drehte sich um und verließ die Küche. Seine Schritte klangen auf den Steinfliesen im Flur, dann knarrte die Treppe, als er nach oben ging.

Sie starrte auf die weißlackierte Tür, die er hinter sich zugezogen hatte. Er hatte sie nicht krachend ins Schloß fallen lassen, er war jetzt zum Schluß nicht mehr zornig gewesen. Erschöpft eher und resigniert. Vielleicht hätte sie seine Wut leichter ertragen. Die Ruhe, mit der er ihr seine Verachtung erklärt hatte, schmerzte unsagbar. Er hatte nicht im Affekt geredet, hatte ihr nicht Dinge an den Kopf geworfen, die ohne allzu große Bedeutung waren, die er loswerden mußte, um ein Ventil für seine Aggression zu haben, von denen er aber später sagen – und denken – würde, er habe sie *so* nicht gemeint. Was er eben gesagt hatte, *hatte* er gemeint. Jetzt und noch Tage und Wochen später würden seine Worte stimmig sein.

Das ist der Tiefpunkt, dachte sie. Ihr war kalt, und sie empfand eine eigentümliche Ruhe. Das ist der Tiefpunkt. Schlimmer wird er mir nicht weh tun können. Schlimmer wird mir niemand mehr weh tun können.

Sie lauschte in die Stille, beherrscht plötzlich von der unsinnigen Vorstellung, an der Nacht müßte sich etwas verändert haben, nachdem soviel Unsagbares gesagt worden war. Aber es hatte sich nichts verändert. Die Uhr über dem Kühlschrank tickte. Der Kühlschrank selbst brummte leise. Irgendwo in der Ferne, es mußte einige Straßen weiter sein, startete ein Auto. Gleich darauf begann ein Hund zu bellen, verstummte aber sofort wieder. Es war eine ruhige, warme Nacht.

Vielleicht werde ich gar nicht mehr lange leben, dachte Franca. Es war ein schöner, tröstlicher Gedanke.

15. *September 1999*

Liebe Beatrice,

ich hoffe, ich falle Ihnen nicht lästig mit meinem Brief. Aber es war so schön für mich, drei Tage lang in Ihrem Haus zu wohnen – in der Stille eines bezaubernden Dorfes, in der Schönheit einer wilden, romantischen Landschaft. Ich wollte mich bei Ihrem Sohn bedanken, daß er mir an jenem für mich so schrecklichen Tag in St. Peter Port geholfen und mich mit zu Ihnen genommen hat. Ich wäre nicht mehr in der Lage gewesen, selbst etwas für mich zu organisieren. Leider kenne ich seine Londoner Adresse nicht. Würden Sie ihm meinen Dank übermitteln? Das wäre sehr nett von Ihnen.

Es war wunderbar, bei Ihrem Geburtstag dabeisein zu dürfen. Es hat mir gefallen, mit Ihnen in Ihrem großen Garten spazierenzugehen und etwas über Ihre und Helene Feldmanns Vergangenheit zu erfahren. Sie müssen eine Menge erlebt haben, wenn Sie während der ganzen Besatzungszeit auf Guernsey gewesen sind. Ich habe mich inzwischen ein wenig über die Umstände damals informiert – meine Kenntnis der Dinge beschränkte sich auf reines Schulwissen, und das war schon ziemlich verschüttet. Man weiß – wenn man sich überhaupt dafür interessiert – recht gut Bescheid darüber, was im besetzten Frankreich passiert ist, in Holland und Polen und Wo-sonst-auch-immer, aber über die Kanalinseln weiß man fast nichts. Vergessenes Land. Buchstäblich übrigens, nicht? Ich habe gelesen, daß die Alliierten sie bei ihrer Landung in der Normandie hinter sich liegen ließen, und während sie Stück um Stück von Europa befreiten, ruhten die Inseln, besetzt wie sie waren, im Meer, und niemand schien an sie und ihr Schicksal zu denken.

In einem Buch, einem Tatsachenbericht über die Zeit damals auf Guernsey, wird auch Erich Feldmann erwähnt, Helenes Mann. Er kommt in den Schilderungen nicht besonders gut weg. Es würde mich interessieren zu erfahren, wie er im Alltag war – daheim, privat im Umgang mit Helene und Ihnen.

Wenn Sie mich und mein Interesse als zudringlich empfinden, dann beantworten Sie diesen Brief einfach nicht.

Mit herzlichen Grüßen, Ihre Franca Palmer.

6

22. *September 1999*

Liebe Franca,

ich empfinde Sie überhaupt nicht als zudringlich! Ich finde es nur eigenartig, daß Sie sich für diese Dinge interessieren. Sie sind eine junge Frau, ich schätze Sie auf Anfang bis Mitte Dreißig. Wenn ich mit jüngeren Menschen über die Zeit damals sprechen will, fangen sie an zu gähnen und blicken ganz verzweifelt drein, weil sie hoffen, ich höre möglichst rasch wieder mit den alten Geschichten auf. Bestenfalls heucheln sie höflicherweise ein Interesse, das in Wahrheit gar nicht existiert. Ich bin alt genug, um sehr genau zu merken, wann mir jemand nur etwas vorspielt.

Mit Deutschen ist das vielleicht etwas anderes; Deutsche müssen aufgrund ihrer Geschichte immer ein offenes Ohr haben für alles, was mit jener Zeit zu tun hat. Das gehört zur Sühne, die euch für Generationen auferlegt ist. Ihr könnt nicht einfach sagen: Ist mir egal, interessiert mich nicht!

Oder tun das die jungen Leute in Deutschland auch? Ich bin nie dort gewesen, habe auch keinen Kontakt zu deutschen Touristen auf Guernsey. Ich habe also keine Ahnung von derartigen Tendenzen.

Erich Feldmann wird in einem Buch erwähnt? Gut, daß seine Untaten – hoffentlich! – dokumentiert sind. Ja, ich hatte das Vergnügen, fünf Jahre im Haus eines psychisch kranken Mannes zu leben, der seine kaputte Seele nur allzu oft in unberechenbarem Sadismus auslebte.

Das heißt, eigentlich war es umgekehrt. Er lebte in *meinem* Haus. Er hatte es okkupiert. Er machte sich darin breit wie ein großes, wucherndes Gewächs, das allen anderen Pflanzen ringsum langsam den Lebensraum und die Luft zum Atmen nimmt. Es ging nur um seine Bedürfnisse. Immer und ausschließlich. In einer anderen Zeit wäre er vielleicht ein mittelmäßiger Beamter gewesen, der allein seine Familie und ein paar untergeordnete Kollegen tyrannisiert. Das nationalsozialistische Regime gab ihm leider eine sehr viel weiter reichende Machtfülle und eine Reihe gefährlicher Instrumente in die Hand. Es gab Menschen, für die war er Herr über Leben oder Tod. Zum Guten wie zum Schlechten nutzte er diese Position aus. Befriedigung gewann er aus beidem: daraus, den Daumen nach oben zu halten; daraus, ihn zu senken.

Ich bekam davon allerdings gar nicht viel mit. Ich erlebte ihn zu Hause, und da ich ein Kind war und das Zuhause meine Welt, schaute ich nicht sehr weit über die Begrenzungen hinaus. Dennoch gewann ich wohl im Laufe der Jahre ein recht stimmiges Bild von ihm.

Ich hätte in dieser Zeit nie genau sagen können, welche Gefühle er in mir weckte. Haß, Zuneigung, Dankbarkeit, Angst... Seine Stimmungen wechselten schneller als die Wolkenbilder über dem Meer bei stürmischem Wind. Heute glaube ich, daß Haß das vorherrschende Gefühl bei mir war. Haß auf einen Mann, der sich mir zeitweise in väterlicher Zuneigung aufdrängte, mich jedoch unweigerlich enttäuschte, wenn ich seine Sympathiebekundungen ernst nahm und mich innerlich zaghaft darauf einzustellen begann. Ja, es war schließlich wohl nur noch Haß...

Guernsey, Juni 1940

Dabei war er ihr im ersten Moment wie ein rettender Engel erschienen. Sie hatte solche Angst gehabt, war so allein gewesen und so hungrig. Zwei Tage lang waren Flugzeuge über der Insel gekreist, und ihre dröhnenden Motoren hatten Beatrice in Panik versetzt. Sie kauerte die ganze Zeit zwischen dem geblümten Sofa und dem Schaukelstuhl im Wohnzimmer, unfähig, sich zu bewegen. Selbst als Hunger und Durst fast unerträglich wurden, brachte sie nicht die Kraft auf, in die Küche zu gehen und sich etwas zu essen oder zu trinken zu holen. Ihre Beine waren wie gelähmt. Sie war den ganzen Weg von St. Peter Port bis nach Hause gelaufen, Stunde um Stunde, war lange Strecken gerannt, dann wieder langsam gegangen, keuchend, nach Luft ringend. Den Berg schließlich hatte sie auf allen vieren zurückgelegt. Sie hatte sich im Wohnzimmer verkrochen und dann haltlos zu zittern begonnen.

Die ersten Tage – wie viele waren es? Ein paar, eine Woche? – war sie noch ab und zu in die Küche gekrochen, hatte sich einen Apfel oder einen Kanten Brot geholt und ein paar Schlucke Wasser getrunken, war dann sofort wieder in ihre Höhle im Wohnzimmer zurückgekehrt und hatte sich zusammengekauert wie ein kleines, verängstigtes Tier. Seitdem die Flugzeuge geflogen waren, hatte sie ihre Ecke überhaupt nicht mehr verlassen. Sie wußte, daß etwas Furchtbares passieren würde und daß niemand da war, ihr zu helfen. Sie wartete und dachte, daß sie wohl sterben würde.

Als der fremde Mann plötzlich vor ihr auftauchte, vermochte sie dies nicht einmal mehr in Schrecken zu versetzen. Fast teilnahmslos starrte sie ihn an. Er trug eine graue Uniform und hohe, schwarze Lederstiefel. Seine Mütze hatte er abgenommen und hielt sie in der Hand. Er war sehr groß und sah eigentlich nicht gefährlich aus.

»Wen haben wir denn da?« fragte er. Er sprach englisch, aber seine Aussprache klang komisch. Bestimmt war er kein Engländer. »Wie heißt du denn, Kleine?«

Sie war nicht sicher, ob sie einen Laut hervorbringen würde. Sie war nicht einmal sicher, ob ihre Muskeln ihr so weit gehorchten, daß es ihr gelang, Zunge und Lippen zu bewegen. Aber dann vermochte sie tatsächlich zu sprechen.

»Beatrice.« Es klang, als piepse ein kleiner Vogel. »Beatrice Stewart.«

»Aha. Beatrice. Möchtest du nicht aus deiner Ecke da herauskommen? Es ist so schwierig für mich, mit dir zu reden, wenn du halb unter einem Sessel liegst und ich kaum dein Gesicht sehen kann.«

Sie nickte und versuchte aufzustehen, aber sofort begannen ihre Beine wieder zu zittern, und sie fiel in sich zusammen. Kurzentschlossen beugte sich der Fremde zu ihr herunter. Sie fühlte sich von kräftigen Armen gepackt und in die Höhe gehoben, roch einen herben Duft, der ihr gefiel; es war wohl ein Rasierwasser, aber ein besseres, als ihr Vater immer benutzte. Der Fremde setzte sie auf das geblümte Sofa, dann verschwand er für einen Moment, und als er wiederkam, brachte er ein Glas Wasser mit.

»Trink das«, sagte er. »Ich weiß ja nicht, wie lange du schon da unten sitzt, aber du scheinst mir ziemlich entkräftet. Gibt es hier etwas zu essen im Haus?«

Sie trank das Wasser in kleinen Schlucken. Essen würde unmöglich sein, das spürte sie.

»Ich … habe keinen Hunger«, murmelte sie.

Er setzte sich ihr gegenüber auf einen Stuhl. »Wie alt bist du denn?« fragte er.

»Elf.«

»Soso. Und wo sind deine Eltern?«

»Fort.«

»Fort? Wohin sind sie gegangen?«

Sie hatte das Glas leer getrunken. Ein paar schwache, erste Lebensgeister kehrten zurück; ihre Beine fühlten sich nicht mehr ganz so puddingweich an, und sie vermutete, daß sie demnächst wieder auf ihnen würde stehen können.

»Mit dem Schiff«, sagte sie, »mit dem Schiff sind sie weg.«

»Evakuiert. Ja, sie haben mehr als 20 000 Menschen von den Inseln evakuiert«, sagte der Mann. Verwundert fügte er hinzu: »Und dich haben deine Eltern zurückgelassen?«

Beatrice hatte die ganze Zeit über nicht geweint. Sie war wie erstarrt gewesen, hatte keine Regung in sich gefühlt. Aber nun auf einmal schnürte irgend etwas ihr den Hals zu, es schien ihr, als lauere ein Strom von Tränen darauf, aus ihr herauszubrechen.

Natürlich hatten Deborah und Andrew, ihre Eltern, sie nicht zurückgelassen. Nie wäre ihnen so etwas eingefallen. Es war ein Unglück gewesen.

»Sie sind auf ein Schiff gekommen«, sagte sie, »ich nicht.«

Der Mann nickte, verständnisvoll und bekümmert. »Ihr seid in der Menge auseinandergerissen worden«, vermutete er.

Sie nickte. Nie würde sie die unüberschaubare Menge an Schiffen vergessen, nie den Hafen von St. Peter Port, der schwarz gewesen war von Menschen. Beatrice hatte gar nicht genau begriffen, weshalb sie an diesem klaren, warmen Junitag ihren schönen Garten verlassen und ein überfülltes Schiff besteigen sollte. Deborah hatte versucht, es ihr zu erklären. »Es kann sein, daß die Deutschen unsere Inseln zu besetzen versuchen. Es heißt, sie könnten schon bald hier sein. Wer nur irgend kann, soll die Inseln verlassen. Wir werden nach England gebracht.«

Beatrice hatte sich immer gewünscht, England kennenzulernen, vor allem London, denn von dieser Stadt hatte Deborah, die dort aufgewachsen war, stets geschwärmt. Aber aus irgendeinem Grund vermochte sie sich über diese unerwartete Reise nicht zu freuen. Alles war so schnell gegangen, und schon vorher hatte eine eigenartige Stimmung in der Luft gelegen. Von morgens bis abends hatte jeder Radio gehört, alle hatten ernste, besorgte Gesichter gemacht, wo immer sie zusammenkamen, blieben die Menschen stehen und redeten, redeten, redeten…

Beatrice bekam mit, daß Frankreich von den Deutschen überrollt wurde, und das machte ihr angst, denn offenbar machte es den Erwachsenen auch angst. Die bretonische Küste war nah – allzu nah. Die Deutschen mußten gefährlich sein, soviel wurde ihr klar. Der Name Hitler geisterte wie ein böses Gespenst herum, und Beatrice fing an, sich darunter eine Art Dämon vorzustellen, eine unheilvolle Macht.

Dann hieß es, Paris sei gefallen, die französische Regierung habe kapituliert. Immer öfter schnappte Beatrice das Wort Evakuierung auf.

»Was ist Evakuierung?« fragte sie ihre Mutter.

»Es bedeutet, daß wir fortgebracht werden von hier«, erklärte Deborah, »nach England, wo wir in Sicherheit sind. Wir werden nicht mehr da sein, wenn die Deutschen kommen.«

»Was wird aus Dads Rosen?«

Deborah zuckte mit den Schultern. »Wir müssen sie zurücklassen.«

»Aber… unser Haus! Unsere Möbel! Unser Geschirr! Meine Spielsachen!«

»Wir können nur wenige Dinge mitnehmen. Aber vielleicht wird unseren Sachen gar nichts passieren während unserer Abwesenheit.«

Leise hatte Beatrice gefragt: »Werden wir zurückkommen?«

Ihre Mutter hatte Tränen in den Augen gehabt. »Natürlich kommen wir zurück. Die englischen Soldaten werden die Deutschen verjagen, und dann gehen wir in unser Haus und leben genauso wie vorher. Sieh es als eine Ferienreise, ja? Als eine schöne, lange Ferienreise.«

»Wo werden wir wohnen?«

»Bei Tante Natalie in London. Es wird dir dort gefallen.«

Tante Natalie war Deborahs Schwester, und Beatrice mochte sie nicht. Aber niemand schien daran interessiert, welche Meinung *sie* zu den Evakuierungsplänen hatte. Die Koffer wurden in Windeseile gepackt, und Panik sprang über die Inseln wie ein ansteckendes Virus. Beatrice mußte sich entscheiden, welches Spielzeug sie mitnehmen wollte, und sie suchte sich den Clown aus, der über ihrem Bett hing und dem ein Bein und ein Auge fehlte. Andrew düngte und wässerte die Rosen und sah dabei aus, als würde ihm jeden Moment das Herz brechen. Deborah verschloß sorgfältig das Haus, verriegelte alle Fensterläden; sie hatte ein erstarrtes Gesicht und heiße, trockene Augen.

»Mae und ihre Eltern kommen doch auch mit«, vergewisserte sich Beatrice noch einmal.

»Jaja«, sagte Deborah, aber Beatrice war nicht ganz sicher, ob das die Wahrheit war. Es schien ihr undenkbar, nach England zu gehen, wenn ihre beste Freundin auf Guernsey bliebe. Nur mit Mae ließe sich der erzwungene Aufenthalt im fernen London vielleicht ertragen.

In St. Peter Port hatten sich, so schien es, sämtliche Bewohner der Insel versammelt. Autos und Busse parkten weit oberhalb vom Hafen, denn in den Straßen und Gassen wimmelte es von Menschen, und es war kein Durchkommen möglich.

Am dichtesten war das Gedränge vor den Schaltern der provisorisch errichteten Auskunftsbüros. Jeder wollte im letzten Moment klären, ob eine Abreise wirklich notwendig war.

»Wir dürfen einander nicht verlieren«, mahnte Andrew, nachdem sie aus dem Bus gestiegen waren, der sie von Le Variouf in die Hauptstadt gebracht hatte, »ihr beide bleibt direkt hinter mir. Beatrice, du hältst Mummies Hand ganz fest!«

Beatrice umklammerte Deborahs Hand mit aller Kraft. Ihr war ganz schwindlig von dem Gewimmel um sie herum. Nie hätte sie gedacht, daß *so viele* Leute auf Guernsey wohnten! Sie wurde gestoßen und geschoben, bekam Ellbogen, Taschen oder Koffer in die Rippen, und über ihren Kopf hinweg schrien, riefen, fluchten die Menschen. Deborah lief viel zu schnell, Beatrice hatte Mühe, mitzukommen. Sie hielt Ausschau nach Mae, konnte sie aber nirgends entdecken. Es wäre ein außerordentlicher Zufall gewesen, in diesem Gewühl einen bestimmten Menschen zu treffen. Irgendwie trieben sie vorwärts auf die Schiffe zu, die im Hafen vor Anker lagen, bewacht von dem wuchtigen, dunklen Castle Cornet, das wie eine Schutzburg der Insel vorgelagert stand und doch keinen Schutz bedeutete. Viele der Schiffe sahen ziemlich ramponiert aus, teilweise waren die Segel zerrissen und nur notdürftig geflickt, und manche Reling zeigte rußgeschwärzte Einschußlöcher. Beatrice hörte, wie ein Mann einen anderen darüber befragte und zur Antwort bekam, bei den Schiffen handle es sich teilweise um solche, die gerade in Dünkirchen für die Evakuierung der von deutschen Truppen eingeschlossenen britischen Soldaten eingesetzt worden seien. »Sie haben unter heftigstem deutschen Beschuß operiert«, sagte er. Beatrice fand, das alles hörte sich zunehmend bedrohlich an. Nicht im geringsten nach einer Ferienreise. Sondern nach einem wirklich gefährlichen Abenteuer.

Sie wußte nie genau zu sagen, wie es geschehen war, daß sie die Hand ihrer Mutter verloren hatte. Sie passierten bereits die Gangway zu einem der Schiffe. Das Gedränge war nun noch dichter, völlig unüberschaubar. Die Menschen wurden rücksichtsloser; es ging darum, gute Plätze zu ergattern und auf jeden Fall mitzukommen. Ein großer, dicker Mann stieß Beatrice zur Seite, sie stolperte und wurde von Deborahs Hand gerissen. Sie schrie sofort los. »Mummie! Mummie!«

Sie hörte auch Deborah schreien, verzweifelt und schrill wie eine Katzenmutter, die ihr Junges sucht. Irgendeine Hand packte die ihre, und ein Mann rief: »Ich hab sie! Alles in Ordnung! Ich hab sie!«

Es war ein fremder Mann. Später gelangte Beatrice zu dem Schluß, daß Deborah, zu der sie sofort den Sichtkontakt verloren hatte, möglicherweise geglaubt hatte, es sei Andrew gewesen, der Beatrice festgehalten habe. In dem tosenden Lärm ringsum mochte man eine Stimme leicht verwechseln. Jedenfalls hatte sie nicht länger gerufen, oder Beatrice hatte sie nicht gehört. Es dauerte nur wenige Augenblicke, und sie hatte die Hand des Fremden ebenfalls verloren. Sie begann zu brüllen, aber niemand antwortete, niemand beachtete sie. Von den vorwärtsdrängenden Menschen in der Menge wurde sie immer weiter zurückgestoßen, bis sie wieder am Fuß der Gangway angelangt war. Wenn sie nur versucht hätte, erneut auf das Schiff zu kommen...

Es mußte eine Art von Panikreaktion gewesen sein, die sie sich durch die Menschen am Hafen kämpfen ließ. Sie wurde von einem einzigen Gedanken beherrscht: nach Hause. Weg von all dem Lärm und Gedränge. Raus aus der Masse, von der sie fürchtete, erstickt oder zu Tode getrampelt zu werden. Dies gefühlt zu haben glaubte sie sich wenigstens Jahre später zu erinnern. Vielleicht hatte sie aber auch gar nichts gefühlt, gar nichts gedacht. Sie hatte unter Schock gestanden, hatte sich bewegt wie eine Aufziehpuppe, ohne Vernunft, ohne Verstand. Irgendwann war sie, zu Tode erschöpft, daheim angekommen, hatte mit bebenden Fingern den Ersatzschlüssel unter einem Stein im Blumenbeet hervorgeholt, die Haustür aufgeschlossen und sich verkrochen wie ein Fuchs vor der Meute aus Hunden und Jägern.

Der fremde Mann lächelte ihr aufmunternd zu. »Das ist alles kein Drama, Kleines«, meinte er, »du bist ja nun nicht mehr allein.«

»Können Sie mich zu meinen Eltern bringen?« fragte Beatrice.

Er schüttelte den Kopf. »Das geht nicht. Vorläufig kann niemand mehr von hier nach England, und umgekehrt kann niemand von England zurück.«

»Aber wann...«

»Wenn wir ganz England besetzt haben«, sagte er, »dann wird das kein Problem mehr sein.«

Eigentlich realisierte sie erst in diesem Moment, daß es ein Deutscher sein mußte, der ihr da gegenübersaß. Deshalb sprach er die englischen Worte so eigenartig aus, deshalb trug er eine Uniform. Er schien nicht das Ungeheuer zu sein, das sie sich unter einem

Deutschen vorgestellt hatte. Er hatte ihr Wasser gegeben, anstatt sie sofort zu erschießen, und er schien auch nicht vorzuhaben, ihr irgend etwas zu tun. Aber eine abgrundtiefe Trostlosigkeit kam über sie; nun, da ihre Erstarrung sich löste, wurde ihr bewußt, daß Deborah und Andrew weit fort waren und daß es für eine lange Zeit keine Möglichkeit geben würde, sie wiederzusehen.

»Was soll ich nur tun?« flüsterte sie.

»Wir sind keine Unmenschen«, sagte der Mann, »dir wird nichts geschehen.«

»Aber ich will zu meiner Mummie!« Sie hörte sich an wie ein kleines Kind, das wußte sie, und schon klangen Tränen in ihrer Stimme.

»Du mußt jetzt eine tapfere, junge Dame sein«, sagte der Mann, und zum erstenmal war ihm ein Hauch von Ungeduld anzumerken. »Es nützt nichts, wenn du weinst und klagst. Du wirst deine Eltern wiedersehen eines Tages, und bis dahin wirst du dich so verhalten, daß sie stolz sein können auf dich.«

Sie würgte die Tränen hinunter und nickte. Es war ihm vielleicht nicht bewußt gewesen, aber er hatte den entscheidenden Satz gesagt, der ihr helfen würde, die Jahre zu überstehen, die vor ihr lagen.

Sie würde sich so verhalten, daß Deborah und Andrew stolz sein konnten auf sie.

7

»Und wieso führst du einen Briefwechsel mit dieser Frau?« fragte Kevin erstaunt. »Du kennst sie doch kaum!«

»Ich weiß«, sagte Beatrice, »aber sie stellte so interessante Fragen. Sie schien wirklich etwas über mich und Helene und unser Leben wissen zu wollen. Und warum sollte ich es ihr nicht erzählen?«

Sie saß in Kevins Küche am Tisch und sah ihm beim Kochen zu. Er hatte sie zum Abendessen eingeladen, zum Dank für den Scheck, den sie ihm ausgestellt hatte, hatte ihr aber vorgeschlagen, ruhig etwas früher zu kommen und ihm bei den Vorbereitungen Gesellschaft zu leisten. Er wußte, daß sie das liebte. Sie saß gern in seiner gemütlichen, kleinen Küche mit den weißlackierten Möbeln, trank ein Glas Wein, rauchte eine Zigarette und plauderte mit ihm. Sie sagte oft, es gebe beinahe nichts, was sie so entspannend und beruhigend finde wie diese Zusammenkünfte – vor allem, wenn sie ohne Helene stattfanden.

»Diese... wie heißt sie noch? Franca? Diese Franca lebt in Deutschland und interessiert sich für die Lebensgeschichten zweier wildfremder Frauen auf einer Kanalinsel? Ich finde das höchst eigenartig. Hoffentlich hat sie nicht irgendwelche unseriösen Absichten.«

Beatrice lachte. Sie zündete sich eine Zigarette an, qualmte genießerisch. »Welcher Art sollten denn ihre unseriösen Absichten sein?«

Kevin überlegte. »Vielleicht will sie irgendwie an Geld kommen.«

»Wie sollte sie das denn? Abgesehen davon, ist bei Helene und mir wirklich nicht viel zu holen.«

Kevin schüttelte bedenklich den Kopf. »Du bist viel zu vertrauensselig. Und ein wenig naiv. Ich würde einfach einem fremden Menschen nicht zuviel über mich selbst erzählen.«

»Sie ist harmlos. Eine junge Frau, die offensichtlich ein paar schwere Probleme hat. Irgendwie erschien sie mir sehr einsam.«

»Ist sie verheiratet?«

»Ja.«

»Dann ist sie doch nicht einsam!«

»Die Tatsache, daß man verheiratet ist, besagt noch nicht, daß man nicht unter Einsamkeit leidet! Man kann in einer Ehe sehr allein sein.« Sie runzelte die Stirn. »Wie lange willst du denn noch an diesen Tomaten herumreiben? Es wird bald nichts mehr übrig sein.«

Kevin hörte auf, die Tomaten zu bearbeiten. »Man kann mit Gemüse nicht vorsichtig genug sein«, meinte er, »du willst schließlich nicht, daß ich dich vergifte, oder?«

»Ich denke, das ist dein eigenes Gemüse, aus biologischem Anbau.«

»Schon. Aber es geht ja nicht nur um Pestizide. Sondern auch um Bakterien, die alle um uns herumfliegen.«

»Wenn man so alt ist wie ich, dann hat man so viele Bakterien überlebt, daß sie einem ziemlich egal sind«, sagte Beatrice. Sie lehnte sich zurück und betrachtete Kevin besorgt. »Du bist so unruhig in der letzten Zeit. Oft abwesend. Irgend etwas bedrückt dich.«

»Ich habe ein paar finanzielle Sorgen, das weißt du ja.«

»Immer noch?«

»Dein Scheck hat mir sehr geholfen. Ich kann dir nicht genug danken«, sagte Kevin, aber das Lächeln, das seine Worte begleitete, wirkte aufgesetzt. »Es ist alles in Ordnung.«

»Sicher?«

»Ja. Sicher. Bitte, Beatrice, schau mich nicht so eindringlich an! Und laß uns von etwas anderem reden. Wir wollen einen schönen Abend verleben. Nicht über Unerfreuliches sprechen.«

Sie akzeptierte seine Bitte. »Na gut«, sagte sie leichthin, »lassen wir das. Es ist schön bei dir, Kevin. Ich kenne niemanden, der eine so wunderbare, so blitzsaubere Küche hat wie du. Wenn ich daran denke, wie es in der von Alan in London aussieht – ich meine, sauber ist es dort auch, aber ziemlich ungemütlich und kalt.«

»Trotzdem bist du sicher froh, daß nicht ich dein Sohn bin, sondern Alan. Die wenigsten Mütter können sich damit anfreunden, wenn ihre Söhne schwul sind.«

Beatrice überlegte. »Ich glaube, sie können sich schlecht damit anfreunden, wenn ihre Söhne *unglücklich* sind. Und die Art und Qualität der Beziehungen, die wir eingehen, sind nun einmal ziemlich entscheidend dafür, ob wir glücklich werden oder nicht. Homosexualität bringt eine ganze Reihe von Problemen mit sich, das weißt du am besten. Nur – wie Alan lebt, das macht mir, weiß Gott, auch die größten Sorgen. Er ist nirgendwo zu Hause. Ich glaube, er hat viele wechselnde, kurze Affären, aber nichts, was einmal länger hält.«

»Vielleicht ist es genau das Leben, das er führen möchte«, mutmaßte Kevin. Er war dabei, den Kopfsalat mit der gleichen Inbrunst zu säubern wie zuvor die Tomaten. »Und ich meine, es ist immer noch besser für ihn, ständig seine Bettgenossinnen zu wechseln, als an diesem Flittchen Maja hängenzubleiben!«

Beatrice schüttelte den Kopf. »Ich fürchte, an Maja *ist* er hängengeblieben. Das genau ist sein Problem. Er ist besessen von ihr. Er kann sich eine andere Frau als sie gar nicht mehr vorstellen. Das blockiert ihn für jede andere ernsthafte Beziehung. Manchmal habe ich entsetzliche Angst um ihn.«

»Ist er noch auf der Insel?«

»Er ist schon am Tag nach meinem Geburtstag nach London geflogen. Wahrscheinlich sehe ich ihn erst Weihnachten wieder.«

Kevin hielt plötzlich inne. Sein Gesicht hatte einen angespannten Ausdruck angenommen. »Hast du das gehört?«

Beatrice starrte ihn an. »Nein. Was denn?«

»Ich meine, da wäre jemand an der Haustür gewesen.«

»Schau doch nach! Im übrigen würde jeder, der dich besuchen will, einfach hereinkommen.«

»Nein«, sagte Kevin, »ich habe abgeschlossen. Bist du sicher, daß du nichts gehört hast?«

Beatrice stand auf. »Ich sehe jetzt nach.« Sie trat in den schmalen Hausflur hinaus. Kevin hatte die Tür tatsächlich verschlossen und sogar noch die Sicherheitskette vorgelegt. Beatrice öffnete, spähte hinaus. Niemand war zu sehen; nur eine Katze rekelte sich auf der Hofmauer in der warmen Septembersonne. Unweit des Hauses ragte der runde Kirchturm von St. Philippe de Torteval in den klaren, blauen Abendhimmel. Schon lag ein rötlicher Glanz über den wilden Blumen und Büschen, die das Grundstück umwucherten. Beatrice atmete tief. Wie herrlich es hier ist, dachte sie. Sie mochte das Dörfchen Torteval im Südwesten der Insel noch lieber als Le Variouf, ihre Heimat. Von Torteval aus konnte man zu Fuß zum Pleinmont Point gehen, und die wilden Felsen dort, die schäumende Brandung, das karge, flache Gras, das der Wind auf den Klippen niederdrückte, gefiel ihr besser als die lieblichere Landschaft des Südens. Pleinmont war ihr Lieblingsort. Wann immer sie wirklich nachdenken, allein sein, mit sich selbst einig werden wollte, zog sie sich dorthin zurück.

Sie ging wieder in die Küche. »Niemand da«, sagte sie, »nur eine Katze.«

»Dann habe ich mich wohl getäuscht. Hast du wieder abgeschlossen?«

»Seit wann schließt du ab? Nein, ich habe offengelassen.«

»Man sollte heutzutage nicht allzu leichtsinnig sein. Der Diebstahl nimmt überall zu.«

Sie lachte. »Aber doch nicht auf Guernsey!« Sie beobachtete, wie er den Salat, der offensichtlich endlich zu seiner Zufriedenheit gesäubert war, in der Schüssel anrichtete. Er schien ihr zunehmend ein wenig eigentümlich zu werden. Seine Reinlichkeitsphobie, seine Angst vor Einbrechern ... Wahrscheinlich lebte er schon zu lange allein. Nach ihrer Erfahrung entwickelten die Menschen dann häufig eigenartige Marotten. Sie waren zu sehr mit sich selbst beschäftigt, kreisten von morgens bis abends nur um sich. Das machte wunderlich.

Armer Kevin, dachte sie zärtlich.

Sensibel wie er war, bemerkte er, daß sie gerade über ihn nachdachte, und schon war er bestrebt, von sich abzulenken.

»Du willst dieser Frau in Deutschland wieder schreiben?« fragte er.

»Warum nicht? Im Alter wird man geschwätzig, und wenn ich jemanden habe, der mir interessiert zuhört – warum sollte ich das nicht ausnutzen?«

»Weil es vielleicht manches aufwühlt, was sich gerade erst gesetzt hat.«

Sie starrte nachdenklich dem Qualm ihrer Zigarette hinterher.

»Ich weiß nicht, ob sich irgend etwas gesetzt hat«, meinte sie dann. »Ich glaube, nicht wirklich. Es gibt Dinge, mit denen wird man nie fertig. Man verdrängt sie, aber das ist nicht dasselbe, wie damit fertigzuwerden.«

»Die Leute sagen immer, es sei schlecht, etwas zu verdrängen, aber nach meiner Ansicht ist das Unsinn«, meinte Kevin, »modisches Psychogequatsche. Warum soll man nicht manches Unangenehme verdrängen, wenn man damit besser lebt? Und ich glaube, du lebst auf jeden Fall ruhiger, wenn du den Horror von damals nicht wieder aufwärmst. Wozu auch? Du hast dein schönes, relativ sorgloses Dasein. Vergiß die Dinge, die dir irgendwann einmal das Herz schwergemacht haben.«

»Vergessen kann ich sie sowieso nicht. Es gibt Erinnerungen, die sind haltbar wie Sekundenkleber. Du wirst sie nicht los, so oder so.

Und manchmal ist es leichter, über sie zu reden, als ständig dagegen anzukämpfen, daß sie sich in den Vordergrund schieben.«

»Du mußt wissen, was du tust«, meinte Kevin nur.

Die feuerroten Strahlen der untergehenden Sonne hatten das Fenster erreicht, flammten in die Küche. Kevin klapperte leise mit Tellern und Bestecken. Ein paar Minuten noch, dann würde die Sonne untergehen. Das sanfte, dämmrige Licht des Spätsommerabends würde sich ausbreiten.

Beatrices Gedanken schweiften ab. Sie hatte den Nachmittag damit zugebracht, an Franca einen Brief zu schreiben, aber sie hatte ihn noch nicht abgeschickt, und sie war auch nicht sicher, ob sie es überhaupt tun würde. Kevin hatte ihr Verhalten höchst befremdlich gefunden, das hatte sie gemerkt, und vielleicht hatte er recht. Sie kannte die Frau praktisch nicht, vor der sie ihre Lebensgeschichte so bereitwillig ausbreitete.

Andererseits, dachte sie, breite ich im Grunde doch gar nicht meine Lebensgeschichte vor ihr aus. Sie ist Deutsche, sie ist ein paarmal hiergewesen, sie interessiert sich für das, was vor über fünfzig Jahren auf den Kanalinseln passiert ist. Ich schildere ihr ein paar Fakten. Das ist alles.

Es stimmte nicht ganz, das wußte sie. Sie hatte ihr ziemlich genau die Gefühle und Empfindungen des verlassenen kleinen Mädchens beschrieben, das im Wohnzimmer seines Elternhauses kauerte und schreckensstarr auf das Dröhnen der Flugzeuge lauschte, die die Besatzer auf die Insel brachten. Sie hatte sie Einblick nehmen lassen in ihre Seele, diese Fremde, hatte ihr mehr von sich offenbart als ihrem eigenen Sohn. Wobei Alan wohl mit einem Gähnen auf die »verstaubten Geschichten von vor hundert Jahren«, wie er sie immer nannte, reagiert hätte.

Vielleicht sollte ich diesen Briefwechsel beenden, überlegte sie. Franca Palmer ist eine höfliche, vorsichtige Frau. Wenn ich nur die geringste Andeutung mache, daß ich genug habe, zieht sie sich sofort zurück. Ich kann jederzeit aufhören.

Vor allem sollte sie nicht soviel über die Angelegenheit nachdenken. Sie versuchte sich auf Kevin zu konzentrieren, der über die zunehmende Kriminalität in aller Welt lamentierte. Sie fragte sich, weshalb er neuerdings die fixe Idee von den Einbrechern entwickelte: Nach ihrer Kenntnis gab es bei ihm ohnehin nichts zu holen. Sie war ganz sicher, daß er in allernächster Zeit wieder in Le Variouf aufkreuzen und um einen Scheck bitten würde. Wahrscheinlich würde er diesmal wieder zu Helene gehen.

Helene hatte eine Schwäche für Kevin, der in vielerlei Hinsicht ihrem Idealbild eines jungen Mannes entsprach: Er war höflich, ordentlich, sehr gepflegt und rannte nicht, wie andere Singles seines Alters, ständig hinter verschiedenen Frauen her. Es war typisch für Helene, daß sie seine Homosexualität erfolgreich verdrängte, und die Vorstellung, wie Kevin ständig hinter verschiedenen *Männern* herlief, gar nicht zuließ. Ebensowenig berücksichtigte sie die Tatsache, daß Kevin bei all seiner Ordnungsliebe und Pedanterie in Wahrheit sein Leben nicht geregelt bekam, ständig über seine Verhältnisse lebte und sich, ganz anders als Alan, bei verschiedenen Menschen durchschnorrte. Helene, so dachte Beatrice, war eine Meisterin im Ausblenden von Realitäten. Sie rückte die Dinge so lange zurecht, bis sie in das Bild paßten, das sie von ihnen haben wollte.

Aber allzulange, dachte sie, wird sie Kevin sowieso nicht mehr helfen können. Egal, was sie zusammengespart hat, es dürfte langsam verbraucht sein.

Nun war sie doch wieder bei Helene angelangt in ihren Gedanken, und damit bei Franca. Sie hatte ihr am Nachmittag einen langen Brief geschrieben, hatte im Garten gesessen auf einem bequemen Korbstuhl unter dem Apfelbaum, die Füße auf einen zweiten Stuhl hochgelegt, ein Buch auf dem Schoß, das sie als Unterlage zum Schreiben benutzte. Der Tag war wieder ungewöhnlich warm gewesen, hatte aber die Färbung des Herbstes gehabt, mit einem Himmel von kühlem Blau.

Helene war fort gewesen, zum Tee bei Mae, und sie würde, so hatte Beatrice gehofft, bis zum Abend fort bleiben. Sie fühlte sich sofort freier und besser, hatte den Eindruck, leichter atmen zu können, wenn Helene nicht im Haus war.

Sie hatte den Brief an Franca mit den Worten begonnen: »Helene Feldmann hat mir mein Leben gestohlen.«

Sofort hatte sie den Satz wieder ausgestrichen, hatte ihn so lange zugekritzelt, bis niemand mehr ihn würde lesen können. Er gab viel zuviel preis, viel mehr, als sie einem Fremden anvertrauen wollte. Viel mehr, als sie überhaupt *irgend jemandem* anvertrauen wollte. Nicht einmal zu Mae hatte sie diesen Satz je gesagt. Genaugenommen hatte sie ihn nicht einmal gedacht. Er mochte als Empfindung irgendwo in ihr gewesen sein, aber sie hatte ihn nie formuliert, hätte es nie *gewagt,* dies zu tun, weil die Erkenntnis zu schrecklich war. Ein gestohlenes Leben war nicht das gleiche wie ein gestohlenes Auto – die absolute Unwiederbringlichkeit dessen, was man ihr genommen hatte, stürzte sie in Panik, drohte ihr die Luft abzuschnüren. Als sie die Worte auf dem Papier mit einer Gewalt durchstrich, die fast den Schutzumschlag des darunter liegenden Buches zerstört hätte, versuchte sie sie damit auch für alle Zeiten aus dem Gedächtnis zu bannen – wohl ahnend, daß dies nicht gelingen würde. Was einmal lebte, war nicht einfach wieder zu vernichten. Ihr dämmerte bereits, daß die verhängnisvollen Worte nun immer zudringlicher in ihrem Kopf herumgeistern würden.

Sie hatte den Brief statt dessen mit Belanglosigkeiten begonnen, mit ein paar Floskeln über das Wetter und die schon lang anhaltende Trockenheit auf der Insel. Dann hatte sie angefangen, von *damals* zu berichten. Von der ersten Zeit mit Erich Feldmann im Haus ihrer Eltern.

Guernsey, Juni/Juli 1940

Er war nicht mehr fortgegangen. Er hatte sich umgesehen und mit inbrünstiger Überzeugung gesagt: »Hier ist es gut. Ausgezeichnet. Hier werde ich bleiben.«

Ein zweiter deutscher Soldat, ein ganz junger Mann noch, kam ins Zimmer. Er und der Offizier sprachen miteinander, aber da sie deutsch redeten, verstand Beatrice kein Wort. Der Mann, der sie entdeckt und aus ihrem Versteck gelockt hatte, hatte ihr gesagt, daß er Erich Feldmann heiße, und diesen für ihre Zunge schwierig auszusprechenden Namen übte sie nun in Gedanken. Erich Feldmann.

Erich wies auf sie und sagte etwas, und der andere Mann nickte. Er trat auf Beatrice zu, nahm ihre Hand und meinte: »Komm, wir sehen, daß wir etwas zu essen für dich finden.«

Sein Englisch klang fast perfekt, und er hatte warme, freundliche Augen. Beatrice folgte ihm in die Küche. Es roch nicht gut in dem Raum; die Sommerwärme staute sich zwischen den Wänden, und irgendwo säuerte Milch vor sich hin.

»Wir brauchen Eis«, sagte der Mann, nachdem er die Kühlschranktür geöffnet und angeekelt das Gesicht verzogen hatte, »hier ist alles abgetaut.«

Er stöberte in den Schränken herum, was Beatrice schmerzhaft als einen schwer erträglichen Übergriff empfand. Deborahs Küchenschränke! Aber sie sagte sich, daß er es wohl gut meinte. Er wollte etwas zu essen für sie finden.

»Wie heißen Sie?« fragte sie leise.

»Wilhelm. Alle sagen Will zu mir. Wie heißt du?«

»Beatrice.«

»Ein hübscher Name, Beatrice. Wie nennen dich die Leute?«

»Sie nennen mich so, wie ich heiße.«

»Und dein Vater? Deine Mutter? Haben die nicht einen Kosenamen für dich?«

Etwas würgte in ihrer Kehle. »Meine Mutter…«, ihre Stimme klang eigenartig, »meine Mutter sagt oft Bee zu mir.«

»Wenn du magst, werde ich dich auch so nennen.« Er sah sie prüfend an. »Oder ist dieser Name deiner Mum vorbehalten?«

Das Würgen in ihrer Kehle wurde stärker. Noch eine Sekunde, und sie würde in Tränen ausbrechen. Sie wollte nicht weinen, wollte nicht, daß er sie in den Arm nahm und tröstete und ihr über die Haare strich, genau das, soviel konnte sie spüren, würde er tun. Er betrachtete sie voller Mitgefühl und mit echter Wärme.

Sie schaffte es. Sie schluckte und schluckte, und die Tränen blieben aus.

»Mir wäre es lieber, Sie würden mich Beatrice nennen«, sagte sie schließlich.

Er seufzte leise. »In Ordnung. Hör zu, Beatrice, in dieser Küche gibt es nichts, was nicht entweder angeschimmelt oder verfault wäre. Ich fürchte, du mußt dich noch etwas gedulden. Aber noch vor heute abend wirst du etwas zu essen haben, das verspreche ich dir.«

Eigentlich hatte sie überhaupt keinen Hunger, aber das sagte sie nicht. Erwachsene beharrten ständig darauf, jede Menge Essen in Kinder hineinzustopfen, das war sicher bei den Deutschen nicht anders als bei den Engländern.

»Darf ich bitte hinauf in mein Zimmer gehen?« fragte sie.

Will nickte; er sah bekümmert aus. Beatrice spürte, wie leid sie ihm tat, wie sehr es ihn drängte, sie auf irgendeine Weise zu trösten.

Aber vielleicht will ich gar keinen Trost von einem Deutschen, dachte sie aggressiv. Ohne ein weiteres Wort drehte sie sich um und stieg die Treppe hinauf zu ihrem Zimmer.

Dort sah alles aus wie immer. Nichts hatte sich verändert seit dem hektischen Aufbruch der Familie. Die Rosentapete, die himmelblaue Kommode mit dem Spiegel darüber, die kleinen, gerahmten Bilder, die Motive der Kanalinseln zeigten, das Bett, auf dem aufgereiht ein paar Puppen und Tiere saßen, der Schreibtisch, der weißlackierte Kleiderschrank – alles war friedlich, unberührt von den Ereignissen. Nur eine dicke Biene schwirrte mit verzweifeltem Brummen wieder und wieder gegen die Fensterscheibe. Beatrice öffnete das Fenster, und sie entschwand mit erleichtertem Summen in den blaßblauen Himmel.

Die Wärme des Sommertages flutete ins Zimmer, der Duft der Rosen, die unter dem Fenster wuchsen, breitete sich süß und sinnlich aus. Die Rosen schienen für Beatrice mehr als all die vertrauten Gegenstände um sie herum den Frieden zu verströmen, der bislang die felsensichere Grundlage ihres Lebens dargestellt hatte. Bis zu diesem Moment hatte sie nicht erkannt, wie selbstverständlich Gleichmaß und Unbeirrbarkeit jeden Tag und jede Stunde für sie bestimmt hatten. Eine Ahnung sagte ihr, daß die alte Zeit nie wiederkehren würde, aber sie versuchte sich trotzdem an die Hoffnung zu klammern, der Alptraum würde vergehen, und alles würde so sein, wie es einmal gewesen war.

Beatrice saß den ganzen Nachmittag lang auf ihrem Bett, aufrecht und mit zusammengepreßten Knien, ein braves Schulmädchen, zu dem nur die wirren Haare und das erschöpfte Gesicht mit den hungrigen Augen nicht recht passen wollten. Sie konnte hören, daß reges Leben und Treiben im Haus herrschte. Autos fuhren vor, Stimmen und Schritte hallten aus allen Zimmern. Sie empfand die deutschen Laute als bedrohlich, vor allem deshalb, weil sie nicht eine Silbe verstand und es nicht einmal mitbekommen hätte, wenn man dort draußen über *sie* gesprochen hätte, und darüber, was mit ihr nun geschehen sollte.

Sie widerstand dem Bedürfnis, eine ihrer Puppen oder eines der Tiere in den Arm zu nehmen. Es erschien ihr nicht mehr angemessen. Es war, als habe sich die Welt einmal um sich selbst gedreht und dabei ein völlig neues Gesicht bekommen, das mit dem alten keine Ähnlichkeit mehr aufwies. Die Kindheit war vorbei. Sie hatte jäh geendet, es hatte keinen sanften Übergang in das neue Leben gegeben. Nie wieder würde Beatrice Trost finden in der Umarmung eines Teddybären oder einer Puppe.

Am frühen Abend erschien Will und sagte, sie solle zum Essen herunterkommen. Beatrice verspürte noch immer keinen Hunger, aber sie folgte dennoch der Aufforderung. Unten in der Eingangshalle stapelten sich Kisten und Kartons. Jenseits der offenstehenden Haustür sah Beatrice einen Kübelwagen, an dem zwei deutsche Soldaten lehnten und plauderten. Sie hielten ihre Gesichter in die Abendsonne und lachten. Sie sahen nicht nach Krieg aus, sondern wirkten wie zwei junge Männer, die Ferien machten und ihre Freiheit genossen.

Es ist wie ein Spiel für sie, dachte Beatrice schaudernd.

Im Eßzimmer hatten sich Erich und drei weitere deutsche Offiziere eingefunden. Sie standen um den Tisch herum, rauchten und unterhielten sich in ihrer Sprache. Auf dem Tisch war Deborahs schönstes Porzellan eingedeckt, dazu die kristallenen Weingläser und das alte, silberne Besteck. Die Familie hatte es nur an Feiertagen benutzt, an Weihnachten, Ostern und an Geburtstagen. Doch die Deutschen schienen die wertvollen Stücke in Gebrauchsgegenstände umfunktionieren zu wollen. Oder sahen sie den Tag als einen besonderen Anlaß an? Vielleicht feierten sie ihren Sieg über die Inseln. Jedenfalls brannten die Kerzen in allen Leuchtern, und die große Glasschale auf der Anrichte war mit Wasser gefüllt, auf dem Rosen in allen Farben, leuchtend und wild, schwammen. Die Tür zum Garten stand offen, die Sonne schien auf das helle Grün des Rasens.

Zum erstenmal seit vielen Tagen waren keine Flieger zu hören, nur Vogelgezwitscher und das Zirpen der Grillen. Irgendwie fand es Beatrice irritierend, daß die Insel trotz der dramatischen Ereignisse in nichts ihr Gesicht geändert hatte.

Erich wandte sich zu ihr um, als sie das Zimmer betrat. Er lächelte.

»Da ist ja die junge Dame«, sagte er. Er sprach jetzt wieder sein akzentreiches Englisch. »Meine Herren, darf ich Ihnen Miss Beatrice Stewart vorstellen?«

Er fügte nicht hinzu – aber vielleicht hatte er zuvor davon berichtet –, daß dies in Abwesenheit ihrer Eltern *ihr* Haus war. Er behandelte sie wie einen Gast, der sich etwas verspätet hatte und nun nachträglich bekannt gemacht wurde.

Die Namen der Herren rauschten an ihrem Ohr vorüber, sie verstand sie nicht, und sie interessierten sie auch nicht. Sie bekam nur mit, daß es sich offenbar bei allen um Offiziere handelte. Erich selbst wurde mit »Herr Major« angesprochen und mit großem Respekt behandelt. Er gebärdete sich ganz als Hausherr, ließ Will – der, wie Beatrice vermutete, wohl eine Art persönlicher Diener war – Wein aus dem Keller holen und freigiebig ausschenken. Beatrice wußte, wie stolz ihr Vater immer auf seinen Weinkeller gewesen war, und es machte sie wütend, dabei zuzusehen, wie Erich Feldmann voller Stolz die Etiketten vorlas, als habe *er* für all die Genüsse gesorgt.

Ein Koch brachte das Essen. Er sah hager und blaß aus und sprach kein Wort, aber er schien etwas von seinem Handwerk zu verstehen, denn er hatte ein hervorragendes fünfgängiges Menü gezaubert. Erich hatte den Nachmittag über Unmengen von Lebensmitteln anliefern lassen. Beatrice fragte sich, ob die Deutschen derartige Güter wohl mitgebracht oder einfach nach der Besetzung der Insel beschlagnahmt hatten. Sie rührte kaum etwas an, trank nur in hastigen Zügen den Orangensaft, den Will vor sie hingestellt hatte. Die Männer unterhielten sich auf deutsch, lachten, schienen bester Laune zu sein. Erst als man beim Dessert angelangt war, wandte sich Erich wieder an Beatrice.

»Will wird dir von morgen an jeden Tag zwei Stunden Deutschunterricht geben. Ich denke, du wirst unsere Sprache rasch lernen. In deinem Alter ist man noch sehr aufnahmefähig.«

»Außerdem sieht sie nach einer sehr intelligenten kleinen Lady aus«, meinte einer der Offiziere und zwinkerte Beatrice onkelhaft zu.

»Wozu soll ich Deutsch lernen?« fragte sie. »Ich werde ja nie in Deutschland leben.«

Verblüfftes Schweigen folgte ihren Worten. Will, der gerade Wein hatte nachschenken wollen, erstarrte in der Bewegung. Dann lachte Erich, laut und – wie es Beatrice vorkam – nicht fröhlich, sondern aggressiv.

»Mein liebes Mädchen, das ist wirklich entzückend! Aber in deinem Alter fehlt wohl jeder Blick für die Realität. Du lebst bereits in Deutschland, hast du das nicht begriffen?«

»Ich...«, setzte Beatrice an, aber Erich unterbrach sie sofort: »Du mußt dir das klarmachen. Je eher, desto besser. Dies hier, diese Inseln, *sind jetzt Deutschland*!«

Einer der übrigen Offiziere schien den Eindruck zu haben, Beatrice sei möglicherweise durch die sich überschlagenden Geschehnisse der letzten Tage geschockt genug, und es sei nicht der Moment, ihr nationalsozialistisches Gedankengut nahezubringen.

»Die Kleine ist sicher müde«, sagte er unbehaglich, »und außerdem hat sie...«

»Sie ist müde, aber sie muß es lernen!« rief Erich. Seine Zunge schlug etwas an, und er sprach zu laut. Seine Augen hatten einen metallischen Glanz. Beatrice hatte nicht den Eindruck, daß er allzuviel getrunken hatte, aber offenbar vertrug er schon geringe Mengen Alkohol nur schlecht. Sie vermutete, daß er schwanken würde, falls er aufstand.

»Die ganze Welt«, sagte er, »wird Deutschland sein. Verstehst du? Norden, Osten, Süden, Westen – wohin du auch blickst, wohin du gehst, überall wird Deutschland sein. Hast du nicht bemerkt, mit welcher Unaufhaltsamkeit wir alle Länder besetzen? Wo ist das Volk, das uns Widerstand zu leisten vermag? Nenne es mir! Sag mir, wer stärker ist als wir!« Er funkelte Beatrice herausfordernd an.

»Sie ist doch noch ein Kind«, sagte der andere Offizier wieder.

Erich wandte sich ihm zu mit der Bewegung eines Raubvogels, der auf ein Beutetier herabstürzt. »Das ist es ja! Gerade deshalb muß sie es begreifen, wie tief sich die Welt verändern wird, in der sie lebt. Kein Stein wird auf dem anderen bleiben. Nichts – und das muß sie wissen –, nichts wird sein, wie es war!«

Niemand sagte etwas. Der Nachhall der Worte hing im Raum. Will fuhr fort, den Wein einzuschenken. Eine Weile hörte man nur das leise Klappern der Bestecke, das Klingen der Gläser. Beatrice sah zu Erich hin. Seine Wangen hatten sich in einem unnatürlichen Rot gefärbt, und er kippte den Wein viel zu hastig hinunter. Fast körperlich empfand Beatrice die Bedrohung, die von diesem Mann ausging. Er hatte etwas Unbeherrschtes, Gewalttätiges in seiner Art. Sie hatte dies am Mittag, während ihrer ersten Begegnung, nicht gespürt, aber nun trat es deutlich hervor. Offenbar reichten schon geringe Mengen Alkohol aus, diese Seite in ihm wachzurufen.

Nach dem Essen stand Beatrice sofort auf und ging nach oben. Unten sprachen die Männer offenbar reichlich dem Alkohol zu, denn Stimmen und Gelächter wurden immer lauter. Erich konnte man mühelos unter allen anderen heraushören.

Beatrice versuchte die Stimmen aus ihrem Bewußtsein zu filtern. Sie stellte sich an das weitgeöffnete Fenster und atmete tief die Wärme der klaren, hellen Juninacht. Sie dachte an ihre Mutter und ihren Vater, stellte sich beide so intensiv vor, wie sie nur konnte. Wo mochten sie sein? Waren sie gut in England angekommen? Sicher waren sie krank vor Sorge um ihr Kind. Ob Deborah jetzt auch an sie dachte? Vielleicht trafen sich ihre Gedanken in der Mitte, die irgendwo zwischen ihnen lag. Beatrice fühlte und *wußte*, daß Mummie genauso wie sie in die Nacht hinausstarrte und sich nach ihr sehnte.

»Mach dir keine Sorgen, Mummie«, flüsterte sie, »ich bin schon ziemlich groß, und ich werde das alles durchstehen. Du mußt keine Angst um mich haben. Und wir werden uns sicher wiedersehen, es wird gar nicht so lange dauern.«

Halb hatte sie gedacht, daß vielleicht Will noch auftauchen und ihr eine gute Nacht wünschen würde, aber er ließ sich nicht blicken, und so zog sie sich schließlich aus und legte sich ins Bett. Sie war nicht im Bad gewesen, obwohl Wasser, Seife und Zahnpasta ihr nach der langen Zeit gutgetan hätten, aber sie hatte gefürchtet, auf dem Weg dorthin möglicherweise Erich zu begegnen, und diese Vorstellung empfand sie als allzu beunruhigend. Aber nachdem sie eine Stunde lang wach im Bett gelegen hatte, war ihr klar, daß sie es möglicherweise noch eine ganze Weile würde aufschieben können, sich zu waschen, daß sie aber keine zehn Minuten mehr dem Drang, die Toilette aufzusuchen, würde Widerstand leisten können. Sie erhob sich, tappte leise ins Bad hinüber. Von unten war jetzt kein Laut zu hören. Sie verriegelte die Tür hinter sich, lehnte sich aufatmend dagegen. Im Spiegel gegenüber konnte sie sich sehen, und sie erschrak fast vor dem bleichen Gespenst, das ihr von dort entgegenblickte. Sie hatte stark abgenommen, sah spitz und hohlwangig aus, und ihre Augen waren riesig und angsterfüllt. Die langen, dunkelbraunen Haare hingen strähnig und struppig über ihre Schultern, wirkten stumpf und glanzlos. Hatte das lange weiße Nachthemd auch früher schon so um ihren Körper geschlottert?

Da sie nun schon einmal hier war, wusch sie sich auch, putzte ihre Zähne, kämmte die Haare. Sie sah besser aus danach und fühlte sich auch so, und während sie sich noch prüfend im Spiegel musterte, kam ihr wie eine Eingebung die Erkenntnis: Ich sollte nicht hier bleiben. Es ist *mein* Haus, aber jetzt haben *sie* es, und dieser Mann ist gefährlich. Ich muß sehen, daß ich wegkomme.

Der Gedanke war so erschreckend, daß er ihr Herzklopfen verursachte und sie sich für einen Moment am Waschbecken festhalten mußte. Sie hatte das Haus bislang trotz allem noch als sicheren Hort in dem Chaos empfunden, und die Vorstellung, diesen Halt aufzugeben, machte ihr angst. Aber es stimmte nicht, das Haus war nicht länger ihre Heimat. Es befand sich in der Hand des Feindes und konnte zur Falle werden. Wichtig für sie waren jetzt Menschen – Menschen, die sie liebten und die sie beschützen würden.

Es gab genügend Freunde auf der Insel; das Problem war nur, daß sie nicht wußte, wer von ihnen noch hier war. Sie hatte die Menschenmassen im Hafen gesehen, und es erschien ihr zweifelhaft, ob sich auch nur noch eine einzige englische *Katze* auf der Insel aufhielt. Am Ende war sie die letzte, die…

»Das findest du nur heraus, indem du dich auf die Suche machst«, sagte sie sich leise.

Deborah hatte gemeint, Mae wäre mit ihrer Familie ebenfalls evakuiert worden, aber sicher hatte sie es nicht wissen können, und vielleicht waren Mae und ihre Eltern noch auf Guernsey. Die Sehnsucht nach der vertrauten und geliebten Freundin überwältigte sie beinahe. Sie würde keine Zeit mehr verlieren.

Sie huschte in ihr Zimmer zurück, zog sich in Windeseile an. Sie wählte ihre Schuluniform, denn die würde sie brauchen, wenn sie wieder zum Unterricht ginge. In einen kleinen, mit Leinen überzogenen Koffer, der ursprünglich ihren Puppen gehört hatte, packte sie etwas Wäsche, eine lange Hose und einen Pullover. Das mußte genügen, und außerdem konnte sie sich auch Sachen von Mae leihen. Wenn Mae nur da war! Sie sandte ein Stoßgebet nach dem anderen zum Himmel, während sie lautlos ihre Zimmertür öffnete, den Gang entlangschlich und sich vorsichtig die Treppe hinunterbewegte, geschickt die knarrenden Stufen überspringend, von denen sie genau wußte, wo sie sich befanden.

In der kleinen Eingangshalle atmete sie tief durch. Sie wollte sich noch ihren runden, kleinen Matrosenhut von der Garderobe angeln, da vernahm sie hinter sich ein Geräusch, und als sie sich umdrehte, sah sie Erich, der in der Tür zum Wohnzimmer aufgetaucht war und dort schweigend stehenblieb.

Im Zimmer hinter ihm lag hell glänzend das Mondlicht und machte ihn zum schwarzen Schatten ohne Gesicht. Beatrice konnte ihn atmen hören, und sie roch den Alkoholdunst, den er verströmte. Sie selbst sagte ebenfalls kein Wort, und so standen sie einander einige Momente lang schweigend gegenüber. Dann machte der Schatten eine Bewegung, und Licht flammte auf.

Beatrice blinzelte. Erichs Gesicht war geisterhaft bleich und von einem feinen Schweißfilm bedeckt. Er sah ganz anders aus als noch drei Stunden zuvor beim Abendessen, als seine Wangen hektisch gerötet gewesen waren und er so feist und unangenehm gewirkt hatte. Nun, da selbst seine Lippen alle Farbe verloren hatten, schien er beinahe ätherisch, kraftlos und krank.

»Ach, sieh an«, sagte er. Die Worte kamen ein wenig schleppend, aber Beatrice hatte schon gemerkt, daß er englisch viel langsamer sprach als deutsch. »Willst du verreisen?«

Da der kleine Koffer neben ihr stand, hatte es wenig Zweck zu behaupten, sie habe nur im Garten den Mond betrachten wollen.

»Ich möchte zu meiner Freundin Mae«, sagte Beatrice.

»Zu deiner Freundin Mae? Und wo, bitte schön, wohnt die?«

»Weiter unten im Dorf.«

»Hm. Ist sie nicht evakuiert worden?«

Genau dies wußte Beatrice nicht zu sagen, aber sie behauptete mit einiger Kühnheit: »Nein. Ist sie nicht.«

Die Blässe in seinem Gesicht vertiefte sich, seine Stimme jedoch klang ruhig.

»Aha. Und warum wolltest du bei Nacht und Nebel zu ihr schleichen? Warum hast du nicht bis morgen gewartet und mit mir darüber gesprochen?«

Sie wußte nicht, ob sie es wagen konnte, die Wahrheit zu sagen, aber sie dachte, daß sie im Grunde nicht viel zu verlieren hatte. »Ich war sicher, Sie hätten mich nicht gehen lassen.«

Er lächelte. Sein Lächeln war nicht böse, aber es war ohne Freundlichkeit.

»Du warst dir sicher? Und da dachtest du, vorsichtshalber trickse ich den Alten einfach aus und mache mich bei Nacht und Nebel davon.«

»Mae und ihre Eltern sind wie eine Familie für mich. Ich...«

Er lächelte noch immer. »Hast du dir einen Moment lang überlegt, welche Sorgen ich mir gemacht hätte?«

Hätte er sich Sorgen gemacht? Vielleicht, dachte sie. Er hatte ihr gegenüber vom ersten Moment an eine gewisse Fürsorglichkeit an den Tag gelegt, und sie konnte nicht wirklich etwas gegen ihn sagen, abgesehen davon, daß ihr seine aggressiven Reden beim Abendessen nicht gefallen hatten. Sie schwieg.

Der Schweiß auf Erichs Stirn verdickte sich zu kleinen, glitzernden Tropfen. Es schien ihm ziemlich schlecht zu gehen.

»Du sollst wissen, Beatrice, daß ich mich für dich verantwortlich fühle«, sagte er, »genaugenommen *fühle* ich mich nicht einfach verantwortlich, ich *bin* es. Ich habe dich zitternd und verzweifelt im Wohnzimmer gefunden, verlassen von aller Welt, und seit diesem Moment *bin* ich für dich verantwortlich. Du magst dich recht erwachsen fühlen, und du bist zweifellos reif für dein Alter – aber du bist ein Kind, und du brauchst jemanden, der sich um dich kümmert. Deine Eltern sind nicht mehr da, und wie ich schon sagte, es wird eine ganze Zeit dauern, bis du sie wiedersiehst. Für diese Zeit – und ich möchte, daß du das wirklich verstehst – bin *ich* der Mensch, zu dem du gehörst. Eine Art Vormund. Das bedeutet…« Er machte eine kurze Pause und sprach dann sehr langsam und betont weiter: »Das bedeutet, *du tust, was ich dir sage. Und du lebst in meinem Haus.* Unter *meiner* Aufsicht. Ist das klar?«

»Ich habe Sie verstanden«, sagte Beatrice kühl.

Die Hoffnung, Mae wiederzusehen, zerfiel. Es schien ihr nicht ratsam, ein zweites Mal zu versuchen, das Haus zu verlassen.

»Vielleicht wirst du noch einmal weglaufen wollen«, sagte Erich, so als habe er ihre Gedanken ahnen können, »aber du sollst wissen, daß das überhaupt keinen Sinn hat. Dies hier ist eine Insel, wie du weißt. Und sie ist voller deutscher Soldaten. Es gibt keinen Winkel, den wir *nicht* kontrollieren. Das heißt, ich hätte dich im Handumdrehen gefunden. Du hast keine Chance, Beatrice, und das solltest du dir wirklich klarmachen.«

»Warum wollen Sie unbedingt, daß ich hierbleibe?« fragte Beatrice. »Wenn ich doch auch bei meiner Freundin wohnen könnte?«

Er runzelte die Stirn, und sie begriff, daß er für sein Empfinden genügend Erklärungen gegeben hatte, daß er keine weiteren Diskussionen wünschte.

»Ich habe entschieden, daß du hierbleibst«, sagte er, »daran wird sich nichts ändern, und je eher du dich mit diesem Gedanken anfreundest, desto einfacher ist es für uns. Und nun gehst du hinauf, ziehst deine hübsche Schuluniform aus und legst dich in dein Bett. Du siehst müde aus.«

Und du siehst krank aus, dachte Beatrice aggressiv, aber sie erwiderte nichts mehr, sondern drehte sich um und stieg, ihren albernen Puppenkoffer in der Hand, wortlos die Treppe hinauf und verschwand in ihrem Zimmer. Sie schloß die Tür nachdrücklich hinter sich. Ein paar Augenblicke später konnte sie Erichs schwere

Schritte hören. Er ging ins Bad und dann in das Schlafzimmer von Beatrices Eltern, und dies war der Augenblick, der unter all den bedrohlichen, befremdlichen, erschreckenden Momenten dieses Tages Beatrice am heftigsten weh tat: zu hören, wie der deutsche Offizier ohne zu zögern Deborahs und Andrews Schlafzimmer besetzte und zu seinem eigenen machte.

Knapp drei Wochen später traf Helene Feldmann auf Guernsey ein.

Beatrice hatte sich in diesen drei Wochen allmählich von dem Schock erholt, in dem sie zunächst gefangen gewesen war, aber noch immer erschien ihr jeder einzelne Tag wie ein Alptraum, dessen Schrecken vor allem darin bestand, daß man wußte, er würde am nächsten Tag immer noch da sein, und im nächsten Monat auch noch. Nichts deutete darauf hin, daß die Deutschen vorhatten, die Inseln wieder zu verlassen, oder daß irgend etwas geschehen würde, was sie dazu zwingen könnte. Beatrice hatte vierzehn Tage lang auf das Erscheinen der britischen Armee gehofft, auf die RAF, auf die Marine, auf Scharen tapferer Männer, die kommen und die Nazis zum Teufel jagen würden. Aber nichts geschah, und sie begann zu ahnen, daß man sich – zumindest vorläufig – in London mit dem Stand der Dinge arrangiert hatte.

Den Deutschen war der Ruf vorausgeeilt, gründlich, schnell und sehr systematisch zu arbeiten, Dinge anzupacken und mit Tatkraft und Energie durchzuführen. Die verbliebene britische Bevölkerung auf den Kanalinseln sah mit Staunen, wie die Besatzer diesem Ruf mit äußerster Zuverlässigkeit gerecht wurden.

Das Straßenbild hatte sich rasch verändert. Abgesehen davon, daß es von deutschen Uniformen wimmelte, wehten auch Hakenkreuzfahnen von allen öffentlichen Gebäuden, und vereinzelt waren bereits englische Straßennamen oder die Namen größerer Häuser oder Anlagen in deutsche Bezeichnungen umgetauft worden.

Castle Cornet, die beeindruckende Festung, die das Bild des Hafens von St. Peter Port prägte, hieß nun »Hafenschloß«. Aus dem malerischen Ort Torteval wurde »Spitzkirchen« wegen des weithin sichtbaren, eigentümlichen Kirchturms. Es gab die Auflage, keine anderen Namen als die neuen zu verwenden, aber darum scherte sich niemand aus der Bevölkerung, und letzten Endes konnten dies die Deutschen auch nicht wirklich kontrollieren.

Als schwieriger für die Engländer erwies sich die umgehend erfolgte Neuregelung des Straßenverkehrs. Man fuhr nicht mehr links, sondern – wie auf dem europäischen Festland üblich – rechts. Dies führte zu einiger Verwirrung, auch unter den Deutschen, weil die Beschilderung der Straßen nun nicht mehr stimmte und nicht so rasch ausgetauscht werden konnte. Allerdings besaßen ohnehin nur noch wenige Inselbewohner ein Auto; viele waren beschlagnahmt worden, man brauchte einen Sonderschein, um seinen Wagen behalten zu dürfen, und in der Regel wurden diese Scheine nur an Besitzer landwirtschaftlicher Fahrzeuge oder Lieferautos ausgegeben. Das Benzin war rationiert und nur auf Marken erhältlich, ebenso die Nahrungsmittel.

Die Deutschen erließen ein generelles Versammlungsverbot, das selbst harmloseste Vergnügungen wie Bridgeclubs einschloß, und verhängten eine abendliche Ausgangssperre. Der kurz vor der Besatzung völlig zusammengebrochene Schulbetrieb sollte, so hieß es, so rasch wie möglich wieder aufgebaut werden, und vorrangiges Unterrichtsziel würde das Erlernen der deutschen Sprache sein.

Der Juli war heiß und trocken und trostlos. Beatrice unternahm keinen Versuch mehr, das Haus zu verlassen. Sie kümmerte sich um die Rosen, was für sie ein Gefühl der Verbindung mit ihrem Vater bedeutete und was von Erich mit einem herablassenden Lächeln bedacht, aber immerhin geduldet wurde.

»Es ist nicht die Zeit für Blumen und ähnlichen Firlefanz«, sagte er, »es ist Krieg. Aber letztlich habe ich nichts dagegen, daß du dich um den Garten kümmerst, Beatrice.«

Er bestand, wie angekündigt, darauf, daß sie ihren täglichen Deutschunterricht bei Will nahm. Beatrice haßte es, Deutsch zu lernen, aber sie sagte sich, daß die Lage auf der Insel noch eine ganze Weile andauern konnte und daß es für sie nur von Vorteil sein würde, die Sprache des Feindes zu verstehen.

Immerhin kam sie mit Will gut zurecht. Zwischen ihnen entwickelte sich rasch eine Freundschaft, er wurde zu einem Ersatz für den großen Bruder, den Beatrice sich immer gewünscht hatte.

Sie hatte gehofft, er werde bei ihr und Erich im Haus wohnen, aber offensichtlich hielt Erich dies nicht für angemessen, denn er hatte Will in der kleinen Dachwohnung über der Scheune untergebracht, in der immer die Hilfskräfte geschlafen hatten, die Andrew hin und wieder beschäftigt hatte. Deborah hatte den weißgetünchten Raum mit den schrägen Wänden gemütlich eingerichtet; vor dem Gaubenfenster bauschten sich geblümte Vorhänge im warmen Sommerwind; das Bett konnte tagsüber als Couch benutzt werden, es gab einen runden Tisch und einen Korbsessel, ein Waschbecken in der Ecke mit einem Spiegel darüber und eine kleine elektrische Kochplatte mit einem Wasserkessel. Will hatte gesagt, er werde zum Unterricht ins Haus hinüberkommen, aber Beatrice hatte erklärt, es sei ihr lieber, wenn sie zu ihm kommen dürfe. Will akzeptierte dies, ohne nachzufragen, und Beatrice vermutete, daß er ihre Beweggründe begriff: Sie hatte so die Möglichkeit, sich wenigstens ein paar Schritte weit aus Erichs Bannkreis zu entfernen. Erich gegenüber gab sie an, sich im Haus nicht konzentrieren zu können, und dagegen konnte er kaum etwas einwenden, da dort tatsächlich ständig Offiziere aus und ein gingen, Lagebesprechungen stattfanden, Autos vorfuhren und ein reges Leben und Treiben herrschte.

Also kletterte Beatrice jeden Nachmittag um drei Uhr die steile Leiter in Wills Reich hinauf, um sich dort bis fünf Uhr mit den verwirrenden und komplizierten Regeln der deutschen Sprache herumzuschlagen. Will erwartete sie stets mit einer großen Kanne Tee und ein paar aufmunternden, humorvollen Worten. Er hätte nie riskiert, in Beatrices Gegenwart ein böses Wort über Erich fallen zu lassen, aber sie hatte rasch erkannt, daß er seinen Vorgesetzten nicht mochte. Die Rolle als Angehöriger einer Besatzungsarmee schien ihm ebenfalls nicht zu behagen, doch auch diesen Umstand würde er sich hüten, in Worte zu fassen.

Ein einziges Mal wagte er sich in die Nähe des brisanten Themas; das war, als Beatrice einige Minuten zu früh zum Unterricht erschien und ihn beim Schreiben eines Briefes antraf. Er hatte gerade den Stift sinken lassen und sah zum Gaubenfenster hinaus in den heißen, blütenschweren Julitag, der ein Gewitter in sich trug und Menschen und Tiere mit einer eigenartigen Spannung erfüllte.

Auf seinem Gesicht lag eine Traurigkeit, die Beatrice eigenartig tief berührte.

»Will«, sagte sie vorsichtig.

Er zuckte zusammen, denn er hatte sie nicht kommen hören.

»Ach, da bist du ja schon«, sagte er. Seine Züge entspannten sich, er war wieder der fröhliche Will, der es verstand, andere Menschen aufzumuntern. Aber Beatrice hatte die andere Seite an ihm gesehen.

»Ich setze gleich das Teewasser auf«, sagte er. »Oder meinst du, es ist heute zu heiß für Tee?«

»Ich hätte lieber etwas kaltes Wasser«, erwiderte Beatrice. Nach einer kurzen Pause fügte sie hinzu: »Sie haben so traurig ausgesehen, Will. Was ist los?«

Er füllte zwei Gläser mit kaltem Wasser und stellte sie auf den Tisch. »Ich habe gerade einen Brief an meine Eltern geschrieben. Und irgendwie…« Er zuckte mit den Schultern.

»Haben Sie Heimweh?« fragte Beatrice.

Will zögerte, dann nickte er. »Ich vermisse meine Familie. Aber du weißt ja nur zu gut, wie das ist.«

Sie sahen einander ernst an, das elfjährige Mädchen und der erwachsene Mann, beide in diesem Moment durch einen Schmerz verbunden, der sie über die Mauern zweier Sprachen, zweier Nationalitäten und eines Krieges hinweg unerwartet stark einte. Schließlich sagte Beatrice leise: »Aber ich habe es mir nicht ausgesucht, von meinen Eltern getrennt zu werden. Sie haben…«

»Ach, so einfach ist das nicht, Beatrice. Wenn du denkst, ich habe mir irgend etwas an dieser Situation, so wie sie ist, gewünscht…« Er klang plötzlich so bitter, wie sie ihn noch nie gehört hatte. »Du mußt nicht denken, daß alle deutschen Soldaten glücklich sind mit dem Verlauf der Dinge«, sagte er hastig, aber dann schien ihm plötzlich klarzuwerden, daß er sich viel zu weit vorwagte, denn er lächelte und sagte: »Aber das sind nicht die Themen, mit denen wir uns beschäftigen sollten. Du bist hier, um Deutsch zu lernen. Zeigst du mir deine Hausaufgaben? Ich bin sicher, du hast wieder einmal nicht *einen* Fehler gemacht!«

Er hatte Angst vor Erich, das spürte Beatrice. *Alle* hatten Angst vor Erich. Die vielen Soldaten, die täglich aus und ein gingen, legten eine Devotheit an den Tag, die Beatrice selbst ohne Verständnis der Sprache auffiel. Niemand schien auch nur im mindesten bei ihm anecken zu wollen. Beatrice vermutete, daß die Vorsicht, mit der alle ihn behandelten, mit der völligen Unberechenbarkeit seines Wesens zusammenhing. Sie hatte nie einen Menschen gekannt, dessen Stimmungen sich so häufig und so grundlegend im Laufe eines Tages veränderten. Manchmal hatte sie das Gefühl, völlig verschiedene Personen vor sich zu haben, aber sie merkte schließlich, daß Erichs Stimmungsschwankungen einer gewissen Regelmäßigkeit unterlagen.

Am frühen Morgen war er müde, sah schlecht aus, sprach kaum ein Wort und rührte auch nichts vom Frühstück an, trank nur starken, schwarzen Kaffee und rauchte hektisch die erste Zigarette des Tages. Dann jedoch stieg seine Laune rasch, und auch sein Aussehen verbesserte sich. Seine Wangen bekamen Farbe, seine Augen glänzten, er wurde redselig, lebhaft und legte fast eine gewisse Herzlichkeit an den Tag. In dieser Phase vermochten ihn selbst Hiobsbotschaften nicht zu erschüttern, und wer immer zu ihm kam, wurde mit Zigaretten und Schnaps reichlich beschenkt.

Am frühen Nachmittag ging es wieder bergab, aber er war jetzt nicht müde und unbeweglich wie am Morgen, sondern von einer vibrierenden Nervosität. Er konnte nicht still sitzen, lief hierhin und dorthin, rauchte wie besessen, drückte halbgerauchte Zigaretten aus, um sich in der nächsten Sekunde eine neue anzuzünden. Er fuhr jeden an, der ihm in den Weg kam, und manchmal zitterten seine Hände so stark, daß er kaum eine Kaffeetasse zum Mund führen konnte. Gegen fünf – Beatrice hätte die Uhr danach stellen können – überschritt er seinen Tiefpunkt und verwandelte sich langsam in den allzu redseligen, auf eine unnatürliche Weise gutgelaunten Mann, den Beatrice vom ersten Abend her noch in Erinnerung hatte. Von sechs Uhr an nahm er einige Aperitifs mit seinen Gästen – er lud jeden Abend Offiziere zum Essen ein –, und später trank er Wein, auf den er rasch mit einem puterroten Kopf und etwas ausufernder Gestik reagierte. Er lachte, redete, verkündete seine Theorien zur Lage der Welt, aber irgendwann, meist sehr rasch und ohne wirklichen Übergang, fiel er in sich zusammen, wurde von einer bleiernen Müdigkeit überwältigt, tauchte in eine Melancholie, die an eine Depression grenzte. Seine Haut wurde fahl, die Lippen grau. Manchmal hörte ihn Beatrice durch alle Räume wandern und irgendwelche Dinge vor sich hin murmeln, die sie jedoch nicht verstand.

Eines Tages, Ende Juli, sagte Will zu Beginn der Deutschstunde mit einem geheimnisvollen Lächeln und gesenkter Stimme: »Heute wird Mrs. Feldmann erwartet. Sie soll gegen fünf Uhr hier sein.«

Beatrice hatte bis zu diesem Moment nicht gewußt, daß Erich verheiratet war. »Wirklich?« fragte sie überrascht.

Will nickte. »Es heißt, sie wollte eigentlich gar nicht herkommen, aber Major Feldmann hat darauf bestanden. Na ja, er hat vermutlich keine Lust, die ganze Zeit solo zu sein.«

Beatrice brauchte ein paar Momente, um sich von ihrem Schrecken zu erholen. Nicht, daß es ihr auch nur einen Tag lang behagt hätte, mit Erich allein zu sein, aber die momentane Situation begann ihr zumindest ein wenig vertraut zu werden. Die unbekannte Mrs. Feldmann flößte ihr Angst ein. Vielleicht entpuppte sie sich als Tyrannin, die ihr das Leben noch schwerer machen würde.

»Ach, Will«, seufzte sie. »Wie ist Mrs. Feldmann denn?«

»Ich kenne sie nicht«, sagte Will bedauernd. »Ich habe nur gehört, sie soll sehr schön sein.«

Das entmutigte Beatrice noch mehr. Sie stellte sich eine elegante, mondäne Frau vor, die wie eine Filmdiva hereingerauscht käme und sich über alles, was sie vorfand, mokieren würde. Wahrscheinlich war ihr nichts fein genug, und sie würde als erstes eine Reihe von Veränderungen einführen. Ein Mann wie Erich, der ganz offensichtlich eine bedeutende Stellung auf der Insel innehatte, mußte auch eine auffallende Frau haben.

Sie war ohnehin unglücklich und deprimiert an diesem Tag. Die ganze Zeit hoffte sie, irgendeine Nachricht ihrer Eltern werde sie erreichen, aber weder ein Brief noch eine Karte trafen ein, und das Telefon klingelte schon gar nicht, ganz gleich, wie beschwörend sie es auch anstarrte. Will sagte zwar, das habe nichts zu bedeuten, denn es bestehe für niemanden eine Möglichkeit der Kontaktaufnahme zwischen England und den Kanalinseln, aber Beatrice hoffte entgegen aller Vernunft, es werde ihren Eltern gelingen, der

Tochter eine Nachricht zukommen zu lassen. Daß dies nicht geschah, machte sie trübsinnig. Noch immer vermochte sie nicht zu weinen über die grausamen Veränderungen in ihrem Leben, aber der Schmerz, der ihre Seele ausfüllte, wurde stärker. Zudem hatte Erich sie beim Frühstück heftig angefahren, er hatte in deutsch auf sie eingeredet, und sie hatte ihn nicht verstanden, was ihn aufgeregt hatte, weil sie nach seiner Ansicht viel zu langsam Fortschritte machte.

»Was tut ihr eigentlich, Will und du, jeden Tag in den zwei Stunden, die du da drüben bei ihm bist?« schrie er. Seine übliche morgendliche Lethargie wich diesmal einer heftigen Wut. »Spielt ihr *Mensch ärgere dich nicht,* oder was?« Er starrte Beatrice finster an. »Es ist sowieso nicht gut, daß du dich allein mit einem jungen Mann in dessen Wohnung aufhältst, darauf hätte ich längst kommen müssen. Von jetzt an kommt er hier herüber, und das Ganze findet unter meiner Aufsicht statt, verstanden?«

Zum Glück war er mittags guter Laune, und als Beatrice sich verabschiedete, um zu Will hinüberzugehen, schien er seine Anordnung vom Morgen vergessen zu haben, denn er nickte nur und sagte gedankenabwesend: »Ja, geh nur. Sei fleißig, hörst du? Ich setze große Erwartungen in dich.«

Sie wußte nicht, was er mit dem letzten Satz gemeint hatte, aber sie empfand ihn als beunruhigend.

Sie sprach Will auf Erichs unberechenbare Launen an, und Will entgegnete vorsichtig, dies falle vielen Menschen an ihm auf und sei ein häufiges Gesprächsthema auf der Insel.

»Zum Glück weiß ich ungefähr, wann ich ihm aus dem Weg gehen muß«, sagte Beatrice, und leise setzte sie hinzu: »Wenn es nur endlich vorbei wäre!«

Sie quälten sich beide durch den Nachmittag. Will wirkte unkonzentriert, und Beatrice machte wesentlich mehr Fehler als sonst. Will drückte ihr zum Schluß ein Buch in die Hand und sagte, sie solle versuchen, bis zum nächsten Tag das erste Kapitel darin zu lesen.

»Geh jetzt hinüber«, sagte er, »und mach dir nicht zu viele Sorgen. Vielleicht ist Mrs. Feldmann ja ganz nett.«

Beatrice hatte keine Lust, sich auch nur *einem* der beiden Feldmanns auszusetzen, und so verschwand sie gleich im Garten, zog sich an ihren Lieblingsplatz zurück, an eine hohe, weiße Steinmauer, vor der ihr Vater etwas Wein angebaut hatte. Rebstöcke hatten nicht die besten Kulturbedingungen auf den Inseln, aber wenn man sie unterstützte, ihnen windgeschützte, sonnige Plätze ermöglichte, gediehen sie recht gut. Die weiße Mauer, die Andrew selbst gebaut hatte, reflektierte das Licht und die Wärme, und sie hatten immer eigene Trauben ernten können. Aber auch hier schritt die Verwahrlosung voran, das konnte Beatrice bereits sehen. Das Unkraut kroch aus der Erde und breitete sich nach allen Richtungen aus.

»Armer Garten«, flüsterte sie, »aber ich kann nichts tun. Ich kann nicht genug tun.«

Sie blätterte das Buch auf und versuchte, die erste Geschichte zu lesen, aber ihr fehlten noch zu viele Vokabeln, und sie schaffte es nicht, einen Sinn in den Sätzen zu entdecken. Entnervt und frustriert gab sie schließlich auf. Wahrscheinlich werde ich diese Sprache nie mehr lernen, dachte sie müde.

Die Hitze machte sie schläfrig, sie döste ein wenig vor sich hin, und vielleicht schlief sie sogar für einige Momente ein. Sie schrak zusammen, als sie Laute hörte, die sie im ersten Augenblick nicht identifizieren konnte, aber dann erkannte sie, daß unweit von ihr eine Frau weinte, und stand auf, um nachzusehen.

Die Frau kauerte jenseits der Mauer auf dem steinernen Rand einer Vogeltränke, in die schon seit Wochen niemand mehr Wasser gefüllt hatte und in der dicke Moospolster aus allen Ritzen quollen. Das weiße Sommerkleid, das die Frau trug, würde grüne Flecken haben, wenn sie aufstand. Sie hatte den Kopf in die Hände gestützt, ihr Schluchzen kam stoßweise, verebbte, wurde dann wieder stärker. Ihre blonden Haare glänzten rötlich im Licht der Abendsonne. Sie waren zu einer komplizierten Hochfrisur aufgesteckt, aber einige Nadeln hatten sich bereits gelöst, und lange, gewellte Strähnen fielen der Frau über die Schultern.

Instinktiv wußte Beatrice sofort, daß sie Mrs. Feldmann vor sich hatte. »Hallo«, sagte sie schüchtern.

Mrs. Feldmann hob ruckartig den Kopf und starrte Beatrice an. Ihr Gesicht war naß von Tränen, die Augen stark gerötet. Vielleicht wirkte sie dadurch jünger, als sie war, auf jeden Fall schien sie Beatrice sehr jung zu sein, kaum halb so alt wie Erich. Ihr Kleid war elegant und aus gutem Stoff gearbeitet, aber sie hatte nichts Mondänes an sich. Sie sah aus wie ein junges, trauriges Mädchen, das sich verlaufen hat und nicht weiß, wie es den Weg nach Hause finden soll.

»Hallo«, erwiderte sie und wischte sich mit dem Handrücken über die Augen. Sie schien aufstehen zu wollen, gleichzeitig jedoch nicht die Kraft dazu zu finden. »Du mußt Beatrice sein.« Ihr Englisch war akzentfreier als das ihres Mannes, aber sie stockte häufiger, um die richtigen Worte zu suchen. »Mein Mann hat mir von dir erzählt. Ich bin Helene Feldmann.«

Sie kramte in ihrer Rocktasche, fand ein zerknittertes Taschentuch und putzte sich damit die Nase. »Es tut mir leid«, sagte sie, »ich dachte, hier im Garten sei niemand. Du mußt einen eigenartigen Eindruck von mir haben.« Ihre Stimme zitterte. Sie würde jeden Moment erneut in Tränen ausbrechen.

»Ich habe dort hinter der Mauer gesessen«, sagte Beatrice, »und versucht, dieses Buch zu lesen.« Sie hielt das Buch hoch, das Will ihr gegeben hatte. »Aber ich verstehe fast nichts. Ich versuche, Deutsch zu lernen, aber irgendwie komme ich einfach nicht voran.«

»Du wirst es schaffen«, sagte Helene, »in deinem Alter lernt man schnell. Manchmal denkt man, es geht nicht weiter, aber plötzlich öffnen sich die Schleusen, und man weiß nicht, weshalb man vorher ein Problem hatte. Du wirst sehen, bald träumst du in deutsch.«

Beatrice empfand diese Vorstellung nicht unbedingt als tröstlich, aber sie verstand, daß es Helene gut mit ihr meinte. Die Befürchtungen, die sie hinsichtlich der fremden Mrs. Feldmann gehegt hatte, zerrannen, aber auch die für Sekunden aufgeflammte Hoffnung, jemand gefunden zu haben, der sie in die Arme nehmen und nach ihrem Schmerz fragen würde, verging so schnell, wie sie gekommen war. Helene mochte eine erwachsene Frau sein, aber sie hatte die Konstitution eines Vogels, der aus dem Nest gefallen ist. Ihr Trost würde sich auf ein hilfloses Bemühen um die richtigen Worte beschränken, und noch während sie nach ihnen suchte, würden ihre Augen immer darum betteln, selbst getröstet zu werden.

Helene begann schon wieder zu weinen; sie stammelte eine Entschuldigung deswegen, aber offenbar vermochte sie ihre Tränen nicht einzudämmen. Beatrice wartete einen Moment, dann setzte sie sich vorsichtig neben sie auf den moosigen Rand der Vogeltränke, und schließlich legte sie ihr schüchtern den Arm um die Schultern.

Diese Bewegung genügte, Helene den letzten Rest an Selbstbeherrschung verlieren zu lassen. Laut aufschluchzend, barg sie ihren Kopf an Beatrices Hals.

»Es wird alles gut«, sagte Beatrice, ohne an die Wahrheit dieses Satzes zu glauben und ohne zu wissen, worin Helenes Schmerz bestand. Helene weinte und weinte, aber allmählich wurde sie ruhiger, ihr Körper zitterte nicht mehr, sie schien irgendeine Art von Hoffnung zu schöpfen, ohne daß sie vermutlich hätte zum Ausdruck bringen können, worin diese Hoffnung bestand. Sie fand in der elfjährigen Beatrice den Halt, nach dem sie gesucht hatte, solange es sie gab.

8

»Und so ist es geblieben bis heute«, sagte Beatrice, und Kevin, der gerade die Schüssel mit dem Gemüse auf den Tisch stellte, sah sie überrascht an.

»Was ist los?«

»Nichts. Ich habe nur gerade an Helene gedacht. An unsere erste Begegnung zwischen all den Rosen unseres Gartens.«

»Ich habe dir schon mal gesagt, du solltest nicht soviel an die Vergangenheit denken.«

»Eigenartig«, sagte Beatrice versonnen, »es fallen einem so viele kleine Details ein, wenn man sich wirklich erinnert. Dinge, die man jahrzehntelang nicht im Gedächtnis hatte. Plötzlich sind sie wieder da.«

»Und was ist dir eingefallen?« fragte Kevin. »Welches wichtige Detail?«

»Mir ist das Kleid wieder eingefallen, das Helene an jenem Tag trug. Ich sehe es genau vor mir. Lange Zeit hätte ich es nicht beschreiben können, aber jetzt weiß ich wieder, wie es aussah.«

Kevin brachte die Kartoffeln. »Und was ist daran so besonders?«

»Nichts. Ich finde diesen Prozeß des Erinnerns nur sehr interessant. Helenes Kleid damals sah genauso aus, wie ihre Kleider heute noch aussehen: romantisch, verspielt, jungmädchenhaft. Sie ist von diesem Stil nie abgewichen. Als sei sie stehengeblieben auf einer Stufe und habe nicht weitergekonnt.«

»So ist sie eben.«

»Mir ist noch etwas anderes eingefallen. Helene lag in meinen Armen und weinte, und irgendwann, nach einer unendlich langen Zeit, versiegten ihre Tränen, und sie löste sich von mir. Und dann sagte sie zu mir...«

»Was sagte sie?« fragte Kevin, als Beatrice stockte.

»Sinngemäß sagte sie etwas in der Art, ich sei ein sehr tapferes kleines Mädchen. Ich sei stark, und ganz sicher würde ich einmal mein Leben in beide Hände nehmen und... und furchtlos angehen, was immer auf mich zukomme.«

»Kluge Frau«, sagte Kevin. »Sie hatte recht. Und das, obwohl sie dich kaum kannte.«

Beatrice starrte in die Kerzenflamme, deren Schein unruhig an den Wänden zuckte. »Sie sagte noch etwas: Sie sei nie so gewesen wie ich und werde nie so sein. Und es werde ihr nie möglich sein, ein Leben so zu führen, wie sie es wolle.«

Sorgfältig richtete Kevin Gemüse, Kartoffeln und Fisch auf den vorgewärmten Tellern an.

»Typisch Helene«, sagte er, »aber das ist auch nichts Neues. So redet sie doch immer.«

»Aber damals«, beharrte Beatrice, »sagte sie es zum erstenmal. Und ich hätte gewarnt sein müssen. Sie jammerte und lamentierte nämlich nicht einfach, so wie sie es heute ständig tut. Es war Neid in ihrer Stimme, blanker, häßlicher Neid. Später habe ich ihn nie wieder herausgehört, da hatte sie ihn unter Kontrolle, genauer gesagt: Sie hatte eine Strategie gefunden, mit ihm umzugehen. Sie hatte einfach beschlossen – unbewußt vielleicht, aber deshalb nicht weniger unnachgiebig –, mein Leben dem ihren anzugleichen. Indem sie mich mit all ihren Ängsten und Sorgen und Hunderten von Vorsichtsmaßnahmen ebenso einengte, wie sie sich selbst immer eingeengt hatte, war sie in der erleichternden Situation, eine Genossin gefunden zu haben. Indem sie mich ebenfalls zum Opfer machte, hat Helene ihre eigene Opferrolle hinnehmen können. Und an jenem Tag im Garten hat sie begonnen, mich zu einem Teil ihres unerfüllten, beengten, unglücklichen Lebens zu machen.«

Kevin schenkte Wein nach und setzte sich Beatrice gegenüber an den Tisch. »Wenn du das damals hättest überblicken können«, sagte er, »was, nach meiner Ansicht, völlig unmöglich ist für ein elfjähriges Mädchen – aber wenn du tatsächlich ihren Neid hättest erkennen und die richtigen Schlußfolgerungen daraus ziehen können –, was hätte es geändert? Wo hättest du eine Möglichkeit gehabt, etwas anders zu machen?«

»Nirgends«, sagte Beatrice. »Komm, laß uns essen, bevor es kalt wird.«

9

Franca wachte mitten in der Nacht auf, weil sie einen Alptraum gehabt hatte. Sie konnte sich nicht sofort erinnern, worum es gegangen war, aber sie war naß am ganzen Körper, ihr Herz galoppierte, und in ihr war ein eigentümliches inneres Zittern. Sie lag auf dem Rücken und starrte in die Dunkelheit, und dann plötzlich drängten die Bilder des Traumes in ihr Gedächtnis, und sie stöhnte leise auf. Sofort bewegte sich Michael neben ihr, und sie hielt den Atem an, um ihn nicht zu wecken. Er hatte einen leichten Schlaf, zudem ein untrügliches Gespür für Francas psychische Befindlichkeit. Er würde sofort merken, daß es ihr schlecht ging, würde mit gereizten Vorwürfen reagieren oder mit Ratschlägen, bei denen sie sich noch elender fühlen würde. Inzwischen hatte sie einen Punkt erreicht, an dem sie lieber mit dem Schornsteinfeger über ihre Probleme gesprochen hätte als mit ihrem Mann – obwohl nach ihrem Verständnis eine Ehe auch deshalb eingegangen wurde, um in Krisenzeiten füreinander da zu sein.

Vielleicht dauerte aber auch ihre Krise einfach schon zu lange. Das jedenfalls hätte Michael entgegnet, wenn sie ihm ihre Definition des Begriffs Ehe dargelegt hätte.

»Natürlich steht man in Krisen zueinander«, würde er sagen, »aber wenn eine Krise über Jahre dauert, kann der Partner nicht mehr die Anlaufstelle sein. Dann muß das Krisenopfer irgendwie lernen, sich an den eigenen Haaren aus dem Sumpf zu ziehen.«

Er gebrauchte diesen Ausdruck gern. Sich an den eigenen Haaren aus dem Sumpf zu ziehen stellte für ihn offensichtlich den Inbegriff von Stärke und Entschlossenheit dar. Michael war der Ansicht, dieses Kunststück selbst schon mindestens ein dutzendmal in seinem Leben praktiziert zu haben, wohingegen Franca die Überzeugung hegte, daß Michael erstens in Wahrheit noch nie in einem Sumpf gesteckt hatte und daß es zweitens diesen vielbeschworenen Trick überhaupt nicht gab.

Man braucht Hilfe im Leben, dachte sie, immer wieder braucht man Hilfe.

Doch dann überlegte sie, daß es falsch war, wenn sie »man« sagte: Es mußte »ich« heißen. Sie brauchte Hilfe. Michael hatte sie noch nie gebraucht.

Lautlos erhob sie sich, wagte nicht, nach ihrem Morgenmantel zu suchen, aus Angst, Michael dadurch zu wecken, sondern huschte einfach aus dem Zimmer und die Treppe hinunter. Sie fröstelte; naß geschwitzt wie sie war, würde sie sich eine Erkältung holen, wenn sie nicht aufpaßte. Im Wohnzimmer fand sie eine Wolldecke, sie hüllte sich darin ein und kauerte sich in den Sessel am Fenster. Jenseits der schräggestellten Jalousien verriet noch kein Lichtschein die Nähe des Morgens. Die Nacht war schwarz und tief, eine sehr dunkle Oktobernacht, von der sie wußte, daß sie nach Feuchtigkeit roch, nach Laub, das bald fallen würde, nach Abschied und nach einer Kälte, die lange dauern würde. Sie zitterte unter der dicken, weichen Wolle der Decke, ein inneres Zittern, das aus dem Gefühl tiefsten Alleinseins rührte.

Sie hatte am Vormittag Beatrice einen Brief geschrieben, sie war auf ihre Schilderung der ersten Begegnung mit Helene Feldmann eingegangen und auf ihre Beschreibung Erichs, seiner Gemütsschwankungen und Unberechenbarkeiten. »Könnte es sein, daß er

Pychopharmaka eingenommen hat?« hatte sie geschrieben. »Beruhigungsmittel, Aufputschmittel, Antidepressiva – je nach Bedarf? Wie Sie es darstellen, klingt es sehr danach. Vermutlich hat er ständig höhere Dosierungen gebraucht und legte in den Phasen dazwischen immer extremere Verhaltensweisen an den Tag.«

Dann hatte sie erwogen, auch etwas über sich zu schreiben – über die Alpträume, die sie so häufig heimsuchten, und über ein paar Dinge, die sich in ihrem Leben ereignet hatten und ihr keine Ruhe ließen, aber sie hatte es nicht fertiggebracht und den Brief schließlich mit ein paar Floskeln beendet. Sie hatte nicht den Eindruck, daß Beatrice irgend etwas von dem, was sie zu sagen hatte, interessieren würde. Beatrice hatte bereits eine Menge von sich erzählt, und vielleicht würde sie es auch weiterhin tun, weil sie offensichtlich manches loswerden mußte. Genausogut mochte es sein, daß sie plötzlich aufhörte, sich nicht mehr rührte, sich völlig zurückzog. Ganz sicher aber hatte sie keinerlei Neigung, sich innerhalb einer brieflich geführten Diskussion *ihrer,* Francas, Probleme anzunehmen. Neben all dem, was sie erlebt hatte, mußten sie ihr ohnehin allzu banal vorkommen.

In ihrem Alptraum, dessentwegen sie nun naß und zitternd und mit hämmerndem Herzen wie ein krankes Tier zusammengekrümmt unter ihrer Decke saß, hatte sie wieder vor einer Schulklasse gestanden, hatte sich einer tobenden Meute gegenübergesehen, die sich mitleidlos an ihrer Qual weidete.

Michael allerdings, wenn sie ihm früher davon erzählt hatte, war der Ansicht gewesen, sie übertreibe in ihrer Interpretation maßlos die tatsächlichen Begebenheiten.

»Das war keine Meute, die sich an *deiner Qual* geweidet hat! Das waren ein paar Kinder, die es satt hatten, still auf ihren Plätzen zu sitzen und einem Unterricht zu folgen, der ihnen zum Hals raushing – dein Unterricht ebenso wie der deiner Kollegen übrigens. Nur daß sie spürten, sie konnten es sich bei dir leisten, Randale zu machen, und bei den anderen Lehrern eben nicht. Kinder sind da wie junge Hunde. Sie probieren einfach, wie weit sie gehen können. Und du allein entscheidest, wo die Grenze verläuft.«

Sie hatte oft darüber nachgedacht, ob das stimmte, ob sich die

Grausamkeiten ihrer Schüler nicht gegen sie als Person richteten, sondern jeden getroffen hätten, der sich nicht dagegen zu wehren vermochte. Im Endergebnis kam es ohnehin auf das gleiche hinaus: Sie war das Opfer. Und ein Opfer erweckt selten Mitleid. Im günstigsten Fall kommt es mit milder Verachtung davon. Im schlimmsten Fall fordert es immer neue, sadistische Quälereien heraus. Von irgendeinem Zeitpunkt an war es nur noch ein Sport unter den Schülern gewesen, herauszufinden, ob es irgendeine Grausamkeit geben könnte, die Franca Palmer entweder in den Selbstmord oder fort von der Schule treiben könnte.

Sie hatten nichts ausgelassen: Sie hatten die Fahrstuhltür blockiert, wenn sie aussteigen wollte, und sie gezwungen, wieder hinunterzufahren. Sie hatten ihr Tinte auf ihre Kleider gespritzt oder Zettel mit obszönen Sprüchen auf die Rückseite ihrer Kostümjacke geheftet. Sie hatten die Reifen ihres Autos zerstochen und Hundekot in ihre Tasche gefüllt. Sie hatten sie als grotesk häßliche Fratze an die Tafel gezeichnet, und irgendwann war es ihr nicht mehr möglich gewesen, in ihren Unterrichtsstunden auch nur einen einzigen Satz zu sagen, der nicht in Geschrei und Getöse unterging. Es hatte Beschwerden gegeben von Kollegen wegen des Lärms, der aus den Räumen drang, in denen sie unterrichtete. Einmal hatte jemand den Direktor informiert, und dieser war überraschend erschienen. Er mußte, dachte Franca später, den Eindruck gehabt haben, mitten in einen Bürgerkrieg hineinzuplatzen. Die Schüler hatten mit Fliegern geworfen und Papierkugeln mit Gummiringen abgeschossen, sie waren auf Tischen und Bänken herumgesprungen, einige hatten auf der Tafel herumgekritzelt und einander laut johlend mit dem nassen Schwamm traktiert. Kreidestücke flogen aus dem geöffneten Fenster, und zwei Mädchen hatten sich vor dem Spiegel über dem Waschbecken aufgebaut und tuschten sich die Wimpern. Irgendwo inmitten des Chaos stand Franca und sprach über die englische Revolution im 17. Jahrhundert; sie probierte in dieser Zeit ständig verzweifelt neue Strategien aus, mit ihrer katastrophalen Situation fertig zu werden, und an jenem Tag hatte sie sich für die Taktik entschieden, das Geschrei zu ignorieren und ihren Unterricht zu halten, als sei alles in bester Ordnung. Geschrei und Drohungen ihrerseits hatten sich als völlig wirkungslose Versuche erwiesen, Ordnung zu erzeugen, und sie fühlte sich ohnehin zu erschöpft, um weiterzukämpfen.

Sie hatte den Direktor zunächst nicht bemerkt, aber urplötzlich hörten die Schüler auf, durcheinanderzubrüllen, weder Kreide noch Papierkugeln flogen noch durch die Luft, und die Mädchen vor dem Spiegel ließen die Bürsten mit der Wimperntusche sinken und schlichen etwas betreten an ihre Plätze. Franca dachte keine Sekunde lang, etwas in *ihrem* Verhalten könnte diesen Umschwung herbeigeführt haben; sie war schon lange nicht mehr fähig, an irgendeine Kraft in sich zu glauben oder an ein Wunder, das eintreten könnte. Dann spürte sie auch schon einen Luftzug und wandte sich um. Sie wußte, daß sie blaß wurde, als sie den Direktor sah.

Der Direktor wartete, bis völlige Stille eingetreten war – was in wenigen Sekunden geschah –, dann donnerte er los: »Was geht hier vor?«

Niemand erwiderte etwas. Die meisten Schüler blickten zu Boden, zu feige, um auch nur zu grinsen. Der Direktor genoß hohen Respekt an seiner Schule.

»Wer ist der Klassensprecher?« fragte er.

Der Klassensprecher meldete sich und schien sich äußerst unbehaglich zu fühlen. Der Direktor fragte erneut nach den Hintergründen des Radaus, aber natürlich wußte der Sprecher darauf auch keine Antwort zu geben.

»Es ... es ist kurz vor dem Wochenende«, brachte er schließlich hervor, und nun grinsten doch einige.

Der Direktor wandte sich an Franca, die mit hängenden Armen vor ihrem Pult stand und den Eindruck hatte, nach Schweiß zu riechen. »Kommen Sie in der Pause bitte zu mir, Frau Kollegin«, sagte er, ehe er sich zur Tür wandte und grußlos den Raum verließ.

Der Direktor war später nicht unfreundlich gewesen; er hatte sich eher besorgt, mitfühlend gegeben, und Franca hatte sich gedemütigt gefühlt wie nie zuvor in ihrem Leben. Offenbar hatte sich schon eine Reihe von Kollegen beschwert, und sie galt längst als schwerwiegendes Problem in der Schule. In taktvollen Worten, aber unmißverständlich, riet ihr der Direktor, einen Psychologen aufzusuchen, da es doch Gründe geben müsse für diese andauernden Schwierigkeiten.

Noch heute, unter ihrer Decke im Wohnzimmer kauernd, erinnerte sich Franca, daß sie sich wie geohrfeigt gefühlt und in innerer, wie üblich gut verborgener Empörung gedacht hatte: Warum *ich*? Warum kommt niemand auf die Idee, diese halbirren *Monster* auf die Couch zu schicken?

Sie entsann sich, wie grausam sie die nicht vorhandene Solidarität ihrer Kollegen empfunden hatte. Wie oft hatte sie um Beistand gefleht, in Worten und Blicken. Sie hatte von besonders schwierigen Schülern gesprochen, und ihre Augen hatten um einen Kommentar gebettelt, in der Art: »Oh, ich weiß, was Sie meinen. Ich habe selber ziemliche Probleme mit...« Aber einen solchen Satz hatte sie nie gehört. Im Gegenteil, es schien ihnen allen eine gewisse sadistische Freude zu bereiten, ihr das Gegenteil von dem zu sagen, was sie hören wollte. Sie beteuerten gern, gerade mit *diesem* Schüler, mit *dieser* Klasse *nie* irgendwelche Schwierigkeiten zu haben. Sie hatten überhaupt alle *nie* Schwierigkeiten. Sie merkte, wie stark und überlegen sie sich ihr gegenüber fühlten, wie sehr sie ihr Ego an ihr stärkten, anstatt ihr selbst einmal ein wenig Kraft zu geben. Ihr war, schmerzhaft und überdeutlich, die Wahrheit einer Behauptung aufgegangen, die sie stets als Klischee abgetan hat: Wer am Boden liegt, der wird auch noch getreten.

Es stimmte. Sie traten sie nach Herzenslust. Sie nahm Beruhigungsmittel, um am Morgen die Schule überhaupt betreten zu können. Sie fing an, unter Schlafstörungen und Asthma zu leiden. Sie konsultierte einen Arzt wegen ihrer Magenschmerzen, und der stellte eine heftige Entzündung fest.

»Sie werden bald ein Geschwür haben«, warnte er, »Sie müssen Streß reduzieren, Aufregungen meiden.«

Ihr klang noch heute ihr eigenes bitteres Lachen in den Ohren. Der Arzt hätte ihr auch vorschlagen können, den Mond vom Himmel zu holen und ihn sich im Wohnzimmer aufzuhängen. Streß und Aufregung steigerten sich von Tag zu Tag. Sie verlor kiloweise Gewicht, weil sie kaum noch essen konnte, und was sie aß, erbrach sie meist wieder. Es dauerte erstaunlich lange, bis Michael merkte, *wie* ernst Francas Lage war. Das heißt, dachte sie nun unter ihrer Decke, erstaunlich war das gar nicht. Es war ganz typisch. Neben Michael kann man verrecken, ohne daß er etwas merkt.

Irgendwann einmal – soweit sie sich entsann, war es bei einem Frühstück gewesen – hatte er sie plötzlich durchdringend gemustert und dann in beinahe vorwurfsvollem Ton konstatiert, sie sei recht dünn geworden.

»Um nicht zu sagen: mager. Was ist los? Machst du eine Diät?«

Er hatte natürlich die Geschichte mit den zerstochenen Reifen mitbekommen und dann und wann auch die Tintenflecken auf ihren Kleidungsstücken bemerkt, aber er kannte nicht das ganze Ausmaß der Schikanen, denen Franca täglich ausgesetzt war.

»Mir geht es nicht gut«, hatte sie gemurmelt. Es hatte ein Schultag vor ihr gelegen, und im Spiegel hatte sie gesehen, daß sie geradezu grün war um die Nase.

»Wenn es dir nicht gutgeht, mußt du einen Arzt aufsuchen«, sagte Michael, und dann hatte er sie schärfer angesehen und hinzugefügt: »Du siehst wirklich schlecht aus. Plagst du dich mit irgendeiner verschleppten Geschichte herum?«

»Vielleicht eine Erkältung.«

»Geh zum Arzt«, hatte er wiederholt und war dann aufgesprungen, um seinen Kaffee im Stehen zu Ende zu trinken, denn er war wieder einmal spät dran gewesen.

Sie bewegte sich vorsichtig im schützenden Kokon der Wolldecke. Die augenblickliche Situation erschien ihr sinnbildlich für ihr ganzes Dasein: zusammengekauert, zittrig, eine Hülle über dem Kopf, die sie schützte vor der Welt. Woher, fragte sie sich, nehmen die Menschen die Kraft, die man braucht zum Leben? Wo liegt die geheime Quelle, aus der sie schöpfen? Woher hat die kleine Beatrice die Kraft genommen, mit der sie den grausamen Zusammenbruch ihrer einst festgefügten Welt ertragen hat?

Beatrice, das hatte sie deren Briefen entnommen, besaß eine bemerkenswerte Fähigkeit, sich den Gegebenheiten anzupassen, ohne dabei ihre Persönlichkeit zu verleugnen. Sie biederte sich nicht an, redete niemandem nach dem Mund, aber sie lehnte sich nicht gegen Unausweichliches auf und machte das Beste aus den Dingen, wie sie waren. Sie lernte Deutsch, um den Feind zu verstehen, und sie baute ihre Freundschaft zu Will aus, um einen Verbündeten zu haben, der ihr irgendwann einmal behilflich sein konnte. Sie versuchte, Erich aus dem Weg zu gehen, da sie ihn instinktiv als Gefahr erkannt hatte, aber sie achtete darauf, einigermaßen gut mit ihm auszukommen. Angst und Sorge um ihre Eltern machte sie mit sich selbst ab. In ihren Briefen war nicht die Rede davon, daß sie gejammert und geklagt hätte – wobei Franca den Eindruck hatte, daß sie noch wochenlang in einer Art Schockzustand gefangen gewesen war. Am meisten schien sie tatsächlich gelitten zu haben unter der Selbstverständlichkeit, mit der Erich das Haus ihrer Eltern für sich beschlagnahmt hatte. Sie hatte sich einem unablässigen Übergriff ausgesetzt gesehen, und alles in ihr hatte sich dagegen empört.

Franca versuchte, sich ihre Empfindungen vorzustellen, wenn Fremde ihr Haus besetzt hätten und darin agieren würden, als wäre es ihr eigenes. Die Verletzung, das war ihr klar, ging über das bloße Vergreifen an fremdem Eigentum hinaus. Die fremden Stiefel, die über die Teppiche trampelten, die fremden Hände, die sich an Türen und Fenstern zu schaffen machten, die fremden Münder, die aus den Gläsern tranken, verletzten etwas in der Seele, das vielleicht nie wieder wirklich heilte. Ein Urvertrauen mochte dahinschwinden, der Glaube an die Unversehrtheit des eigenen Territoriums.

Sie hörte leise Schritte auf der Treppe und hielt den Atem an. Licht flammte auf und blendete sie. Michael stand in der Tür. Er präsentierte seine makellose Figur in einem engen Slip und mit nacktem Oberkörper. Und er blickte äußerst verwundert drein.

»Franca«, sagte er, »was tust du denn hier?«

Sie war sich des eigenartigen Anblicks, den sie bieten mußte, nur zu bewußt. Hockte wie ein Indianer unter ihrer Decke und starrte grübelnd vor sich hin. Sie wußte nicht sofort etwas zu erwidern und verzog nur das Gesicht zu einem entschuldigenden Lächeln.

»Es ist halb drei«, sagte Michael, »wieso bist du nicht im Bett?«

»Ich *war* im Bett«, erwiderte Franca.

»Ich weiß. Und warum bist du aufgestanden? Warum sitzt du einfach da und starrst vor dich hin? Du könntest doch auch lesen oder fernsehen.«

Natürlich, dachte sie und spürte einen Anflug von Gereiztheit, wenn man schon nicht schläft, sollte man wenigstens etwas *tun*, und wenn es der Blick in die Glotze ist.

»Ich habe nachgedacht«, erklärte sie.

Michael seufzte; es klang, als habe er ein problematisches Kind vor sich, mit dessen Widerspenstigkeit er nicht zurechtkam. »Woran hast du denn gedacht?« fragte er genervt. »An deine Schüler? An die Zeit damals?«

Er konnte von ihrem Traum nichts wissen, aber indem er auf »die Zeit damals« tippte, lag er – und das wußte er natürlich – mit einiger Sicherheit nicht falsch. Franca hatte keine Lust, irgend etwas zuzugeben. »Auch wenn es dich enttäuscht, ich habe nicht *daran* gedacht«, entgegnete sie bockig.

»Das weißt du sicher?«

»Das weiß ich sicher.«

»Na ja«, meinte Michael. Er trat von einem Fuß auf den anderen, vermutlich fror er. »Dann hast du über deine englische Brieffreundin nachgedacht?«

»Und wenn?«

Michael verdrehte die Augen. »Mein Gott, du hast gesagt, die Alte ist über siebzig Jahre alt! Was fasziniert dich denn bloß so an ihr?«

»Ich glaube nicht, daß du das wirklich wissen willst.«

Er kniff die Augen zusammen, hatte wohl die leise Schärfe in ihren Worten registriert – eine Schärfe, die sie schon lange nicht mehr, oder sogar nie, an den Tag gelegt hatte. »Ich würde nicht fragen, wenn ich es nicht wissen wollte.«

Erstaunlicherweise hatte sie nicht die mindeste Lust, etwas zu erklären. Statt dessen betrachtete sie ihre nackten, langen Beine und überlegte, wann sie zuletzt mit ihm geschlafen hatte. Es mußte vor etwa anderthalb Jahren gewesen sein. Er war zu einem formellen Abendessen eingeladen gewesen, und sie war wie üblich nicht mitgegangen, und als er nach Hause gekommen war, mitten in der Nacht, war er glänzender Laune und ein wenig alkoholisiert gewesen. Sie hatte schon geschlafen, war aber aufgewacht, als er sich neben sie ins Bett fallen ließ und die Hände nach ihr ausstreckte.

»Was ist los?« hatte sie schlaftrunken gefragt. Wie gewöhnlich hatte sie Tabletten genommen, um einschlafen zu können, und nun gelang es ihr kaum, wach zu werden.

»Du bist schön«, murmelte er, »wunderschön.«

Das hatte er ihr praktisch noch nie gesagt, und seine Worte erstaunten sie daher so, daß sie ein wenig munterer wurde. Sie ließ es zu, daß er sie berührte, obwohl sie es im Grunde nicht wollte; sie fühlte sich zu elend, zu zerstört, um sexuelle Gefühle überhaupt zulassen zu können. Er rollte sich leise stöhnend auf sie, und sie versuchte die ganze Zeit über zu denken, daß es in Ordnung war, daß es schön war, begehrt zu sein, das körperliche Interesse eines Mannes zu wecken. Aber eine innere Stimme hatte ihr deutlich erklärt, daß sie sich nicht einbilden müsse, Michael meine wirklich sie; irgend etwas an dem Abend – vermutlich eine andere Frau, eine Teilnehmerin an dem Essen – hatte ihn erotisch stimuliert, und sie war einfach diejenige Frau, die ihm nun als erste zwischen die Finger kam. Danach hatte es einen solchen Vorfall nicht mehr gegeben; er hatte auch nie mehr gesagt, er finde sie schön.

»Nimmst du mich eigentlich noch als Frau wahr?« fragte sie. »Ich meine – als Frau in einem sexuellen Sinn?«

Irritiert gab er zurück: »Was möchtest du wissen?«

»Genau das, wonach ich gefragt habe.«

Ein Lächeln stahl sich auf seine Züge, eigentlich nur der Anflug eines Lächelns, aber es genügte, um ihr deutlich zu machen, was er in ihr sah. In diesem Lächeln erkannte sie wie in einem Spiegel das Bild, das sie ihm bot: unter einer Decke kauernd, frierend, von Angstträumen gepeinigt und aus dem Bett gejagt. Schwach. Ein schwacher Mensch. Sie las in seiner Mimik, daß ihm kein anderes Attribut als dieses für sie einfallen würde, und wie albern ihm ihre Frage vorkommen mußte.

Sie erhob sich, schüttelte die Decke ab, fühlte sich dadurch jedoch weder freier noch stärker.

»Vergiß es«, sagte sie, »vergiß einfach, was ich gefragt habe. Es war dumm von mir.«

»Hör mal …«, fing er vorsichtig an, aber sie unterbrach ihn sofort: »Ich will nicht mehr darüber sprechen. Ich habe Unsinn geredet, und ich würde dich bitten, einfach nicht mehr daran zu denken.«

»Schon gut.« Er hakte nicht weiter nach, aber Franca war zu verletzt, darin einen kleinen Sieg zu erkennen, den sie errungen hatte. Michael drehte sich um. »Kommst du auch wieder ins Bett?«

»Geh du nur. Ich werde wirklich noch etwas fernsehen. Ich glaube nicht, daß ich jetzt schlafen kann.«

Michael schien noch irgend etwas sagen zu wollen, entschied sich jedoch dagegen. Seine nackten Füße patschten leise auf den Steinfliesen im Flur.

Franca drückte ihre Stirn, die sich plötzlich heiß anfühlte, gegen die kühle Scheibe des Wohnzimmerfensters. Frei. Könnte sie nur frei sein. Frei von ihren quälenden Erinnerungen, frei von alten Bildern und Gefühlen. Befreit von sich selbst.

10

24. *Dezember* 1999

Liebe Franca,

heute ist Weihnachten, und ich schicke ein ganzes Paket mit Briefen an Sie ab. Sicher haben Sie schon geglaubt, ich will überhaupt nichts mehr von Ihnen wissen, weil ich so lange nichts mehr von mir habe hören lassen. Aber wie Sie sehen, habe ich dennoch fleißig an Sie geschrieben, zehn Briefe, wie ich gerade nachgezählt habe, bloß hatte ich eine eigenartige Hemmung, sie abzuschicken. Fragen Sie mich nicht, warum. Vielleicht, weil Sie immer noch eine Fremde für mich sind, was für mich einerseits eine Einladung ist, Ihnen Dinge mitzuteilen, die ich bislang für mich behalten habe, was mich andererseits aber auch immer wieder blockiert und sehr nachdenklich werden läßt. Ich frage mich dann, warum ich Ihnen schreibe, und da ich darauf nie eine zufriedenstellende Antwort finde, werde ich unsicher und bin wieder für einige Tage sehr zurückhaltend und wenig gesprächsbereit – besser: wenig bereit zum Schreiben. Noch genauer: Zum Schreiben bin ich bereit, aber nicht zum Absenden. Jedesmal denke ich: Ich tue es für mich. Ich schreibe die bösen und guten Erinnerungen auf, und dann lege ich alles in eine Schublade, und dort kann es dann verstauben.

Mit dem Schreiben ist es wie mit einer Lawine. Es fängt mit ein bißchen Schnee an, aber dann wird es immer mehr, mehr Schnee, aber auch Geröll und Erde und ganze Bäume. Zum Schluß donnert da etwas dem Tal entgegen, das durch nichts auf der Welt mehr aufzuhalten ist. Ich könnte jetzt nicht mehr aufhören, und ich will es auch nicht. Und da ich natürlich nicht frei bin von Eitelkeit und mir Ihr Interesse schmeichelt, werde ich mir heute ein Herz nehmen und Ihnen den ganzen Packen Briefe schicken, der sich angesammelt hat.

Es ist noch früh am Morgen, aber mit meinen Hunden bin ich schon fort gewesen, in tiefster Finsternis. Wir haben keinen Schnee; der ist sowieso außerordentlich selten auf den Inseln, aber ich erinnere mich, daß am Weihnachtstag 1940, dem ersten Weihnachten unter deutscher Besatzung, eine dünne Schicht weißen Puderzuckers über allen Wiesen, Bäumen und den steinernen Mauern lag. Die Deutschen sind wild nach Schnee an Weihnachten, und sie gerieten richtig in Rührung, als wir ihnen diesen gleichsam als Willkommensgruß auf Guernsey präsentierten. In den vielen, vielen Jahren danach hat es natürlich noch manchmal geschneit, aber da kann ich mich nicht im einzelnen erinnern. Aber an den 24. Dezember 1940 werde ich immer denken.

Der 24. Dezember war Erichs Geburtstag. Ich glaube, auf der einen Seite war Erich immer stolz, an einem so privilegierten Datum zur Welt gekommen zu sein – und auf der anderen Seite ärgerte er sich, daß Christus ihm regelmäßig die Schau stahl. Anders als bei uns, ist in Deutschland ja der Vierundzwanzigste der große Tag, und sosehr Erich natürlich dafür sorgte, daß man ihn gebührend feierte, sowenig konnte er verhindern, daß auch den untertänigsten unter seinen Landsleuten ganz andere Dinge in den Köpfen herumgingen als *sein* Wiegenfest. In den fünf Jahren, die ich das Vergnügen hatte, mit Erich Feldmann unter einem Dach zu leben, endete jedes Weihnachtsfest – bis auf das letzte – in einem Desaster, weil Erich jedesmal glaubte, nicht genügend gewürdigt zu werden.

Wir werden morgen feiern, richtige englische Weihnachten. Ich hoffe, der Tag wird harmonisch verlaufen. Für Helene habe ich eine Bescherung vorbereitet, ein paar nützliche Dinge, Bücher, CDs und jede Menge Marzipan, denn danach ist sie verrückt, auch wenn sie – wie von allem – behauptet, es nicht essen zu können.

Von ihr werde ich Parfüm bekommen, das bekomme ich immer, zu Ostern, zum Geburtstag, zu Weihnachten. Und sie hat mir einen Fotokalender geklebt, das macht sie auch jedes Jahr. Die Motive sind Rosen. Für jeden Monat eine andere Rose, manchmal ein ganzer Strauch, dann wieder eine einzelne geschlossene Blüte, eine geöffnete Blüte, auf deren Blättern der Tau perlt, oder eine mit Wasser gefüllte Glasschale, in der bunte Blüten schwimmen. Sie macht sich viel Mühe, sucht Sprüche und Gedichte zusammen, die sie unter die Bilder schreibt und die in irgendeiner Weise zu dem betreffenden Monat passen. Ich bekomme einen solchen Kalender nun seit fast fünfzig Jahren. Helene ist geradezu besessen davon, die Rosen im Garten zu fotografieren, sie muß Tausende von Bildern haben inzwischen. Am liebsten sind ihr die Rosen, die zwischen der weißen Mauer und der Vogeltränke wachsen, an dem Ort, an dem wir uns das erste Mal trafen. Hier knipst sie, als würde sie dafür bezahlt. Mich macht es oft auf eine eigenartige Weise aggressiv, wenn ich sie dort mit ihrer Kamera herumschleichen sehe, sie bewegt sich vorsichtig, als könne eine hastige Bewegung eine Rose sterben lassen oder den Ort entweihen.

Das Dumme ist nur, daß ich Rosen nicht sonderlich mag und der ganze Kalender verlorene Liebesmüh ist. Habe ich Ihnen davon eigentlich schon erzählt? Von meiner Abneigung gegenüber Rosen? Üblicherweise erwartet man von einer Rosenzüchterin Liebe zu diesen Pflanzen, denen sie schließlich ihr Leben verschrieben hat – denn irgendwo ist der Beruf das Leben, oder sehen Sie das anders, Franca? Und da liegt bei mir das Problem: Die verdammten Rosen haben mein Leben bestimmt, das ich eigentlich ganz anders hatte führen wollen.

Nach meinem Studium drüben in Southampton hätte ich mich gern in der Welt umgesehen, aber da kam dann zunächst Cambridge dazwischen, was auch in Ordnung war. Cambridge ist nicht die große Welt, aber es hat eine Atmosphäre, die mir gefallen hat. Statt dessen bin ich wieder auf Guernsey gelandet und habe, mit ziemlich durchschnittlichem Erfolg, Rosen gezüchtet. Ich werde in dem Haus sterben, in dem ich geboren wurde und in dem ich immer gelebt habe. Falls Helene nicht vor mir stirbt – sie ist zehn Jahre älter als ich, aber das muß nichts bedeuten –, wird auch in meiner Todesstunde ein Rosenkalender über meinem Bett hängen. Vielleicht finde ich noch die Kraft, ihn umzudrehen oder herunterzureißen. Wenn ich sterbe, möchte ich, daß ein Hund mein Gesicht leckt, ich möchte diesen warmen, immer etwas fauligen Atem riechen, und meine Hand soll sich in dickem, weichem Fell vergraben. Dann hätte ich das Gefühl, ein Stück Leben mitzunehmen. Aber Helene würde es fertigbringen, mir eine frisch erblühte Rose unter die Nase zu halten, um mir meine letzte Minute zu »versüßen«, und ich kann nicht garantieren, daß ich dann nicht kotzen müßte.

Oh, Franca, welch ein Weihnachtsbrief! Jetzt male ich mir meine Todesstunde aus, und Sie denken vermutlich, die arme Alte ist schon völlig durchgedreht. Dabei ist heute kein Tag, um trüben Gedanken nachzuhängen, im Gegenteil! Alan ist gestern bereits angekommen, er schläft im Gästezimmer, und vor zwölf Uhr heute mittag werde ich ihn nicht zu Gesicht bekommen, denn im Urlaub verläßt er sein Bett meist erst um die Mittagszeit. Vor allem dann, wenn er am Vorabend tief ins Glas geschaut hat. Er hat gestern eine ganze Flasche französischen Rotwein allein geleert, dann noch mehrere Schnäpse hinterhergekippt, und zuvor hatte er einen doppelten Whisky als Aperitif. Ich frage mich, wie seine Leber mit all dem fertig wird. Wahrscheinlich gibt sie's irgendwann einfach auf.

Kevin wird heute abend für uns kochen, das heißt, er wird natürlich schon im Laufe des Nachmittags damit anfangen. Er bringt praktisch seine gesamten Küchengerätschaften mit, weil er der Ansicht ist, mit meinen unzulänglich vorhandenen Mitteln niemals ein schmackhaftes Essen zubereiten zu können. Einfacher wäre es wahrscheinlich, wir würden zu ihm gehen, aber es ist eine Tradition, daß wir am 24. Dezember hier essen, und man soll mit Traditionen nicht brechen. Es wird wieder eine herrliche Mahlzeit sein, und nicht einmal Helene wird behaupten können, keinen Bissen hinunterzukriegen. Schon deshalb nicht, weil sie Kevin wirklich liebt. Und weiß, daß er sie liebt. Irgendwie gleichen sie einander in ihrer mäkeligen Art, und sie sind beide die größten Hypochonder, die ich kenne; sie machen sich nie über die Wehleidigkeit des anderen lustig, sondern hören einander aufmerksam und voller Mitgefühl zu.

Dann habe ich noch Mae und Maja eingeladen, das heißt, eigentlich hatte ich nur Mae gebeten zu kommen. Aber gestern rief sie an und fragte, ob sie Maja mitbringen dürfe, diese habe sich wieder einmal mit ihren Eltern überworfen, und es sei besser, sie die Weihnachtstage über von ihnen fernzuhalten.

Ich konnte kaum nein sagen. Maja ist nymphoman, aber das hat mich eigentlich nie gestört, im Gegenteil, es hat mich stets erheitert, Helenes Entrüstung darüber zu bemerken. Aber seitdem ich weiß, daß Alan ihr hörig ist, würde ich sie am liebsten am anderen Ende der Welt wissen. Ich hoffe, es hängt nicht mit ihr zusammen, daß er wieder verstärkt trinkt, aber wenn doch, könnte ich letztlich auch nichts daran ändern.

Ich würde ihm so gern seinen *dummen* Kopf zurechtrücken, Einfluß nehmen auf seinen so unerträglich schlechten Geschmack, was Frauen angeht. Maja ist ein Luder und dazu kalt bis ins Herz, aber das wird er sich von mir nicht anhören. Man ist immer Mutter, das ist wie ein Fluch. Man sorgt sich selbst dann noch um das Küken, wenn es ein über vierzigjähriger Rechtsanwalt mit einem Alkoholproblem ist.

Kurz und gut, es wird nett werden, wir werden einen Spaziergang machen, während Kevin kocht, und dann werden wir in ein schönes, warmes Haus zurückkehren, in dem es wundervoll riecht, und wir werden stundenlang essen. Irgendwann wird Helene über Müdigkeit klagen (sie kann nicht einfach *sagen,* daß sie müde ist, sie muß diesen Zustand sofort *bejammern*) und schlafen gehen, und Alan wird trinken und Maja fixieren, die sich einen Spaß daraus machen wird, ihn nicht zu beachten.

Was machen Sie über Weihnachten, Franca? Sie schreiben wenig über sich. Ich vermute, Sie möchten Ihre Probleme für sich behalten. Die Geschichte zwischen uns wird etwas einseitig dadurch, aber das geht zu Ihren Lasten, nicht zu meinen, daher müßten Sie es ändern und nicht ich, nicht wahr?

Merry Christmas, Franca. Und kommen Sie gut ins neue Jahrtausend. Ich habe das eigenartige Gefühl, daß das nächste Jahr bedeutsam sein wird, aber das mag Einbildung sein. Man weiß ja sowieso nie, was kommt, und das macht das Leben so beunruhigend. Wie gut, daß es dazwischen immer wieder Berechenbares gibt.

Zum Beispiel, daß ich morgen ein Parfüm und einen Rosenkalender bekommen werde.

Vielleicht haben Sie ja ein bißchen Zeit zu lesen, Franca. Darüber, wie es mit mir und Helene und Erich weiterging damals.

Ich wünsche Ihnen eine gute Zeit.

Ciao, Beatrice.

Guernsey, August/September 1940

Beatrice hatte eine Zeitlang geglaubt, sie sei Erichs auserkorenes Opfer für den Fall, daß er einmal eines brauchen würde, und sie hatte sich innerlich zu wappnen versucht, aber sie merkte rasch, daß diese Rolle Helene zugedacht war. Und sie war keineswegs nur dann sein Opfer, wenn er gerade eines brauchte, sie war es *immer*. Oder aber er brauchte immer eines. Helene schien in jedem Fall die ideale Besetzung zu sein.

Sie war einundzwanzig Jahre alt, stand kurz vor ihrem zweiundzwanzigsten Geburtstag. Irgendwann erzählte sie, ihr Geburtstag sei der 5. September, und Beatrice sagte, dies sei auch der ihre. Helene geriet darüber in Entzücken.

»Das ist kein Zufall!« rief sie. »Das hat etwas zu bedeuten.«

»Was soll denn das zu bedeuten haben?« fragte Erich ärgerlich. »Mußt du immer irgendeine Magie hinter den banalsten Begebenheiten sehen?«

Helene bekam sofort rote Flecken auf den Wangen und biß sich auf die Lippen. Aber Erich war diesmal auch auf Beatrice böse.

»Hör zu, mein Fräulein, mit dieser ganz speziellen Art von Opposition, wie du sie offenbar verfolgst, wirst du bei mir nicht weit kommen«, sagte er. »Du wirst dich in unser Familienleben einfügen, das kann ich dir versprechen!«

»Ich weiß nicht, was Sie meinen«, entgegnete Beatrice.

»Du weißt es recht gut. Wir haben Ende August. Es ist gerade noch eine Woche bis zu deinem Geburtstag. Aber du sagst keinen Ton. Hätte Helene nicht davon angefangen, du hättest den 5. September vorübergehen lassen und nichts gesagt. Wir leben hier unter einem Dach. Wir sollten die Geburtstage voneinander kennen, meinst du nicht auch?«

»Sie haben mich nie gefragt.«

»Du wirst mir Dinge auch dann sagen, wenn ich nicht danach frage. Du wirst sie mir einfach deshalb sagen, weil du ein guterzogenes Mädchen bist, das weiß, was sich gehört. Natürlich kann auch ich es übernehmen, dir Manieren beizubringen, aber du solltest dir überlegen, ob es nicht einfacher ist, wenn du dich zuvor auf die besinnst, die du schon hast.«

»Wie alt wirst du denn?« fragte Helene mit der Piepsstimme, die sie immer bekam, wenn ihr Mann sie wieder einmal zurechtgewiesen hatte.

»Zwölf.«

»Mit zwölf bist du fast schon eine junge Dame«, meinte Erich leutselig. »Vielleicht sollten wir für dich an diesem Tag eine kleine Feier veranstalten – obwohl du es wegen deines Schweigens nicht verdient hast!«

»Wir könnten für uns *beide* eine Feier veranstalten«, schlug Helene vor, aber damit forderte sie schon wieder Erichs Ärger heraus.

»Kannst du dich nicht *einmal* zurücknehmen? Ist das wirklich so völlig unmöglich für dich? Bricht dein minimales Selbstwertgefühl zusammen, wenn du einem zwölfjährigen Kind den Vortritt lassen sollst?«

»Nein, ich dachte nur...«

»Du dachtest gar nichts, Helene, und das genau ist das Problem. Du hattest bloß wieder einmal das Gefühl, du könntest womöglich zu kurz kommen, und schon hast du dich rasch in den Mittelpunkt geschoben. Herrgott, manchmal frage ich mich, wann du endlich erwachsen wirst!«

Helenes Augen füllten sich mit Tränen; mit einer unbeherrschten Bewegung stieß sie ihren Stuhl zurück, wollte zur Tür. Erich bellte mit scharfer Stimme: »Du bleibst hier! Wir besprechen jetzt Beatrices Geburtstagsfeier!«

Beatrice hatte es nie erlebt, daß ihr Vater in solch einem harschen Ton mit ihrer Mutter gesprochen hätte, und sie konnte sich auch nicht vorstellen, daß sich Deborah einem derart harsch vorgebrachten Kommando gefügt hätte. Aber Helene blieb stehen, als hinge sie an einer Leine, die jemand ruckartig angezogen hatte. Sie sah bleich und angespannt aus.

»Also«, sagte Erich, nun wieder an Beatrice gewandt, »wie hast du dir dein Fest vorgestellt?«

Beatrice hatte sich gar nichts vorgestellt, und so sah sie Erich nur abwartend an.

»Wir sollten Gäste einladen. Wen möchtest du denn gern hier haben?«

Beatrice hatte nicht die geringste Lust, ein Fest zu feiern, aber sie spürte die vibrierende Aggression hinter Erichs väterlicher Freundlichkeit, und es schien ihr ratsam, sein Angebot anzunehmen.

»Ich möchte Will einladen«, erklärte sie.

Erich zog die Augenbrauen hoch. »Will? Große Freundschaft, wie? Na ja, es ist dein Geburtstag. Du mußt es wissen.« Er schien etwas verstimmt. »Wen noch?« fragte er und trommelte gereizt mit den Fingern auf der Tischplatte.

Beatrice beschloß, zum zweitenmal einen Vorstoß zu wagen.

»Mae«, sagte sie.

»Mae?« fragte Erich. »Ist das die Freundin, zu der du dich gleich in der ersten Nacht hast absetzen wollen?«

»Ja.«

»Du weißt aber gar nicht, ob sie noch auf der Insel ist.«

»Nein. Aber vielleicht ist sie noch da, und ich könnte sie endlich wiedersehen.«

»Wir werden es herausfinden. Nun gut, dann kommen Will und diese Mae. Helene, du wirst alles organisieren. Kuchen und Getränke und so weiter. Du erlaubst doch, daß ich dabei bin, nicht? Der gute Will braucht ein wenig Unterstützung, so ganz allein mit zwei jungen Damen.«

Von diesem Moment an fieberte Beatrice der Aussicht entgegen, Mae könnte tatsächlich noch auf der Insel sein, und sie würde die Freundin vielleicht bald wiedersehen. Erich hatte versprochen, sich darum zu kümmern, hatte sich Maes Familiennamen und ihre Adresse geben lassen. Beatrice hatte gehofft, er werde sofort nach dem Frühstück die entsprechenden Schritte unternehmen, aber er schien sich Zeit lassen zu wollen. Es bereitete ihm offensichtlich ein gewisses Vergnügen, Beatrice zappeln zu lassen.

Während der Deutschstunde überbrachte sie Will die Einladung, sagte ihm aber auch, das ganze Fest sei einzig Erichs Idee. »Ich wollte nicht feiern. Aber ich glaube, er würde wütend werden.«

Will nickte bedächtig. »Er setzt andere Menschen gern unter Druck. Selbst mit seinen Wohltaten.«

»Wie alt ist er eigentlich?«

»Major Feldmann? Ich glaube, so um die vierzig.«

»Helene wird zweiundzwanzig. Sie ist viel jünger als er. Und er behandelt sie ziemlich schlecht.«

Will nickte. »Das ist mir auch schon aufgefallen. Er tut so, als sei sie ein kleines Mädchen. Aber so muß sie ihm vielleicht auch vorkommen – nachdem sie halb so alt ist wie er.«

Nach der Stunde überlegte Beatrice, weshalb Helene Erich überhaupt geheiratet hatte. Sie und Mae hatten sich manchmal kichernd über die Liebe unterhalten, ohne recht zu wissen, wovon sie dabei sprachen. Mae hatte einmal für einen Jungen aus St. Martin geschwärmt und gesagt, es sei Liebe, was sie für ihn empfinde, und sie verstehe nun, was Männer und Frauen dazu bringe, einander zu heiraten. Beatrice hatte Deborah davon erzählt, aber diese hatte gemeint, Mae sei zu klein für die Liebe.

»Laßt euch Zeit«, hatte sie gesagt, »eines Tages werdet ihr eure Gefühle entdecken, und das wird euch dann noch genug durcheinanderbringen.«

Jedenfalls verleitete die Liebe offenbar zu Fehlhandlungen. Erich sah gut aus, und das mochte Helene dazu gebracht haben, in die Ehe mit ihm einzuwilligen. Nun hing sie fest und bereute ihre Voreiligkeit vielleicht zutiefst. Beatrice nahm sich fest vor, selbst einmal wachsamer zu sein.

Als sie die Auffahrt erreichte, die zum Haus führte, vernahm sie bereits Erichs Stimme. Es lag eine solch erschreckende Mischung aus Haß und Kälte darin, daß Beatrice unwillkürlich fröstelte, trotz der warmen Augustsonne, die an diesem Tag noch einmal mit fast hochsommerlicher Kraft schien. Es war fünf Uhr, die Zeit, zu der sich Erichs Laune für gewöhnlich besserte. Im Augenblick schien er jedoch äußerst gereizt und bösartig zu sein.

Vor der Haustür stand ein Kübelwagen, daneben waren vier schwerbewaffnete deutsche Soldaten postiert. Einer von ihnen hielt sein Gewehr im Anschlag.

Vor den Soldaten standen zwei Männer, deren bejammernswert elendes Aussehen im krassen Gegensatz zur gesunden Wohlgenährtheit der Besatzer stand. Beide waren sie groß, ließen jedoch die Schultern hängen und hielten die Köpfe gesenkt. Zerschlissene, schmutzige Kleidung schlotterte um ihre ausgemergelten Körper. Sie waren hohlwangig, die Gesichter spitz und grau. Ihre Mützen hatten sie abgenommen und drehten sie zwischen den Händen. Sie hatten Angst und schienen befallen von einer tiefen Hoffnungslosigkeit. Erich stolzierte vor ihnen auf und ab und redete auf englisch auf sie ein.

»Ihr werdet den Garten in Ordnung halten, und wenn ich sage: in Ordnung halten, dann meine ich das auch so. Dann wird nicht ein Blatt auf dem Rasen liegen, und nicht eine Rose wird ihren Kopf hängen lassen. Ihr seid mir persönlich dafür verantwortlich, habt ihr das verstanden? Ihr habt großes Glück, wißt ihr das? Die anderen bauen den Atlantikwall und die unterirdischen Bunker. Sie schuften wirklich, und das Steineschleppen ist eine verdammt harte Arbeit, das kann ich euch sagen. Wenn ihr jetzt triumphiert und denkt, ihr könntet euch ein gutes Leben machen, dann habt ihr euch allerdings gründlich geirrt.« Er blieb stehen und herrschte den Größeren von beiden an: »Schau mich an, wenn ich mit dir rede! Wie heißt du?«

Der Mann hob den Kopf. Seine dunklen Augen waren voller Traurigkeit. »Ich heiße Julien«, sagte er. Er sprach englisch mit starkem französischen Akzent.

»Aha. Und du?«

Jetzt war der andere gemeint. Die gleiche Niedergeschlagenheit sprach aus seinem Blick. »Ich heiße Pierre.«

»Gut. Julien und Pierre. Ihr werdet hier arbeiten, nicht wahr? Wirklich arbeiten. Ihr werdet meine Befehle befolgen und die von Mrs. Feldmann, und ihr werdet sehr fleißig sein. *Sehr* fleißig. Wißt ihr, wie ich heiße? Ich bin Major Feldmann. Für euch bin ich der Herr Major. Ihr habt zu grüßen, wenn ihr mich seht. Vergeßt nie«, er hob die Stimme und ließ sie noch schneidender klingen als zuvor, »vergeßt nie, daß ihr *nichts* seid! Einfach zwei Stück Dreck. Und es gibt Tausende von euch. Wenn ihr mir also nicht paßt, werdet ihr ersetzt. Sofort. Wenn es zwei Stück Dreck weniger auf der Welt gibt, wird das der Welt nichts ausmachen, sie wird es nicht einmal merken. Denn ob Dreck da ist oder Dreck verschwindet, bleibt sich gleich für die Welt. Würdet ihr mir da recht geben?«

Keiner antwortete. Erich bekam schmale Augen. »Ob ihr mir recht geben würdet, habe ich gefragt! Julien? Pierre?«

»Ja«, sagte Julien.

»Ja«, sagte Pierre.

Erich verzog keine Miene. »Jetzt geht es an die Arbeit. Der Garten ist ziemlich verwahrlost. Ihr habt eine Menge zu tun.«

In dem Moment entdeckte er Beatrice, die langsam näher gekommen war. Er lächelte. »Hallo, Beatrice. Ich habe eine gute Nachricht für dich. Deine geliebte Mae ist tatsächlich noch mit ihren Eltern auf der Insel. Sie wird an deinem Geburtstag herkommen.«

Beatrice zuckte zusammen. Für ein paar Momente hatte sie Mae tatsächlich vergessen. Sogleich schlug ihr Herz schneller, und sie merkte, wie ihr das Blut in die Wangen stieg. Erich sah das, und irgendwie schien es ihn zu freuen, daß er sie glücklich machen konnte.

»Du siehst, alles ist gar nicht so schlimm«, sagte er.

Die beiden Gefangenen verschwanden, begleitet von einem Soldaten, im Garten. Beatrice sah ihnen nach. »Wer sind sie?«

»Kriegsgefangene. Aus Frankreich.«

»Kriegsgefangene?«

»Ja. Deutschland hat Frankreich erobert, wie du vielleicht weißt. Du mußt dich vor ihnen in acht nehmen. Die meisten Franzosen sind ziemlich unanständige Menschen. Unberechenbar und verlogen. Du findest viele Verbrecher unter ihnen.«

Beatrice hatte nicht den Eindruck, daß die beiden Männer gefährlich wirkten, aber sie beschloß, auf der Hut zu sein. Im übrigen gingen ihr nun auch wichtigere Dinge im Kopf herum. »Darf ich Mae nicht vielleicht gleich besuchen?« fragte sie hoffnungsvoll.

Erich plusterte sich natürlich sofort wieder auf. »Hör mal zu, man muß auch einmal etwas abwarten können. Du wolltest unbedingt ein Geburtstagsfest haben, und ich habe es dir erlaubt. Nun wirst du dich bis dahin wohl noch gedulden können!«

Es hatte keinen Sinn, ihm zu sagen, daß sie nie um ein Fest gebeten hatte. Sie kannte ihn gut genug, um zu wissen, daß er auf Diskussionen nicht einging, daß er Tatsachen verdrehte, wenn es ihm gefiel. Sie erwiderte nichts, lief hinauf in ihr Zimmer und schloß nachdrücklich die Tür hinter sich. Sie stellte sich ans Fenster, schaute über die Bäume, deren Blätter sich an den äußersten Spitzen gelb zu färben begannen. Deborah hatte ihr einmal erzählt, man könne mit einem Menschen, der weit weg sei, Kontakt aufnehmen durch die Kraft der Gedanken. »Wenn du ganz stark an die Person denkst, ihr ganz viele Gedanken und Gefühle sendest, wird sie es spüren. Es wird wie ein unsichtbares Band zwischen euch sein.«

Sie versuchte, sich mit aller Kraft auf Deborah und Andrew zu konzentrieren

»Ich denke an euch«, flüsterte sie, »ich denke ganz, ganz fest an euch. Hoffentlich könnt ihr es spüren. Ich möchte so gern fühlen, daß auch ihr an mich denkt. Ich bin sicher, ihr tut es. Ich weiß, daß du Angst hast um mich, Mummie. Aber du mußt dich nicht sorgen. Mir wird nichts passieren, und ich weiß, wir sind irgendwann wieder zusammen.«

Sie stand sehr lange so da, hingegeben an ein Gefühl der Nähe, das sie tatsächlich zu empfinden meinte und von dem sie hoffte, daß sie es sich nicht einbildete. Irgendwann lag der Garten in tiefem Schatten, und die Sonne, von einem Dunstschleier umgeben, hing nah über dem Horizont.

Beatrice merkte, daß sie Hunger hatte, und wunderte sich, daß noch niemand zum Essen gerufen hatte. Sie verließ ihr Zimmer, um hinunterzugehen, aber im Gang vernahm sie plötzlich eigenartige Geräusche und blieb stehen.

Die Laute kamen aus dem Schlafzimmer ihrer Eltern, das jetzt von Erich und Helene bewohnt wurde. Es klang ziemlich beängstigend, so als werde jemand gequält oder verletzt. Überraschenderweise hatte sie den Eindruck, daß es Erich war, der die befremdlichen Jammerlaute ausstieß.

Langsam schlich sie näher. Die Tür stand einen Spalt offen, so daß sie hindurchspähen konnte. Sie sah das Bett ihrer Eltern, und sie sah Erich und Helene, die beide nackt waren, keuchten und erhitzt zu sein schienen. Erich lag auf dem Rücken, hatte den Kopf zurückgebogen und wimmerte. Helene saß auf ihm und bewegte sich hastig auf und ab. Die blonden Haare, die sie sonst immer geflochten und aufgesteckt trug, flossen wie goldene Seide über Schultern und Rücken bis zu den Hüften hinab. Im letzten Licht des Tages schimmerte ihre helle Haut wie Elfenbein. Helene war sehr schlank, alle Glieder perfekt geformt, ihre Oberschenkel lang und fest. Ihre kleinen Brüste trugen hoch aufgerichtete Spitzen, und auf ihrem Gesicht lag ein triumphierender, selbstzufriedener Ausdruck, den Beatrice an ihr zuvor nie wahrgenommen hatte. Fast sah sie glücklich aus, zumindest nicht mehr verängstigt und eingeschüchtert. Sie war stark. Sie war stärker als der stöhnende Erich unter ihr. Auf wundersame Weise hatte sich die Welt auf den Kopf gestellt, und zwei Menschen, die klar festgelegt schienen auf ihre Positionen, hatten ihre Rollen getauscht. Innerhalb weniger Stunden war mit beiden eine Veränderung vorgegangen, die Beatrice sprachlos gemacht hätte, wäre sie nicht ohnehin stumm gewesen vor Schreck.

Sie fand es widerlich, was die beiden taten, auch wenn sie nicht wirklich begriff, was es war. Natürlich hatte sie manches aufgeschnappt über »diese Dinge«, aber wenn sie Andrew danach gefragt hatte, hatte er nur gesagt, sie solle zu Deborah gehen, und Deborah hatte gesagt, sie sei zu jung, und man werde ihr das alles später erklären. Am meisten hatte sie noch von Mae erfahren, die einen großen Bruder hatte und von ihm ausgiebig mit Geschichten versorgt wurde, die sich um das sexuelle Verhältnis zwischen Männern und Frauen drehten. Das meiste klang derart abenteuerlich, daß Beatrice sich nicht vorstellen konnte, daß etwas Wahres daran sein mochte. Was sie jetzt sah, schien jedoch das Grauen zu bestätigen, das auch durch Maes Worte immer geklungen hatte. Die nackten Leiber, auf denen der Schweiß glänzte, die Aggression der Bewegungen, das Stöhnen, die verzerrten Gesichter machten auf Beatrice den Eindruck eines Kampfes auf Leben und Tod, dem sich zwei Menschen aus unerfindlichen Gründen hingaben.

Erichs Atem ging nun immer schneller, und Helene bewegte sich mit einer Heftigkeit, daß ihre Haare flogen. Dann keuchte Erich wie ein sterbendes Tier, die Muskeln seines Körpers spannten sich, und schließlich sank er in sich zusammen, blieb schwer atmend liegen, schien in Ermattung und Erleichterung auseinanderzufließen.

Helene rührte sich nicht mehr. Sie blieb noch einen Moment lang auf Erich sitzen, dann rutschte sie herab und legte sich an seine Seite. Sie kuschelte sich an ihn, schlang einen Arm um ihn, vergrub ihr Gesicht an seiner Schulter. Beatrice hätte nicht zu sagen gewußt, wodurch sich ihr die Veränderung mitteilte, aber innerhalb weniger Minuten verkehrten sich die Machtverhältnisse zwischen den beiden wieder in die ursprünglichen Positionen. Helene wurde schwach, und Erich wurde stark. Vielleicht lag es an der Deutlichkeit, mit der Helene um Zärtlichkeit warb, und an der Kälte, mit der Erich ihr diese verweigerte. Er ließ ihre Berührungen über sich ergehen, erwiderte sie aber mit keiner Geste. Plötzlich schwang er abrupt beide Beine aus dem Bett und erhob sich. Helenes Arm schüttelte er dabei ab wie ein lästiges Insekt.

»Erich«, bat Helene leise. Sie klang traurig und verletzt.

Er erwiderte etwas auf deutsch, was Beatrice nicht verstand. Der Tonfall aber war abweisend und kalt. Sie sah seinen nackten Körper sich dunkel abzeichnen vor dem hellen Rechteck des Fensters. Erich hatte lange Beine, sehr breite Schultern. Er war ein schöner Mann, wie Helene eine schöne Frau war; ein gutaussehendes Paar, das optisch eine große Harmonie ausstrahlte. Niemand hätte gedacht, daß ihre Beziehung marode war wie ein morscher Baum.

Helene zog die Bettdecke bis zum Kinn. Der triumphierende Ausdruck, der noch wenige Augenblicke zuvor ihr Gesicht völlig verändert hatte, war nun verschwunden. Sie sah wieder aus wie ein waidwundes Reh und schien mit den Tränen zu kämpfen.

Erich zog seine Uniform an, strich sich vor dem Spiegel über die Haare. Er hatte sich jetzt vollkommen in der Gewalt, war wieder der Erich, der seiner Umgebung ständig eine latente Furcht einflößte und von dem man nie wußte, welche Gedanken hinter seiner Stirn vorgingen.

»Zeit zum Abendessen«, sagte er. Diesmal verstand Beatrice seine Worte. Es geschah jetzt öfter, daß sie einzelne Sätze oder wenigstens Teile davon mitbekam.

Helene rührte sich nicht. Ihre Augen bettelten um Zärtlichkeit, aber es war klar, daß sie ebensogut einen Stein hätte anflehen können.

»Zeit zum Abendessen«, wiederholte Erich, und diesmal klangen die Worte wie eine Drohung.

Helene grub sich tiefer in ihre Decke. Sie schien das Bett nicht verlassen zu wollen, sah blaß und gedemütigt aus. Erich zog seine hohen, schwarzen Stiefel an und war nun fertig. Er ergriff ein Kleiderbündel, das auf einem Stuhl lag, und warf es auf das Bett, mitten auf Helenes Bauch. »Zieh dich an und komm runter«, befahl er und wandte sich zur Tür.

Beatrice konnte in letzter Sekunde im Bad verschwinden, ehe Erich auf den Flur hinaustrat und mit polternden Schritten die Treppe hinunterlief.

Am Nachmittag des 5. September erschien Mae mit ihren Eltern. Als Beatrice die Freundin sah, schossen ihr zum erstenmal, seitdem sich all das Schreckliche ereignet hatte, die Tränen in die Augen, aber sie drängte sie sofort wieder zurück. Sie hatte sich geschworen, daß Erich sie niemals würde weinen sehen.

Sie und Mae umarmten einander wie zwei Ertrinkende. Mae schluchzte und lachte abwechselnd und stellte hundert Fragen hintereinander, ohne eine einzige Antwort abzuwarten.

»Wir dachten, du bist in England!« schrie sie. »Ich habe geglaubt, ich werde verrückt, als ich hörte, du bist hier!«

Mrs. Wyatt, Maes Mutter, war voller Besorgnis.

»Kind, wenn wir geahnt hätten, daß du hier bist, hätten wir uns längst um dich gekümmert. Aber deine Eltern hatten uns gesagt, sie verlassen die Insel, und wir wären nicht im Traum darauf gekommen, daß du noch hier bist!«

»Beatrice gehört jetzt zu meiner Frau und mir«, sagte Erich. »Sie müssen sich keinerlei Sorgen um sie machen.«

Maes Eltern musterten den Besatzer feindselig, erwiderten jedoch nichts. Wie alle auf den Inseln zurückgebliebenen Engländer litten sie unter zahlreichen Schikanen der Deutschen; unter dem Versammlungsverbot, der abendlichen Ausgangssperre, jeder nur denkbaren Rationierung der täglichen Verbrauchsgüter. Man hatte ihr Auto beschlagnahmt und es ihnen erst auf Dr. Wyatts heftigen Protest hin zurückgegeben; selbst die Deutschen hatten einsehen müssen, daß er als Arzt nicht ohne Auto sein konnte. Mrs. Wyatt durfte nicht mehr in ihren Bridgeclub gehen, und zahlreiche ihrer Bekannten waren interniert worden. Sie hatte Zwangsarbeiter gesehen, die man vom Festland auf die Insel gebracht hatte, damit sie Festungen, Bunker und Wälle bauten. Die Deutschen waren, so kam es Edith Wyatt vor, besessen von Festungen, Bunkern und Wällen. Innerhalb der wenigen Wochen, die sie hier waren, hatten sie es bereits erreicht, der Insel ein neues Gesicht zu geben. Die Häftlingskolonnen, die Jeeps, die bewaffneten Soldaten, die Hakenkreuzfahnen, die ersten Zugwaggons, die aus Frankreich herübergeschafft wurden, um Granitfelsen und Felsblöcke zu transportieren – all dies schien wie eine gigantische Kriegsmaschinerie, die perfekt funktionierte und von einer vollkommenen Unaufhaltsamkeit war. Die Nazis hatten eine gnadenlose Art, die Dinge unter Kontrolle zu bringen. Sie organisierten schnell und gründlich und mit einer Perfektion, die man übermenschlich oder auch unmenschlich nennen konnte. Mrs. Wyatt, die das behagliche, geruhsame Leben der Gattin eines Landarztes geführt hatte, sah ihre Welt auf den Kopf gestellt und von namenlosen Gefahren bedroht. Sie bereute es, nicht an der Evakuierung teilgenommen zu haben. Sie hatte sich nicht entschließen können, ihr gemütliches Häuschen aufzugeben, und ihr Mann hatte gemeint, gerade als Arzt zum Bleiben verpflichtet zu sein. Nun zitterte sie jeden Tag, daß man ihr das Haus wegnehmen könnte. Vielen war es so ergangen; die Besatzer beschlagnahmten Häuser, wie es ihnen paßte, und nur in seltenen Fällen erlaubten sie den Besitzern, dort ebenfalls, zusammengepfercht in einem Zimmer, wohnen zu bleiben.

Dr. Wyatt wandte sich an Erich und sagte: »Wir würden Beatrice gerne mit zu uns nehmen. Wir waren eng mit ihren Eltern befreundet. Ich denke, es wäre im Sinne von Deborah und Andrew Stewart, daß wir uns um ihre Tochter kümmern.«

Erich lächelte, aber seine Augen blieben kalt. »Und ich denke, daß es darum geht, was in *meinem* Sinne ist. Beatrice bleibt hier bei uns. Mae kann hin und wieder herüberkommen und sie besuchen, aber vorläufig möchte ich nicht, daß Beatrice zu *Ihnen* geht.«

Dr. Wyatt erwiderte darauf nichts mehr, aber er strich Beatrice kurz über die Haare, in einer aufmunternden und beruhigenden Geste, die sie als Versprechen auffaßte, daß er sich trotz allem um sie kümmern und sie nicht aus den Augen verlieren würde.

Helene hatte den Tisch im Garten gedeckt; die Abende waren zwar schon kühl inzwischen, aber tagsüber schien die Sonne noch warm und strahlte in sanftem, goldfarbenem Licht. Es roch nach reifem, süßem Obst, und die Rosen verströmten einen tieferen Duft als je im Sommer.

Helene trug ein Dirndlkleid. Beatrice hatte mitbekommen, daß sie es auf Erichs Befehl hin angezogen hatte, obwohl sie sich darin nicht mochte. Sie sah wieder einmal gequält und unglücklich aus und noch jünger, als sie war.

Dr. Wyatt und seine Frau wurden höflich, aber sehr nachdrücklich von Erich wieder fortgeschickt, indem er ihnen erklärte, Mae werde am Abend von Will nach Hause gebracht.

Dann ging die seltsame Geburtstagsgesellschaft in den Garten und setzte sich um den Tisch, den Helene liebevoll mit Deborahs schönstem Porzellan gedeckt hatte.

Erich nahm eine der zarten Wedgewood-Tassen in die Hand und hielt sie in die Höhe.

»Von meiner Frau Helene kannst du eine Menge lernen, Mae«, sagte er, »eine ganze Menge, wirklich.«

Helene bekam hektische Flecken im Gesicht, und Mae blickte verwirrt drein.

Erich setzte die Tasse wieder ab, sie klirrte leise, denn seine Bewegung war heftig gewesen. »Helene hat eine ganz besondere Art, junge Mädchen auf das Leben vorzubereiten«, fuhr er fort, »eine geschickte Art, denn Helene *ist* sehr geschickt.«

Will blickte unbehaglich zur Seite. Helene sah aus, als werde sie jeden Moment in Panik ausbrechen.

Erich fuhr mit dem Finger liebevoll über den Goldrand der Tasse. »Wir veranstalten eine Gartenparty heute, nicht? Das stand seit heute früh fest, seitdem klar war, daß das Wetter sonnig sein würde. Also habe ich zu Helene gesagt, du deckst den Tisch im

Garten, und das hat sie ja auch getan. Und *wie* schön sie es getan hat.«

»Erich«, sagte Helene. Es klang wie ein Jammerlaut.

Erich nahm die Tasse erneut in die Hand, hob sie in die Höhe und ließ sie fallen. Das hauchzarte Porzellan zerbrach auf der harten, trockenen Erde.

Alle um den Tisch herum erstarrten.

»Helene zeigt jungen Mädchen nämlich gern, wie man es nicht machen soll«, sagte Erich. Er nahm seinen Teller, ließ ihn ebenfalls fallen und zerspringen.

»Hat deine Mutter jemals *dieses* Geschirr im Garten gedeckt?« wandte sich Erich an Beatrice.

»Ich erinnere mich nicht«, erwiderte Beatrice leise.

»Du erinnerst dich nicht? Wie eigenartig. Mir kam es nie so vor, als habest du ein schlechtes Gedächtnis. Wie dem auch sei, ich glaube nicht, daß deine Mutter so dumm war, ihr bestes und feinstes Geschirr in den Garten zu schleppen, wo es jederzeit kaputtgehen kann.« Er stand auf, und ehe es irgend jemand verhindern konnte, hatte er das Tuch vom Tisch gerissen. Mit lautem Klirren fielen Teller und Tassen, Kaffeekanne, Besteck und Kuchenplatten zu Boden. Kaffee und Kakao spritzten in alle Richtungen, die Kuchen lagen als Matsch aus Teig, Äpfeln, Mirabellen und Sahne im Gras.

Helene schrie auf. »Tu das nicht, Erich! Bitte!«

Aber natürlich war es zu spät, und er hätte sich sowieso nicht von ihr abhalten lassen, seinen Jähzorn auszuleben. Alle waren aufgesprungen und starrten fassungslos auf das Chaos zu ihrem Füßen.

»Lieber Himmel, Herr Major«, murmelte Will.

Helene brach in Tränen aus, und Mae schien dicht davor, es ihr nachzutun.

Erich brüllte nach den beiden Franzosen. »Julien! Pierre! Kommt sofort her!«

Die beiden tauchten aus den Tiefen des Gartens auf, folgsam und ängstlich wie zwei Hunde, die auf brutale Weise abgerichtet worden sind.

»Ihr räumt hier auf«, befahl Erich, »und ich will nicht einen Splitter hier mehr sehen, sonst könnt ihr etwas erleben.«

Er entfernte sich mit großen Schritten, und kurz darauf hörten sie, wie ein Motor angelassen wurde und ein Auto mit quietschenden Reifen die Auffahrt hinunterschoß.

»Ihr Mädchen geht am besten in Beatrices Zimmer und unterhaltet euch ein wenig«, schlug Will vor. »Ich kümmere mich um Mrs. Feldmann.«

Helene wurde inzwischen von einem Weinkrampf geschüttelt, der in Hysterie überzugehen drohte.

»Ist er immer so?« fragte Mae entsetzt.

»Er ist manchmal so und manchmal anders«, antwortete Beatrice.

Sie empfand Zorn beim Anblick des Scherbenhaufens. Wie sehr hatte Deborah dieses Geschirr geliebt, es gehegt und gepflegt und nur zu ganz besonderen Anlässen auf den Tisch gebracht. Zu ihrem Erstaunen fühlte Beatrice eine gewisse Übereinstimmung mit Erich: Es *war* dumm gewesen von Helene, ausgerechnet dieses Geschirr für den Garten zu wählen! Aber vermutlich hatte sie es nur wieder unbedingt richtig machen wollen. Es hätte ihr auch passieren können, von Erich angeschnauzt zu werden, weil sie sich *nicht* für das beste Geschirr entschieden hatte. Allmählich wurde Beatrice die Grausamkeit des Systems klar: Wenn Erich nach einem Ventil suchte, war es einerlei, wie sich Helene verhielt, was sie sagte oder tat. Es war immer falsch, und es forderte unweigerlich seine Wut heraus.

Will entfernte sich mit der schluchzenden Helene, und die beiden Franzosen knieten auf der Erde und sammelten die Scherben ein.

Beatrice zog Mae mit sich fort hinter die weiße Mauer, an der die Weintrauben reiften. »Mae, es ist gut, daß wir uns allein sprechen können«, sagte sie ohne Umschweife. »Ich möchte so gern meine Eltern wissen lassen, daß es mir gut geht, und ich möchte unbedingt erfahren, wie es ihnen ergeht. Aber ich kann von hier aus nichts machen. Meinst du, dein Vater könnte versuchen, Kontakt mit ihnen aufzunehmen?«

»Ich werde ihn fragen«, versprach Mae, aber sie blickte keineswegs zuversichtlich drein. »Er hat gesagt, es gibt keinen Kontakt von hier nach London. Die Deutschen haben alles verriegelt. Sie gewinnen überall, wo sie auch kämpfen. Mein Vater sagt, sie wollen die ganze Welt erobern.«

»Niemand kann die ganze Welt erobern«, meinte Beatrice, aber sie war nicht sicher, ob es die Deutschen nicht doch konnten. Und auch Mae sah aus, als habe ihre Hoffnung, alles werde eines Tages wieder gut sein, einen schweren Schlag abbekommen. »Die Deutschen« sah sie zwar seit Wochen an allen Ecken und Enden der Insel, aber sie war noch nie wirklich mit ihnen in Berührung gekommen. Nun hatte sie Erich in Hochform erlebt, und er war ihr wie die Verkörperung des Grauens erschienen, das in den Stimmen der Leute schwang, wenn sie von »den Deutschen« sprachen. Sie verstand nun die Angst ihrer Mutter und den ständigen Ausdruck von Besorgnis auf dem Gesicht ihres Vaters.

»Es wäre besser gewesen, wegzugehen«, sagte sie, aber Beatrice erwiderte leise: »Ich bin froh, daß ihr noch hier seid. Ich würde mich sonst völlig verlassen fühlen.«

Sie saßen noch eine Weile schweigend im Gras, hielten ihre Gesichter in die Sonne und atmeten den Duft der Rosen. Irgendwann hörten sie Will rufen. Sie standen auf und kamen hinter der Mauer hervor, damit er sie sehen konnte. Die Franzosen waren verschwunden, alle Spuren des verunglückten Kaffeeklatsches beseitigt. Der Garten war still und friedlich.

»Ich fahre dich jetzt nach Hause, Mae«, sagte Will. »Beatrice, du könntest noch einmal nach Mrs. Feldmann sehen. Sie ist in ihrem Zimmer, und ich fürchte, es geht ihr nicht besonders gut.«

Mae und Beatrice verabschiedeten sich voneinander, beide verstört und bedrückt, voller Angst, was kommen würde.

»Wir sehen uns bald wieder«, versprach Mae, aber Beatrice wußte, daß dies allein von Erichs Launen abhing und daß es ihm Spaß machen würde, ihr den Umgang mit der Freundin besonders schwierig zu gestalten.

Sie sah Wills Auto nach, bis es am Fuß der Auffahrt angelangt war, dann ging sie ins Haus, lief die Treppe hinauf und klopfte vorsichtig an die Schlafzimmertür. Niemand antwortete. Zaghaft öffnete sie die Tür, aber das Zimmer war leer. Auf dem Bett lag ein Koffer, aufgeklappt, darin stapelten sich ein paar offensichtlich willkürlich zusammengewürfelte Kleidungs- und Wäschestücke.

Der Schrank stand offen; ein paar Röcke lagen davor auf dem Boden. Es sah aus, als habe jemand in größter Hast abreisen wollen, habe gegriffen, was ihm in die Finger kam und sei dann schon beim Einordnen in den Koffer von jeder Geduld verlassen worden. Beatrice dachte, daß Erich sicher mit tiefster Wut auf die Unordnung im Zimmer reagieren würde. Wie konnte Helene ihn derart provozieren? Und wo war sie überhaupt?

Während sie noch unschlüssig dastand und überlegte, ob sie Helene suchen oder lieber selbst das Zimmer aufräumen sollte, hörte sie einen dumpfen Schlag, der aus dem Badezimmer kam. Sie lief hinüber, zögerte nur einen Moment, riß dann die Tür auf, die nicht verschlossen war. Sie blieb stehen und versuchte zu begreifen, was sie sah.

Die Badewanne war randvoll mit Wasser gefüllt, lief bereits über, und Pfützen bildeten sich auf den steinernen Fliesen. Vor der Wanne lag Helene. Sie trug nichts als ihren aprikosenfarbenen Bademantel, der vorne auseinanderklaffte und ihren nackten, mädchenhaft schmalen Körper enthüllte. Ihre langen Haare, dunkler als sonst von der Nässe, verteilten sich wie ein Kissen um ihren Kopf herum. Die Pfützen neben ihr waren rot gefärbt, und aus ihren Handgelenken schossen rhythmisch pulsierende Ströme von Blut.

Der Anblick des Blutes schockierte Beatrice, auch wenn ihr Verstand sich im ersten Moment weigerte zu begreifen, was geschehen sein mußte. Sie stieg vorsichtig durch die Pfützen, durch die sich, wie sie nun sah, überall Schlieren von Blut zogen, und drehte den Hahn über der Wanne zu. Dann kniete sie neben Helene nieder, sah die Rasierklinge, die ein Stück von ihr entfernt auf dem Boden lag, und die tiefen, häßlichen Wunden an Helenes Handgelenken.

»Oh, du lieber Gott«, flüsterte sie entsetzt.

Helene rührte sich nicht und war von einer so durchsichtigen Blässe im Gesicht, daß Beatrice einen furchtbaren Moment lang überzeugt war, sie sei bereits tot. Doch dann erkannte sie, daß sich Helenes Brust kaum merklich hob und senkte: Sie hatte das Bewußtsein verloren, war aber noch am Leben.

»O Gott«, murmelte Beatrice noch einmal. Sie sprang auf die

Füße, rief nach Will, aber dann fiel ihr ein, daß er gerade Mae nach Hause fuhr. Mae! Sie mußte sofort Maes Vater anrufen!

Sie rannte die Treppe hinunter ins Wohnzimmer, wählte mit zitternden Fingern das Amt, bat darum, mit Dr. Wyatt verbunden zu werden. Sie betete, er möge daheim sein. Ohne etwas davon zu verstehen, hatte sie den Eindruck, daß es nicht mehr lange dauern konnte, bis Helene verblutet wäre.

Maes Mutter meldete sich und wurde sofort nervös, als sie Beatrices aufgeregte Stimme hörte: »Was ist? Ist etwas mit Mae?«

»Nein. Mae muß jeden Moment daheim sein. Mrs. Wyatt, es ist etwas Schreckliches geschehen! Mrs. Feldmann hat sich die Handgelenke aufgeschnitten. Sie liegt im Bad, und alles ist voller Blut, und ich glaube, sie stirbt bald!«

Sie hörte es leise knacken in der Leitung und vernahm einen scharfen Atemzug des Fräuleins vom Amt. Ihr schoß der Gedanke durch den Kopf, daß die Nachricht, Major Feldmanns junge Frau habe sich das Leben nehmen wollen, sich nun in Windeseile auf Guernsey verbreiten würde, und wie sehr es Erich erbittern würde zu wissen, daß das Drama nicht geheimzuhalten war.

»Ich schicke sofort meinen Mann«, sagte Edith Wyatt und legte auf.

Beatrice rannte wieder hoch ins Bad, in dem die Blutlachen nun schon besorgniserregende Ausmaße angenommen hatten. Sie zerrte einen Stapel Handtücher aus dem Schrank und schlang sie um Helenes Handgelenke, in der Hoffnung, die Blutungen würden zum Stillstand kommen, aber statt dessen durchtränkten lediglich die Tücher in Windeseile, und nichts schien das Entweichen des Lebens aus Helenes Körper aufhalten zukönnen.

Beatrice mühte sich, die Panik, die in ihr aufsteigen wollte, unter Kontrolle zu bekommen. Es hatte keinen Sinn, jetzt die Nerven zu verlieren. Sie rannte noch einmal nach unten, sah zur Haustür und betete darum, Dr. Wyatts Wagen schon um die Ecke biegen zu sehen. Aber die Auffahrt lag still und leer vor ihr. Kühle wehte aus dem Garten herüber, Feuchtigkeit entstieg dem Gras. Der Septemberabend wurde bereits dunkel.

Sie wird sterben, schoß es Beatrice durch den Kopf, sie wird sterben!

Der Gedanke schmerzte sie unerwartet heftig, wobei sie nicht wußte, ob der Schmerz Helene galt oder der Aussicht, mit Erich wieder allein leben zu müssen. Sie hielt verzweifelt Ausschau nach Julien oder Pierre oder nach einem der Soldaten, die stets um das Haus patrouillierten, aber niemand ließ sich blicken. Doch in diesem Moment jagte Dr. Wyatts Wagen die Auffahrt hoch und blieb mit quietschenden Bremsen vor der Haustür stehen.

»Wo ist sie?« fragte der Arzt ohne Umschweife.

Beatrice drehte sich um und rannte vor ihm her die Treppe hinauf ins Bad, das wie ein Schlachthaus aussah.

»Verdammt, das wird aber höchste Zeit!« rief Dr. Wyatt, schob Beatrice zur Seite und stürzte zu Helene.

»Wird sie es schaffen?« fragte Beatrice und hörte zwischen den Worten voller Erstaunen ihre Zähne aufeinanderschlagen.

»Bete für sie«, antwortete Dr. Wyatt kurz, und in seiner Stimme klang wenig Hoffnung.

Will kochte heiße Milch mit Honig für sie und wies sie darauf hin, die Kleider zu wechseln, da sie von oben bis unten voller Blut war. Beatrice zog ihren Bademantel an und kauerte sich im Wohnzimmer neben den Kamin, in dem Will ein Feuer entzündet hatte. Sie trank ihre Milch in kleinen Schlucken, während ihr Körper bebte. Will verschwand nach oben, um das Bad sauberzumachen, was eine ganze Weile dauerte. Nach der ersten notdürftigen Versorgung durch Dr. Wyatt war ein Ambulanzwagen gekommen und hatte Helene in die Klinik nach St. Martin gebracht. Will, der in diesem Moment nach Hause gekommen und von Mrs. Wyatt schon über die Geschehnisse informiert worden war, hatte noch einen Blick auf das eingefallene, graue Gesicht werfen können und war für eine Sekunde erstarrt vor Entsetzen; auch er hatte geglaubt, sie sei bereits tot. Dr. Wyatt hatte erklärt, sie sei noch am Leben, aber er befürchte, daß sie es nicht schaffen werde.

»Ich fahre mit in die Klinik«, sagte er, »können Sie sich um Beatrice kümmern? Die Kleine scheint mir ziemlich am Ende ihrer Kräfte. Sie sollte jetzt auf keinen Fall allein bleiben.«

»Selbstverständlich kümmere ich mich um sie«, versprach Will. Er wirkte so erschüttert, wie Beatrice ihn noch nie erlebt hatte.

»Gibt es eine Möglichkeit, Major Feldmann zu erreichen?« erkundigte sich Dr. Wyatt. »Er muß über den Zustand seiner Frau informiert werden.«

»Ich weiß nicht, wo er sich aufhält«, sagte Will ratlos. »Ich habe schon heute nachmittag mehrmals versucht, ihn über Funk zu erreichen, aber er hat sein Gerät nicht eingeschaltet. Er muß jedoch bald nach Hause kommen.« Will fuhr sich mit allen zehn Fingern durch die Haare. Er sah elend und verstört aus. »Ich hätte nicht fortgehen dürfen. Sie war völlig außer sich, und ich hatte ein ganz dummes Gefühl. Aber sie schrie mich an, sie wolle allein sein, und verschwand in ihrem Schlafzimmer, und dorthin konnte ich ihr ja schlecht folgen, oder? Ich war dann noch in meinem Zimmer, und später habe ich Mae heimgefahren, und…«

»Nun regen Sie sich nicht auf«, sagte Dr. Wyatt beschwichtigend. »Sie konnten nicht ahnen, daß sie zu einer Rasierklinge greifen würde. Und niemand kann es letztlich verhindern, wenn ein Mensch es unbedingt tun will.« Er klopfte Will aufmunternd auf die Schulter und stieg dann in sein Auto, um dem Ambulanzwagen zu folgen, der schon das Gartentor erreicht hatte.

Zwischen Milchkochen, Kaminanzünden und dem Saubermachen des Badezimmers versuchte Will immer wieder, Erich über Funk zu erreichen, ohne jedoch Erfolg zu haben.

Als er sich zu Beatrice ins Wohnzimmer setzte, sah er völlig erschöpft aus. »Das Bad ist wieder in Ordnung«, sagte er. »O Gott, sie muß literweise Blut verloren haben. Ich möchte wirklich wissen…« Er sprach den Satz nicht zu Ende, sagte statt dessen: »Du solltest schlafen gehen, Beatrice. Du mußt todmüde sein. Dieser Tag war ein Alptraum, nicht?«

»Ich könnte jetzt nicht schlafen«, sagte Beatrice, »ich würde lieber hier unten bleiben.«

»In Ordnung. Wenn ich nur wüßte, wie die ganze Geschichte ausgeht! Mein Gott, käme nur Major Feldmann endlich heim!«

»Meinen Sie, daß man uns anruft vom Krankenhaus, wenn…« Beatrice wußte nicht, wie sie das Undenkbare formulieren sollte.

»Man wird uns anrufen, was immer passiert«, sagte Will. Er starrte auf den Telefonapparat. »Solange sich niemand meldet, ist es das beste Zeichen.«

Um halb elf rief Will selbst im Krankenhaus an. Mrs. Feldmanns Zustand sei unverändert, wurde ihm mitgeteilt, sie habe noch immer nicht das Bewußtsein wiedererlangt. Dr. Wyatt sei bei ihr.

»Immerhin lebt sie noch«, meinte Will. Er war aschfahl im Gesicht, und allmählich kam Beatrice der Gedanke, daß ihn nicht nur die Sorge um Helene umtrieb, sondern auch die um sich selbst. Wie würde Erich reagieren, wenn er erfuhr, was geschehen war? Er würde versuchen, einen Schuldigen zu finden, um sich nicht selbst die Schuld zusprechen zu müssen. Wer bot sich eher an als Will? Er hatte Helene in einem kritischen Zustand allein gelassen, war dann sogar fortgefahren. Beatrice war auf einmal ganz sicher, daß Erich sehr böse auf Will sein würde.

Kurz nach Mitternacht endlich hörten sie draußen einen Wagen vorfahren, dann eine Autotür schlagen. Gleich darauf kam Erich ins Zimmer. Er wirkte recht gut gelaunt, etwas müde, aber ausgeglichen. Überrascht betrachtete er die Situation, die sich ihm bot.

»Nanu? Was macht ihr denn hier? Könnt ihr nicht schlafen?«

Will erhob sich. Beatrice hatte den Eindruck, daß ihm die Knie zitterten. »Herr Major«, begann er. Er sprach deutsch, aber Beatrice bekam dennoch ungefähr mit, was er sagte. Stockend berichtete er, was geschehen war.

Erich rang um Fassung, dann herrschte er Will an, er solle ihn sofort mit dem Krankenhaus in St. Martin verbinden.

»Wieso, verdammt noch mal, habt ihr keinen *deutschen* Arzt geholt?« brüllte er.

»Beatrice wußte wohl nur ...«, begann Will, aber Erich unterbrach ihn sofort: »Wo waren Sie? Wie konnten Sie meine Frau in einem derart hysterischen Zustand zurücklassen? Allein mit einem zwölfjährigen Kind!«

Will reichte ihm den Telefonhörer. »Das Krankenhaus, Herr Major.«

Erich brüllte seinen Namen ins Telefon und verlangte, sofort den behandelnden Arzt seiner Frau zu sprechen. Dann lauschte er eine ganze Weile und sagte schließlich: »Ja, ja. Danke. Ja, das wäre nett. Danke.«

Er legte den Hörer auf, wandte sich an Will. »Sie ist nicht mehr bewußtlos. Ihr Zustand hat sich stabilisiert. Der Arzt meint, sie schafft es.« Sein Gesicht war schweißnaß. »Ich brauche einen Whisky.«

Will schenkte ihm das Gewünschte ein, reichte ihm das Glas. Erich kippte den Inhalt mit Schwung hinunter. »Ich brauche noch einen.«

Er trank den zweiten Whisky so rasch wie den ersten. Beatrice schien es, als sei er schon vorher nicht ganz nüchtern gewesen, und wenn er so weitermachte, wäre er bald völlig betrunken. Sie krampfte ihre Hände um den Becher mit der heißen Milch und spürte, wie die Angst sich als kalter Schleier um sie legte.

Erich fixierte Will aus stechenden Augen. »Will, Sie können in Ihre Wohnung hinübergehen und sich schlafen legen. Die Geschichte wird ein Nachspiel für Sie haben, das erwarten Sie sicher nicht anders. Wie das aussehen wird, werde ich mir noch überlegen.«

»Wenn ich noch irgend etwas tun kann ...«, murmelte Will, aber ihn traf nur ein zynisches, wortloses Lächeln. Mit gesenktem Kopf verließ er den Raum, kurz darauf knirschten draußen seine Stiefel auf dem Kies.

Erich nahm sich einen dritten Whisky. Die Bewegungen, mit denen er einschenkte, wirkten bereits etwas fahrig.

»Wie gut, daß du da warst, Beatrice«, sagte er. Seine Zunge schlug an die Zähne. »Wie gut, daß es dich gibt. Du bist ein tapferes, umsichtiges Mädchen. Wahrscheinlich wäre meine Helene schon tot, wenn du nicht so überlegt gehandelt hättest.«

Beatrice entspannte sich etwas. Auf *sie* schien er jedenfalls nicht böse zu sein. Sie beschloß sogleich, seine mildere Stimmung zu Wills Gunsten zu nutzen.

»Sir, Will hat Mae nach Hause gefahren, weil Sie ihm das mittags aufgetragen hatten. Er wollte tun, was von ihm erwartet wurde.«

Erich nahm sich einen vierten Whisky. Mit sanfter Stimme sagte er: »Du bist vielleicht zu jung, das zu verstehen, Beatrice. Will genießt als mein persönlicher Adjutant manches Privileg. Dafür stellen sich ihm natürlich auch erhöhte Anforderungen. Er hat zu tun, was von ihm erwartet wird, ja, aber was wird letztlich von ihm erwartet? Meinen Befehlen zu folgen natürlich, aber darüber hinaus muß er in der Lage sein, selbständig umzudisponieren, wenn es die Umstände erforderlich erscheinen lassen. Auf diese Fähigkeit muß ich mich bei ihm verlassen können. Ich brauche keinen Sklaven. Sklaven habe ich, das sind die beiden Franzosen, die sich um die Rosen kümmern, und das sind die Leute, die hier die Straßen und Bunker und Wälle bauen. Ich brauche jemanden, der eigenständig mitdenkt.«

Man hörte ihm an, daß er eine Menge getrunken hatte, aber seine Stimme war emotionslos, und Beatrice wußte inzwischen, daß er dann am gefährlichsten war. Wenn er unbeherrscht herumtobte, so wie am Mittag, mochte er damit seine Umgebung, besonders Helene, in blinde Furcht und Verzweiflung versetzen, aber im Grunde steckte wenig dahinter. Vor Erich mußte man auf der Hut sein, wenn er sanftmütig wurde, wenn er leise sprach, wenn er sachlich und ausführlich seine Gründe und Gedanken darlegte. Dann plante er einen Schlag, den er kalt ausführen würde, und das machte ihn so gefährlich.

Trotzdem wagte Beatrice zu sagen: »Will konnte nicht ahnen, daß so etwas passieren würde. Niemand kann so etwas ahnen.«

Erich lächelte; es war ein eisiges Lächeln. »Helene ist eine hochgradig hysterische Person. Du weißt das nicht, weil du sie noch nicht lange genug kennst. Will kennt sie auch noch nicht lange, natürlich. Aber er ist erwachsen. Ein Erwachsener kann diese Dinge eher einschätzen. Ich bin sicher, daß ihm sehr schnell klar war, daß er es mit einer neurotischen Person zu tun hat. Einer Person, die durchaus selbstmordgefährdet ist.«

Beatrice riß die Augen auf. »Hat sie schon einmal versucht…?«

»… sich das Leben zu nehmen? Nein. Aber du kannst mir glauben, ich habe schon eine Menge unschöner Szenen mit ihr erlebt. Weinkrämpfe, Ohnmachtsanfälle, Fieberattacken. Es ist erstaunlich, welche Krankheiten Helene tatsächlich entwickeln kann, wenn es darum geht, die Umwelt unter Druck zu setzen oder mir deutlich zu machen, ich würde sie schlecht behandeln. Sie ist erfinderisch. Man darf sie nicht allein lassen, wenn die Hysterie sie überkommt. Sie ist dann zu allem fähig – wie sich ja wieder gezeigt hat.«

»Sie war traurig, weil Sie so mit ihr geschimpft haben, Sir.«

»War sie das?« Erich kramte eine Zigarette aus der Tasche und entzündete sie.

»Ich will dir etwas sagen, Beatrice. Helene ist immerzu traurig. Das liegt in ihrer Natur. Helene kreist von morgens bis abends nur um sich selbst, um ihre Kümmernisse und Wehwehchen, ihre eingebildeten Sorgen und Probleme. Sie beschäftigt sich einfach nur mit sich, und das genau führt zu jenem übersteigerten Verhalten, das sie immer wieder an den Tag legt.«

Beatrice empfand es nicht unbedingt als übersteigert, daß Helene nach den Angriffen ihres Mannes zusammengebrochen war, auch wenn ihr das Aufschneiden der Pulsadern sehr drastisch vorkam.

»Was tun wir nun?« fragte sie sachlich.

Erich starrte sie an. »Wie – was tun wir nun?«

»Nun ja, Sir, ich nehme an, Mrs. Feldmann wird bald wieder hier sein, und ich ... wir müssen aufpassen, daß sie es nicht wieder tut. Ich meine, daß sie nicht noch einmal versucht, sich ... etwas anzutun. Man darf sie gar nicht mehr allein lassen.«

Mit einer ungeduldigen Bewegung schnippte Erich die Asche seiner Zigarette auf die Tischplatte. »Hör zu Beatrice, wir dürfen ihr vor allem nicht das Gefühl geben, daß sie uns mit dieser Tat tief erschüttert hat. Wenn sie den Eindruck gewinnt, sie kann mit derartigen Idiotien unsere Aufmerksamkeit und Sorge erregen, wird sie sich nämlich ständig etwas Derartiges einfallen lassen. Sie will unter allen Umständen ständig im Mittelpunkt des allgemeinen Interesses stehen. Und wenn sie sich dafür jede Nacht die Pulsadern aufschneiden müßte.«

»Vielleicht sucht sie Wärme?«

Er hatte ein Glitzern in den Augen, das Beatrice bedrohlich erschien. »Du meinst, die bekommt sie nicht genug von mir? Diese Wärme?«

»Ich weiß es nicht, Sir.«

»Aber du denkst dir doch irgend etwas. Ich bin sicher, dir gehen eine Menge Dinge durch den Kopf. Sag mir deine Meinung, Beatrice.«

Sie zuckte mit den Schultern, antwortete nicht. Erich drückte seine Zigarette auf der Tischplatte aus – wie sorgfältig ist Mummie immer mit der Politur umgegangen, dachte Beatrice – und stand auf. »Ich rufe noch einmal im Krankenhaus an«, sagte er schließlich.

Es ging Helene den Umständen entsprechend gut, ihr Kreislauf hatte sich stabilisiert, sie schlief.

»Wir können zu Bett gehen«, sagte Erich, »wir müssen uns keine Sorgen mehr machen. Helene ist in Sicherheit. Ihr kann nichts mehr passieren.«

Er griff erneut nach der Whiskyflasche. »Du hast gut funktioniert, Beatrice. Wirklich gut. Du bist ein vernünftiges Mädchen. Ich bin stolz auf dich.«

Wieso sollte *er* stolz sein auf *mich*, dachte Beatrice verärgert, aber sie sagte nichts. Ganz allmählich glitt die Anspannung von ihr ab, und die Müdigkeit packte sie jäh. Es war drei Uhr in der Früh, und auf einmal sehnte sie sich nur noch nach ihrem Bett, nach einem tiefen, traumlosen Schlaf, der sie die Aufregungen der letzten Stunden würde vergessen lassen, die blutüberströmte Helene, den bleichen Will, den angetrunkenen Erich.

Über all das kann ich morgen wieder nachdenken, sagte sie sich erschöpft.

Sie erwachte in dem Bewußtsein, nicht allein in ihrem Zimmer zu sein. Irgendwie mußte das Gefühl, daß sich ein anderer Mensch in ihrer Nähe befand, bis in die Tiefen ihres Schlafes vorgedrungen sein. Sie hatte die völlige Traumlosigkeit genossen, die sie sich so gewünscht hatte. Nun bemerkte sie fahles, graues Morgenlicht vor dem Fenster. Es mußte noch sehr früh am Tag sein, und das strahlende Spätsommerwetter war wohl umgeschlagen in der Nacht; an der Farbe des düsteren Lichts erkannte Beatrice, daß Nebel draußen herrschen mußte.

Whiskygetränkter Atem streifte ihre Nase. Erich saß an ihrem Bettrand und neigte sich über sie. »Bist du wach?« raunte er.

Eine Sekunde lang schien es ihr das beste zu sein, sich schlafend zu stellen, aber sie ahnte, daß er sich damit nicht zufriedengeben würde. Er würde nicht ruhen, bis er sie geweckt hatte, und sie konnte ebensogut sofort die Augen aufschlagen.

Ihr Magen krampfte sich kurz zusammen. Sie hatte Angst, ohne genau zu wissen, wovor. Erich hatte bislang die Privatsphäre ihres Zimmers respektiert. Er hatte alles in Besitz genommen, aber diesen Raum hatte er noch nie betreten. Und Beatrice hatte sich darauf verlassen, daß er es auch nie tun würde. Als hätte es eine geheime Absprache zwischen ihnen gegeben, die Grenzen absteckte, die keiner von ihnen übertreten würde.

Jetzt hatte Erich diese Grenze übertreten. Er war nicht nur in das Zimmer gekommen, er saß sogar auf dem Bett.

Zu nah, sagte eine Stimme in Beatrice, viel zu nah. So nah darf er keinesfalls kommen.

Sie öffnete schließlich die Augen.

Es war hell genug im Zimmer, so daß sie seine Züge erkennen konnte. Er war sehr blaß im Gesicht, aber das mochte daran liegen, daß das Licht von draußen alle Farben dieses Morgens schluckte und jedem Gegenstand, jedem Menschen einen fahlen Anstrich verlieh. Erichs Augen glänzten unnatürlich, Schweiß lag auf seiner Stirn.

»Ach, du bist wach«, sagte er. Es klang erleichtert.

»Was ist denn los?« fragte Beatrice und richtete sich auf. »Wie spät ist es?«

»Gleich acht Uhr. Nein...« Er hatte gesehen, daß sie sofort aufstehen wollte, und legte beruhigend die Hand auf ihren Arm. »Bleib liegen. Das war eine lange Nacht. Du solltest dich jetzt ausruhen.«

»Ich bin nicht müde.« Sie setzte sich erneut auf. »Ich werde...«

Wiederum drückte er sie zurück, sanft, aber unmißverständlich. »Nein, mein tapferes kleines Mädchen. Du ruhst dich jetzt aus. Es ist keinem gedient, wenn du plötzlich zusammenklappst.«

Sie verstand nicht recht, was er meinte – welche Art Sorgen er sich machte und warum er so tat, als sei sie aus Porzellan. Sie wußte nur, daß es keinen Sinn hatte, sich gegen ihn zu wehren.

Es hat nie Sinn bei ihm, dachte sie plötzlich sehr müde.

Er nahm ihre linke Hand zwischen seine beiden Hände, streichelte sie sanft. »Wenn ich dich nicht hätte, Beatrice, wenn ich dich nicht hätte...«

Sie wagte nicht, ihm ihre Hand zu entziehen, aber sie wünschte inbrünstig, er möge endlich verschwinden. Sie merkte, daß ihr

Herz heftig pochte, daß sie hellwach war und von Fluchtbereitschaft erfüllt – obwohl sie wußte, daß sie nicht würde fliehen können.

»Es gibt keinen Menschen auf der Welt, der mich versteht«, sagte Erich, »nicht einen einzigen. Kannst du dir so etwas vorstellen, kleine Beatrice? Wie es sich anfühlt, wenn einen niemand auf der ganzen Welt versteht?«

»Helene versteht Sie, Sir.«

»Helene? Die versteht mich am allerwenigsten. Helene tut nur so, als sei sie sanft und lieb und voller Güte. Helene will anderen Menschen ihren Willen aufzwingen, und sie versucht es auf eine besonders heimtückische Art – mit Augenaufschlag und Piepsstimme und einer Wehleidigkeit, die dir ständig Schuldgefühle verursacht, und deshalb tust du irgendwann, was sie will, nur um eine Schuld abzutragen, die in Wahrheit gar nicht existiert.«

Erich schwieg einen Moment lang und starrte düster vor sich hin. Obwohl er eindeutig betrunken war, formulierte er seine Sätze klar, und was er sagte, erschien Beatrice logisch und durchdacht. Ihr fiel ein, daß ihr Vater einmal gesagt hatte, manche Leute fänden im Zustand der Trunkenheit zu einer größeren Klarheit. Bei Erich schien dies der Fall zu sein.

»Du denkst wahrscheinlich, in der Beziehung zwischen Helene und mir bin ich der Stärkere«, sagte er nun. »Alle denken das, weil Helene immerzu heult und jammert. Aber auf ihre Weise ist sie sehr stark, Beatrice, sehr stark. Du wirst das wahrscheinlich noch merken. Sie zwingt die Menschen unter ihr Joch. Auch mich.«

Warum erzählt er mir das, fragte sich Beatrice unbehaglich, das alles ist allein seine Sache. Ich will es überhaupt nicht wissen.

»Ich suche so oft nach einem Menschen, der mich versteht.« Erich klang jetzt weinerlich. »Einem Menschen, mit dem ich alles teilen kann, was ich empfinde. Mir gehen mehr Dinge im Kopf herum, als du vielleicht meinen magst. Ich habe sehr schöne Gedanken oft. Tiefe Gedanken, verstehst du? Manchmal sind es auch sehr, sehr traurige Gedanken.«

Er sah sie an. Beatrice hatte den Eindruck, daß er einen Kommentar erwartete.

»Das tut mir leid, Sir«, murmelte sie.

»Es ist eine große Schwermut in mir«, teilte Erich feierlich mit. »Ich möchte, daß du das weißt, Beatrice. Es wird dir helfen, mich besser zu verstehen. Manchmal komme ich dir vielleicht eigenartig vor. Dann hat mich diese schreckliche Traurigkeit in ihren Fängen.«

Beatrice fragte sich, ob er inzwischen doch nicht mehr recht wußte, was er redete, aber ihr fielen seine eigenartigen Stimmungsschwankungen ein, die sie schon manchmal befremdlich gefunden hatte. Sein Verhalten schwankte allzu häufig und rasch zwischen Euphorie und grüblerischer Weltabgewandtheit, zwischen Aggression und Melancholie. In seinen stillen Phasen hatte Beatrice manchmal gedacht, er brüte über finsteren Plänen, er lege den Schatten über sein Gesicht, um zu verbergen, was hinter seiner Stirn vor sich ging. Vielleicht aber hing er tatsächlich trüben Gedanken nach.

»Es gibt einen Feind in meinem Innern«, sagte Erich. Plötzlich wirkte sein Gesicht zerfurcht, als sei er innerhalb weniger Momente um Jahre gealtert. »Er ist schlimmer und gefährlicher, als es jeder Feind von draußen sein könnte. Er sitzt ganz tief in meiner Seele. Das bedeutet, ich kann nicht vor ihm davonlaufen. Ich kann ihn auch nicht bekämpfen, denn wie sollte ich Krieg führen gegen mein eigenes Selbst?«

Erwartet er eine Antwort? fragte sich Beatrice beklommen. Sie sagte lieber nichts, und nach einer Minute unbehaglichen Schweigens fuhr Erich fort: »Wir Deutschen sind ein siegreiches Volk. Wir sind im Begriff, die ganze Welt zu erobern. Kennst du ein Land, das uns ernsthaft Widerstand zu leisten vermag? Es gibt nichts und niemanden, der uns aufhalten könnte. Wir sind die Rasse, der die Welt gehört – und ich bin ein Teil davon. Ich bin Teil einer siegreichen und stolzen Nation. Und um so erbärmlicher fühle ich mich, wenn ich merke, daß ich mit ihm hier drinnen...«, er legte die Hand auf sein Herz, «... mit diesem gnadenlosen Feind in meinem Innern nicht fertig werde. Er ist stärker als ich, verdammt stark. Manchmal kann ich ihn betäuben. Dann schläft er für eine Weile und läßt mich in Frieden, aber es ist fast so, als sammle er auch neue Kraft in diesen Phasen. Wenn er aufwacht, ist er wieder stark und lebendig wie ein junger Hund. Und dann fällt er mich an und schlägt seine Zähne in mein Fleisch und läßt nicht mehr von mir ab.«

»Vielleicht ist er gar nicht so stark, wie Sie denken«, sagte Beatrice vorsichtig. Sie hätte sich gern aufgesetzt, weil sie sich in ihrer liegenden Position so hoffnungslos unterlegen empfand, aber sie war überzeugt, daß er sie wieder auf das Kissen zurückdrücken würde, und so unterließ sie einen Versuch, der von vornherein zum Scheitern verurteilt war. »Vielleicht spielt er sich nur auf.«

Erich sah sie überrascht an. »Wie meinst du das?«

Beatrice überlegte, was sie gemeint hatte. Es ging um Dinge, die schwer zu verstehen, schwer zu formulieren waren. Andrew hatte oft mit ihr über Ängste gesprochen und darüber, wie man mit ihnen umgehen konnte. Es war ihm daran gelegen gewesen, ihr klarzumachen, daß sie jede Art von Angst beherrschen konnte und sich nicht selbst beherrschen lassen mußte.

»Wenn Sie Angst haben vor jemandem«, sagte sie, die Worte ihres Vaters rekapitulierend, »dann gehen Sie meistens einen Schritt zurück. Und der andere kommt dann nach. Er hat mehr Platz, und Sie haben weniger. Dadurch wirkt er stärker, aber das scheint nur so, weil Sie ihm Platz gemacht haben.«

»Und was schlägst du vor?«

Sie überlegte. »Vielleicht muß man einfach stehen bleiben. Und genau hinschauen. Vielleicht ist der andere gar nicht so mächtig.«

Er lächelte ein wenig. »Wie einfach das klingt aus deinem Mund, kleine Beatrice. Wie ist es…« Er musterte sie scharf. »Hast du eigentlich Angst vor mir?«

»Nein«, sagte Beatrice.

»Bist du ehrlich?«

»Ich denke schon.«

In seine Augen trat ein Ausdruck der Bewunderung. »Ich glaube dir. Du bist stark. Stärker als Helene und ich. Komm her!« Er zog sie hoch zu sich heran. »Nimm mich in die Arme. Würdest du das tun? Nur für einen Moment.«

Sie zuckte unwillkürlich zurück. Erich berührte sanft ihre Wange. »Ich will wirklich nichts anderes. Du sollst mich nur festhalten.«

Zögernd legte sie beide Arme um ihn. Der Stoff seiner Uniform fühlte sich kratzig an. Er preßte sein Gesicht gegen ihres; verstärkt nahm sie den Geruch des Whiskys wahr und spürte die Rauheit seiner Bartstoppeln. Sie fand es nicht unangenehm, ihn so dicht zu spüren; trotz der Alkoholausdünstung hatte er einen Geruch, den sie irgendwie mochte – eine Mischung aus einem guten Rasierwasser und seiner Haut, die an herbe, getrocknete Kräuter erinnerte.

»Du kannst mir viel Kraft geben«, murmelte er an ihrem Hals. »Ich brauche dich, Beatrice.«

Überrascht registrierte sie, daß er in diesem Moment wohl wirklich empfand, was er sagte. Er klammerte sich an sie wie ein kleines, verlorenes Kind. Wie schwierig, dachte sie, wie schwierig wird das alles noch werden.

Erich begann leise zu weinen.

11

Es gibt keinen Monat, der so trostlos ist wie der Januar, dachte Franca. Viele Menschen sagten, der November stimme sie trübsinnig, aber Franca erging es ganz anders. Sie mochte diesen Monat. Sie fand, daß seine kurzen, grauen Tage, sein Nebel und sein kalter Wind Geborgenheit schenkten. Der November legitimierte den Rückzug in die eigenen vier Wände, er rechtfertigte die Abkehr von der Welt, das Eintauchen in Kerzenlicht, heißen Tee, Weihnachtsmusik und Kaminfeuer. Der November vermittelte Franca stets das Gefühl, für eine kurze Zeit ihre Wesensart in Einklang mit der Welt bringen zu können.

Im Januar war es genau andersherum. Der Januar war wie eine weit aufgerissene Tür, zu der das Jahr hereinflutete, mit all den tausend Möglichkeiten und Gefahren, die es bereithielt. Franca hatte Michael einmal diese Empfindung zu erklären versucht, und sie erinnerte sich nur zu gut an die Gereiztheit, mit der er auf ihre Worte reagiert hatte.

»Möglichkeiten und Gefahren! Mein Gott, Franca, wenn diese Kombination nur nicht wieder so schrecklich typisch für dich wäre! Möglichkeiten und Gefahren! Das Wort Möglichkeiten besetzt du einfach automatisch mit einer negativen Assoziation. Dir kommt überhaupt nicht in den Sinn, daß ›Möglichkeit‹ auch positiv besetzt sein könnte!«

»Nun, ich ...«

Er hatte sie nicht ausreden lassen. »Du witterst Gefahren an allen Ecken und Enden, Franca, und das ist einfach krankhaft. Das Schlimme ist, es wird auch nicht besser mit dir. Kannst du dir nicht vorstellen, daß *irgend etwas* in deinem Leben auch mal *gefahrlos* ablaufen kann? Oder, noch kühner gedacht: daß du Gefahren bewältigen und überstehen könntest?«

Dieser Gedanke war ihr in der Tat kühn erschienen.

Er kann es nicht nachvollziehen, hatte sie gedacht, er kann mich nicht verstehen.

Diesmal war der Januar noch schlimmer. Er hatte nicht nur ein neues Jahr eingeleitet, ein neues Jahrhundert und sogar ein neues Jahrtausend. Franca kam es vor, als hätten sich alle Bedrohungen vervielfacht, und umdrängten sie lauernd und feindselig.

»Ich wünschte, es wäre Sommer«, sagte sie.

Sie saßen am Frühstückstisch in der Küche, es roch nach Kaffee und Rühreiern. Auf dem Fenster stand der trockene, nadelnde Adventskranz, seine vier roten Kerzen waren tief heruntergebrannt. Ein staubiges, verfallenes Relikt.

»Alle warten auf den Sommer«, sagte Michael nun auf Francas Bemerkung hin. Er klang schon wieder ungeduldig. »Der Sommer ist warm und bunt und riecht gut. Niemand kann dem Winter ernsthaft etwas abgewinnen.«

»Der Januar«, sagte Franca, »ich kann dem Januar nichts abgewinnen.«

Michael rührte in seiner Kaffeetasse. »Jetzt fängst du schon wieder mit dem Januar an! Ich meine, wenn du sagen würdest, der Januar ist kalt und häßlich, und deshalb kann ich ihn nicht leiden, dann könnte man das verstehen. Aber es sind ja wieder nur diese diffusen Ängste, die dir zu schaffen machen, stimmt's? «

Eingeschüchtert gab sie zu, daß er recht hatte.

Michael seufzte tief und lehnte sich in seinem Stuhl zurück; er vermittelte den Eindruck eines Menschen, der sich gottergeben in sein Schicksal fügt, ein bestimmtes Thema diskutieren zu müssen, der aber nicht gewillt ist, seine Gereiztheit und seinen Überdruß zu verbergen.

»Kannst du nicht versuchen, wenigstens *versuchen*, irgendwann einmal mit deiner Angst vor allem und jedem fertig zu werden? Ich kann diese eigenartigen Phobien einfach nicht begreifen. Wenn du wenigstens konkretisieren könntest, wovor du dich fürchtest und was dir deiner Ansicht nach an schrecklichen Dingen zustoßen könnte! Aber du weißt es ja selbst nicht. Du kannst keine einzige Gefahr benennen. Das macht die ganze Angelegenheit so widersinnig. Und so hoffnungslos.«

Widersinnig und hoffnungslos, dachte Franca, das sind die Attribute, die er für meine Gefühle findet. Letztlich die Attribute, die er für *mich* findet.

»Ich müßte wieder eine Aufgabe haben«, sagte sie. Ihre Stimme hörte sich zu hoch an, wie meist, wenn sie in einen Dialog mit Michael trat. Michael seufzte noch einmal. »Aha. Da hätten wir wieder einmal das alte Thema. Du brauchst eine Aufgabe. Woran hast du gedacht?«

Er wußte natürlich, daß sie an *nichts* gedacht hatte. Daß ihr zwar eine Menge Dinge einfielen, die sie gern tun würde, daß es aber nichts gab, was zu bewältigen sie sich zutraute. Hier lag das Problem.

»Ich weiß nicht«, sagte sie.

»Wenn du sagst, du brauchst eine Aufgabe, dann wirst du doch an *irgend etwas* gedacht haben.«

»In meinen alten Beruf kann ich nicht zurück.«

»Das haben wir bis zum Umfallen besprochen. Den Punkt könnten wir langsam abhaken, findest du nicht? Anstatt ständig zu diskutieren, was du *nicht* kannst, sollten wir darüber sprechen, *was* du kannst!«

Ich gehe ihm entsetzlich auf die Nerven, dachte Franca. Sie fühlte sich von dem kurzen Wortwechsel bereits so frustriert und müde, als habe sie eine ganze Nacht mit einer zermürbenden Diskussion verbracht. Es war schon jetzt klar, daß aus diesem Gespräch nichts für sie herausspringen würde – nicht einmal ein Funken Wärme und Anteilnahme von dem Mann, den sie acht Jahre zuvor geheiratet hatte. Sie wünschte bereits, sie hätte das Thema gar nicht angeschnitten.

»Es ist nicht so wichtig«, sagte sie schwach.

Michael war natürlich nicht bereit, sie so einfach entkommen zu lassen. Franca hatte schon manchmal gedacht, daß er die Mentalität einer Katze hatte, die mit der Maus spielt, ehe sie sie frißt. Die Maus darf ein paar Schritte weit laufen, ehe die Katzenpfote wieder unbarmherzig auf sie niedersaust.

Warum bin ich immer die Maus? fragte sich Franca in steigender Verzweiflung.

»Was heißt – es ist nicht wichtig? Du hast angefangen mit dem Thema, *weil* es wichtig ist. Sonst hättest du kaum davon gesprochen, oder? Ich gehe ja nicht davon aus, daß du bei unserem letzten ruhigen Frühstück, ehe für mich der Arbeitsalltag wieder beginnt, ein Gespräch anfängst, das *nicht* wichtig ist!«

»Michael...«

»Du hast gesagt, du brauchst eine Aufgabe. Ich habe dich gefragt, woran du gedacht hast. Ich habe daraufhin vorgeschlagen, das Pferd andersherum aufzuzäumen und ein paar Möglichkeiten zu überlegen. Prompt ist die ganze Unterhaltung deiner Ansicht nach nicht mehr wichtig. Merkst du nicht, daß dieses Verhalten ein wenig neurotisch erscheinen muß?«

Die Katzenpfote hatte zugeschlagen. Franca hatte ein neues Attribut verliehen bekommen. Neben widersinnig und hoffnungslos war sie nun auch neurotisch.

Sie bereute es zutiefst, ein Thema angeschnitten zu haben, bei dem es um *sie* ging. Es funktionierte einfach nicht mit Michael. Sie stand im Handumdrehen mit dem Rücken zur Wand und verteidigte sich gegen seine Angriffe. Aber ging es ihr wirklich nur bei ihm so? Eigentlich geriet sie bei den meisten Menschen sehr rasch in die gleiche Situation. Irgendwie kapierten fast alle – selbst solche, die sonst zu dumm waren, bis drei zu zählen – sehr schnell, wo ihre Schwachpunkte lagen. Sie bemerkten ihre Angst und ihre Unsicherheit und schossen sich darauf ein. Sie analysierten, berieten, bemitleideten Franca. Die aggressiveren Naturelle trieben sie mit Angriffen in die Enge.

»Was willst du heute machen?« fragte sie, hoffend, ihre Rolle als Gesprächsgegenstand abgeben zu können. »Es ist dein letzter Ferientag. Du solltest...«

Michael verzog spöttisch das Gesicht. »Aha. Madame wünschen einen Themenwechsel. Wollten wir nicht über deine beruflichen Möglichkeiten sprechen? Oder interessiert dich das schon nicht mehr?«

»Es nützt nichts.«

Er seufzte zum dritten Mal. Franca kam sich vor wie ein bockiges kleines Kind. »Mit dieser Einstellung wird es natürlich nichts. Wenn du von vornherein nicht an ein gutes Ergebnis glaubst... Das ist wirklich das Problem, Franca. Wenn *du* nicht an dich glaubst, tut es auch sonst niemand.«

Diesen Satz hatte sie schon so oft von ihm gehört, daß er ihr fast Erbrechen verursachte. Wie macht man das denn – an sich glauben? hätte sie gern gefragt. Ich würde das sofort tun, wenn ich nur wüßte, wie. Gibt es ein Rezept, so zu werden wie du?

Sie betrachtete ihn, wie er da zurückgelehnt im Stuhl saß und die Hände hinter dem Kopf verschränkte. Sie hatte immer gefunden, daß er gut aussah, und sie fand das auch jetzt noch, aber zum erstenmal dachte sie plötzlich, daß er jedenfalls nicht *sympathisch* aussah. Sie kam sich ketzerisch vor und erschrak über sich selbst, aber sie konnte das Bild, das Michael abgab, nicht vor sich selbst beschönigen, ohne sich dabei in die eigene Tasche zu lügen: Er sah kein bißchen sympathisch aus.

In seinem Lächeln lag eine Arroganz, die früher nur als Andeutung vorhanden gewesen war, sich nun aber ausgeprägt hatte. Seine lässige Haltung, die hochgezogenen Augenbrauen, die etwas zu langen, zurückgekämmten Haare mit dem attraktiven Grau über den Schläfen verstärkten den Eindruck eines Menschen, der sich seiner Wirkung auf andere sehr bewußt ist und gern mit seinen Möglichkeiten spielt.

Und was sieht er, wenn er mich anschaut? fragte sich Franca beklommen. Sie konnte sich dunkel erinnern, daß es einst geheißen hatte, sie sei eine attraktive Frau. In der Uni hatte sie immer wieder Komplimente gehört, Männer hatten ihre langen Beine bewundert und ihre hellen Augen mit den dichten Wimpern. Jetzt hatte sich schon lange niemand mehr nach ihr umgedreht. Sie wußte, daß ihren Augen Glanz und Wärme fehlten, daß sie zu selten lachte, daß Frustration und Angst ihren Zügen einen Anstrich von Bitterkeit verliehen. Sie sah aus, wie sie sich fühlte: grau, verhuscht, nervös und verschreckt.

Ihr kam der Gedanke, daß es wahrscheinlich nicht mehr lange dauern könnte, bis Michael sie mit einer anderen Frau betrog – falls er es nicht die ganze Zeit über schon tat.

»Also«, wiederholte sie die Frage, die sie bereits einmal gestellt hatte, die Michael aber bislang nicht beantwortet hatte, »was wirst du heute tun?«

Er knüllte seine Serviette zusammen und stand auf. »Ich glaube, ich bin irgendwie nicht mehr in Ferienstimmung«, sagte er, und sein Tonfall drückte aus, daß er sie dafür verantwortlich machte. »Ich fahre ins Labor. Da ist heute niemand, und ich kann mich in Ruhe mit der Buchführung beschäftigen.«

Er küßte sie so flüchtig, daß es kränkend war. Er roch nach einem guten Eau de Toilette, und Franca dachte, daß es wohl wirklich schon längst eine andere Frau in seinem Leben gab. Die Vorstellung tat ihr weh, aber sie war schon von zu großer Resignation erfüllt, um darüber Wut zu empfinden.

Guernsey hat im Januar nicht viel von seiner sonstigen Lieblichkeit, dachte Alan. Er hatte zwei Stunden lang in einem gut geheizten, behaglichen Café in St. Peter Port gesessen, Scones gegessen und Tee mit viel Milch getrunken, und als er nun hinaus auf die Straße am Hafen trat, traf ihn der schneidend kalte Wind mit brutaler Härte. In der Luft vibrierten feine Regentropfen; als feuchter, unangenehmer Schleier legten sie sich sogleich über Haut und Haare. Als er vorhin vom Auto zum Café gegangen war, hatte er das Wetter nicht als so klamm und ungemütlich empfunden. Der Wind schien auf Nordost gedreht zu haben. In den Nachrichten hatten sie jede Menge Regen für die nächsten Tage prophezeit.

Alan wusste eigentlich nicht, weshalb er schon jetzt das warme Café verlassen hatte. Sein Flug nach London ging erst in zwei Stunden, und warum sollte er sich in sein kaltes Auto setzen und Zeitung lesen? Nun, du weißt es schon, sagte eine innere Stimme. Wenn du noch länger in diesem Café gesessen hättest, hättest du in nicht allzu langer Zeit den ersten Cognac bestellt, und bei dem wäre es nicht geblieben. Es bleibt nie bei einem, nicht wahr? Und du bist gerade so stolz, daß es schon elf Uhr am Vormittag ist, und du noch immer nichts getrunken hast.

Es gab Tage, an denen er sich zu beweisen versuchte, daß er seinen Alkoholkonsum völlig im Griff hatte. Daß er zwar gern trank, daß er aber nichts brauchte, um sich wirklich wohl zu fühlen. Er zögerte dann das erste Glas Whisky oder Wein bis zum Abend hinaus – zumindest nahm er sich das vor, und manchmal gelang es ihm. Manchmal auch nicht, aber dann gab es immer eine Erklärung. Ein Mittagessen mit einem Mandanten, bei dem es ungastlich gewesen wäre, *nicht* mitzutrinken. Eine Kreislaufschwäche, der er nur mit Hilfe eines Cognacs begegnen konnte. Ein plötzlicher beruflicher Ärger, auf den hin er einen Whisky brauchte. Bei den meisten Menschen, die er kannte, kamen im Lauf eines Tages einige Gläser zusammen; er hatte nicht den Eindruck, daß er aus dem Rahmen fiel.

Heute gibt es leider keinen Grund, dachte er und zog schaudernd seinen Mantel enger um den Körper, nur die Kälte vielleicht. Ein schöner, heißer Grog…

Der Gedanke war so verführerisch, daß er rasch einen weiteren Schritt von dem Café weg tat. Vielleicht, so überlegte er, machte er einen Fehler, indem er so viel und so häufig über Alkohol nachdachte. Nur dadurch schließlich bekam das Thema soviel Gewicht. Aber das lag natürlich auch an Beatrice. Wie hatte sie ihm über die Weihnachtstage wieder zugesetzt, seine Gläser gezählt, beargwöhnt, er könne irgendwo geheime Vorratslager angelegt haben. Unglücklicherweise war sie in der Nacht vor Silvester um zwei Uhr morgens ins Wohnzimmer gekommen und hatte ihn im Sessel sitzend vorgefunden, ein Glas mit Whisky in der Hand, umwogt vom Qualm dreier Zigaretten, die er geraucht hatte. Er hatte einen Bademantel getragen, aber weder Schuhe noch Strümpfe an den Füßen; er erinnerte sich, unangenehm gefroren, aber nicht die Energie aufgebracht zu haben, hinauf in sein Bett zu gehen.

»Was tust du denn hier?« hatte Beatrice gefragt und dabei die Augenbrauen auf eine Art hochgezogen, die ihm tadelnd und dabei sehr kühl vorkam.

Aggressiv hatte er zurückgegeben: »Und was tust *du* hier?«

Ziemlich ungeniert – dafür daß sie ihn deswegen immer anging – hatte sie sich ein Glas aus dem Schrank genommen und sich ebenfalls einen Whisky eingeschenkt, einen doppelten mindestens, wie er feststellte.

»Ich wurde wach und konnte nicht mehr einschlafen«, erklärte sie und setzte sich auf das Sofa, »da dachte ich, ich hole mir etwas zu trinken, vielleicht geht es dann.«

»Kaum zu glauben«, sagte Alan, »aber genauso ging es mir. Haben wir vielleicht Vollmond?«

»Nein.« Sie nahm einen großen Schluck und verzog gleich darauf das Gesicht. »Eigentlich mag ich Whisky überhaupt nicht.«

»Warum trinkst du ihn dann?«

»Die Flasche stand gerade griffbereit. Das hat mich wohl verführt. Oder der Geruch aus deinem Glas oder von dir selbst, was weiß ich. Es riecht ziemlich stark nach Alkohol hier im Zimmer, trotz der Zigaretten. Dein wievieltes Glas ist das?«

Er fühlte sich hin- und hergerissen zwischen dem Bedürfnis, ihr harsch zu erklären, daß er über vierzig war und ihr keinerlei Rechenschaft schuldete, und dem kindischen Wunsch, sie zu schockieren, indem er ihr eine Zahl nannte, die sie erschüttern würde.

»Das sechste oder siebte«, erklärte er gelangweilt und schenkte sich erneut nach.

»Unsinn. Dann würdest du schon lallen. Aber ich finde es ziemlich bedenklich, daß du jetzt bereits mitten in der Nacht trinkst.«

»Du tust ja nichts anderes.«

»Bei mir ist es eine Ausnahme.«

»Ach ja? Das kann ich dir glauben oder nicht. Ich jedenfalls schlafe nachts für gewöhnlich.«

»Alan!« Sie stellte ihr Glas ab, und sah ihn eindringlich an. »Irgend etwas stimmt doch nicht! Du trinkst einfach zuviel, das ist für jeden inzwischen ersichtlich. Und dieses nächtliche Herumwandern ... Ich weiß ja nicht, ob du es nicht auch in London tust, und dann frage ich mich, weshalb du nicht schlafen kannst und wovor du davonläufst und in den Alkohol flüchtest!«

»Ich habe dir gerade gesagt, daß ich es in London nicht tue. Vielleicht liegt es an dem Haus hier. Ständig knarren und ächzen hier irgendwelche Holzbalken. Kein normaler Mensch kann dabei schlafen.«

»Alan...«

Klirrend stellte er sein Glas ab. »Mum, bitte hör auf mit diesen inquisitorischen Fragen. Ich bin erwachsen. Ich weiß, was ich tue.«

»Du bist nicht glücklich.«

»Woher willst du das wissen?«

»Ich sehe es. Selbst jemand, der dich weniger gut kennt als ich, könnte es sehen. Dein Gesichtsausdruck verrät es, es steht in deinen Augen deutlich geschrieben, und dein Verhalten zeigt es auch. Du bist zweiundvierzig Jahre alt, du bist erfolgreich und siehst gut aus – aber du lebst in einer Einsamkeit, die fast greifbar an dir ist. Mir tut es weh, dich so zu erleben, und ich wünschte, du würdest mit mir darüber reden, und wir könnten zusammen überlegen, was zu tun ist.«

Noch jetzt, eine Woche später, unschlüssig im kalten Wind des Hafens stehend, erinnerte er sich gut, wie übel ihm bei diesen Worten geworden war. Immer schon hatte es ihn psychisch belastet, wenn Beatrice anfing, eine allzu intensive Nähe zu ihm herzustellen, wenn sie das Wort »wir« strapazierte und irgendwelche gemeinsamen Vorgehensweisen ansteuerte. Sofort legten sich ihm dann Bleigewichte auf die Brust, ihm wurde heiß, und er konnte nicht mehr richtig atmen. Er hatte keine Ahnung, woran das lag; möglicherweise an der Tatsache, daß er die Unwahrheit des Wortes »wir« kannte. Für Beatrice gab es im Grunde nur ein »Ich«. Wenn sie sagte: »Wir können gemeinsam überlegen«, dann hieß das in Wahrheit: »Ich werde einen Plan fassen, und du wirst ihn akzeptieren.«

Darüber hinaus haßte er es, wenn sie an seinen Verdrängungsmechanismen rüttelte. Vielleicht stimmte irgend etwas nicht an seinem Leben, aber er hatte es zumindest im Griff, und wenn er unglücklich war, so gelang es ihm jedenfalls die meiste Zeit über, diesen Umstand so von sich zu schieben, daß er sein Vorhandensein fast nicht bemerkte. Er konnte es nicht gebrauchen, daß ein

Mensch heranspaziert kam, zehn spitze Finger auf die Wunde legte und ihm einzureden versuchte, er sei ein armer Tropf. Beatrice war unschlagbar in dieser Disziplin. Sie musterte andere Menschen mit ihren Röntgenaugen, entdeckte in Windeseile ihre Schwachstellen und krallte sich daran fest. Unter dem Tarnmantel der Hilfsbereitschaft und Fürsorge natürlich.

In Wahrheit, dachte er, befriedigt sie einfach nur ihre Machtgelüste. Er fand es verwunderlich, daß er sich immer wieder auf sie einließ, daß er nach Guernsey kam, in ihrem Haus wohnte, sich von ihr beaufsichtigen, schikanieren und kritisieren ließ. Und auch gleich eine ganze Weile blieb.

Er war am Tag vor Weihnachten angereist, und nun war schon die erste Januarwoche vorbei, und er war immer noch hier. Er hatte bis zum 9. Januar Urlaub genommen und fragte sich nun, warum er so dumm gewesen war, die kostbaren freien Tage auf Guernsey zu vertun. Er hätte ebensogut in den Süden fliegen und sich in die Sonne legen können.

Aber er wäre dabei allein gewesen. In London, und »im Süden« auch. Nicht, daß es ihm Schwierigkeiten bereitet hätte, in Kneipen oder Hotelbars Mädchen kennenzulernen. Die Frauen hatten es ihm schon immer leichtgemacht, reagierten bereitwillig und entgegenkommend auf einen Blick oder ein Lächeln von ihm. Aber eine Reihe schneller, flüchtiger Affären hatte ihn gelehrt, daß man selbst in der intimsten körperlichen Verschmelzung mit einem anderen Menschen einsam sein konnte. Einsamer manchmal als allein vor dem Fernseher. Irgendwann hatte er den One-night-stands abgeschworen. Er mußte nicht mehr mit Frauen schlafen, um sich von seiner eigenen Unwiderstehlichkeit zu überzeugen. Eigentlich fand er es inzwischen sogar schöner, mit einer Frau zu reden, als sofort mit ihr ins Bett zu gehen.

Wahrscheinlich werde ich alt, dachte er, oder Mummie hat recht, und ich bin so einsam, daß ich nicht einmal mehr am Sex Spaß habe.

Ein Gefühl tiefer Mutlosigkeit überkam ihn, und auf einmal schien auch der Wind um ein weiteres Grad kälter zu werden. Die Gier nach einem Schnaps wurde beinahe übermächtig. Er wußte, daß er sich damit sofort besser fühlen würde. Er stellte sich das

Brennen in seiner Kehle vor, die Wärme in seinem Magen, die Leichtigkeit in seinem Kopf. Der fahlgraue Januartag würde Farbe bekommen, und die Luft würde etwas milder werden. Er zögerte eine Sekunde und schaute die Straße hinunter, und in dem Moment sah er *sie*, und er wußte wieder, weshalb er immer und immer wieder nach Guernsey kam, länger blieb, als es hätte sein müssen, spürte wieder die kindliche Hoffnung, die ihn zwang, stets von neuem einen Ort aufzusuchen, den er eigentlich haßte.

Er sah Maja und dachte, daß es, verdammt noch mal, nie aufhören würde. Er verzehrte sich nach ihr. Wie ein dummer, kleiner Schuljunge betete er sie an, und wider besserem Wissen existierte irgendwo in seinem Gehirn, in seinem Herzen oder in seiner Seele unauslöschbar die Vorstellung, alles – das Leben, der Alltag, die Zukunft – werde besser und schöner, wenn sie sich endlich ganz für ihn entschiede.

»Hallo, Alan«, sagte sie, als sie näher gekommen war.

»Hallo, Maja«, erwiderte er, und glücklicherweise gelang es ihm, seiner Stimme einen gelassenen Ton zu verleihen. In Wahrheit schlug sein Herz heftig, und mehr als zuvor sehnte er sich nach einem Schnaps, der ihm die Ausgeglichenheit zurückgegeben hätte.

»Ich dachte, du wärst längst abgereist«, sagte Maja, »wie schön, dich so unerwartet zu treffen.« Ihr Lächeln war sanft und liebevoll und glich dem einer Madonna, aber ihre Augen funkelten kokett und verführerisch und verrieten, wie sehr sie jede Geste und jeden Blick kalkulierte.

Alan überlegte, ob sie aus irgendeinem Grund unempfindlich gegen die Kälte war, oder ob sie erbärmlich fror, diesen Preis jedoch für ihr aufreizendes Aussehen zu bezahlen bereit war. Sie trug einen Rock, der so eng und kurz war, daß es kaum möglich sein dürfte, sich damit hinzusetzen. Ihr Pullover war mindestens eine Nummer zu klein gekauft, und die langen Beine steckten in schwarzen, schimmernden Strümpfen. Die Schuhe mit den hohen Absätzen ließen Maja noch größer und schlanker erscheinen, als sie tatsächlich war. Und sie war sehr schlank, womöglich noch schlanker als an Weihnachten, als er sie zuletzt gesehen hatte. Weshalb rührte ihn ihre Magerkeit so? Mühsam rief er sich ins Gedächtnis, daß es nichts an ihr gab, was einem anderen Menschen ein Gefühl der Rührung hätte abringen müssen. Maja war cool und schlau und setzte ihre Belange mit einiger Rücksichtslosigkeit durch. Wenn sie manchmal kindlich und zart aussah, dann deshalb, weil sie in bestimmten Momenten kindlich und zart aussehen *wollte.*

Sie hatte ihren Mantel über dem Arm hängen; etwas barsch fragte er: »Glaubst du nicht, daß du dich erkälten wirst? Du spazierst ja halb nackt durch die Gegend!«

Sie verzog spöttisch das Gesicht. »Vielleicht ist dein Kreislauf ein bißchen schwach. *Ich* friere jedenfalls nicht.«

Er bemerkte den bläulichen Schatten über ihren Lippen – die weich waren und voll und warm – und wußte, daß sie log. Ihr war kalt, aber der Mantel hätte zuviel von ihrem Körper verdeckt.

Schlag sie dir aus dem Kopf, dachte er gleichermaßen zornig und verzweifelt, du kannst mit ihr nicht glücklich werden. Kein Mann kann es. Eine Frau, die bei diesen Temperaturen ohne Mantel herumläuft, nur damit jeder ihre Brüste und ihre Beine sehen kann, *ist nichts wert!*

Er erschrak vor seinen Gedanken. Noch nie war er in der Beurteilung ihrer Person so gnadenlos gewesen, und er bereute die Härte, mit der er sie bedacht hatte. Er war ungerecht. Sie war jung und lebenslustig, sie machte eine Menge Dummheiten, aber alle jungen Leute machten das, die einen mehr, die anderen weniger, und Maja vielleicht etwas mehr... Aber er durfte sie deswegen nicht als wertlos bezeichnen, die Frau, nach der er sich so sehnte, die er so sehr begehrte...

»Mein Flug geht erst in zwei Stunden«, sagte er«, »willst du einen Kaffee mit mir trinken?«

Sie überlegte kurz. »Hast du dein Auto in der Nähe? Wir könnten an einen Strand fahren. Ich liebe das Meer an Tagen wie diesem.«

Er kramte seine Autoschlüssel hervor. »Okay. Fahren wir.«

Manchmal fragte sich Helene, weshalb sie unbedingt hatte in Guernsey bleiben müssen. An Tagen wie diesem fragte sie es sich mit besonderer Ratlosigkeit. Der bleigraue Himmel bedrückte sie, das Heulen des Windes, der Anblick der kahlen Baumzweige im Garten, die sich duckten unter der Wucht des Sturms. Aus irgendeinem Grund fühlte sie Heimweh an einem Tag wie diesem; Heimweh nach einem Land, das sie seit über einem halben Jahrhundert nicht mehr betreten hatte. An den warmen, stillen, blühenden Tagen tröstete Guernsey sie über den Verlust Deutschlands hinweg. An den dunklen und kalten Tagen aber war es, als breche eine alte, schlecht vernarbte Wunde auf. Dann dachte sie an Berlin, an das alte Haus, an die vertrauten Straßen, an Wege, die sie gegangen war, an Menschen, die sie gekannt hatte. Freundinnen aus der Schule, Männer, mit denen sie sich getroffen hatte, bevor Erich aufgetaucht war. Unschuldige Liebeleien, ein paar hingehauchte Küsse und romantische Spaziergänge im tief verschneiten Grunewald. Nichts hatte sich vertieft; erst mit Erich war sie eine ernsthafte Verbindung eingegangen. Aber heute, im nachhinein, erschien ihr manche dieser längst vergangenen Begegnungen wie eine verpaßte Gelegenheit, eine Chance auf ein anderes Leben, die sie hatte verstreichen lassen und die nun unwiderruflich dahin war. Albern natürlich, überhaupt daran zu denken, in ihrem Alter, da nun wirklich alles zu spät war. Beatrice würde sagen, sie solle nicht ihre Energie verschwenden, indem sie über Dinge grüble, die sie nicht ändern könne, oder die der Vergangenheit angehörten. Aber Beatrice war einfach anders: pragmatisch, nüchtern, auf eine fast radikale Weise darauf ausgerichtet, den Blick nach vorn zu halten. Beatrice ließ finstere oder trübe Gedanken nicht zu. Oder verbarg sie schlechte Stimmungen nur besser?

Helene verließ ihr Zimmer, in dem sie unruhig auf und ab gegangen war und ein wenig Ordnung zu schaffen versucht hatte, aber im wesentlichen hatte sie nur ein paar Dinge von einer Stelle zur anderen getragen, und es hatte sich nichts verändert.

Sie ging die Treppe hinunter, lauschte, ob sie irgendwo im Haus ein Geräusch vernahm, das auf die Anwesenheit eines anderen Menschen hindeutete. Aber alles blieb still. Beatrice war vermutlich zum Einkaufen gefahren, das tat sie oft um diese Zeit. Helene ging ins Wohnzimmer. Der Raum wurde den ganzen Tag über geheizt und war gemütlich warm, aber Helene überlegte, ob sie dennoch zusätzlich den Kamin anzünden sollte, da sie den Anblick der

Flammen und das Knistern der Scheite immer als so beruhigend empfand.

Erich hatte diesen Kamin bei jeder Gelegenheit beheizt. An nebligen Wintertagen wie an kühlen Sommerabenden. Sie mußte plötzlich an den ersten Herbst auf Guernsey denken, an die Wochen nach ihrer Rückkehr aus dem Krankenhaus. Sie war sehr elend gewesen, schwach und angegriffen, und der Oktober und November hatten kein warmes Altweibersommerwetter gebracht, sondern eine für die Region ungewöhnliche Kälte und überdies Regentage ohne Ende. Lange Zeit war es ihr nicht gelungen, sich zu erholen; wegen der schlechten Witterung, aber vielleicht auch deshalb, weil ihre Seele den Körper im Gesundwerden nicht unterstützen konnte. Sie war deprimiert, hatte Heimweh und fand sich in sich selbst nicht zurecht.

Das einzig Schöne an dieser Zeit war, daß sich Erich mit sehr viel mehr Fürsorge als sonst um sie bemühte. Er machte ihr zwar Vorhaltungen wegen ihrer Tat, aber er vermied es dabei, in einen wirklich scharfen Ton zu verfallen, und sie registrierte, daß sie ihn diesmal wirklich schockiert hatte. Er wurde nervös, wenn er sie im Haus nicht sofort fand oder wenn sie auf sein Rufen nicht antwortete; manchmal war sie so tief in Gedanken versunken, daß sie ihn nicht hörte, obwohl sie keineswegs schlief, sondern aus dem Fenster starrte oder vor dem Kamin Wärme zu finden suchte. Erich schimpfte entsetzlich auf Will, so als habe dieser alles zu verantworten, aber Helene erklärte, Will trage nicht die geringste Schuld, und sie wolle nicht, daß er die Familie verließ. Es war einer der wenigen Momente ihres Lebens, da sie Erich entgegentrat und einen Wunsch äußerte, und es kam zu dem ebenso seltenen Fall, daß Erich ihren Wunsch respektierte. Seine Depressionen machten ihm zu schaffen, er schluckte Unmengen von Tabletten und war heftigen Stimmungsschwankungen ausgesetzt. Helene brauchte eine ganze Weile, um herauszufinden, daß er sich zunehmend zu Beatrice flüchtete, wenn es ihm schlechtging.

Bis heute erinnerte sie sich an den heißen Schrecken, der sie durchfuhr, als sie erkannte, daß sich eine eigenartige Gemeinschaft zwischen ihrem Mann und dem zwölfjährigen Mädchen anbahnte. Es schien keinerlei sexuelle Annäherung zwischen den beiden zu geben, und Helene hielt es auch für unwahrscheinlich, daß es dazu kommen könnte; sie kannte Erichs Moralvorstellungen und wußte, daß er Beatrice nicht anrühren würde. Er hatte es auf etwas anderes abgesehen: Er wollte sie zu seiner Vertrauten machen, zu seiner Komplizin, wollte ihr Verständnis und ihre Zuneigung gewinnen.

Die Eifersucht traf Helene mit der Gewalt eines Faustschlags, aber ihre Gedanken kreisten dabei nicht um Erich, sondern um Beatrice. Erichs Launen und Unberechenbarkeit erschöpften sie immer mehr, und es war ihr nur recht, wenn er sich einen anderen Menschen suchte, bei dem er sich ausweinen und austoben konnte. Aber Beatrice sollte es nicht sein. Beatrice gönnte sie ihm nicht. Beatrice gehörte ihr, und er sollte aufhören, sie in Besitz nehmen zu wollen.

Sie hatte den Tag noch immer lebhaft in Erinnerung, an dem sie zufällig ein Gespräch zwischen den beiden mit angehört hatte. Es war ein Januartag gewesen, im Jahr 1941, ein Tag wie der heutige, mit kaltem Wind und jagenden Wolken. Helene hatte lange geschlafen und war am späteren Vormittag die Treppe hinuntergekommen; sie trug einen Bademantel und fror wie stets seit jenem Tag im September, und sie war dabei, sich resigniert damit abzufinden, daß sie wohl frieren würde, solange sie lebte. Sie sehnte sich nach einer Tasse heißem, starkem Kaffee, aber als sie die Tür zum Eßzimmer öffnen wollte, hielt sie inne, denn sie vernahm Erichs Stimme dahinter. Helene war verwundert, denn sie hatte geglaubt, er sei längst fort.

»Es ist die Kälte«, sagte er gerade, womit er ironischerweise eine Empfindung ansprach, die auch Helene ständig beschäftigte. »Es ist die fürchterliche Kälte in mir. Und die Leere. Es wird nie enden.«

»Ich weiß nicht mehr, was ich dazu sagen soll, Sir. Wir haben schon so oft darüber gesprochen.« Das war Beatrice. Sie sprach deutsch, mit starkem Akzent noch, aber weitgehend fehlerfrei.

Wie schnell sie lernt, dachte Helene bewundernd, was für ein intelligentes Ding sie doch ist.

Das Gefühl der Bewunderung überschwemmte sie mit einer Wärme, wie sie selten und kostbar für sie geworden war, aber zugleich zog sich ihr Magen plötzlich zusammen, in einem kurzen, bösartigen Schmerz. Sie hatten *schon so oft* darüber gesprochen. Er vertraute sich ihr also an. Vertraute ihr die Dämonen in seinem Innern an, die Feinde in seinem Kopf, die quälenden Gedanken, die ihn so häufig heimsuchten. Und *sie* ließ es geschehen, öffnete sich ihm, schenkte ihm Zeit und Verständnis und sprach mit sanfter Stimme zu ihm.

»Es ist ja nicht so, daß ich kein Ziel hätte«, sagte Erich, »natürlich habe ich ein Ziel. Wir Deutschen haben es alle. Wir führen einen großen Kampf um eine neue Weltordnung, und dieser Kampf ist die Aufgabe, der ich diene. Damit hat mein Leben einen Sinn. Es ist ein großartiger Sinn, findest du nicht? Ein großartiger und wichtiger Sinn.«

Beatrice erwiderte darauf nichts – wie sollte sie auch, dachte Helene, als Bürgerin eines besetzten Landes –, aber sie sah ihn vermutlich aus ihren schönen Augen sehr aufmerksam an.

Verzweifelt fragte Erich: »Warum kann ich den Sinn nicht *fühlen*? Ich kenne ihn, mein Kopf und mein Verstand kennen ihn, aber ich kann ihn nicht spüren! Ich fühle Sinnlosigkeit. Das ist absurd. Absurd und widersinnig angesichts der großen Aufgabe, die mich ganz und gar ausfüllt. Ich verstehe nicht, wie das sein kann. Wenn ich es verstehen könnte, dann wäre es vielleicht einfacher.«

Helene entfernte sich mit weichen Knien von der Tür, setzte sich auf die unterste Treppenstufe. Sie konnte nicht genau ausmachen, was Beatrice erwiderte; irgend etwas sagte sie, etwas Ausweichendes, denn sicher gab sie nicht die Antwort, die sich aus der Situation heraus von selbst eröffnete, die aber vielleicht von einem zwölfjährigen Kind nicht erfaßt werden konnte: daß die große Aufgabe, die Erich beschwor, zweifelhaft genug war, daß sie ihn mehr belastete, als er wahrhaben wollte, nicht unbedingt in einem moralischen Sinn, aber in der Hinsicht, daß man ihres positiven Ausgangs nicht unbedingt gewiß sein konnte.

Er hat Angst, dachte Helene auf einmal mit einer Klarheit, von der sie wußte, es war die Klarheit des richtigen Instinkts, er hat panische Angst vor dem Ende, und er flüchtet in die Depression, um die Angst nicht sehen zu müssen.

Die Tür ging auf, und Erich kam heraus, er war blaß, und seine

Augen waren rot gerändert von Müdigkeit. Helene wußte, daß er kaum schlief in den Nächten.

»Ach, Helene«, sagte er, nicht wirklich verwundert, sie dort vorzufinden, »was tust du hier? Du wirst dich erkälten.«

»Ich wollte frühstücken. Aber mir wurde schwindlig, und ich mußte mich setzen.«

»Nimmst du die Eisenpräparate, die Dr. Mallory dir verschrieben hat?« Er beugte sich zu ihr herunter, hauchte ihr einen Kuß auf die Stirn. »Ich muß gehen. Beatrice ist da. Sie wird dir Gesellschaft leisten beim Frühstück.«

Er hielt die Schultern gestrafft, den Kopf hoch erhoben, als er den Flur durchquerte und hinaus ins Freie trat. Es mochte ihn mehr Mühe kosten, als es den Anschein hatte. Helene wußte, was sein steifer Nacken, sein durchgedrückter Rücken bedeuteten: Er brauchte alle Willenskraft, den stattlichen Offizier herauszukehren und niemanden merken zu lassen, daß es ihm wirklich dreckig ging.

Die Tür fiel hinter ihm ins Schloß, gleichzeitig kam Beatrice aus dem Eßzimmer. Sie sah hübsch aus an diesem Morgen. Der Ausdruck ihres Gesichts zeigte eine Reife, die nicht ihrem Alter entsprach.

»Warum«, fragte Helene scharf, »bist du nicht in der Schule?«

»Wir fangen heute später an. Der Deutschunterricht fällt aus.«

Deutsch war als Pflichtfach an allen Schulen der Inseln eingeführt worden, aber es gab zu wenige Lehrer, und die Stunden fanden nur sporadisch statt.

»Aha. Warum fällt er aus?«

»Die Lehrerin ist krank. Grippe. Und Ersatz ist nicht da.«

Helene erhob sich mühsam; sie mußte sich am Treppengeländer festhalten.

»Und anstatt einmal, nur *einmal*, nach mir zu sehen, plauderst du fröhlich und stundenlang mit Erich«, stieß sie hervor.

Beatrice sah sie überrascht an. »Wir haben eine Viertelstunde geredet. Nicht länger.«

»Mit *mir* hast du heute überhaupt noch nicht geredet. Nicht einmal eine Viertelstunde!«

»Sie haben noch geschlafen.«

»Wer sagt das?« Helenes Stimme wurde lauter und nahm einen schrillen Ton an. »Wer sagt dir, daß ich geschlafen habe? Daß ich nicht wach gelegen und gehofft habe, irgend jemand kommt und sieht nach mir!«

»Das konnte ich nicht wissen«, antwortete Beatrice höflich und zugleich der ganzen Angelegenheit überdrüssig. »Tut mir leid.«

»Oh – es tut dir kein bißchen leid!« schrie Helene. »Ich spiele keine Rolle in deinem Leben! Ich frage mich nur, warum du mich damals nicht hast sterben lassen. Es wäre besser für uns alle gewesen!«

Beatrice erwiderte nichts, und Helene drehte sich um und stürzte die Treppe hinauf.

»Ich kann es wieder tun! Ich werde es wieder tun!« Sie verschwand im Bad, schlug die Tür zu und schob den Riegel vor. Schwer atmend sank sie auf den Rand der Badewanne und wischte sich den Schweiß vom Gesicht. Es war eine kühle Feuchtigkeit, ein kalter Film, der sich bei jeder heftigen Bewegung weiter ausbreitete.

Es erfüllte sie mit Genugtuung, Beatrice die Treppe heraufjagen zu hören. Sie rüttelte an der verschlossenen Tür. »Helene, machen Sie auf! Bitte! Kommen Sie raus!«

Helene gab keine Antwort. Sie ließ Beatrice eine ganze Weile bitten und drohen und rührte sich nicht. Schließlich verschwand Beatrice und kehrte mit Pierre zurück, der die Tür eintrat. Das Holz splitterte, und der Riegel löste sich aus der Halterung, flog gegen das Waschbecken und ließ ein Stück Emaille abspringen. Pierre, Beatrice und ein deutscher Wachmann stürmten mit angstgeweiteten Augen in den Raum. Helene saß noch immer auf dem Badewannenrand und starrte den dreien entgegen.

»Alles in Ordnung, Madame?« fragte Pierre in gebrochenem Deutsch, nachdem er sich hastig nach Blutspritzern umgesehen hatte oder nach irgend etwas anderem, was auf einen Selbstmordversuch hindeutete.

»Machen Sie das nie wieder«, sagte Beatrice, die eine Minute gebraucht hatte, ihre Fassung wiederzufinden, »es ist nicht fair. Tun Sie es nie mehr.«

Natürlich hatte sie es wieder getan. Auftritte dieser Art waren irgendwann zur Regel geworden. Je deutlicher sie gemerkt hatte, daß die Wirkung nachließ – irgendwann trat Pierre nicht mehr die Tür ein, und irgendwann war Beatrice nicht mehr gespenstisch bleich nach einem solchen Vorkommnis –, desto wilder hatte sie sich aufgeführt. Als sie kaum noch eine Reaktion bei den anderen hervorrief, war sie in eine neue Strategie geflüchtet. Sie hatte Krankheiten produziert, Fieberschübe, Migräneanfälle. Einmal war sie so stark abgemagert, daß alle fürchteten, man werde sie in ein Krankenhaus bringen müssen.

Über all dem, dachte sie nun, habe ich Beatrices Liebe verloren. Wenn ich sie überhaupt je besessen habe. Ich war ihr immer nur lästig – und bin es bis heute.

Sie ging ans Fenster, schaute hinaus. Der Wind wurde immer stärker, bis zum Abend würden sie Sturm haben. Eine Tür klapperte im Haus, und Helene drehte sich hoffnungsvoll um.

»Hallo?« rief sie fragend.

Es kam keine Antwort.

Sie parkten an der Petit Bôt Bay, gleich vor dem alten, steinernen Mühlengebäude, in dem sich im Sommer ein kleines Bistro befand. Im Garten standen verlassene Holzbänke und Tische, und nur ein paar Möwen spazierten auf dem Kies herum und pickten zwischen den Steinen. Über den leeren Strand hin konnte man das Meer sehen; grau und dunkel donnerte es heute an die Küste. Die Stufen des Fußwegs, der vom Klippenpfad hinunterführte, glänzten naß von der Feuchtigkeit, die in der Luft hing. Die kahlen Gerippe der Bäume bogen sich gefährlich tief und schwankten willenlos hin und her. Die Möwen stießen hohe Schreie aus, ließen sich vom Sturm pfeilschnell und wie auf einer Achterbahn durch die Luft tragen.

Der Flug nach London wird ungemütlich, dachte Alan.

Er hatte versucht, die Autotür zu öffnen, aber der Wind hatte so sehr dagegengetobt, daß er sie fast nicht aufstemmen konnte.

»Ich glaube, auf einen Spaziergang sollten wir wirklich verzichten«, meinte er genervt.

Maja lachte. »Vom Klippenrand werden wir jedenfalls wahrscheinlich nach ein paar Metern hinuntergepustet. Laß uns gemütlich im Auto sitzen und eine Zigarette rauchen.«

Sie kramte eine Schachtel aus der Tasche und hielt sie ihm hin, aber er winkte ab. Er nahm ihr das billige Plastikfeuerzeug mit dem Aufdruck *Rainbow Colours* aus der Hand und gab ihr Feuer; dabei kam ihm die Erinnerung, daß *Rainbow Colours* der Name einer Diskothek etwas außerhalb von St. Peter Port war, die wegen des ausschweifenden Treibens, das dort stattfand, einen schlechten Ruf hatte. Wann war sie zum letztenmal dort gewesen? fragte er sich. Letzte Woche? Vorgestern? In der vergangenen Nacht?

Er wußte, daß sie hinreißend aussah, wenn sie tanzte. Ihr Körper konnte biegsam und grazil sein wie der einer Artistin. Sie hatte ein unglaubliches Gefühl für Rhythmus und Bewegung. Und einen Sex-Appeal, der Männer umwarf. Sie war eine Sensation, wenn sie nur durch einen Supermarkt ging; in einer Diskothek ließ sie alle übrigen anwesenden Frauen zum Nichts verblassen. Mit wie vielen Männern hatte sie in der letzten Zeit getanzt? Mit wie vielen war sie anschließend ins Bett gegangen?

Daß Gedanken wie diese immer noch so weh taten! Er schämte sich für die Heftigkeit seines Schmerzes, für dieses pubertäre Gefühl hoffnungslosen Verliebtseins, ohne mit dem Verstand gegensteuern zu können. Sie spielte mit ihm, sie führte ihn an der Nase herum. Welchen Zweck sie damit verfolgte – wenn sie überhaupt einen im Sinn hatte –, wußte er nicht.

Der Sturm ließ den Wagen schwanken. Maja lachte. »Das Auto bewegt sich, als ob wir hier drin Liebe machen würden«, sagte sie belustigt. »Auf die Entfernung würde das jeder glauben.«

Alan sah sie nicht an. »Würdest du jetzt gern Liebe machen?« fragte er.

Sie nahm einen tiefen Zug von ihrer Zigarette. »Würdest du es gern?«

»Ich habe dich gefragt.«

»Es war immer sehr schön mit dir.« Das klang aufrichtig, aber er wußte, daß man bei ihr nie sicher sein konnte. »*Du* warst es ja, der plötzlich nicht mehr wollte!«

»Das ist so nicht richtig«, korrigierte er sie, »ich wollte es nur nicht mehr unter den gegebenen Umständen.«

»Ach, richtig! Ich sollte ja erst der Lebensfreude abschwören und ein ernsthafter Mensch werden, oder irgend so etwas Ähnliches!«

»Ich wollte, daß wir heiraten.«

»Das ist das gleiche.«

»Ich denke wirklich nicht, daß Heiraten und das Ende der Lebensfreude das gleiche sind. Anders ist es natürlich, wenn man Lebensfreude ausschließlich über die Anzahl wechselnder Bettgenossen definiert, mit denen man die Nächte verbringt. Diese Angewohnheit sollte man aufgeben, wenn man heiratet.«

In einer Geste der Provokation blies sie ihm den Rauch ihrer Zigarette ins Gesicht. »Mein Gott! Merkst du nicht, daß du gerade wieder deinen Oberlehrerton anschlägst?«

Er kurbelte sein Fenster herab, wedelte demonstrativ den Rauch hinaus. Der Sturm schoß in den Wagen und brachte einen kalten Schauer mit.

»Dauerhaft wirst du nicht jeden Menschen als Oberlehrer abtun können, der dich darauf hinweist, daß manches mit deiner Lebensweise nicht stimmt, Maja. Abgesehen von deinen Männergeschichten – findest du nicht, daß du wirklich allmählich über deine berufliche Zukunft nachdenken solltest? Du kannst doch nicht ewig nur in Bars und Kneipen herumhängen, dich von deiner Großmutter aushalten lassen und völlig ohne Ordnung in den Tag hinein leben. Irgendwann mußt doch auch du einmal etwas Sinnvolles tun!«

Sie blies ihm erneut den Rauch ins Gesicht. »Was du nicht sagst! Du hast heute einen ziemlich schlechten Tag, kann das sein? Du nörgelst ohne Ende und bist so langweilig, daß mir schon die Füße einschlafen. Wollen wir nicht doch Liebe machen?«

Sie würde nicht mit mir spielen, wenn ihr *gar* nichts an mir läge, dachte er, bemüht, ihr Verhalten vor sich selbst zu beschönigen. Man spielt nur mit einem Menschen, der *irgendeine* Bedeutung hat.

»Ich will mit dir reden. Es geht um mehr als um eine schnelle Nummer im Auto. Für mich zumindest geht es um mehr.«

Ungeduldig schlug sie ihre schlanken Beine übereinander. »Ich habe dir ja gesagt, ich komme mit nach London. Sofort. Du mußt nur ...«

»Ich muß dir nur eine Wohnung und ein Auto finanzieren, für deinen Lebensunterhalt aufkommen und dich mit teuren Klamotten überschütten. Darauf lasse ich mich nicht ein.« Einen Rest von Würde, dachte er, muß ich mir bewahren. Einen Rest von Selbstachtung.

»Du hast genug Geld. Und wenn dir wirklich etwas an mir läge...«

»Mir liegt genug an dir, um dich heiraten zu wollen. Das sollte dir als Beweis für meine Gefühle ausreichen.«

Noch einmal blies sie ihm den Rauch ins Gesicht, und er sagte warnend: »Hör auf damit!«

»Womit?«

»Hör auf, mich zu provozieren. Hör auf, dich wie eine dumme Gans zu benehmen. Werde endlich erwachsen!«

Gelangweilt erwiderte sie: »Ich tue, was ich will, das weißt du doch. Was willst du machen?«

»Ich könnte mich endgültig aus deinem Leben zurückziehen«, sagte er trotzig und fand gleichzeitig, daß er sich wie ein kleiner Junge aufführte, der mit dem Fuß aufstampft und leere Drohungen ausstößt.

Sie lachte hell und amüsiert auf, warf ihre Zigarettenkippe auf den Boden des Autos und trat sie mit dem Schuh aus. Sie demonstrierte Rücksichtslosigkeit mit jedem Blick und jeder Geste.

»Gott, du bist so süß, Alan. Wirklich! Du willst dich aus meinem Leben zurückziehen? Das schaffst du doch gar nicht!«

Sie hatte recht, und er hätte sich verfluchen mögen für seine Schwäche. Er schaffte es einfach nicht. Ganz gleich, wie schlecht und nachlässig und abwertend sie ihn behandelte, mit welcher Erbarmungslosigkeit sie ihn lockte und wieder von sich stieß, mit welcher Kaltschnäuzigkeit sie ihre Forderungen an ihn richtete und offensichtlich die Überzeugung hegte, daß sein Widerstand irgendwann zusammenbräche und er ihnen nachkäme. Er wußte, daß sie unbedingt nach London wollte und daß sie eine Möglichkeit finden würde. Über kurz oder lang würde sie einen reichen Kerl auftun, der sie aushielt und dem ihre Eskapaden nichts ausmachten. Sie war schön und furchtlos und von einer faszinierenden Lebensgier.

Ich liebe sie, dachte er resigniert, ich werde sie immer lieben.

»Ich muß zum Flughafen«, sagte er, »aber ich bringe dich vorher nach St. Peter Port zurück.«

»Tu das«, erwiderte sie träge, und ihre Augen verschleierten sich in plötzlicher Schläfrigkeit. »Ich werde nach Hause gehen und mich ins Bett legen. Heute ist ein Tag, um zu schlafen.«

»Andere Leute arbeiten tagsüber«, sagte Alan, obwohl er wußte, daß Maja ihn nun wieder als Oberlehrer bezeichnen würde und daß sie ihn unattraktiv fand, wenn er Ermahnungen aussprach.

»Andere Leute«, sagte Maja, »schlafen dafür nachts.«

»Aha. Und du hast in der letzten Nacht *nicht* geschlafen?«

Die Schleier über ihren Augen verdichteten sich, und ein angedeutetes Lächeln erschien auf ihrem Gesicht. »Nein. Geschlafen habe ich nicht.«

Ihr Blick verriet alles. Alan versuchte gelassen zu klingen, obwohl die Eifersucht ihm von einer Sekunde zur anderen die Luft abschnürte und wie ein Gift seinen Körper und seine Seele durchzog. »Dann hattest du wohl Gesellschaft.«

Ihr Lächeln vertiefte sich. Sie reckte sich ein wenig, glich einer Katze, die behaglich in der Sonne ruht. »Die hatte ich. Weißt du, das Leben ...« Sie neigte den Kopf zur Seite, schloß für einen Moment die Augen, »das Leben ist unheimlich schön und spannend.«

Mit einer heftigen Bewegung drehte er den Zündschlüssel um und ließ den Motor an. »Wie gut, daß du so empfindest, Maja. Ich freue mich für dich.«

Sie lachte wieder, und dann neigte sie sich plötzlich vor, brachte ihr Gesicht dicht an die Windschutzscheibe.

»Ist das nicht Kevin da draußen?« fragte sie überrascht.

Tatsächlich tauchte Kevin gerade zwischen den hohen Mauern auf, die den Strand zum Festland hin abschirmten. Der Sturm schien ihn fast davonzublasen, und die Feuchtigkeit in der Luft hatte ihn bereits völlig durchweicht. Dieser Anblick war deshalb so erstaunlich, weil es Kevin nicht im mindesten ähnlich sah, in Sturm und Regen auch nur einen Fuß vor die Tür zu setzen. Er haßte es, nass zu werden, ungepflegt und durchweicht auszusehen.

»Eigenartig«, meinte Maja, »was macht er denn hier? Ich kann mir nicht vorstellen, daß es ihn heute zu einem Strandspaziergang getrieben hat.«

»Was er da tut, ist nicht ganz ungefährlich«, sagte Alan, »es schlagen ziemlich hohe Brecher in die Bucht.«

»Vielleicht hat er sich mit einem Lover getroffen und es mit ihm in irgendeiner Felshöhle getrieben«, mutmaßte Maja. Sie öffnete die Tür an ihrer Seite, stemmte sie mühsam auf und schrie: »Kevin! He, Kevin, wo kommst du denn her?«

Der Wind riß ihr die Worte vom Mund und teilte sie in unhörbare Fetzen. Aber Kevin war gerade vor der Mühle angelangt, hob den Blick und sah das Auto. Er zuckte zusammen, starrte den Wagen so erschrocken an, als habe er eine Erscheinung. Dann kam er vorsichtig näher.

Maja fuchtelte wild mit den Armen. »Kevin!«

Er hatte das Auto erreicht und erkannte nun, wer darin saß. Der Ausdruck des Erschreckens auf seinem Gesicht legte sich.

»Maja! Alan!« Er war kaum zu hören im Tosen des Sturms. »Warum steht ihr hier herum?«

»Steig ein!« brüllte Maja. »Du holst dir ja eine Lungenentzündung!«

Kevin öffnete die hintere Wagentür und sank auf den Rücksitz. Sein Atem ging schwer und keuchend.

»Lieber Himmel«, stieß er hervor, »was für ein Scheißwetter!«

»Was haben Sie denn am Strand gemacht?« fragte Alan und steuerte das Auto vorsichtig die enge, gewundene Straße hinauf. Kevin strich sich die nassen Haare aus der Stirn. »Ich mußte raus. Mir fiel die Decke auf den Kopf. Da dachte ich, ich laufe einfach ein bißchen am Meer entlang.«

»Also Kevin, entweder bist du krank, oder es stimmt sonst etwas nicht mit dir«, sagte Maja. »Bei dir darf doch eigentlich keine Wolke am Himmel sein, damit du dich aus deinen vier Wänden wagst.«

»Wie du siehst, hast du einen völlig falschen Eindruck von mir, liebe Maja«, sagte Kevin, und er klang ungewöhnlich bissig. »Ich bin nicht die verweichlichte Tunte, die du offenbar in mir siehst.«

Oho, dachte Alan, dem ist aber heute eine Laus über die Leber gelaufen!

Er musterte Kevins Gesicht im Rückspiegel. Kevin sah blaß, angespannt und sehr erschöpft aus. Von dem heiteren Charme, der sonst charakteristisch für ihn war, war nichts zu bemerken. Seine Lippen preßten sich zu einer schmalen Linie zusammen.

»Du bist wohl mit dem falschen Fuß aufgestanden«, sagte Maja und lachte. »Wie bist du überhaupt herhergekommen? Wo steht dein Auto?«

»Ich bin mit dem Bus gefahren.«

»Mit dem Bus? Aber wieso ...?«

»Maja, kannst du vielleicht aufhören, mich derart auszufragen? Ich meine, willst du auch noch wissen, ob ich heute morgen auf der Toilette war, und wenn ja, warum, und wenn nein, warum nicht?«

»Guter Gott!« meinte Maja. »Ich bin ja schon still! Du hast wirklich eine Scheißlaune, Kevin!«

»Ich würde Sie gern nach Hause bringen, Kevin«, sagte Alan, »aber ich muß erst Maja nach St. Peter Port fahren, und bis Torteval schaffe ich es nicht, ehe mein Flugzeug geht.«

»Kein Problem. Ich habe sowieso in St. Peter Port noch ein paar Dinge zu erledigen. Ich steige mit Maja aus.«

Schweigend fuhren sie in die Stadt zurück und hielten vor dem dreistöckigen Haus in der Hauteville Road, in dem Maja wohnte. Kevin verließ das Auto sofort, murmelte nur noch einen knappen Gruß.

Maja sah ihm kopfschüttelnd nach. »Das ist aber mysteriös. Hast du Kevin schon einmal so erlebt?«

»Nein. Aber ehrlich gesagt, ist Kevin mir ziemlich egal.« Er sah Maja an. »Ich muß los. Ich wünsche dir eine gute Zeit.«

»Wann sieht man dich wieder einmal auf Guernsey?«

»Ich weiß noch nicht.« Seine Finger klopften nervös auf das Lenkrad. »Wahrscheinlich werde ich für längere Zeit in London bleiben.«

Maja neigte sich zu ihm hinüber, hauchte ihm einen Kuß auf die Wange. »Ich werde dich anrufen. Ich könnte dich ja mal in London besuchen.«

»Wir werden sehen«, sagte er förmlich, aber er konnte spüren, daß ihm Maja das nicht abnahm. Sie lachte und hüpfte leichtfüßig aus dem Auto, und ihr Lachen klang ihm noch im Ohr, als er durch das immer stärker werdende Unwetter zum Flughafen fuhr; er hörte es sogar noch, als er schon im Flugzeug saß und die Insel unter ihm immer kleiner wurde, nur noch ein winziger Flecken war im Meer, unbedeutend und doch von so tiefer Bedeutung für ihn.

12

Franca fragte Michael am Abend, ob er ein Verhältnis mit einer anderen Frau habe, und er gab es ohne Umschweife zu. Seine Direktheit erschütterte sie fast mehr als die Erkenntnis, daß sie mit ihrer Vermutung tatsächlich recht gehabt hatte.

»Was heißt das – ja?« fragte sie entsetzt auf seine knappe und klare Reaktion hin.

»Ja heißt ja«, sagte er ungeduldig, und weniger schuldbewußt als neugierig setzte er hinzu: »Wie hast du es herausgefunden?«

»Ich habe es gar nicht herausgefunden. Ich habe es einfach vermutet.«

»Aha – eine Fangfrage, und sie hat funktioniert!« Er schien ein wenig ärgerlich, daß er ihr so bereitwillig auf den Leim gegangen war. »Ganz schön raffiniert, das muß ich zugeben.«

Franca wartete ein paar Augenblicke, hoffte, daß er etwas zu seiner Rechtfertigung hervorbringen würde. Aber er sagte nichts. Er saß ihr gegenüber am Eßtisch, spielte mit seinem Rotweinglas herum und betrachtete Franca mit kühler Distanz im Blick.

»Wer ist sie?« fragte Franca schließlich, betäubt und mechanisch.

»Du kennst sie nicht.«

»Aber sie wird doch einen Namen haben. Ein Alter. Einen Beruf. Irgendwelche Lebensumstände!«

»Welche Rolle spielt das?« Er schenkte sich Rotwein nach. Die teure Uhr an seinem Handgelenk blitzte. Er hatte schöne Hände, kräftig und dennoch schlank.

»Welche Rolle spielt es für *dich*?«

»Ich wüßte gern, wer die Frau ist, an die ich meinen Mann verliere.«

»An die du deinen Mann verlierst! Du bist wieder einmal höchst theatralisch, weißt du das? Woher willst du wissen, daß du mich an sie verlierst?«

»Das habe ich doch schon.«

»Unsinn. So weit ist es noch gar nicht.«

»Also ist sie nur eine Affäre?«

»Das weiß ich nicht. Das werde ich sehen. Muß ich dir das jetzt haarklein definieren?«

Perplex gab Franca zurück: »Muß ich warten, bis du es definieren kannst?«

»Was willst du hören?«

»Wie lange geht das schon?«

»Ein knappes Jahr.«

»Und wo hast du sie kennengelernt?«

»In einer Bar. Es war spät geworden im Labor, ich wollte noch irgendwo etwas trinken, und... na ja, da war sie!«

»Ist sie jünger als ich?« Wie verrückt, dachte Franca, diese Frage mit vierunddreißig Jahren zu stellen! Normalerweise sind Frauen über fünfzig, wenn sie anfangen, junge Rivalinnen zu fürchten.

Aber vermutlich gab es da keine Regel. Man konnte immer betrogen werden, und die andere konnte immer jünger sein. Oder älter. Das macht im Grunde auch keinen Unterschied.

»Sie ist ein bißchen jünger als du«, sagte Michael, »aber unwesentlich. Anderthalb Jahre, glaube ich.«

Wenn es keine Zwanzigjährige war, was hatte sie dann an sich? Worin bestand ihre Faszination, was machte sie für Michael so attraktiv? Obwohl Franca sich die Antwort denken konnte, stellte sie die Frage und bekam zu hören, was sie bereits geahnt hatte.

»Himmel, Franca, sie ist in allem das Gegenteil von dir! Sie ist ungeheuer selbstbewußt, sehr stark, sehr sicher. Sie strahlt einen umwerfenden Optimismus aus. Sie ist voller Lebensfreude und Energie. Es ist ein Abenteuer, mit ihr zusammenzusein. Sie steckt voller Überraschungen und spontaner Einfälle.«

Er sprudelte das alles hervor, und jedes Wort traf Franca wie eine Ohrfeige. Es ging nicht einfach darum, daß er die andere in den Himmel hob. Es ging darum, daß er sie, Franca, vernichtete. Daß er sie degradierte zu einer Frau ohne Profil, ohne Ausstrahlung, ohne irgendeine Eigenschaft, die sie für einen Mann interessant gemacht hätte. In seinen Augen war sie ein erbärmliches Nichts, und es war so wie immer: Im Handumdrehen hatte er Franca seine eigene Anschauung übergestülpt, ohne daß sie sich dagegen zu wehren vermocht hätte.

Er sah sie als Nichts, und sie empfand sich als Nichts.

Sie schluckte trocken und dachte einmal mehr: Dies ist der Tiefpunkt. Der schwärzeste Moment. Schlimmer wird es nicht werden. Aber es wird auch nie wieder besser werden.

Sie las die Verachtung in seinen Augen. Instinktiv wußte sie, er verachtete ihre Unfähigkeit, sich zu wehren, aufzubegehren. Sie hätte ihm den Rotwein ins Gesicht kippen, einen Aschenbecher nach ihm werfen oder mit den schlimmsten Vergeltungsmaßnahmen drohen müssen. Sie hätte nicht in sich zusammensinken und zu einem grauen Häufchen Elend werden dürfen. Michael haßte Schwäche, und sie war die personifizierte Schwäche für ihn.

Sie stand auf, weil sie es auf ihrem Stuhl nicht mehr aushielt, und ging zum Fenster, hinter dem rabenschwarze Finsternis alles verschluckte, was es sonst zu sehen gab.

»Wie soll es denn nun weitergehen?« fragte sie schließlich.

Michael hatte sich darüber offenbar keinerlei Gedanken gemacht. »Was heißt, wie soll es weitergehen? Es geht weiter wie immer. Herrgott, Franca, wir leben seit Jahren irgendwie nebeneinander her. Es hat sich eingependelt, oder nicht? Es muß sich nichts daran ändern.«

»Nur, daß du mir von jetzt an nicht mehr sagst, daß du abends später kommst, weil du soviel zu tun hast. In Zukunft sagst du mir direkt, daß du zu ihr gehst, oder?«

»Wenn du das geschmackvoll findest...«

Sie drehte sich zu ihm um. Die Empörung ballte sich wie eine Faust in ihr, und mit einer Schärfe, wie sie seit langer Zeit nicht mehr in ihrer Stimme gelegen hatte, gab sie zurück: »Aber was du tust, das findest du geschmackvoll, ja?«

Er zuckte ein klein wenig zusammen; offenbar hatte ihr Ton auch ihn überrascht. »Vielleicht ist es nicht geschmackvoll«, sagte er nach ein paar Sekunden, »aber ich habe auch nur das eine Leben.«

»Und dich auf mich zu beschränken hieße, es zu vergeuden?«

Er stand jetzt auch auf; sie sah ihm an, daß ihm das Gespräch auf die Nerven ging, daß er es aber führen würde, um den Fall dann abhaken zu können.

»Wenn du es unbedingt Vergeudung nennen willst… Franca, sieh dich doch an! Du bestehst aus Selbstzweifeln, Unsicherheit und Angst, wann immer du zufällig einmal einen Schritt nach vorn machst! Du schluckst Beruhigungsmittel ohne Ende, und dennoch wird es schlimmer statt besser. Ich kann mit dir zusammen nichts planen, weder einen Urlaub noch einen Restaurantbesuch. Ich kann Geschäftspartner nicht mit nach Hause bringen, weil du in eine Panikattacke verfällst, wenn mehr als ein Mensch hier auftaucht. Ich kann dich nirgendwohin mitnehmen, weil du von sieben Tagen der Woche an sechsen behauptest, das Haus nicht verlassen zu können. Glaubst du ernsthaft, das ist das Leben, wie ich es mir vorgestellt habe?«

Francas Handflächen begannen zu kribbeln. Überall in ihr lag die Panik auf der Lauer. Was sollte sie entgegnen? Er hatte recht. Mit jedem einzelnen Wort, das er sagte, hatte er recht.

»Es tut mir leid«, flüsterte sie, und dachte gleichzeitig, daß sie vermutlich die einzige Ehefrau auf der Welt war, die *sich* entschuldigte, nachdem ihr Mann seine Untreue gestanden hatte. »Ich… ich weiß, daß ich eine Entäuschung bin für dich.«

Sein Blick umfaßte ihre Gestalt, und jetzt sah er nicht einmal verächtlich, sondern mitleidig drein – was womöglich noch schlimmer war.

»Du warst einmal anders«, meinte er, »und ich war wirklich verliebt in dich. Ich wollte dich unbedingt haben. Ich dachte, alles hinge davon ab, dich zu gewinnen.«

»Was, alles?« fragte sie.

Er fuchtelte mit den Händen. »Alles eben. Das Glück. Die Erfüllung. Was weiß ich!«

Leise sagte Franca: »Wir hätten vielleicht eine gute Chance gehabt.«

»Die hätten wir sicher gehabt«, erwiderte Michael gleichgültig.

Und Franca begriff: Er war so weit entfernt von ihr, daß er dieser Chance nicht einmal mehr nachtrauerte.

Zweiter Teil

1

»Ich würde nicht zu dir kommen, Helene, wenn es nicht wirklich wichtig wäre«, sagte Kevin.

Er sah angespannt aus, blaß und unausgeschlafen. Für den ungewöhnlich warmen Apriltag draußen war er viel zu warm gekleidet; er trug Cordhosen und einen blauen Wollpullover. Er schwitzte stark, sein Gesicht glänzte feucht, die dunklen Haarsträhnen klebten an seiner Stirn.

»Warum hast du dich denn so dick angezogen?« fragte Helene. »Es ist doch richtig sommerlich draußen!«

»Vorhin habe ich gefroren. Jetzt ist mir tatsächlich zu heiß. Ich weiß auch nicht...« Kevin strich sich mit einer erschöpften Bewegung übers Gesicht. »Vielleicht bekomme ich eine Grippe.«

»Du siehst jedenfalls schlecht aus«, meinte Helene besorgt. Sie schenkte ihm Tee nach. »Hier, trink das. Oder hättest du lieber etwas Kaltes?«

»Nein, nein. Tee ist schon in Ordnung.« Kevin schien kaum zu merken, was er trank. Seine Hände zitterten leicht.

»Ich würde nicht schon wieder zu dir kommen, Helene, wenn es nicht wirklich dringend wäre«, sagte er wiederum nervös. »Sicher denkst du inzwischen, ich kann dir das viele Geld nie zurückgeben, aber ich schwöre dir, daß ich...«

»Darum geht es doch gar nicht«, unterbrach Helene beschwichtigend. »Ich bin überzeugt, eines Tages kannst du alles zahlen und...«

»Mit Zins und Zinseszins!«

»Kommt nicht in Frage. Von Freunden nehme ich doch keine Zinsen. Nein, Kevin, ich mache mir nur ein wenig Sorgen um dich. Soviel Geld, wie du ständig brauchst... Du mußt dich ziemlich übernommen haben.«

»Die Gewächshäuser in der Perelle Bay haben ein Vermögen gekostet. Ich mußte einen höheren Bankkredit aufnehmen, als ich ursprünglich geplant hatte. Und nun hänge ich mit den Zinszahlungen hinterher.«

Vorsichtig fragte Helene: »Wie laufen denn die Geschäfte?«

Kevin zuckte die Schultern. »Es geht. Sie liefen schon besser. Die allgemeine Wirtschaftslage ... du weißt ja.«

Helene seufzte. Natürlich, die Zeiten waren schlecht. Fast niemand konnte mehr die gleichen lukrativen Geschäfte tätigen wie noch im Boom der achtziger Jahre. Trotzdem konnte sie sich nicht recht erklären ....

»Wieviel Geld brauchst du denn?« fragte sie.

Sie saßen im Eßzimmer, in dem ein düsteres Dämmerlicht herrschte, das den herrlichen Frühsommertag aussperrte. Ein Kirschbaum vor dem Fenster sorgte für kühlgrünen Schatten. Helene und Beatrice hatten ihn gepflanzt, wenige Tage nach Kriegsende, getrieben von dem Bedürfnis, etwas Lebendiges, Wachsendes, Schönes zu schaffen. Damals hatte der Baum ausgesehen wie ein magerer, krummer Besenstiel.

»Auf das Leben«, hatte Helene nach dem letzten Spatenstich gesagt und sich die wirren Haare aus der Stirn gestrichen, und dann war ihr wieder schwindlig geworden, und sie hatte sich rasch hinsetzen müssen. Der Hunger hatte sie zu sehr geschwächt. Ihre ohnehin zarte Konstitution hatte unter den monatelangen Magerrationen sehr gelitten. Sie kippte bei jeder Gelegenheit um, und die Hitze, die damals herrschte, hatte die Sache noch schlimmer gemacht.

Der Baum hatte ewig vor sich hingekränkelt, obwohl sie ihn fleißig gossen, und es hatte immer wieder den Anschein gehabt, als würde er jeden Moment eingehen. Doch plötzlich, als sie schon nicht mehr daran glaubten, hatte sich das dürre Bäumchen von einem Tag auf den anderen erholt, hatte die Blätter nicht länger hängen lassen, hatte sogar noch ein paar schöne, weiße Blüten bekommen. Und nun ist er so stark, dachte Helene, und so groß!

Sie hatte eigentlich mit Kevin draußen im Garten Tee trinken wollen, aber er hatte darum gebeten, die Unterredung im Haus stattfinden zu lassen, und da hatte sie schon gewußt, daß es wieder einmal um Geld ging.

»Ich brauche etwa eintausend Pfund«, sagte Kevin.

Helene hielt den Atem an. »Das ist ziemlich viel Geld!«

»Zwölfhundert wären noch besser. Damit käme ich einige Zeit über die Runden.«

»Meinst du nicht, man hätte diese Gewächshäuser auch billiger haben können?«

»Wenn man etwas macht, sollte es anständig sein.« Kevin hob in einer hilflosen Geste die Hände. »Ich weiß, ich benehme mich unmöglich. Du mußt dich ausgebeutet fühlen von mir – und ausgenutzt. Aber ich habe niemanden sonst, zu dem ich gehen könnte. Du bist immer wieder die Einzige.«

Wie meist fühlte sich Helene geschmeichelt von Kevins Taktik – deren Kalkül sie durchaus durchschaute –, sie zu seiner einzigen Quelle der Rettung und Hoffnung zu erheben. Es tat gut, gebraucht zu werden; gerade dann, wenn man alt war und sich abgetakelt und überflüssig vorkam. Kevin wußte das natürlich und nutzte es für seine Zwecke, aber daneben war Helene überzeugt, daß er sie tatsächlich mochte. Sie ersetzte ihm Mutter, Großmutter, ältere Schwester. Kevin hatte nicht einen einzigen Angehörigen mehr. Oft hatte er beteuert, er würde sich noch verlassener fühlen, gäbe es Helene nicht.

»Ich gehe hinauf und hole den Scheck«, sagte Helene, erhob sich leichtfüßig und sah, wie sich Kevins Gesicht entspannte. Er hatte Angst gehabt, sie könne diesmal streiken. Während sie die Treppe hinaufging, überlegte sie, wieviel Geld er ihr insgesamt schon schuldete. Es mußten an die zehntausend Pfund sein.

Als sie wieder hinunterging, traf sie auf Beatrice, die gerade aus dem Garten kam. Sie trug Arbeitshandschuhe und hatte die Haare mit einem Seidenschal aus dem Gesicht gebunden. Helene kannte den Schal; sie hatte ihn in Paris gekauft und Beatrice geschenkt, und er hatte ein Vermögen gekostet. Und nun benutzte sie ihn wie irgendein Stirnband!

Auf Schritt und Tritt, dachte Helene, auf Schritt und Tritt muß sie mir zeigen, wie wenig ich ihr wert bin!

»Ich habe Kevin im Eßzimmer sitzen sehen«, sagte Beatrice. »Wollte er zu mir oder zu dir?«

»Zu mir«, erwiderte Helene. Sie versuchte den Scheck zu verbergen, den sie in der Hand hielt, aber Beatrice hatte ihn bereits entdeckt.

»Du gibst ihm ja schon wieder Geld! Er war doch vor drei Wochen erst hier! Und die Woche davor! Und Anfang Februar und...«

»Es macht mir nichts aus. Ich habe genug.«

»Ich werde nie verstehen«, sagte Beatrice, »wie du es schaffst, über solche Beträge zu verfügen. So hoch ist deine Rente nun wirklich nicht. Du mußt eisern gespart haben – und das, um nun alles an Kevin zu verschleudern.«

»Ich verschleudere es nicht. Was soll ich als alte Frau mit dem vielen Geld? Es gibt doch nichts Klügeres, als einem jungen Menschen zu helfen, der dabei ist, sich eine Existenz aufzubauen.«

»Kevin hat sich seine Existenz längst aufgebaut. Wenn er jetzt immer noch ständig Geld braucht, dann bedeutet das, daß er höher hinauswill, als es seine Möglichkeiten zulassen.«

»Er hat diese Gewächshäuser in der Perelle Bay gekauft.«

»Das war schon im letzten Jahr. Und diese tollen Gewächshäuser muß ich mir ohnehin einmal ansehen. So, wie er dich ständig anpumpt, muß er sie ungeheuer aufwendig herrichten.«

»Ich dachte immer, du magst Kevin!«

»Natürlich mag ich Kevin. Aber er kann mit Geld nicht umgehen. Ob es sich um Gewächshäuser handelt oder um sonst etwas – irgendwie verkalkuliert er sich ständig. Er ist wie ein Faß ohne Boden!«

»Mit *meinem* Geld«, sagte Helene nach einem Moment des Schweigens, »kann ich machen, was ich möchte.«

Beatrice hob beide Hände. »Selbstverständlich. Kein Mensch will dir da in etwas hineinreden. Aber sei ein bißchen vorsichtig, ja?«

Das Telefon klingelte und enthob Helene einer Antwort. Beatrice eilte an den Apparat, und Helene begab sich ins Eßzimmer, wo Kevin inzwischen unruhig auf und ab ging. Er griff nach dem Scheck wie ein Ertrinkender nach dem Strohhalm.

»Danke, Helene. Ich weiß nicht, wo ich bliebe ohne dich.« Er verstaute den Scheck sorgfältig in seiner Brieftasche. »Ich muß los. Möchtest du am Samstag zu mir kommen? Ich koche etwas Schönes für dich.«

»Ich werde kommen«, sagte Helene. Seine Freundlichkeit, sein Lächeln taten ihr so gut wie ein warmer Sommerwind oder der Geruch von Gras und Blüten. Kevin hatte eine bezaubernde Art, die Seele eines Menschen zu streicheln. Helene hätte noch dreimal soviel Geld für seine Zärtlichkeit bezahlt.

Sie begleitete ihn zur Tür, sah ihm nach, wie er in sein Auto stieg. Im vergangenen Herbst war er für einige Zeit ohne Wagen gewesen; jemand hatte ihn beim Parken heftig gerammt, und das Auto war lange in der Werkstatt gewesen. Helene hatte die Reparatur bezahlt, denn den Verursacher des Schadens hatte man nicht ermitteln können. Dies sei schließlich ein Pech, so hatte sie Beatrice erklärt, für das Kevin wirklich nichts konnte.

Er winkte ihr zu, ehe er davonfuhr, und sie wartete, bis er um die Wegbiegung verschwunden war; dann erst schloß sie die Tür. Beatrice kam ihr entgegen.

»Das war Franca«, sagte sie, »du weißt, die junge Frau, die Alan im September angeschleppt hatte. Sie kommt morgen nach Guernsey und wollte wissen, ob sie kurzfristig das Zimmer haben kann.«

»Das ist aber *wirklich* kurzfristig«, meinte Helene, »sie muß sich ja schnell entschlossen haben.«

»Sie klang merkwürdig«, sagte Beatrice nachdenklich, »aufgeregt und hektisch. Ich wollte wissen, wie lange sie bleibt, und sie sagte, sie wisse es nicht. Dann fügte sie hinzu: ›Vielleicht gehe ich nie wieder zurück‹. Und legte auf.«

Sie hatte zunächst ihre Sachen wahllos in den Koffer geworfen. Es gelang ihr nicht, sich zu konzentrieren. Sie griff in den Schrank, zog heraus, was ihr die Finger kam, und merkte schließlich, daß sie auf diese Weise eine völlig unsinnige und nutzlose Auswahl traf. Sie räumte alles wieder aus dem Koffer und zwang sich, ihre Gedanken zu sammeln. Es war April. Es war ziemlich warm. Sie sollte ein paar leichte Sachen mitnehmen, T-Shirts, Shorts, ein oder zwei Kleider. Aber sie brauchte auch Pullover für kühle Abende, Jeans, Regensachen. Da sie mit dem Auto fahren würde, konnte sie Gepäck mitschleppen, soviel sie wollte. Ob sie es schaffen würde? Sie hatte sich ihre Reiseroute auf der Karte genau angesehen. Sie mußte bis hinunter nach Saarbrücken, dort über die

Grenze nach Frankreich. Dann Richtung Paris, dann weiter in die Bretagne bis St.-Malo und von dort mit der Fähre nach Guernsey...

Franca schloß den Koffer und warf dann Wäsche und Strümpfe in die bereitgestellte Reisetasche. Beatrice hatte etwas überrascht geklungen am Telefon, aber durchaus erfreut.

»Natürlich kommen Sie, Franca! Ich habe noch überhaupt keine Buchung für den Frühling. Das Zimmer steht Ihnen zur Verfügung!«

Beatrices Herzlichkeit hatte ihr gutgetan. Sie hatte Glück gehabt, denn es hätte leicht sein können, daß kein Zimmer frei war. Franca war nicht sicher, ob sie den Mut und die Tatkraft aufgebracht hätte, sich ein anderes Zimmer zu beschaffen. Vielleicht hätte sie den ganzen Plan fallengelassen.

Obwohl ihr, genaugenommen, kaum eine Wahl blieb.

Sie hielt inne in den hastigen Bewegungen, mit denen sie ihre Sachen packte. Sie hatte Koffer und Taschen auf dem Bett verteilt – auf dem Bett, in dem sie seit fast zwölf Jahren mit Michael die Nächte verbrachte. Auch die vergangene Nacht. Die letzte vielleicht.

Er war wieder einmal spät nach Hause gekommen, hatte weder angerufen noch am Morgen nach dem Frühstück etwas davon verlauten lassen, daß es länger dauern würde. Seit einiger Zeit raffte er sich zu diesen Höflichkeiten nicht mehr auf. Er kam und ging, wie es ihm paßte. Er tat so, als sei Franca kaum mehr vorhanden.

Sie hatte ferngesehen und dabei eine Menge Rotwein getrunken, hatte versucht, den aufkeimenden Gedanken zu verdrängen, daß sie ihr Leben in diesem Haus, Abend für Abend allein vor dem Fernseher und mit steigendem Alkoholkonsum, im Grunde vergeudete. Sie war vierunddreißig Jahre alt. Alle sagten, dies sei ein phantastisches Alter und die Jahre zwischen dreißig und fünfundvierzig die besten im Leben einer Frau. Für Franca schienen sie sich zum Alptraum zu entwickeln. Um halb zwölf ging sie ins Bett, müde und schwer vom Rotwein, doch kaum hatte sie das Licht ausgeschaltet, war sie mit einem Schlag wieder hellwach. Sie warf sich hin und her, lauschte auf jedes Geräusch im Haus, knipste das Licht schließlich wieder an, griff nach einem Buch, las und stellte fest, daß es ihr nicht gelang, auch nur einen einzigen Satz wirklich aufzunehmen und etwas vom Inhalt zu begreifen.

Um ein Uhr ging unten die Haustür, und Michael kam die Treppe herauf. An seinem beschwingten Schritt erkannte Franca, daß er guter Laune war. Als er oben angelangt war, versuchte er sich leise zu bewegen – offenbar ist ihm tatsächlich gerade eingefallen, daß es mich noch gibt, dachte Franca bitter. Er kam auf Zehenspitzen ins Schlafzimmer und zuckte zusammen, als er sah, daß das Licht brannte und Franca wach war.

»Warum schläfst du denn nicht?« fragte er vorwurfsvoll. Seine gute Laune schien von einem Moment zum anderen in sich zusammenzufallen.

»Du kommst ziemlich spät«, gab Franca anstelle einer Antwort zurück. Ihr war klar, daß er von seiner Geliebten kam, sie sah es ihm an, wobei sie nicht hätte definieren können, woran genau sie es bemerkte. Weder saß seine Krawatte schief, noch hatte er Lippenstift im Gesicht, noch waren seine Haare zerzaust. Er roch auch nicht, soweit sie es feststellen konnte, nach fremdem Parfüm. Aber er strahlte etwas aus... eine satte Zufriedenheit, ein gefestigtes Selbstvertrauen, ein Einverständnis mit sich und seinem Leben – Glück...

Ja, vielleicht ist es das, dachte Franca, und feine Stiche in ihrem Magen zeugten davon, wie sehr sie dieser Gedanke berührte: Er ist glücklich.

Sie hatte sich bisher geweigert, den Begriff Glück, der in ihrer Vorstellung eine gewisse Reinheit und eine altmodische Romantik vereinte, mit einer trivialen außerehelichen Affäre in Verbindung zu bringen. Aber womöglich hatte sie sich da etwas vorgemacht. Michael war glücklich, er sah glücklich aus, und damit hatte es sich. Es änderte nichts an seinem Glück, wenn sie es ignorierte.

»Wieviel Uhr ist es denn?« entgegnete Michael auf ihre Feststellung, setzte sich aufs Bett, indem er ihr den Rücken zuwandte, und begann seine Schuhe auszuziehen. Franca warf einen umständlichen Blick auf den Wecker neben sich, obwohl sie sowieso wußte, wie spät es war.

»Fünf nach eins. Ich nehme nicht an, daß du bis jetzt im Labor warst.«

Er hatte die Schuhe nun abgestreift, stand auf und zerrte an seiner Krawatte. »Zum Teufel, nein, natürlich nicht. Was soll ich die halbe Nacht im Büro?«

»Dann warst du bei *ihr*?«

»Ja.«

»War es nett?«

Sie hatte erwartet, daß er ihre Frage abschmettern würde, daß er sie anherrschen würde, sie solle nicht derartigen Unsinn reden und sie beide in Verlegenheit bringen. Statt dessen zögerte er einen Moment und sagte dann: »Ja. Es war ein wunderschöner Abend.«

Seine Stimme hatte einen weichen Klang. Franca erinnerte sich dunkel, diesen Klang bereits früher einmal gehört zu haben, vor sehr langer Zeit, vor sehr vielen Jahren. Sie hatte ihn schon vergessen, hatte nicht geglaubt, daß es ihn noch gab. Nun zauberte ihn Michael hervor, als sei kein Tag vergangen, als habe sich nichts geändert, als sei nicht in der Zwischenzeit die Welt zusammengestürzt.

Sie brauchte ein paar Momente, um sich zu fassen, dann sagte sie mit rauher Stimme: »Mein Abend war nicht ganz so wunderschön. Ich habe ferngesehen, wobei ich dir schon nicht mehr sagen könnte, was eigentlich lief, und ich habe eine Flasche Rotwein getrunken. Es kamen keine Anrufe. Ich habe mit niemandem geredet.«

Michael zuckte mit den Schultern. »Genau das, was du magst, oder? Keine Anrufe, keine Gespräche. Niemand, der dir Angst einjagen kann. Es ist das Leben, das du führen willst, also sei zufrieden.«

»Du glaubst ernsthaft, das ist das Leben, das ich führen will?«

»Es ist das Leben, das du *führst*. Also nehme ich an, du willst es auch so.«

»Du meinst, alles, was man tut, *will* man auch tun? Zwangsläufig?«

»Sonst würde man es ja nicht tun, oder?« Michael hatte sich ausgezogen, kroch unter seine Bettdecke, streckte sich gähnend. »Ich bin todmüde. Machst du bitte das Licht aus?«

Sie richtete sich auf. »Ist dir jemals in den Sinn gekommen, ich könnte Hilfe brauchen? *Deine* Hilfe?«

Seine Laune verdüsterte sich nun zusehends. Er hatte einen schönen Abend gehabt, er wollte an einzelne Momente dieses Abends denken und dabei einschlafen, und er wollte sich keinesfalls mit den Problemen seiner Frau beschäftigen. Er konnte sie nicht lösen, und sie hingen ihm schon lange zum Hals heraus. »Müssen wir das jetzt besprechen?« fragte er, erneut gähnend. »Es ist ein Uhr nachts. Ein bißchen Schlaf sollte ich noch kriegen, ehe ich um sechs Uhr wieder aufstehen muß.«

»Es ist nicht meine Schuld, daß du erst so spät ins Bett gekommen bist.«

»Ich habe nicht gesagt, daß es deine Schuld ist. Ich habe dich nur gebeten, mich jetzt schlafen zu lassen. Vielleicht könntest du mir diesen Gefallen tun?«

In seiner Stimme schwang jene feine Schärfe, die Franca zur Genüge kannte und von der sie gelernt hatte, daß es besser war, sie nicht zu ignorieren. Aber hatte sie nicht immer geschwiegen, wenn er ihr signalisierte, sie solle schweigen?

»Es kann so nicht weitergehen«, brach es aus ihr heraus, »du mußt dich endlich dazu äußern, wie du es dir weiterhin vorstellst. Wie lange willst du dein Verhältnis fortführen, und wie lange sollen wir diese Farce von einer Ehe aufrechterhalten?«

Sie hatte hart und klar sprechen, ihm mit Mut und Schärfe die Stirn bieten wollen. Aber wie so häufig klang ihre Stimme weinerlich und anklagend und sogar kindlich. Ein Kind, dachte sie, das um Liebe und Verständnis bettelt.

»Michael«, flehte sie, und damit hatte sie seine Geduld überstrapaziert. Er setzte sich nun auch auf, sah sie aus funkelnden Augen an, und seine Stimme vibrierte vor Wut.

»Hör zu, Franca, ein für allemal, laß mich bei deinen Problemen aus dem Spiel! Ich kann dir nicht helfen, ich kann höchstens mit dir zusammen in diesem Strudel versinken, und dazu habe ich nicht die geringste Lust. Du kommst mir vor wie ein kleines Mädchen, das sich hinsetzt und heult und darauf wartet, daß jemand kommt und es an der Hand nimmt und beschützt und behütet und was-weiß-ich-noch-alles! Aber so funktioniert es nicht, Franca, verdammt noch mal! Für niemanden! Du ziehst dich entweder selbst aus dem Sumpf, oder du läßt dich immer tiefer hineinsinken.

Aber hör auf, um Hilfe zu rufen. Du vergeudest deine Kräfte damit, und die Art von Hilfe, die du haben möchtest, wirst du nicht bekommen!« Er atmete schwer. In seinen Augen konnte Franca nicht einen Funken Sympathie oder Achtung erkennen. Nur Überdruß und Gereiztheit.

»Und jetzt laß mich in Ruhe«, sagte er und legte sich in die Kissen zurück.

Er war recht bald eingeschlafen, wie sie an seinen gleichmäßigen Atemzügen erkennen konnte. Sie hingegen tat die ganze Nacht kein Auge zu. Seine Worte hämmerten in ihrem Kopf, und nachdem Verletztheit und Empörung abgeklungen waren, begriff sie zu ihrem Entsetzen, daß er hart und brutal gewesen sein mochte, daß er aber recht gehabt hatte.

Sie war kein Kind mehr. Es würde keine Mutter herbeieilen und sie in den Arm nehmen. Es würde niemand kommen, ihr alle Steine aus dem Weg zu räumen und ihr noch zu sagen, wie sie ihre Schritte setzen mußte, um wirklich unbeschadet durch ihr Leben zu gelangen.

Sie stand allein da.

Sie mußte entscheiden, was sie als nächstes tun wollte. Sie mußte das Risiko auf sich nehmen, das Falsche zu tun. Sie mußte ihre Schritte allein machen und auch allein verantworten. Ihr schwindelte vor der Gnadenlosigkeit dieser Erkenntnis, aber daneben wuchs auch das Gefühl, weder eine Wahl noch etwas zu verlieren zu haben, und dieses Wissen dämmte die aufkeimende Panik ein. Es war, als befinde sie sich im freien Fall, doch sie konnte sich ebensogut diesem Fall überlassen, weil es keinen Sinn mehr hatte, sich dagegen zu wehren.

Hör auf zu strampeln und um Hilfe zu schreien, sagte eine innere Stimme, und vergrabe dich nicht in deiner Angst. Lebe einfach. Mehr wird von dir nicht verlangt.

Bis zum Morgen hatte sie den Entschluß gefaßt, nach Guernsey zu reisen. Ihr Herz raste, und ihr Magen rebellierte, aber sie versuchte, die hysterischen Reaktionen ihres Körpers zu ignorieren. Sie wartete, bis Michael – schweigend, müde und etwas verstimmt – das Haus verlassen hatte; sie fragte ihn nicht, ob es spät werden würde am Abend, weil es nun gleich war für sie, wann er zurückkam. Sie hatte den Eindruck, daß ihre Zurückhaltung ihn ein wenig irritierte, und dieser Umstand erfüllte sie mit einem Anflug von Heiterkeit.

Die Tasche war fertig gepackt. Sie mußte noch ihre Schuhe zusammensuchen und dann zur Bank gehen, um Geld abzuheben und umzutauschen. Zwar hatte sie vor, sich ausgiebig von Michaels Konto in St. Peter Port zu bedienen, aber sie war nicht sicher, ob er es sperren konnte, und sie wollte nicht plötzlich ohne Geld dastehen. Sie würde so viel mitnehmen, daß sie mindestens sechs Wochen durchhalten konnte.

Sie würde ihr Gepäck im Auto verstauen und am nächsten Morgen, sofort nach Michaels Aufbruch, losfahren. Ob sie ihm einen Zettel hinterließe mit den Angaben über ihren Aufenthaltsort und irgendeiner Erklärung, war noch zu überlegen. Eigentlich, dachte sie, muß er vorläufig gar nicht wissen, wo ich bin. Er soll sich ruhig ein paar Tage lang Gedanken machen. Ich kann ja später immer noch anrufen.

In einer Art Trance erledigte sie den Tag über, was erledigt werden mußte. Die Panik lag dabei ständig auf der Lauer; sie nahm zwei Tabletten, um sie unter Kontrolle zu halten. Sie war überzeugt, daß Michael nach dem Zusammenstoß der letzten Nacht an diesem Abend zur gewohnten Zeit nach Hause kommen würde; sie deckte den Tisch, bereitete ein Essen vor, stellte eine Flasche Wein kalt. Die Vorstellung, ihm am Eßtisch gegenüberzusitzen, schweigend vermutlich, in seine verschlossene Miene zu blicken und dabei zu wissen, daß es ihn verwirren und verunsichern würde, am nächsten Tag ihr Verschwinden zu registrieren, gab ihr einen Vorgeschmack von Triumph. Diesmal war sie um eine Nasenlänge voraus. Sie wußte etwas, was er nicht wußte. Dieser Gedanke, zusammen mit den Tabletten, schenkte ihr ein beinahe siegreiches Gefühl.

Michael erschien den ganzen Abend über nicht. Irgendwann kippte Franca das abgestandene Essen in den Abfalleimer, trank den Wein allein zu Ende, überlegte, ob sie den Tisch wieder abdecken sollte, ließ dann aber alles stehen, wie es war. Sollte Michael doch sehen, was er von nun an mit dem Haushalt anfing, es war nicht mehr ihre Sache. Sie legte sich ins Bett, und wie sie nun schon geahnt hatte, tauchte Michael bis zum Morgen nicht mehr auf, Franca schlief nicht, und im ersten Licht des Tages – es war fünf Uhr früh – erhob sie sich und machte sich reisefertig. Das Hochgefühl war verflogen, machte tiefster Niedergeschlagenheit und Angst Platz. Sie mußte weg sein, ehe die Panik sie fest im Griff hatte, sonst schaffte sie es nicht mehr.

Sie schluckte noch einmal zwei Tabletten, obwohl dies ihre Fahrtüchtigkeit beeinträchtigen würde, aber sie hätte ohne diese Unterstützung nicht die Kraft gehabt, die sie brauchte. Sie schluchzte, als sie ihr vollbeladenes Auto aus der Einfahrt steuerte und noch einmal zum Haus hinsah, das behäbig und friedlich in der Morgensonne lag und das ihr vorkam wie der einzige sichere Ort in einer bösartigen, gefährlichen Welt. Sie weinte vor Angst, und ihre Knie zitterten, aber sie bog um die nächste Straßenecke und fuhr weiter, fuhr immer schneller und weinte heftiger. Sie wußte bereits, daß sie nicht mehr umkehren würde.

2

Helene trug ein weißes Sommerkleid mit Puffärmeln, das viel zu jugendlich für sie war und sie ziemlich grotesk aussehen ließ, an dem sie aber aus unerfindlichen Gründen sehr hing. Sie trug es zu Gelegenheiten, die sie als besonders wichtig empfand. Offensichtlich zählte ein Abendessen bei Kevin für sie zu den herausragenden Anlässen.

»Wie sehe ich aus?« fragte sie, als sie in die Küche kam und ein paar tänzelnde Schritte machte, die, das mußte Beatrice zugeben, nicht ohne Grazie waren. »Ist alles in Ordnung? Meine Haare? Mein Schmuck?«

»Sie sehen perfekt aus, Helene«, sagte Franca.

Sie saß auf einem Stuhl in der Ecke, hatte ein Glas Wein vor sich und wirkte sehr müde. Sie war am Abend zuvor auf Guernsey eingetroffen, und sie konnte es bis jetzt noch nicht wirklich fassen, daß es ihr gelungen war, dieses Abenteuer ohne Probleme zu bestehen. Sie war auf eigene Faust losgefahren und genau dort angekommen, wohin sie gewollt hatte. Sie fühlte sich etwas benommen und befangen in einem Zustand der Irritation über sich selbst.

Helene strahlte über das Kompliment. »Vielen Dank, Franca.« Wie stets in Francas Anwesenheit sprach sie deutsch, ebenso wie Beatrice. »Ich fühle mich immer so jung und beschwingt in diesem Kleid.«

Leider beschränkt es sich auf das Gefühl, dachte Beatrice, du siehst nämlich verdammt alt aus, Helene!

Helene nahm sich ein Glas aus dem Schrank und schenkte sich einen Schluck Wein ein. Sie trug schönen, alten Granatschmuck, ein Geschenk von Erich zu irgendeinem Hochzeitstag, wie Beatrice wußte. Im Schein der untergehenden Sonne jenseits des Küchenfensters blitzte und schimmerte der Schmuck in einem flammenden Rot.

»Franca und ich werden uns einen schönen, gemütlichen Abend machen«, sagte Beatrice. »Wir haben Pizza bestellt, und Wein ist glücklicherweise genug im Haus. Leider ist es noch ein bißchen zu kühl, um draußen zu sitzen.«

Der Tag war wieder sehr warm gewesen, aber kaum hatte sich die Sonne geneigt, hatte auch ein kühler Wind vom Meer aufgefrischt und ließ sie leise frösteln.

Helene summte vor sich hin. Beatrice lehnte an der Anrichte und beobachtete die alte Frau mit einer Mischung aus Gereiztheit und fast widerwilliger Belustigung.

Ein paar Minuten lang sagte keiner ein Wort, aber ehe sich die Spannung in der kleinen Küche ausbreiten konnte, hörten sie von draußen das Motorengeräusch eines heranfahrenden Wagens: Kevin kam.

Er trat einfach in die Küche, denn die Haustür hatte offengestanden, und Kevin empfand sich sowieso als Mitglied der Familie. Er hatte sich herausgeputzt an diesem Abend, denn er wußte, worauf Helene Wert legte bei Anlässen wie diesem. Seine frisch gefönten Haare glänzten, und er trug eine auffallend schöne Krawatte.

Aber er sieht elend aus, dachte Beatrice, er schläft nicht genug, und er macht den Eindruck eines Menschen, den viele Sorgen plagen.

Kevin machte Helene ein paar überschwengliche Komplimente zu ihrem Kleid, umarmte Beatrice und lächelte Franca voll Herzlichkeit zu.

»Franca! Wie schön, daß Sie wieder hier sind. Beatrice hat gar nicht erwähnt, daß sie einen Gast hat!«

»Es hat sich kurzfristig ergeben«, warf Beatrice ein. »Kevin, wir sind natürlich neidisch, daß du heute für Helene kochst und wir uns hier mit einer Pizza begnügen müssen. Hoffentlich lädst du uns auch bald einmal ein!«

»Versprochen. Auf jeden Fall, solange Franca hier ist. Sie müssen meine Küche kennenlernen, Franca. Sie werden danach nichts anderes mehr wollen.« Er lächelte und nahm Helene an der Hand. »Komm. Wir müssen los, sonst fällt noch das Essen zusammen. Wir werden einen wunderschönen Abend haben. Beatrice, ich bringe Helene dann wohlbehalten zurück.«

Helenes Miene verriet, daß sie sich wie ein junges Mädchen fühlte, das von seinem Verehrer zum Tanzen abgeholt wird und gefangen ist vom Zauber einer hellen Frühlingsnacht und all ihrer Versprechungen. Sie schien den Umstand zu verdrängen, daß sie über achtzig war und Kevin Ende Dreißig, sowie die Tatsache, daß Kevin sich aus Frauen ohnehin nichts machte. Von Zeit zu Zeit brauchte sie das Abtauchen in eine irreale Welt, in das Gefühl, das Leben liege noch vor ihr und werde alles über ihr ausschütten, was es zu bieten hatte. Beatrice, der es niemals gelang, sich etwas vorzumachen, schwankte wie so häufig zwischen Verachtung und einem gewissen Neid.

Als die beiden verschwunden waren, sagte Franca erstaunt: »Seltsam, dieser ganze Aufwand, den Kevin betreibt, nicht? Ich meine, er ist ein junger Mann. Er hat an einem Samstagabend doch sicher Besseres vor, als für eine alte Dame zu kochen und sie zu verwöhnen!«

Beatrice zündete sich eine Zigarette an. »Sicher hat er Besseres vor. Aber Sie brauchen nicht in Rührung zu fallen, weil er Helene seine Zeit opfert. Er weiß ganz genau, warum er das tut. Schließlich pumpt er sie seit Jahren immer wieder an, und da sie seinem Charme ebenfalls immer wieder erliegt, kommt er damit ziemlich gut durch. Er wird ihr diese Summen nie zurückzahlen können, aber Helene ist ihm derart ergeben, daß sie ihn nie deswegen unter Druck setzen wird. Das brächte sie nicht fertig.«

»Hat sie denn so viel Geld, daß sie ihm immer wieder etwas leihen kann?«

Betrice schüttelte den Kopf. »Eben nicht, und deshalb finde ich es auch nicht richtig, was Kevin tut. Helene bekommt eine relativ geringe Rente, aber sie hat sich wohl einiges zusammengespart im Lauf der Jahre. Davon hebt sie die Summen für ihn ab. Sie erkauft sich Zuwendung damit. Kevin weiß das, und er nutzt es aus. Er argumentiert natürlich, sie müsse ihm ja nichts geben, aber es ist doch klar, daß man mit einer einsamen alten Frau machen kann, was man will, sie ist in gewisser Weise völlig wehrlos. Sie haben ja gerade erlebt, was ihr dieser Abend bedeutet. Dafür würde sie ihm ihren letzten Penny schenken.«

»Ist Helene so einsam?« fragte Franca. »Ich dachte…«

»Es gibt einsamere Menschen als sie, weiß Gott. Sie lebt hier mit mir unter einem Dach, Mae kümmert sich um sie, Kevin. Aber ich denke…«, Beatrice klopfte die Asche von ihrer Zigarette achtlos ins Spülbecken, »jede Art von Leiden ist immer subjektiv. Wenn Helene leidet, dann leidet sie, auch wenn alle um sie herum meinen, es müßte ihr eigentlich gutgehen. Es ist wohl eine sehr spezielle Art der Einsamkeit, die sie erfüllt. Sie glaubt, daß das Leben an ihr vorübergegangen ist, daß sie alles versäumt hat, was wesentlich ist im Leben. Sie will ihre Jugend zurückhaben, und da das natürlich nicht funktioniert, will sie wenigstens die Illusion von Jugend ergattern. Sie haben ja das unmögliche, jungmädchenhafte Kleid gesehen, das sie für heute abend ausgewählt hat. Da haben Sie den fatalen Punkt, an dem sie ausnutzbar ist. Kevin hat ein ganz gutes Gespür für derartige Schwächen. Bei Helene ist er der Kavalier der alten Schule, der ihr die Hand küßt und ihr sagt, wie zauberhaft sie aussieht. Und sie schmilzt dahin.«

»Vielleicht ist dieses Arrangement insgesamt durchaus sinnvoll«, meinte Franca nachdenklich. »Natürlich kann man sagen, es ist ein bißchen schäbig von Kevin, Helene für seine Aufmerksamkeit sozusagen bezahlen zu lassen, aber immerhin bekommt sie etwas von ihm, was sie das Alter leichter ertragen läßt. Ich denke, die letzten Lebensjahre sind nicht so einfach, und Abende wie dieser, zusammen mit der tagelangen Vorfreude, sind mehr wert als alles Geld.«

»Helene ist ein verzogenes Geschöpf und maßlos in ihren Ansprüchen«, entgegnete Beatrice ärgerlich. »Sie hat schon immer geglaubt, das Leben müsse sie mit Samthandschuhen anfassen, und mit all ihrem Gequengele ist es ihr tatsächlich gelungen, dauernd Menschen zu finden, die sie umsorgt und verzärtelt haben. Es ist einfach unvernünftig, das Geld derart zum Fenster hinauszuwerfen. Schließlich ist es ja möglich, daß ich vor ihr sterbe und sie zum Pflegefall wird, daß sie Betreuung und dafür dringend Geld braucht. Sie denkt einfach nicht voraus, das ist das Unglück mit ihr.«

»Wie lange ist ihr Mann schon tot?« fragte Franca.

»Erich? Seit Mai '45«, antwortete Beatrice kurz und drückte die Zigarette auf einem Teller aus. »Vor genau fünfundfünfzig Jahren hat er uns verlassen.«

Ihre harsche Stimme schüchterte Franca ein, aber sie fragte dennoch: »Und... war es schlimm für Helene? War es schlimm für *Sie*?«

»Schlimm?« fragte Beatrice. Sie zündete sich ohne Umschweife die nächste Zigarette an, blies den Rauch in die Luft und schaute nachdenklich den grauen Ringen hinterher. »Wissen Sie, man erschrickt, wenn jemand plötzlich tot ist. Es sei denn, er hat ein Alter erreicht, in dem man damit rechnet, aber das war bei Erich ja nicht der Fall. Er war vierundvierzig, als er starb, und es war schon ein Schock. Für Helene vielleicht noch mehr als für mich, aber für mich auf jeden Fall auch.«

Sie schwieg einen Moment. Franca sah sie abwartend an. Es drängte sie, mehr von Erich zu hören, von den Dingen, die sich vor langer Zeit in diesem Haus zugetragen hatten. Sie wußte nicht sicher, ob ein echtes Interesse in ihr war oder ob sie nur die Stimme in sich betäuben wollte, die von Michael sprach, die ihr Angst einflößte und ihr ständig erklärte, mit ihrem Davonlaufen habe sie etwas Unmögliches getan, das nur ein schlimmes Ende nehmen könne. Sie wollte nicht hinhören. Sie war zu erschöpft, um sich mit all den Problemen, die auf sie zukommen mochten, auseinanderzusetzen.

Morgen denke ich darüber nach. Oder übermorgen. Irgendwann, wenn ich nicht mehr so müde bin.

»Aber der Schock verging«, fuhr Beatrice fort. »Und letztlich waren wir erleichtert. Ich kann nicht sagen, daß Erich ein durch und durch schlechter Mensch war, aber tatsächlich war er ein *schädlicher* Mensch. Er hat anderen Menschen Unglück gebracht, selbst dann, wenn er es gerade einmal gut meinte. Wenn ich ganz ehrlich bin, kann ich nicht behaupten, es sei schade um ihn.«

»Hat er Helene weiterhin so schlecht behandelt in den Jahren vor seinem Tod?«

Beatrice schüttelte den Kopf. »Er gab sich mehr Mühe. Ihr Selbstmordversuch hatte ihn stärker erschreckt, als er zugab. Vielleicht fürchtete er auch um seine Reputation: Es mußte ein schlechtes Licht auf ihn werfen, wenn seine Frau ständig versuchte, sich die Pulsadern aufzuschneiden. Denn auf den Inseln hatte sich die Geschichte natürlich in Windeseile herumgesprochen. Also nahm er sich zuammen. Er bemühte sich, ein Eheglück zu demonstrieren, das so natürlich nicht existierte, aber tatsächlich fiel er nicht mehr einfach grundlos über Helene her und machte ihr willkürliche Vorhaltungen. Aber er wurde in anderer Weise unangenehm. Äußerst unangenehm sogar.«

Guernsey, Juni 1941 bis Juni 1942

Zunächst empfand Beatrice Erleichterung, als sich der Umgangston zwischen Erich und Helene entschärft hatte, aber bald merkte sie, daß unterschwellig die gleichen Spannungen herrschten wie zuvor und daß sie sich in dieser unausgelebten Form manchmal furchteinflößender anfühlten als vorher. Man schien auf einem Pulverfaß zu sitzen, das jeden Moment in die Luft fliegen konnte.

Im Sommer 1941 wurde es schlimmer. Erich hatte ein depressives Frühjahr hinter sich; er war die meiste Zeit niedergeschlagen gewesen, in sich gekehrt und still bis hin zur Sanftmut. Nun schien er in eine neue Phase zu treten. Er hatte das Tief überwunden, gewann an Energie und Tatkraft. Er konnte jovial und gönnerhaft auftreten, aber auch aggressiv und gehässig. Da er nicht mehr wagte, seinen Zorn an Helene abzureagieren, schikanierte er zunehmend Julien und Pierre. Er gab ihnen bösartige Schimpfnamen und war mit ihrer Arbeit unzufrieden, ganz gleich, wie sehr sie sich anstrengten.

»Ihr seid faul, faul wie Dreck«, sagte er, nachdem er den Garten abgeschritten und festgestellt hatte, daß die Farbe einer neu angestrichenen Bank noch nicht getrocknet war, was er auf zu langsames Arbeiten zurückführte. »Wißt ihr, woran das liegt? Es geht euch zu gut, und das macht euch schwerfällig und unbeweglich. Ihr freßt zuviel, schlaft zuviel, und das muß sich ändern. Nicht wahr? Ihr findet doch auch, daß sich das ändern muß?«

Pierre und Julien erwiderten nichts, sie standen vor ihm, ihre Mützen in der Hand, die Köpfe gesenkt, aber Beatrice, die die Szene aus einiger Entfernung beobachtete, sah, daß Julien ganz kurz aufblickte, und sie gewahrte das wütende Blitzen in seinen dunklen Augen, erkannte, wie heftig er innerlich rebellierte gegen die Demütigung, die stumm hinzunehmen er gezwungen war.

»Für heute bekommt ihr nichts mehr zu essen und zu trinken«, sagte Erich, »und ab morgen nur noch die halbe Ration. Wollen doch mal sehen, ob es dann nicht besser vorangeht mit der Arbeit.«

Es war noch früh am Vormittag; Julien und Pierre hatten die übliche Tasse Kaffee und je zwei Scheiben Brot zum Frühstück gehabt. Der Tag würde sich noch lange hinziehen, und überdies versprach es sehr warm zu werden. Für gewöhnlich konnten die beiden Zwangsarbeiter jederzeit an die Küchentür kommen, die über eine Veranda zum Garten hinführte, und um Wasser bitten; außerdem bekamen sie ein Mittag- und ein Abendessen. Helene war entsetzt, als Erich ihr mitteilte, daß sie absolut nichts Eß- oder Trinkbares ausgeben dürfe.

»Das ist unmenschlich, Erich. Wenigstens Wasser müssen sie doch trinken! Sie haben nichts getan, wofür du sie so quälen solltest.«

»Die beiden müssen begreifen, was Arbeit bedeutet«, entgegnete Erich barsch, »und wenn sie es anders nicht lernen, dann muß es eben so gehen. Du wirst sehen, ihre Disziplin wird sich ungeheuer verbessern.«

Er überlegte einen Moment, dann ging er noch einmal hinaus und erklärte, er habe beschlossen, daß an diesem Tag mit dem Bau des Steingartens begonnen werden solle. Erich hatte schon einige Male von diesem Plan gesprochen. Er hatte sich in die Idee verliebt, am Beginn der Auffahrt, wo der Garten seitlich steil zur Straße abfiel, Steine anzuhäufen und dazwischen einzelne Rosenstöcke zu pflanzen. Die Felssteine sollten vom Meer an der Petit Bôt Bay herangeschafft werden.

Der Soldat, der die Franzosen bewachte, wurde angewiesen, sie auf den Wegen zur Bay und zurück zu begleiten und sicherzustellen, daß sie nicht »auf dumme Gedanken« kämen.

»Sie werden ziemlich oft laufen müssen«, sagte er, »und wenn ich heute abend wiederkomme, will ich ein respektables Ergebnis sehen. Also keine langen Ruhepausen. Die beiden müssen dringend lernen, was es heißt, sich für den eigenen Lebensunterhalt anzustrengen. Mir wird auch nichts geschenkt.«

Er stieg in sein Auto und ließ sich von Will fortfahren. Die Besatzer hatten unweit von Le Variouf mit dem Bau eines unterirdischen Krankenhauses begonnen, und Erich führte die Gesamtaufsicht über das Vorhaben. Er würde den ganzen Tag weg sein.

Beatrice ging zur Schule und mußte ständig an die beiden Franzosen denken. Mae fiel ihre Geistesabwesenheit auf, und nach dem Grund gefragt, antwortete Beatrice, sie mache sich Sorgen wegen Julien und Pierre.

»Meine Eltern sagen, daß es vielen Zwangsarbeitern sehr schlecht geht«, berichtete Mae mit gesenkter Stimme. »Mein Vater hat ein paarmal welche behandeln müssen, die krank waren. Normalerweise haben die Deutschen ihre eigenen Ärzte, aber es waren wohl gerade keine da ... Mein Vater sagt, die Leute sind teilweise in einem schrecklichen Zustand. Viele sterben.«

Sie biß in das Käsebrot, das sie von daheim mitgebracht hatte, und sah Beatrice bekümmert an. »Meinst du, Mr. Feldmann will die beiden Franzosen verhungern und verdursten lassen?«

»Unsinn«, sagte Beatrice ärgerlich. Manchmal reizten Maes weit aufgerissene blaue Augen und die piepsige Stimme ihren Ärger. »Aber er will sie quälen, und das ist auch schlimm. Man weiß bei ihm nie, was als nächstes kommt.«

Die Schule schloß bereits am Mittag, was wegen des Lehrermangels jetzt häufig vorkam. Es war sehr heiß, die Luft flirrte, und über dem Meer hatten sich feine Dunstschleier gebildet. Sie hatten Deutschunterricht in der letzten Stunde gehabt, aber Mae hatte fast nichts begriffen, und während sie von St. Martin über staubige Feldwege nach Hause stapften, erklärte Beatrice die Zusammenhänge. Die fremde Sprache bereitete ihr keinerlei Mühe mehr, sie unterhielt sich fast fließend mit Erich und Helene, und manchmal träumte sie sogar auf deutsch. Mae hingegen hatte größte Schwierigkeiten; sie brach sich fast die Zunge und stotterte herum, daß weder ein Engländer noch ein Deutscher sie hätte verstehen können.

Als sie am Eingang des Dorfes vor dem Haus der Wyatts ankamen, hatte sie immer noch nichts begriffen, aber sie verabredeten, sich am nächsten Morgen früher als gewohnt zu treffen und den Stoff noch einmal durchzugehen. Beatrice setzte ihren Weg allein fort. Rechts und links in den Gärten wogte das hohe Junigras, verblühte der letzte Löwenzahn, wucherten dicke Farne und blaßlila Fingerhut. Die Tage waren jetzt endlos lang und die Nächte hell und von einer Wildheit erfüllt, die von der Schlaflosigkeit herrühren mochte, die jetzt Menschen und Tiere plagte. Beatrice erinnerte sich, daß Deborah immer gesagt hatte, im Juni fühle sie sich ständig so, als habe sie Sekt getrunken. »Und sehnsüchtig!« hatte sie gesagt. »So sehnsüchtig! Wenn spät in der Nacht noch immer dieser helle Streifen am Himmel ist, dann denke ich, irgend etwas wartet dort hinten auf mich, irgend etwas ruft und lockt mich, und ich möchte diesem Ruf dann so gern folgen ... «

Andrew hatte sie mit hochgezogenen Augenbrauen angesehen. »Ich muß sagen, das klingt ein wenig bedenklich. Du hörst dich an wie ein junges Mädchen, das von der großen Liebe träumt. Wahrscheinlich genüge ich dir einfach nicht mehr!«

Deborah hatte gelacht und ihn umarmt und Beatrice den Eindruck vermittelt, sie habe nur Spaß gemacht. Aber Beatrice wußte, daß ihre Mutter manchmal nachts im Garten gesessen und unverwandt auf den Lichtstreifen im Westen geblickt hatte; drei- oder viermal hatte sie sie dabei überrascht, als sie selbst schlaflos umhergeirrt war. Deborahs ganzer Körper war angespannt gewesen, und in ihren Augen hatte eine fremde, beängstigende Verzweiflung gelegen. Beatrice hatte nicht gewagt, sie anzusprechen, sie war auf Zehenspitzen wieder davongehuscht und hatte sich tief unter ihrer Bettdecke vergraben. Ihre Gewißheit, in einer heilen Welt zu leben, hatte einen Sprung davongetragen; sie vermochte Deborahs Verhalten nicht einzuordnen, aber sie spürte, daß ihre Mutter in Wahrheit nicht so glücklich und ausgeglichen war, wie es nach außen hin stets den Anschein hatte. Im Lauf der Jahre stellte sie aber auch fest, daß die Unruhe Deborah immer nur im Mai zu ergreifen pflegte, daß sie im Juni ihren Höhepunkt fand und Mitte Juli wieder abklang. Es lag an den hellen Nächten. Die dunklen gaben Deborah ihre Heiterkeit und ihr fröhliches Lachen zurück.

Jetzt aber war Juni, und Beatrice mußte ständig an ihre Mutter denken. Ob sie drüben in England auch nachts hinauslief, sich ins Gras setzte und vibrierte vor einem Ereignis, von dem sie nicht wußte, wie es aussehen sollte, dessen Eintreten sie jedoch ersehnte wie nichts sonst auf der Welt? Oder beschäftigte sie die Sorge um ihr Kind so sehr, daß alles übrige in den Hintergrund trat?

Beatrice war überzeugt, daß sie ihre Eltern wiedersehen würde, einen anderen Gedanken hätte sie nicht ertragen, aber manchmal hatte sie Angst, daß in der Zwischenzeit Dinge geschehen könnten, die sie alle zu sehr veränderten, die es unmöglich machen würden, ihr gemeinsames Leben an dem Punkt fortzusetzen, an dem es so jäh geendet hatte. Sie würden den alten Frieden nicht mehr finden. Sie würden mit Bildern leben, die im Gedächtnis brannten, und mit Schrecken, die in den Träumen umhergeisterten. Und wie lange würde es dauern, bis die Deutschen entweder die ganze Welt erobert hatten oder vor ihren Gegnern kapitulieren mußten?

Vielleicht dauert es, bis ich erwachsen bin, dachte Beatrice voller Angst, und Mum und Dad erkennen mich gar nicht mehr, wenn sie mich sehen. Ich bin eine andere geworden, und wir wissen nicht, worüber wir miteinander reden sollen. Sie war deprimiert, als sie die Auffahrt zum Haus erreichte, und die Hitze setzte ihr zu. Früher hatte ihr kein Wetter, ob Sonne, Wind oder Regen, etwas ausgemacht, aber seit einiger Zeit wurde ihr schwindelig, wenn es besonders warm oder kalt war, und sie fühlte sich oft matt und elend.

»Du wächst zu schnell«, hatte Helene gesagt, »du bist fast zehn Zentimeter größer als im letzten Jahr.«

Sie schlich die Auffahrt entlang, hungrig und durstig, und plötzlich sah sie Julien und Pierre, die unter der Aufsicht ihres Bewachers die ersten Felssteine, die sie auf einer Trage vom Meer herangeschleppt hatten, aufeinanderstapelten. Beiden lief der Schweiß in Strömen über die Gesichter, und die Kleider klebten klatschnaß an ihren Körpern. Vor allem Julien machte den Eindruck, als werde er jeden Moment umfallen, als halte er sich mit knapper Not und letzter Kraft auf den Füßen. Der wachhabende Soldat hatte sich in den Schatten einer Buche gekauert, er rauchte eine Zigarette und nahm gelangweilt hin und wieder einen Schluck Wasser aus einer Feldflasche. In der rechten Hand hielt er seine Pistole.

Beatrice eilte, so rasch sie konnte, zum Haus. Helene stand in der Küche und schnitt Tomaten in eine Salatschüssel.

»Wie schön, daß du schon kommst!« rief sie. »Der Salat ist gleich fertig. Du muß unbedingt etwas essen, du siehst ziemlich blaß aus!«

Beatrice stellte ihre Tasche in die Ecke. »Julien und Pierre brauchen auch etwas zu essen. Und zu trinken. Sie sind beide am Ende ihrer Kräfte.«

Helene sah sie unglücklich an. »Ich darf nicht. Du hast gehört, was Erich gesagt hat.«

»Aber sie arbeiten so schwer! Und es ist entsetzlich heiß draußen. Helene, wir *müssen* ihnen etwas geben!«

»Das können wir nicht riskieren. Der Soldat würde es Erich sagen. Es hat keinen Sinn, Beatrice. Die beiden tun mir furchtbar leid, aber es läßt sich nicht ändern.«

Sie aßen schweigend ihren Salat. Eine halbe Stunde später sahen sie die Franzosen in den rückwärtigen Garten kommen, gefolgt von ihrem Bewacher. Offenbar war ihnen eine kurze Ruhepause zugestanden worden, denn sie ließen sich beide schwer atmend ins Gras fallen und wischten sich den Schweiß aus den Gesichtern. Der Soldat zündete sich die nächste Zigarette an. Er ging ein paar Schritte auf und ab, dann warf er den völlig erschöpften Männern einen prüfenden Blick zu, schien sicher zu sein, daß sie kaum in der Lage waren, sich zu rühren. Hastig verschwand er im Gebüsch.

Kaum war er weg, da erhob sich Julien. Er kam schwankend auf die Füße, taumelte. Sein nasses Gesicht war von einer gespenstischen Blässe. Er torkelte auf die geöffnete Küchentür zu.

»Bitte«, seine Stimme klang krächzend. »Wasser. Nur einen Schluck!«

Beatrice wollte sofort ein Glas unter den Wasserhahn halten, aber Helene griff nach ihrem Arm. »Nein! Wir bekommen schrecklichen Ärger!«

Beatrice schüttelte ihre Hand ab. »Das ist doch egal! Er bricht jeden Moment zusammen!«

Juliens Lippen waren aufgesprungen, sein Atem ging schwer. Die dunklen Augen glänzten fiebrig.

»Bitte«, wiederholte er, »nur einen Schluck. Für Pierre und mich!«

Auch Pierre hatte sich nun aufgerafft und kam zögernd näher.

»Bitte etwas Wasser«, sekundierte er seinem Kameraden.

Noch ehe Beatrice das Glas füllen konte, tauchte der Soldat wieder aus den Büschen auf. Er entsicherte sofort seine Waffe.

»Was geht hier vor?« brüllte er.

Beatrice erschien mit dem Wasserglas in der Tür. »Die beiden brauchen etwas Wasser. Sie verdursten fast.«

»So schnell verdurstet man nicht«, sagte der Soldat. »Schütte mal das Wasser wieder weg, junge Dame! Eindeutiger Befehl vom Herrn Major!«

»Aber das können Sie nicht machen«, rief Beatrice beschwörend, »die beiden arbeiten so hart! Und es ist so heiß!«

Der Soldat war nicht zu erschüttern. »Das mußt du mit dem Herrn Major diskutieren. Ich habe Befehle auszuführen, und ich werde den Teufel tun, mir Probleme aufzuladen!«

Beatrice sah Helene an. »Helene...«

Helene hob hilflos beide Hände. »Ich kann nichts tun. Es tut mir leid, aber ich habe da nichts zu sagen.«

»Ich führe nur meine Befehle aus«, beharrte der Soldat und richtete seine Waffe auf die erschöpften Männer. »Los, bewegt euch. Wir machen weiter.«

Beatrice fühlte, wie ihr wieder einmal schwindelig wurde.

Was ist das nur, dachte sie, warum ist mir dauernd so schlecht?

»Ihr seid Unmenschen!« rief sie. »Wie könnt ihr so etwas tun? Wie könnt ihr es *aushalten*, so etwas zu tun?«

»Beschwere dich beim Herrn Major«, entgegnete der Soldat, aber seine Stimme klang plötzlich eigenartig weit weg, als werde sie durch eine Wattewand gedämpft, die zwischen ihm und Beatrice stand. Beatrice fing einen Blick aus Juliens Augen auf, einen Blick voller Traurigkeit und Haß und einem stummen Dank für ihren Mut, mit dem sie sich über Erichs Befehl hatte hinwegsetzen wollen. Sein Blick löste irgend etwas in ihr aus, ein seltsames, fremdartiges Gefühl, das sie nicht einzuordnen und zu erklären wußte. Aber ehe sie noch länger darüber nachdenken konnte, kam die Wand aus Watte schon auf sie zu, kroch in ihren Mund und in ihre Ohren, umschloß sie immer dichter und fester und versenkte schließlich alles um sie herum in nachtschwarze Dunkelheit.

Sie lag in ihrem Bett und versuchte sich zu erinnern, was geschehen war. Verwundert stellte sie fest, daß sie angezogen war und sogar ihre Schuluniform trug. Wieso war sie damit ins Bett gegangen?

Aber da neigte sich bereits das vertraute Gesicht Dr. Wyatts über sie.

»Na bitte, die junge Dame weilt wieder unter uns. Du hast eine ganze Weile geschlafen, Beatrice. Und zuvor warst du richtig weggetreten.«

»Was ist passiert?« fragte sie und setzte sich hastig auf, aber da wurde ihr schon wieder elend, und sie stöhnte leise.

Eine blasse Helene tauchte sofort aus der Zimmerecke auf. »Hast du Schmerzen?« fragte sie.

»Nein. Mir ist nur schwindelig. Aber es geht schon besser.«

»Ich lasse Tropfen hier, die nimmst du jeden Morgen, dann fühlst du dich bald wieder gesund«, sagte Dr. Wyatt. »Du bist einfach ein bißchen schnell gewachsen in der letzten Zeit, das ist alles. Die Entwicklungsjahre überfordern den Körper manchmal«, fügte er, an Helene gewandt, hinzu, »da kann dann schon mal der Kreislauf schlappmachen.« Er sprach das langsame, sorgfältige Englisch, mit dem er es ihr erleichterte, ihn zu verstehen. »Dazu das heiße Wetter... lange ist der Juni nicht mehr so heiß gewesen wie in diesem Jahr. Sie brauchen sich keine Sorgen zu machen.«

»Sie fiel plötzlich einfach um«, sagte Helene, »ich war so aufgeregt, daß ich gar nicht wußte, was ich tun sollte.«

»Es ist ja nichts passiert«, beschwichtigte Dr. Wyatt, »und ich denke auch nicht, daß sich dieser Vorfall allzubald wiederholen wird.« Er klappte seine Tasche zu, blinzelte Beatrice freundlich an und winkte ab, als Helene ihm folgen wollte. »Bemühen Sie sich nicht. Ich finde den Weg. Bleiben Sie ruhig hier oben bei der Patientin.«

»Ein wirklich netter Mann«, sagte Helene, nachdem der Arzt das Zimmer verlassen hatte. »Wie gut, daß wir ihn gleich erreicht haben.« Sie sah sehr erschöpft und außerordentlich beunruhigt aus.

Sie wird das Ganze wieder einmal schrecklich dramatisieren, dachte Beatrice.

»Du bist noch in der Küche wieder zu dir gekommen«, erklärte Helene, »aber du konntest nicht aufstehen. Pierre hat versucht, dich die Treppe hinaufzutragen, aber er war selber so entkräftet... Der Wachmann mußte helfen...« Sie schluckte.

»Ich fühle mich ganz gut«, sagte Beatrice, »mir war manchmal schwindelig in der letzten Zeit, aber noch nie so schlimm wie heute.«

»Du bist hier oben dann sofort eingeschlafen. Ich habe Dr. Wyatt angerufen, und zum Glück konnte er sofort kommen.« Sie seufzte. »Ich hatte solche Angst um dich. Aber Dr. Wyatt scheint das alles in deinem Alter nicht ungewöhnlich zu finden. Meine Güte, was für ein Tag!«

Beatrice war nun endlich ganz wach und registrierte, daß irgend etwas Eigenartiges vorging. Vom Garten herauf klangen Stimmen, Rufe, Geschrei. Türen schlugen, Autos fuhren davon, andere kamen an. Dazwischen bellten wütende Hunde.

»Was ist denn da draußen los?« fragte Beatrice. »Warum ist so ein Lärm?«

»Das muß dich jetzt nicht kümmern«, erwiderte Helene. Sie wirkte hektisch und verstört. »Ich erkläre dir das alles morgen.«

Mit diesen Worten machte sie Beatrice natürlich noch hellhöriger. »Nein. Ich möchte es jetzt wissen. Mir geht es wirklich gut. Ich falle nicht einfach um, egal, was du mir erzählst.«

»Ach«, sagte Helene, »Erich ist natürlich furchtbar wütend... aber ich kann nichts dafür. Es war... es war einfach ein Unglück... du wurdest ohnmächtig, und irgend etwas mußten wir ja tun... wir konnten dich nicht einfach liegen lassen, und...«

»Helene«, unterbrach Beatrice, »*was ist passiert?*«

Helene sah sie nicht an. »Julien ist weg«, sagte sie leise, »in dem ganzen Durcheinander hat er es geschafft, fortzulaufen. Er ist spurlos verschwunden.«

Die Flucht des Franzosen stellte für Erich einen persönlichen Affront dar, und über Wochen setzte er alle Hebel in Bewegung, Julien aufspüren und zurückbringen zu lassen. Er ließ Besatzungssoldaten über die ganze Insel ausschwärmen mit dem Befehl, »jeden Stein umzudrehen und nachzusehen, ob der Kerl darunter kauert!«.

Die Geheime Feldpolizei, die sich vielfach aus den Reihen der Gestapo rekrutierte, nahm in allen Städten und Dörfern Hausdurchsuchungen vor. Inselbewohner wurden mitten in der Nacht aus ihren Betten geklingelt und mußten zusehen, wie Polizisten das Unterste zuoberst kehrten, eine gewaltige Unordnung anrichteten und mit scharfen Stimmen barsche Fragen stellten. Hatten sich die Besatzer bislang um ein gewisses Einvernehmen mit der Inselbevölkerung bemüht und sich nicht durch übermäßige Schikanen hervorgetan, so zeigten sie sich nun von der Seite, die sie in anderen besetzten Ländern längst Tag für Tag herauskehrten: Sie demonstrierten, wie gefährlich, rücksichtslos und brutal sie sein konnten. Sie waren als Gegner aufgetreten, mit denen man sich arrangieren mußte – und konnte. Sie konnten auch Feinde sein.

Julien schien wie vom Erdboden verschluckt.

»Er muß Helfer haben!« brüllte Erich. »Wie zum Teufel soll er sonst überleben? Natürlich kann er sich in irgendeiner verdammten Felsspalte am Meer verstecken, und wir finden ihn nie, aber wie will er sich ernähren? Er kann das nicht schaffen!«

»Vielleicht hat er die Insel verlassen«, warf Helene schüchtern ein. »Nach Alderney hinüber ist es nicht so weit, und...«

»Unsinn. Auf Alderney hat er es noch schwerer. Da lebt kaum noch brititsche Bevölkerung, da sind überall unsere Leute. Vielleicht ist er nach Jersey…« Erich versank in düsteres Grübeln, schlug dann plötzlich krachend die Faust auf den Tisch, so daß alle zusammenzuckten. »Der Kerl müßte mehr Glück als Verstand haben, wenn ihm das gelungen ist! So einfach verläßt niemand im Boot die Insel und landet auf einer anderen. Es wimmelt von Wachtposten. Die Nächte sind hell und klar, man könnte ihn weithin sehen. Es ist ein Wahnsinn, was er da riskieren würde!«

Noch am Tag von Juliens Flucht wurde Pierre von Soldaten weggebracht. Er war bleich wie der Tod, als sie ihn abführten. Beatrice war halb krank vor Sorge um ihn und fragte Erich am Abend, was mit ihm geschehen war.

»Sie verhören ihn«, war die Antwort, »möglich, daß er von Juliens Vorhaben wußte und den Ort kennt, an dem er sich aufhält.«

»Ich glaube nicht, daß er etwas weiß«, mischte sich Helene ein, »denn Julien hatte bestimmt nichts geplant. Er hat ganz spontan den Augenblick genutzt, als hier das Durcheinander wegen Beatrice herrschte. Und das konnte er ja nicht voraussehen.«

Erich warf Beatrice einen finsteren Blick zu. »Man könnte direkt mißtrauisch werden, Beatrice, wenn man nicht wüßte, daß du zu klug bist, etwas wirklich Dummes zu tun. Fast könnte man das alles für ein abgekartetes Spiel halten. Aber das würdest du nicht wagen, oder?«

»Ich habe es jedenfalls nicht getan«, sagte Beatrice unwillig.

Pierre wurde nach einer knappen Woche zurückgebracht und nahm seine Arbeit wieder auf. Sie hatten ihm die Nase gebrochen, ein Auge blau geschlagen und irgend etwas mit seinem rechten Bein angestellt, denn er humpelte und zog den Fuß nach. Er bekam jetzt wieder Nahrung und Wasser, aber Erich hatte die Zuteilung so strikt rationiert, daß man absehen konnte, Pierre würde die harte körperliche Arbeit nicht allzulange durchhalten. Er mußte den Steingarten nun allein bauen und sich auch sonst um Haus und Garten kümmern. Erich schien entschlossen, ihm niemanden an die Seite zu stellen; Pierre sollte für Juliens Flucht büßen.

»Was haben sie mit dir gemacht?« flüsterte ihm Beatrice zu, als sie ihm an der Küchentür einen Becher Wasser gab.

Pierre trank das Wasser in gierigen Zügen. »Sie haben gefoltert«, raunte er in seinem schwerfälligen Englisch zurück, »aber ich nichts sagen. Nichts wissen. Keine Idee, wo Julien kann sein!«

Beatrice fragte Erich, was mit Julien geschehen würde, sollte er aufgegriffen werden. Erichs Antwort ließ an Deutlichkeit nichts zu wünschen übrig: »Er wird erschossen.«

Erich konnte die Suche nicht ununterbrochen mit dem ungeheuren Aufwand fortsetzen, mit dem er sie begonnen hatte; dauerhaft hätte er dafür nicht genügend Leute zur Verfügung gehabt. Aber er ließ Fahndungsplakate drucken und überall auf der Insel verteilen.

»Irgendwann wird ihn jemand sehen«, sagte er grimmig, »und vielleicht wird das jemand sein, der an einer guten Zusammenarbeit mit uns Deutschen interessiert ist.«

Es gab auf den Inseln eine Reihe von Briten, die ein solches Interesse hegten. Die Zahl der Denunziationen – die meist anonym erfolgten – war erstaunlich hoch. In der Hauptsache wurden Leute angezeigt, weil sie ein Radio besaßen; das war verboten, aber viele hatten sich dem Befehl, die Geräte abzugeben, widersetzt. Außerdem blühte ein reger Schwarzmarkt, mit dessen Hilfe das ausschließliche Angewiesensein auf Lebensmittelkarten umgangen wurde. Auch hier kam es zu Anzeigen, und Erich konnte durchaus darauf hoffen, daß Menschen, die einem entflohenen Zwangsarbeiter Unterschlupf gewährten, über kurz oder lang von einem Nachbarn oder einem langjährigen Intimfeind angezeigt würden.

Zu Beginn der letzten Juniwochen fielen die Deutschen in Rußland ein. In der Schule sprach man aufgeregt davon. Die Deutschlehrerin verkündete, nun gehe es mit großen Schritten dem Endsieg entgegen. Sie zeigte den Schülern auf der Landkarte, wie groß Rußland war.

»Ihr könnt euch sicher denken, wie mächtig Deutschland ist, wenn uns das alles gehört«, sagte sie so stolz, als führe sie selbst die Eroberer an. »Danach wird kein Volk der Welt mehr ernsthaft Widerstand leisten.«

Beatrice fand, daß Deutschland ziemlich klein aussah auf der Karte, verglichen mit Rußland, und es schien ihr recht waghalsig von Hitler, es mit einem so mächtigen Gegner aufzunehmen. Aber dann sah sie die vielen schraffierten Stellen in Europa, die die Gebiete markierten, die von Deutschland erobert worden waren, und sie seufzte tief. Die Nazis hatten bereits eine Menge geschafft. Vielleicht war ihr Selbstbewußtsein durchaus gerechtfertigt. Irgendwann würden sie die Welt beherrschen, und für alle Zeiten würde man die stiefelknallenden Soldaten um sich haben, mußte rechts statt links fahren, deutsch sprechen und die Hakenkreuzfahne wehen sehen anstelle des Union Jack. Aber wenigstens würde sie dann wieder mit Andrew und Deborah zusammensein.

Der Sommer, sehr heiß und trocken, verging, ohne daß Julien wieder auftauchte. Seine Flucht bedeutete auch einen Bruch in der Beziehung zwischen Erich und Beatrice: Sie fungierte nicht länger als seine Vertraute. Er wußte – und sie bemühte sich nicht, es zu verbergen –, daß sie auf Juliens Seite stand und darauf hoffte, er werde nie erwischt werden. Zwar war sie auch zuvor nie eine Anhängerin Erichs oder gar der Nazis gewesen, ihr Herz hatte für die Besiegten, nicht für die Sieger geschlagen, aber es hatte sich keine Situation ergeben, in der das wirklich offensichtlich hätte werden können. Nun hatten sich die Fronten geklärt. Erich war sich wieder der Tatsache bewußt, daß er das Haus, in dem er mit Beatrice lebte, okkupiert hatte, daß er nicht freiwillig dort aufgenommen worden war. Sie war eine Gegnerin, und er hatte einer Gegnerin allzuviel Intimes anvertraut. Er trat einen inneren Rückzug an, mied ihre Nähe, ließ kein Gespräch entstehen, das über einen notwenigen Informationsaustausch hinausgegangen wäre. Beatrice fühlte, wie er sie ständig fixierte, wie sich sein Blick manchmal förmlich an ihr festsaugte, wie er dagegen ankämpfen mußte, sie wie früher in ein Gespräch über seine Probleme zu ziehen. Er sah schlecht aus und trank zuviel Alkohol, begann oft schon am Nachmittag damit, kaum daß er daheim war. Die Hitze trug dazu bei, daß er dann rasch schläfrig wurde. Beatrice fand es herrlich, häufig mit Helene allein zu Abend zu essen, weil Erich schnarchend auf dem Sofa oder sogar schon im Bett lag. Helene ging ihr zwar auch auf die Nerven, verhielt sich aber nicht feindselig. Sie jammerte und klagte, attackierte aber niemanden.

Hat sich einer von beiden eigentlich je überlegt, wohin *ich* gehe mit meinen Problemen? fragte sich Beatrice bitter.

Früher hatte sie mit ihren Eltern über die Dinge gesprochen, die sie beschäftigten, und wenn sie mit ihnen nicht hatte reden wollen, war sie zu Mae gegangen. Aber zu Mae fand sie nun keinen rechten Zugang mehr. Sie hatte das Gefühl, Jahre älter zu sein als die Freundin, zuviel erlebt zu haben und ständig zu erleben, wovon Mae keine Ahnung hatte. Mae mußte wie sie unter deutscher Besatzung leben und sich mit gravierenden Veränderungen ihres Alltags herumschlagen, aber sie stand nach wie vor unter dem Schutz ihrer Familie, hatte ihren Vater und ihre Mutter um sich und war ein naives, kleines Mädchen, wie Beatrice fand. *Sie* erlebte wirklich und hautnah, was deutsche Besatzung hieß. *Sie* war von ihren Eltern getrennt worden und hatte keine Ahnung, wann sie sie wiedersehen würde. *Ihr* Leben war von einem Tag zum anderen aus seinem Gefüge gerissen worden, und *sie* hatte zusehen müssen, wie sie sich in einer völlig veränderten Situation zurechtfand. Neben Mae kam sie sich manchmal wie eine alte Frau vor. Mae kicherte viel und himmelte einen Jungen aus St. Martin an, der sie nicht beachtete, über den sie aber dennoch ständig voller Aufgeregtheit reden wollte. Beatrice reagierte abwechselnd gereizt und gelangweilt. Sie fühlte sich von niemandem mehr verstanden.

Die Deutschen kamen in Rußland auf schon gewohnte Weise ungehindert voran; Erich verkündete jeden Abend neue Etappen und neue Siege.

Die Kanalinseln wurden mehr und mehr zu Festungen umgebaut, zu einer Art vorgelagertem Wall zum Schutz der französischen Küste. Die Besatzer ließen Züge aus Frankreich zum Materialtransport herüberbringen, neue Bahnstrecken wurden gebaut, stillgelegte Gleise wieder in Betrieb genommen. Überall entstanden Mauern, Türme, unterirdische Gänge. Man sah die Kolonnen der Zwangsarbeiter durch die Straßen ziehen – zerlumpte, hungrige Gestalten mit verzweifelten, angstvollen Augen. Seit Hitler Krieg mit Rußland führte, waren es viele russische Gefangene, die auf die Inseln gebracht wurden. Unter der Bevölkerung kursierte eine Menge erschreckender Gerüchte über Mißhandlungen, willkürliche Erschießungen, über Menschen, die vor Hunger und Erschöpfung zusammenbrachen und ohne ärztliche Hilfe in schmutzigen Baracken dahinvegetierten oder starben. Auf Alderney, hieß es, entstehe ein Konzentrationslager, in das Juden vom Festland gebracht werden sollten. Die ganze Situation schien sich zu verschärfen. Die Besatzer wurden nervöser und damit gefährlicher.

»Die Deutschen übernehmen sich mit Rußland«, sagte Dr. Wyatt einmal, als Beatrice von Mae zum Abendessen eingeladen worden war und mit der Familie in dem gemütlichen kleinen Eßzimmer saß. »Noch läuft es gut, aber sie führen nun Krieg mit einem allzu starken Gegner, und irgendwie fangen sie an zu spüren, daß die Luft dünner wird.«

Man hörte von heftigen Bombardierungen Londons, und viele Inselbewohner hatten Angst um Verwandte, die sich dort aufhielten. Nach wie vor gab es keinen Kontakt, keine Verbindung nach England hinüber, aber es sickerten immer wieder Neuigkeiten, Gerüchte, Meldungen durch.

»Die Menschen in London können keine Nacht mehr schlafen«, hieß es, »sie sitzen nur noch in den Kellern, und ringsum krachen Häuser zusammen und brennen ganze Straßenzüge. Sie schicken die Kinder alle aufs Land. Es soll viele Tote geben.«

Hoffentlich gehen Mum und Dad auch aufs Land, dachte Beatrice.

Erich hielt sich nun öfter für einige Tage, manchmal auch für eine oder zwei Wochen, in Frankreich auf, ohne Helene und Beatrice zu informieren, was genau er dort tat. Helene vermutete, daß er den Transport von Baumaterial, hauptsächlich Stahlbeton, auf die Inseln herüber überwachte. Beatrice fand das Leben jedenfalls wesentlich leichter, wenn er nicht da war. Sie konnte öfter zu den Wyatts hinüber, denn obwohl sie mit Mae nicht mehr allzuviel anzufangen vermochte, verbrachte sie lieber einen Abend im Kreis der englischen Arztfamilie als zusammen mit Helene und ihrem ewigen Gejammere. Helene versuchte zwar stets, sie zum Daheimbleiben zu überreden, aber sie sprach kein Verbot aus, so wie Erich es tat. Beatrice konnte sich freier bewegen, und manchmal schlief sie sogar bei den Wyatts, weil es zu spät geworden war und Helene nicht verlangen konnte, daß sie sich nach der Sperrstunde noch hinausbewegte.

Über den Herbst und Winter hin wurden Erichs Depressionen schlimmer, und sie erreichten einen Höhepunkt am 24. Dezember, seinem Geburtstag. Weihnachten sollte nach deutscher Sitte gefeiert werden, mit einem richtigen Heiligen Abend, mit Tannenbaum, Kerzenschein und Lametta. Pierre und Will hatten den Baum gebracht und im Wohnzimmer aufgestellt, und Helene und Beatrice gingen am Mittag daran, ihn zu schmücken. Erich war im Schlafzimmer verschwunden und ließ sich über Stunden nicht blicken, bis Helene schließlich nervös wurde und meinte, Beatrice solle hinaufgehen und nach ihm sehen.

»Es ist immerhin sein Geburtstag. Er hat seine Geschenke noch nicht ausgepackt, und außerdem sollten wir allmählich die Torte anschneiden. Sag ihm doch, er soll herunterkommen.«

»Warum sagst du es ihm nicht?«

Helene hatte einen Blick wie ein furchtsames Kaninchen. »Ich weiß nicht... Sein Geburtstag ist doch immer so kritisch für ihn... Könntest *du* nicht...?«

Er ist doch *ihr* Mann, dachte Beatrice verbittert, als sie hinaufging, warum setzt sie immer *mich* ein, wenn es um ihn geht?

Erich reagierte nicht auf ihr Anklopfen, aber die Tür war nicht verschlossen, und Beatrice trat schließlich einfach ein. Heftiger Alkoholgeruch schlug ihr sofort entgegen, das ganze Zimmer war erfüllt davon, und in den Dunst mischte sich ein unangenehmer Schweißgestank. Erich stand am Fenster und sah hinaus in die frühe winterliche Dämmerung, die sich bereits über den Garten senkte und mit jeder Minute schwärzer und finsterer wurde. Er hatte kein Licht angemacht, im Zimmer waren nur noch die Umrisse der Möbel zu erkennen.

»Beatrice?« fragte er, ohne sich umzudrehen. »Bist du es?«

»Sir, wir wollten wissen, ob Sie nicht hinunterkommen mögen. Helene will die Torte anschneiden.«

»Ist es nicht eine furchtbare Jahreszeit?« Er ging auf ihre Frage nicht ein, drehte sich noch immer nicht um. »So dunkel, so kalt. Hast du bemerkt, daß den ganzen Tag über kein Licht war am Himmel? Nur schwere, graue Wolken. Ein Tag, der nicht hell wurde. Die Dunkelheit des Morgens geht über in die Dunkelheit des Abends. Dazwischen bleibt nichts.«

»Sir…«

»Hast du dir schon einmal Gedanken gemacht, ob es eine Rolle spielt im Leben eines Menschen, in welcher Jahreszeit er geboren wird? Ob in der hellen und warmen oder in der dunklen, kalten? Glaubst du, es prägt sein Leben?«

»Ich glaube das eigentlich nicht.«

»Du bist Anfang September geboren, Beatrice. Das ist im Spätsommer, und die Welt blüht und duftet und wird mit jedem Tag feuriger und bunter. Du kamst auf die Welt und wurdest empfangen von Licht und Schönheit. Du mußt geglaubt haben, in ein Paradies gekommen zu sein.«

Er sprach ein wenig schwerfällig, machte hin und wieder längere Pausen zwischen den Worten, hatte ein wenig Mühe, sich zu konzentrieren, hatte aber offensichtlich auch lange genug über diese Gedanken gebrütet, um sie nun trotz allem formulieren zu können.

»Ich bin in der dunkelsten Zeit geboren«, fuhr er fort. »Am 24. Dezember. Der 21. Dezember ist der kürzeste Tag des Jahres. Der 24. ist nicht viel besser. Eigentlich ist es gar kein Tag. Es ist eine ununterbrochene Nacht.«

Draußen, jenseits des Fensters, verdichtete sich die Dunkelheit. Es erschien Beatrice schwierig, seinen Worten etwas entgegenzuhalten.

»Dafür ist es Weihnachten«, sagte sie schließlich, »das ist doch etwas ganz Besonderes.«

Erich lachte, es klang unfroh und gequält.

»O ja«, sagte er, »etwas ganz Besonderes. Dieser verdammte 24. Dezember ist so besonders, daß kein Mensch jemals daran denkt, daß an diesem Tag noch etwas anderes hätte passiert sein können als die Geburt Jesu. Meine zum Beispiel. Das hat nie irgend jemanden interessiert.«

Er drehte sich endlich um. Ganz schwach konnte Beatrice sein Gesicht erkennen. Es kam ihr grau, alt und müde vor.

»Ich bin nie wichtig gewesen. Für niemanden. Weißt du, was meine Mutter oft zu mir gesagt hat? ›Erich‹, hat sie gesagt, ›du hast mir Weihnachten damals gründlich verdorben. Alle saßen sie unter dem Tannenbaum und haben gefeiert. Ich lag im Bett und mußte dich zur Welt bringen. Hättest du dir nicht einen anderen Tag aussuchen können?‹«

»Das hat sie im Spaß gemeint«, sagte Beatrice.

»Natürlich hat sie es im Spaß gemeint. Natürlich. Aber kein Spaß ist jemals *nur* ein Spaß, verstehst du? Ein Funken Ernst und Wahrheit ist immer dabei. Meine Mutter hat an jenem Heiligen Abend 1899 bestimmt wirklich gedacht: Verdammt! Warum ausgerechnet heute? Konnte der Bengel nicht etwas früher oder später kommen? Warum heute?«

»Das kann sich niemand aussuchen«, sagte Beatrice sachlich. Wie immer, wenn sie sich mit Erich unterhielt, verspürte sie den ersten Anflug von Kopfschmerzen. Es war, als verkrampfe sich etwas in ihrem Gehirn. Warum machte er seine Probleme nicht irgendwann einmal mit sich allein ab?

Er starrte sie an. »Mein Leben ist so dunkel wie der Tag, an dem ich geboren wurde.«

»Möchten Sie nicht mit hinunterkommen?«

»Ich komme später«, sagte er und wandte sich wieder zum Fenster.

Er erschien nicht zum Essen. Helene und Beatrice saßen allein bei Heringssalat und Wein. Helene war nervös und angespannt.

»Jedes Jahr ist dieser Tag ein Drama«, sagte sie und spielte unruhig mit ihrem Serviettenring. »Ich weiß nicht genau, womit er nicht zurechtkommt. Vermutlich damit, daß er einfach ein Jahr älter wird.«

»Vermutlich damit, daß er einfach nicht im Mittelpunkt steht«, entgegnete Beatrice.

Erich kam, als Helene und Beatrice gerade beschlossen hatten, schlafen zu gehen. Die Kerzen am Baum waren heruntergebrannt, der Tisch abgedeckt, der Raum von Schläfrigkeit erfüllt. Der Wein hatte Beatrice benebelt; es war das erste Mal, daß sie Alkohol getrunken hatte. Sie fand es ein wenig schwierig, sich auf ihre Umgebung zu konzentrieren.

Erich war glänzender Laune und sehr berauscht. Beatrice vermutete, daß er Tabletten genommen hatte, um sich aufzuputschen. Er wollte nichts mehr essen, aber er lamentierte herum, weil die Kerzen am Baum nicht mehr brannten, und schließlich mußte

Helene auf die Suche nach neuen Kerzen gehen, sie in den Haltern befestigen und anzünden. Erich sagte, sie sollten alle zusammen »Stille Nacht« singen, aber es waren dann nur er und Helene, die sangen, weil Beatrice den deutschen Text nicht kannte. Dann stellte sich Erich in die Mitte des Zimmers und begann einen Vortrag über den Krieg zu halten, wobei er sich hochtrabender Worte, wilder Gesten und dramatischer Blicke bediente. Der Endsieg war in greifbarer Nähe, der Führer stand im Begriff, der Welt seine ganze Größe zu beweisen, die Herrenrasse säuberte die Erde von allen niederen Subjekten. Erich schleuderte Parole um Parole in den Raum, mit heiserer, betrunkener Stimme, aber mit etwas seltsam Unechtem in seinem Blick, in seiner Gestik, in seiner Ausstrahlung.

Er glaubt nichts von dem, was er sagt, dachte Beatrice, er redet vorformulierte Worte, weil er nicht nachdenken will. Aber es ist Schwachsinn, und er weiß, daß es Schwachsinn ist.

»Ich gehe schlafen«, sagte sie und wollte aufstehen, aber Erich drückte sie auf ihren Stuhl zurück. »Bleib sitzen. Ich bin noch nicht fertig.«

Er redete weiter, öffnete zwischendurch eine Weinflasche, schenkte Helene und Beatrice trotz deren Protest ein, trank selber ein Glas und gleich darauf ein zweites. Seine Worte wurden undeutlicher, die Sätze erschienen manchmal zusammenhanglos, dann wieder ergaben sie einen gewissen Sinn, waren aber einfach die Wiederholung dessen, was die Nazi-Propagandamaschinerie ständig ausspuckte.

Irgendwann waren die Kerzen ein zweites Mal heruntergebrannt, und Erich stand nicht mehr, sondern saß, hielt sich am Tisch fest und verkündete, daß er Erich Feldmann heiße und niemand etwas dagegen tun könne.

»Vielleicht sollten wir ihn hinaufbringen«, meinte Beatrice.

Erich sträubte sich nicht, als er rechts und links untergefaßt und die Treppe hinaufgeführt wurde. Er versuchte zu reden, aber es gelang ihm nicht mehr, ein einziges klares Wort auszusprechen. Oben im Schlafzimmer bugsierten Helene und Beatrice ihn sofort zum Bett, wo er sich ausstreckte und im nächsten Moment einschlief.

»Morgen wird ihm entsetzlich schlecht sein«, sagte Helene seufzend. »Ich frage mich, ob es jemals möglich sein wird, mit ihm ein Weihnachten zu erleben, das *nicht* schrecklich ist!«

Beatrice fand, daß praktisch jeder Tag schrecklich war mit ihm, aber sie sagte nichts. Sie sehnte sich nach Ruhe und Schlaf, und mehr denn je nach Deborah und Andrew.

Am nächsten Morgen wachte sie sehr früh auf, obwohl sie erst so spät ins Bett gekommen war. Ein nebliger, kalter Tag schaute zum Fenster herein, grau und dunkel. Ihr fiel ein, was Erich über diese Jahreszeit gesagt hatte, und für einen Moment konnte sie den Schauder nachempfinden, der ihn erfüllen würde, wenn er heute die Augen aufschlug und den Nebel sah. Aber dann erinnerte sie sich, daß es der 25. Dezember war und daß sie in früheren Zeiten den Tag schön gefunden hätte, trotz der Kälte und des Nebels. Im Wohnzimmer hätte ein warmes Feuer im Kamin gebrannt, das Haus hätte geduftet nach Kaffee und Eiern mit Speck, und sie hätte im Morgenmantel auf dem Teppich gekniet und ihre Geschenke ausgepackt. Sie hätte sich eingehüllt gefühlt von Liebe und Wärme, hätte den Weihnachtsliedern gelauscht, die Deborah mit leiser Stimme vor sich hin trällerte.

Sie stand auf, zog sich an und ging nach unten, fand ein kaltes, ungemütliches Eßzimmer vor, in dem kalter Kerzenrauch zwischen den Wänden hing und leere Gläser und Flaschen auf dem Tisch standen; Überbleibsel des Alkoholexzesses, dem sich Erich am Vorabend hingegeben hatte.

Auf einmal befiel Beatrice der Eindruck, diesen Morgen in diesem Haus mit Erich und Helene nicht aushalten zu können. Er würde zu trostlos sein, zu traurig. Sie zog ihren Mantel an, huschte hinaus und machte sich auf den Weg zu Mae.

Die Luft war kalt und feucht, und der Nebel ließ nur eine Sicht von wenigen Metern zu. Silbriger Rauhreif lag über den Wiesen rechts und links der Straße. Hin und wieder stahl sich ein Streifen Sonne zwischen den Nebelwänden hervor und sickerte über die Gräser und Mauern. Kein Laut war zu hören. Eine vollkommene Stille hüllte die Insel ein, der Nebel schien alles Leben verschluckt zu haben. Beatrice zog fröstelnd die Schultern hoch und wußte dabei, daß ihr Frieren nicht nur von der Kälte herrührte.

Das gemütliche Haus der Wyatts mit seinen Sprossenfenstern und den vielen Obstbäumen im Garten tauchte am Ortsausgang vor ihr auf. Nirgendwo brannte Licht, was Beatrice irritierte. Schlief die Familie noch? Aber die Läden waren geöffnet, und nach einigem Zögern betätigte Beatrice den Türklopfer aus Messing.

Nichts rührte sich. Sie probierte es ein zweites Mal, aber wiederum blieb alles still. Sie ging um das Haus herum, trat an die Küchentür, spähte durch die Glasscheibe hinein. Sie sah Julien, der am Tisch saß und Kaffee trank.

Er erblickte sie im gleichen Moment wie sie ihn und sprang auf. Einen Augenblick lang hatte es den Anschein, als wolle er aus der Küche stürzen und sich verstecken, aber dann wurde ihm wohl die Sinnlosigkeit einer solchen Reaktion klar. Er blieb also stehen, und sie starrten einander an, Beatrice voller Staunen, und Julien voller Entsetzen.

Dann kam Julien auf die Tür zu, schob den Riegel zurück und öffnete.

»Beatrice!« Seine Stimme klang heiser. »Bist du allein?«

»Ja. Es ist niemand bei mir. Julien... ich weiß gar nicht, was ich...«

Er trat einen Schritt zurück. »Komm rein!« flüsterte er, und kaum war sie drinnen, verriegelte er die Tür schon wieder.

»Ich habe vorn geklopft.« Unwillkürlich flüsterte auch Beatrice. »Aber als sich nichts rührte...«

»Ich habe das gar nicht gehört«, sagte Julien. Er sah sehr blaß aus, immer noch zutiefst erschrocken. »O Gott, es war wohl schrecklich leichtsinnig von mir, hier in der Küche zu sitzen. Es hätten Deutsche sein können, die plötzlich zur Tür hereinschauen.«

»Oder Nachbarn, die Sie verraten könnten«, meinte Beatrice. »Wie lange sind Sie denn schon hier?«

»Seit dem dritten Tag nach meiner Flucht. Ich hatte mich zunächst in den Felsen an der Küste versteckt, aber dort konnte ich natürlich nicht überleben. Dr. Wyatt war der einzige Mensch, den ich kannte – und dem ich vertraute. Er hat mich sofort aufgenommen.«

»Ich war so oft hier«, sagte Beatrice, »und nie habe ich etwas bemerkt.«

»Ich lebe auf dem Dachboden.« Julien verzog das Gesicht. »Nicht der beste Aufenthaltsort, aber besser als die Arbeit für die Deutschen. Dr. Wyatt überlegt immer wieder, wie er mich von der Insel wegbringen kann, aber er meint, es sei zu gefährlich. Die Deutschen bewachen alle Küsten ringsum.«

»Weiß Mae Bescheid?« fragte Beatrice, und Julien nickte.

»Natürlich. Es würde nicht funktionieren, wenn man sie nicht eingeweiht hätte. Offenbar hat sie aber tatsächlich den Mund gehalten.«

»Das hat sie.« Beatrice war erstaunt. Die alberne, kindische Mae brachte es tatsächlich fertig, über eine solche Sensation zu schweigen. Das hätte sie ihr nicht zugetraut.

»Wo sind Mae und ihre Eltern?« fragte sie.

»Bei Freunden. Sie sind zum Weihnachtsfrühstück eingeladen und werden mittags wiederkommen. Möchtest du einen Kaffee, Beatrice? Setz dich doch!« Er rückte einen Stuhl für sie zurecht. Allmählich schien er sich zu entspannen. »Ich mußte einfach mal vom Dachboden herunter. Man wird ganz verrückt da oben. Manchmal habe ich richtig Platzangst. Ich möchte das Fenster aufstoßen und schreien, aber natürlich tue ich es nicht.« Er nahm eine zweite Tasse aus dem Schrank, stellte sie vor Beatrice hin, schenkte Kaffee ein. »Hier, trink das. Du siehst ziemlich verfroren aus.«

Der heiße Kaffee tat gut. Beatrice schloß ihre klammen Finger um die Tasse, spürte das Kribbeln der Wärme.

Wie schön ist es, dachte sie, hier mit Julien zu sitzen und Kaffee zu trinken, anstatt mir drüben Erichs Geschwätz und Helenes Gejammer anzuhören.

»Was machen Sie den ganzen Tag?« fragte sie.

Julien sah richtig stolz aus. »Ich lerne Englisch. Ich kann es ja aus der Schule, aber mir fehlte natürlich die Übung. Jetzt lese ich englische Bücher, und Dr. Wyatt hat mir noch eine Grammatik gegeben, mit der ich arbeite. Findest du nicht, daß ich schon ziemlich gut bin?«

»Sie sind perfekt.« Sein Englisch war tatsächlich um vieles besser geworden. Allerdings sprach er nach wie vor mit einem starken französischen Akzent, den Beatrice aber höchst interessant fand. Sie hätte ihm stundenlang zuhören können.

»Ich weiß ja nicht«, fuhr Julien fort, »ob ich je in meine Heimat zurückkann. Nach meiner Ansicht wird es auch das unbesetzte Frankreich nicht mehr lange geben. Die Deutschen breiten sich aus wie ein Krebsgeschwür, schnell und rücksichtslos wuchernd. Wenn es mir also je gelingen sollte, diese Insel zu verlassen, kann ich vielleicht nur nach England hinüber. Besser, ich beherrsche dann die Sprache.«

Seine dunklen, melancholischen Augen verschleierten sich, und ein Ausdruck von Trauer und Müdigkeit, der Beatrice anrührte, legte sich über sein Gesicht. Sie war versucht, nach seiner Hand zu greifen, scheute aber davor zurück.

»Sie haben Heimweh, nicht wahr?« fragte sie statt dessen.

Julien nickte. »Manchmal denke ich, ich sterbe vor Heimweh. Nach meinen Eltern, den Geschwistern, nach meinem Land. Nach den Freunden, nach meiner Sprache. Und nach der Freiheit.« Er atmete tief. »Kälte und Feuchtigkeit hängen in deinen Kleidern und in deinem Haar, Beatrice. Ich möchte am liebsten davon trinken. Oft habe ich ein solch starkes Bedürfnis, hinauszulaufen, über die Wiesen zu rennen, über die Klippen am Meer zu klettern, durch Wälder zu streifen, meinen Kopf auf die Erde zu legen, Gras und Rinde und Blumen zu atmen oder den kalten Wind auf meinem Gesicht zu spüren. Ich denke, ich werde verrückt, wenn ich nicht endlich meine Kraft wieder ausprobieren kann, meine Muskeln und meinen Körper spüren…« Er bewegte seinen Arm. »Ich trainiere jeden Tag mit Gewichten. Ich kann nicht nur an einem Fleck sitzen und zusehen, wie mein Körper schlaffer und schwächer wird.«

»Vielleicht dauert das alles nicht mehr lange«, tröstete Beatrice, »es heißt, es steht nicht gut für die Deutschen in Rußland.«

Julien hob beide Hände. »Wer weiß es? Hitler hat den Teufel auf seiner Seite. Der Teufel ist stark.« Abrupt wechselte er das Thema. »Wie geht es Pierre? Ist er noch bei euch?«

»Ja. Sie haben ihn damals verhört. Und gefoltert.«

»Das habe ich befürchtet. Ich hätte nicht weglaufen sollen, nicht wahr? Aber ich habe schon so lange mit dem Gedanken gespielt. Immer wieder habe ich Pläne gemacht, und ich habe auch versucht, Pierre dafür zu gewinnen. Ich wollte *mit* ihm fliehen. Aber

Pierre war zu ängstlich. Er hat immer gesagt, er wagt es nicht, so etwas zu tun. Irgendwann war mir klar, daß ich es nur allein machen kann. Daß er nicht die Nerven dafür haben würde.«

»Es geht ihm jetzt einigermaßen gut«, sagte Beatrice. »Im Winter ist auch nicht soviel zu tun. Er bekommt sehr wenig zu essen, aber insgesamt wird er gut behandelt.«

Julien nickte gedankenverloren. Dann wieder schweiften seine Augen wach und unruhig durch die Küche.

»Wir müssen sehr vorsichtig sein«, sagte er eindringlich. »Bist du sicher, daß niemand dir gefolgt ist?«

»Nein, niemand. Und ich werde auch zu niemandem etwas sagen. Ich hoffe nur…« Sie sprach den Satz nicht zu Ende, wissend, daß Julien ahnte, woran sie dachte. Razzien und Hausdurchsuchungen waren auf der Insel an der Tagesordnung, und Dr. Wyatt konnte es ebensogut treffen wie jeden anderen auch. Julien schwebte Tag und Nacht in höchster Gefahr.

»Wir stehen das alles durch«, sagte sie und machte eine Handbewegung, die die kleine Küche einschloß und die ganze Insel meinte. »Das alles. Diesen ganzen Krieg, die Deutschen, den ganzen verdammten Schlamassel eben.«

Julien lächelte. Ein Strahlen erhellte seine düsteren Züge und ließ ihn so jung aussehen, wie er war.

»Den ganzen verdammten Schlamassel«, wiederholte er. »Ich bin überzeugt, wir schaffen das.«

Das Kriegsglück der Deutschen begann sich ernsthaft zu wenden im Frühjahr 1942, und trotz aller Bemühungen der Besatzer, Nachrichten zu unterdrücken und statt dessen die eigene Propaganda wirksam werden zu lassen, bekam die Inselbevölkerung genau mit, was sich an den Fronten in aller Welt abspielte: Fast kein Haushalt, der nicht heimlich BBC gehört hätte. Gerüchte sprangen von Ort zu Ort, von Haus zu Haus. In Rußland sah es gar nicht gut aus, hieß es, und die deutsche Bevölkerung leide in den Nächten unter englischen Bombern. Die einen sagten, Amerika werde bald in den Krieg eintreten, andere behaupteten, das werde nie geschehen. Churchill plane eine Invasion auf dem Festland, behaupteten manche, und andere sagten, dies sei absurd, denn

Churchill könne niemals genügend Truppen mobilisieren. Die Wogen gingen hoch, aber obwohl niemand etwas Genaues sagen konnte, schien doch eine neue Bewegung in den Krieg gekommen zu sein: Auf eine noch undefinierbare Weise hatte sich die von Siegen getränkte Aura der Deutschen verändert. Sie verlor an Glanz. Die Nazis hatten geglaubt, nichts und niemand werde sie aufhalten können, und nun schien das keineswegs mehr sicher. Die Deutschen erwiesen sich als verletzbar.

»Das Glück war lange Zeit auf ihrer Seite«, sagte Dr. Wyatt, »aber niemand hat das Glück auf ewig gepachtet. Es geht aufwärts und abwärts. Für die Nazis wie für uns alle.«

Beatrice hielt sich noch häufiger als früher bei den Freunden auf, denn Erich war nach wie vor oft auf dem französischen Festland, und Helene versuchte zwar, sie daheim zu halten, wagte es aber nicht, ein Verbot auszusprechen. Beatrice merkte, daß Mae wegen Julien eifersüchtig war; bisher hatte sie als einzige Nicht-Erwachsene von dem Versteck gewußt, und nun war auch Beatrice eingeweiht. Zudem verbrachte Beatrice mehr Zeit mit ihm oben auf dem Dachboden als mit Mae beim Plaudern, Kichern und Spazierengehen. Sie unterhielt sich stundenlang mit ihm, fragte ihn englische Vokabeln ab und ließ sich von ihm Französisch beibringen. Er las ihr Victor Hugo vor und erzählte, daß der französische Dichter lange Zeit auf Guernsey gelebt habe.

»Lies weiter«, bat sie, denn sie fand *Notre-Dame von Paris*, die Geschichte des Glöckners Quasimodo, so spannend, daß sie die Lektüre keinen Moment lang unterbrechen wollte.

»Ich glaube, mich kennst du bald gar nicht mehr«, klagte Mae eines Tages gekränkt, als Beatrice zu Besuch kam, kurz grüßte und in Richtung Dachboden strebte. »Du beachtest mich überhaupt nicht!«

»Ich habe Julien versprochen, daß ich …«, fing Beatrice an, aber Mae schrie: »Julien, Julien, Julien! Du denkst ja an nichts anderes mehr! Weißt du, was ich glaube? Du bist verliebt in Julien, das ist es! Du bist total verknallt, und deshalb rennst du ständig zu ihm hin!«

»Also, soviel Unsinn hast du schon lange nicht mehr geredet«, entgegnete Beatrice verärgert, aber Maes Worte gingen ihr für den ganzen Rest des Tages durch den Kopf. Sie hat recht, dachte sie, und diese Erkenntnis erschütterte sie fast. Natürlich war sie verliebt in ihn, *das* war das eigenartige Gefühl, das sie seit einiger Zeit erfüllte. Seitdem Julien sie am Tag seiner Flucht so eigenartig angesehen hatte, war etwas verändert in ihr, aber sie hatte nicht recht gewußt, was es war. Jetzt, da sie es einordnen konnte, steigerte sich die Spannung fast ins Unerträgliche. Sie ging nach Hause, schloß sich in ihrem Zimmer ein und betrachtete sich in dem Spiegel über der Kommode, versuchte, sich mit den Augen Juliens zu sehen. Sie blickte auf ein großes, dünnes Mädchen mit schlaksigen Armen und Beinen, mit einem schmalen Gesicht, das ihr unfertig vorkam und etwas zu spitz. Sie hatte etwas schräg gestellte Augen – »Katzenaugen« sagte Helene immer –, die ernst und leicht skeptisch dreinblickten. Sie wirkte älter als Mae, fand sie, überhaupt älter als ein dreizehnjähriges Mädchen. Sie mochte ihre welligen, dunkelbraunen Haare nicht, sie waren zu dick, zu widerspenstig, zu wild und zerzaust, statt fein und seidig.

Sie seufzte, drehte sich ein wenig, um sich im Profil zu betrachten, strich die Haare zurück, versuchte ein kokettes Lächeln, das völlig mißlang. Sie war nicht der Typ für Koketterie, ahnte, daß sie es nie sein würde.

Sie überlegte einen Moment, dann streifte sie langsam ihr Kleid von den Schultern. Es war eines von Helenes Sommerkleidern; Helene hatte es für sie geändert. Beatrice wußte, daß es ihr stand, deshalb trug sie es gern, wenn sie Julien besuchte. Das sanfte Grün ließ ihre Augen schillern und zauberte einen kastanienfarbenen Schimmer in ihre Haare. Jedenfalls hatte Julien das behauptet. Sie selbst konnte nichts dergleichen wahrnehmen, aber es reichte, wenn Julien es sah.

Das Kleid rutschte zur Hüfte hinab, fiel an den Beinen entlang auf den Boden. Zögernd zog sie das leinerne Unterhemd über den Kopf, betrachtete zuerst scheu, dann kritisch ihren knochigen Oberkörper, die Rippenbögen, die sich deutlich unter der blassen Haut abzeichneten, und die kleinen, weißen Brüste, auf denen hauchfein blaßblaue Adern verliefen und deren Spitzen hellrot und fest waren. Ihre Unterhose zog sie nicht aus, das wäre ihr peinlich gewesen wegen des Spiegels und ihrer Gedanken an Julien. Aber sie konnte die Hüftknochen sehen, die scharf hervorstanden, und ihre Oberschenkel, die sehr lang und sehr glatt waren.

Ich müßte ein bißchen runder werden, dachte sie, Männer mögen das, oder? Sie erinnerte sich, daß Deborah manchmal gejammert hatte, sie habe zugenommen, und daß Andrew dann immer gesagt hatte, sie solle um Himmels willen jedes Gramm hegen und pflegen und möglichst noch ein wenig zulegen.

»Irgend etwas muß ich doch anfassen können«, sagte er. »Soll ich etwa mit leeren Händen dastehen?«

»Das Kind!« zischte Deborah dann verschämt, aber »das Kind« hatte sowohl die Worte genau verstanden, als auch die Blicke bemerkt, mit denen Andrew Deborahs Körper streichelte. Wie bei Julien, dachte Beatrice nun, wenn er mich ansieht.

Der Gedanke verursachte ein eigentümliches Gefühl in ihrem Magen, eine Art Schauer, ein leises, angenehmes Ziehen.

Vielleicht war Julien auch in sie verliebt.

Der Gedanke machte sie unruhig, aber auch glücklich. Es bedeutete, daß sich etwas in ihrem Leben verändern würde, oder daß sich sogar schon etwas verändert hatte. Aber vielleicht steigerte sie sich in eine ganz unsinnige Idee hinein: Konnte es wirklich sein, daß sich ein zwanzigjähriger Mann in ein dreizehnjähriges Mädchen verliebte?

Bald vierzehn, korrigierte sie sich, im September.

Ein paar Tage später sprach sie zufällig mit Julien über ihren Geburtstag, und er fragte sie, was sie sich von ihm wünsche. Sie saßen auf dem Dachboden, hatten gerade die Lektüre von *Notre-Dame von Paris* beendet. Es war sehr warm draußen; sie hatten die Luke geöffnet, aber dennoch schien die Luft stickig und staubig. Julien war schon die ganze Zeit unruhig gewesen, hatte die Lektüre immer wieder unterbrochen, war hin und her gelaufen. Es jährte sich nun bald der Tag, an dem er geflohen und untergetaucht war, und der Gedanke daran schien ihn mit Entsetzen zu erfüllen.

»Ein Jahr! Ein ganzes Jahr!« Er sprach mit stärkerem Akzent als sonst. »Ein Jahr schon sitze ich auf diesem Speicher, eingesperrt wie ein Tier in einem Käfig, und nichts hat sich geändert. Die Deutschen sind immer noch da, meine Heimat ist besetzt, diese Inseln ebenfalls. Es kann Jahre so weitergehen, Jahrzehnte! Mein ganzes Leben werde ich auf diesem Dachboden verbringen! Irgendwann werde ich mir nicht einmal mehr wünschen, es möge anders sein, weil ich nicht mehr fähig bin, draußen zu existieren. Man verlernt es, weißt du. Und vielleicht ziehen die Deutschen ab, wenn ich ein alter Mann bin, und ich gehe hinaus und finde eine Welt vor, die keine Ähnlichkeit mehr hat mit der, die ich gekannt habe.«

»Alle sagen, daß die Deutschen nicht mehr lange siegen werden.«

»Das weiß niemand. Es kann so oder so kommen. Und meine Zeit verrinnt. Ich sitze hier, und niemand hilft mir. Niemand!«

Irgendwann hatte er sich wieder hingesetzt, hatte weitergelesen, aber er war unkonzentriert gewesen und hatte so schnell gesprochen, daß Beatrice manchmal Mühe hatte, ihn zu verstehen. Schließlich klappte er das Buch zu, sah sie an und fragte sie, wann sie Geburtstag habe und was sie von ihm haben wolle.

»Ich weiß nicht. Es ist noch so lange bis dahin.«

»Trotzdem. Ich möchte wissen, was du dir wünschst.«

Sie überlegte. »Ich hätte gern das Buch«, sagte sie, »die Geschichte vom Glöckner von Notre-Dame.«

Julien reichte es ihr sofort über den Tisch hinweg zu.

»Hier. Behalte ihn. Natürlich sollst du ihn haben – deinen ersten Roman in französischer Sprache. Aber dieses alte, zerfledderte Buch ist kein wirkliches Geburtstagsgeschenk.«

Beatrice fragte sich, was er ihr sonst hätte schenken wollen. Er hatte doch nichts; nicht einmal die Kleider, die er trug, gehörten ihm, sondern Dr. Wyatt.

»Es ist ein wunderschönes Geschenk«, sagte sie.

»Nein, nein«, widersprach Julien, stand auf, fing erneut an im Kreis umherzulaufen. Sein Gesicht verriet Anspannung. Plötzlich blieb er stehen.

»Ich habe eine Idee«, verkündete er, »ich kann dir nichts Richtiges schenken, aber wir können etwas Besonderes an deinem Geburtstag machen. Wir werden die Nacht vor deinem Geburtstag am Meer verbringen. Wir werden über die Klippen wandern, wir werden im Sand sitzen und uns vom Mond bescheinen lassen, und vielleicht werden wir im Meer baden und…«

Beatrice lachte. »Das geht doch nicht. Das wäre viel zu gefährlich.«

»Natürlich geht es. Wir werden vorsichtig sein, und niemand wird uns sehen.«

»Aber nach der Sperrstunde darf niemand mehr hinaus. Vor der Küste kreuzen deutsche Boote. Wir würden bestimmt auffallen. Die Nächte sind Anfang September nicht mehr so hell wie jetzt, aber…«

»Aber?«

»Wir sollten es nicht tun«, sagte sie ohne jede Überzeugung.

Er war mit zwei Schritten neben ihr, zog sie vom Stuhl hoch und schloß sie in die Arme. So nah war er ihr noch nie gekommen.

»Wir sollten es tun«, sagte er leise. »Es hat keinen Sinn, immer nur in Angst zu erstarren. Laß uns einfach einmal etwas Verrücktes, Wildes, Gefährliches unternehmen!«

Sie schüttelte noch immer den Kopf, aber ihr Widerstand war längst in sich zusammengefallen. Und wenn sie wahnsinnig werden würde vor Angst – es wäre besser, als die Nacht daheim, am Fenster stehend, zu verbringen, in den samtschwarzen Himmel zu schauen, auf die Laute im Gras und in den Bäumen zu lauschen und zu denken, was hätte sein können, wäre sie nur ein wenig mutiger gewesen.

3

»Er wurde mein Liebhaber in der Nacht meines 14. Geburtstages«, sagte Beatrice, »und er blieb es für einige Jahre. Ich war überzeugt, nie wieder jemanden so lieben zu können wie ihn. In diesem Alter ist die Liebe entsetzlich intensiv. Sie zieht einem den Boden unter den Füßen weg. Ich konnte nur noch an Julien denken, Tag und Nacht. Manchmal kam mir der Gedanke, ich müßte mich mehr um meine Eltern sorgen, und dann hatte ich ein ziemlich schlechtes Gewissen. Aber es half nichts. Ich war verliebt in Julien, und ich war strahlend glücklich. Trotz Krieg und allem Schrecken. Ich fühlte mich überwältigt vor Glück.«

»Und niemand hat Sie in dieser Nacht gesehen?« fragte Franca. Beatrice schüttelte den Kopf. »Die Nacht war klar und sehr hell. Wir liefen über die Klippen, und bestimmt waren wir weithin sichtbar. Aber irgendwie hatten wir wohl das Glück auf unserer Seite. Es geschah nichts. Die Deutschen ließen uns in Ruhe bis zum Morgengrauen.«

»Eine romantische Geschichte«, sagte Franca, und Beatrice entgegnete: »Manchmal denke ich, es sind die harten Zeiten, die die romantischen Geschichten hervorbringen. Man wagt höhere Einsätze für das, was man dann bekommt.«

Sie saßen immer noch in der Küche, es war weit nach Mitternacht, und draußen hatte es zu regnen begonnen. Der Aprilregen rauschte gleichmäßig, stark und kräftig zur Erde. Irgendwann am Abend war der Pizzabote gekommen und hatte die Pizzen gebracht; nun standen die leeren Pappschachteln auf dem Tisch, und der Geruch nach geschmolzenem Käse, Tomaten und Oregano hing im Raum. Beatrice hatte Kerzen angezündet, deren Schein den letzten Rest Rotwein in den Gläsern schimmern ließ. Die Atmosphäre war von Vertrauen und Zuneigung und sehr viel Nähe erfüllt, und das alles war zwischen Beatrice und Franca bislang nicht spürbar gewesen. In den letzten Stunden war eine Wärme entstanden von jener besonderen, unbefangenen Art, wie nur Frauen sie untereinander empfinden können. Es störte nicht, daß sie verschiedenen Generationen angehörten. Sie verstanden einander.

»Heute frage ich mich manchmal, ob Julien mich wirklich geliebt hat«, fuhr Beatrice fort, »ich meine, mit der gleichen Opferbereitschaft und Hingabe, mit der ich ihn liebte. Ich denke, ich stellte für ihn die Verbindung zum Leben dar. Er fühlte sich begraben, ausgegrenzt, oft hoffnungslos. Wenn er mich in den Armen hielt, wenn wir uns liebten, dann war er einfach ein junger Mann, der mit einem jungen Mädchen Liebe machte. Dann lebte er. Vielleicht wäre jede andere das gleiche für ihn gewesen wie ich.«

»Mae jedenfalls nicht«, wandte Franca ein. »Die beiden hatten ein halbes Jahr lang Zeit, etwas zwischen sich entstehen zu lassen. Aber es geschah nichts.«

»Nein, mit Mae nicht. Aber sie war auch noch ein richtiges Kind – im Unterschied zu mir. Zudem war sie die Tochter der Leute, die Julien versteckten, die unendlich viel für ihn aufs Spiel setzten. Mit ihr zu schlafen, so jung, wie sie war, hätte Julien unerträgliche Gewissensbisse bereitet. Das hätte er nicht getan.«

»Sie waren auch sehr jung.«

»Ich wurde vierzehn in unserer ersten Nacht. Sind die Mädchen heute da nicht noch jünger? Damals war es sicher ungewöhnlich. Aber...«, Beatrice hob die Schultern, »aber die Umstände ließen nichts anderes zu. So schien es uns jedenfalls.«

»Hatten Sie keine Angst, schwanger zu werden?«

»Natürlich. Ständig. Wir versuchten aufzupassen, so gut wir konnten. Letzten Endes hatten wir wohl einfach Glück. All die Jahre passierte nichts.«

»Und die Wyatts bekamen nicht das geringste mit?«

»Sie waren es ja schon gewöhnt, daß ich stundenlang oben bei ihm war. Dr. Wyatt war sowieso selten daheim. Und die Bodenklappe war geschlossen, die Leiter eingezogen. Das mußte aus Sicherheitsgründen immer der Fall sein, es hätte ja plötzlich eine Razzia stattfinden können. Wenn also Mae oder ihre Mutter etwas von uns wollten, mußten sie sich bemerkbar machen, und wir öffneten ihnen dann und ließen die Leiter hinunter. Es gab keine Überraschungsbesuche.«

»Trotzdem wäre es nur natürlich gewesen, wenn Mrs. Wyatt mißtrauisch geworden wäre. Ein junger Mann und ein junges Mädchen... so viele Stunden immer wieder allein...«

»Mrs. Wyatt war halb verrückt vor Angst wegen Julien. Sie sah sich und ihre Familie ständig in Gefahr. Ich glaube, ihre Kraft reichte nicht aus, sich auch noch um meine Unschuld Gedanken zu machen. Ich habe sie vor zwei Jahren in ihrem Altersheim bei London besucht, und wir sprachen über die Zeit damals – sie hatte ganz offensichtlich immer noch nicht den geringsten Verdacht. Insgeheim war sie vielleicht auch ganz froh, daß Julien durch mich ein wenig Gesellschaft hatte, daß er abgelenkt war und nicht ständig grübelte. Und nicht dauernd Pläne schmiedete, wie er abhauen könnte. Zwar hätte sie ihn gern am anderen Ende der Welt gesehen, aber sie war zugleich überzeugt, daß er bei einer Flucht geschnappt werden und sie alle dann verraten würde. Sie war sehr blaß und immerzu niedergeschlagen.«

»Und Mae ...«

»Mit Mae war es schon schwieriger. Sie argwöhnte, daß sich etwas abspielte, aber sie fand keine Bestätigung für ihren Verdacht. Unsere Freundschaft geriet in eine ernste Krise, aber das war wirklich meine Schuld. Ich kümmerte mich kaum noch um Mae. Sie muß sich sehr verletzt gefühlt haben.«

Franca griff nach der Rotweinflasche, schenkte sich nach. Sie hatte schon zuviel getrunken, fühlte sich angenehm leicht und hatte den Eindruck, es sei vielleicht besser, nicht weiterzumachen. Aber diesmal hatte sie kein schlechtes Gewissen bei dem Gedanken, möglicherweise zuviel zu erwischen. Sie trank nicht so, wie sie in den letzten Wochen abends allein daheim vor dem Fernseher getrunken hatte: frustriert, traurig, darum bemüht, sich zu betäuben, und dabei wissend, daß sie sich am nächsten Morgen kalt und elend fühlen und heftige Kopfschmerzen haben würde.

Heute trank sie, weil es ihr gutging, weil ihr der Wein schmeckte. Sie fühlte sich geborgen, warm und zufrieden in der gemütlichen Küche. Das anheimelnde Geräusch des gleichmäßig rauschenden Regens beruhigte sie. Irgendwo in ihr breitete sich, noch halb unbewußt, die Ahnung aus, daß das Leben schön sein konnte.

»Wirklich mißtrauisch war übrigens Helene«, fuhr Beatrice fort. Sie hatte sich die zwanzigste Zigarette an diesem Abend angezündet, rauchte sie so genießerisch, als sei es die erste. »Dabei wußte sie nun am allerwenigsten. Aber sie sagte ständig, ich käme ihr verändert vor, meine Aura sei eine andere geworden. Ich strahlte wohl etwas aus, das sie beunruhigte.«

»Weiß sie inzwischen davon?« fragte Franca.

Beatrice nickte. »Sie hat später davon erfahren. Nach dem Krieg. Aber da konnte sie nichts mehr tun.«

Sie hatten Helene zweieinhalb Stunden zuvor nach Hause kommen hören. Kevin hatte sich an der Tür mit einem geheimnisvollen Flüstern von ihr verabschiedet, was ihr das Gefühl gegeben haben mußte, ein junges Mädchen zu sein, das von seinem Verehrer etwas verspätet heimgebracht wird und aufpassen muß, seine Eltern nicht aufzuwecken.

»Er weiß ganz gut, wie er es anstellen muß«, hatte Beatrice mit einem sarkastischen Lächeln kommentiert.

Helene hatte kurz zur Küche hereingeschaut, mit einer wirbelnden Bewegung, die den Rock ihres weißen Kleides fliegen ließ. »Seid ihr immer noch wach?« Ihre Augen leuchteten. Sie war tatsächlich unpassend jugendlich angezogen, aber in ihrem Gesicht erkannte Franca etwas von der Attraktivität, die sie einmal besessen haben mußte. »Es war ein herrlicher Abend! Kevin hat einfach göttlich für mich gekocht. Ich glaube, ich platze gleich, soviel habe ich gegessen. Wir haben Musik gehört, und als es langsam dunkel wurde, zündete Kevin alle Kerzen im Zimmer an. Ach, ich werde jetzt *gut* schlafen!« Sie warf ihnen eine Kußhand zu. »Gute Nacht! Träumt etwas Schönes!« Schon war sie wieder verschwunden und eilte mit einer für ihr Alter bemerkenswerten Leichtfüßigkeit die Treppe hinauf.

»Es geht ihr gut«, hatte Franca gesagt, »und das ist die Hauptsache.«

»Kevin geht es sicher auch gut«, hatte Beatrice bitter erwidert, »denn sie wird bereit sein, eine Menge Geld zu bezahlen, um einen weiteren solchen Abend zu erleben.«

Nun meinte sie gedankenverloren: »Ich glaube, daß Helene mich in jener Zeit regelrecht haßte. Ihr war klar, daß irgend etwas vor sich ging, und sie begriff, daß ich nicht vorhatte, sie zu meiner Vertrauten zu machen. In ihrer Not wandte sie sich schließlich an Erich. Sie erzählte ihm, daß ich mich ständig herumtriebe und daß sie Angst habe, ich könnte in schlechte Gesellschaft geraten. Erich war außer sich. Er war so oft weg, daß er kaum etwas mitbekommen hatte, und nun fühlte er sich wohl hintergangen und verraten. Ausgegrenzt. Er schrie herum, wollte wissen, wo und mit wem ich soviel Zeit verbrächte. Ich sagte, daß ich oft mit Mae zusammen sei – was zwar gefährlich war, da sich dort ja Julien versteckt hielt, aber noch auffälliger hätte ich mich verhalten, hätte ich abgestritten, Mae zu sehen. Denn das wußte er sowieso. Ich berichtete aber auch von langen, einsamen Spaziergängen, erklärte ihm, wie sehr ich litte unter der Trennung von meinen Eltern, und daß ich in einer Phase sei, in der ich die Einsamkeit suchte. Irgendwie nahm er mir das nicht wirklich ab. Er musterte mich aus scharfen Augen und meinte, ich sei verändert. Ich erwiderte, das komme daher, daß er mich lange nicht gesehen habe, ich sei einfach älter geworden.

›Nein, nein, das allein ist es nicht‹, sagte er stirnrunzelnd, ›du hast etwas an dir … mir gefällt das nicht! Mir gefällt das ganz und gar nicht!‹

Nun, jedenfalls verlangte er, ich solle in Zukunft von der Schule direkt nach Hause kommen und den Rest des Tages und den Abend daheim verbringen. Helene beauftragte er, darauf zu achten, daß ich den Befehl befolgte. Ich hoffte, Helene austricksen zu können, wenn Erich erst wieder fort wäre, aber das erwies sich als schwierig. Helene hatte ein ausgeprägtes eigenes Interesse daran, mich daheim zu halten. Sie konnte nicht allein sein, und es hatte sie halb verrückt gemacht, mich nie bei sich zu haben.«

»Es wurde also sehr schwierig, Julien zu treffen«, mutmaßte Franca.

Beatrice nickte langsam. »Was nicht heißt, daß es unmöglich geworden wäre. Aber wir sahen uns bei weitem nicht mehr so häufig, und das Risiko für alle Beteiligten erhöhte sich. Denn wenn ich mich nun heimlich davonstahl, bestand immer die Gefahr, daß Helene mir folgte oder daß sie in ihrer Hysterie Suchmannschaften hinter mir herhetzte. Das hätte Juliens Ende bedeuten können – und den Wyatts hätte es das Verhängnis gebracht. Ich glaube, in dieser Zeit fing ich wirklich an, Helene zu hassen. Sie war mir immer schon auf die Nerven gegangen, aber eigentlich hatte sie mir leid getan, und ich hatte nie eine echte Abneigung gegen sie gehegt. Doch nun lernte ich sie von ihrer unangenehmen Seite kennen. Ich begriff, wie egoistisch sie war und welch eiserne Härte sich hinter ihrem mädchenhaften Äußeren verbarg. Sie war rücksichtslos, wenn es um die Durchsetzung ihrer Interessen und Wünsche ging. Das begriff ich damals, und später bestätigte sie dieses Bild immer wieder. Irgendwann verachtete ich sie nur noch.«

Franca zögerte. »Aber trotzdem«, sagte sie schließlich, »sind Sie dann ein Leben lang zusammengeblieben.«

Beatrice starrte sie an. Mit einer aggressiven Bewegung drückte sie ihre Zigarette aus. »Ja, man sollte es nicht glauben, stimmt's? Das hat sie tatsächlich geschafft. Dieses zerbrechliche Wesen mit den blauen Kulleraugen hat es in der Tat geschafft, mich bis heute zu terrorisieren. Das ist eine Leistung, finden Sie nicht? Manchem, der viel stabiler aussieht als sie, wäre das nicht geglückt.«

Franca hatte den Eindruck, etwas Falsches gesagt zu haben. »Es tut mir leid, wenn ich ...«, begann sie, aber Beatrice winkte ab.

»Es muß Ihnen nichts leid tun, Franca. Ihre Bemerkung war ganz normal. Aber wir sollten jetzt schlafen gehen. Es ist gleich ein Uhr, und morgen ist auch noch ein Tag.«

Sie ließen alles stehen und liegen und stiegen die Treppe hinauf. Franca merkte plötzlich, wie müde sie war. Der Rotwein hatte eine einschläfernde Wirkung auf sie, und das Rauschen des Regens hinter den Fenstern verstärkte sie noch. Sie hatte sich kaum im Bett ausgestreckt, da schlief sie schon ein.

Das Läuten des Telefons weckte sie. Auf jene unerklärliche Weise, wie Menschen träumen, hatte sie das Klingeln zuerst in ihren Traum integriert. Sie war daheim gewesen und hatte auf Michael gewartet, und auf einmal hatte die Haustürglocke anhaltend geschrillt.

Das muß Michael sein, dachte sie, ich muß ihm sofort öffnen.

Sie setzte sich im Bett auf, blickte verwirrt um sich und versuchte zu begreifen, wo sie sich befand. Ihr wurde klar, daß sie auf Guernsey war und nicht daheim, und daß es das Telefon war, das klingelte, und nicht die Türglocke. Sie überlegte, ob sie hinunterlaufen sollte, aber da hörte sie schon Beatrices Stimme, ohne verstehen zu können, was sie sagte. Gleich darauf waren Schritte auf der Treppe zu vernehmen, und es wurde an ihre Tür geklopft.

»Franca?« Das war Beatrice. »Franca, sind Sie wach?«

»Ja. Was ist los?«

»Ihr Mann ist am Apparat. Er möchte Sie sprechen.«

Also hatte er tatsächlich überlegt, wo sie sein könnte, und offensichtlich war ihm dabei auch Guernsey eingefallen. Eine gewisse Kombinationsgabe hatte man ihm nie absprechen können.

Ob er sich Sorgen gemacht hat, fragte sich Franca, während sie aus dem Bett sprang, oder ob es ihm einfach nur gegen den Strich geht, daß ich etwas tue, ohne vorher seine Meinung einzuholen?

Ein Blick aus dem Fenster zeigte ihr, daß es noch immer regnete, aber viel sanfter und schwächer als in der Nacht.

»Ab morgen scheint wieder die Sonne«, sagte Beatrice, die vor der Tür wartete. Sie war vollständig angezogen, und ihre Kleidung zeigte feuchte Flecken, ihr Haar war naß. Sie mußte bereits mit den Hunden fort gewesen sein. »Und das schöne Wetter soll dann anhalten.«

»Wunderbar«, sagte Franca und gähnte. »Mein Gott, wie spät ist es? Ich muß völlig verschlafen haben!«

»Es ist noch nicht einmal acht Uhr. Machen Sie sich keine Sorgen.« Beatrice lächelte verschwörerisch. »Ihr Mann scheint ziemlich wütend zu sein.«

Auf nackten Füßen lief Franca in die Halle hinunter und nahm den Telefonhörer auf.

»Ja?« fragte sie, und es gelang ihr nicht, ein weiteres Gähnen zu unterdrücken.

»Franca?« Michaels Stimme klang in der Tat auf das höchste gereizt. »Bist du es?«

»Ja. Was gibt's?«

Er schien nach Luft zu schnappen. »Was es gibt? Das fragst du *mich*?«

»Ja. Du rufst schließlich an.«

»Hör mal… ich… sag mal, bist du noch ganz richtig im Kopf? Verschwindest einfach, bist plötzlich weg, sagst kein Wort und wirst dann auch noch unverschämt am Telefon?«

Franca bemerkte das leise Zittern ihrer Hände, das sie schon immer befallen hatte, wenn Michael böse mit ihr war.

Warum habe ich eigentlich ständig Angst vor ihm gehabt, überlegte sie, und gleich darauf setzte sie in Gedanken hinzu: *Diesmal muß ich mich wirklich nicht fürchten. Er ist viele hundert Kilometer weit weg von mir. Und wenn er zu unangenehm wird, lege ich einfach auf.*

Das Zittern verebbte. Sie trat von einem Fuß auf den anderen, aber nur, weil ihr kalt war, nicht etwa aus Unruhe.

»Es gab leider keine Möglichkeit, dich von meinen Plänen zu unterrichten«, erwiderte sie kühl. »Denn in der Nacht vor meiner Abreise bist du nicht nach Hause gekommen.«

»Aha. Und das gibt dir das Recht, einfach zu verschwinden und mir nicht einmal einen Zettel zurückzulassen?« Er war die perfekte Mischung aus Empörung und Selbstmitleid. »Kannst du dir vorstellen, welche Sorgen ich mir gemacht habe?«

»Kannst *du* dir vorstellen, daß ich mir möglicherweise auch Sorgen mache, wenn du eine Nacht lang nicht heimkommst?«

»Du weißt schließlich, daß...« Er sprach den Satz nicht zu Ende. Offenbar war selbst ihm manchmal etwas peinlich.

»... daß du eine Geliebte hast und dich vermutlich bei ihr aufhältst«, vollendete Franca den Satz. »Findest du nicht, daß wir in einer ziemlich grotesken Situation leben? Irgend etwas sollten wir daran vielleicht ändern.«

»Indem du abhaust? Glaubst du, damit änderst du etwas?«

Sie überlegte, obwohl sie wußte, daß er keine ernsthafte Antwort auf seine Frage erwartete. »Vielleicht ja«, sagte sie schließlich, »vielleicht haben wir beide dadurch Zeit und Ruhe, um nachzudenken.«

Sie merkte, daß sie ihn verwirrte.

Es bringt ihn durchaus aus dem Konzept, wenn jemand keine Angst vor ihm hat, dachte sie, und wenn jemand ruhig bleibt.

»Nachdenken!« blaffte er. »Nachdenken! Worüber, zum Teufel, willst du nachdenken?«

Sie bemühte sich, ihre Tonlage nicht zu verändern, obwohl ihr nach einer scharfen Bemerkung zumute war, denn sie empfand seine Ignoranz zunehmend als Unverschämtheit.

»Über die Zukunft«, sagte sie, »darüber, wie sie aussehen soll.«

»So. Und das willst du auf Guernsey allein für dich entscheiden?«

»Mit dir zusammen dürfte eine Entscheidungsfindung sehr schwierig sein. Ich habe nicht den Eindruck, daß du an der Situation, wie sie ist, etwas ändern möchtest. Du bist ganz zufrieden und hast eigentlich alles, was du brauchst.«

Er dachte nach. Sie wußte, daß er zumeist sehr bösartig war, wenn er nachgedacht hatte.

»Weißt du«, sagte er, »es verläuft wieder einmal alles nach dem gleichen Muster. Eine Situation ist dir unbequem, irgend etwas paßt dir nicht, das Leben verläuft gerade einmal anders, als du es dir vorgestellt hast – und schon wirfst du das Handtuch. Du hast keinerlei Stehvermögen, Franca, du hast, wie man so schön sagt, keinen Biß. Du kannst keine Spannung aushalten, und noch weniger kannst du Unannehmlichkeiten offensiv angehen. Du machst es einfach wie immer: Du läufst weg. Du verkriechst dich, versteckst dich, bohrst den Kopf in den Sand und hoffst, daß alles Unheil irgendwie über dich hinwegflutet. Und merkst nicht, daß du dabei immer schwächer und ängstlicher wirst. Immer unfähiger und immer...«

Seine Stimme hämmerte wie ein Maschinengewehrfeuer. Franca spürte, wie ihre Hände wieder zu zittern begannen. Ihre Knie wurden weich, und am ganzen Körper brach ihr der Schweiß aus.

»Michael...«, krächzte sie.

»Ich muß es dir wirklich einmal sagen, Franca, auch wenn es brutal ist: Du bist der größte Feigling, den ich je kennengelernt habe. Der schwächste Mensch. Und meine *Geliebte,* von der du stets in so verächtlichem Ton sprichst, hat dir gegenüber wenigstens ihren Mut voraus, ihre Tatkraft, ihre Fähigkeit, unangenehmen Wahrheiten ins Gesicht zu sehen und den Kampf mit ihnen aufzunehmen. Du hingegen...« Er hatte Oberwasser. Innerhalb von Sekunden hatte sich das Blatt gewendet. Francas anfängliche Überlegenheit war restlos in sich zusammengebrochen. Michaels Verwirrung hatte sich gelegt. Nun roch er ihre Schwäche, und erbarmungslos wie ein Raubvogel, der ein verletztes Kaninchen wittert, stieß er zu.

»Michael...«, brachte sie noch einmal hervor, aber sie hörte seine Stimme schon wie aus weiter Ferne, und das Zittern ihrer Finger ging in eine Taubheit über. In diesem Moment wurde ihr sanft, aber nachdrücklich der Telefonhörer aus der Hand genommen.

Beatrice stand neben ihr, sie lächelte und legte den Hörer auf die Gabel.

»Ehe Sie umkippen«, sagte sie, »beenden Sie doch einfach das Gespräch. Und jetzt kommen Sie. Wir trinken einen starken Kaffee, und Sie erzählen mir, was los ist.«

Nach dem Frühstück brach Franca zu einem Spaziergang auf. Es hatte aufgehört zu regnen, der Wind trieb die Wolken auseinander, und immer wieder blitzte die Sonne hervor. Die nassen Wiesen funkelten. Möwen schossen, hohe Schreie ausstoßend, durch die Luft. Es roch nach frischer Erde, nach jungen Blüten, nach dem Salz des Meeres.

Sie lief über den Klippenrand hoch über dem Meer, atmete die klare Luft und fühlte sich mit jedem Schritt freier und besser. Sie hatte Beatrice erzählt, was los gewesen war, und es hatte sie auch nicht gestört, daß sich Helene zu ihnen gesetzt und ebenfalls gelauscht hatte. Im Zeitraffer hatte sie von ihrem beruflichen Versagen berichtet, von ihren Ängsten und Panikanfällen, von ihrer Tablettenabhängigkeit, von der Verachtung, die Michael ihr gegenüber an den Tag legte, und von seiner Hinwendung zu einer anderen Frau.

Eigenartigerweise hatte sie dabei nicht geweint. Ihre Stimme hatte klar geklungen und erstaunlich sachlich. Helene hatte ein paar mitfühlende Äußerungen gemacht, in ihrer üblichen sentimentalen Art, aber Franca hatte sie dennoch als tröstlich empfunden. Beatrice hatte schweigend zugehört, und nur einmal, als das Telefon erneut klingelte, gesagt: »Lassen wir es läuten. Es ist Ihr Mann, Franca, jede Wette, und er soll jetzt ruhig einmal gegen die Wand rennen.«

Später lehnte sie sich in ihrem Stuhl zurück, sah Franca an und sagte: »Meine Güte, machen Sie sich doch nicht so verrückt! Einen Beruf aus irgendwelchen Gründen aufgeben zu müssen ist schon ganz anderen Leuten passiert. Panikattacken sind für viele Menschen an der Tagesordnung. Sie würden sich wundern, wenn Sie wüßten, wie viele Personen ständig mit Beruhigungstabletten leben. Aber irgend jemand hat Ihnen eingeredet, Sie seien ein hoffnungsloser und absolut außergewöhnlicher Fall, und deshalb sitzen Sie da und meinen, Ihren Zustand einfach ertragen zu müssen.«

»Ich glaube, ich habe überhaupt kein Selbstvertrauen mehr«, hatte Franca gesagt.

Beatrice hatte gelacht. »Nein, im Moment wohl nicht. Sie sehen aus wie eine verschüchterte Maus. Aber Selbstvertrauen kann man wieder erlernen, glauben Sie mir. Fast jeder Mensch verliert es irgendwann einmal in einer Phase seines Lebens. Das ist ganz normal.«

Zum erstenmal seit langer Zeit fühlte Franca an diesem Morgen die ersten Anzeichen einer neu erwachenden Zuversicht. Natürlich hatte sie eine Tablette genommen, gleich nach dem Gespräch mit Michael, aber zusätzlich gab ihr die Gelassenheit, mit der Beatrice auf ihre Geschichte reagiert hatte, Mut. Auf einmal erschien ihr alles in etwas hellerem Licht, war das Leben nicht länger von Trostlosigkeit erfüllt. Vielleicht hatte es auch etwas mit der räumlichen Distanz zu Michael zu tun. Sie hatte sich besser gefühlt mit jedem Kilometer, den sie zwischen sich und ihn legte. So oft sie schon ohne ihn nach Guernsey gereist war, es war doch immer auf seine Anweisung hin geschehen, war von ihm geplant worden. Sie war nie wirklich fort gewesen. An langen, unsichtbaren, aber überaus starken Fäden hatte er sie gehalten und dirigiert. Als willige Marionette hatte sie seine Befehle ausgeführt, hatte regelmäßig das Geld von der Bank geholt, das er an der deutschen Steuer vorbei nach Guernsey geschafft und dort auf einem Konto angehäuft hatte, hatte es in ihrem Koffer verstaut und war jedesmal bei der Paßkontrolle am Flughafen nervös gewesen. Sie hatte Unmengen von Tabletten nehmen müssen, um tun zu können, was er von ihr verlangte. Eifrig war sie bemüht gewesen, seine Gunst zu erringen, war sich vorgekommen wie ein Zirkuspferd, das nach Erfüllung seiner Kunststücke auf ein belohnendes Stück Zucker wartet. Sie hatte den Zucker nie bekommen. Auch kein anerkennendes Schulterklopfen. Michael war sich ihrer so sicher gewesen, daß er sich nicht einmal seiner krummen Geschäfte wegen bemüht hatte, sie bei Laune zu halten.

Ob er nun Angst hat, daß ich die Konten hier leerräume? fragte sie sich, und der Gedanke, daß Michael nervös über sein Geld grübelte, erheiterte sie. Er war zornig gewesen am Telefon, und er hatte sie wie immer sehr schnell wieder in eine unterlegene Position gedrängt, aber sie hatte auch seine Bestürztheit über ihr Verschwinden gespürt, seine Verblüffung, seine Ungläubigkeit. *Damit* hatte er nie im Leben gerechnet. Sie hatte sein Weltbild ins Wanken gebracht, und das war mehr, als sie sich selbst noch vor wenigen Tagen zugetraut hätte.

Der Himmel riß immer schneller auf und war wenige Minuten später von Wolken leergefegt. Das Meer spiegelte sein strahlendes Blau wider, war aber noch aufgewühlt vom Wind und trug weiße Schaumkronen auf den Wellen. Die Sonne schien jetzt so warm, daß Franca ihre Jacke auszog und um die Hüften knotete. Wenn das Wetter so blieb, würde sie eine schöne Farbe im Gesicht und auf den Armen bekommen. Sie ging, in Gedanken versunken, weiter und schrak heftig zusammen, als plötzlich ein Mann vor ihr auftauchte. Es war Kevin.

»Keine Angst«, sagte er beruhigend. Er hatte ihr Erschrecken bemerkt. »Ich bin es nur.«

Er sah abgekämpft aus, das fiel Franca sofort auf. Sie dachte an Helenes beschwingte Stimmung an diesem Morgen. Offenbar hatte Kevin den Abend mit ihr nicht so angenehm gefunden wie sie. Oder im Laufe des Morgens war ihm irgendeine Laus über die Leber gelaufen.

»Ach, Kevin«, sagte Franca, »ich hätte gar nicht erwartet, hier einen Menschen zu treffen.«

»Es hörte auf zu regnen, und ich mußte unbedingt ein paar Schritte laufen«, erklärte er. Es hörte sich an wie eine Rechtfertigung. Franca fand es eigenartig, daß er *hier* spazierenging, über der Petit Bôt Bay, und nicht in der Umgebung seines Hauses in Torteval. Aber sie stellte keine Fragen. Wenn er dazu etwas hätte sagen wollen, hätte er es getan.

Kevin faßte sich an den Kopf. »Ich fürchte, ich bin ein bißchen verkatert. Nachdem ich Helene gestern abend nach Hause gebracht hatte, habe ich noch die Küche aufgeräumt und dabei eine zweite Weinflasche geleert. Dazwischen noch ein paar Grappa... das merkt man am nächsten Morgen.«

»Helene hat es sehr gefallen bei Ihnen«, sagte Franca, »sie ist bester Laune.«

»So? Das freut mich. Sie ist eine nette Frau. Manchmal ein bißchen anstrengend, aber... nun ja. Irgendwie hängt sie an mir.« Er zuckte mit den Schultern. »Alle alten Damen hängen an mir. Ich verkörpere wohl den Traummann, den sie in ihrer Jugend einmal haben wollten.« Er lächelte, und seine Züge entspannten sich, seine Wangen bekamen wieder einen Anflug von Farbe. Franca betrachtete ihn, die gleichmäßigen, schönen Züge, die dunklen Haare, die weit auseinanderstehenden Augen von auffallender graugrüner Farbe, das warme Lächeln. Ein Mann, der intensiv auf Frauen wirkte, keineswegs nur auf ältere, und der doch nie etwas mit ihnen würde anfangen können.

Sie standen ein wenig unschlüssig herum, dann meinte Kevin: »Wenn Sie mögen, dann begleite ich Sie noch ein Stück. Ich will noch nicht nach Hause. Die Luft ist herrlich, finden Sie nicht auch?«

»Und das Meer riecht so wunderbar. Ich bin lange nicht mehr hier gewesen. Zwischendurch vergißt man fast, wie wohl man sich fühlen kann.«

Nebeneinander liefen sie den Klippenpfad entlang. Franca schmeckte Salz auf ihren Lippen.

Wenn ich nur nie wieder fort müßte von hier, dachte sie plötzlich.

Als hätte er ihre Gedanken geahnt, fragte Kevin: »Wie lange bleiben Sie?«

»Ich weiß nicht...« Sie zögerte. Kevin musterte sie aufmerksam von der Seite.

»Es geht mich natürlich nichts an«, meinte er, »aber wenn es irgendwelche Probleme gibt, dann werden Sie hier bestimmt Abstand finden und vielleicht sogar eine Lösung. Räumliche Distanz hilft in vielen Fällen.«

»Ich denke, irgendein Weg wird sich für mich auftun«, entgegnete Franca, aber sie war keineswegs überzeugt, daß es so sein würde.

»Ich finde, Sie sehen anders aus als im letzten Herbst«, meinte Kevin. »Damals wirkten Sie entsetzlich angespannt auf mich. Sie...« Er stockte.

»Ja?« fragte Franca.

»Sie schienen so verkrampft. Ungeheuer verschlossen. An Beatrices und Helenes Geburtstag lächelten Sie fast nie, und man hatte das Gefühl, Sie erschraken, wenn man Sie ansprach. Das ist diesmal anders.«

Sie lachte. »Mir geht es auch besser als sonst. Ich fühle mich sehr frei. Vielleicht muß man... manchmal Dinge tun, die man sich nie zugetraut hat. Es ist ein schönes Gefühl, wenn alles plötzlich funktioniert.«

»Natürlich ist es ein schönes Gefühl. Es ist ein Sieg über sich selbst. Es gibt keinen anderen Sieg, der soviel innere Stärke gibt.« Kevin schwieg, hing seinen Worten nach. »Und keinen anderen Sieg, der so schwer zu erringen ist«, fügte er hinzu.

Es geht ihm gar nicht gut, dachte Franca, er wälzt eine Menge Probleme.

Ihr fiel ein, daß Beatrice von seiner ständigen Geldnot gesprochen hatte. Vielleicht nahm er Helene nicht nur deshalb aus, um von ihrem Geld in Luxus zu schwelgen. Vielleicht ließen ihn sehr ernsthafte geschäftliche Sorgen nachts keinen Schlaf finden. Er sah nicht einfach verkatert aus. Er sah aus wie ein Mann, der schon lange keine Entspannung und Ruhe mehr fand. In seinen Augen lag ein gehetzter Ausdruck.

»Ich weiß noch nicht, ob ich in meinem Fall von einem Sieg sprechen kann«, ging sie auf seine Worte ein, »wer weiß, wie die ganze Geschichte endet? Zum Schluß laufe ich zähneklappernd nach Hause zurück und verkrieche mich in meinem Bett.«

Sie lachte, aber Kevin sah sie ganz ernst an. Er blieb stehen.

»Das tun Sie nicht«, sagte er, »jede Wette, daß Sie das nicht tun.«

Sie hörte auf zu lachen. »Was läßt Sie so sicher sein?«

»Der Ausdruck auf Ihrem Gesicht«, sagte Kevin. »Sie sind auf den Geschmack gekommen. Auf den Geschmack der Freiheit. Er wird Sie nicht mehr loslassen.«

Er nahm ihren Arm und drückte ihn, eine Geste, die voller Wärme und Zuneigung war. »Ich glaube, Sie werden ziemlich lange bleiben«, sagte er.

4

Das Leben auf dieser Insel, dachte Maja, ist einfach nicht auszuhalten.

Der Winter war geradezu trostlos gewesen. Kaum Touristen, jede Menge Regen, langweilige Disconächte mit ebenso langweiligen Einheimischen. Als sie noch zur Schule ging, hatte Maja die Jungs von der Insel recht spannend gefunden; sie waren kräftig und braungebrannt, sportlich und ziemlich scharf auf ein Mädchen wie Maja, das sich ihnen bereitwillig auf Auto-Rücksitzen, in verlassenen Bootshäusern oder in Strandhöhlen auf weichem Sand hingab. Aber die meisten von ihnen hatten nichts von der Welt gesehen, und es war höchst unbefriedigend, mit ihnen zu reden; die Klügeren würden ins Bankgeschäft gehen, die anderen entweder die Pensionen oder Hotels ihrer Eltern übernehmen, oder Fischer und Hafenarbeiter werden. Maja fand, daß Fischer einfach immer nach Fisch stanken, selbst wenn sie gerade aus der Dusche kamen. Der Geruch des Meeres hatte sich in jeder Pore ihres Körpers eingegraben, und Maja schüttelte sich noch heute bei der Erinnerung an manches hastige Liebesabenteuer, bei dem sie gemeint hatte, ein ganzer Eimer Garnelen werde über ihr ausgekippt.

Später hatte sie sich dann bevorzugt an Touristen gehalten, vorwiegend französische und deutsche Urlauber. Manche von ihnen hatten sich als ganz interessant und spendabel erwiesen, aber letzten Endes waren sie weißhäutige, oft übergewichtigte Spießer, die sich als unwiderstehliche Casanovas fühlten, weil es ihnen gelang, ein schönes, einheimisches Mädchen zu vögeln. Daß der Abend sie ein halbes Vermögen gekostet hatte, merkten sie nicht im Überschwang ihrer Gefühle. Maja fand sie irgendwann nur noch dämlich und hatte bei ihnen ebenso das erschreckende Gefühl, kostbare Lebenszeit zu vergeuden, wie bei den Fischern und Banklehrlingen.

Jetzt, im April, strömten sie mit ihren Fotoapparaten, Baseballmützen und Wanderstiefeln wieder in Scharen auf die Insel. Nachts hingen sie in den Bars herum und hielten Ausschau nach einer raschen Eroberung. Früher hatte Maja jeden Abend ausgedehnte Streifzüge unternommen, hatte sich als Beute präsentiert und selber Ausschau gehalten. Ein Vergnügen, das sie mehr und mehr zu langweilen begann.

Hoffentlich werde ich nicht einfach alt, dachte sie erschrocken.

Sie stand in der Schalterhalle der Royal Bank of Scotland in St. Peter Port und fragte sich, weshalb sich an einem gewöhnlichen Montagmorgen so lange Schlangen vor allen Schaltern bildeten. Offenbar hatte gerade heute jeder beschlossen, seine Bankgeschäfte zu erledigen. Vor allem die Rentner. Mit endloser Umständlichkeit und Langsamkeit zahlten sie Kleckerbeträge auf ihre Sparbücher ein oder hoben ebensolche ab, und Maja gewann fast den Eindruck, daß ihre Unbeweglichkeit Absicht war, daß sie aus einem einzigen Ereignis ihres Tagesablaufs unbedingt ein *großes* Ereignis machen mußten.

Die Schlange, in der Maja stand, rückte einen Schritt nach vorn, und Maja konnte sich in einem Spiegel seitlich der Eingangstür sehen. Sie warf einen vorsichtigen Blick auf ihr Gesicht. Gerade hatte sie sich gefragt, ob sie vielleicht alt werde, und nun erwartete sie fast, Linien und Falten um Augen und Mund zu entdecken.

Nicht mehr lange, dachte sie, und ich bin dreißig.

Was sie sah, beruhigte sie wieder ein wenig. Ihre knabenhafte Gestalt ließ sie noch immer wie ein Teenager aussehen. Die klobigen Schuhe mit den Plateausohlen machten ihre Beine noch länger und schlanker, der kurze schwarze Pullover ließ ein Stück von ihrem flachen, braungebrannten Bauch sehen. Sie trug eine Perlenschnur eng um den Hals und ließ ihre Haare als ungebändigte Mähne über den Rücken fallen. Die Augen hatte sie mit einem Kajalstift betont, die Lippen dunkelrot bemalt. Das künstliche Licht im Raum machte sie blaß, aber sie wußte, daß sie in Wahrheit eine schöne Farbe hatte. Sie bemerkte, daß fast alle im Raum anwesenden Männer sie mehr oder weniger verstohlen musterten. Das gab ihr ein gutes Stück Selbstvertrauen zurück.

Wenn ich sage, ich bin achtzehn, glaubt mir das jeder, dachte sie zufrieden. Sie stand im Begriff, ihr gesamtes Sparbuch abzuräumen, und sie hoffte nur, daß der Betrag reichen würde, ihr eine Reise nach London zu finanzieren. Großmutter Mae schenkte ihr immer wieder Geld, sonst würde völlige Ebbe herrschen, aber Maja hatte in der letzten Zeit eine Menge für Kleidung ausgegeben, und so war sie nicht sicher, wieviel sie nun vorfinden würde.

Sie wollte zu Alan.

Irgendwann in den letzten Wochen war ihr klargeworden, daß ihr Leben so, wie es war, nicht weitergehen konnte. Sie verschimmelte auf Guernsey, begnügte sich mit drittklassigen Abenteuern und ließ das wirkliche Leben, das sich jenseits des sie umschließenden Meeres abspielte, an sich vorüberziehen. Auf einmal hatte eine Unruhe sie befallen, die an Panik grenzte und ihr fast die Luft zum Atmen nahm. O Gott, wie sträflich lange hatte sie schon getrödelt! Sie mußte zusehen, daß sie ihr Leben in den Griff bekam, und es mußte schnell gehen; sie konnte es sich nicht leisten, jetzt noch viele Monate zu verlieren. Nächtelang lag sie wach und grübelte, ließ Möglichkeit um Möglichkeit vor ihrem geistigen Auge erstehen, verwarf jeden Plan wieder und stürzte sich hastig auf den nächsten.

Und dann, irgendwann, in einer windigen, kühlen Nacht Ende März war ihr Alan in den Sinn gekommen. Sie hatte sich im Bett aufgesetzt, ihr Herz hatte heftig gepocht, und sie hatte gedacht: Das ist es! Alan ist die Rettung! Warum bin ich nicht eher darauf gekommen?

Auf einmal war Alan die Lichtgestalt am Horizont, die Lösung all ihrer Probleme. Sie erinnerte sich an ihre letzte Begegnung im Januar, an alles, was er gesagt hatte. Er hatte ihr Moralpredigten gehalten, natürlich, das tat er dauernd, aber in seinen Augen hatte sie gelesen, wie sehr er sie noch immer wollte; und was er auch von ihr denken mochte – er würde es nicht fertigbringen, sie zurückzuweisen. Letztlich war er Wachs in ihren Händen, selbst wenn er ihr noch so oft erklärte, er denke nicht daran, ihr Leben zu finanzieren, ihre Vorstellung von Luxus, von schicken Kleidern und teuren Nachtclubs.

Wenn sie es geschickt anstellte, würde er ihr irgendwann aus der Hand fressen. Sie würde eine gewisse Zeit der Langeweile in Kauf nehmen müssen, aber über kurz oder lang würde sie das Leben führen, das ihr immer vorgeschwebt hatte.

Warum nur war sie so dumm gewesen, Alan immer wieder abzuweisen, obwohl er das Beste war, was ihr passieren konnte?

Es hatte ihr Spaß gemacht, das gestand sie sich ehrlich ein, ihn an der lange Leine hinter sich hertrotten zu lassen. Ihn zu locken und zurückzustoßen, je nachdem, in welcher Laune sie sich gerade befand. Ihn schlecht zu behandeln und dann zu sehen, daß er trotzdem ankam, wenn sie ihm zur Abwechslung wieder ein Lächeln schenkte. Wie ein Pokerspieler hatte sie ihr Blatt weiter und weiter ausgereizt. Wie weit konnte sie gehen? Wann würde er aufschreien? Wann würde er – endlich! – wütend werden?

Er wurde nicht wütend, und sie begann sich zu langweilen. Er dozierte, aber er nahm ihre Kriegserklärung nicht an, schlug sie nicht mit ihren eigenen Waffen. Maja wußte, es hätte sie närrisch gemacht, wenn er sich ernsthaft mit einer anderen Frau eingelassen hätte. Sie hätte alles darangesetzt, ihn zurückzugewinnen, und er hätte den Triumph gehabt, *sie* kämpfen und betteln und taktieren zu sehen. Er hatte *seine* Macht über sie nie begriffen. Armer Alan! Sogar jetzt, nach allem, was gewesen war, würde er sich noch glücklich schätzen, sie bei sich aufnehmen zu dürfen.

Die Schlange bewegte sich nicht mehr. Maja stellte fest, daß es nebenan schneller zu gehen schien, und wechselte in die andere Reihe. Zu spät bemerkte sie, daß sie direkt hinter Helene Feldmann zu stehen kam. Sie hatte die alte Dame bislang nicht wahrgenommen, und glücklicherweise hatte diese sie offenbar auch nicht gesehen. Zurück konnte Maja nicht mehr, sie hätte sich wieder ganz hinten anstellen müssen. Sie hoffte von ganzem Herzen, Helene werde sich nicht umdrehen und sie entdecken. Sie konnte sich den Redeschwall vorstellen, der über sie hereinbrechen würde. Helene konnte eine unerträgliche Quasselstrippe sein. Sie meinte, Gott und die Welt müßten sich für ihre verquasten Themen aus der Vergangenheit interessieren; sie kapierte nicht, daß sich niemand mehr für ihre Geschichten erwärmen konnte.

Helene kam an die Reihe.

Sie wird drei Pfund und fünfzig Pence abheben und dafür eine Stunde brauchen, dachte Maja gehässig, und zu blöd, sich das Geld am Automaten zu holen, ist sie auch noch!

Gelangweilt betrachtete sie ihre schwarzlackierten Fingernägel, und dann vernahm sie zu ihrem tiefen Erstaunen, wie Helene um die Auszahlung von fünfzehntausend Pfund bat.

Ruckartig hob Maja den Kopf. Fünfzehntausend Pfund! Die Alte hatte wirklich Nerven, ihr Konto derart zu überziehen. Denn so viel Geld konnte sie kaum besitzen, oder? Mae hatte immer von Helenes bescheidener Rente gesprochen, wenn Maja sich mokiert hatte, daß die alte Frau nur daheim saß und jammerte, anstatt auf Reisen zu gehen und ihr Leben zu genießen.

»Sie hat doch kein Geld, Maja! Sie kann sich keine Vergnügungen leisten.«

Von wegen! Maja schürzte verächtlich die Lippen. Wer so einfach an einem gewöhnlichen Montagmorgen hinging und ohne mit der Wimper zu zucken fünfzehntausend Pfund abhob, der war jedenfalls nicht arm wie eine Kirchenmaus. Auch wenn es ein Kredit war – die Bank ließ sich nicht bei jedem auf eine solche Zahlung ein. Aber möglicherweise überzog Helene nicht einmal. Maja spitzte die Ohren, aber sie konnte nichts davon hören, daß der Schalterbeamte von Kreditlimit oder vom Überziehen des Kontos sprach. Offensichtlich hatte er überhaupt kein Problem damit, ihr die Scheine auf den Tresen zu blättern. Helene stopfte das Geld in ihr zierliches Handtäschchen, das aussah, als habe sie es von einer Tanzstundenschülerin der fünfziger Jahre entliehen, und drehte sich um. Sie sah Maja sofort und schien einen Moment lang erschrocken, faßte sich aber rasch.

»Ach, Maja! Ich habe dich gar nicht bemerkt! Wie geht es dir? Du siehst gut aus!« Die Worte purzelten ihr ein wenig zu hastig aus dem Mund.

Sie ist nervös, dachte Maja, sie weiß nicht, was ich mitbekommen habe, und sie will nicht, daß jemand etwas erfährt.

»Alles okay«, sagte sie leichthin und trat an den Schalter, denn der Beamte hatte ihr schon ungeduldig zugewinkt. Sie erkundigte sich nach ihrem Sparbuch und erfuhr, daß sich lächerliche achtundvierzig Pfund dort befanden. Das würde nicht reichen. Sie mußte wieder einmal Mae anpumpen, und wenn die ihr nichts gab, war sie am Ende ihrer Weisheit.

Und die alte Krähe geht einfach hin und hebt locker fünfzehntausend Pfund ab, dachte sie mißgünstig.

Helene hatte auf sie gewartet und trippelte neben ihr her zur Tür. Sie bewegte sich langsam, also mußte auch Maja schleichen, und sie fühlte sich zunehmend genervter.

»Ein düsterer Tag heute«, sagte Helene mit rauher Stimme«, der 17. April.«

Es interessierte Maja nicht im mindesten, weshalb Helene diesen Tag als düster empfand, aber sie wollte ausnahmsweise einmal höflich sein und fragte: »Warum?«

Helene blieb stehen und seufzte tief.

»Heute vor fünfundfünfzig Jahren«, sagte sie, »fing der Alptraum an. Damals begann mein Mann in Panik zu verfallen. Ihm brach der Boden unter den Füßen weg. Und das Verhängnis begann.«

Sie ging weiter, und während Maja nach einer angemessenen Antwort suchte, wechselte sie abrupt das Thema und fragte: »Ist eigentlich noch etwas zwischen dir und Alan?«

»Ich denke schon«, sagte Maja. In Gedanken fügte sie hinzu: Ich kann es nur schwer hoffen.

»Ich würde Ihnen gern etwas schenken«, sagte Helene, »zum Dank, daß Sie mich nach St. Peter Port gefahren haben.«

Sie war am Auto angelangt, das Franca vor der Parish Church geparkt hatte. Maja hatte sich sehr eilig mit irgendeiner gemurmelten Entschuldigung verabschiedet. Franca war ausgestiegen, um Helene zu helfen, aber Helene plante noch nicht zurückzufahren. Trotz Francas Protest beharrte sie auf ihrer Idee, mit ihr einkaufen zu gehen.

»Ich kenne hier ein sehr schönes Modegeschäft«, sagte sie, »vielleicht möchten Sie sich dort etwas aussuchen.«

»Das geht wirklich nicht, das wäre viel zu teuer. Ich habe Sie gern gefahren, Helene, ich...«

»Es würde mir Spaß machen. Außerdem...« Helene zögerte, fuhr dann aber fort: »Außerdem finde ich, Sie sollten sich ruhig einmal ein paar schicke Sachen gönnen. Sie sind eine so hübsche Frau, Franca, aber manchmal scheint es, als ob Sie alles täten, um diese Tatsache zu verbergen. Ihre Sachen schlottern um Sie herum, und...«

»Ich habe keine besonders gute Figur. Ich kann es mir nicht leisten, allzuviel von meinem Körper zu zeigen.«

Helenes Augen begannen zu blitzen. »Wer hat Ihnen denn diesen Unsinn erzählt?« rief sie. »Soweit ich das unter all den Stoffmassen, mit denen Sie sich tarnen, erkennen kann, sind Sie eine schlanke, langbeinige Person mit perfekten Proportionen. Wir gehen jetzt sofort in das Geschäft und lassen uns das von der Verkäuferin noch einmal bestätigen.«

Franca sträubte sich, aber Helene gab nicht nach, und schließlich landeten sie in einem kleinen Laden in einer Nebengasse.

»*Claire* Ladies Wear« stand über den hohen Fenstern. Zu Francas Erleichterung befanden sich keine weiteren Kunden im Verkaufsraum. Wann hatte sie sich zuletzt etwas zum Anziehen gekauft? Es mußte eine halbe Ewigkeit her sein, mindestens fünf Jahre. Sie war sich zu unsicher wegen ihres Körpers gewesen; allerdings mußte sie zugeben, daß Michael *darüber* nie eine abfällige Bemerkung gemacht hatte. Er hatte jedoch auch nie ein anerkennendes Wort gefunden. Vermutlich hatte er ihren Körper schon seit langer Zeit überhaupt nicht mehr wahrgenommen.

»Haben Sie an etwas Bestimmtes gedacht?« wollte die Verkäuferin wissen.

Franca überlegte, denn eigentlich hatte sie ja an gar nichts gedacht, aber schon mischte sich Helene ein. »Wir dachten an ein Sommerkleid. Kurz sollte es sein und eng. Die junge Frau hat eine sehr hübsche Figur, und ich finde, sie sollte sie auch zeigen.«

Die Verkäuferin ließ einen sachkundigen Blick über Franca schweifen und nickte. »In der Tat. Sie brauchen sich wirklich nicht unter Schlabberpullovern zu verstecken. Sie haben sehr lange Beine. Kurze Kleider müßten Ihnen gut stehen.«

Eifrig schleppte sie einen ganzen Berg von Sachen heran. Nachdem sie sich zu Anfang noch sehr befangen gefühlt hatte, begann Franca an dem Abenteuer immer mehr Gefallen zu finden. Sie ließ sich Stück um Stück in die Kabine reichen, probierte Kleider, Röcke, Hosen und bunte T-Shirts. Zu ihrer Überraschung konnte sich ihr Körper wirklich sehen lassen. Sie war viel schlanker, als sie gedacht hatte, und sie hatte tatsächlich hübsche Beine. Die Verkäuferin und Helene gerieten in Entzücken.

»Sie sind ein ganz anderer Typ, wenn Sie sich so anziehen«, sagte die Verkäuferin, und Helene fügte hinzu: »Jeder Mann wird sich nach Ihnen umdrehen, Franca. Sie sehen phantastisch aus.«

Franca kaufte schließlich zwei kurze sommerliche Leinenkleider, eines in Weiß und eines in Rot, mehrere Miniröcke mit passenden T-Shirts, ein Paar Shorts und ein trägerloses Oberteil, das sie bei Strandspaziergängen tragen wollte, um ihre Schultern zu bräunen. Helene wollte alles bezahlen, aber Franca sagte, es sei von einem einzigen Kleid die Rede gewesen, und mehr werde sie nicht annehmen. Sie zahlte mit der Scheckkarte, die auf das gemeinsame Konto mit Michael lief, und lächelte bei dem Gedanken, daß es ihn ärgern würde, wenn er die Abbuchung bemerkte. Die Endsumme war recht hoch, aber sie dachte daran, wieviel er gespart hatte in den letzten Jahren, als sie nie etwas für sich gekauft hatte. Wahrscheinlich machte er seiner Geliebten teure Geschenke, daher mußte sie nicht das geringste schlechte Gewissen haben.

Sie war gut gelaunt und beschwingt, als sie den Laden, bepackt mit Tüten, verließ.

»Kommen Sie, Helene«, sagte sie, »ich lade Sie irgendwohin zum Essen ein. Ich habe einen fürchterlichen Hunger.«

Sie landeten bei *Nino's*, einem italienischen Restaurant, das etwas versteckt in einem Hinterhof lag. Sie bestellten Scampi und hinterher Lasagne und dazu eine ganze Flasche Rotwein. Franca wählte einen von der teuersten Sorte.

»Das bezahlt alles mein Mann«, sagte sie, »und das ist in Ordnung so. Also lassen Sie es sich richtig gut schmecken, Helene.«

»Sie sind ganz verändert«, stellte Helene fest. »Es hat Ihnen gutgetan, die schönen Kleider zu kaufen, nicht? Sie haben richtig Farbe im Gesicht, und Sie lächeln häufiger.«

Es hatte ihr tatsächlich gutgetan. Franca fühlte sich leichter und freier als zu irgendeinem Zeitpunkt in den vergangenen sieben oder acht Jahren. Es war ein ungeheuer angenehmes Gefühl gewesen, in den Spiegel zu blicken und sich *schön* zu finden. Sich als das zu sehen, was sie sein konnte: eine attraktive, begehrenswerte junge Frau, die über viel mehr Reize verfügte, als sie gedacht hatte. Wenn das Wetter gut bleibt, kann ich zusehen, daß ich noch richtig braun werde, dachte sie.

Der Kellner brachte den Wein.

»Wie schön, Sie einmal wiederzusehen, Mrs. Feldmann«, sagte er, »Sie haben sich lange nicht blicken lassen. Gibt es heute etwas zu feiern?«

Helenes Miene umwölkte sich. »Es beginnt nun meine schwerste Zeit. Ein Kreuzweg«, sagte sie mit Grabesstimme.

Dem Kellner war anzusehen, daß er grübelte, ob er mit dieser Information etwas hätte anfangen müssen, aber offensichtlich konnte er es nicht, denn er sah ziemlich ratlos drein.

»Madame?« sagte er schließlich fragend.

Helene konnte blicken wie ein waidwundes Reh, und in diesem Moment tat sie es besser denn je. »Es beginnt die Zeit, mit der alles zu Ende ging«, erklärte sie. »Ich meine die Zeit, die schließlich zum Tod meines Mannes führte.«

Der Kellner setzte eine angemessen betroffene Miene auf und legte eine Art Schweigeminute ein.

Ob er weiß, daß es ein Nazi-Bonze war? fragte sich Franca. Sie musterte den Kellner, einen jungen, gutaussehenden Italiener, keine fünfundzwanzig Jahre alt. Er hatte den Nazi-Terror nicht mitbekommen. Vermutlich wußte er von nichts.

»Das tut mir leid«, murmelte er, schenkte den Wein ein und sah zu, daß er davonkam.

Franca überlegte, ob sie das Thema wechseln sollte, und zerbrach sich den Kopf, worüber sie nun sprechen konnten. Aber Helene schien gar nicht darauf aus zu sein, sich von ihren trüben Gedanken ablenken zu lassen.

»Ganz gleich, wieviel Zeit vergeht«, sagte sie leise, »immer wenn der Frühling kommt, immer ab Mitte April, scheint das alles kein Jahr zurückzuliegen. Dann ist es so, als wäre es gestern gewesen … als wäre das alles gerade eben erst geschehen.«

»Es ist nicht so leicht, so jung Witwe zu werden«, meinte Franca etwas unbehaglich.

»Ach, wissen Sie, das war nicht das Schlimmste«, sagte Helene. Sie trank hastig von ihrem Wein, der schnell Wirkung zeigte und ihre Zunge zu lösen begann.

»Das Schlimme waren die Umstände«, sagte sie, »darüber komme ich nicht hinweg.« Sie starrte in ihr Glas, das sie schon fast leer getrunken hatte. »Sie werden das vielleicht schockierend finden, Franca, aber unter der Tatsache, daß Erich *nicht mehr da war*, habe ich nie so sehr gelitten. Unsere Ehe … war nicht besonders glücklich. Ich war immer bedrückt, wenn Erich in meiner Nähe war. Das ist mir erst hinterher wirklich klargeworden. In seiner Gegenwart konnte ich nicht lachen, nicht unbeschwert sein. Nicht jung sein. Ich war achtzehn, als ich ihn heiratete, und vom Tag meiner Hochzeit an fühlte ich mich wie eine alte Frau, die nur zufällig in einem jungen Körper steckte.«

»Er war wohl ein sehr schwieriger Mensch«, sagte Franca, an

Beatrices Erzählungen denkend, »selbst eine ältere Frau hätte es schwer mit ihm gehabt, aber für eine Achtzehnjährige muß es ziemlich schlimm gewesen sein.«

»Er war launisch, depressiv, aufbrausend, rachsüchtig und sentimental«, sagte Helene, und Franca dachte, daß sie Erichs Charaktereigenschaften erstaunlich präzise und sachlich auflistete. »Ich konnte erst zu leben beginnen, als er tot war. Insofern…« Sie sprach nicht aus, was sie dachte, eine Art abergläubische Furcht schien sie zurückzuhalten.

»Nun, egal«, sagte sie statt dessen, »er war der Mensch, der er war. Er konnte so wenig aus seiner Haut heraus wie wir alle. Und es ist sehr lange her.«

Sie lauschte ihren Worten nach, schien über die Jahre zurückzublicken zu einer Zeit, in der sie jung gewesen war und noch geglaubt hatte, das Leben werde wenigstens einen Teil seiner Versprechungen einlösen.

»Es ist sehr lange her«, wiederholte sie.

»Wie…«, begann Franca vorsichtig, »ich meine, wie ist Ihr Mann denn gestorben?«

Es schien ihr tatsächlich noch immer weh zu tun, daran zu denken oder darüber zu sprechen.

»Hitler-Deutschland lag in Trümmern«, sagte sie. »Sie wissen wohl, wie schrecklich das Ende war? Eine Art Weltuntergang. Das Strafgericht der Sieger stand bevor, und es war klar, daß man Milde nicht erwarten konnte. Am 9. Mai 1945 kapitulierten die deutschen Besatzer hier auf den Inseln. Eine gute Woche zuvor, am 1. Mai, nahm Erich sich das Leben.«

»Er hat sich selbst umgebracht?«

»Wie sein Führer. Das heißt, er *wollte* es seinem Führer gleichtun und sich eine Kugel in den Kopf schießen. Ich weiß nicht, ob ihn im letzten Moment der Mut verließ oder ob er sich ungeschickt anstellte… Die Kugel traf ihn mitten in die Brust. Er war keineswegs sofort tot. Er verblutete. Über Stunden hin. Er quälte sich entsetzlich.«

»Waren Sie bei ihm?«

Helene nickte. »Die ganze Zeit. Ich hielt seinen Kopf in meinem Schoß und sprach beruhigend auf ihn ein. Ich sagte ihm, alles werde gut werden … Aber es war kein Arzt zu bekommen, das war das Schlimme. Es herrschte das totale Chaos, alles ging drunter und drüber. Kein Mensch interessierte sich für Erichs Schicksal. Irgendwann bekam er Fieber, er rief um Hilfe … Es war brütend heiß … dazu der Hunger, das Blut …« Sie schauderte.

»Nie«, sagte sie, »werde ich diesen furchtbaren Tag vergessen. Nie habe ich etwas ähnlich Grausiges erlebt. Und ich hoffe, es bis zu meinem eigenen Ende nicht mehr zu erleben.«

Sie wartete nicht auf den Kellner, sondern schenkte sich selbst Wein nach.

»Vielleicht sollten wir von etwas anderem reden«, meinte sie schließlich.

Daheim probierte Franca vor dem Spiegel in ihrem Zimmer noch einmal die neuen Kleider an. Sie drehte und wandte sich, lächelte ihrem Bild zu. Irgendwie, fand sie, sah ihr Gesicht zu blaß aus. Zu ihren alten Sweatshirts und ausgebeulten Hosen hatte es gepaßt, aber jetzt verdarb es den Gesamteindruck. Sie kramte in ihrer Kosmetiktasche, förderte Wimperntusche und einen Lippenstift zutage. Vorsichtig färbte sie ihre Wimpern und betrachtete entzückt die Wirkung: Ihre Augen sahen viel ausdrucksvoller aus, wirkten größer und leuchtender. Sollte sie ihre Lippen anmalen? Der Lippenstift hatte ein ziemlich kräftiges Rot, sie hatte ihn als Gratisprobe in einer Drogerie bekommen.

Egal, dachte sie, ich kann die Farbe ja ohne weiteres wieder abwischen.

Der Effekt war überraschend: Das Rot harmonierte perfekt mit der Farbe des Leinenkleides, das sie trug, und es paßte wunderbar zu ihren blonden Haaren. Die Lippen, voller und sinnlicher als sonst, gaben ihr einen verführerischen Gesichtsausdruck. Sie sah sehr weiblich aus, selbstbewußter und herausfordernder.

Nicht mehr wie ein scheues Kaninchen, dachte sie, sondern wie …

Sie überlegte, mit welchem Tier sie besonders gern verglichen würde. Ihr Lieblingstier war die Katze.

Eine Katze? fragte sie ihr Bild und lächelte. Natürlich, sie war eine schlanke, geschmeidige Katze mit grünen Augen und hellem, glänzendem Fell. Sie lächelte noch einmal, und dann dachte sie: O Gott, welch ein Unsinn! Wie kann eine erwachsene Frau nur einen solchen Blödsinn im Kopf haben! Mit dem Handrücken wischte sie sich hastig den Lippenstift vom Mund. Idiotisch, plötzlich zur Femme fatale werden zu wollen. Die Rolle lag ihr nicht, sie hatte sie nie gespielt, und das aus gutem Grund. Es hatte keinen Sinn, ein schickes Kleid anzuziehen, sich Farbe ins Gesicht zu pinseln und zu glauben, man sei dadurch ein anderer Mensch. Zu einer verführerischen Frau gehörte mehr als elegante Kleidung und ein aufwendiges Make-up. Sie mußte Selbstbewußtsein ausstrahlen, Sicherheit, Vertrauen in sich und ihre Wirkung. Sie mußte Gelassenheit verkörpern und Souveränität.

Und von all diesen Eigenschaften fühlte sich Franca meilenweit entfernt. Sie war nicht einmal sicher, ob sie ihr einfach nur abhanden gekommen waren. Sie fürchtete, daß sie sie nie besessen hatte.

Es klopfte an der Tür, und Beatrice streckte ihren Kopf ins Zimmer. »Franca? Störe ich? Ich wollte...« Sie unterbrach sich und sagte erstaunt: »Sie sehen aber gut aus! Ist das Kleid neu? Es steht Ihnen ausgezeichnet!«

Franca zerrte am Reißverschluß. »Ich... es war nur so eine dumme Idee... Helene meinte, ich solle mir etwas zum Anziehen kaufen, aber...« Sie geriet fast in Panik, weil sie den Reißverschluß nicht aufbekam.

Beatrice trat ein. »*Diesmal* hatte Helene keine dumme Idee. Sie sind eine attraktive Frau, Franca, und das sollten Sie jedem zeigen. Kommen Sie, ich helfe Ihnen mit dem Reißverschluß. Sie machen das Kleid sonst noch kaputt!«

Franca streifte das Kleid ab wie eine zweite Haut, in der sie sich nicht wohl fühlte.

»Die Frage ist doch«, sagte sie, »wozu man sich so etwas kauft! Es muß irgendeinen Zweck haben, und in meinem Fall ist es einfach sinnlos und überflüssig!«

Beatrice starrte sie an. »Wie alt sind Sie?«

»Vierunddreißig.«

»Vierunddreißig! Ein wunderbares Alter! Ich sage Ihnen, Franca, die nächsten zwölf Jahre werden die besten Ihres Lebens sein. Nutzen Sie sie, um Gottes willen! Ziehen Sie sich jetzt nicht in sich selbst zurück, und meinen Sie nicht, alles hätte keinen Sinn mehr!«

Franca schlüpfte in Shorts und T-Shirt. »Ich kam mir einfach albern vor, mich hier vor dem Spiegel hin und her zu drehen. Es erschien mir plötzlich so lächerlich.«

»Ich glaube eher, Sie fangen ganz langsam an, normal zu werden. Wissen Sie was? Sie begleiten mich und die Hunde jetzt zu einem schönen, langen Spaziergang. Sie müssen unbedingt ein bißchen Farbe bekommen!«

Als sie hoch über dem Meer den Klippenpfad entlanggingen, umtobt von den drei begeisterten Hunden, sagte Franca: »Ich habe heute mit Helene zu Mittag gegessen. Sie erzählte mir vom Tod ihres Mannes. Es muß damals ziemlich schlimm gewesen sein.«

»Das war es«, bestätigte Beatrice. »Sie wissen, daß er sich in die Brust geschossen hat? Er litt einen langen Todeskampf. Und es war kein Arzt aufzutreiben.«

»Nicht einmal Maes Vater?«

»Der war auch irgendwo auf der Insel unterwegs. Es ging alles drunter und drüber in diesen Tagen. Überall wurden händeringend Ärzte gebraucht. Viele Menschen hier waren ja halb verhungert. Die Inseln waren seit fast einem Jahr von der Außenwelt abgeschnitten. Die Ernährungsfrage war schon lange zu einem hochbrisanten Problem geworden.«

»Helene scheint über die Art, wie ihr Mann gestorben ist, kaum hinwegzukommen.«

»Sie bewies eine erstaunliche Tapferkeit an diesem Tag. Sie blieb wirklich bis zu seiner letzten Sekunde bei ihm. Stunde um Stunde. Manch einer wäre sicher weggelaufen. Aber sie harrte aus.« Beatrice schwieg nachdenklich. »Das war einer der wenigen Momente«, sagte sie dann, »in denen ich sie wirklich bewunderte.«

Der Weg führte nun steiler bergab, wurde schmaler und steiniger. Die Hunde rannten ihn laut bellend hinunter, schwanzwedelnd und unbekümmert.

Franca schaute bewundernd zu, mit welch einer Anmut und Leichtigkeit die siebzigjährige Beatrice den Abstieg bewältigte. Sie versuchte sie sich als junges Mädchen vorzustellen, das sich in einer hellen Spätsommernacht zwischen den Felsen und Höhlen mit einem jungen Mann traf, in einer Situation, die Lebensgefahr bedeutete, der aber dennoch keiner von beiden hatte widerstehen können.

»Haben Sie sich mit Julien noch jemals im Freien getroffen?« fragte sie. »Wie in der ersten Nacht?«

Sie waren unten angelangt. An der steinernen Mauer, die die Petit Bôt Bay zur Straße hin abschirmte, war ein Schild angebracht, das Hunden den Zutritt zur Bucht erst ab dem 1. Mai untersagte, und so konnten sie sie noch mit an den Strand nehmen. Sie kletterten über ein paar felsige Steine und standen im hellen Sand. Das Meer war friedlich und glatt an diesem Tag, in ruhigen Wellen trieb es zum Ufer, lief als weißer Schaum den Sand hinauf, ließ Schlick und Algen und kleine Muscheln zurück. Die Hunde jagten in wilden Sprüngen an der Brandung entlang. Beatrice schaute über das Wasser, atmete tief und in einer Art hingebungsvollem Glück.

Sie liebt diese Insel, ist verwachsen mit ihr, dachte Franca. Ganz gleich, wohin sie sich früher einmal gesehnt hat – heute könnte sie nirgendwo anders mehr leben.

»Wir sind noch oft in den Nächten hinausgegangen«, antwortete Beatrice auf Francas Frage. »Sie müssen sich vorstellen, daß sich Julien vier Jahre lang versteckt halten mußte. Manchmal konnte er es wirklich kaum noch aushalten. Dieser enge Dachboden, dessen Wände so schräg waren, daß er überhaupt nur an einem Punkt des Raumes aufrecht stehen konnte, die Langeweile... Er war ein junger, kräftiger Mann, er konnte einfach nicht jahrelang nur von morgens bis abends Bücher lesen. Dazu kamen die deprimierenden Nachrichten aus seiner Heimat Frankreich, die ständige Sorge um seine Familie, um Freunde. Manchmal, wenn er nachts umherstreifte, hatte es fast den Anschein, als provoziere er geradezu die Möglichkeit, geschnappt zu werden, als gehe er ganz bewußt das Risiko ein, nur um endlich eine Veränderung herbeizuführen. Vielleicht sehnte er sich fast danach, erschossen zu werden und alles zu beenden.«

»Aber er brachte auch Sie in Gefahr!«

»Es war nicht so, daß wir einander immer trafen, wenn er nachts unterwegs war«, berichtete Beatrice. »Oft zog er allein los, und ich erfuhr erst am nächsten Tag oder Tage später davon. Dann fing ich noch nachträglich an zu zittern. Die Lage der Deutschen verschlechterte sich an allen Fronten, es war ein wenig so wie bei Tieren, die in die Enge getrieben werden. Sie wurden immer gefährlicher. Zu Anfang hatten sie sich als Sieger aufgespielt, hatten geprotzt und geprahlt und waren einfach unangenehm gewesen. Aber ihre Siegestrunkenheit hatte sie auch ein wenig leichtsinniger sein lassen, man hatte sie besser austricksen, seine eigenen Sachen machen können. Nun wurde ihnen langsam die Luft dünn. Sie waren nicht mehr siegestrunken. Öffentlich durfte keiner von ihnen am Endsieg zweifeln, aber ich denke, daß nur noch die wenigsten daran glaubten. Sie wurden aggressiver, witterten Bedrohung an allen Ecken und Enden. Die Katastrophe von Stalingrad hatte endgültig die Wende gebracht, es ging bergab, wie laut die braunen Machthaber jenseits des Kanals auch das Gegenteil behaupten mochten. Der Anfang vom Ende war da. Das versuchte ich Julien immer wieder klarzumachen. Ich sagte, ich sei sicher, daß er nicht mehr lange würde aushalten müssen, aber meine Worte erreichten ihn nicht wirklich. Seine Verzweiflung wuchs.«

»Er liebte Sie immer noch?« fragte Franca.

Beatrice setzte sich auf einen Felsen und klopfte einladend mit der Hand neben sich auf den Stein. »Setzen Sie sich. Ich möchte mir ein bißchen die Sonne aufs Gesicht scheinen lassen. Ich werde Ihnen von meiner und Juliens Liebe erzählen, und Sie können entscheiden, ob es sich überhaupt um eine Liebe gehandelt hat.«

»Glauben Sie es denn nicht?« fragte Franca. Sie setzte sich. Der Felsen fühlte sich wunderbar warm und glatt an. Ein leichter Wind blies und benetzte ihre Lippen mit Salz. Welch ein herrlicher Tag, dachte sie.

»Wie ich schon sagte«, entgegnete Beatrice, »bin ich der Ansicht, daß ich für Julien in erster Linie eine Verbindung zum Leben war. Er brauchte mich, ich war die einzige Bastion gegen die endgültige Verzweiflung. Es mag anmaßend klingen, aber ich glaube, daß ich es war, die verhindert hat, daß er durchdrehte, sich freiwillig stellte oder so unvorsichtig wurde, daß sie ihn hätten erwischen müssen. Das war meine Bedeutung in seinem Leben ... die

entscheidendere Bedeutung vielleicht als die, daß wir einander –
auf welche Weise auch immer – liebten.«

Guernsey, Sommer 1943

Vom Sommer des Jahres 1943 an wurde die Versorgungslage auf
den Inseln immer schlechter. Im Dezember 1942 waren die Amerikaner, nach dem Angriff der Japaner auf den Truppenstützpunkt
Pearl Harbor, in den Krieg eingetreten. Nacht für Nacht flogen
ihre Bomber zusammen mit denen der *RAF* Angriffe auf deutsche
Städte, verwüsteten Häuser und Straßen, brachten zahllosen Zivi-
listen den Tod. In Stalingrad wurde die Sechste Armee vernichtend
geschlagen; am 3. Februar 1943 gab das Oberkommando der
Wehrmacht die Kapitulation bekannt.

Die Lebensmittel im Reich wurden knapp; angesichts der Zer-
störung brach auch die Landwirtschaft immer mehr zusammen.
Kaum jemand schien noch daran zu denken, Versorgungsschiffe zu
den Kanalinseln zu schicken, die als einsamer, exponierter Stütz-
punkt vor der französischen Küste lagen und noch immer mit
Feuereifer zur Verteidigungsfestung ausgebaut wurden – obwohl
niemand mehr glauben konnte, daß sie einen wirklichen Schutz vor
drohenden Invasoren würden darstellen können. Heerscharen von
Zwangsarbeitern wurden gebraucht, wurden zu unmenschlichen
Anstrengungen getrieben, starben am Hunger und an entsetzlichen
Mißhandlungen. Je aussichtsloser die allgemeine Kriegslage wurde,
desto entschlossener forcierten die Besatzer ihren Entschluß, aus
den Kanalinseln eine uneinnehmbare Festung zu machen.

Die Rationierungen wurden strenger, die Marken sparsamer
verteilt. Es fiel den Wyatts nicht leicht, eine weitere Person satt zu
bekommen – denn Julien hatte natürlich selbst keine Lebensmittelkarten und mußte von denen der Wyatts versorgt werden.
Früher war der Arzt von vielen Inselbewohnern in Naturalien bezahlt worden, aber das gehörte nun auch der Vergangenheit an:
Die Leute hatten selbst nichts mehr zu essen. Kaum jemand gab
noch ein Ei oder ein Stück Schinken heraus.

Beatrice fand, daß Julien oft zu ungeduldig war, zuviel jammerte. Andere riskierten ihr Leben für ihn, teilten ihr letztes Stück Brot mit ihm, und er tat oft nichts anderes, als zornig gegen das Schicksal zu rebellieren. Sie verstand, daß er seine Situation haßte, aber es gab Menschen, die Schlimmeres aushielten in dieser finsteren Zeit. Immer häufiger verließ er nachts heimlich das Haus und begab sich auf seine geheimen Streifzüge, obwohl Beatrice ihm immer wieder sagte, daß sie Angst habe um ihn, und daß er seine Helfer in große Gefahr brachte.

»O Gott!« rief er wütend. »Glaubst du, ich würde sie verraten, wenn ich geschnappt werde? Wofür hältst du mich?«

»Die haben vielleicht durchaus Methoden, dich zum Reden zu bringen«, hielt Beatrice dagegen. Sie dachte daran, wie Pierre ausgesehen hatte, als sie ihn zurückbrachten. »Außerdem verfolgen sie dich vielleicht bis in dein Versteck zurück, und das wäre ein furchtbares Unglück.«

»Soll ich hier langsam wahnsinnig werden und mich schließlich selbst erschießen?« schrie Julien. »Wie kannst du glauben, daß ich das alles hier noch lange durchstehe?«

Sie nahm ihn in die Arme, strich ihm sanft über die Haare, und obwohl er nicht weinte, meinte sie, sein Schluchzen zu hören. Er war krank vor Heimweh, krank vor Sehnsucht nach Freiheit. Sein Hunger nach Leben, nach Bewegung, nach Luft zum Atmen war übermächtig geworden.

»Manchmal habe ich Angst, er hält nicht mehr lange durch«, sagte Mrs. Wyatt eines Tages besorgt zu Beatrice. Es war ein sonniger, windiger Augusttag; die Wolken jagten pfeilschnell über einen unglaublich blauen Himmel, die Bäume bogen sich, und auf den Blättern lag ein wunderbares goldfarbenes Licht. Beatrice war nach der Schule mit zu Mae gegangen, trotz Helenes ausdrücklichem Verbot. Aber sie hoffte, Julien wenigstens für ein paar Augenblicke sehen zu können. Ihre Gefühle für ihn vertieften sich, je mehr Zeit verging; sie wurden angeheizt durch all die Steine, die Helene und Erich ihr in den Weg legten. Sie dachte inzwischen zu jeder Sekunde des Tages an Julien. Im Unterricht, beim Spazierengehen, vor dem Einschlafen und beim Aufwachen. Sie war von einer fiebrigen Unruhe erfüllt. Ihre Sexualität, die zu Anfang sehr unschuldig und unausgeprägt gewesen war, wurde bewußter, wacher und hungriger, je mehr Nahrung sie bekam. Sie stand jetzt kurz vor ihrem fünfzehnten Geburtstag, und jeder erfahrene Beobachter hätte am Leuchten ihrer Augen, an der Farbe ihrer Wangen und an der Art, wie sie sich bewegte, gesehen, was mit ihr los war.

»An Tagen wie heute«, erwiderte sie auf Mrs. Wyatts besorgte Vermutung, »muß es besonders schwer sein.«

»Geh hinauf zu ihm und tröste ihn«, sagte Mae spitz. Beatrice hatte sich stets gehütet, ihr reinen Wein einzuschenken, aber dennoch war Mae die einzige, die eine ziemlich klare Vorstellung davon hatte, was zwischen Beatrice und Julien vor sich ging. In dieser Hinsicht war sie weit weniger naiv als ihre Mutter.

Beatrice kletterte auf den Dachboden hinauf und traf einen zornigen, unruhigen Julien an, der eine Tasse des scheußlichen Ersatzkaffees trank, den man inzwischen überall nur noch bekam – zahlte man nicht horrende Preise auf dem Schwarzmarkt, und selbst dort war echter Kaffee zu einer Rarität geworden.

»Kannst du zur Petit Bôt kommen heute nacht?« fragte er anstelle einer Begrüßung. »Ich muß raus. Ich muß ans Meer. Ich muß dich sehen.«

»Das ist zu gefährlich«, sagte Beatrice und dachte, daß er sie langsam hassen mußte für diesen Satz, den sie praktisch jedesmal sagte, wenn er mit Vorschlägen dieser Art kam. Sie fühlte sich wie eine besorgte Gouvernante, die den Menschen in ihrer Umgebung jeden Spaß verdirbt, aber es ging, um Himmels willen, um mehr als um ein harmloses mitternächtliches Badevergnügen am Meer.

»Ich bin um elf Uhr in der Bucht«, sagte er, »so oder so. Ob du kommst oder nicht.«

Er hob den Kopf, sah durch die geöffnete Dachluke hinaus in den stürmischen Himmel, der schon das lichte, kühle Blau des Herbstes angenommen hatte.

»Mein Leben zerrinnt mir zwischen den Fingern«, sagte er verzweifelt. »Siehst du, wie die Wolken jagen? Genauso schnell vergeht die Zeit. Und ich sitze hier!« Er ballte die Hand zur Faust, ließ sie krachend auf den Tisch fallen. »Ich sitze hier!«

»Es kann nicht mehr lange dauern. Alle sagen…«

»Seit Jahren sagen alle alles mögliche. Niemand stoppt die deutschen Teufel, wann kapiert ihr das endlich? Vielleicht geht es ihnen gerade ein wenig schlechter, aber irgendwann geht es ihnen auch wieder besser. Es wird nie aufhören. Niemals!«

Es war das übliche Lamento, die üblichen Reden, auf die Beatrice allmählich keine Erwiderungen mehr fand. Stets beschwor sie das Ende des Krieges, das Ende der Besatzung, stets beharrte Julien auf seiner düsteren Prophezeiung, daß es ein Ende niemals geben würde. Sie versuchte ihn zu verstehen, zu begreifen, daß seine Lage zwangsläufig eine pessimistische Einstellung hervorrufen mußte, aber dann wieder machte sie die Erkenntnis traurig, daß sie ihm nicht helfen, ihm die Panik nicht nehmen konnte.

»Kommst du?« fragte er.

Sie seufzte. »Ich werde es versuchen. Ich kann es nicht versprechen.«

Sie wußte, er zweifelte nicht daran, daß sie da sein würde.

Erich kam an diesem Abend aus Frankreich zurück, was die Situation verkomplizierte. Er hatte länger fortbleiben wollen, und niemand wußte, weshalb er verfrüht zurückkehrte, zumal er selbst nichts dazu sagte. Er war glänzender Laune und brachte sogar Geschenke mit: eine Perlenkette für Helene, deren Verschluß aus einem großen, leuchtendgrünen Smaragd bestand, und einen Ring für Beatrice. Der Ring war aus schwerem Gold, sehr breit und wuchtig, und trug einen dunklen Goldtopas aus Stein. Er war viel zu weit für Beatrices Finger, selbst vom Daumen rutschte er noch herunter, und er sah viel zu auffallend aus an ihren noch kindlich zarten Händen. Beatrice fand, daß er zu einer dicken, alten Dame paßte, aber keineswegs zu ihr, und daß es sowieso unpassend war von Erich, ihr einen Ring zu schenken und Helene nicht. Erich merkte natürlich, daß sie nicht allzu begeistert war.

»Was ist?« fragte er stirnrunzelnd. »Gefällt dir der Ring nicht?«

»Er ist zu groß.«

»Wir müssen ihn natürlich enger machen lassen. Du hast aber wirklich schlanke Finger, das muß ich sagen. Da wird eine Menge Gold wegfallen. Nun, vielleicht kann man einen Kettenanhänger daraus arbeiten lassen.«

»Oder einen zweiten Ring«, bemerkte Helene spitz, »einen für mich.«

Erich begriff, daß beide Frauen ihn nicht mit dem Enthusiasmus empfingen, den er sich vorgestellt und ausgemalt hatte. Lächelnd kramte er in einem Tornister, den er zuvor ein wenig achtlos in einer Ecke abgestellt hatte.

»Vielleicht entfacht dies ja ein Leuchten in euren Augen«, sagte er und zauberte nacheinander eine Reihe von Herrlichkeiten hervor, die man auf der Insel schon seit langer Zeit nicht mehr gesehen hatte.

»Echter Bohnenkaffee!« pries er seine Errungenschaften an. »Schokolade! Seidenstrümpfe. Seife. Tee. Köstliche Biskuits. Was sagt ihr dazu?«

Helene schien von diesen Geschenken tatsächlich mehr angetan zu sein als von ihrer Perlenkette. »Meine Güte«, sagte sie ehrfürchtig. »Leben die Menschen in Frankreich noch so in Saus und Braus?«

»Die meisten nicht. Aber es gibt noch Vorratslager. Und treusorgend, wie ich bin, habe ich natürlich an euch gedacht.«

»Wie steht es mit dem Krieg?« fragte Beatrice, nicht bereit, sich von etwas Kaffee und Schokolade korrumpieren zu lassen.

»Oh, mit dem Krieg steht alles zum besten«, entgegnete Erich sofort. »Natürlich ist so ein Krieg nicht von heute auf morgen zu entscheiden, und zwischendurch verschieben sich die Dinge immer wieder einmal, aber insgesamt sieht es großartig aus. Einfach großartig.«

»Wie man so hört, weichen die Deutschen an allen Fronten zurück«, sagte Beatrice provozierend. »Und wieso kriegen wir hier auf den Inseln fast nichts mehr zu essen, wenn alles so gut läuft?«

Erichs Miene verfinsterte sich. »Zum Teufel mit der feindlichen Propaganda! Natürlich versucht man, den Kampfeswillen und die Durchhaltemoral zu schwächen, indem man Hiobsbotschaften durch die Sender schickt. Aber davon ist kein Wort wahr.« Er seufzte ärgerlich. »Wenn man nur endlich alle Radioapparate auf dieser Insel konfiszieren könnte! Aber offenbar scheint das ja nicht möglich zu sein.«

Er trank viel an diesem Abend, was Beatrice beruhigte, denn so würde er tief schlafen. Helene, die sich offenbar nicht besonders wohl fühlte, sprach ebenfalls dem Rotwein reichlich zu, und als sie sich verabschiedete, um ins Bett zu gehen, schlug ihre Zunge schwer an.

Es war schon nach elf Uhr, als Beatrice sich sicher genug fühlte, aus dem Haus zu schleichen und den Weg zur Petit Bôt Bay einzuschlagen. Sie wußte, daß zwei Wachtposten um das Grundstück patrouillierten, aber die beiden waren noch nicht ein einziges Mal von ihrem gewohnten Rhythmus und von den üblichen Zeiten abgewichen, und so war es kein Problem, auf den Moment zu warten, da Haustür und Auffahrt unbeobachtet waren. Trotzdem war ihr bewußt, daß sie ein viel zu hohes Risiko einging und daß sie standhaft genug hätte sein müssen, sich von Julien nicht zu diesen nächtlichen Ausflügen überreden zu lassen.

Wie dumm von mir, dachte sie beinahe wütend, während sie durch die Dunkelheit huschte, etwas so Verrücktes zu tun!

Aber wie immer fielen Ärger und Wut in sich zusammen, als sie Julien gegenüberstand und er sie mit der Ungeduld und Heftigkeit, die ihm seine Verzweiflung eingaben, in die Arme schloß. Er hatte unten in der Bucht auf sie gewartet, ein regloser Schatten zwischen den Felsen, der sich aufrichtete und auf sie zukam, als sicher feststand, daß ihr niemand gefolgt war.

Sie standen eng aneinandergepreßt, und Beatrices Herz klopfte stürmisch, weil sie so schnell gelaufen war. Die Nacht war warm und von einer samtigen Schwärze, und noch immer glitten Wolken über den Himmel, ließen nur hin und wieder den Mond sichtbar werden oder Sterne aufblitzen. Das Meer rauschte ruhig und geheimnisvoll. Es schien kein anderer Mensch als sie beide auf der Erde zu sein.

Julien sagte ein paar zärtliche Worte auf französisch zu ihr und strich ihr die Haarsträhne zurück, die ihr immer wieder in die Stirn flatterte. Hier draußen war er ein anderer Mann als auf seinem Dachboden. Es war, als fließe sein Blut sofort schneller, als beschleunigten sich Herzschlag und Atmung, als durchströme ihn eine Kraft, die sich aus unbekannten Quellen speiste. Seine Augen leuchteten, sein Lachen klang tief und warm. Es war jung und vital, stark und selbstsicher.

Er ist frei, dachte Beatrice, hier draußen ist er ganz einfach frei, und das macht einen anderen Menschen aus ihm.

Sie liebten sich im hellen Sand der Bucht, und das Bewußtsein der Gefahr, in der sie schwebten, und der kurzen Zeit, die ihnen blieb, ließ sie noch gieriger werden, noch sehnsüchtiger und hingebungsvoller. Die Romantik ihrer Begegnung blieb immer gleich, weil ihre Situation immer gleich blieb. Sie waren stets in Gefahr, und ihre Zukunft war immer ungewiß.

Sie lagen nebeneinander und hielten sich an den Händen, und Julien sprach auf französisch von der Zeit nach dem Krieg. Wenn er sich gut fühlte, gab es Momente, in denen er glaubte, der Schrecken werde vorübergehen, und es werde nicht mehr lange dauern, bis alles vorbei war. Jetzt war ein solcher Moment. Er lag unter freiem Himmel am Meer, er sah Sterne und Wolken über sich, und er hatte ein Mädchen geliebt, dessen Hand er noch immer in der seinen hielt. Er war ein junger Mann wie tausend andere Männer.

»Ich werde viel Geld verdienen, wenn der Schlamassel vorbei ist«, sagte er. Es war auf jeden Fall positiv, daß er von »Schlamassel« sprach, statt von »Terror«, »Schrecken«, oder »Weltende«. »Schlamassel« war ein bewußt gewählter, harmloser Begriff für das Unheil, das über sie alle hereingebrochen war. »Ich weiß noch nicht genau, wie, aber du sollst sehen, ich werde ein reicher Mann.«

Beatrice setzte sich auf und kramte in der Tasche ihres Kleides. Sie hatte heimlich ein Stück von der Schokolade, die Erich mitgebracht hatte, an sich genommen. Sie brach einen Riegel ab und reichte ihn Julien.

»Hier, möchtest du?«

Er setzte sich ebenfalls auf. Der Mond tauchte gerade wieder hervor, und in seinem Licht sah Julien gespenstisch fahl aus. Beatrice wußte, daß das nicht nur am Mond lag: Auch bei Tag war Julien von wächserner Blässe. Er war nicht mehr der kräftige, braungebrannte Kerl, als der er auf die Insel gekommen war. Er war nur noch ein Schatten seiner selbst.

»Schokolade? Woher hast du die denn?« Er schob den ganzen Riegel auf einmal genießerisch in den Mund. »Ich wußte fast nicht mehr, wie so etwas schmeckt.«

»Erich ist heute aus Frankreich zurückgekommen. Er hat eine Menge herrlicher Dinge mitgebracht.« Sie sah ihm zu, wie er kaute und sich die Lippen leckte. Sie schob ihm das nächste Stück in den Mund.

»Wenn du an die Zeit nach dem Krieg denkst«, sagte sie, »komme ich da in deinen Plänen auch vor?«

Er warf ihr einen erstaunten Blick zu. »Natürlich. Warum nicht?«

»Du hast nie etwas gesagt.«

»Wann reden wir schon über die Zeit danach? Es hat so wenig Sinn, sich den Kopf darüber zu zerbrechen.«

»Du sprichst von dem Geld, das du verdienen willst,« sagte Beatrice vorsichtig, »aber nicht von mir.«

»Leg doch nicht jedes Wort auf die Goldwaage. Jetzt habe ich vom Geld gesprochen. Ein anderes Mal spreche ich von dir.« Er stand auf, plötzlich unruhig geworden. »Weißt du was? Ich möchte im Meer schwimmen. Ich möchte das Salz auf meinen Lippen schmecken und das Wasser auf meiner Haut fühlen.«

Sie haßte ihre Gouvernantenrolle, aber sie mußte sie schon wieder spielen. »Tu es nicht, Julien. Es ist zu gefährlich. Du bist weithin sichtbar im Wasser. Von einem Schiff aus könnten sie dich sehen, oder oben von den Klippen.«

»Die Nacht ist viel zu dunkel.« Er wippte ungeduldig auf den Zehen. »Außerdem ist hier niemand.«

Wie eine Warnung zeigte sich der Mond erneut und warf sein bleiches Licht zur Erde.

»*So* dunkel ist die Nacht nicht«, sagte Beatrice nervös, »die Wolken ziehen zu schnell, der Mond verschwindet nie lange. Bitte, Julien. Was wir hier tun, ist gefährlich genug, aber wir sind durch die Felsen einigermaßen geschützt. Da draußen schützt dich nichts.«

»Es ist die letzte Nacht dieses Sommers.« Es gab keinen Anhaltspunkt dafür, daß es so war, aber Julien schien sicher zu sein. »Und ich weiß sowieso nicht, wann ich wieder hinaus kann. Ich werde jetzt schwimmen.«

Sie sah ihm nach, wie er über den Strand zum Wasser lief. Sein hochgewachsener nackter Körper war im Mondlicht von silbriger

Farbe. Er bewegte sich leicht und geschmeidig; sie konnte es förmlich spüren, wie sehr er die Berührung mit der Luft, mit dem Sand genoß, wie sehr ihn das Laufen beglückte, das Spiel seiner Muskeln.

Wie schön er ist, dachte Beatrice, und wie rücksichtslos. Sie kam sich alleingelassen vor, saß im Schatten der Felsen, die sich über ihr türmten, und sah ihn vor der Weite des Meeres und im Licht des Mondes. Sie versuchte, die Symbolik der Situation nicht überzustrapazieren, aber es war, als hätten sie beide ihre Rollen vertauscht: Er ging in die Freiheit hinaus, während sie gefangen zurückblieb. Und irgendwie stimmte dieses Bild auch, das hatte sie begriffen in den letzten Minuten. Er liebte sie nicht wirklich. Sie gehörte zu den Dingen, die ihm sein Leben im Versteck erleichterten, und so hatte sie eine entscheidende Bedeutung für ihn, aber innerlich hatte er sich nicht an sie gebunden. Er würde sie vergessen, sobald er frei war. Er würde nach Frankreich zurückkehren und sich in sein wiedergewonnenes Leben stürzen, und es würde lachende, fröhliche Mädchen um ihn herum geben, er würde flirten, mit ihnen tanzen, trinken, und er würde sie lieben, und eine von ihnen würde er irgendwann heiraten.

Was werde ich sein in seiner Erinnerung? fragte sich Beatrice. Sie zog sich wieder an, glättete mit den Händen notdürftig die Haare.

Sie würde einfach Beatrice sein, das englische Mädchen, dem er Französisch beigebracht, mit dem er Victor Hugo gelesen und dem er die Unschuld genommen hatte. Er würde sich an ihre blasse Haut erinnern und an ihre widerspenstigen Haare, an ihren knochigen Körper und vermutlich daran, daß sie nicht besonders hübsch gewesen war.

Aber er hatte keine Wahl, und ich war besser als nichts, dachte Beatrice zornig. Sie wühlte heftig mit der Hand im Sand, zog mit den Fingern tiefe Linien und Kerben. Und ich war auch noch dumm genug, mich nachts mit ihm am Strand zu treffen und mein Leben in Gefahr zu bringen.

Julien stand nun schon bis zu den Hüften im Wasser, zögerte einen Moment und ließ sich dann in die Wellen gleiten. Er schwamm mit kräftigen Zügen vorwärts, drehte sich auf den

Rücken, strampelte mit Armen und Beinen, planschte, prustete und vollführte einen Höllenlärm in der bis dahin völligen Stille der Nacht. Zu Beatrices Erschrecken flutete das Mondlicht nun ungehindert vom Himmel, der Wind hatte die Wolken immer weiter auseinandergetrieben, und die Nacht war jetzt von gnadenloser Helligkeit.

Das gibt ein Unglück, dachte sie mit klopfendem Herzen.

Sie stand auf, wagte sich einen Schritt vor.

»Julien!« rief sie halblaut. »Bitte komm zurück! Du machst zuviel Lärm! Komm zurück!«

Natürlich hörte er sie nicht. Er spielte im Wasser wie ein Kind oder ein lebenslustiger Delphin. Er bewegte sich wie auf einem Präsentierteller, herausfordernd oder selbstvergessen, das vermochte Beatrice nicht zu sagen.

Ich sollte gehen, dachte sie, ich sollte ihn allein lassen in diesem Wahnsinn und sehen, daß ich wegkomme.

Als der Schuß krachte, ohrenbetäubend laut, wußte sie in der ersten Sekunde nicht einmal, was sie da gehört hatte und woher das Geräusch gekommen war. Doch im nächsten Moment fiel der zweite Schuß, und dann erklang eine scharfe Stimme, die auf deutsch durch ein Megaphon rief: »Verlassen Sie sofort das Wasser! Kommen Sie sofort an Land!«

Lichter flammten von den Klippen herab. Jetzt waren viele Stimmen zu hören, deutsche Stimmen. Es mußte sich um Soldaten handeln, die oben am Klippenpfad aufgetaucht waren und sich nun zweifellos an den Abstieg hinunter in die Bucht machten.

Beatrice wich tiefer zwischen die Felsen zurück. Sie fühlte sich wie ein Kaninchen in der Falle, gefangen zwischen Meer und Klippen und umzingelt von bewaffneten Feinden. Wieder wurde geschossen, die Kugel traf platschend ins Wasser auf, schlug aber weit entfernt von Julien ein. Er schien sich außer Reichweite zu befinden, aber das würde ihm nichts nützen, denn er würde zurückschwimmen müssen.

Ergib dich, flehte sie im stillen, ergib dich, um Gottes willen, das ist deine einzige Chance!

Julien hatte wie erstarrt innegehalten, als der erste Schuß gefallen war, so überrascht, als sei das Auftauchen der deutschen Soldaten das letzte, womit er gerechnet hätte. Auch beim zweiten Schuß hielt er still, starrte zum Strand, schien die Situation zu analysieren.

Der dritte Schuß brachte ihn in Bewegung. Aber anstatt der Aufforderung – die er nicht einmal verstanden haben mochte, da sein Deutsch sehr schlecht war – Folge zu leisten, schlug er die entgegengesetzte Richtung ein, kraulte in raschem Tempo weiter ins Meer hinaus und bog dann in westliche Richtung ab. Das lange Herumsitzen in seinem Versteck mochte ihn geschwächt haben, aber die Todesangst mobilisierte die alten Kräfte: Er bewegte sich ungeheuer schnell und zielsicher.

»Der versucht, die nächste Bucht zu erreichen!« brüllte jemand. »Schickt sofort Leute hin, die ihn abfangen!«

Beatrice wich noch tiefer in ihre Felsspalte zurück. Ihr war klar, daß dieses Versteck sie nicht schützen würde. Man würde sie finden. Vielleicht würde man sie sogar erschießen.

Ihr Herz raste. Für Sekunden war sie versucht, freiwillig hinauszutreten, sich zu stellen, ehe man sie hervorzerren würde. Aber irgend etwas hielt sie zurück, und auf einmal dachte sie, daß sie nicht so rasch aufgeben sollte.

Ich muß hier weg, ehe sie unten sind. Wenn sie erst da sind, habe ich keine Chance mehr. Ich muß vorher verschwinden.

Erneut fielen Schüsse, aber für Julien bestand keine Gefahr mehr. Er war schon fast um die Biegung der ins Meer hinausragenden Felsen verschwunden.

Die Soldaten kamen den Klippenpfad nur langsam herunter; sie waren mit dem Gelände nicht vertraut und konnten zudem nicht wissen, ob nicht ein Hinterhalt sie unten erwartete.

Beatrice hingegen kannte das Gelände seit frühester Kindheit. Tausendmal war sie hiergewesen, hatte gelernt, sich wie eine Katze über die Felsen zu bewegen.

Ihr Gehirn arbeitete fieberhaft. Den westlichen Pfad konnte sie nicht hinauf, das stand fest. Von der Straße, die zur Bucht führte, hörte sie nun Motorengeräusche; dort kamen sie mit Motorradgespannen, und so war ihr auch dieser Weg versperrt. Blieb der Klippenpfad in östlicher Richtung, zu dessen Fuß sie jedoch nicht mehr gelangen konnte – sie hätte die Bucht verlassen und die

Straße hinauflaufen müssen, aber dort wimmelte es nun schon von Deutschen. Sie hatte keine Wahl, als direkt an den Klippen hinaufzuklettern. Das Schlimme war, daß sie zuvor den Strand in seiner ganzen Breite überqueren mußte, um den Aufstieg beginnen zu können. Sie mußte zusehen, daß sie sich in der oberen Strandhälfte dicht am dort liegenden Geröll entlangbewegte, so flach und klein wie möglich, den Schutz eines jeden Steines ausnutzend.

Sie wollte schon davonhuschen, denn nun kam es auf jede Sekunde an, da bemerkte sie, daß Juliens Kleidungsstücke noch im Sand lagen. Falls man sie als das Eigentum Dr. Wyatts identifizierte, würde dies den Arzt und seine Familie ans Messer liefern.

Sie glitt aus ihrer Felsspalte heraus, immer noch geschützt vor dem steinernen Dach über sich, raffte Hose, Hemd, Strümpfe und Schuhe zusammen und zog sich mit angehaltenem Atem wieder zurück. Dann kroch sie, flach wie ein Eidechse, entlang den Steinen über den Strand, während die Deutschen noch immer aus den Klippen schossen, auf der Straße die Bremsen quietschten und Soldaten auf den Strand zuliefen.

Am meisten störten die Schuhe. Die übrigen Kleidungsstücke hatte sie irgendwie um ihren Körper gebunden, aber die Schuhe hielt sie in der linken Hand, was bedeutete, daß ihr nur die rechte zur Verfügung stand. Sie benutzte den schwierigsten, steilsten, haltlosesten Weg, den es aus der Bucht heraus gab. Es war schierer Wahnsinn, hier hinaufzuklettern, noch dazu im Dunkeln und mit nur einer freien Hand und zudem in einer halsbrecherischen Geschwindigkeit. Beatrice blieb nicht die Zeit, ihre Schritte zu überprüfen, mit dem Fuß zu tasten, ob der Stein halten würde, auf den sie trat. Sie mußte sich auf ihre Erinnerung verlassen – dieser Weg hatte früher die beliebte Mutprobe zwischen ihr und den Jungen aus dem Dorf dargestellt, allerdings bei Tageslicht und ohne Gepäck –, und sie mußte auf ihr Glück hoffen.

Zumindest funktionierten in diesem Moment der Gefahr ihr Körper und ihre Nerven. Sie bewegte sich ruhig und sicher, trotz der Schnelligkeit. Weder wurde ihr schwindlig noch stieg Panik in ihr auf. Das würde vermutlich später geschehen.

Wenn alles vorbei ist, dachte sie einmal, werde ich schreien.

Die Deutschen veranstalteten einen Heidenlärm unten in der Bucht. Schreie und Schüsse klangen durch die Nacht. Schließlich kam noch Hundegebell dazu; irgend jemand mußte Spürhunde herbeigeschafft haben. Beatrice wußte, daß ihre Zeit damit noch knapper wurde; die Hunde würden in Windeseile den Platz in der Felsspalte entdecken, in der sie sich versteckt gehalten hatte, und von dort aus ihre Spur bis hinüber zu den östlichen Klippen und um die Biegung herum verfolgen. Dann würde klar sein, welchen Weg sie genommen hatte. Die Feinde mußten sie oben nur noch abfangen.

Sie steigerte ihr Tempo, ignorierte die Schmerzen in ihren Fingerknochen, die vom angespannten Umklammern der Schuhe herrührten. Die letzten Felsen... Ihre freie Hand griff in Gras, mit einer letzten Anstrengung zog sie sich hinauf, sank keuchend in sich zusammen.

Sie war oben. Sie hatte es geschafft.

Sie wußte, daß sie hier nicht liegen bleiben durfte. Es wimmelte von deutschen Soldaten um sie herum. Sie mußte weiter, so schnell sie konnte.

Auf allen vieren kroch sie vorwärts. Sie wagte nicht, aufrecht zu laufen, weil sie im hellen Mondlicht eine weithin sichtbare Silhouette abgegeben hätte. Erst als sie ein kleines Waldstück erreicht hatte, hielt sie inne, lehnte sich an einen Baumstamm und atmete tief durch. Sie ließ die Schuhe fallen, entspannte ihre schmerzenden Hände. Jetzt merkte sie, wie erschöpft und ausgepumpt sie war. In ihren Seiten stach es, ihre Beine zitterten, ihr Kopf dröhnte. Sie war naßgeschwitzt am ganzen Körper.

Sie barg das Gesicht in den Händen, wartete, daß sich das Beben in ihr beruhigte.

Was war aus Julien geworden?

Er konnte nicht die ganze Insel umschwimmen. Irgendwo mußte er inzwischen an Land gegangen sein. Hatten sie ihn abgefangen?

Wie konnte er so wahnsinnig sein? fragte sie sich verzweifelt. Wie konnte er nur so schrecklich *dumm* sein?

Irgendwie mußte sie rasch nach Hause gelangen. Sie konnte nur hoffen, daß man Erich nicht bereits von der Aktion in Kenntnis gesetzt hatte, er wach war und somit ihr Verschwinden entdeckt hatte. Wohin, zum Teufel, sollte sie mit Juliens Kleidungsstücken?

Mühsam kam sie auf die Füße, ergriff die Schuhe, machte sich auf den Heimweg. Im Wald blieb alles still, niemand schien sich hier aufzuhalten. Sie lief einen gewaltigen Umweg, umrundete das Dorf, näherte sich dem Haus ihrer Eltern von der Rückseite. Die Auffahrt zu nehmen erschien ihr zu riskant.

Sie huschte in den Garten, spähte nach der Patrouille, hielt den Atem an, aber alles blieb still. Sie betrat das Gewächshaus, das am Ende des Grundstücks stand und das inzwischen in einen Zustand völliger Verwahrlosung geraten war, da Pierre allein mit seiner Arbeit nicht fertig werden konnte.

In einer Ecke stapelten sich Säcke mit Erde und Torf, denen man ansah, daß sie seit Jahren nicht mehr von der Stelle bewegt worden waren. Beatrice rutschte sie ein Stück zur Seite, verstaute Kleidungsstücke und Schuhe dahinter, rückte die Säcke wieder an ihren Platz. Vorerst erschien ihr der Ort als ein sicheres Versteck, später mußte sie weitersehen.

Sie gelangte ungesehen ins Haus und in ihr Zimmer hinauf, aber erst als sie die Tür hinter sich geschlossen hatte, konnte sie ein wenig ruhiger atmen. Sie schälte sich aus ihren Kleidern, die sich feucht anfühlten von ihrem Schweiß, legte sie achtlos über einen Sessel, kroch unter ihre Bettdecke und krümmte sich zusammen wie ein Embryo, krank vor Erschöpfung und Angst. Ihr war übel, und ihre Zähne schlugen aufeinander. Langsam drang nun die Erkenntnis in ihr Bewußtsein, welch ein Wunder es war, daß sie noch lebte, daß sie leicht hätte erschossen werden können, daß sie um Haaresbreite dem Tod entkommen war.

Hoffentlich muß ich mich nicht übergeben. Hoffentlich lebt Julien noch. Hoffentlich finden sie ihn nicht. Hoffentlich habe ich die Kleider sicher genug versteckt.

Die Gedanken rasten in ihrem Kopf. Einmal war sie dicht daran, aufzustehen und ins Bad zu laufen, so sicher war sie, sich erbrechen zu müssen, aber ihr Magen beruhigte sich wieder, und sie sank in die Kissen zurück.

Irgendwann, in den frühen Morgenstunden, fand sie ein wenig unruhigen Schlaf. Sie erwachte von Stimmen und Rufen, von Motorenlärm und dem Tritt schwerer Stiefel auf der Treppe. Das Haus schien voller Menschen zu sein, und es herrschte eine ungewöhnliche Aufregung.

Julien, dachte sie sofort.

Es war acht Uhr, und niemand hatte sie geweckt, aber ihr fiel ein, daß Samstag war und sie nicht zur Schule gehen mußte. Ihr war immer noch übel, und als sie aufstand und in den Spiegel sah, stellte sie fest, daß sie bleich und elend und wirklich krank aussah.

Sie räumte ihr zerknittertes Kleid in den Schrank, suchte ein frisches heraus, zog es an. Ihre Haare standen in alle Richtungen, es war wieder einmal unmöglich, sie zu bändigen, und sie faßte sie einfach mit einer Schleife zusammen.

Als sie das Zimmer verließ, kam schon Helene auf sie zu.

»Da bist du ja! Große Aufregung!« wisperte sie. »Heute nacht haben sie um ein Haar einen Spion in der Petit Bôt Bay erwischt!«

»Um ein Haar?« fragte Beatrice sofort zurück.

»Er konnte wohl entkommen. Aber nun suchen sie die ganze Insel nach ihm ab. Sicher werden sie ihn finden.«

Aus dem Erdgeschoß war Erichs dröhnende Stimme zu vernehmen. »Und ich verlange Bericht über alles, was passiert! Verstanden? Ich will auf dem laufenden gehalten werden!« Er kam die Treppe herauf, starrte Beatrice an. »Wie siehst du denn aus? Bist du krank?« Er wartete ihre Antwort nicht ab, sondern fuhr gleich fort: »Eine verrückte Geschichte! Der Mann war im Wasser. Rätselhaft, woher er gekommen ist!«

»War es sicher ein Spion?« fragte Beatrice. Ihre Stimme hörte sich belegt und fremd an.

Wieder warf Erich ihr einen forschenden Blick zu. »Was sollte er sonst gewesen sein?«

»Ich weiß nicht. Jemand von der Insel. Jemand, der baden wollte...«

»Also wirklich«, sagte Erich pikiert, »du kommst auf sehr eigenartige Ideen! Hier herrscht nachts Ausgangssperre. Wer sollte so verrückt sein, hinzugehen und im Meer zu baden?«

Weil ihr euch nie vorstellen könnt, daß jemand eure Befehle nicht befolgt, dachte Beatrice aggressiv.

Erich rannte die Treppe wieder hinunter – die Wichtigkeit in

Person –, und Helene sagte besorgt: »Du siehst wirklich elend aus, Beatrice, da hat Erich recht. Geht es dir nicht gut?«

»Ich habe nur schlecht geschlafen«, erwiderte Beatrice. Innerlich sandte sie ein Dankgebet zum Himmel, weil sie klug und beherzt genug gewesen war, Juliens Kleider mitzunehmen. Sie zweifelte jetzt nicht mehr daran, daß diese Sachen eine entscheidende Spur für die Deutschen hätten sein können.

Den ganzen Tag über schlich sie im Haus herum und überlegte, wie es ihr gelingen konnte, etwas über Juliens Verbleib herauszufinden. Wo hielt er sich versteckt? Offensichtlich spürten sie ihn nicht auf, das hätte sie erfahren. Sie wagte nicht, zu den Wyatts hinüberzulaufen, zumal Helene es sowieso nicht erlaubt hätte. Sie war ständig an Beatrices Seite, verwickelte sie in sinnlose Gespräche, jammerte ein wenig, verlangte in den Garten begleitet zu werden, fand es dann dort zu kühl und wollte wieder ins Haus. Julien schien recht zu behalten mit seiner Bemerkung über die letzte warme Nacht: Die Luft war merklich kälter geworden, obwohl die Sonne schien. Der Himmel zeigte ein herbstlich intensives Blau. Zum erstenmal in diesem Sommer fiel es Beatrice auf, daß sich die Spitzen der Blätter färbten.

Der Sommer ist fast vorbei, dachte sie und schauderte, weil sie den Gedanken als doppeldeutig empfand und im Innern wußte, daß tatsächlich etwas vorüber war in ihrem Leben, das nie wiederkehren würde.

Sie verbrachte den ganzen Tag in trübe Gedanken versunken, sorgte sich um Julien, konnte sich des Gefühls nicht erwehren, daß die Angelegenheit noch nicht ausgestanden war. Sie war unruhig und nervös. Als sie für eine halbe Stunde Helene loswerden konnte, zog sie sich ins Bad zurück und wusch das Kleid, das sie in der vergangenen Nacht getragen hatte. Sie wußte selbst nicht recht, welches Problem sich für sie aus dem Zustand dieses Kleides hätte ergeben können, aber es erschien ihr wichtig, jede nur denkbare Spur zu verwischen. Als sie aus dem Bad kam, das nasse Kleid über dem Arm, um es draußen zum Trocknen aufzuhängen, vernahm sie aus der Halle Erichs scharfe Stimme.

»Wo ist Beatrice?«

»Ich weiß nicht«, sagte Helene, »eben war sie noch da.«

»Ich muß sofort mit ihr sprechen.«

Alles in ihr stand auf Alarm. Erich sprach nicht einfach in seinem üblichen Befehlston. In seiner Stimme hatten Wut, Mißtrauen und Zorn geklungen. Irgend etwas war geschehen.

Fieberhaft jagten sich die Gedanken in ihrem Kopf. Auf welche Spur war er gestoßen? Welchen Beweis hielt er in den Händen? Wieviel sollte sie leugnen, wieviel zugeben?

Es hatte keinen Sinn, sich zu verstecken. Sie mußte die Angelegenheit hinter sich bringen, mußte herausfinden, was los war.

»Ich bin hier oben.« Ihre Stimme klang erstaunlich klar.

»Komm sofort herunter!« bellte Erich. »Sofort!«

Sie ging langsam die Treppe hinab. Von dem nassen Kleid tropfte Wasser auf die Stufen. Erich und Helene standen unten in der Halle nebeneinander; Helene sah erschrocken und blaß aus, und Erich machte ein Gesicht wie beim Jüngsten Gericht. Er hielt irgend etwas in der Hand, was Beatrice jedoch nicht sofort erkennen konnte. Sie blieb auf der untersten Stufe stehen; damit war sie fast so groß wie Erich, und dies gab ihr ein Gefühl der Sicherheit.

»Kannst du mir erklären, was das hier ist?« fragte Erich. Diesmal sprach er sehr leise, und das klang noch gefährlicher als sein Geschrei zuvor.

Sie starrte auf das, was er ihr entgegenstreckte.

»Was ist das?« fragte sie.

Er trat einen Schritt näher an sie heran.

»Das will ich von dir wissen.« Immer noch sprach er sehr leise. »Genau das sollst du mir jetzt erklären.«

Sie erkannte endlich, was er da zwischen den Fingern hielt. Ein Stück Papier. Einwickelpapier. Es stammte unverkennbar von der Schokolade, die er aus Frankreich mitgebracht hatte.

Irgendwie fügten sich die Einzelheiten für sie noch immer nicht zusammen. Ihr Gehirn weigerte sich, logisch und zusammenhängend zu denken. Aber eine dumpfe Ahnung braute sich in ihr zusammen, der Anflug der Erkenntnis, daß sie in einer Falle saß.

»Hast du die Sprache verloren?« fragte Erich. »Du kannst doch sonst reden wie ein … jüdischer Juwelenhändler!«

Nach seinem Verständnis war das eine der schlimmsten Beleidigungen, die er aussprechen konnte. Beatrice zuckte zusammen, weil sie das wußte, und die Lähmung, die sie gefangengehalten hatte, fiel von ihr ab.

»Das ist Schokoladenpapier«, sagte sie.

Erich lächelte. Es war ein grausames, heimtückisches Lächeln. »Richtig. Sehr richtig. Schokoladenpapier. Es ist aber kein englisches Papier, nicht wahr? Es ist kein Papier, das irgendwo auf der Insel benutzt oder verkauft wird, schon gar nicht jetzt, da es Schokolade praktisch nicht mehr gibt. Würdest du das auch so sehen?«

»Ich denke, ja«, antwortete Beatrice. Die Angst kroch in ihr hoch. Sie begann Zusammenhänge zu erkennen, und ihr wurde für Sekunden übel.

»Das ist doch das Papier von der Schokolade, die du gestern aus Frankreich mitgebracht hast«, sagte Helene arglos und erstaunt, weil Erich in diesem Umstand offensichtlich ein Problem oder eine Besonderheit zu sehen schien.

Er wandte sich ihr langsam zu. »Richtig, Helene. Du kannst offensichtlich schneller denken als unsere liebe Beatrice. Das ist das Papier von der Schokolade, die ich gestern aus Frankreich mitgebracht habe. Und weißt du, wo dieses Papier gefunden wurde?«

»Wo?« fragte Helene mit großen Augen.

»Unten in der Petit Bôt Bay. Im Sand.«

Helene war jetzt völlig durcheinander. »Wie kommt es denn da hin?«

»Hm.« Erich tat so, als überlege er angestrengt. »Eigentlich gibt es nur drei Personen, die es dorthin gebracht haben können. Entweder war ich es, oder du warst es, oder es war Beatrice. Sonst kommt eigentlich niemand in Frage.«

»Ich war nicht am Strand«, sagte Helene, »schon seit Wochen nicht. Und bestimmt nicht gestern oder heute.«

»Ich auch nicht«, sagte Erich. »Ich glaube sogar, ich bin überhaupt nie in dieser Bucht gewesen.«

»Aber Beatrice war auch nicht dort«, sagte Helene verwirrt. »Gestern und heute nicht. Wir waren immer zusammen.«

»Dann«, sagte Erich, »stehen wir wirklich vor einem Phänomen. Wie ist das Papier an den Strand gekommen? Ich meine, fliegen kann es nicht.« Er sah Beatrice aus zusammengekniffenen

Augen an. Sie hielt noch immer ihr nasses Kleid im Arm. Zu ihren Füßen hatte sich eine kleine Pfütze gebildet.

»In der Bucht war doch heute nacht der Spion«, meinte Helene. »Vielleicht hat es mit ihm etwas zu tun.«

»Weißt du«, sagte Erich nachdenklich, »so wie es aussieht, bleibt eigentlich nur die Möglichkeit, daß einer von uns heute nacht doch am Strand war. Denn was den gestrigen und den heutigen Tag angeht, sind wir praktisch jeder für den anderen ein Alibi. Aber was die Nacht angeht, kann niemand die Hände für den anderen ins Feuer legen.«

Beatrice dachte, daß sich eine Maus, mit der die Katze spielt, ungefähr so fühlen mußte wie sie. Erich umkreiste sie, belauerte sie, weidete sich daran, sie in die Enge zu treiben.

Sag, was du denkst, dachte sie, sag es einfach, und dann werden wir weitersehen.

»Wer von uns sollte denn nachts an den Strand gehen?« rief Helene. »So verrückt ist doch keiner! Ich würde sterben vor Angst!«

»Ich kann mir dieses Verhalten bei dir tatsächlich nicht vorstellen«, meinte Erich. »Helene, die nachts den Klippenpfad in die Petit Bôt Bay hinuntersteigt, sich in den Sand setzt und Schokolade ißt... Würdest du nicht auch sagen, Beatrice, daß dieses Verhalten nicht im geringsten zu ihr paßt?«

»Es paßt nicht zu ihr«, bestätigte Beatrice mit belegter Stimme.

»Aber auch Beatrice würde so etwas nie tun«, sagte Helene. »Warum sollte sie denn?«

»Es kann ein ganz romantischer Treffpunkt sein dort unten«, erklärte Erich, »eine warme Augustnacht, der Himmel ist voller Sterne, das Meer rauscht..., ein leiser Wind weht... Mein Gott, Helene, wir waren doch auch einmal jung!«

Es war Helene anzusehen, daß sie jeglichen Faden verloren hatte. Sie wußte überhaupt nicht, wovon ihr Mann eigentlich sprach.

Erich sah Beatrice an. Mit einem Schlag knipste er sein Lächeln aus.

»So, genug geredet«, sagte er kalt. »Man kann ja vieles über dich sagen, Beatrice, aber schwer von Begriff bist du nicht. Du weißt, wann es nichts nützt, sich aus einer Bredouille herauszureden. Wen hast du heute nacht in der Bucht da unten getroffen?«

Es war ein so verdammt dummer, so idiotischer Fehler gewesen, die Schokolade mitzunehmen! Niemals hätte sie dieses Risiko eingehen dürfen.

Erich war überzeugt, daß nur sie die Schokolade mit zum Strand genommen haben konnte und daß der Mann, den die Soldaten für einen feindlichen Spion gehalten hatten, ihr Liebhaber war, mit dem sie sich nachts heimlich traf. Immerhin ließ er nun die Suche nach dem Fremden einstellen, denn er hatte keinen Zweifel mehr daran, daß es sich um einen Einheimischen handelte, der längst sein Zuhause erreicht hatte und damit ohnehin unauffindbar war. Zwei Dinge wollte er jedoch von Beatrice wissen: wer der Mann war und wie lange sie ihn kannte.

Es war ein regelrechtes Verhör gewesen, das sich bis in die späten Abendstunden hingezogen hatte. Beatrice hatte auf einem Stuhl im Eßzimmer gesessen, immer noch das nasse Kleid in den Armen, das sie wie eine Art schützendes Kissen vor ihren Körper hielt. Aus unerfindlichen Gründen dachte sie ständig darüber nach, daß das Kleid trocken und entsetzlich zerknittern würde und daß es schwierig sein würde, es später zu bügeln. Natürlich war dies das geringste und unwichtigste Problem, das sie im Augenblick zu bewältigen hatte, aber sie klammerte sich an dieser Frage fest, vermutlich, wie sie später dachte, um sich überhaupt an etwas festklammern zu können.

Erich ging auf und ab, setzte sich, stand wieder auf, lief wieder hin und her. Er sprach leise, er brüllte, er wurde gefährlich sanft, er wurde bedrohlich aggressiv. Er tobte und schrie, er flüsterte und brachte sein Gesicht so dicht an ihres, daß sie seinen Atem spüren konnte. Sie versuchte, nicht zurückzuweichen. Sie versuchte, keine Angst zu zeigen. Tatsächlich war Angst auch nicht das in ihr vorherrschende Gefühl. Sie war zu betäubt, um sich wirklich zu fürchten. Sie dachte an ihr zerknittertes Kleid und daran, daß sie den Mund halten mußte, ganz gleich, was passierte.

Helene kam einige Male ins Zimmer und heulte, und es sah ganz so aus, als werde sie einen Nervenzusammenbruch erleiden. Die

Situation mußte sie in ihren Grundfesten erschüttern: Einem handfesten Familienkrach war sie ohnehin nicht gewachsen, und sie wußte nicht, wie weit ihr Mann gehen würde, um die Wahrheit aus Beatrice herauszubekommen. Zudem schien es tatsächlich so zu sein, daß ihre Pflegetochter seit längerer Zeit schon einen Freund hatte, den sie zu intimen Schäferstündchen traf, ohne daß sie oder Erich eine Ahnung davon gehabt hatten. Helene war verstört und entsetzt und fragte sich ratlos, wie es Beatrice hatte gelingen können, dieses Verhältnis aufzubauen, ohne daß irgend jemand etwas davon mitbekommen hatte.

Beatrice schwieg beharrlich, Stunde um Stunde. Irgendwann hatte sie sich an ihr eigenes Schweigen gewöhnt, vergrub sich darin wie in einem dunklen Versteck, ließ weder Erichs Stimme noch seinen heißen Atem an ihrem Gesicht zu sich durchdringen.

»Du wirst reden«, sagte er in der Nacht. Seine Stimme klang heiser und erschöpft. »Du wirst reden, früher oder später. Ich habe Mittel, jeden zum Sprechen zum bringen.«

Beatrice überlegte, ob er vorhatte, sie den SS-Schergen zu übergeben, und ob sie aus deren Befragung grün und blau geprügelt wie Pierre hervorgehen würde. Aber irgendein Instinkt sagte ihr, daß Erich das nicht tun würde. Er hatte alles darangesetzt, sie einzuschüchtern, aber er hatte sie nicht einmal geschlagen. Etwas hielt ihn zurück, er brachte es nicht über sich, und er würde es auch nicht über sich bringen, andere die Schmutzarbeit tun zu lassen. Er schien auf subtilere Methoden zu setzen. Auf Zermürbung. Auf Entzug. Auf permanentes, bohrendes Fragen.

Irgendwann scheuchte er sie mit einer Handbewegung in ihr Zimmer hinauf; sie breitete dort das halbtrockene, völlig zerknitterte Kleid über einem Stuhl aus und kroch in ihr Bett, erschöpft und benommen; aber so müde sie war, sie fand keinen Schlaf, wälzte sich die ganze Nacht ruhelos hin und her, und als der Morgen kann, wußte sie, daß sie sich bereit machen mußte für die zweite Runde.

Die Befragungen dauerten fast drei Wochen lang an. Erich ließ Beatrice nicht zur Schule gehen, und auch er selbst verließ kaum einmal das Haus. Mußte er fort, so hatten sowohl Helene als auch die beiden wachhabenden Soldaten strikten Befehl, Beatrice keinen Schritt aus dem Haus tun zu lassen. Es gab keine Chance für sie, Kontakt zu Julien aufzunehmen – was auch nur dann möglich gewesen wäre, wenn es ihm geglückt war, zu den Wyatts zurückzuflüchten, und nicht einmal das konnte sie herausfinden. Sie nahm an, daß sich Mae nach ihr erkundigte, aber sie wurde nicht zu ihr vorgelassen, und Beatrice erfuhr nicht, was man Mae erzählte, um ihr Fernbleiben von der Schule zu begründen. Ob sich die Wyatts sorgten? Ob sich Julien sorgte?

Sie begriff Erichs Taktik: Er isolierte sie. Er isolierte sie von allem, was zu ihrem Leben, zu ihrem Alltag gehörte. Von ihren Freunden, ihren Mitschülern, von den Pflichten und Erfordernissen, die ihren Tagesablauf prägten. Sie war getrennt, allein, ohne Information, ohne Verbindung nach draußen. Dazu über Stunden seinen hämmernden, bohrenden Fragen ausgesetzt.

Sie war – und das mußte in Erichs Augen am schwersten wiegen – nicht in der Lage, Kontakt mit dem Mann aufzunehmen, den sie liebte.

»Ich kann nicht verstehen«, sagte Helene eines Tages tief verletzt, »warum du mir nichts erzählt hast. Mir ist das unbegreiflich. Ich dachte immer, du hättest Vertrauen zu mir!«

»Es gibt nichts zu erzählen«, sagte Beatrice stereotyp. Diesen Satz hatte sie Erich einige Male entgegengehalten.

Helene seufzte tief. Natürlich glaubte sie das nicht. Niemand glaubte es. Aber Beatrice ihr Geheimnis zu entreißen, schien praktisch unmöglich zu sein. Erichs Kalkül ging nicht auf: Beatrice wurde nicht mürbe, je mehr Zeit verstrich, sie zog sich nur noch weiter in sich selbst zurück. Sie kapselte sich völlig ab. Nichts schien sie mehr zu erreichen. Sie lehnte sich nicht auf, sie kämpfte nicht, sie suchte nicht nach Ausflüchten, nicht nach Wegen, die Situation zu beenden oder erträglicher zu gestalten. Sie ertrug alles, was geschah. Es war, als habe sie eine eigene, weitab liegende Welt aufgesucht, in die niemand ihr zu folgen vermochte.

Sie magerte stark ab und wurde sehr blaß. Unter ihren Augen lagen bräunliche Ringe. Ihre Haare sahen noch struppiger aus als sonst. Es gab keinen Glanz in ihren Augen. Ihre Bewegungen hatten alles Leichte und Federnde verloren, das ihnen vorher zu eigen gewesen war.

Am Ende kapitulierte Erich. Er begriff, daß Beatrice nicht nachgeben würde und daß er sie nicht dauerhaft würde einsperren und von der Schule fernhalten können. Er selbst konnte nicht ständig die Zeit aufbringen, sie zu befragen und zu malträtieren. Zähneknirschend mußte er sich damit abfinden, daß die Runde an sie ging.

»Du wirst keine Chance mehr bekommen, ihn zu sehen«, sagte er. »Es wird keine Minute am Tag und in der Nacht mehr geben, in der du dich davonstehlen könntest. Du magst glauben, daß du gewonnen hast, aber in Wahrheit hast du verloren. Du bist von jetzt an eine Gefangene.«

Ein Adjutant brachte sie zur Schule und holte sie wieder ab. Die patrouillierenden Soldaten vor dem Haus hatten Anweisung, Beatrice keinesfalls vorbeizulassen. Nachts saß ein Soldat in der Eingangshalle des Hauses; es wäre unmöglich für Beatrice gewesen, an ihm vorbeizukommen.

Das Haus hatte sich in eine Festung verwandelt.

Immerhin aber hatte Beatrice nun wieder Kontakt zu Mae, die sich aufgeregt hatte und voller Sorge gewesen war. Von ihr erfuhr sie, daß Julien nach einigen Tagen bangen Wartens in das Haus der Wyatts zurückgekehrt war; er hatte sich in Ställen und Scheunen versteckt und sich dann zu der Arztfamilie durchgeschlagen. Er hatte von einem nächtlichen Badeausflug erzählt und davon, daß er fast geschnappt worden wäre.

»Mein Vater war entsetzlich wütend«, berichtete Mae, »denn Julien hat uns ja alle in größte Gefahr gebracht. Am liebsten hätte er ihn gar nicht mehr aufgenommen, aber dann wäre er vielleicht doch noch geschnappt worden und hätte alles gesagt.« Neugierig fügte sie hinzu: »Warst du bei ihm in dieser Nacht?« Beatrice schwieg wieder einmal, was Mae als ein Ja interpretierte.

»Nun«, meinte sie, und es lag eine gewisse Selbstzufriedenheit sowohl in ihrer Stimme als auch in ihrem Gesichtsausdruck, »du wirst ihn wohl nicht mehr treffen können. Sie bewachen dich ja rund um die Uhr. Diese Geschichte scheint vorbei zu sein.«

Guernsey, Juni 1944 bis Mai 1945

In der Nacht vom 5. auf den 6. Juni 1944 begann das »Unternehmen Overlord«, das die Endphase des Krieges und das Ende der Nazi-Diktatur einläutete. In der Normandie landeten am 6. Juni 1944 die alliierten Truppen. Über eine halbe Million amerikanische, kanadische und englische Soldaten gingen dort an Land, und die französische Stadt Cherbourg war drei Wochen später in amerikanischer Hand. Die Deutschen mußten im Westen wie im Osten eine Niederlage nach der anderen hinnehmen. Je schwächer die Armeen wurden, desto lauter erklangen die Kampfparolen der Regierung. Selbst unter den größten Pessimisten auf den Inseln regte sich nun Hoffnung. Er sah so aus, als sei wirklich ein Ende des Schreckens in Sicht.

Die Alliierten hatten bei ihrer Landung auf dem europäischen Festland die besetzten Kanalinseln für zu unwichtig gehalten, um sie einzunehmen und dabei Verluste zu riskieren, ehe sie in der Normandie zum unmittelbaren Angriff auf Hitlers Truppen ansetzten. Wie vergessene, letzte kleine Stützpunkte des Nazi-Regimes im Atlantik lagen sie nun im Rücken der Invasoren, von einem Tag zum anderen abgeschnitten vom »Großdeutschen Reich«, von dem aus bis dahin die Versorgung organisiert worden war. Seit 1943 hatte zwar vieles nicht mehr richtig funktioniert, da durch die zahlreichen U-Boote vor der französischen Küste der Transport von Nahrungsmitteln und sonstigen Gebrauchsgütern nicht reibungslos vonstatten gehen konnte, aber es waren noch immer Schiffe angekommen, es hatten noch vereinzelt Flugzeuge landen können. Nun bewegte sich nichts mehr. Einzig die Engländer hätten noch Nahrungsmittel schicken können, aber Churchill untersagte jegliche Hilfe für die Kanalinseln. Er wußte, daß alles, was er dorthin schickte, zunächst an die Feinde verteilt würde. Also schickte er nichts. Er ließ seine Landsleute hungern, um den Feind nicht zu unterstützen.

Die Lage verschärfte sich, als sich das Jahr 1944 seinem Ende zuneigte. Man trank Tee aus Pastinaken oder Brombeerblättern oder Eichelkaffee. Es gab kaum noch Brot, es gab keinen Käse mehr, kein Fleisch, denn zu viele Menschen hatten vor der Invasion die Inseln verlassen, als daß die Landwirtschaft hätte aufrechterhalten werden können. Und mit dem Einbruch des Herbstes und des Winters wurde alles noch schlimmer.

Besatzer und Besetzte hungerten gemeinsam. Sie froren, sie litten, sie versuchten sich an erbärmlichen Eigenerzeugnissen, von denen sie nicht satt wurden und zudem Magenbeschwerden bekamen. Sie teilten den Hunger und das Gefühl, vergessen worden zu sein. Der Krieg fand anderswo statt, würde sich anderswo entscheiden, aber sie würden nicht teilhaben. Sie lagen im Rücken einer Invasion, die über sie hinweggerollt war, ohne sie zu berühren, und waren zum Warten verurteilt, konnten nichts tun, nicht kämpfen, nicht siegen, nicht verlieren, nicht sterben. Jedenfalls nicht mit einer Waffe in der Hand.

Vielleicht aber am Hunger. Am schlechtesten ging es den Häftlingen, die im KZ auf Alderney vegetierten, und den Zwangsarbeitern. Ihre ohnehin kärglichen Rationen wurden zuerst gekürzt, was bedeutete, daß sie fast überhaupt nichts mehr zu essen bekamen und, je nach Konstitution, früher oder später starben. Engländer und deutsche Soldaten hielten sich mühsam über Wasser und sahen sich mit der seltsamen Situation konfrontiert, gewissermaßen in einem Boot zu sitzen, mit denselben Schwierigkeiten zu kämpfen und – auf die eine oder andere Weise – jeweils von den Regierungen ihrer Länder im Stich gelassen worden zu sein. Die Deutschen schimpften auf die Reichsführung, die nichts tat, sie von den Inseln zu holen oder ihnen auf sonst irgendeine Weise in ihrer mißlichen Lage beizustehen, und die Engländer schimpften auf Churchill, der sich nicht scheute, die eigenen Leute zu opfern, um den Gegner buchstäblich auszuhungern. Da das Schimpfen nichts nützte, war jedem klar, daß man versuchen mußte, mit den Umständen, wie sie nun einmal waren, fertig zu werden. Man bildete eine Schicksalsgemeinschaft. Man versuchte, gemeinsam irgendwie zu überleben.

Das Verhältnis zwischen Besatzern und Besetzten war auf den Inseln immer ein anderes gewesen als in den übrigen von Hitler eroberten Ländern. Die Deutschen waren tyrannisch, aggressiv und überheblich aufgetreten, aber es hatten keine Ausschreitungen bis hin zu Massenexekutionen wie in Polen, Rußland oder auch in Frankreich stattgefunden. Umgekehrt war auf den Inseln auch nie eine Widerstandsbewegung entstanden, somit hatte es keine Angriffe auf den Gegner gegeben. Den ganzen Krieg über hatte man sich auf einer Insel aufgehalten, durch das Meer ringsum abgetrennt von allem übrigen Geschehen, eine weitgehend geschlossene Gemeinschaft, in der sich alle Beteiligten fast zwangsläufig anders arrangierten als in den Ländern, in denen ein Kommen und Gehen möglich war – zumindest für die Sieger. Irgendwie hatte man miteinander auskommen müssen, weil man dichter aufeinandersaß und nicht ausweichen konnte. Ungewollt und ungesteuert war ein gewisses Gemeinschaftsgefühl entstanden.

Unter dem Einfluß von Hunger und Angst begann sich dieses Gefühl in den letzten Kriegsmonaten zu einer erstaunlich ausgeprägten Solidarität zu entwickeln.

Im September '44 war Beatrice sechzehn Jahre alt geworden, und sie war überzeugt, daß dies der letzte Geburtstag war, den sie unter deutscher Besatzung hatte feiern müssen. Die Wende im Kriegsglück der Feinde war nun nicht mehr zu übersehen.

»Noch ein halbes Jahr vielleicht«, tuschelten die Menschen, »dann ist alles vorbei.«

Es war für Beatrice ein eigenartiges Gefühl zu wissen, daß sie bald ihre Eltern wiedersehen würde. Vier Jahre waren seit der Trennung vergangen, fünf würden es bald sein, bis sie einander wieder in die Arme schließen konnten. Nun, da sie sich gewissermaßen auf der Zielgeraden befand, wuchs die Ungeduld in Beatrice. Sie fieberte, sie konnte es nicht mehr abwarten. Sie konnte ihre Gefangenschaft nicht mehr ertragen, die ständige Bewachung, den Zwang, über jeden Schritt Rechenschaft ablegen zu müssen. Sie hatte Julien in all der Zeit nur noch ein einziges Mal sehen können; das war im März gewesen, als Mae Geburtstag gehabt hatte. Erich hatte sich zu diesem Zeitpunkt in Frankreich aufgehalten, und Beatrice hatte Helene überreden können, sie zu der Party gehen zu lassen, die Mae veranstaltete. Helene hatte nach langem Zögern, nach endlosem Hin und Her eingewilligt. Beatrice hatte sich irgendwann von der Schar kichernder junger Mädchen, die ihr alle kindisch und unreif vorkamen, distanziert und war auf den

Dachboden hinaufgeklettert, den sie zuletzt im Sommer des Vorjahres betreten hatte. Julien saß in einem Liegestuhl unter der Dachluke, er war warm angezogen und ließ sich die erste kalte Frühlingssonne durch das geöffnete Fenster ins Gesicht scheinen. Er sah Beatrice an wie ein Gespenst.

»Du? Ich dachte, dich lassen sie nie wieder hierher!«

»Tun sie auch nicht. Aber zu Maes Geburtstag haben sie eine Ausnahme gemacht.«

Er erhob sich aus seinem Liegestuhl und kam auf sie zu. Er war sehr blaß und trug einen gequälten Ausdruck im Gesicht, der früher, trotz allem, nicht dagewesen war. Er schien, als habe er die Phase der Rebellion und des Zorns abgeschlossen und sei in eine Resignation gefallen, die ihn still und depressiv sein ließ. Er lehnte sich nicht mehr auf. In sich selbst zurückgezogen, wartete er auf das Ende, wie immer es aussehen würde.

»Schön, daß du da bist«, sagte er, aber es klang wenig enthusiastisch.

»Was haben die Wyatts dir erzählt?«

»Was Mae ihnen gesagt hat. Daß du praktisch das Haus nicht mehr verlassen und nicht mehr hierherkommen darfst.«

»Wissen sie, daß wir in... jener Nacht zusammen waren?«

Er nickte. »Das haben sie sich zusammenreimen können. Es hat sich wohl herumgesprochen, daß du damals mit einem Mann am Strand gesehen worden bist, und da ich auch fort war...« Er zuckte mit den Schultern. »Sie wissen sicher nicht, wie weit unser Verhältnis ging, aber daß sich da zumindest mehr anbahnte, als sie zunächst dachten, wurde ihnen wohl schon klar. Sie sind ziemlich böse auf mich.«

»Immerhin verstecken sie dich noch.«

»Ja. Da habe ich wohl Glück, auch wenn ich es im Grunde so nicht empfinden kann.«

»Du wirst alles überstehen«, sagte Beatrice, und er erwiderte vage: »Ja, ja.«

Dann standen sie einander eine Weile stumm gegenüber, und keiner wußte, was er reden sollte. Irgendwie schien es, als gäbe es nichts mehr zu sagen, als wäre alles zwischen ihnen ausgesprochen, als könnten sie jetzt nur abwarten, was die Zukunft bringen würde.

»Ich muß dann wieder hinunter zu den anderen«, sagte Beatrice schließlich, und er sagte erneut: »Ja, ja.«

Sie hatten einander nicht berührt, es hatte keine Geste der Zärtlichkeit zwischen ihnen gegeben, nichts, was an ihre einstige Intimität und Vertrautheit erinnert hätte.

Und er hat nicht einmal gefragt, wie es mir in dieser Nacht erging, dachte Beatrice, als sie die Leiter wieder hinunterstieg, kein Wort über die Gefahr, in die er mich gebracht hatte, kein Bedauern darüber, daß er mir die Situation eingebrockt hat, in der ich jetzt stecke, in der ich fast so gefangen und unbeweglich bin wie er. Und das alles nur wegen seines Leichtsinns.

Es ergab sich für sie später keine Gelegenheit mehr, Julien zu besuchen, aber im Grunde wollte sie es auch nicht, legte es nicht darauf an. Sie war enttäuscht von ihm, und zudem begann der Alltag zunehmend strapaziöser zu werden, und es schien nicht die Zeit für Liebe zu sein.

Den Jahreswechsel 1944/45 verbrachte sie mit Erich und Helene allein daheim. Erich hatte zunächst verkündet, sie würden gemeinsam nach St. Peter Port fahren und in einen Offiziersclub gehen, wo eine Party stattfand, dann sprach er von einer Einladung beim Befehlshaber der Streitkräfte auf den Inseln, und zum Schluß wollte er an keinem dieser Ereignisse teilnehmen und beschloß, daß sie alle daheim bleiben würden. Beatrice vermutete, daß die Feiern, die er zunächst anvisiert hatte, keineswegs besonders festlich werden würden, daß er dies wußte und daher von vornherein die Lust verloren hatte. Wer hatte noch die Möglichkeit, ein Fest zu veranstalten? Der akute Mangel an Nahrungsmitteln und der Hunger machten auch vor den höchsten Offizieren nicht halt. Es gab nichts mehr, nicht einmal Privilegien. Unter den Deutschen verbreitete sich zunehmend Endzeitstimmung, vor allem, da die Radiosender nur noch Vormärsche der Alliierten auf dem Kontinent und Rückzugsgefechte der Hitler-Truppen meldeten. In der britischen Inselbevölkerung mischten sich Spannung und Erwartung mit Furcht: Was, wenn man sie weiterhin vergaß? Wenn überall der Krieg zu Ende ging und sie hier weiter festsaßen mit den Feinden, einem langsamen Hungertod preisgegeben? Man war allgemein äußerst schlecht zu sprechen auf Churchill. Die eiserne

Härte, mit der er die Inseln boykottierte und seinen eigenen Leuten immer unerträglicher werdende Entbehrungen aufnötigte, würde man ihm nie wirklich verzeihen.

Erichs Geburtstag, der 24. Dezember, war ohne nennenswerte Probleme verlaufen. Die Alkoholvorräte im Haus waren nahezu vollständig aufgebraucht, und Nachschub war nicht zu ergattern, daher saß Erich auf dem trockenen und durchlebte einen langsamen Entzug, was das Trinken anging. Es kam nicht mehr zu der tödlichen Mischung aus Alkohol und Tabletten, die ihn regelmäßig in seine extremen Stimmungslagen katapultiert hatte. Über eine letzte Reserve an Medikamenten schien er noch zu verfügen, denn es gelang ihm immer wieder, ein Abgleiten in die Melancholie, deren Herannahen man ihm deutlich ansah, im letzten Moment abzufangen. Beatrice fragte sich, was passieren würde, wenn ihm diese Möglichkeit nicht mehr zur Verfügung stand. Es gab dann keinerlei Hilfsmittel mehr für ihn. Er würde krank werden oder durchdrehen, oder beides.

Am Silversterabend hatte er eindeutig Tabletten geschluckt, denn er war euphorisch und gut gelaunt, obwohl es dafür nicht den geringsten Grund gab. Im Radio meldeten sie Einbrüche an allen Fronten, und obwohl selbst die katastrophalsten Nachrichten noch mit Siegesmeldungen verbrämt wurden, konnte niemand übersehen, daß der Niedergang begonnen hatte und in rasantem Tempo voranschritt. Die Amerikaner hatten Aachen eingenommen, standen nun also unmittelbar auf deutschem Boden. Im Osten rückten russische Truppen bedrohlich nahe auf die deutschen Grenzen zu; niemals, so beteuerte die Propaganda, werde es den Russen gelingen, den Ostwall zu überwinden und ins Reich einzufallen, aber BBC London, dessen heimlich abgehörte Meldungen sich täglich in Windeseile über die Inseln verbreiteten, berichtete von Truppenaufmärschen in unvorstellbaren Größenordnungen. Das gigantische Rußland, das einst fast im Schlaf überrascht worden war und wenig Abwehr gegen die Feinde hatte aufbieten können, hatte nun alle Kräfte aktiviert, Kämpfer aus allen Ecken und Winkeln des Landes zusammengezogen. Laut BBC war das Schicksal Ostpreußens, des östlichen Teils des Reiches, bereits besiegelt. Es war eine Frage von Tagen, wann die Russen angreifen würden, und es war eine Frage von Stunden, wann sie die Abwehr an den Grenzen überwunden haben würden.

Selbst Erich, dachte Beatrice, kann nicht mehr an den Endsieg glauben.

Das Abendessen an diesem letzten Tag des Jahres 1944 bestand aus einer wäßrigen Graupensuppe, zu der ein trockenes, geschmackarmes und hartes Graubrot gereicht wurde; als Nachtisch hatten sie eingeweckte Mirabellen, die noch von Deborah stammten. Als Überraschung brachte Helene danach die letzten beiden Flaschen Wein, die es im Haus noch gab. Sie hatte sie in den Wochen zuvor an sich genommen und in ihrem Kleiderschrank versteckt.

»Damit wir etwas zum Anstoßen haben«, sagte sie.

»Auf dich kann man sich wirklich verlassen«, sagte Erich und lachte exaltiert.

Spätestens in diesem Moment wurde es Beatrice völlig klar, daß er Tabletten genommen haben mußte, denn unter normalen Umständen hätte er jetzt einen Wutanfall bekommen. Den ganzen Dezember über hatte er an fast jedem Abend im Keller herumgestöbert und nach Alkohol gesucht, war manchmal ganz verzweifelt gewesen, weil er nichts fand. Es hätte ihn zutiefst gegen Helene aufbringen können, nun zu erfahren, daß die ganze Zeit über ein letzter Vorrat im Haus gewesen war. Aber er lachte nur wieder und wieder und bekundete, daß er die gewitzteste und schlaueste Frau auf Erden geheiratet habe, die immer für eine angenehme Überraschung gut sei, und Helene saß strahlend am Tisch und schien platzen zu wollen vor Stolz über seine Komplimente.

Erich trank hastig und am meisten von allen und schaffte es, daß die Flaschen weit vor Mitternacht leer waren, so daß sie schließlich mit einem bitteren Tee aus getrockneten Brombeerblättern anstoßen mußten.

»1945«, sagte Erich pathetisch. »Ich trinke auf dieses besondere Jahr! Es wird das Jahr der Entscheidung. Das Jahr eines heroischen Kampfes. Das Jahr tapferer Männer und Frauen, die ihre letzten Kräfte einsetzen werden, dem deutschen Volk, dem Deutschen Reich den Endsieg zu bringen!« Er hob den Becher mit dem stinkenden Tee. »Heil Hitler!« rief er.

»Heil Hitler!« fiel Helene pflichtschuldig ein. Beatrice dachte, daß sie es ihr kaum übelnehmen konnten, wenn sie sich dieser Floskel enthielt, und so stieß sie mit ihnen an und schwieg dabei.

Um halb eins verkündete Erich, er wolle den Sternenhimmel sehen, und Beatrice solle mit ihm hinauskommen. Sie folgte ihm auf die rückwärtige Veranda, wurde sofort eingehüllt von feuchter Kälte, von einer Nässe, die in der Luft hing und so ungemütlich war, daß Beatrice am liebsten gleich wieder umgekehrt wäre. Das nun schon monatelang andauernde Hungern hatte sie stark abmagern lassen, sie litt unter der Kälte dieses Winters weit mehr als unter der irgendeines Winters zuvor. Erich hingegen, obwohl auch dünn und eingefallen inzwischen, hatte genug getrunken, um sich trotz allem draußen wohl zu fühlen.

»Nicht ein Stern ist zu sehen«, bemerkte er mit einem Blick in den schwarzen, nebelverhangenen Himmel. »Nicht ein Stern in dieser ersten Nacht eines bedeutsamen Jahres. Nur Nebel. Verdammter, ewiger Nebel. Eine Menge Nebel hier auf dieser Insel. Da, wo ich herkomme, in Berlin, ist nicht soviel Nebel.«

Vermutlich deshalb, weil da nicht soviel Wasser ist, dachte Beatrice, sagte aber nichts. Sie hielt beide Arme um ihren Körper geschlungen und bemühte sich, nicht mit den Zähnen zu klappern.

»Wir sind am Ende«, sagte Erich plötzlich. Seine Stimmlage hatte sich nicht verändert, er sprach mit dem gleichen Gleichmut, mit dem er über den Nebel geredet hatte. »Deutschland ist am Ende. Ich weiß es, du weißt es. Ich möchte nur Helene noch nicht allzusehr beunruhigen.«

»Ich glaube«, sagte Beatrice, »daß Helene es auch weiß.«

Erich machte eine wegwerfende Handbewegung. »Helene ist ein Kind. Sie glaubt immer das, was ihr gerade erzählt wird, wenn es nur überzeugend genug vorgetragen wird. Du kannst sie nicht ernst nehmen.«

Der Nebel legte sich in feuchten Schleiern um sie.

Ich werde eine Lungenentzündung bekommen, dachte Beatrice.

»Ich weiß nicht genau, wie das Ende aussehen wird«, sagte Erich, »wie es für die Menschen im Reich aussehen wird, und wie für uns hier. Aber es wird furchtbar sein, soviel ist gewiß. Es wird furchtbar sein.« Er lauschte seinen Worten nach, die der Nebel zu schlucken und damit irreversibel zu machen schien.

»Es sind sehr schlimme Dinge geschehen«, fuhr er fort, »es ist viel Leid über die Menschen gekommen. Ich sage nicht, daß wir nicht richtig gehandelt haben, oder besser, daß wir nicht glaubten, richtig zu handeln. Daß wir nicht das Beste im Sinn gehabt haben.«

Beatrice dachte an die Häftlingskolonnen, die man überall auf der Insel gesehen hatte, an die abgemagerten, ausgebeuteten Zwangsarbeiter, an ihre elenden, verzweifelten oder abgestumpften Gesichter. Sie dachte an alles, was sie über Folterungen und Entbehrungen, über das grausame Zusammenspiel von kärglicher Ernährung und härtester Arbeit gehört hatte. Sie dachte an Julien, der seit Jahren versteckt auf einem Dachboden hausen mußte. Sah es so aus, wenn jemand das Beste im Sinn hatte?

»Aber natürlich haben wir Fehler gemacht, so wie jeder Fehler macht, und man wird alles gegen uns verwenden und uns kaum eine Möglichkeit zur Verteidigung lassen«, sagte Erich. »Und sie werden keinen Grund finden wollen, uns gnädig zu behandeln.«

»Wer ist ›sie‹?« fragte Beatrice.

»Die Sieger. Und die Geschichte. Beide werden sie uns verteufeln. Und ich möchte dich um eines bitten, Beatrice: Was auch immer du hörst, welche Greuel auch immer dir zu Ohren kommen werden, behalte von mir das Bild, das du dir gemacht hast in all den Jahren. Laß es dir nicht nehmen. Laß es nicht beschmutzen. Laß nicht zu, daß es in den Dreck gezogen wird.«

»Was haben Sie getan, Sir?« fragte Beatrice. »Was könnte man mir über Sie erzählen?«

Er schüttelte den Kopf. »Diese Differenzierung wird es gar nicht mehr geben. Sie werden uns über einen Kamm scheren. Sie werden Teufelsfratzen an die Wand malen. Laß dich nicht beeindrucken, Beatrice.«

Sie dachte an die sadistische Freude, mit der er Julien und Pierre gequält hatte. Vielleicht leuchtete die Teufelsfratze bereits *jetzt* an ihrer Wand. Aber diese Möglichkeit schien Erich nicht in Erwägung zu ziehen. Er wurde zunehmend sentimentaler.

»Wer weiß, ob ich das Kriegsende erlebe. Ob ich es *über*lebe. Die Sieger werden ihren Triumph womöglich rücksichtslos auskosten. Vielleicht töten sie mich.«

Beatrice sagte dazu nichts, aber er schien auch keine Antwort zu erwarten.

»Ich möchte, daß du dich um Helene kümmerst, sollte mir etwas zustoßen«, sagte er plötzlich nach einer längeren Pause, in der er in die Nacht hinausgestarrt hatte, während sich Beatrice fragte, ob sie ihm sagen sollte, daß sie dabei war zu erfrieren. »Helene ist ein Mensch, der nicht allein sein kann. Sie würde das Leben nicht bewältigen. Sie ist schwach. Du bist stark, Beatrice. Du mußt für sie sorgen, wenn ich nicht mehr da sein werde.«

»Ich glaube nicht, daß Ihnen etwas zustoßen wird, Sir«, sagte Beatrice, teils aus Höflichkeit, teils weil sie tatsächlich nicht glaubte, Erich werde sein Leben lassen müssen. Er aber schien sich für den Gedanken zu begeistern. Er wiederholte die Schilderung vom Ende des Krieges, wie es sich gestalten und welch ein Weltuntergang über sie alle hereinbrechen würde. Er malte sich erneut die Rache der Sieger aus und beteuerte, im Grunde nichts getan zu haben, was nicht zum Wohl des deutschen Volkes gedacht gewesen wäre.

»Es ist normal, alles für sein Land tun zu wollen, findest du nicht, Beatrice?«

»Mir ist entsetzlich kalt, Sir«, sagte Beatrice. Sie konnte nicht länger verhindern, daß ihre Zähne aufeinanderschlugen.

Er sah sie mit einem seltsamen Ausdruck in den Augen an. »Dir ist kalt? Mir ist heiß. Tief in mir erfüllt mich Hitze. Es ist wie ein Fieber!«

»Ich muß hineingehen. Ich fürchte, ich werde sonst krank.«

Was sie sagte, schien ihn zu verärgern. Sie hatte ihn dabei unterbrochen, sich das Weltende auszumalen. Vermutlich hatte er zudem das Gefühl, daß sie nicht wirklich ernst nahm, was er sagte.

»Gut, gut, dann geh ins Haus!« sagte er unwirsch und wedelte mit der Hand. »Ich finde es wirklich nicht kalt hier, aber wenn du meinst…« Er schien ihr Frieren als persönlichen Affront zu empfinden. Demonstrativ blieb er eine ganze weitere Stunde auf der Veranda und kam erst ins Haus, als Beatrice und Helene sich bereits anschickten, zu Bett zu gehen.

Zwei Tage später bekamen er und Beatrice die Grippe.

Erich erholte sich vergleichsweise rasch von der Krankheit, aber Beatrice mußte wochenlang im Bett liegen. Ihre Grippe ging in eine Lungenentzündung über; sie fieberte stark, hatte stechende Schmerzen und sah sich schrecklichen Fieberphantasien ausgesetzt, die sie schließlich nur noch als Folter empfand. Immer wieder sah sie Julien vor sich, und in ihren wenigen klaren Momenten hatte sie Angst, in ihrer Verwirrtheit irgendwann laut von ihm zu reden. Helene saß ständig an ihrem Bett, sie hätte alles mitbekommen. Auch Erich kam häufig ins Zimmer; zweimal schrak Beatrice aus peinigenden Träumen auf, weil sich sein Gesicht dicht über ihres neigte. Sie schrie jedesmal wie ein Tier in der Falle, was Erich sehr verletzen mußte, aber er sagte nichts, sondern schien nur sehr besorgt. Einmal, als sie gerade wieder einmal klar denken konnte, hörte Beatrice ihn und Helene in ihrem Zimmer streiten.

»Es war unverantwortlich, so lange mit ihr da draußen in der Kälte zu stehen«, sagte Helene aufgebracht. Sie bemühte sich, leise zu sprechen, und ihre Stimme klang wie ein erregtes Zischen. »Ich kann nur beten, daß sie am Leben bleibt!«

»Es war nicht kalt draußen. Es war warm!«

»Du bist ja verrückt. Das sind deine Tabletten, die dir etwas vorgaukeln. Es war kalt zum Erfrieren. Und naß. Dazu ist sie zart und, wie wir alle, inzwischen ziemlich unterernährt. Sie *mußte* krank werden!«

»Ich bin auch krank geworden.«

»Das war deine eigene Schuld. Und du warst bei weitem nicht so krank wie sie!«

»Jetzt hör endlich auf und sei leise. Willst du, daß sie aufwacht?«

Beatrice preßte die Augen zusammen. Die beiden sollten nicht merken, daß sie wach war.

Dr. Wyatt kam jeden Tag, um nach ihr zu sehen. Häufig bekam Beatrice seine Besuche gar nicht mit, aber manchmal begriff sie, daß er da war. Helene stand direkt neben ihm, so daß sich Fragen nach Julien verboten, doch einmal, in einem schwebenden, halb entrückten Zustand, erwähnte Beatrice ihn doch.

»Wo ist Julien?« fragte sie.

Sie erinnerte sich später an die große Hand, die sich ihr blitzschnell auf den Mund preßte, und an Dr. Wyatts erschrockenes Gesicht.

»Was hat sie gesagt?« klang Helenes Stimme aus weiter Ferne.

Wyatt murmelte irgend etwas, was Helene offenbar zufriedenstellte, denn sie hakte nicht noch einmal nach. Die Gefahr war für den Moment gebannt, aber nicht endgültig. Dr. Wyatt war die Erleichterung anzusehen, als er eines Morgens feststellen konnte, daß Beatrice fieberfrei war.

Es war inzwischen Mitte Februar, ein kalter Wind heulte um das Haus, als Beatrice zum erstenmal nach sechs Wochen ohne Hilfe ihr Bett verließ. Sie lief auf wackligen Beinen umher und war so dünn geworden, daß ihre Kleider wie Säcke an ihr hingen. In ihrem Gesicht wirkten die Augen übergroß, so hager waren ihre Züge geworden. Ihre Haut hatte eine bläulichgraue Farbe, sah krank und fahl aus. Sie wusch ihre struppigen Haare, ohne auch nur eine Spur von Glanz damit hervorrufen zu können. Sie hätte dringend aufgepäppelt werden müssen, hätte Vitamine gebraucht und kräftige, nahrhafte Speisen, aber es gab nichts, und sie mußte hungern und darben wie alle anderen Menschen auf den Inseln auch. Einmal im Monat legte inzwischen ein Schiff des Roten Kreuzes auf den Inseln an und brachte Nahrungsmittel und Medikamente, aber es reichte nie, zu viele hatten die Grippe, zu viele waren alt und schwach. Beatrice hatte noch Glück, weil sie im Haus eines hohen Offiziers wohnte; anders als viele andere Menschen auf den Inseln wurde Erich privilegiert behandelt und bekam Dinge, die andere schon lange nicht mehr erhielten. Aber auch das reichte nicht, um Beatrice wieder auf die Füße zu stellen. Sie war zu lange und zu schwer krank gewesen.

Die erste blasse Märzsonne verleitete sie endlich dazu, das Haus zu verlassen: Sie sah noch immer aus wie ein Geist, durchsichtig fahl, mit bräunlich umschatteten Augen. Sie bewegte sich mit der Vorsicht eines Menschen, der an die Kraft seines Körpers nicht mehr glaubt. Sie weinte viel, weil sie ihre Schwäche nicht in den Griff bekam, weil sie sich häufig zu elend fühlte, um auch nur ein Buch in die Hand zu nehmen und zu lesen. Entgegen der Anweisung Dr. Wyatts und trotz Helenes händeringenden Protests schleppte sie sich in die Schule, weil sie nicht völlig den Anschluß verlieren und außerdem wieder eine Struktur in ihren Tagesablauf bringen wollte. Der Versuch endete im Fiasko. Vor Schwäche ohnmächtig kippte sie aus der Bank, ein deutscher Arzt wurde gerufen, ein Krankenwagen brachte sie nach Hause, wo sie zu Helenes Entsetzen auf einer Bahre in ihr Zimmer getragen wurde.

»Sie braucht noch sehr viel Schonung«, sagte der Arzt ernst. »Sie ist in einem wirklich schlechten Zustand. Mindestens für die nächsten vier Wochen sollte sie nicht zur Schule gehen.«

Es wurden acht Wochen daraus. Ihr Zustand wollte sich nicht bessern. Die Beine knickten unter ihr weg, wenn sie nur einen Schritt tun wollte. Die Tränen schossen ihr in die Augen, sobald man sie ansprach.

»Das ist die Schwäche«, sagte Dr. Wyatt jedesmal, wenn er kam, um nach ihr zu sehen, »du weinst aus Schwäche, Kind. Deine Nerven funktionieren nicht mehr. Du bräuchtest endlich einmal etwas Anständiges zu essen.«

Die Hungersnot war inzwischen dramatisch geworden auf den Inseln; auch für die Familie eines deutschen Offiziers gab es kaum noch Zuteilungen. Helene sammelte Sauerampfer und Löwenzahn und versuchte daraus Gemüse zuzubereiten; ab und zu gab es eine Graupensuppe, die vorwiegend aus Wasser bestand, und an Festtagen aßen sie etwas hartes Graubrot, dessen einziger Vorteil darin bestand, daß es noch Wochen später wie ein Stein im Magen lag und ein – wenn auch trügerisches – Gefühl von Sättigung vermittelte.

Ab Anfang April brannte die Sonne Tag für Tag von einem blauen Himmel; Beatrice saß stundenlang im Garten, und ganz langsam kehrten ihre Lebensgeister zurück. Die Sonnenstrahlen gaben ihr die Energie, die sie sich aus der Nahrung nicht mehr hatte holen können. Allmählich wich ihre geisterhafte Blässe einer zartbraunen Tönung, ihre eingefallenen Wangen nahmen Farbe an. Irgendwann konnte sie zum erstenmal einen Spaziergang ans Meer machen; sie stand lange am Strand, atmete die klare, salzige Luft, beobachtete die Sonne, die auf den Wellen flimmerte und glitzerte, und spürte, wie die Kräfte in sie zurückfluteten und das Leben wieder die Oberhand gewann. Sie spürte bohrenden Hunger, wie immer, aber zugleich war da wieder das optimistische Gefühl, daß sie alles überstehen würde und daß auch noch Gutes für sie bereitstand. Und bald würde der Krieg vorbei sein.

Deutschland brach zusammen in diesen Apriltagen des Jahres 1945. Die Russen hatten Ostpreußen und Schlesien eingenommen, hatten Polen befreit und standen vor Berlin. Von Westen her marschierten Amerikaner, Engländer und Franzosen immer weiter in Deutschland ein, besetzten Stadt um Stadt, Landstrich um Landstrich. Die meisten Städte lagen in Trümmern, die Bevölkerung ergab sich rasch, ohne auf die unaufhaltsam ausgegebenen Durchhalteparolen der Reichsführung zu achten. Es konnte sich, so die einhellige Meinung, nur noch um Wochen handeln, bis Hitler selbst kapitulieren mußte.

Es ist vorbei, dachte Beatrice, es ist praktisch schon vorbei.

Am 30. April schoß sich Adolf Hitler im Keller der Reichskanzlei in Berlin eine Kugel in den Kopf.

Am 2. Mai wurde Berlin von den Russen eingenommen.

Am 7. Mai kapitulierte Deutschland bedingungslos.

5

»Ja«, sagte Beatrice, »so war es. Eigentlich war der Krieg vorbei. Nur wir hockten immer noch mit unseren Besatzern hier und fragten uns, was werden würde. Der Oberbefehlshaber der deutschen Streitkräfte auf den Inseln erklärte am 9. Mai die Kapitulation. Und dann waren auch sofort unsere Leute da, englische Soldaten. Bis Mitte Mai hatten alle Deutschen als Kriegsgefangene Guernsey und die anderen Inseln verlassen. Es war tatsächlich vorbei.«

Sie saßen noch immer auf den Felsen am Meer. Der Wind hatte inzwischen auch die letzten Wolken vom Himmel gefegt, und die Sonne hatte erstaunlich an Kraft gewonnen. Franca hatte sich so gedreht, daß die Strahlen sie nicht mehr ins Gesicht trafen; ihre Haut war sehr empfindlich und noch blaß vom Winter, und sie hatte Angst, einen Sonnenbrand zu bekommen.

»Aber davor«, sagte sie, »vor dem 9. Mai, vor der Kapitulation, erschoß sich Erich.«

»Ja«, bestätigte Beatrice, »noch vor der Kapitulation erschoß er sich. Am 1. Mai vor fünfundfünfzig Jahren.«

»Warum tat er das?«

»Ich weiß es nicht. Fürchtete er sich wirklich so sehr vor der Rache der Sieger? Ich mußte später noch oft an unser Gespräch in der Silvesternacht denken. Damals hatte er seine Angst artikuliert, aber ich nahm ihn nicht richtig ernst. Er hatte getrunken, er hatte Tabletten geschluckt, und seine Reden waren geprägt von jener Sentimentalität, die bei den Deutschen...« Sie unterbrach sich, lachte. »Entschuldigen Sie, Franca. Sie sind auch Deutsche. Ich wollte nicht verallgemeinernd schlecht über Ihr Volk sprechen. Ich meine die Nazis. Die Nazis konnten ungeheuer sentimental sein. Ständig kamen ihnen die Tränen, wenn es um ihr eigenes schweres Schicksal ging. Vielleicht glaubte ich deshalb nie etwas von dem, was Erich sagte. Und nach jener Silvesternacht wurde ich ja sofort krank, und ich kam gar nicht mehr dazu, mir Gedanken zu machen. Ich fürchte allerdings, ich hätte sie mir auch andernfalls nicht gemacht. Ich hielt das alles einfach für sein übliches gefühlstriefendes Gerede, zu dem er manchmal neigte.«

»Wie war er in den Tagen, bevor er sich erschoß?« fragte Franca. »War ihm etwas anzumerken?«

Beatrice schüttelte den Kopf. »Er war übernervös. Aber das waren alle, Deutsche wie Engländer, und die Deutschen wohl noch mehr. Es herrschte eine kaum beschreibbare Spannung auf der Insel. Jeder hing von morgens bis abends nur am Radioapparat. Niemand wußte, was kommen würde. Vor allem die Offiziere vibrierten. Sie bekamen seit Wochen keine Befehle. Sie hungerten und waren völlig kaltgestellt. Ich denke, auch ihre Rolle war ihnen nicht mehr klar. Sie hielten eine Inselgruppe vor der französischen Küste besetzt, befanden sich aber aufgrund ihrer Nationalität bereits im Zustand der katastrophalen Niederlage. Ihr Besatzerdasein war eine Farce, von der sie nicht wußten, ob und wie sie sie beenden sollten. Ihr Schicksal als Kriegsgefangene stand ihnen klar vor Augen. Hunderte von Häftlingen waren an Hunger und Mißhandlungen auf den Inseln gestorben. Es hatte Standgerichtsverfahren und Hinrichtungen gegeben. Sie konnten nicht darauf hoffen, mit Samthandschuhen angefaßt zu werden.«

»Es gab aber doch«, sagte Franca, »freundschaftliche Beziehungen zu den Inselbewohnern.«

»Freundschaft ist vielleicht zuviel gesagt. Aber es gab eine ganze Menge fester Verhältnisse zwischen deutschen Soldaten und englischen Mädchen. Und man hatte seit dem Sommer '44 eine harte Zeit gemeinsam hinter sich gebracht. Echten Haß auf die Besatzer gab es fast nirgends.«

»Dann hatte Erich nicht soviel zu befürchten«, meinte Franca, »es war offenbar anders als bei den Deutschen beispielsweise in der Tschechoslowakei. Die mußten mit einem Aufstand rechnen, mit blutiger Rache, und genau das passierte dann ja auch. Aber hier ...«

»Ich denke«, sagte Beatrice, »daß Erich einfach mit dem Gefühl der Niederlage nicht zurechtkam. Er war gescheitert. Die Idee, an die er geglaubt, der er sich verschrieben hatte, war nichtig geworden. Damit konnte er sich nicht abfinden. Die Schande, die Schmach, verstehen Sie? Davor lief er davon, und es schien sich für ihn kein anderer Ausweg aufzutun als der Tod.« Sie schaute über das Wasser, ihr Blick schien irgend etwas am Horizont zu suchen, aber Franca wußte, daß ihre Gedanken zu jenem Maitag des Jahres 1945 zurückgekehrt waren, daß sie die Bilder von einst sah.

»Wir konnten ihn nicht retten. Wir bekamen, wie gesagt, keinen Arzt. Wyatt war irgendwo auf der Insel, seine Frau hatte keine Ahnung, wo. Ich rannte nach St. Martin, aber weder ein deutscher noch ein englischer Arzt waren aufzutreiben. Später stellte sich heraus, daß die meisten in den Kriegsgefangenenlagern waren. Die Deutschen waren in Panik wegen des schlechten Zustands der Häftlinge, und sie versuchten, in letzter Sekunde mit Hilfe der Ärzte noch eine Besserung herbeizuführen. In den meisten Fällen dürfte kaum etwas zu machen gewesen sein – zumal die Ärzte praktisch kaum noch Medikamente, kein Verbandsmaterial hatten. Na ja«, sie richtete ihren Blick wieder auf Franca und in die Gegenwart, »es gelang uns jedenfalls nicht, jemanden zu finden, der ihm helfen konnte. Er starb, und wir mußten zusehen. Vielleicht war es das Beste. Es war jedenfalls das, was er gewollt hatte.«

Franca musterte sie aufmerksam. »Haben Sie um ihn getrauert, Beatrice?«

Beatrice lachte, kramte eine zerdrückte Zigarette und ein Feuerzeug aus ihrer Jeanstasche, zündete die Zigarette an. Der Seewind zerrte an der kleinen Flamme, erst der fünfte Versuch gelang. »Um Erich getrauert? Zuerst dachte ich: Er ist tot, und es ist gut. Ich hatte keine innere Bindung an ihn. Er war ein Nazi, er war ein Feind. Er hatte Julien verfolgt, er hatte unsere Liebe zerstört. Nein, ich trauerte nicht. Damals nicht, und später nicht.« Sie strich sich die Haare aus der Stirn. »Aber irgendwann wurde mir klar, daß auch ich ein Verlierer war im Spiel mit dem Tod. Vielleicht war ich der größte Verlierer überhaupt.«

»Weshalb?«

»Er hinterließ mir Helene«, sagte Beatrice kurz. In ihren Augen stand eine Abneigung, die nach Francas Gefühl an Haß grenzte. »Er hinterließ mir Helene, und es gab Zeiten, da trauerte ich nur noch um mich.«

6

Das Flugzeug landete pünktlich um 17.30 Uhr in London. Maja hatte Herzklopfen, als sie aus der Maschine stieg. Sie war zweimal im Leben in London gewesen, jedesmal zum Geburtstag von Urgroßmutter Wyatt, der im August lag und seit längerem nicht mehr gefeiert wurde, da die Jubilarin beim Erreichen des 90. Lebensjahres erklärt hatte, von nun an könne jeder Geburtstag nur noch peinlich werden, und sie wolle auf Glückwünsche und Geschenke verzichten. Maja fand das idiotisch. Sie selbst würde sich mit hundert Jahren noch mit Präsenten und Ehrenbezeugungen überschütten lassen. Außerdem hatte ihr Urgroßmutter Wyatt mit ihrem pingeligen Verhalten die Möglichkeit vermasselt, wenigstens einmal im Jahr nach London zu kommen – auf Maes Kosten, denn im Falle einer Familienfeier hätte *sie* den Flug bezahlt.

So hatte sie zweiundzwanzig Jahre alt werden müssen, um wieder hierherzukommen, sie hatte ihren letzten Penny hergeben müssen, und es hatte nicht einmal gereicht; sie hatte wieder einmal Schulden gemacht. Mae hatte den fehlenden Betrag ausgeglichen.

Nicht ohne endlose Ermahnungen zu geben und Maja mehrfach aufzufordern, auf jeden Fall die alte Mrs. Wyatt zu besuchen.

»Du mußt mir das Geld nicht zurückgeben, wenn du hin und wieder nach Mummie siehst. Versprichst du mir das? Sie würde sich so sehr freuen. Und mir würdest du einen riesigen Gefallen tun.«

Maja hatte wenig Lust, auch nur einen einzigen Nachmittag mit einer fünfundneunzigjährigen Frau zu verbringen, aber sie versprach Mae, sich »ab und zu« um Mrs. Wyatt zu kümmern. Sie brauchte Maes Geld, und es war schwierig genug gewesen, ihr den Plan, nach London zu gehen und bei Alan zu leben, schmackhaft zu machen.

»Glaubst du denn, Alan möchte das überhaupt?« hatte Mae zweifelnd gefragt. »Ich meine, du schneist einfach in sein Leben und gehst davon aus, daß er dich mit offenen Armen aufnimmt. Was tust du, wenn er nicht mitspielt?«

Maja lachte. »Großmutter, Alan hat mich schon mindestens hundertmal auf Knien angefleht, zu ihm zu kommen und mit ihm zu leben. Er wird sein Glück kaum fassen können, wenn ich jetzt plötzlich vor seiner Tür stehe.«

»Wann hast du zum letzten Mal mit ihm gesprochen?«

»Anfang Januar. Warum?«

»Jetzt haben wir April. Du weißt doch nicht, was sich vielleicht alles in seinem Leben geändert hat. Vielleicht gibt es eine andere Frau. Vielleicht wohnt er nicht mehr unter seiner bisherigen Adresse. Vielleicht...«

»Großmutter, du bist eine alte Schwarzseherin! Bei Alan ändert sich nichts. Er ist hoffnungslos verknallt in mich und würde hinter mir herschmachten, bis er alt und grau ist. Du wirst sehen, alles läuft genau so, wie ich es will.«

Mae hatte seufzend ihre Brieftasche hervorgekramt, einen Scheck herausgenommen und ihn auf den Betrag von vierhundert Pfund ausgestellt. »Der ist für den Notfall! Prinzipiell möchte ich ihn uneingelöst zurück. Aber falls mit Alan etwas schieflaufen sollte, hast du auf diese Weise Geld für ein Hotel und für den Rückflug.«

»Wird nicht nötig sein, aber vielen Dank.« Maja hatte den

Scheck lässig eingesteckt. »Ich rufe an, wenn ich da bin, Großmutter. Mach dir keine Sorgen. Ich falle immer auf die Füße.«

Sie hatte das genauso gemeint, wie sie es gesagt hatte, aber nun, an diesem Ankunftsabend in London, begann sie sich doch ein klein wenig mulmig zu fühlen. Hoffentlich hatte Mae nicht recht mit ihren Unkenrufen. Tatsächlich hatte sie von Alan seit dem letzten Gespräch im Januar nichts gehört. Für gewöhnlich rief er alle zwei bis drei Wochen bei ihr an, erkundigte sich nach ihrem Befinden und erzählte von den Dingen, die sich in seinem Leben ereigneten.

Sein völliges Verstummen und sein Rückzug waren verdächtig. Andererseits mochte auch eine Taktik dahinterstecken. Nachdem er ihr jahrelang hinterhergelaufen war, ohne wirklich erfolgreich zu sein, probte er nun eine andere Strategie: Er entzog sich. Ließ nichts mehr von sich hören, schottete sich ab. Er wollte sie nervös machen, wollte sie zwingen, aktiv zu werden.

Und er wird glauben, damit Erfolg zu haben, dachte Maja, wenn ich jetzt plötzlich bei ihm aufkreuze. Dabei wäre ich so oder so gekommen. Aber er soll sich ruhig den Sieg auf seine Fahnen schreiben. Hauptsache, ich kann bei ihm bleiben.

Alan wohnte in der Sloane Street, und Maja war kurz in Versuchung, mit dem Taxi zu ihm zu fahren. Aber dann wäre ihr letztes Bargeld fort gewesen, und sie hätte nur noch den Notfall-Scheck von Mae gehabt, den sie eigentlich gar nicht einlösen durfte – den sie aber einlösen würde, wie sie jetzt schon wußte. Aber ein wenig mußte sie ihre Reserven noch zurückhalten, und so entschied sie sich schweren Herzens für die U-Bahn.

Die Londoner Underground zur Rush-hour war die Hölle, um so mehr, wenn man zwei Koffer auf Rollen hinter sich herschleifen mußte und noch eine schwere Tasche um die Schultern trug. Der Apriltag war warm, die Luft in den Waggons zum Schneiden. Maja fuhr einmal in die falsche Richtung und mußte den ganzen Weg zurück, und als sie irgendwann – es schienen Stunden vergangen zu sein – auf der Sloane Street wieder ans Licht trat, war sie in Schweiß gebadet, fühlte sich verklebt, schmutzig und völlig unattraktiv.

Phantastisch, dachte sie, nun sehe ich genauso aus, wie eine Frau aussieht, wenn sie einen Mann überraschend in dessen Wohnung aufsucht, um sich ihm an den Hals zu werfen und ihm klarzumachen, daß er sie von nun an beherbergen und ihr Leben finanzieren soll.

Keuchend setzte sie ihren Koffer ab, kramte ihr Adreßbuch aus der Handtasche und vergewisserte sich der richtigen Hausnummer. Dann machte sie sich müde an die letzte Etappe ihres Weges.

Alan hätte jeden anderen Menschen auf der Welt eher erwartet als Maja. Er stand in seinem Wohnzimmer und trank gerade einen Whisky – den zweiten des Tages –, als es klingelte. Kurz überlegte er, ob er überhaupt öffnen sollte; es war ein anstrengender Tag gewesen, und er mochte an diesem Abend niemanden mehr sehen oder sprechen. Aber es klingelte ein zweites und ein drittes Mal, und schließlich ging er zur Tür, hoffend, daß es nicht Liz war, eine junge Frau, mit der er ein paar Wochen lang zusammengewesen war. Er hatte sich wenige Tage zuvor von ihr getrennt, ohne genau zu wissen, weshalb, denn sie war attraktiv, intelligent, humorvoll und sehr verliebt in ihn. Wahrscheinlich lag es daran, daß sie nicht Maja war. Wahrscheinlich würde er sich von allen Frauen trennen, weil sie nicht Maja waren.

Er öffnete die Tür, und vor ihm stand Maja.

Ihm verschlug es buchstäblich die Sprache, aber dafür redete sie.

»Hallo, Alan. Unten im Hausflur stehen noch zwei Koffer von mir, die ich die Treppe nicht heraufbekomme. Könntest du sie holen? Und bitte sag mir, wo das Bad ist. Ich brauche unbedingt eine Dusche.«

Perplex öffnete er ihr die Badezimmertür, und sie war wie der Blitz verschwunden. Er hörte, daß sie den Schlüssel herumdrehte, kurz darauf begann das Wasser zu rauschen. Er kam sich wie ein folgsamer Trottel vor, als er die drei Treppen, die zu seiner Wohnung führten, hinuntertrabte und nacheinander zwei Koffer hinaufwuchtete, in denen sich Mühlsteine zu befinden schienen.

Wie lange will sie bleiben? fragte er sich.

Ihrem Gepäck nach zu schließen, mußte sie nahezu ihr gesamtes bewegliches Hab und Gut mit sich führen. Langsam kam er zu sich und merkte, daß er ärgerlich wurde. Es war so ungemein typisch für Maja, ihn auf diese Weise zu überfallen, ihm ihren Entschluß, ihren Willen aufzudrängen. Und er rannte auch noch los, führte ohne ein Wort ihre Befehle aus. Andererseits hätte er schlecht ihre Koffer da unten stehen lassen oder ihr den Zutritt zu seinem Bad verwehren können. Er hörte den Fön brummen und Maja ein Lied trällern. Offensichtlich war sie bester Laune.

Natürlich. Es lief ja auch alles, wie sie es wollte.

Er ging ins Wohnzimmer, schenkte sich den dritten Whisky ein, überlegte, ob er einen Champagner im Kühlschrank hatte. Maja würde ein Glas wollen, oder mehrere, und danach hatte sie vermutlich vor, zum Essen auszugehen, in ein teures Restaurant, schick und mondän.

Weswegen war sie nach London gekommen?

Unruhig ging er im Zimmer hin und her. Es dauerte eine ganze Weile, bis Maja erschien. Sie war in ein großes, flauschiges Badetuch gehüllt, auf ihren Schultern glitzerten dekorativ ein paar Wassertropfen. Sie mußte sie nachträglich dorthin gespritzt haben, denn im Grunde war es zu lange her, seitdem sie geduscht hatte. Ihre Haare glänzten, sie hatte die Lippen nachgezogen, die Wimpern neu getuscht und sich reichlich mit Parfüm besprüht. Vorhin, als sie zur Wohnungstür hereinkam, hatte sie erschöpft und ziemlich zerknittert ausgesehen, aber davon war nichts mehr zu bemerken. Sie sah ausgeruht aus, frisch, jung und energiegeladen. Ihre Augen strahlten.

»Hast du eine Zigarette für mich?« fragte sie. »Und etwas zu trinken?«

Schweigend reichte er ihr die Zigarettenschachtel. Als er ihr Feuer gab, neigte sie sich so dicht an ihn heran, daß er ihr Haar riechen konnte und ihre Haut. All die sehnsüchtigen Gedanken, die er auf sie verwandt hatte in unzähligen Tagen und Nächten, fielen ihn wieder an. Warum, zum Teufel, wurde er nicht fertig damit? Wurde nicht fertig mit *ihr*? Es drängte ihn, die Worte zu sagen, von denen er wußte, er hätte sie jetzt sagen müssen. Er hätte ihr erklären müssen, daß sie, nun da sie einmal hier war, selbstverständlich über Nacht bleiben könne, daß sie aber am nächsten Morgen ihre Sachen packen und gehen müsse. Sie durfte nicht davon ausgehen, daß er sich hin und her schieben ließ, daß er sprang, wie sie es gerade wollte, daß er...

O Gott, dachte er müde, ich werde es ja doch nicht sagen. Ich werde wieder einmal die Brotkrumen annehmen, die sie mir zuwirft. Sie wird triumphieren, weil die Dinge genauso laufen, wie sie es will.

Sie streckte die Hand aus, strich ihm mit dem Finger sacht über die Stirn. »Du hast eine Sorgenfalte über der Nase«, sagte sie. Ihre Stimme klang zärtlich und etwas rauh, und ihm lief ein Schauer über den Rücken. »Was ist los? Freust du dich nicht, daß ich da bin?«

Er lachte, leise und resigniert. »Was erwartest du, Maja? Daß ich einen Luftsprung mache vor Glück? Ich weiß ja nicht einmal, warum du hier aufgetaucht bist. Ich weiß nicht, was du vorhast.«

»Du wolltest mir etwas zu trinken holen«, erinnerte Maja.

Er stand auf, ging in die Küche. Glücklicherweise stand tatsächlich eine eiskalte Flasche Champagner im Kühlschrank. Er stellte sie in einen Kühler, nahm sie mit hinüber ins Wohnzimmer. Maja saß auf dem Teppich, lehnte sich gegen das weiße Sofa. Ihr Blick schweifte im Raum umher, wach und kritisch. Sie versuchte nicht zu verbergen, daß sie den Wert eines jeden Gegenstandes genau taxierte.

Sie ist immer noch das gierige kleine Mädchen, dachte er, und wird es immer sein.

Sie trank den Champagner in hastigen Zügen, ließ sich sofort das nächste Glas einschenken.

»Schön hast du es hier«, sagte sie dann, »die Wohnung ist sehr elegant. Sie paßt zu dir. Sie gefällt mir.«

»Danke. Du hast meine Frage noch nicht beantwortet.«

»Du hast keine gestellt.«

»Ich sagte: ›Ich weiß nicht, was du vorhast.‹ Das ist in gewisser Weise eine Frage.«

Sie lächelte kokett. »Was glaubst du denn, was ich vorhabe?«

Ihm war bewußt, daß er schon wieder die Stirn runzelte. »Nicht so, Maja. Laß uns vernünftig reden. Du stehst plötzlich mit zwei riesigen Koffern vor der Tür, okkupierst eine halbe Stunde lang mein Bad, sitzt dann sehr schön und malerisch in meinem Wohnzimmer und klimperst mit den Wimpern. Du willst also irgend etwas. Vermutlich eine kostenlose Unterkunft in London.«

Sie verzog ihren Mund zu einem Schmollen. »Alan, du kannst wirklich ziemlich kalt und häßlich sein. Ich...«

»Maja!« sagte er scharf. »Versuch es nicht damit! Ich schmelze nicht dahin, wenn du Kulleraugen machst und mit Piepsstimme redest. Benimm dich bitte wie eine erwachsene Frau.«

Offensichtlich begriff sie, daß es ihm ernst war. Sie setzte sich aufrecht hin, zog das Badetuch enger um ihren Körper. Ihr Gesichtsausdruck war jetzt kühl und konzentriert. Sie sah so begehrenswert aus, daß er am liebsten die Arme ausgestreckt und sie an sich gezogen hätte.

»Okay, Alan«, sagte sie, »sprechen wir ganz offen miteinander. Ich möchte in London bleiben. Ich habe das Leben auf Guernsey hoffnungslos satt. Es ist langweilig, und ich sehe dort keine Zukunft für mich. Meine Familie glaubt, ich sei nur für ein paar Monate fort, aber die Wahrheit ist, daß ich nie mehr zurückmöchte. Ich bin hier, und ich bleibe hier. Und ich hoffe, du hilfst mir.«

»Wovon willst du leben?«

»Ich werde mir einen Job suchen«, sagte Maja kühn, »aber das wird sicher nicht von heute auf morgen klappen.«

»Sicher nicht. Woran hattest du gedacht?«

Majas Souveränität begann ein wenig zu bröckeln. Alan wußte, daß er die entscheidende Frage gestellt hatte, auf die Maja vermutlich noch keine Antwort wußte. Sie zog hastig an ihrer Zigarette.

»Himmel, Alan, mußt du mich immer einem Verhör unterziehen? Wir sitzen hier, es ist ein wunderschöner Frühlingsabend, draußen braust der Londoner Verkehr... alles könnte so schön sein, und du schaffst wieder nur Probleme. Ich bin *da*!« Sie sah ihn herausfordernd an. »Hallo! Hast du das überhaupt *begriffen*? Ich bin *da*! Ich habe getan, was du immer wolltest. Ich bin zu dir gekommen! Ich will bei dir bleiben!«

Er konnte nicht mehr an sich halten, er mußte sie berühren. Vorsichtig strich er mit dem Finger über ihre Wange. Sie fühlte sich samtig an.

»Wenn ich dich nur nicht so gut kennen würde«, sagte er leise, »ich kann mir nicht vorstellen, daß du irgend etwas ohne Berechnung tust. Ich glaube, du wolltest nach London, nicht zu mir. Ich bin dir nur eingefallen, weil du ja irgendeine Unterkunft brauchst.«

Das Handtuch glitt an ihrem Körper herab; er hätte nicht sagen können, ob eine Absicht dahinter lag oder ob es zufällig geschah. Sie hatte wunderschöne Brüste, und er wußte genau, wie sie sich anfühlten. Er sah ihre schmale Taille, die feinen Bögen ihrer Rippen, den sanften Schwung der Hüften.

»Vielleicht wäre es besser«, sagte er, »wenn du dir etwas anziehst.«

»Dann muß ich meinen Koffer auspacken. Ich weiß ja nicht, ob ich das darf.«

Er seufzte. »Natürlich darfst du. Es ist mir jedenfalls lieber, als wenn du den ganzen Abend so«, er machte eine Handbewegung zu ihrem nackten Körper hin, »so herumläufst.«

Sie sah ihn nachdenklich an. »Wirklich? Ist es dir so unangenehm?«

»Es ist gefährlich.«

»Für dich oder für mich?«

»Für mich. Ich bin der Schwächere.«

Sie zog das Handtuch wieder hinauf, knotete es um ihre Brüste, stand auf.

»Lädst du mich zum Abendessen ein? Dann ziehe ich mir jetzt etwas an.«

»Natürlich. Gern.«

Er sah ihr nach, als sie aus dem Zimmer ging. Er wußte, daß sie bereits gewonnen hatte, und er konnte ihr ansehen, daß sie es ebenfalls wußte.

Der Abend war für ihn überraschend verlaufen. Schon Majas Anblick, als sie aus dem Bad kam, wo sie sich angezogen hatte, hatte ihn irritiert. Für gewöhnlich war ihm ihre Aufmachung immer ein wenig peinlich gewesen; sie hatte zu kurze Röcke bevorzugt, tief ausgeschnittene Oberteile, hochhackige Schuhe, viel Schmuck und pfundweise Schminke im Gesicht. Aber offensichtlich war sie gerade dabei, ihren Stil zu ändern. Sie erschien in einem marineblauen Hosenanzug mit einem hochgeschlossenen weißen Seidenshirt darunter; sie trug keinen Schmuck außer kleinen, weißen Perlenohrringen und einem Goldarmband, und sie stöckelte auch nicht auf halsbrecherischen Absätzen herum. Ihr Lippenstift war – zumindest für ihre Verhältnisse – sehr dezent. Sie sah damenhaft und erwachsen aus, fremd, neu und zugleich vertraut.

O Gott, hatte er gedacht, ich liebe sie. Ich werde sie immer lieben. Der Gedanke hatte ihn erschreckt. Er hatte drei Monate lang nichts von ihr gehört, hatte sich nicht bei ihr gemeldet, hatte sich eingebildet, sie allmählich vergessen zu können. Nun begriff er, daß seine Gefühle für sie so wach und stark waren wie immer. Es hätte sich nichts geändert. Vielleicht war alles sogar heftiger geworden, so wie sie heute aussah. Sie war *anders*.

Doch natürlich pochte das Mißtrauen laut und heftig in ihm. Er kannte Maja seit Jahren. Er wußte, daß sie berechnend und schlau war, wenn es darum ging, einen Vorteil zu erlangen. Weshalb war sie nach London gekommen? Seinetwegen? Oder reizte sie ganz einfach die große Stadt, und benutzte sie seine Wohnung als kostenlose Absteige?

»Du siehst gut aus«, hatte er gesagt.

Ihre Antwort war ein sachliches Danke gewesen. Sie hatte nicht mit den Wimpern geklimpert, nicht sofort versucht, die Situation in irgendeiner Weise zu ihren Gunsten zu nutzen. Sie hatte hinzugefügt: »Gehen wir?«, und er hatte genickt und war etwas perplex hinter ihr hergetrottet.

Er hatte einen kleinen Italiener »um die Ecke« vorgeschlagen, und sie war freudig einverstanden gewesen, die nächste Überraschung des Abends. Maja liebte es teuer, mondän und aufwendig. Sie wollte interessante Leute sehen, und sie wollte selbst gesehen werden. Er hätte geschworen, daß sie mindestens das *Ritz* im Auge gehabt hatte.

Statt dessen begnügte sie sich tatsächlich mit dem Italiener, aß eine bescheidene Lasagne, trank etwas Pinot Grigio und verzichtete der Kalorien wegen auf einen Nachtisch. Sie erzählte von Guernsey, ohne dabei auf etwaige Liebesabenteuer zu kommen, berichtete von Mae, von Beatrice und Helene.

»Diese Frau aus Deutschland wohnt wieder bei deiner Mutter«, sagte sie, »wie heißt sie noch? Franca. Ich habe sie mit Helene in St. Peter Port getroffen. Großmutter sagt, sie wolle offensichtlich länger bleiben. Scheint irgendein Problem mit ihrem Mann zu haben. Kennst du sie näher?«

»Ich habe sie im letzten Jahr im Auto mitgenommen. Mit ihrer Hotelbuchung hatte etwas nicht geklappt, und ich habe sie zu meiner Mutter gebracht. Wir haben uns eine Weile unterhalten, aber ich kann natürlich nicht sagen, daß ich sie wirklich kenne.«

Er dachte an die scheue, unscheinbare Frau mit dem deutschen Akzent und den schönen Augen, die zu unsicher dreinblickten, als daß sie ihn wirklich hätten faszinieren können. Sie war seinen Blicken ausgewichen, hatten ihn an ein furchtsames Reh erinnert. Er erinnerte sich, überlegt zu haben, was jemand mit dieser Frau angestellt haben könnte, um sie in ein derart schwieriges Verhältnis zu sich selbst zu bringen.

»Großmutter hat natürlich versucht, deine Mutter über sie auszuquetschen«, sagte Maja, »du weißt ja, sie interessiert sich für einfach alles, was auf der Insel vor sich geht. Selbst wenn es sich um eine Frau wie diese Franca handelt, an der wohl beim besten Willen niemand etwas Aufregendes finden kann.« Das war die alte Maja, vor deren kritischen Augen kaum je eine andere Frau Gnade fand.

»Sie schaut immer wie eine Kuh, wenn's donnert, und sie hat überhaupt keine Ausstrahlung, findest du nicht?«

So hart hätte er es nicht gesagt, aber er widersprach nicht. Für Franca hatte er in diesem Moment nicht das geringste Interesse. Von Sekunde zu Sekunde verlor er sich tiefer in Majas Bann.

»Nun, jedenfalls ist Beatrice ja nie besonders gesprächig, und die arme Mae weiß immer noch nichts Genaues, aber sie meint herausgehört zu haben, daß die gute Franca wohl vor ihrem Mann davongelaufen ist.« Sie lachte. »So. Nun weißt du alles. Mehr ist von Guernsey beim besten Willen nicht zu berichten.«

Er betrachtete sie nachdenklich über den Tisch hinweg. Es war inzwischen dunkel geworden, und nur noch das Licht vieler Kerzen beleuchtete ihr Gesicht. Sie sah sehr jung aus – in diesem nahezu ungeschminkten Zustand –, fast unschuldig und verletzlich.

Vielleicht, dachte er, hatte sie sich wirklich geändert.

»Warum«, fragte er, als sie sich auf dem Heimweg befanden und Arm in Arm die nächtliche Straße entlanggingen, »bist du wirklich nach London gekommen?«

Sie schwieg eine ganze Weile, und er dachte schon, sie hätte die

Frage nicht verstanden, aber schließlich sagte sie: »Ich habe nachgedacht, Alan. Mein Leben verläuft in Bahnen, die ... nein, eigentlich verläuft es in überhaupt keinen Bahnen. Das ist das Problem. Ein Tag hat bei mir keinen Anfang und kein Ende. Jede Woche, jeder Monat, alles ist so völlig ziellos. Ich nehme die Dinge, wie sie gerade kommen, genieße den Augenblick und verschwende keinen Gedanken an die Zukunft.« Sie blieb stehen. »Weißt du, das war für eine bestimmte Phase okay. Für die Zeit, in der ich jung war.«

Das klang sehr ernsthaft, und er mußte lachen. »Mein Gott, Maja! Wenn du wüßtest, wie jung du noch immer bist!«

Sie runzelte ein wenig die Stirn. »Ja, vielleicht. Aber ich bin über zwanzig. Du hast selbst damals im Januar gesagt, daß ich allmählich Ordnung in mein Leben bringen sollte.«

Alan vermochte es kaum zu fassen. Sie hatte ihm zugehört, und seine Worte waren auch noch auf fruchtbaren Boden gefallen. Er hielt den Atem an. »Maja ...«

»Ich weiß noch nicht genau, was werden wird. Aber ich dachte, wenn ich erst einmal hier bin, dann findet sich vielleicht ein Weg. Ich dachte ...«, sie zögerte, »ich dachte, du könntest mir helfen. Einen Weg zu finden, meine ich. Denn schließlich ... nun, es gibt kaum einen Menschen, glaube ich, der mich besser kennt als du.«

Er fühlte sich plötzlich älter als sonst. Der Begriff »väterlicher Freund« kam ihm in den Sinn. Irgendwie schien sie ihn in diese Rolle zu schieben, und er war nicht ganz sicher, ob ihm dieser Part behagte.

»Du meinst«, sagte er, »daß ich ein guter Berater sein könnte für dich. Deshalb bist du gekommen.«

Sie lächelte ein wenig. Natürlich, sein Bemühen, vorsichtig auf den Busch zu klopfen, war allzu durchschaubar gewesen.

»Berater«, sagte sie, »nein, als solchen sehe ich dich wohl weniger. Eher ... als den Mann, den ich liebe. Könntest du damit etwas anfangen? Oder ist dir das zu intim?«

Sie hatte schon manchmal von Liebe gesprochen. Vor allem in der ersten Zeit ihrer Beziehung. Aber irgendwann hatte er gemerkt, wie leichtfertig das Wort aus ihrem Mund klang, wie locker und unverbindlich sie es dahinsagte und, vor allem, daß eine

Menge Männer in den Genuß kam, von ihr geliebt zu werden. Ihr »Ich liebe dich« war nichts wert, jeder konnte es haben, der einigermaßen gut aussah und auffallend gut verdiente. Er hatte nicht aufgehört, sich nach diesen Worten aus ihrem Mund zu sehnen, und sich gleichzeitig für den Wunsch nach einer derart inflationären Ware verachtet.

Aber diesmal, so schien es ihm, sagte sie es anders. Ihre Stimme klang weicher und zugleich ernster. Ihr Gesichtsausdruck zeigte Wärme und Ehrlichkeit.

Ein Rest von Vorsicht, von Mißtrauen blieb. Natürlich. Er war dreiundvierzig Jahre alt. Er kippte nicht mehr von einer extremen Gefühlslage in die andere. Er streckte die Hand aus, strich ihr vorsichtig über die Wange. »Wir werden einfach sehen, was kommt«, sagte er.

Michael hatte eine Woche lang nichts von sich hören lassen, aber dann rief er plötzlich an zwei aufeinanderfolgenden Tagen an. Beim erstenmal geriet er nur an Beatrice, die ihm mitteilte, Franca sei am Strand und gehe mit den Hunden spazieren, und er sagte, sie möge ihn zurückrufen, wenn sie wieder da sei. Franca versuchte ihn am Abend zu erreichen, aber er war nicht daheim.

»Wahrscheinlich ist er bei seiner Geliebten«, sagte sie bitter zu Beatrice.

»Schmerzt es sehr?« fragte diese und musterte sie dabei aufmerksam.

Franca überlegte. »Ein wenig. Nicht mehr so sehr. Es ist weiter weg.«

Am nächsten Morgen rief Michael erneut an. Er klang verstimmt.

»Hat man dir nicht ausgerichtet, daß du mich anrufen sollst?« fragte er anstelle einer Begrüßung.

»Ich habe angerufen. Aber du warst nicht zu Hause. Guten Morgen, übrigens.«

»Guten Morgen.« Er ging auf den Umstand, daß er nicht daheim gewesen war, nicht weiter ein. »Ich wollte eigentlich nur wissen, wann du vorhast, wieder zurückzukommen?«

Franca fand es bemerkenswert, daß er diese Frage so locker

stellte. »Ich wundere mich, daß dich das überhaupt interessiert«, sagte sie.

»Warum sollte es nicht?« fragte Michael irritiert.

Franca wußte, daß Helene in der Küche saß und sich mit gespitzten Ohren nicht ein einziges Wort entgehen ließ, aber im Grunde konnte es ihr gleich sein.

»Du hast dich doch anderweitig orientiert«, sagte sie, »es gibt eine andere Frau in deinem Leben. Was willst du da noch von mir?«

Was sie sagte, schien Michael ernsthaft zu verwundern. »Aber du bist meine Frau.«

»Das schien dir meistens entfallen zu sein in den letzten Jahren.«

Er seufzte genervt. »Okay, du willst eine Auseinandersetzung. Das heißt, genau das willst du eigentlich nicht, das willst du nie. Vor Streitgesprächen hast du dich ja schon immer gedrückt. Zuviel Angst, man könnte dir eine unangenehme Wahrheit sagen, nicht?«

»Michael, ich...«

»Also hören wir doch einfach auf, um den heißen Brei zu reden. Ich habe zugegeben, daß es eine andere Frau gibt. Du wirst nicht abstreiten können, daß du daran nicht völlig unschuldig bist.«

Das kann doch nicht wahr sein, dachte Franca.

»Auf jeden Fall ist das wirklich kein Zustand«, fuhr Michael fort, »ich habe dir schon einmal gesagt, daß du dich nicht durch Flucht deinen Problemen entziehen kannst. Ich würde es wirklich begrüßen, wenn du möglichst rasch zurückkämst.«

»Und dann?«

»Was meinst du mit – ›und dann?‹«

»Michael, wie soll es denn weitergehen? Ich sitze wieder daheim und warte darauf, daß du von den Ausflügen zu deiner Geliebten zurückkehrst, und du bist nächtelang unterwegs und hältst es nicht einmal für nötig, mir vorher zu sagen, ob du kommst oder gehst. Findest du, daß *das* ein Zustand ist?«

»Aber du kannst doch jetzt nicht wochenlang auf Guernsey herumsitzen!«

»Ich muß hier so lange herumsitzen, bis ich herausgefunden habe, wie mein Leben weitergehen soll. Michael, ich bin immer noch eine relativ junge Frau. Mein Leben kann sich nicht darauf beschränken, eingesperrt in einem Haus zu sitzen und auf einen Mann zu warten, der mich überhaupt nicht mehr zur Kenntnis nimmt!«

»Ach, daran soll ich jetzt wohl noch schuld sein!« sagte Michael entrüstet. »Wer hat sich denn im Haus eingesperrt? Das ging doch nicht von mir aus! Ich habe nie gesagt, du sollst deinen Beruf aufgeben! Ich habe nie gesagt, du sollst deine Nase nicht mehr zur Tür hinausstrecken. Ich habe nie gesagt, du sollst durchdrehen bei der Vorstellung, Gäste könnten zu uns kommen. Ich habe nie…«

Voll selbstgefälliger Empörung ratterte er seine Sätze herunter. Quintessenz war, soviel begriff Franca, daß er an nichts schuld war und sie an allem. Aber das, dachte sie müde, war eigentlich schon vorher klar.

»Wann kommst du nun zurück?« fragte Michael schließlich, als ihm offenbar nichts mehr einfiel, was er ihr vor die Füße knallen konnte.

»Wenn ich zu einem Entschluß bezüglich meiner Zukunft gekommen bin«, entgegnete Franca, und wieder einmal legte sie den Telefonhörer auf, ohne sich von ihm zu verabschieden.

Als sie in die Küche trat, kam ihr Beatrice entgegen, sagte nichts, sondern schob sich mit versteinerter Miene an ihr vorbei und verließ das Haus, wobei sie ziemlich laut die Tür hinter sich zuschlug.

»Was hat sie denn?« fragte Franca erstaunt.

Helene saß am Tisch und rührte überwältigende Mengen an Zucker in ihren Tee. »Mae war vorhin da«, sagte sie, »und hat erzählt, daß Maja nach London gereist ist und nun bei Alan wohnt. Beatrice hat nichts gesagt, aber seitdem ist sie in sich gekehrt und hat diesen eigenartigen Gesichtsausdruck. Und eben ist sie plötzlich aufgestanden und aus dem Raum gelaufen. Ich vermute, sie geht an den Strand und rennt sich die Wut aus dem Leib.«

»Warum ist sie so wütend?« fragte Franca.

Sie stand ein wenig unschlüssig da, noch gefangen in ihrem Gespräch mit Michael. Sie mußte die Worte, die gefallen waren, verarbeiten und wußte nicht recht, wie ihr das gelingen sollte.

»Setzen Sie sich doch«, sagte Helene, »aber holen Sie sich vorher eine Tasse. Trinken Sie einen Tee mit mir, das wird Ihnen guttun. Sie sehen ziemlich blaß aus. Es gab wieder Ärger mit Ihrem Mann, nicht?«

Franca setzte sich und schenkte Tee ein. Er war heiß und roch würzig. Er schien ihr im Augenblick tatsächlich genau das Richtige zu sein.

»Mein Mann möchte, daß ich nach Hause komme«, sagte sie, »aber ich kann mir nicht vorstellen, das zu tun. Mich erschreckt im Moment die Erkenntnis, daß ich mir nicht vorstellen kann, es *jemals* wieder zu tun.«

»Sie werden eine Entscheidung treffen und sie ihm mitteilen müssen«, sagte Helene.

Franca nickte. »Aber ich brauche Zeit. Es geht um meine Zukunft. In gewisser Weise... geht es um mein Leben.« Sie nahm einen Schluck Tee. Er schmeckte so tröstlich, wie er gerochen hatte.

»Was ist nun mit Maja und Alan?« fragte sie. Für den Moment erschien es ihr besser, sich von Michael und allen Gedanken an ihn abzulenken.

Helene seufzte tief, aber das Glimmen in ihren Augen verriet, wie sehr sie diesen Tratsch liebte.

»Also, Maja und Alan haben seit einigen Jahren ein Verhältnis«, berichtete sie, »genaugenommen ist es ein Verhältnis, das ständig unterbrochen wird, denn Maja hat sich nie wirklich auf Alan festgelegt. Vielleicht ist sie dafür auch einfach zu jung.«

»Wie alt ist sie?«

»Zweiundzwanzig. Alan ist dreiundvierzig. Also ein ziemlich großer Altersunterschied. Aber, nun ja, Sie wissen, wo die Liebe hinfällt...«

»Liebe scheint es von Majas Seite her nicht unbedingt zu sein, oder?«

Helene schüttelte den Kopf. »Maja kann gar nicht lieben. Unter uns gesagt, sie ist ein kleines Flittchen. Ich glaube, sie hat mit praktisch jedem Mann auf Guernsey geschlafen, außer mit Kevin, und mit ihm nur deshalb nicht, weil er vom anderen Ufer ist. Dann kommen noch die Feriengäste dazu... Also, das Mädchen hat nicht schlecht gelebt, und es gibt eigentlich keinen Anhaltspunkt dafür, daß sich das in absehbarer Zeit ändern wird.«

»Warum hat Alan das so viele Jahre mitgemacht? Ich kenne ihn ja nur flüchtig…« Sie dachte an ihre Begegnung mit ihm an jenem warmen Septembertag im vergangenen Jahr zurück. »Er ist ein gutaussehender Mann. Er ist intelligent, und ich denke, er ist auch erfolgreich. Es gibt sicher eine Menge Frauen, die gern etwas mit ihm anfangen würden. Er hat es doch nicht nötig, sich jahrelang von einer nymphomanen Göre an der Nase herumführen zu lassen!«

»Alan ist ziemlich umschwärmt«, stimmte Helene zu, »doch er hat ein Alkoholproblem, wußten Sie das? Aber auch das schreckt die meisten Frauen nicht ab, im Gegenteil. Wahrscheinlich sieht sich jede als rettenden Engel, der gekommen ist, ihn zu heilen. Aber Alan…« Sie zuckte mit den Schultern. »Letztlich wollte er nie eine andere als Maja. Er kam, wann immer sie mit dem Finger schnippte. Und er litt Qualen, wenn sie sich dann wieder anderen zuwandte.«

»Warum ist sie jetzt bei ihm?«

»Das fragt sich Beatrice auch. Ihr schwant nichts Gutes. Sie hat Mae auf den Kopf zugesagt, ihrer Ansicht nach wolle sich Maja ein lockeres Leben in London machen, und Alan sei der Trottel, der dies finanzieren dürfe. Nun ist Mae beleidigt, und Beatrice macht sich Sorgen.«

»Hat sie mit ihm gesprochen?«

»Er ist erwachsen. Er ist über vierzig. Er würde sich von ihr nichts sagen lassen. Das weiß sie, daher ruft sie gar nicht erst an.«

»Vielleicht hat sich Maja geändert.«

»Das habe ich auch gesagt. Aber Beatrice hat nur gelacht. Sie sieht nicht viel Gutes in Maja.«

»Und wie sehen Sie das?«

Helene überlegte. »Ich fürchte, in diesem Fall hat Beatrice recht. Aber man sollte keinen Menschen pauschal und für alle Zeiten verurteilen. Natürlich kann sich auch Maja ändern. Ich denke aber, niemand auf der Insel hält das für wirklich wahrscheinlich.«

Franca trank in kleinen Schlucken ihren Tee. Sie war müde, und sie hatte den Eindruck, daß sich diese Müdigkeit seit ihrem Gespräch mit Michael als bleierne Schwere über sie gesenkt hatte. Wenn sie genau überlegte, dann war sie in den vergangenen Jahren immer müde gewesen, wenn er mit ihr sprach oder ihr auch nur gegenübersaß. Es schien, als sauge er Lebenskraft und Energie aus ihr heraus. Wenn es ihr gerade etwas besser ging, wenn sie sich ein wenig stärker fühlte, dann kam er, und es war, als werde eine Nadel in einen Luftballon gepiekt; die Luft entwich, und es blieb nur eine schlaffe Hülle zurück.

Eine schlaffe Hülle, dachte sie, mehr bin ich in seinen Augen sowieso nicht.

Sie mußte unbedingt das Thema Michael loswerden. Er spukte in ihrem Kopf herum und fing bereits an, sich dort festzusetzen. Sie kannte nur zu gut das bohrende, zermürbende Gedankenkarussell, in das er sie bringen konnte, wenn er erst einmal in ihrem Kopf war.

»Der Vater von Alan«, sagte sie, »lebt er noch? Ich meine, sind er und Beatrice geschieden, oder ist sie Witwe?«

Helene senkte sofort die Stimme. »Ich weiß gar nicht, ob ich das erzählen darf...« Es war keine Frage, daß sie es erzählen *würde*. »Nur Mae weiß außer mir noch Bescheid... und ich glaube, sie hat ausnahmsweise einmal dichtgehalten.«

»Worüber denn?«

Helene sprach noch leiser, Franca mußte sich anstrengen, sie zu verstehen. »Der Mann, mit dem Beatrice verheiratet war, Frederic Shaye, ist *nicht* Alans Vater!«

»Nein?«

»Nein. Sie hat ihn betrogen – und Alan ist das Produkt dieser Affäre.«

»Oh...«

»Ja. Sie verbrachte einen Sommer hier auf Guernsey – das muß...«, Helene überlegte, »das muß 1956 oder '57 gewesen sein... nein, 1956 war es. Da war sie ziemlich lange hier. Sie wollte das Haus ihrer Eltern verkaufen... sie suchte einen Interessenten...«

»Wo lebte sie damals?«

»Drüben in England. In Cambridge. Shaye war Professor dort an einem College. Beatrice hatte beschlossen, nie nach Guernsey zurückzukehren, und Shaye hatte sie überredet, das Anwesen ihrer Eltern hier zu veräußern. Von allein wäre sie nie auf diesen Einfall gekommen – schließlich lebte ich noch immer hier im Haus.« Es war für Helene offensichtlich wichtig, diesen Umstand zu betonen. Shaye war der Schuft, nicht Beatrice. Franca bezweifelte ein wenig, daß die Dinge so lagen, wie Helene sie sah. Vermutlich war auch Beatrice durchaus daran interessiert gewesen, alle Brücken hinter sich abzubrechen. Nach allem, was Franca bereits gehört hatte, war sie wohl auch durchaus begierig darauf gewesen, Helene wenigstens teilweise aus ihrem Leben zu entfernen.

»Ich war oft bei den beiden zu Besuch in Cambridge«, fuhr Helene fort, »und ich dachte eigentlich, Frederic hätte nichts gegen mich. Er tat immer so freundlich ... Aber ich glaube, insgeheim hat er ständig gegen mich intrigiert.«

»Weshalb«, fragte Franca, »sind Sie nach dem Krieg nicht nach Deutschland zurückgegangen? In Ihre Heimat?«

»Sie sind zu jung«, sagte Helene, »Sie haben diese Zeit nicht miterlebt. Nach dem Krieg ist ja plötzlich niemand in Deutschland je für die Nazis gewesen. Wenn man genau hinhörte, waren sie im Grunde alle Widerstandskämpfer. Das bedeutete, den vorhandenen, nachweislichen Nazi-Größen wurde alles, absolut alles in die Schuhe geschoben. Erich war tot, aber er war dennoch nach wie vor die perfekte Verkörperung des Feindbildes, das überall herumgeisterte. Als seine Witwe ... Gott, ich hatte einfach Angst. Ich wollte nicht zurückgehen und erleben müssen, wie alle mit dem Finger auf mich zeigten.«

»Sie hatten doch sicher Familie in Deutschland.«

Helene schüttelte den Kopf. »Nein. Nur noch meine Mutter. Aber die war schon vor dem Krieg bettlägrig gewesen. Ein schwerer Schlaganfall hatte sie bereits im Alter von fünfzig Jahren zum Pflegefall gemacht, sie lebte in einem Heim und erkannte niemanden mehr. Sie hätte auch mich nicht erkannt.«

»Sind Sie nie wieder nach Deutschland gekommen?«

»Einmal. Im April 1951, zur Beerdigung meiner Mutter. Aber ich bin schon am nächsten Tag wieder zurückgereist.«

»Eines verstehe ich nicht«, sagte Franca, »mir kommt es eigenartig vor, daß es hier soviel besser für Sie gewesen ist. Ich meine, die Deutschen waren hier fünf Jahre lang als Besatzer. Man kann nicht allzu freundlich auf Sie zu sprechen gewesen sein!«

»Es hatte sich eine Menge Solidarität entwickelt in dem letzten Jahr, das den großen Hunger brachte«, sagte Helene. »Beatrice hat Ihnen sicher davon erzählt. Haß und Wut waren vergleichsweise gering. Natürlich gab es Anfeindungen, auch solche, die sich gegen mich richteten. Aber das hielt sich in Grenzen. Insgesamt ging es mir wohl besser, als das in Deutschland der Fall gewesen wäre.«

»Aber Sie waren ziemlich allein. Nachdem Beatrice fort war...«

Helenes Augen verdüsterten sich. »Ich habe nie verstanden, weshalb sie Guernsey verlassen hat«, sagte sie heftig, »direkt nach dem Krieg... Nun gut, da wollte sie herausfinden, was aus ihren Eltern geworden war. Dazu mußte sie hinüber nach London. Aber dann wollte sie nicht zurück. Sie kam, um ihren Schulabschluß zu machen, dann ging sie nach Southampton, um zu studieren. Ich beschwor sie, hierzubleiben. Sie wolle keine Rosen züchten, erklärte sie, und ich sagte, das müsse sie bei Gott nicht tun, es gebe doch auch andere Möglichkeiten. Sie wolle auch in dem Haus ihrer Eltern nicht bleiben, sagte sie immer wieder. Ihre Eltern, müssen Sie wissen, haben beide den Krieg nicht überlebt.«

»O nein!« sagte Franca erschrocken.

Helene nickte gewichtig, und Franca ertappte sich bei dem Gedanken, daß ihr dieser Umstand wohl keineswegs unlieb gewesen war – worüber sie erneut erschrak. Sie musste aufpassen, daß sie sich nicht in ein bestimmtes Bild von Helene hineinsteigerte.

»Wie sind ihre Eltern umgekommen?« fragte sie.

»Der Vater ist 1941 bei einem Bombenangriff auf London gestorben. Sie haben ihn tot aus den Trümmern eines Bürohauses geborgen, in dem er als Nachtwächter arbeitete. Die Mutter ist danach in schwerste Depressionen gefallen. Sie zog aus dem Haus ihrer Schwester aus, muß dann im Osten Londons unter geradezu asozialen Umständen gelebt haben. Sie hatte keinen Kontakt zu ihrem einzigen Kind und hatte nun auch noch den Mann verloren. Nachbarn haben Beatrice erzählt, daß sie trank, um den Schmerz zu vergessen, daß sie oft schon morgens um neun Uhr betrunken durch die Straßen schwankte. Sie hat sich Ende 1944 mit Schnaps und Tabletten das Leben genommen.« Helene seufzte tief. »Eine schreckliche Tragödie. Im Alter von sechzehn Jahren war Beatrice Vollwaise. Sie hatte nur noch mich.«

»Eine Tragödie, für die die Nazis verantwortlich waren«, erinnerte Franca. »Wäre Guernsey nicht besetzt worden, hätte die Familie weiterhin glücklich und in Frieden gelebt. Hatte Beatrice damit nicht ein Problem? Ich meine, ein Problem mit *Ihnen*, als eine, die zu den ... Feinden gehörte?«

Helenes Gesichtsausdruck verriet, daß Franca durchaus einen wunden Punkt getroffen hatte, aber es gelang ihr, recht schnell die Kontrolle wiederzufinden.

»Nein«, sagte sie kühl, »das hatte sie nicht. Ich war ihre beste Freundin, ihre Ersatzmutter, ihre Bezugsperson ... Sie wußte, daß ich mich nie mit der Ideologie der Nazis identifiziert hatte. Sie konnte das durchaus trennen.«

Franca beschloß, diese Angelegenheit nicht weiterzuverfolgen. Helene hatte sich ihre persönliche Wahrheit zurechtgelegt, und daran war nichts mehr zu ändern. Vielleicht, dachte sie, sollte man auch gar nicht versuchen, eine Frau von achtzig Jahren zu ändern.

»Wer ist denn nun der Vater von Alan?« fragte sie, um auf den Ausgangspunkt des Gesprächs zurückzukommen.

»Ein Franzose«, sagte Helene, »Julien. Im Krieg hat er für uns gearbeitet.«

»Julien? Sie hat wieder etwas mit ihm angefangen?«

»Sie wissen von ihm?« fragte Helene konsterniert.

Franca war nicht sicher, was genau Helene wußte, und antwortete ausweichend. »Sie hat ihn mal erwähnt.«

Helene schien darüber nicht glücklich zu sein. Sicherlich wäre sie gern Beatrices einzige Vertraute gewesen.

»Sie hatte mit Julien während des Krieges ein Verhältnis«, sagte sie, wobei sie erneut die Stimme zu einem Flüstern senkte, »eine ungute Geschichte, in die sie mich damals leider nicht einweihte. Ich hätte ihr doch helfen können. Aber gut, nach dem Krieg war es vorbei, Julien ging nach Frankreich, Beatrice nach England, und ich glaube, sie hatten jahrelang keinen Kontakt. In jenem Sommer trafen sie sich zufällig hier auf der Insel. Julien hatte seine Frau dabei; er wollte ihr seine Vergangenheit zeigen, hatte aber wohl nicht damit gerechnet, hier plötzlich auf Beatrice zu stoßen. Irgend etwas von den alten Gefühlen muß in ihnen hochgekocht sein, es muß ein romantischer Moment gewesen sein ... Na ja, jedenfalls trafen sie sich einige Male, und am Ende des Sommers hatte Beatrice zwar noch immer keinen Käufer für das Haus gefunden, dafür war sie aber schwanger.«

»Sie erzählte es Ihnen?«

»Nein. Aber ich erfuhr von der Beziehung. Als dann ihr Kind kam, konnte ich eins und eins zusammenzählen. Nur Julien konnte der Vater sein.«

»Und dann?« fragte Franca, nachdem eine längere Pause entstanden war.

»Und dann«, sagte Helene, »ging ich zu Frederic Shaye und berichtete ihm alles.«

Das Ticken der Küchenuhr dröhnte in Francas Ohren. Sie glaubte, nicht richtig gehört zu haben.

»Wie bitte?« fragte sie schließlich.

»Die Ehe mit Frederic Shaye wurde geschieden«, erklärte Helene gleichmütig. »Beatrice und das Baby kehrten zu mir zurück.«

Am Abend rief Michael erneut an, um zu fragen, wann Franca nach Hause zu kommen gedenke. Franca erklärte, sie wisse es nicht.

»Wie willst du deinen eigenartigen Abenteuertrip eigentlich auf Dauer finanzieren?« erkundigte sich Michael eisig.

»Wir haben ein Konto hier auf Guernsey«, erinnerte Franca.

»Wir? *Ich* habe es. Du solltest dir im klaren darüber sein, daß es sich um *mein* Geld handelt!«

»Ich habe eine Kontovollmacht. Jahrelang war ich ja auch gut genug, regelmäßig hierherzufahren und für dich...«

»Mein Gott, das sind Dinge, die bespricht man nicht am Telefon«, fauchte Michael, »du hast wirklich von nichts eine Ahnung!«

»Ich weiß. Seit ungefähr zehn Jahren erklärst du mir das an jedem einzelnen Tag meines Lebens.«

»Vermutlich deshalb, weil es einfach stimmt.«

Sie widerstand dem Impuls, wieder einmal einfach aufzulegen. Sie konnte nicht jedesmal ein Gespräch mit ihm auf diese Weise beenden.

»Warum machen wir es nicht so, daß wir vorerst eine Weile

nicht telefonieren?« schlug sie vor. »Laß mich herausfinden, wie es für mich weitergehen soll, und versuche du herauszufinden, wie es bei dir weitergeht. Wir brauchen beide ein wenig Zeit.«

»Ich sehe nicht, wozu wir Zeit bräuchten. Vor allem hat es überhaupt keinen Sinn, irgend etwas herausfinden zu wollen, worüber wir nicht miteinander reden. Das bringt nichts.«

»Michael«, sagte Franca, »du hast eine Geliebte. Du mußt, ganz allein für dich, klären, ob du sie willst oder mich. Dazu brauchst du nicht mit mir zu sprechen. Ich kann dir dabei nicht helfen.«

»Aha. Du willst also so lange auf Guernsey herumsitzen und mein Geld verprassen, bis ich reumütig zu dir zurückkehre?«

Er kann einfach nicht anders als ekelhaft sein, dachte Franca fast traurig. »Ich denke nicht, daß ich *unser* Geld hier verprasse«, sagte sie betont, »und es geht nicht darum, daß du reumütig zu mir zurückkehrst. Es geht einfach darum, daß du eine Entscheidung triffst. Wie immer sie am Ende aussieht – du mußt sie treffen.«

»Du klingst wie eine verdammte Oberlehrerin«, sagte Michael, und diesmal legte *er* den Telefonhörer auf.

Franca ging ins Eßzimmer, wo Beatrice am Tisch saß, ein Glas mit Rotwein und eine Zeitung vor sich. Sie las jedoch nicht darin, sondern starrte gedankenverloren auf die Tischplatte.

»Störe ich?« fragte Franca.

Beatrice blickte hoch. »Nein, natürlich nicht. Ich habe keine Ahnung, wie spät es ist. Möchten Sie etwas essen? Ich fürchte, ich schaffe es nicht, heute zu kochen, aber...«

»Nein, danke. Ich habe keinen Hunger. Kann ich einen Schluck Rotwein haben? Mein Mann hat gerade angerufen, und er schafft es jedesmal, mich zu deprimieren.«

»Trinken Sie, soviel Sie wollen«, sagte Beatrice und schob ihr die Flasche zu, »für mich wird das heute auch nicht das letzte Glas sein. Ich brauche ebenfalls eine Stärkung.«

Franca nahm ein Glas aus dem Schrank, setzte sich neben Beatrice.

»Sie machen sich Sorgen um Alan, nicht?« sagte sie vorsichtig. »Helene deutete es heute morgen an.«

»Wie ich Helene kenne, hat sie nichts angedeutet, sondern alles höchst ausführlich erzählt«, sagte Beatrice, fügte aber, als sie Francas Gesicht sah, sofort hinzu: »Keine Sorge, es macht mir nichts aus. Ich habe Ihnen jetzt schon so viel erzählt, daß es auf ein paar Details mehr oder weniger nicht mehr ankommt. Von mir aus können Sie alles wissen.«

»Wo ist Helene heute abend?«

»Sie geht essen mit Mae. Mae ist tief gekränkt, weil ich gesagt habe, daß Maja ein Miststück und eine Schlampe ist, und Helene will sie nun wieder moralisch aufrichten. Angeblich um unserer Freundschaft willen, aber in Wahrheit geht es ihr nur um sich selbst. Mae begleitet sie häufig zum Einkaufen und zum Kaffeetrinken, und Helene hat eine Heidenangst, das könnte vorbei sein, wenn wir zerstritten bleiben.«

»Könnte die Geschichte mit Maja denn Ihre Freundschaft gefährden?«

Beatrice machte eine wegwerfende Handbewegung. »Ach was! Mae weiß genau, was ich von Maja halte, ich habe es ihr schon hundertmal gesagt. Sie muß nur der Form halber nun ein bißchen schmollen. Die einzige, die sie damit noch beeindrucken kann, ist Helene.«

»Haben Sie mit Alan gesprochen?«

»Es juckt mich ständig in den Fingern, zum Telefonhörer zu greifen«, gab Beatrice zu, »aber ich halte mich immer noch zurück. Alan ist dreiundvierzig Jahre alt. Im Grunde darf ich mich wirklich nicht mehr einmischen.«

»Ich verstehe nicht, weshalb er Maja derart verfallen ist«, meinte Franca, »sie ist ein hübsches Mädchen, aber als so besonders einzigartig empfinde ich sie nicht. Er kann doch jede andere haben.«

»Er will *sie*. Fragen Sie mich nicht, warum das so ist. Warum verlieben sich Menschen ineinander, warum erwischt es manchmal jemanden so heftig, daß er von einer Person nicht loskommt, selbst wenn er immer wieder gedemütigt und verletzt wird? Oder sind es gerade die ständigen Verletzungen, die ein wirkliches Ende der Beziehung unmöglich machen? Manchmal denke ich, Alan wird aus dieser Beziehung nicht herausfinden, ehe nicht ein Gleichgewicht der Kräfte hergestellt ist. Aber vielleicht interpretiere ich zuviel in ihn und in das alles hinein. Vielleicht gibt es einfach irgend etwas an ihr, was ihn so fasziniert, daß er nicht loslassen kann.«

»Sie ist jetzt bei ihm, nicht?«

Beatrices Gesicht blieb unbewegt, aber ihre Augen verschleierten sich vor Kummer. »Sie ist bei ihm, ja. Und vermutlich redet sie ihm ein, wie sehr sie ihn liebt und wie grundlegend sie sich geändert hat. Und er wird diesen Stohhalm ergreifen und sich daran festhalten. Bis sie ihn wieder enttäuscht und er eine Menge Schmerz erleidet.«

»Sie können ihn nicht beschützen«, sagte Franca leise, »nicht dauerhaft. Er ist erwachsen.«

Beatrice zündete sich eine Zigarette an, rauchte sie auf die nervöse, hektische Art, die Franca schon oft an ihr beobachtet hatte. »Ich weiß. Ich sage es mir immer wieder. Es ist sein Leben, es sind seine Erfahrungen, die er machen muß. Aber irgendwo ist er auch mein Kind. Und wird immer mein Kind sein.«

»Sie haben eine sehr enge Bindung an ihn?«

»Ich habe ihn allein großgezogen. Vielleicht macht das eine Beziehung sehr stark. Es ist kein Ausgleich da. Kein Partner, auf dessen Schultern man das eine oder andere Gewicht laden kann. Es gab immer nur uns beide, Alan und mich.«

»Und Helene«, sagte Franca leise.

Beatrice verzog das Gesicht. »Richtig. Fast hätte ich Helene vergessen. Helene hat meine Ehe mit Frederic Shaye zerstört – hat sie Ihnen das erzählt? Und Sie hätten das Drama miterleben müssen, das sie aufführte, als die Geschichte mit Frederic losging, als sie begriff, daß ich von ihr fortgehen würde...«

November 1952 bis September 1953

Beatrice war krank in diesem Herbst, sieben Jahre nach Kriegsende, seelisch krank. Sie schlich durch den Londoner Novembernebel und empfand die Trostlosigkeit ringsum wie ein Spiegelbild ihres Innern. Sie hatte auf die endgültige Trennung von Julien und auf die Erkenntnis, daß ihre beiden Eltern tot waren, mit der Flucht in uferlose Aktivität reagiert. Sie war nach Guernsey zurückgekehrt und hatte die Schule abgeschlossen, und sie hatte sich gegen eine schreiende, anklagende Helene durchgesetzt und war zum Studieren nach Southampton gegangen. Sie hatte sich mit zahlreichen Gelegenheitsjobs über Wasser gehalten, war in abgetragenen Mänteln mit zu kurzen Ärmeln und in löchrigen Schuhen herumgelaufen, hatte gelernt und geschuftet und es vermieden, auch nur für einen Moment innezuhalten und nach rechts oder links zu sehen. Jetzt lag alles hinter ihr, sie hatte einen Abschluß in Anglistik und Romanistik in der Tasche, fand aber noch keine Arbeit und stürzte in ein schwarzes Loch. Sie konnte sich nicht ablenken. Die verdrängten Geschehnisse, Ängste und Sorgen stiegen unaufhaltsam in ihr hoch, überschwemmten sie förmlich, rissen sie in die Tiefe. Zum erstenmal stellte sie sich dem Gefühl, das der Tod ihrer Eltern in ihr ausgelöst hatte, und begegnete einem Schmerz, der sie in seiner Heftigkeit nach Luft ringen ließ. Auf einmal begriff sie, daß sie alles verloren hatte. Sie hatte keinen Menschen mehr auf der Welt, der zu ihr gehörte. Zu den Verwandten in England, den wenigen, die es überhaupt noch gab, hatte sie kaum Kontakt, sie waren Fremde für sie. Deborah und Andrew waren tot. Sie hatte das Gefühl, nach Guernsey nicht zurückkehren, die Insel, das Haus nicht ertragen zu können. Damit gab es auch die Heimat nicht mehr. Sie bewegte sich im luftleeren Raum. Um sie herum existierten nur noch Traurigkeit und tiefer Schmerz.

Sie wohnte im Osten Londons, in einer der deprimierenden Arbeitersiedlungen, in denen noch immer nicht die Schäden, die durch die deutschen Bomben entstanden waren, repariert worden waren. Hier fehlte ein Teil des Daches, dort waren zersprungene Fensterscheiben durch vorgenagelte Pappe ersetzt worden. Bauschutt türmte sich in Hinterhöfen und manchmal auch mitten auf der Straße. Im Sommer hatte mancher belaubte Baumast über eine Mauer geschaut, aber nun, im Herbst, ragten nur kahle Zweige in den grauen, wolkenverhangenen Himmel und verstärkten den Eindruck völliger Trostlosigkeit.

Beatrice hatte ein Zimmer in der Bridge Lane gemietet, in einem grauen, schmutzigen Haus, vor dessen Tür immer Pfützen standen, um die man herumbalancieren mußte, und auf dessen Treppenstufen im Hausinnern Müll lag und jede Menge leere Flaschen herumstanden. Die meisten Bewohner des Hauses waren arbeitslos, viele waren zudem Alkoholiker, lebten als Großfamilien zusammengepfercht in winzigen Wohnungen. Heftige Streitigkeiten und Gewalttaten waren an der Tagesordnung. Beatrice konnte nicht umhin, das meiste davon mitzubekommen, was sie noch trübsinniger und verstörter werden ließ. Sie verdiente ihren kärglichen Lebensunterhalt als Französischlehrerin bei reichen Damen der Gesellschaft, und es deprimierte sie, am Abend aus den schönen, gepflegten Häusern im Londoner Westen zurückzukehren in das Abbruchviertel, in dem sie selbst lebte. Sie hatte nicht studiert, um Vokabeln und Grammatik in mühevoller Kleinarbeit in die Köpfe begriffsstutziger, verwöhnter Frauen zu pflanzen. Aber ohnehin kam es darauf schon fast nicht mehr an. Selbst wenn sich ihr Traum, in einem Buchverlag zu arbeiten, plötzlich erfüllt hätte, wäre sie nicht glücklich gewesen. Die Verluste, die sie erlitten hatte, wogen zu schwer. Das Gefühl der inneren Leere und Einsamkeit drückte sie zu Boden. Manchmal sehnte sie sich nach Guernsey, dachte an die Wiesen, die Klippen, an den Blick über das Meer und in den Himmel, der höher und klarer war als der Himmel über London. Aber sowie sie sich ein solches Gefühl, einen solchen Gedanken erlaubte, bezahlte sie gleich darauf mit dem Schmerz, den die hereinbrechenden Erinnerungen in ihr auslösten; sie dachte an ihre Eltern, an ihre Kindheit, an die Rosen und an die Wärme, mit der jeder einzelne Tag angefüllt gewesen war. Sie dachte auch an die Jahre des Krieges, an diese eigenartige Zeit, in der sie sich manchmal vorgekommen war wie in einem bösen Traum gefangen. Und schon war da wieder dieses dumpfe Gefühl in ihrem Kopf, wurde der Hals eng, fiel ihr das Atmen schwer; kaum mehr konnte sie Arme und Beine bewegen, und es war, als verlangsame sich unter dem Gewicht der Trauer sogar ihr Herzschlag.

Nicht daran denken, befahl sie sich dann, nur nicht daran denken!

Helene bombardierte sie mit Briefen, in denen sie sie beschwor, wieder nach Hause zu kommen.

»Was willst Du in London?« schrieb sie. »In dieser kalten, häßlichen Stadt, in der es keinen Menschen gibt, den Du kennst, mit dem Du vertraut bist? Hier auf Guernsey hast Du Freunde. Hier hast Du mich!«

Manchmal dachte Beatrice, daß es gerade Helene war, die sie fernhielt von Guernsey. Ihre Nähe ertrug sie nicht, ihr Gebaren von Familie und Zusammengehörigkeit. Sie selbst empfand Helene nicht im mindesten als die Ersatzmutter, als die diese sich so gern sah. Einmal hatte Mae sie in London besucht, und sie hatte mit ihr über das Problem Helene gesprochen. Mae war erstaunt gewesen.

»Wir dachten alle, du hängst so sehr an ihr. Wenn das nicht so ist, warum wirfst du sie dann nicht hinaus? Welches Recht hat sie noch, sich in *deinem* Haus breitzumachen?«

»Ich kann sie nicht wegjagen.«

»Du bist nicht für sie verantwortlich.«

Natürlich war sie das nicht. Aber da sie es im Moment wohl so oder so nicht auf Guernsey ausgehalten hätte, war es nur bequem, einen Menschen zu haben, der sich um das Haus kümmerte. In gewisser Weise bedeutete Helene auch einen Aufschub in der Frage, was aus dem Besitz ihrer Eltern werden sollte. Sie konnte noch ein wenig abwarten. Sich ihrer Depression hingeben und auf Lösungen hoffen, die von der Zeit gebracht würden.

Beatrice ging praktisch nie aus, selten einmal in ein Pub, und das nur, wenn sie ein wenig Geld übrighatte, was kaum jemals vorkam. Sie zögerte, als sie Ende November von einer ihrer Schülerinnen zu einem Klavierabend eingeladen wurde.

»Ich weiß nicht, ob ich zu Ihren Freunden richtig passe«, meinte sie vorsichtig, »vielleicht sollte ich lieber nicht kommen.«

»Oh, natürlich passen Sie zu unseren Freunden!« rief Mrs. Chandler. »Beatrice, Sie sind eine so reizende Person, Sie müssen mir einfach die Freude machen!«

Mrs. Chandler war eine äußerst exaltierte Dame, und Beatrice ahnte, daß sie es als sehr interessant und ausgefallen empfand, die Französischlehrerin zu einem geselligen Beisammensein aufzufordern. Die Chandlers wohnten in einem großen, schönen Haus in Windsor, und im Grunde ging Beatrice gern dorthin, auch wenn der Weg eine halbe Weltreise für sie darstellte. Der Gedanke, sich an einem dunklen, kalten Novemberabend auf den Weg dorthin zu machen und in tiefer Nacht zurückzukehren, war nicht verlockend, eher beängstigend, aber sie kam zu dem Schluß, daß

sie keine Wahl hatte. Mrs. Chandler bezahlte sie nicht nur großzügig, sie steckte ihr auch häufig Lebensmittel zu oder schenkte ihr
abgelegte Kleider. Es wäre dumm von ihr gewesen, gerade diese
Frau zu kränken.

Sie fand den Abend zunächst ziemlich schrecklich. Es war ihr
nichts übriggeblieben, als ein Kleid zu tragen, das Mrs. Chandler
ihr gegeben hatte, denn sie fand unter ihren eigenen Sachen beim
besten Willen nichts, was den Ansprüchen einer feinen Abendge-
sellschaft genügt hätte. Sie wußte, daß sie die ganze Zeit über unter
der Vorstellung leiden würde, daß jeder der Gäste das schwarze
Samtkostüm kannte, in dem sie selbst sich fremd und seltsam unecht vorkam. Es war nicht allzu schwierig, bis Windsor zu gelangen, aber es war ein ziemlich weiter Fußweg von der Busstation bis
zum Haus der Chandlers. Für gewöhnlich lief sie ihn bei Tag, und
er bereitete ihr nicht allzu viele Probleme, aber an diesem dunklen,
kalten Winterabend dehnte sich die Zeit zu einer Ewigkeit aus. Der
Nebel befeuchtete ihren Mantel, schien durch das fadenscheinige
Gewebe bis zum Kostüm und von dort bis zur Haut vorzudringen.
Sie hatte vergessen, einen Hut oder ein Kopftuch mitzunehmen,
und wußte, daß ihre Haare naß am Kopf klebten. Als sie das Haus
der Chandlers endlich erreichte, glühten ihre Wangen von der
Kälte, und in einem Spiegel, der im Eingang hing, stellte sie fest,
daß sie wie eine struppige Katze aussah. Sie war zu mager. Sie hatte
das Kostüm enger genäht, aber es schlabberte immer noch an ihr.

Ich bin ungefähr so attraktiv wie eine Vogelscheuche, dachte sie
resigniert.

Es waren an die sechzig Gäste versammelt. Alle schienen sie
äußerst wohlhabend zu sein; ausnahmslos sah Beatrice gute Kleidung und wertvollen Schmuck.

»Oh«, meinte eine Dame, die ein bodenlanges Spitzenkleid trug
und sich zu stark parfümiert hatte, »wie apart! Das Kostüm sieht
an Ihnen ganz anders aus als an Mrs. Chandler! Sie sind wesentlich schlanker, nicht?«

Sie schien keine Antwort zu erwarten, drehte sich um und begrüßte eine Bekannte, indem sie einen Entzückensschrei ausstieß
und ihr um den Hals fiel. Dieses Gebaren war, wie Beatrice feststellte, absolut üblich und schick in der guten Gesellschaft. Man

demonstrierte überschwengliche Gefühle, brachte damit zum Ausdruck, wie beliebt man selbst war und wie viele enge Freunde man hatte. Beatrice kam das alles ziemlich unecht vor, aber außer ihr schien das niemanden zu stören. Sie fühlte sich elend und allein. Ziellos wanderte sie mit einem Weinglas in der Hand durch die Räume, tat so, als betrachte sie angelegentlich die Bücher in den Regalen und die Bilder an den Wänden, aber in Wahrheit nahm sie nichts von all dem wahr und sehnte sich nur nach ihrer engen, häßlichen Wohnung, in der es still war und sie eine Tür hinter sich schließen und allein sein konnte.

Nach einer endlosen Zeit bat Mrs. Chandler dann zum Essen; endlos deshalb, weil Beatrice wußte, sie konnte unmöglich *vor* dem Essen verschwinden, und je länger sich der Beginn verzögerte, desto später würde sie sich verabschieden können. Es waren mehrere runde Tische für jeweils acht Personen gedeckt und über das ganze Erdgeschoß verteilt. Es gab keine Sitzordnung, und Beatrice versuchte vergeblich, an fünf Tischen nacheinander unterzukommen; jedesmal wurde ihr bedeutet, hier werde für andere Gäste freigehalten, und sie möge sich etwas anderes suchen. Ihr brach schon der Schweiß aus, weil sie sich als übriggebliebene Person irgendwo mitten im Raum stehen sah, schonungslos den Blicken der anderen ausgesetzt, aber schließlich ergatterte sie einen Stuhl an einem Tisch im Wintergarten. Der Zweig eines undefinierbaren Gewächses hing ihr in die Haare, wann immer sie sich zurücklehnte, und alle anderen Gäste an diesem Tisch waren zwischen siebzig und neunzig Jahre alt. Man unterhielt sich über den Krieg. Eine Dame, die ihren Sohn in Dünkirchen verloren hatte, brach in Tränen aus, als ein Herr in glühenden Worten von der großartigen Evakuierungsaktion der Soldaten sprach. Er war schwerhörig und begriff eine ganze Weile lang nicht, daß er neben einem Menschen saß, für den Dünkirchen *nicht* glorreich verlaufen war. Erst als die Dame ihren Stuhl zurückstieß, aufsprang und aus dem Raum lief, ging ihm auf, daß irgend etwas nicht stimmte.

»Habe ich etwas Falsches gesagt?« erkundigte er sich pikiert.

Niemand fühlte sich bemüßigt, ihn aufzuklären. Alle kratzten auf ihren Tellern herum und taten so, als sei nichts geschehen. Beatrice fand sich resigniert damit ab, daß der Abend noch einige

Zeit dauern würde, daß sie aushalten mußte und daß sie alles irgendwie überstehen würde. Sie war offensichtlich die einzige am Tisch, und womöglich auf dem ganzen Fest, die unter deutscher Besatzung gelebt hatte, und ihr war klar, daß sie mit einem Schlag eine Menge Zuhörer gehabt hätte, wenn sie begonnen hätte zu erzählen. Aber sie mochte nicht. Sie konnte nicht.

Eigentlich habe ich noch nie jemandem davon erzählt, dachte sie, auch Mrs. Chandler weiß nicht, daß ich von Guernsey komme.

Um elf Uhr waren alle Gänge serviert und verspeist, und Beatrice bat Mrs. Chandler, sie nun zu entschuldigen, da sie einen so weiten Heimweg habe. Mrs. Chandler wollte davon nichts wissen.

»Jetzt kommt der Pianist! Das ist der Höhepunkt des Abends! Auf keinen Fall lasse ich Sie jetzt schon gehen!«

Sie müssen ja auch nicht noch drei Meilen durch die Nacht wandern, bis Sie eine Bahnstation erreichen, dachte Beatrice verärgert, und dann hoffen, daß überhaupt noch ein Zug geht!

Der Pianist war ein pickliger junger Mann mit langem, dünnem Hals. Er trug einen Anzug, der ihm zu breit in den Schultern war, und knetete die Hände nervös ineinander. Der Flügel stand im Wohnzimmer. Dienstbare Geister hatten während des Essens Stuhlreihen aufgebaut, aber es war natürlich zu wenig Platz da für alle, und viele mußten in der Tür und noch draußen in der Halle stehen.

Mrs. Chandler flatterte umher und verkündete, ein »bemerkenswertes junges Talent« für den Abend engagiert zu haben. Es klang, als habe sie den jungen Mann entdeckt und gefördert, und vielleicht, dachte Beatrice, war das ja auch der Fall.

Sie war müde und frustriert. Sie hatte einen Sitzplatz ergattert, und es war ihr egal, daß sie zu den Jüngsten gehörte und daß möglicherweise ein paar von den alten Knackern, die an ihrem Tisch gesessen hatten, stehen mußten. Sie wollte nicht höflich sein. Sie wollte, daß die Zeit vorüberging.

Der junge Pianist spielte einige Stücke von Chopin, wechselte dann zu Händel. Soweit Beatrice das beurteilen konnte, machte er seine Sache tatsächlich sehr gut. Seine Nervosität verlor sich, er wirkte konzentriert und souverän. Vielleicht entdeckt ihn jemand, dachte Beatrice, ich würde mich freuen für ihn.

Sie bemühte sich, nicht allzu genau auf die Melodien zu lauschen. Die Musik wühlte sie auf, machte ihr ihre Einsamkeit bewußt, erinnerte sie an die Traurigkeit, die in ihr lag. Unter all den vielen Menschen fühlte sie sich weit mehr allein, als würde sie tatsächlich ganz für sich in ihrem Zimmer kauern. Niemand von ihnen hatte etwas mir ihr zu tun. Niemand kannte sie, niemand teilte etwas aus ihrem Leben. Sie stand draußen, und nicht eine Tür öffnete sich ihr.

Mrs. Chandler verkündete eine kurze Pause, doch fast niemand erhob sich, da jeder Angst hatte, seinen Sitzplatz nicht wiederzubekommen. Auch Beatrice blieb, wo sie war; sie hatte sowieso keine Ahnung, wohin sie gehen sollte.

Der Herr, der neben ihr saß und den sie bislang kaum zur Kenntnis genommen hatte, neigte sich zu ihr.

»Ein begabter junger Künstler«, sagte er, »finden Sie nicht auch?«

Sie nickte. »Er ist zweifellos sehr talentiert. Damit bekommt dieser Abend immerhin noch einen Sinn.«

Er lächelte. »Sie sind nicht gern hier?«

»Ich weiß nicht genau«, sagte Beatrice. Sie war Mrs. Chandlers Gast und wollte nicht über die Party herziehen. »Ich fürchte, ich passe nicht so recht hierher«, meinte sie schließlich, »ich kenne hier niemanden. Mrs. Chandler hat es gut gemeint, mich einzuladen, aber…« Sie ließ den Satz unvollendet. Vielleicht verstand ihr Nachbar dennoch, was sie meinte.

Er streckte ihr die Hand hin. »Ich heiße Frederic Shaye. Nun kennen Sie jemanden hier. Sie kennen mich.«

Beatrice mußte lachen. »Damit bin ich immerhin schon ein ganzes Stück weiter. Ich heiße Beatrice Stewart. Ich unterrichte Mrs. Chandler in Französisch.«

»Sie sind Lehrerin?«

»Eigentlich nicht. Ich habe Romanistik und Anglistik studiert, und im Moment finde ich keine Arbeit. Ich halte mich mit Unterrichten über Wasser.«

Es schien ihr, als lese sie Bewunderung in seinen Augen. »Romanistik? Lieben Sie Frankreich?«

»Ich bin nie dort gewesen«, bekannte Beatrice, »aber ich liebe die Sprache. Und die Literatur. Ich habe sehr nahe bei Frankreich gelebt, auf Guernsey. Die Menschen dort sind halbe Franzosen.«

»Wie faszinierend«, sagte Frederic Shaye. Sein Ausdruck verriet ehrliches Interesse. »Guernsey. Haben Sie die deutsche Besatzung erlebt?«

»Ja«, sagte Beatrice, »das habe ich. Aber ich möchte nicht davon sprechen.«

Er nickte. »Natürlich. Entschuldigen Sie, wenn ich an eine Wunde gerührt habe.«

»Das konnten Sie nicht wissen.«

»Trotzdem. Ich entschuldige mich.«

»Sie müssen sich wirklich nicht entschuldigen.«

Frederic Shaye lachte. »Das kann jetzt ewig hin- und hergehen.«

Auch Beatrice lachte. »Dann lassen wir es einfach«, sagte sie.

Frederic Shaye war mit dem Auto da, und er ließ sich nicht davon abbringen, Beatrice nach Hause zu fahren, nachdem er gehört hatte, welch umständlichen Weg sie nehmen mußte.

»Das kommt nicht in Frage«, sagte er, »es ist nach Mitternacht. Wahrscheinlich geht überhaupt kein Bus mehr. Ich lasse Sie auf keinen Fall jetzt allein da hinaus in die Dunkelheit.«

Sie standen in der Eingangshalle und warteten, daß das Hausmädchen ihre Mäntel brachte.

»Wie schade, daß Sie schon fort müssen!« rief Mrs. Chandler. »Wollen Sie nicht noch ein wenig bleiben? Es wird doch jetzt erst richtig gemütlich!«

»Nein, vielen Dank«, sagten Beatrice und Frederic wie aus einem Mund. Sie hatten einander inzwischen gestanden, daß sie sich fortsehnten von dem Fest, und Frederic hatte gemeint, nachdem Mitternacht überschritten sei, könne es keineswegs zu früh sein.

Er steuerte den Wagen selbst. Der Regen war in Schneegraupel übergegangen, aber wenigstens hatte sich der Nebel gelichtet, und man konnte einigermaßen deutlich die Straße sehen. Frederic fuhr konzentriert, ein wenig angespannt.

»Es tut mir leid«, entschuldigte er sich, »meine Augen funktionieren nicht so gut bei Nacht.«

Sie wußte inzwischen, daß er Professor in Cambridge war und als Schüler mit Mrs. Chandler in demselben Internat gewesen war; daher hatte er an diesem Abend zu den Gästen gezählt. Er lebte für ein Jahr in London, da er für eine Forschungsreihe in einem Labor von der Universität freigestellt war. Frederic Shaye war Biologe. Beatrice fand es faszinierend, ihn von seiner Arbeit erzählen zu hören. Während sie im Auto saßen und durch die dunklen Straßen von London fuhren, musterte sie ihn einige Male verstohlen von der Seite. Er hatte dunkle Haare und sehr helle Augen, und sein schmales Gesicht war von einer fast durchscheinenden Blässe. Sie mochte sein klares Profil und die Feinheit seiner Hände, die das Steuer ein wenig zu fest umklammert hielten. Zum erstenmal seit langer Zeit – zum erstenmal seit Julien – nahm sie einen Mann wieder als Mann wahr. Das erstaunte und verunsicherte sie ein wenig. Es paßte nicht zu ihrer Stimmung von Trauer und Bitterkeit. Sie wußte nicht, ob sie wollte, daß der Panzer, der sie umschloß, aufgebrochen wurde.

Als sie endlich bei ihr daheim ankamen, blieb der Schnee schon als dünne Schicht am Straßenrand und auf den Hausdächern liegen. Frederic Shaye begleitete Beatrice noch bis zur Tür.

»Ich fände es schön, wenn wir uns einmal wiedersehen könnten«, sagte er zum Abschied. »Kann man Sie anrufen?«

»Ich habe leider kein Telefon«, antwortete Beatrice.

Frederic überlegte. »Wann sind Sie immer bei den Chandlers? Dann werde ich versuchen, Sie dort zu erreichen.«

Sie nannte ihm die Termine, und er sagte, er werde sie auf jeden Fall im Kopf behalten. Doch als sie sich verabschiedeten, dachte Beatrice: Nein. Eigentlich möchte ich ihn nicht mehr sehen. Eigentlich möchte ich mich nicht in irgend etwas verstricken.

Frederic Shaye ließ nicht locker. Er rief jedesmal an, wenn Beatrice bei den Chandlers war, und versuchte, sie zum Essen einzuladen. Beatrice sagte ebensooft, daß sie keine Zeit habe, blockte auch jeden anderen Versuch von seiner Seite, sie zu treffen, sofort ab. Mrs. Chandler bekam natürlich mit, daß sich etwas zwischen den beiden anzubahnen begann, und bestürmte Beatrice, endlich ihre Zurückhaltung aufzugeben.

»Frederic ist ein reizender Mann«, versicherte sie immer wieder. »Natürlich erscheint er auf den ersten Blick ein wenig weltfremd und in sich gekehrt, aber er ist interessant und intelligent. Sie sollten sich mit ihm treffen.«

»Ich habe anderes zu tun«, sagte Beatrice abweisend.

Mrs. Chandler gab einen prustenden Laut von sich. »Also, *so* viel haben Sie nun nicht zu tun, liebes Kind. Das ist doch gerade das Problem. Sie finden keine Anstellung. Die Zeit, die Ihnen dadurch geschenkt wird, könnten Sie guten Gewissens auf Frederic Shaye verwenden.«

Sie ließ den Dezember verstreichen. Am frühen Morgen des 24. Dezember fuhr sie mit dem Schiff nach Guernsey, widerwillig, denn eigentlich wäre sie lieber in London geblieben und hätte sich in ihrer Wohnung und in ihrer Trostlosigkeit verbarrikadiert. Aber Helene hatte sie mit Briefen bestürmt, sie müsse kommen, und zähneknirschend hatte sie schließlich beschlossen, diesem Drängen nachzugeben. Sie hatte Helene fast ein Jahr nicht gesehen und fürchtete, sie würde irgendwann bei ihr vor der Tür auftauchen, wenn sie einen Besuch noch länger vor sich herschob.

Es herrschten Sturm und Kälte, und die Überfahrt war eine einzige Katastrophe. Unter Deck wurde es Beatrice so schlecht, daß sie meinte, sterben zu müssen, und so kletterte sie schließlich trotz des furchtbaren Wetters hinauf, kreideweiß im Gesicht, eine Hand auf den Magen gepreßt. Sie hatte gehofft, die frische Luft werde ihr guttun, aber am Ende hing sie über der Reling und übergab sich, und als sie in St. Peter Port ankam, hatte sie butterweiche Knie und zitterte wie Espenlaub. Helene erwartete sie mit dem Auto. Sie sah elegant und ausgeruht aus und hatte gerötete Wangen von der Kälte.

»Gott, was ist denn mit dir los?« waren ihre ersten Worte. »Du bist weiß wie eine Wand und viel zu dünn! London scheint dir überhaupt nicht zu bekommen. Du ißt und schläfst offensichtlich zu wenig!«

»Unsinn«, sagte Beatrice ärgerlich. Sie fühlte sich entsetzlich elend, aber ganz langsam fing ihr Magen an, sich zu beruhigen. »Ich bin seekrank geworden, das ist alles. So eine Überfahrt im Winter hat ihren ganz eigenen Reiz, das kannst du mir glauben!«

»Ich kann nichts dafür, daß es so gestürmt hat«, jammerte Helene, eingeschüchtert und bereits etwas weinerlich, «ich kann doch...«

»Du hast mich mehr oder weniger gezwungen, hierherzukommen«, sagte Beatrice und verfrachtete ihren Koffer mit wütendem Schwung auf den Rücksitz des Autos. »Ich wäre sonst in London geblieben und hätte keine Probleme gehabt.«

Helenes Augen glänzten feucht. »Hättest du es wirklich fertiggebracht, Weihnachten ohne mich zu feiern?«

»Helene, bitte, mach nicht ein solches Theater um Weihnachten«, sagte Beatrice genervt. »Es spielt wirklich keine Rolle, wo und mit wem man diesen Tag verbringt. Ich verstehe nicht, wie man sich so verrückt machen kann!«

»Und ich verstehe nicht, wie man so kaltherzig sein kann«, sagte Helene tief verletzt. »Ich denke, wir beide sind eine Familie. Wir haben doch nur noch einander!«

Beatrice fühlte sich zu kraftlos, das Gespräch noch länger durchzuhalten. Sie sank auf den Beifahrersitz und wünschte ihren Magen im stillen zum Teufel.

»Fahr mich nach Hause«, bat sie müde, »mir ist alles gleichgültig. Ich brauche ein warmes Bett und etwas Schlaf. Und irgendwann einen Schnaps.«

Sie schlief bis zum Abend, dann stand sie auf, erfrischt und erholt, und trank mit Helene vor dem Kamin im Eßzimmer einen Portwein. Sie machte noch einen kurzen Spaziergang zum Meer, fand ihren Weg im Licht des Mondes und im Schein der Sterne. Der Sturm war verstummt, die Luft, kalt und trocken, roch nach Winter, nach schlafendem Heidekraut und nach eisigem Wasser. Beatrice atmete tief und ruhig. Nach der Londoner Hektik, nach dem dortigen Gestank und dem viel zu engen Zusammenleben der Menschen erschien Beatrice die Insel wie eine Zuflucht, paradiesisch und ruhig. Sie wußte, daß es klüger gewesen wäre, hierzubleiben, sich eine Arbeit zu suchen und den Frieden zu genießen, den Guernsey ihr gab. Aber sie begriff auch, daß es nicht funktionieren konnte. Der alte Schmerz fiel sie an wie ein tollwütiger Hund, als sie über das tief und schwarz brausende Meer schaute und mit den Augen der Lichtstraße folgte, die der Mond auf das

Wasser malte. Die Geschehnisse der Vergangenheit berührten sie noch immer zu tief. Sie würde Guernsey nicht ertragen können.

Am nächsten Morgen feierten sie und Helene Bescherung. Der Tag war so kalt und windstill wie der vorige. Die beiden Frauen kauerten vor dem Kamin, eingekuschelt in ihre Bademäntel, und packten die Geschenke aus. Genaugenommen packte nur Beatrice aus, denn Helene war sehr rasch fertig. Beatrice hatte ihr ein Buch mitgebracht und dieses, wie sie nun schuldbewußt dachte, nicht einmal besonders liebevoll ausgesucht. Sie hatte in letzter Sekunde vor ihrer Abreise überhaupt erst daran gedacht, daß sie schließlich ein Weihnachtsgeschenk brauchte, und irgendein Buch aus dem Regal einer Buchhandlung gezogen. Es ging darin um die wilden Tiere Kenias, und dafür hatte sich Helene noch nie interessiert. Sie schaute sich den Titel ein wenig überrascht an, faßte sich jedoch schnell und bedankte sich überschwenglich. »Das ist ja wundervoll! Vielen Dank, Beatrice. Ich werde es lesen und Dinge erfahren, von denen ich noch gar nichts wußte!«

Beatrice ihrerseits brauchte eine halbe Stunde, um all die Päckchen auszupacken, die Helene für sie aufgestapelt hatte. Es war eindeutig, daß Helene sich wirklich Gedanken gemacht und alles zusammengetragen hatte, wovon sie glaubte, sie könne Beatrice damit erfreuen. Nylonstrümpfe, Fellhandschuhe, französische Gesichtscreme, eine silberne Armbanduhr, ein Mohairschal, Perlenohrringe und vieles mehr. Zuletzt packte Beatrice einen schweren, silbernen Bilderrahmen aus, in dem sie eine Schwarzweiß-Fotografie von Helene fand. Sie trug auf dem Foto die langen, blonden Haare offen und lächelte süß wie ein Engel. Beatrice fand das Bild allzu zuckrig und war sicher, daß sie es nie in ihrer Wohnung aufstellen würde, aber sie tat so, als gefiele es ihr.

Helene strahlte. »Damit du mich immer bei dir hast! Ach, Beatrice«, sie umarmte sie mit einem tiefen Seufzer, »du ahnst nicht, wie sehr du mir fehlst, wenn du in London bist! Du ahnst nicht, wie gern ich dich hierhätte! Wir haben doch nur noch einander!«

Und ich kriege Platzangst in deiner Nähe, dachte Beatrice und wand sich aus der Umarmung. Warum kann Helene nicht endlich einen netten Mann kennenlernen, ihn heiraten und mich einfach vergessen?

Um die Mittagszeit rief Frederic Shaye an und wünschte ihr eine frohe Weihnacht. Er geriet zunächst an Helene, die darauf mit konsternierter Miene im Wohnzimmer erschien und erklärte, ein Herr sei am Apparat, der Beatrice zu sprechen wünsche.

»Welcher Herr?« fragte Beatrice zerstreut. Sie las gerade in dem Buch über die wilden Tiere Kenias.

»Cayne oder Shayne oder so ähnlich«, sagte Helene, »wer ist er denn? Ein Bekannter aus London?«

»Ein Biologieprofessor, den ich auf einer Party kennengelernt habe«, sagte Beatrice und stand auf. »Mein Gott, woher hat er denn nun schon wieder meine Nummer?«

Wie sich herausstellte, hatte Frederic über Mrs. Chandler herausgefunden, daß Beatrice nach Guernsey gereist war, und er hatte – ebenfalls über diese bereitwillige Freundin – Helenes Nachnamen in Erfahrung gebracht. Mit Hilfe der Auskunft war es ihm gelungen, an die Telefonnummer zu kommen.

»Der Name ihrer Bekannten klingt deutsch«, sagte er, »und ihr Akzent auch. Lebt sie seit der Besatzungszeit dort?«

»Ja«, sagte Beatrice knapp. Sie sah, daß Helene in der Wohnzimmertür stand und die Ohren spitzte.

»Nun«, fuhr Frederic fort, »ich hätte mich natürlich gefreut, Sie während der Weihnachtszeit einmal in London sehen zu können, aber ich verstehe natürlich, daß Sie nach Hause wollten.«

»Sind Sie in London geblieben? Nicht nach Cambridge gefahren?«

»Was sollte ich in Cambridge?« fragte Frederic. »Dort erwartet mich niemand. Und hier in London kann ich in aller Ruhe arbeiten.«

»Kommen Sie gut voran?«

»Ja, eigentlich schon.« Er machte eine kurze Pause. »Es hat mir leid getan, daß wir uns nicht mehr treffen konnten«, sagte er dann, »und ich habe das Gefühl, Ihnen irgendwie lästig zu sein. Mir täte das sehr leid, und ich… nun, ich würde es selbstverständlich respektieren, wenn Sie mir sagten, ich solle Sie nicht mehr anrufen.«

»Sie sind mir nicht lästig«, sagte Beatrice. Im stillen verwünschte sie Helene, die beharrlich stehen blieb, wo sie war, und nicht daran dachte, sich auch nur ein Wort des Gesprächs entgehen zu lassen. »Ich bin nur... Ich weiß nicht, ob ich irgendeine Verstrickung möchte.«

»Es wäre keine Verstrickung, wenn wir zusammen essen gingen.«

»Natürlich nicht.« Sie kam sich plötzlich albern vor. »Natürlich wäre es das nicht.«

»Dürfte ich Sie also Anfang Januar in London einladen?«

Sie kapitulierte. »In Ordnung. Anfang Januar. Wir telefonieren?«

»Ich rufe Sie über die Chandlers an. Leben Sie wohl, Beatrice. Und... frohe Weihnachten!« Er legte auf.

»Frohe Weihnachten«, sagte Beatrice in die tote Leitung hinein. Sofort schoß Helene heran.

»Wer war das denn nun?«

»Habe ich doch gesagt. Ich habe ihn bei einer Party kennengelernt.«

»Und warum telefoniert er hinter dir her?«

Beatrice kam sich vor wie in einem Verhör. »Keine Ahnung. Er möchte mich wiedersehen.«

»Wieso sagst du, du hast keine Ahnung, wenn du genau weißt, er will dich wiedersehen?« fragte Helene quengelig. »Glaubst du, er ist verliebt in dich?«

»Helene, wir haben uns an einem einzigen Abend gesehen. Ich weiß es wirklich nicht. Warum interessiert dich das überhaupt?«

»Erlaube mal!« Helene sah aus wie die fleischgewordene Entrüstung. »Wieso sollte mich das nicht interessieren? Mich interessiert *alles*, was dich betrifft. Wir gehören zusammen.«

»Aber deswegen muß es mir doch möglich sein, andere Menschen kennenzulernen. Ich lebe in London, du lebst auf Guernsey. Wir können einander nicht vereinnahmen.«

»Es ist ja auch ein Fehler, daß du in London lebst«, sagte Helene anklagend. »Dadurch ist jede von uns allein. Wozu soll das gut sein?«

»Du redest, als wären wir verheiratet. Du kannst doch unmöglich davon ausgehen, daß wir unser Leben zusammen verbringen!«

Um Helenes Mund zuckte es.

Gott, dachte Beatrice, gleich wird sie anfangen zu heulen!

»Du weißt genau, wie allein ich bin, seit Erich tot ist«, sagte Helene. »Die Menschen auf der Insel schneiden mich, und...«

»Das stimmt nicht. Sie sind ausgesprochen nett zu dir. Vor allem, wenn man bedenkt, wer du bist und wer Erich war!«

»Aber ich...«

»Bitte, Helene, laß uns jetzt nicht diskutieren«, sagte Beatrice genervt. Sie konnte es nicht ertragen, wenn Helene kugelrunde Kinderaugen bekam und in diesem weinerlichen Tonfall sprach. »Frederic Shaye sollte kein Grund sein, uns gegenseitig das Weihnachtsfest zu verderben. Ich mache einen Spaziergang zum Meer. Ich bin zum Kaffeetrinken wieder zurück.«

»Kann ich mitkommen?« fragte Helene.

»Nein«, antwortete Beatrice.

Die frische, kalte Luft tat ihr gut. Sie atmete tief und bewußt und schüttelte das Gefühl der Beklemmung ab, das Helene in ihr ausgelöst hatte. Helene würde es nicht gelingen, Einfluß auf ihr Leben zu nehmen. Sie dachte an Frederics warme Stimme. Später rekonstruierte sie, daß es während dieses Spaziergangs an dem dämmrigen Dezembernachmittag gewesen war, als sie ihren inneren Widerstand gegen Frederic aufgegeben hatte. Noch viel später überlegte sie, ob Trotz gegen Helene dabei eine Rolle gespielt hatte.

Am Nachmittag, als es schon wieder dunkel geworden war, erschien Mae, brachte ein paar Geschenke mit und präsentierte einen jungen, etwas schüchternen Mann, den sie als ihren Verlobten vorstellte. Er hieß Marcus Ashworth und arbeitete als Bankangestellter in St. Peter Port. Mae sah sehr hübsch und strahlend aus, hatte rote Wangen und leuchtende Augen. Als sie für ein paar Momente mit Beatrice allein in der Küche war, die Kuchenteller auffüllte und frischen Kaffee kochte, sagte sie: »Marcus und ich werden heiraten. Ich bin schwanger.«

»Mae, das freut mich für dich«, sagte Beatrice, denn Mae wirkte so glücklich, daß ihre Schwangerschaft kaum ungewollt sein konnte. »Werdet ihr hier auf Guernsey bleiben?«

»Ich denke schon«, sagte Mae, »ja, sicher sogar. Marcus ist hier aufgewachsen, ich bin es auch. Wir könnten uns beide gar nicht vorstellen, woanders zu leben.« Sie musterte Beatrice neugierig.

»Wie du es nur so lange aushalten kannst, in London zu sein! Hast du nicht vor, irgendwann zurückzukehren?«

»Ich weiß nicht«, sagte Beatrice langsam, »ich bin nicht sicher, ob ich zurückkehren *kann*.«

»Hast du hier kein Heimatgefühl?«

»Doch. Aber ich habe auch ungute Erinnerungen.«

Sie betrachtete die zufriedene, rotwangige Mae, deren Augen so zuversichtlich dreinblickten. In ihnen waren weder Schrecken noch Schmerzen zu lesen. Mae hatte die Besatzungszeit im Haus ihrer Eltern verlebt, hatte nie das Gefühl von Geborgenheit und Wärme verloren. Beatrice hatte ihre fünf wichtigsten Entwicklungsjahre im Haus eines Nazi-Offiziers verbringen müssen, sie war von ihren Eltern von einem Moment zum anderen getrennt worden, sie hatte eine schmerzhafte und gefährliche Beziehung unterhalten zu einem Mann, der in einem Versteck leben mußte und darüber fast den Verstand verlor, sie hatte ihre Familie nicht mehr lebend vorgefunden. Wenn sie Mae ansah, so hatte sie das Gefühl, daß Lichtjahre sie beide voneinander trennten.

»Mal sehen, was kommt«, meinte sie unbestimmt.

»Gibt es einen Mann für dich drüben in England?« fragte Mae neugierig. »Ich kann mir nicht denken, daß du Jahre an der Uni hast verbringen können, ohne dich in eine Romanze zu verstricken!«

»Ich hatte anderes zu tun an der Uni.«

»O Gott, du wirst aber doch nicht rund um die Uhr nur studiert haben! Nach allem, was ich gehört habe, geht es recht lustig zu an den Universitäten.«

»Ich hatte jedenfalls keine lustige Zeit«, sagte Beatrice etwas kurz angebunden. »Ich hatte einfach eine Menge zu tun.«

»Und jetzt?« Mae ließ nicht locker. »Gibt es jetzt jemanden?«

»Wie sollte es das? Ich unterrichte verwöhnte Damen aus besseren Kreisen. Wie sollte ich da einen Mann kennenlernen?«

»Es gibt immer eine Möglichkeit. Aber gut, da ist entweder niemand, oder du möchtest nicht darüber sprechen. Aber wenn du völlig frei bist, könntest du doch auch nach Guernsey zurückkehren. Wir würden uns alle sehr freuen.«

»Wer würde sich freuen?« fragte Beatrice zurück, und es schwang

Aggression in ihrer Stimme. »Du hast deine junge, glückliche Familie. Glaub nicht, daß du noch viel Zeit findest für irgendeinen anderen Menschen, wenn erst dein Baby da ist!«

»In erster Linie würde Helene sich freuen«, sagte Mae. »Ich glaube, daß sie sich sehr allein fühlt.«

»Weint sie sich bei dir aus?«

»Sie jammert viel«, antwortete Mae vorsichtig«, aber sie ist wirklich einsam. Sie hat zu niemandem auf der Insel richtig Kontakt. Am meisten noch zu mir, ein bißchen zu meinen Eltern. Es ist tragisch, so jung Witwe zu werden.«

»Sie hat jede Möglichkeit zu einem Neuanfang. Nur vielleicht nicht hier. Sie müßte nach Deutschland zurückkehren. Ich kann nicht verstehen, warum sie das nicht tut.«

»Man würde mit Fingern auf sie zeigen. Von den Deutschen ist ja gleich nach Kriegsende angeblich niemand mehr für Hitler gewesen. Wenn man sie reden hört, ist jeder im Widerstand gewesen«, sagte Mae höhnisch. »Komisch, daß sich Hitler dann so lange halten konnte, nicht? Aber Helene, als Witwe eines SS-Offiziers, hätte Schwierigkeiten, so zu tun, als sei sie von blütenreiner Unschuld. Ich verstehe, daß sie nicht wieder nach Deutschland möchte.«

»Aber hier ist es auch nicht viel besser, wie du ja sagst. Mae, was auch immer sie tut, es ist *ihr* Leben. Sie muß allein entscheiden. Und sie kann sich nicht an mich klammern. Sie ist nicht meine Mutter oder meine Schwester. Ich bin nicht für sie verantwortlich.«

»Sie baut aber auf dich«, meinte Mae.

Beatrice nahm mit einer heftigen Bewegung den Kessel mit dem kochenden Wasser vom Herd, schüttete es durch den Porzellanfilter in die Kaffeekanne, so hastig, daß die Hälfte über den Tisch lief.

»Aber ich nicht auf sie!« sagte sie.

Helene vergoß ein Meer von Tränen, als sich Beatrice Anfang Januar auf den Weg zurück nach London machte. Es war ein Tag voller Regen und Sturm, Guernsey zeigte sich von seiner trübsten Seite. Beatrice konnte verstehen, daß Helene nicht gern zurückblieb, vergraben in dem einsamen Haus, in dem ihre tägliche Hauptbeschäftigung aus dem Lösen von Kreuzworträtseln bestand und darin, auf ein paar Unterhaltungssendungen im Radio zu warten.

»Ich weiß«, sagte sie schluchzend, als sie beide im Hafen standen und Beatrice unruhig von einem Fuß auf den anderen trat, weil sie längst auf dem Schiff hätte sein müssen, »du gehst nur zurück wegen dieses Mannes. Er hat dir völlig den Kopf verdreht. Ich komme überhaupt nicht mehr vor in deinem Leben.«

»So ein Unsinn!« erwiderte Beatrice ärgerlich. »Ich gehe zurück, weil ich in London ein paar Aufgaben habe, die ich nicht liegen lassen kann, und weil ich hoffe, dort irgendwann eine richtige Arbeit zu finden. Das ist alles.«

»Aber er hat so oft angerufen!« heulte Helene. Der Wind zerzauste ihre nassen Haare. Sie war zu dünn angezogen für den kalten Tag und zitterte. Sie sah kindlich und verletzbar aus. »Du kannst mir nicht erzählen, daß das nichts zu bedeuten hat!«

Frederic Shaye hatte noch zweimal angerufen: zum Jahreswechsel und kurz danach, um zu fragen, wann sie Southampton erreichen würde und ob er sie abholen dürfe. Beatrice hatte in sachlichem Tonfall mit ihm gesprochen, aber sie hatte gemerkt, daß Helene intensiv zuhörte und offensichtlich mit feinem Instinkt bemerkte, daß hier zwei Menschen miteinander redeten, die sich nicht ganz gleichgültig waren. Sie war in höchster Alarmbereitschaft. Beatrice hatte den Eindruck, kaum noch einen Atemzug tun zu können, der nicht von Helene untersucht und ausgewertet wurde.

»Mr. Shaye hat nicht oft angerufen«, sagte sie genervt. »Hör zu, Helene, ich muß jetzt aufs Schiff. Es gibt keinen Grund zu weinen. Mae kommt heute abend zum Essen zu dir; ich habe schon mit ihr gesprochen. Also wirst du nicht allein sein.«

»Aber das ist doch nicht das gleiche! Sie wird mir gegenübersitzen, und ich werde an all die Abende denken, an denen *du* dort gesessen hast. Ich werde sterbenstraurig sein und…«

»Helene, jetzt reiß dich bitte zusammen!« sagte Beatrice scharf. »Ich kann nicht mehr für dich tun, als Mae zu dir zu schicken und sie im übrigen zu bitten, sich auch ansonsten um dich zu kümmern. Was sie ohnehin auf rührende Weise tut. Du hast es besser als manch anderer. Außerdem bist du noch nicht einmal Mitte Dreißig. Du hast jede Möglichkeit, dir einen neuen Freundeskreis aufzubauen.«

»Wie denn? Ich bin wegen Erich...«

Beatrice kannte die Litanei, die nun kam, sie hatte sie hundertmal gehört. Sie umarmte Helene, drückte ihr einen hastigen Kuß auf die Wange und sagte: »Ich muß weg. Laß den Kopf nicht hängen. Leb wohl!«

Sie ergriff ihren Koffer und lief die Gangway hinauf. Sie vermied es, noch einmal zurückzublicken. Weder Helenes vorwurfsvolle Augen noch ihr schmerzerfülltes Gesicht wollte sie mit nach England nehmen.

Als sie wieder in London war, sahen sie und Frederic einander häufig. Sie gingen essen, besuchten Theatervorstellungen und Kinovorführungen, und an einem Wochenende Anfang Februar nahm er sie mit nach Cambridge, um ihr die Welt zu zeigen, in der er daheim war. Es waren zwei klirrend kalte Wintertage, eine dünne Schneeschicht lag über den Wiesen und auf den Dächern der Collegegebäude, und dort, wo im Westen der Fluß Cam mit dem Horizont verschmolz, stand eine leuchtendrote Sonne an einem pastellfarbenen, eisigen Himmel. Beatrice hatte ein kleines Hotelzimmer nahe dem Trinity College, aber bevor sie zum Abendessen in ein Pub gingen, zeigte Frederic ihr noch sein Haus, das am Stadtrand lag. Eine lange Kette aneinandergebauter Häuser zog sich eine leicht bergansteigende Straße entlang, eines davon, das sich ziemlich genau in der Mitte befand, gehörte Frederic. Es war aus weißen Steinen gemauert, hatte blauumrandete Sprossenfenster und eine leuchtendblaue Eingangstür. Im Vorgarten standen hohe Büsche, deren Zweige nun kahl waren, und Frederic sagte, es seien Jasminbüsche, und im Sommer dufte die ganze Straße nach ihnen. Auch in dem kleinen Gärtchen auf der rückwärtigen Seite war Jasmin gepflanzt, außerdem standen dort zwei Apfelbäume und ein steinerner Brunnen, der aussah wie ein Taufbecken.

»Ein Geschenk meiner Studenten«, erklärte Frederic, »im Sommer ist Wasser darin, und ich lasse Rosenblüten auf der Oberfläche schwimmen.«

Das Haus war klein und gemütlich eingerichtet; in fast allen Zimmern zogen sich Bücherregale an den Wänden entlang und bis zur Decke empor. Es herrschte eine klamme, feuchte Kälte.

»Tut mir leid, daß es so ungemütlich ist«, entschuldigte sich Frederic, »ich war seit Monaten nicht hier.«

»Frederic, so ein Haus kann nicht einen ganzen Winter über unbeheizt leerstehen«, sagte Beatrice. »Es geht Ihnen alles hier drinnen kaputt. Die Bücher, die Möbel... Haben Sie keine Haushälterin, die aufpaßt?«

»Nein. Niemanden.«

»Wir sollten die Heizung aufdrehen. Und Feuer im Kamin machen. Wenigstens für dieses Wochenende sollte das Haus einmal richtig geheizt werden.«

Schließlich entschieden sie, an diesem Abend überhaupt nicht mehr wegzugehen. Frederic machte sich auf den Weg, irgendwo etwas Eßbares aufzutreiben, und Beatrice setzte die kleinen Gasöfen in allen Zimmern in Gang, holte Holz aus dem Keller und machte ein großes Feuer im Kamin des Wohnzimmers. Für eine Weile hielt sie die Fenster geöffnet, um den modrigen Geruch zu vertreiben, der zwischen den Wänden hing. Später wurde es kuschelig warm. Beatrice kauerte sich vor den Kamin auf den Boden, sah in die Flammen und stellte fest, daß sich Ruhe und Leichtigkeit in ihr ausbreiteten.

Frederic kehrte mit geröteten Wangen, einen Schwall Kälte mit sich bringend, zurück. Er hatte in einem Pub Essen geholt, eine Schüssel mit Irish Stew, »Fish and Chips«, verschiedene Sorten Brot und Käse und eine Flasche Wein. Sie verzehrten die Mahlzeit vor dem Kamin. Sie redeten nicht, lauschten auf das Knistern der Flammen und auf das Knacken der Holzfußböden, die unter der Wärme wieder aufzuleben begannen.

»Es ist ein sehr schönes Gefühl«, sagte Frederic irgendwann, »hier mit Ihnen zu sitzen, Beatrice. Ich habe unzählig viele Abende hier allein verbracht. Es sind Abende, an die ich mich nicht gern erinnere.« Er neigte sich zu ihr hinüber, küßte sie auf beide Wangen. Nach einem Augenblick des zögernden Verharrens küßte er sie auf den Mund.

Sie hörte auf zu atmen und merkte, wie sich ihr ganzer Körper verspannte. Alles in ihr war Abwehr. Sie erinnerte sich, wie weich und hingebungsvoll ihr Körper geworden war, wenn Julien sie geküßt hatte, wie sie sich nach seinen Berührungen gesehnt hatte. Sie wartete, daß sich diese vertrauten Gefühle wieder einstellten, aber etwas in ihr schien nicht reagieren zu wollen.

Was, zum Teufel, ist denn los mit mir? dachte sie unglücklich.

»Ich glaube, ich gehe jetzt besser in mein Hotel«, sagte sie und stand auf. Sie fegte ein paar Brotkrumen von ihrem Kleid und strich sich ordentlich den Rock glatt, so als könne sie damit auch Ordnung und Ruhe in ihre Gedanken bringen.

Auch Frederic war aufgestanden. »Es tut mir leid, wenn ich gerade zudringlich war. Ich wollte dich nicht in Verlegenheit bringen oder dich gar vertreiben.«

»Nein, nein. Ich habe es nicht so empfunden.« Sie wußte, daß sie steif wie ein Stock da stand und eine Förmlichkeit ausstrahlten, die überall hingepaßt hätte, nur nicht in diesen Februarabend vor dem Kamin. »Gute Nacht, Frederic. Laß die Öfen an bis morgen.«

»Ich bringe dich natürlich zum Hotel«, sagte Frederic und half ihr in den Mantel. »Vielleicht wäre es doch besser gewesen, in ein Pub zu gehen. Es war keine gute Idee, den Abend bei mir zu verbringen.«

»Es ging nicht anders. Dein Haus war kurz vorm Verschimmeln.«

»Stimmt. Für die Zukunft muß ich das anders organisieren.«

Sie gingen durch die dunklen, stillen Straßen. Die Kälte stach wie mit Nadeln. Als sie vor dem Hotel anlangten, sagte Frederic hastig: »Es ist wahrscheinlich der falsche Moment, dir das zu sagen, Beatrice, aber es hat auch keinen Sinn, es ständig unausgesprochen mit mir herumzutragen. Ich liebe dich. Ich weiß nicht, ob du dieses Gefühl erwiderst oder dir vorstellen kannst, es irgendwann zu erwidern. Aber du solltest wissen, wie es um mich steht.«

Er zog ihre Hand an seine Lippen, küßte sie und verschwand in der Nacht, überstürzt fast, so als habe er Angst, sie könne etwas erwidern, was jede Hoffnung für immer zunichte machen würde. Sie stand noch eine Weile auf der Straße, wartete, daß die Verkrampfung in ihrem Körper sich löste. Ganz allmählich begann das Blut wieder normal zu fließen, hatte ihr Herzschlag seinen alten Rhythmus gefunden.

Vielleicht würde die Verhärtung aufweichen. Irgendwann, irgendwie. Vielleicht würde das Leben zurückkehren, würde wieder leicht sein. Vielleicht würde sie wieder lieben können.

Zurück in London, sahen sie einander fast jeden Tag. Beatrice begann sich an seine Nähe und Gesellschaft zu gewöhnen. Er erfuhr immer mehr von ihr, lernte ihr ganzes Leben mit all seinen Schicksalsschlägen kennen und schien etwas zu begreifen von dem inneren Schmerz, der nicht abklingen wollte. Irgendwann erzählte sie auch von Julien. Er hörte ihr zu und stellte dann die unvermeidliche Frage: »Liebst du ihn noch?«

Sie überlegte. »Nein. Nein, ich glaube nicht.«

»Du *glaubst*?«

»Ich bin immer noch ein wenig verletzt. Auch wegen der Rücksichtslosigkeit, mit der er mein Leben in Gefahr gebracht hat. Wegen der Art, wie er sang- und klanglos verschwunden ist, kaum daß der Krieg vorbei war. Diese Geschichten tun mir immer noch weh.«

Er sah sie nachdenklich an. »Wenn es noch weh tut, dann ist er noch in dir.«

Sie zuckte mit den Schultern, erwiderte nichts darauf. Sie saßen in einer Kneipe in Soho, tranken dunkles Bier und lauschten der rauchigen Stimme einer schwarzen Sängerin, die die wenigen Gäste mühsam zu unterhalten suchte. Draußen wehte zum erstenmal ein lauerer Wind, der einen Anflug von frischer Erde in sich trug.

»Möchtest du mit zu mir kommen?« fragte Beatrice.

»Jetzt?«

»Ja.« Sie nickte. »Jetzt.«

Das weiche Gefühl war da. Es war plötzlich gekommen, so unvermittelt wie der Frühlingshauch draußen. Der Panzer löste sich. Sie konnte seine Hand nehmen, als sie durch die Straßen gingen. Sie konnte tief atmen. Sie konnte sich auf ihn freuen und auf die Nacht, die vor ihnen lag.

Sie schloß die Haustür auf. Hielt immer noch seine Hand und lief mit ihm die Treppen hinauf.

Vor der Wohnungstür auf einem Koffer saß Helene und blickte ihr vorwurfsvoll entgegen.

»Ich sitze hier seit Stunden«, sagte sie. »Wo um alles in der Welt warst du?«

Sie sprach deutsch und schloß damit Frederic sofort von der Unterhaltung aus.

»Was machst du denn hier?« fragte Beatrice zurück. Demonstrativ sprach sie englisch.

Helene erhob sich von ihrem Koffer. Sie sah übermüdet und blaß aus und eher wie vierzig als Mitte Dreißig.

»Ich bin gekommen, um nach dir zu sehen.« Unsinnigerweise fiel sie wiederum in ihre Muttersprache, so daß die Unterhaltung nun zweisprachig geführt wurde und Frederic nur die Hälfte mitbekommen konnte. »Du hast seit fünf Wochen nicht mehr geschrieben. An Weihnachten und Silvester warst du schon mehr als komisch. Ich dachte mir, irgend etwas stimmt nicht. Und daher beschloß ich, nach dir zu sehen.«

»Helene, das ist Frederic Shaye«, sagte Beatrice. »Frederic, das ist Helene Feldmann.«

Aus ihren Erzählungen wußte Frederic, wer Helene war. Er reichte ihr die Hand.

»Ich freue mich sehr, Sie kennenzulernen, Mrs. Feldmann. Beatrice hat oft von Ihnen berichtet.«

Helene ergriff seine Hand, aber es schien sie einige Überwindung zu kosten. Sie brachte kein Lächeln zustande. »Guten Tag«, sagte sie mühsam.

Beatrice hatte inzwischen die Wohnungstür aufgeschlossen. »Wie bist du ins Haus gekommen?«

»Eine Frau hat mich hereingelassen, als ich erklärte, ich wolle zu dir.« Helene schauderte. »Da unten wäre ich sonst wahrscheinlich erfroren. Oder überfallen worden. Es ist ja eine schreckliche Gegend, in der du lebst. Wie hältst du das aus?«

»Ich bin durchaus zufrieden.« Beatrice wußte, daß sie blaß war vor Wut. Helene hätte nicht ungünstiger, nicht unwillkommener auftauchen können.

»Du hättest mir mitteilen müssen, daß du kommst«, sagte sie.

»Wie denn?« Helene klang schon wieder weinerlich. »Es ist ja unmöglich, mit dir Kontakt aufzunehmen.«

»Du weißt ja, daß ich über Mrs. Chandler erreichbar bin. Du hättest die Nummer herausfinden und dich mit mir in Verbindung setzen können. Aber du hast es wohlweislich nicht getan, weil du genau wußtest, daß ich dich nicht hier haben will.«

Helene stand nun in dem kleinen Zimmer und schien sich an ihrer Handtasche festzuhalten. »Freust du dich denn überhaupt nicht, mich zu sehen?«

»Vielleicht ist dir auch schon aufgefallen, daß es nicht unbedingt der passendste Moment war«, gab Beatrice unfreundlich zurück.

Frederic hatte inzwischen Helenes Gepäck in die Wohnung gebracht und in einer Ecke abgestellt.

»Ich gehe jetzt besser«, sagte er leise zu Beatrice. »Ihr beiden solltet nun allein sein.«

Sie wollte ihn bitten zu bleiben, aber voller Wut begriff sie, daß es in Helenes Anwesenheit keinen Sinn hatte. Sie konnten nicht einmal höfliche Konversation betreiben, soviel Spannung lag in der Luft.

»Sehen wir uns morgen?« fragte sie unglücklich.

»Du hast jetzt erst einmal Besuch, um den du dich kümmern mußt«, sagte Frederic. »Aber wir telefonieren, ja?«

Er gab ihr einen Kuß. Aus den Augenwinkeln bekam Beatrice mit, daß Helene starr wurde und die Lippen zu einem dünnen Strich aufeinanderpreßte. Verdammte, eifersüchtige Krähe, dachte sie entnervt.

Helene wurde ein wenig lockerer, nachdem Frederic verschwunden war, aber sie konnte ihr Erschrecken über die Verhältnisse, in denen Beatrice lebte, noch immer nicht verbergen.

»Du hast nur dieses eine Zimmer, nicht?« fragte sie, nachdem sie sich ausführlich umgesehen, jedoch keine weiterführende Tür entdeckt hatte. »Wo ist denn das Bad?«

»Es gibt eine Toilette für alle Mieter dieser Etage und der darüber«, erklärte Beatrice, »sie liegt eine halbe Treppe weiter oben.«

»Oh ... wie viele Menschen teilen sich diese ... Toilette?«

»Siebzehn oder achtzehn Personen. Ich weiß nicht genau.«

Helene sah so grau und müde aus, daß sie beinahe Mitleid in Beatrice erregte.

»Hast du etwas zu essen für mich? Und wo kann ich schlafen?«

»Das Sofa ist eigentlich mein Bett, aber du kannst es haben.« Nun mußte sie auch noch ihre Schlafstätte abtreten. »Ich werde mir eine Decke auf den Boden legen.«

»Und...«

»Was wolltest du noch? Ach so, etwas zu essen. Schau mal in dem Schrank dort nach.«

Sie wies in die Ecke, in der ihre elektrische Kochplatte stand und sich in einem Schränkchen ihr Geschirr und ihre Vorräte befanden. Helene kramte in den Fächern herum, förderte etwas Brot, ein Marmeladenglas und ein paar Kekse zutage.

»Du hast ja fast nichts da. Kein Wunder, daß du so dünn bist!«

»Ich esse nicht oft zu Hause.«

»Du ißt mit diesem... diesem Frederic Shaye?«

»Ich esse oft zwischen meinen Unterrichtsstunden in irgendwelchen Pubs. Und abends häufig mit Frederic, ja.«

Es sah aus, als bliebe Helene der Keks im Hals stecken, den sie gerade in den Mund geschoben hatte. »Ich verstehe nicht, warum du...«

»Ja?«

»Warum du so lebst. In diesem... diesem Loch von einer Wohnung. Wir haben ein wunderschönes Haus auf Guernsey. Du...«

»Entschuldige, Helene, wenn ich das so deutlich sage: *Ich* habe ein Haus auf Guernsey, nicht *wir*. Es gehört mir. Du darfst darin wohnen, das ist alles. Und ich entscheide allein, wo *ich* wohne. Und im Moment möchte ich in London wohnen und nicht auf Guernsey. Kannst du das irgendwann einmal begreifen?«

Um Helenes Mundwinkel zuckte es. »Du willst hier wohnen wegen dieses Mannes. Weil du dich in ihn verliebt hast.«

Beatrice antwortete nicht. Sie war, verdammt noch mal, Helene keinerlei Rechenschaft schuldig.

»Wie er dich angesehen hat!« fuhr Helene fort. »Und wie du dreingeschaut hast. Ich habe sofort gemerkt, daß eine Menge Gefühl zwischen euch ist. Und wieso bringst du ihn abends mit in deine Wohnung? Das ist eine außerordentlich unschickliche Zeit, und ich finde, du solltest…«

Beatrice registrierte ein feines Pochen in ihren Schläfen. Ihre Nerven vibrierten.

Ein für allemal, dachte sie, ein für allemal, weise sie in ihre Schranken. Es wird sonst niemals aufhören. Sie läßt nicht locker.

»Helene, du kannst heute nacht selbstverständlich hier schlafen«, sagte sie, »aber ich möchte dich bitten, morgen früh wieder abzureisen. Ich habe dich nicht eingeladen, mich zu besuchen. Ich möchte dich nicht hier haben.«

»Wie bitte?« fragte Helene ungläubig.

»Ich möchte dich nicht hier haben«, wiederholte Beatrice, »ich bitte dich, morgen zu gehen.«

»Das ist nicht dein Ernst!«

»Mein voller Ernst. Ich lebe mein eigenes Leben. Seit Jahren schon. Du mußt endlich anfangen, *deines* zu leben. Du bist noch jung genug dazu.«

Die Blässe in Helenes Gesicht vertiefte sich. Sie sah beinahe grau aus, eingefallen und müde.

»Nach allem, was war«, sagte sie, »nach allem, was wir gemeinsam durchgestanden haben, kann uns nichts mehr jemals trennen.«

Beatrice ließ sich auf das Sofa fallen. Helenes Worte klangen für sie wie eine Drohung.

»O Gott«, sagte sie leise, »du wirst mich nie, niemals loslassen.«

»Wir gehören zusammen«, entgegnete Helene weich, »warum sträubst du dich dagegen?«

»Weil ich mein eigenes Leben möchte.«

»Unsere Leben sind verbunden.«

»Du reist morgen ab.«

»Ich bleibe«, sagte Helene.

Helene blieb fast vier Wochen in London, und Beatrice begriff am dritten Tag, daß sie nicht zum Gehen zu bewegen sein würde. Sie konnte ihr den Koffer vor die Tür stellen, aber Helene würde sich darauf setzen und sich nicht einen Fußbreit entfernen. Sie war wie eine Zecke – schlimmer als eine Zecke, dachte Beatrice. Zecken, die sich in der Haut eines Hundes festsaugten, konnte man so lange hin und her drehen, bis sie aufgaben und sich mit zappelnden Beinen von ihrem Opfer lösen mußten. Helene konnte man drehen, soviel man wollte, sie würde deshalb noch lange nicht loslassen. In gewisser Weise war sie äußerst beweglich. Sie hielt an einem Ziel fest, und auf dem Weg dorthin konnte man mit ihr anstellen, was man wollte, sie rollte sich ein, ließ sich drehen und treten und hierhin und dorthin schubsen, und am Ende war sie dort, wo sie von Anfang an hatte sein wollen, richtete sich auf, war unverletzt und hatte erreicht, was sie sich vorgenommen hatte.

Beatrice gab den Kampf nach einigen Tagen auf und überließ Helene das Feld, zog sich zurück, mied die Wohnung, so oft sie nur konnte. Sie wußte, daß dies die einzige Strategie war, mit der Helene zumindest zu zermürben war. Entzug bedeutete, daß Helenes Taktik nicht länger funktionierte. Er bewirkte allerdings nicht, daß Helene von ihrem Vorhaben abließ.

Beatrice verbrachte die meisten Nächte mit Frederic, und damit begann ihrer beider Beziehung gewissermaßen offiziell, aber es war nicht das gleiche, als hätten sie ihre erste Liebesnacht an jenem frühlingsnahen Februarabend erlebt. Beatrice kam nun nicht aus einer romantischen Stimmung heraus zu ihm, sondern weil sie nicht in ihre Wohnung zurückwollte. Sie war gereizt und zornig und schlief mit Frederic aus einem gewissen Trotz heraus. Beatrice wußte nicht, ob dieser Anfang ihrer Liebe etwas mit der Art zu tun hatte, wie alles schließlich endete, aber es war Helene zumindest geglückt, eine Situation zu schaffen, in der eine Störung mitschwang, jene erste, leise Störung zwischen zwei Liebenden, die sich glätten, die sich aber auch zu ungeahnter Stärke entwickeln konnte.

Helene nutzte die Tage in London, um durch die Geschäfte zu streifen und die Dinge zu kaufen, von denen sie glaubte, daß Beatrice sie dringend brauchte. Sie erwarb einen Teppich, einen Sessel, Bilder, Küchengeräte, Topfblumen, eine Stehlampe mit seidenem Schirm und eine Menge Kleinigkeiten, die das häßliche Loch, in dem Beatrice lebte, tatsächlich schöner und wohnlicher aussehen ließen. Als Beatrice zwischendurch einmal nach Hause kam, prallte sie fast zurück vor Erstaunen.

»Was hast du denn hier gemacht?« fragte sie schließlich, nachdem sie sich wieder gefaßt hatte.

Helene, die sicherlich wütend und verletzt war, weil Beatrice sich tagelang nicht hatte blicken lassen, lächelte sanft. »Ich dachte mir, ich mache es dir ein bißchen schön. Ich weiß ja, daß du nicht viel Geld hast, aber ein wenig liebevoller hättest du es dir hier schon gestalten können. Gefallen dir die Dinge, die ich gekauft habe?«

Helene hatte Geschmack, zweifellos. Teppiche, Kissen und Bilder waren wunderbar aufeinander abgestimmt.

»Woher hast du das Geld?« fragte Beatrice statt einer Antwort zurück. Helene bekam eine sehr bescheidene Rente für ihren toten Ehemann überwiesen, und es hatte lange gedauert, bis das zerstörte Nachkriegsdeutschland überhaupt die entsprechenden Zahlungen hatte leisten und dann auch noch nach Guernsey übertragen können.

»Ich lebe sparsam«, sagte Helene, »da kann ich es mir schon erlauben, dir hin und wieder eine Freude zu machen.«

Beatrice ließ sich in den neuen Sessel sinken und streckte erschöpft die Beine von sich. »Du machst mir damit keine Freude, Helene. Du belastest mich. Du drängst dich in mein Leben. Du versuchst, mir deinen Geschmack aufzuzwingen. Du willst nicht begreifen, daß wir zwei getrennte Wesen sind.«

»Ich möchte, daß du dich wohl fühlst«, meinte Helene sanft.

»Und ich möchte einfach mein Leben leben«, sagte Beatrice erschöpft.

Ende März fragte Frederic sie, ob sie ihn heiraten wolle. Sie hatte gewußt, daß diese Frage kommen würde, hatte allerdings später damit gerechnet. Sie erklärte sich einverstanden, ging dann nach Hause in ihre Wohnung und teilte Helene, die mit einem Handtuch um die frisch gewaschenen Haare auf dem Sofa saß, mit, daß sie und Frederic in Kürze Hochzeit feiern würden. Helenes Gesichtszüge entgleisten fast.

»Ihr wollt heiraten?« fragte sie schließlich.

»Ja. Wir werden zusammen in Cambridge leben.«

»Ich werde nicht zu dieser Hochzeit kommen«, sagte Helene mit versteinerter Miene.

»Ich wollte dich eigentlich auch nicht einladen«, erwiderte Beatrice.

Am nächsten Morgen packte Helene ihren Koffer und ließ sich von einem Taxi zum Bahnhof bringen. Sie hatte in den verbleibenden Stunden nicht ein einziges Wort mehr mit Beatrice gesprochen, sagte auch nichts zum Abschied. Sie war so gekränkt, wie es ein Mensch nur sein konnte. Beatrice hoffte, sie würde für eine lange Zeit Ruhe vor ihr haben.

Frederic war betroffen, als er davon erfuhr. Er hatte viel über Helene erfahren, nicht jedoch bis zum letzten begriffen, was zwischen ihr und Beatrice vor sich ging und wie ihrer beider Verhältnis beschaffen war.

»Ich glaube, ich habe euch endgültig auseinandergebracht«, meinte er unglücklich.

»Da war nichts auseinanderzubringen«, entgegnete Beatrice kurz, »wir waren ja nie zusammen.«

Sie und Frederic heirateten im Juni. Helene hatte nichts von sich hören lassen, aber Beatrice schickte ihr eine Anzeige und teilte ihr die neue Adresse mit. Von Helene kam eine kühle, schriftliche Gratulation. Mae, die zur Hochzeit angereist war und stolz ihr neugeborenes Baby präsentierte, berichtete, Helene lebe abgeschieden von jedem sozialen Leben auf Guernsey.

»Sie hat sich völlig in sich zurückgezogen. Ich besuche sie manchmal, aber nicht einmal darauf scheint sie wirklich Wert zu legen. Meine Güte, sie ist doch noch immer eine junge Frau! Aber sie führt das Dasein einer alten Witwe!«

»Sie wird sich schon wieder besinnen«, sagte Beatrice nur.

Frederics Forschungsarbeit in London war Ende August abgeschlossen. Anfang September gingen sie nach Cambridge zurück. Das kleine Häuschen und die Mitglieder der Colleges nahmen sie freundlich und warm auf. Beatrice fand eine Stelle in der Bibliothek des Trinity College. Befreundete Professoren luden sie zu geselligen Abenden ein, und sie revanchierten sich für diese Einladungen. Es war eine in sich abgeschlossene, überschaubare und friedliche Welt, in der das Leben ruhig und geordnet dahinplätscherte. Wenn es Intrigen gab, so bekam Beatrice davon nichts mit. Sie merkte, wie sie Teil der Ruhe und Beschaulichkeit wurde, die sie umgaben. Sie saugte Frederics gleichmäßige Wärme in sich auf und fühlte, wie sie diese Wärme selbst wieder abzugeben begann. Die Wunden fingen an, sich zu schließen.

Sommer 1956

Im Sommer 1956 fuhr sie nach Guernsey, um das Haus ihrer Eltern zu verkaufen.

Der Entschluß war in der ersten Jahreshälfte in ihr gereift. Ihr Leben war in Cambridge, und Guernsey gehörte einer Vergangenheit an, die sich in immer dichter werdendem Nebel verlor. Frederic hatte sie ein paarmal gedrängt, doch dorthin zu fahren, ein paar Sommerwochen in dem warmen Klima zu verbringen und die Menschen zu treffen, die sie aus ihrer Kindheit kannte.

»Wenn du möchtest, komme ich mit«, sagte er, »wenn du es nicht möchtest, lasse ich dich allein gehen.«

Aber sie lehnte jedesmal ab, und irgendwann sagte Frederic: »Ich habe das Gefühl, du möchtest überhaupt nie wieder in deine Heimat.«

Sie saßen in einem kleinen Pub mitten in der Innenstadt von Cambridge und tranken einen Wein; und immer wieder wurden sie in ihrem Gespräch unterbrochen von Studenten oder Professoren, die vorbeikamen und grüßten. Beatrice fühlte sich geborgen und sicher in dieser Atmosphäre, und sie betrachtete Frederics ruhiges, kluges Gesicht mit tiefer Wärme.

Liebe? Sie hätte nicht sicher zu sagen gewußt, ob sie ihn liebte, aber, dachte sie, da ist ein Gefühl, das der Liebe zumindest sehr ähnlich ist.

»Ich denke, ich werde wirklich nie wieder dorthin gehen«, sagte sie auf seine Bemerkung hin, »ich bin so froh, daß ich vieles von dem, was geschehen ist, vergessen konnte. Ich möchte keine der alten Wunden wieder aufreißen.«

»Ist es in deinem Sinne, daß Helene Feldmann in deinem Haus sitzt bis an ihr Lebensende?« fragte Frederic vorsichtig. »Ich meine, du könntest ziemlich viel Geld erlösen, wenn du das Haus vermieten oder verkaufen würdest. Nicht, daß es mir darauf an-käme«, fügte er eilig hinzu, »wir haben alles, was wir brauchen. Aber du solltest überlegen, ob du nicht vielleicht ausgenutzt wirst.«

Sie traf die Entscheidung innerhalb weniger Sekunden. »Ich möchte das Haus verkaufen«, sagte sie, »ja, am liebsten möchte ich es verkaufen.«

»Dann solltest du das tun«, meinte Frederic.

In den folgenden Monaten dachte Beatrice nicht über ihre Ent-scheidung nach, denn sie stand fest, sondern darüber, was aus Helene werden sollte und wie sie es ihr am besten beibringen könnte. Am liebsten hätte sie einen Makler mit dem Verkauf be-auftragt und ansonsten ihren Kopf in den Sand gesteckt, aber Fre-deric sagte, das sei nicht angemessen.

»Erstens nicht Helene gegenüber«, meinte er, »und zum zweiten wäre es auch in deinem Sinne nicht richtig. Du mußt dich um die Möbel kümmern, um die Erinnerungsstücke, um all das, was dir gehört. Es würde dir irgendwann leid tun, wenn alles an fremde Menschen ginge.«

»Das heißt« sagte Beatrice, »ich muß nach Guernsey fahren.«

»Ich denke, das solltest du tun«, bestätigte Frederic. »Soll ich mitkommen?«

Sie überlegte kurz, schüttelte dann den Kopf. »Nein. Da muß ich allein durch.«

Erst unmittelbar bevor sie in Portsmouth das Schiff bestieg, gab sie ein Telegramm an Helene auf, in dem sie ihr Kommen ankün-digte. Sie wußte, daß Helene beunruhigt sein würde, und sie wollte sie nicht aufgeregt brabbelnd am Telefon haben und ihr die Dinge erklären müssen, ehe sie einander nicht gegenüberstanden.

Sie erreichte St. Peter Port an einem hellen Juniabend; die Luft war weich und warm, und es wehte nur ein schwacher Wind, der nach Meerwasser und Sommer roch. Die Häuser am Hügel lagen noch im Licht der Sonne. Der Turm der Parish Church stand, wie er immer da gestanden hatte, und schien einen stummen, liebevollen Gruß herüberzusenden. Die Möwen erhoben sich kreischend von den Mauern am Hafen hinauf in den Himmel. Beatrice bemerkte das eigentümliche, schmerzliche Ziehen in ihrer Brust, das sie schon lange nicht mehr gespürt hatte, das ihr aber noch allzu vertraut war.

Ich hätte nicht herkommen sollen, dachte sie ahnungsvoll.

Sie opferte das Geld und ließ sich von einem Taxi bis Le Variouf bringen. Wie gut kannte sie die schmalen Inselstraßen, die gesäumt waren von Mauern und Hecken, wie gut die kleinen Häuser und die verwunschenen Gärten, wie gut die Farben und den Geruch, das Licht, das Glitzern der Sonne auf den Blättern. Sie kannte jede Biegung, die die Straße nahm, und die Stellen, an denen man den Atem anhielt, weil man Angst hatte, ein anderes Auto könnte entgegenkommen.

Eigenartig, dachte sie, bei meinem letzten Besuch hatte ich nicht eine so starke Wahrnehmung all dieser Dinge. Wahrscheinlich liegt es daran, daß ich weiß, ich werde nie zurückkehren.

Helene erwartete sie aufgeregt und fiebernd. Sie hatten einander vier Jahre lang nicht gesehen, und ihr letzter Abschied war voller Wut und Bitterkeit gewesen. Helene hatte auf die Heiratsanzeige mit einer kühlen schriftlichen Gratulation reagiert, und ansonsten hatten sie einander an ihren Geburtstagen und zu Weihnachten höfliche, nichtssagende Karten geschrieben.

Aber nun schien Helene entschlossen, ihre eisige, ablehnende Haltung aufzugeben. Mit feinem Instinkt mochte sie das Unheil ahnen, das auf sie zukam. Sie wußte nicht genau, was ihr drohte, aber sie begriff wohl, daß es einen tieferen Grund für Beatrices Aufkreuzen auf Guernsey geben mußte. Dieser tiefere Grund konnte nur Schlechtes bedeuten.

Beatrice mußte zugeben, daß Helene das Anwesen mit großer Zuverlässigkeit in Ordnung hielt. Der Garten sah gepflegt aus, die Hecken ringsum waren geschnitten, auch die verwaisten Gewächshäuser wurden saubergehalten. Im Haus blitzte und blinkte es. Helene stand mitten im Eßzimmer und hatte hektisch gerötete Wangen.

»Ich bin so froh, daß du da bist«, sagte sie, und ihre Stimme klang kindlich und aufgeregt.

Sie sah sehr hübsch aus, stellte Beatrice fest, viel hübscher als früher. Es stand ihr gut, älter zu werden. Sie hatte sich die Haare abschneiden lassen, und ihr Gesicht war schmaler geworden. In ihren Augen stand zu lesen, daß sie oft einsam war und daß sie viel weinte. Der Ausdruck von Leid, der feine Spuren in ihre Züge gegraben hatte, hatte das Liebliche, Niedliche vertrieben, das sie früher als so kindlich hatte erscheinen lassen. Nun wirkte sie ernster und reifer und weit mehr wie eine Frau, die ernstgenommen werden konnte.

»Ich finde es schön, daß wir einander endlich wiedersehen«, sagte Beatrice. Das war nicht wirklich aufrichtig, aber es schien ihr in diesem Moment dennoch angebracht, es zu sagen.

Helenes Blick glitt über ihre Gestalt. »Du siehst gut aus. Das Kostüm, das du anhast, ist hübsch. Die Ehe mit diesem... Frederic scheint dir zu bekommen.«

»Ich bin sehr glücklich in Cambridge«, sagte Beatrice. Sie wußte, daß es ungeschickt war, gleich mit der Tür ins Haus zu fallen, aber der Moment schien ihr günstig für eine Überleitung.

»Das ist auch der Grund für mein Kommen«, sagte sie hastig. Sie wollte es hinter sich bringen, möglichst rasch. »Ich werde wohl für immer in Cambridge bleiben. Es ist jetzt meine Heimat. Daher...«

»Ja?« fragte Helene mit unüberhörbarer Panik in der Stimme.

Beatrice gab sich einen Ruck. »Ich muß entscheiden, was mit dem Anwesen hier werden soll, Helene. Du wirst verstehen, daß ich nicht... nun, was soll ich noch mit dem Haus? Ich werde nicht mehr hierherkommen. Ich werde hier nicht mehr leben. Deshalb...«

Sie sprach nicht weiter. Helenes Augen weiteten sich.

»Ja?« fragte sie erneut.

»Ich möchte das Haus verkaufen«, sagte Beatrice, »es ist Ballast für mich. Von dem Geld könnten Frederic und ich uns etwas Größeres in Cambridge kaufen. Oder ein Cottage irgendwo in Nordengland erwerben, für die Ferien. Irgend etwas wird uns einfallen.« Sie lachte unecht. »Irgend etwas fällt einem schließlich immer ein, um Geld auszugeben.«

Helene war aschfahl geworden. »Aber ich lebe in diesem Haus«, brachte sie mühsam hervor.

»Helene, im Grunde ist das hier doch viel zu groß für dich allein«, sagte Beatrice unbehaglich. »Und es ist zu einsam. Du lebst hier abgeschieden von aller Welt. Du kannst dich nicht so vergraben. Du bist jung, du bist hübsch. Du kannst wieder heiraten...«

»Du setzt mich also vor die Tür! Nach allem, was wir gemeinsam...«

»Wenn du absolut nicht nach Deutschland zurückwillst, dann nimm dir eine Wohnung hier auf der Insel. In St. Peter Port. Dort sind Menschen. Dort findest du Freunde. Hier«, sie machte eine Geste mit beiden Händen, die Haus, Garten und die Wiesen ringsum umschrieb, »hier wirst du doch depressiv!«

»Depressiv? Dies ist der einzige Ort, an dem ich leben kann. Der Ort, an dem ich mit Erich...« Sie sprach den Satz nicht zu Ende.

»...mit Erich glücklich war?« vollendete Beatrice. »Oh, Helene!«

Sie starrten einander an. Beatrice erwartete, daß Helene in Tränen ausbrechen würde, denn für gewöhnlich reagierte sie auf Krisen mit heftigem Weinen. Diesmal jedoch drang kein Schluchzen aus ihrem Mund.

»Wann soll das alles geschehen?« fragte sie statt dessen mit überraschender Sachlichkeit.

»Du sollst genügend Zeit haben, eine andere Unterkunft für dich zu finden«, erwiderte Beatrice, »niemand will dich vor die Tür setzen. Ich möchte alles, was geschieht, mit dir abstimmen.«

Helene warf ihr einen Blick zu, in dem Sarkasmus und Anzüglichkeit standen.

»Wirklich?« fragte sie. »Bist du sicher, daß du das willst?«

»Natürlich. Ich bin nicht deine Feindin, Helene. Ich muß nur sehen, daß ich... nun, mein Leben muß eben auch irgendwie funktionieren.«

»Wenn du meinst, nur so glücklich werden zu können...«

»Wie meinst du das, ›nur so‹?«

»So, wie du es versuchst. In Cambridge. Mit diesem Frederic. Indem du Guernsey den Rücken kehrst und alle Brücken hinter dir abbrichst.«

»Ich weiß nicht, wie ich in Zukunft glücklich werden kann«, sagte Beatrice. »Ich weiß nur, daß ich im Moment glücklich bin. Glücklicher jedenfalls als früher«, verbesserte sie sich, »ruhiger. Die alten Erinnerungen tun nicht mehr so weh. Ich möchte sie für alle Zeiten begraben, und deshalb... deshalb muß ich mich lösen von Guernsey. Ich kann es nicht mehr mit mir herumtragen.«

»Offensichtlich mußt du dich auch von mir lösen«, meinte Helene, »jedenfalls arbeitest du sehr gründlich an einer endgültigen Trennung zwischen uns.«

»Ich arbeite an einem eigenen Leben, das jede von uns für sich führen soll«, sagte Beatrice, »und dazwischen kann es natürlich Berührungspunkte ...«

»O Gott, Berührungspunkte!« rief Helene. Ihre Stimme klang schrill. »Berührungspunkte! Denkst du, das ist es, was ich je von dir wollte?«

»Was wolltest du denn von mir?« fragte Beatrice.

»Das ist doch jetzt gleichgültig«, sagte Helene und verließ das Zimmer.

Am nächsten Tag suchte Beatrice eine Maklerin in St. Peter Port auf, um sie mit dem Verkauf von Haus und Grundstück zu beauftragen. Die Maklerin machte ihr Hoffnung, daß die Angelegenheit recht rasch über die Bühne würde gehen können.

»Es ist nicht die beste Zeit«, sagte sie, »aber dennoch sehe ich eine Menge Möglichkeiten. Natürlich muß ich mir das Anwesen noch einmal ansehen, aber so, wie Sie es beschrieben haben, dürfte es nicht schwer sein, eine ganze Reihe von Interessenten zu finden.«

Beatrice fühlte sich erleichtert nach dem Gespräch. Sie hatte den ersten Schritt getan, und es war, als habe sie einen Weg eingeschlagen, von dem es kein Zurück gab. Das Gefühl, von nun an keine Wahl mehr zu haben, empfand sie als erleichternd, auch wenn es nicht wirklich stimmte, denn natürlich hätte sie noch immer umkehren können. Aber sie hatte eine Maschinerie in Gang gesetzt, die von nun an mit eigener Dynamik funktionieren würde. Es kam ihr vor, als habe sie eine große Hürde übersprungen.

In den nächsten Tagen sicherte sie die Gegenstände, die sich im Haus befanden: Möbel, Bilder, Teppiche, Geschirr. Ihr war klar, daß sie unmöglich alles würde behalten können, und sie bat Helene, sich doch zu nehmen, was sie haben wollte.

»Es wäre doch schade, wenn das alles zu Fremden käme«, sagte sie. »Helene, ich möchte wirklich, daß du bekommst, was immer dir gefällt.«

»Ich glaube nicht, daß ich etwas haben will«, sagte Helene. Sie lief mit versteinertem Gesicht umher. »Ich soll einen Neuanfang machen, nicht wahr, das willst du doch. Dann sollte ich auch nichts aus der alten Zeit hinüberretten.«

»Ich kann dich nicht zwingen, aber du könntest...«

»Du hast genug angerichtet«, sagte Helene, »jetzt laß mich allein zusehen, wie ich mit dem Scherbenhaufen fertig werde.«

»Hast du schon nach einer Wohnung Ausschau gehalten?« fragte Beatrice nach einem Moment des Schweigens, in dem sie überlegt hatte, ob sie auf den Scherbenhaufen eingehen oder ein neues, sachliches Thema anschneiden sollte. Sie hatte sich schließlich für die zweite Möglichkeit entschieden.

»Ich werde dir den Termin meines Auszugs mitteilen«, sagte Helene, »rechtzeitig, da kannst du sicher sein.«

O Gott, dachte Beatrice, wir werden Krieg haben. Ich bin mir fast sicher.

Sie telefonierte jeden Tag mit Frederic und hielt ihn auf dem laufenden über die Schritte, die sie unternahm.

»Morgen wird sich ein Ehepaar das Haus ansehen«, sagte sie zehn Tage nach ihrer Ankunft auf Guernsey zu ihm, »ich bin schon ganz aufgeregt. Vielleicht nehmen sie es ja.«

»Hab nicht zu hohe Erwartungen«, mahnte Frederic sanft. »Selten gehen die Dinge so schnell. Wenn erst der vierte oder fünfte Interessent zugreift, liegst du immer noch sehr gut in der Zeit.«

Wie stets taten ihr seine Sanftheit und sein Verständnis gut.

»Natürlich«, sagte sie, »aber ich würde alles gern schnell hinter mich bringen. Ich ... es fällt mir nicht so leicht, hier zu sein.«

»Soll ich kommen?« fragte Frederic sofort. »Wenn du willst, bin ich mit dem nächsten Schiff bei dir!«

Sie mußte lächeln. »Frederic, du kannst doch deine Studenten nicht einfach allein in den Hörsälen herumsitzen lassen. Ich komme hier schon irgendwie zurecht.«

»Ich liebe dich«, sagte Frederic leise.

»Ich liebe dich auch«, erwiderte sie. Und ich freue mich, wenn ich dich wiedersehe, fügte sie in Gedanken hinzu, und später fragte sie sich manchmal, warum sie es nicht laut gesagt hatte.

Am nächsten Tag traf sie Julien wieder.

Die Begegnung kam wie ein Blitzschlag an einem heiteren Tag, aus einem blauen, wolkenlosen Himmel heraus. Auf nichts war sie weniger vorbereitet, nichts hätte sie weniger erwartet, nichts hätte sie unvermittelter und heftiger treffen können.

Am Vormittag waren die Maklerin und das angekündigte Ehepaar erschienen, um das Anwesen zu besichtigen, aber Beatrice hatte den Eindruck gewonnen, daß aus diesem Geschäft nichts würde werden können. Das Ehepaar hatte sich mäkelig und nörgelig gezeigt, der dicke Mann mit dem weißen, teigigen Gesicht war stumm herumgewandert und hatte nur hin und wieder eine angewiderte Miene aufgesetzt, während seine Frau Frage um Frage abschoß und kritisierte, was in ihren Augen nur zu kritisieren war, und darunter fiel nahezu alles, was auf ihrem Weg lag. Die Maklerin reagierte auf die deutlich zur Schau getragene Unlust ihrer Klienten mit forcierter Fröhlichkeit und einem unverdrossen gutgelaunten Geplapper, das Beatrice mehr und mehr auf die Nerven zu gehen begann. Sie haßte es, den einstigen Besitz ihrer Eltern der Kritik eines neureichen Pärchens aussetzen zu müssen. Sie konnte erkennen, daß Helene über die Abneigung der Interessenten erfreut war, und das steigerte ihre schlechte Laune noch, obwohl Helene, wie sie sich sagte, das Recht hatte, beglückt zu sein, und dies aus ihrer Sicht der Dinge heraus nur allzu verständlich war.

Als die beiden zusammen mit der quirligen Maklerin verschwunden waren, zog sich Beatrice feste Schuhe an und machte sich auf den Weg in die Petit Bôt Bay. Der Tag war windig und kühl, die Luft glasklar, und nicht ein Hauch von Nebel lag draußen über dem Wasser. Die Sonne verschwand immer wieder hinter den pfeilschnell dahinjagenden Wolken. Die Obsthecken entlang des Weges blühten nicht mehr; nun würden die Früchte zu reifen beginnen.

Wie schön wird es sein, die Brombeeren im Spätsommer zu ernten, dachte Beatrice, und erst einen Moment später fiel ihr ein, daß es für sie keinen Herbst auf der Insel mehr geben würde.

Sie sah zuerst die aparte schwarzhaarige Frau, die auf einer Bank an einem der Aussichtspunkte des Weges saß. Man hatte von dort einen großartigen Blick über das Meer und auf die steilen Felsen, die eine kleine Bucht umschlossen. Die Sonne kam gerade wieder hervor und verlieh den Farben der Landschaft ein intensives

Leuchten. Das Meer glitzerte in einem tiefen, klaren Türkisblau. Die Frau auf der Bank strahlte. Sie trug knöchellange, helle Hosen und einen kurzen, dunkelgrauen Pullover. Sie schien entspannt und glücklich. Ihr pechschwarzes Haar glänzte, als sei es stundenlang mit einem samtenen Tuch poliert worden.

Wie verzückt sie lächelt, dachte Beatrice, und gleich darauf war sie nah genug herangekommen, um den Mann zu bemerken, der wenige Schritte von der Frau entfernt vor der Bank kauerte, vor dem Gesicht einen riesigen Fotoapparat, mit dem er eifrig ein Bild nach dem anderen schoß. Die Frau veränderte kaum ihre Position, aber sie spielte mit ihrem Gesicht, variierte ihr Strahlen, ließ ihr Lachen abwechselnd warm und zärtlich, kokett und verführerisch, verhalten und geheimnisvoll sein. Man konnte eine gewisse Geübtheit darin erkennen, eine lässige Entspanntheit, mit der sie sich der Situation stellte.

Der Mann war Julien.

Es waren elf Jahre seit Kriegsende vergangen, sechzehn Jahre, seitdem sie ihn zum erstenmal gesehen hatte. Insgesamt, fand sie, hatte er sich nicht besonders verändert. Er schien kaum älter geworden zu sein, wirkte kräftig und erholt. Er war stark gebräunt im Gesicht und an den Armen, hatte nicht mehr die geisterhafte Blässe aus den Jahren, die er auf dem Dachboden der Familie Wyatt verbracht hatte. Aber braungebrannt kannte sie ihn auch aus der Zeit, als er für Erich gearbeitet hatte, und daher bot auch dieser Anblick keine besondere Überraschung für sie. Es war ihr Julien.

Er erkannte sie im selben Moment wie sie ihn, ließ die Kamera sinken und starrte sie an. Die schwarzhaarige Frau bemerkte sofort, daß etwas geschehen war, und drehte sich um. Sie starrten einander alle drei an, und die Luft zwischen ihnen schien sich aufzuladen mit Spannung.

Julien richtete sich auf und rief: »Beatrice! Was tust du hier?«

Er sprach französisch, und sie antwortete ihm in derselben Sprache.

»Ich denke, es ist nicht so ungewöhnlich, daß *ich* hier bin. Was tust *du* hier?«

Er lächelte. Er hatte sich gefangen und konnte der Situation nun souverän begegnen.

»Ich wandle auf den Spuren meiner Vergangenheit. Suzanne wollte wissen, wo ich den Krieg verbracht habe.«

Die schwarzhaarige Frau lächelte. »Julien hat soviel von dieser Zeit erzählt. Schließlich sagte ich ihm, ich wolle endlich die Schauplätze seines Lebens kennenlernen.«

»Oh«, meinte Beatrice nur und kam sich gleichzeitig wegen dieses Kommentars dumm vor, aber ihr fiel nichts anderes ein.

»Möchtest du uns nicht vorstellen?« fragte Suzanne, an Julien gewandt. Sie war eindeutig Herrin der Situation.

Julien kam diesem Wunsch nach einem kaum merklichen Zögern nach. »Meine Frau Suzanne«, sagte er, »Beatrice Stewart, eine… Freundin aus jener Zeit.«

Beatrice reichte Suzanne die Hand. »Beatrice Shaye. Ich bin inzwischen verheiratet.«

Suzanne lächelte erneut. Sie verströmte einen überwältigenden Charme. »Wie schön, Sie kennenzulernen, Beatrice. Ich bin so neugierig auf alle Menschen, die in jener Zeit auf irgendeine Weise zum Leben meines Mannes gehört haben. Würden Sie mir den Gefallen tun, heute abend mit uns zu essen?«

Beatrice sah sofort, daß Julien keineswegs begeistert war von dieser Idee, aber er konnte ihr natürlich nicht widersprechen, und so nickte er mit einer forcierten Freude. »Natürlich. Das wäre schön. Falls du Zeit hast, Beatrice…«

Ein Instinkt sagte ihr, daß es besser wäre, die Einladung nicht anzunehmen. Gleichzeitig wußte sie, daß sie zu neugierig war, zu frappiert von der Zufälligkeit ihres Zusammentreffens, als daß sie hätte verzichten können. Etwas Altes, Vergrabenes, Verschüttetes flackerte auf, etwas von der Wildheit, dem Leichtsinn, der Risikobereitschaft aus vergangenen Zeiten brachte eine Saite zum Klingen, die schon sehr lange verstummt war. Sie würde es tun. Sie wollte das Klingen der Saite noch einmal spüren.

Sie erfuhr an dem Abend, daß Julien und Suzanne seit vier Jahren verheiratet waren und einander ein halbes Jahr länger kannten. Suzanne arbeitete als Fotomodell, und sie hatten einander an der Côte d'Azur getroffen, wo Julien Urlaub und Suzanne Modeaufnahmen gemacht hatte.

Julien sprach die ganze Zeit über wenig, dafür plauderte, plapperte und lachte Suzanne um so mehr.

Sie hatte ein wenig Make-up aufgelegt, ein weißes Kostüm angezogen und sah umwerfend elegant aus. Immer wieder warf sie die schwarzen, schulterlangen Haare zurück und zeigte ihr strahlend weißes Gebiß. Beatrice kam sich von Minute zu Minute bedeutungsloser vor.

Sie hatte eine halbe Ewigkeit vor dem Spiegel verbracht, hatte versucht, ihre widerspenstigen Haare zu einer Art Frisur zu bändigen, aber als sie auf dem Weg zum Restaurant an einer Schaufensterscheibe vorbeigekommen war und sich zumindest in Umrissen hatte sehen können, hatte sie frustriert bemerkt, daß ihre verhaßten Locken bereits wieder um den Kopf herumflogen, wie es ihnen gerade paßte. Und natürlich war ihr Kostüm nicht halb so elegant wie das von Suzanne, der Stoff war dicker und zu warm für den Abend, und auf einmal kam ihr auch die Farbe, ein kühles Grün, von dem Frederic behauptet hatte, es stehe ihr sehr gut, unmöglich vor.

Ich sehe aus wie ein Stück weißer Käse, dachte sie zutiefst verunsichert.

Suzanne hatte ein Fischrestaurant in St. Peter Port vorgeschlagen. Sie saßen mit Blick auf den Hafen und aßen Seezunge, aber Beatrice hätte sich auch in einer dunklen Kneipe bei einer Portion »Fisch and Chips« befinden können, es hätte keinen Unterschied gemacht. Sie registrierte kaum, was sie aß, registrierte nicht das zauberhafte Abendlicht, das über dem Hafen lag. Sie sah Julien an und fragte sich, was *er* dachte, wenn er *sie* ansah.

Sie konnte mit Suzanne nicht mithalten, und natürlich mußte auch Julien das sehen. Sie hatte nicht ihre Schönheit, ihre Eleganz, ihren Esprit.

Sie war eine graue Maus aus Cambridge.

Das Schreckliche war, daß sie es tatsächlich so empfand: eine graue Maus aus Cambridge. Wobei das Etikett *Cambridge,* das ihr plötzlich klebrig und wie festgewachsen vorkam, ihre Unscheinbarkeit noch vertiefte. *Cambridge* – das waren stille Tage, ein gleichmäßiger Ablauf der Ereignisse, ein ruhiges Aufeinanderfolgen von Geschehnissen, die niemals unerwartet eintrafen.

Cambridge, das waren lange Gespräche mit Frederic, neblige Abende vor dem Kamin, hochintelligente Diskussionen, die von den Universitäten veranstaltet wurden, Wochenenden, an denen gearbeitet wurde und man irgendwann zusammen etwas kochte oder ein Glas Wein trank und sich gegenseitig aus der Zeitung vorlas… *Cambridge* war Frederic. Sie dachte an seine klugen, warmen Augen. Sie schaute in die brennend schwarzen Augen Juliens und wußte, sie hätte nicht fühlen dürfen, was sie tatsächlich fühlte. Nicht diese eigenartige Spannung und nicht den Schmerz, mit dem sie auf einmal dachte, das Leben gehe an ihr vorüber.

Julien lebte in Paris und arbeitete bei einer Zeitung als politischer Redakteur. Er war viel unterwegs, lernte ungeheuer interessante Menschen kennen, führte ein hektisches, aufregendes Leben, dessen Strapazen er mit vielen Litern schwarzem Kaffee und Unmengen an Zigaretten überstand. Suzanne machte Aufnahmen in ganz Europa, lernte ebenfalls faszinierende Menschen kennen, vor allem Schauspieler, war heute in Rom, morgen in London und übermorgen in Nizza, und irgendwann zwischendurch trafen sie einander in Paris und gingen essen mit Politikern oder auf die Partys von Künstlern und Intellektuellen. Suzanne ratterte Namen herunter, die man sonst nur aus den Zeitungen kannte. Irgendwann hielt sie inne, lächte ihr bezaubernd schönes Lächeln und fragte: »Wie sieht Ihr Leben aus, Beatrice? Ich rede immer nur von mir, dabei gibt es von Ihnen sicher auch viel Spannendes zu erzählen.«

»Oh – eigentlich nicht so sehr«, sagte Beatrice. »In Cambridge geht es vergleichsweise ruhig zu. Ich arbeite in einer Universitätsbibliothek, und das ist ja nicht so furchtbar aufregend.«

»Stell dein Licht nicht unter den Scheffel«, sagte Julien. Es war das erste Mal, daß er etwas zum Gespräch beitrug, außer zur Begrüßung und als er seine Essensbestellung aufgegeben hatte. »Du tust so, als sei dein Dasein eine Aneinanderreihung ereignisloser Tage. Du warst immer ein abenteuerlustiges Mädchen.«

»Davon möchte ich mehr hören!« rief Suzanne. »Ich könnte mir vorstellen, ihr beide habt eine Menge Abenteuer miteinander bestanden!«

»Es war Krieg«, erinnerte Julien, »die Insel war besetzt. Ich hielt mich versteckt und wäre vermutlich erschossen worden, wenn sie mich erwischt hätten. Ein gewisses Risiko im Alltag ließ sich gar nicht vermeiden.«

»Habt ihr viel Zeit miteinander verbracht?« erkundigte sich Suzanne. Die Frage klang harmlos, aber Beatrice begriff, daß Suzanne soeben eine sehr genaue Recherche betrieb.

»Beatrice besuchte mich«, sagte Julien, »ich war ein elender, unglücklicher Gefangener. Das Château d'If hätte nicht schlimmer sein können... Wir lasen Bücher zusammen, und ich brachte ihr das perfekte Französisch bei, das sie heute spricht.«

»Wir lasen *Notre-Dame von Paris*«, sagte Beatrice.

»Wie passend!« meinte Suzanne. »Victor Hugo. Wie alt waren Sie, Beatrice?«

»Als Julien untertauchte? Vierzehn oder fünfzehn.« Sie wich seinem Blick aus. »Ziemlich jung jedenfalls.«

»Irgendwie klingt das alles recht romantisch«, sagte Suzanne und lachte, aber diesmal klang ihr Lachen nicht so perlend wie sonst, sondern ziemlich unecht. »Ich kann mir vorstellen, wie ihr an heißen, sonnigen Sommertagen auf einem staubigen Dachboden kauert und Victor Hugo lest, und wie Julien sehnsüchtig in den blauen Himmel starrt, während die kleine Beatrice versucht, ihm das schwere Schicksal zu erleichtern... Eine schöne Geschichte, nicht?«

»In der Erinnerung«, sagte Julien, »mag es wie eine schöne Geschichte klingen. In Wirklichkeit war es einfach nur schrecklich.«

»Das kann ich mir vorstellen«, gab Suzanne zu. Sie griff nach ihrer Handtasche. »Ihr entschuldigt mich für einen Moment?«

Nachdem sie in Richtung Damentoilette verschwunden war, sagte Julien leise: »Du hast dich sehr verändert.«

»Es sind eine Reihe von Jahren vergangen. Ich bin älter geworden.«

Er schnippte ein paar Brotkrümel vom Tischtuch. »Natürlich. Aber das meine ich nicht. Du hattest früher immer soviel Glanz in den Augen. Du hattest einen Lebenshunger, eine Kühnheit, eine Entschlossenheit, die mich faszinierten. Wo ist das alles geblieben?«

Sie zog ihre Hände, die auf dem Tisch lagen, zurück, obwohl

Julien keinerlei Anstalten gemacht hatte, sie zu ergreifen. »Dafür, daß ich dich so faszinierte, hast du dich damals aber ziemlich rasch und komplikationslos von mir verabschiedet.«

Er seufzte. »Ja. Es war…« Er suchte nach Worten, schien aber nicht recht zu wissen, was und wie er es sagen wollte. »Ich hatte nichts anderes mehr im Kopf als meine Freiheit«, meinte er schließlich. »Freiheit und Leben. Ich war ausgebrannt. Ich war verdurstet. Ich war voller Hunger. Man hatte mir Jahre meines Lebens gestohlen, und ich wollte sie zurückhaben. An nichts anderes habe ich damals gedacht.«

»Und darüber mich vergessen.«

»Ich habe dich nie vergessen«, berichtigte Julien. »Im Mai '45 nicht, als die Befreier kamen, und bis heute nicht. Aber du warst in den Hintergrund getreten. Und dann…«

»…dann verloren wir uns aus den Augen.«

»Ja. Ich war in Frankreich, und du warst hier. Nicht einmal eine wirklich große Entfernung… aber offensichtlich zu gewissen Zeiten im Leben unüberwindlich.«

»Ja. Offensichtlich. Und dann kam Suzanne.«

»Dann kam Suzanne.« Er schwieg, schien dem Klang des Namens hinterherzulauschen. »Sie kam und war da, und irgendwie war alles, was dann geschah, völlig unausweichlich.«

»Warum wollte sie Guernsey sehen?«

»Ich hatte ihr viel davon erzählt.«

»Hattest du ihr von mir erzählt?«

»Nein. Hast du deinem Mann von mir erzählt?«

»Nein.«

Julien lächelte. »Wie ist er?«

»Wer? Mein Mann?«

»Ja. Wie ist er?«

»Er ist…« Sie zögerte. »Er gibt mir Halt und Sicherheit. Sehr viel Wärme und Ruhe.«

Julien hatte nicht aufgehört zu lächeln. »Deine Augen haben nicht mehr diesen fiebrigen Glanz.«

»Ja. Das ist so, wenn man Wärme und Ruhe erlebt.«

Ihn schien das nicht zu überzeugen, aber er konnte nichts mehr sagen, denn in diesem Moment kehrte Suzanne an den Tisch zurück. Sie hatte sich die Lippen nachgezogen und die Haare gebürstet und sah blühend schön und fast überirdisch perfekt aus.

»Hallo, ihr beiden«, sagte sie, »habt ihr ein paar Erinnerungen ausgetauscht?«

»Wir haben ein wenig die alten Zeiten verklärt«, entgegnete Julien. »Du siehst sehr schön aus, Chérie. Möchtest du einen Kaffee?«

»Ich nehme lieber ein Glas Champagner zum Abschluß«, sagte Suzanne, »schließlich ist das heute ein besonderer Abend. Unser letzter Abend auf Guernsey.« Sie neigte sich dichter zu Beatrice herüber. »Ich muß morgen nach Venedig. Modeaufnahmen für ein Magazin.«

»Wir hatten ausgemacht, daß ich ein paar Tage länger bleibe«, erinnerte Julien, »und wir uns Ende der Woche in Paris treffen.«

»Ich habe den Plan geändert«, entgegnete Suzanne liebenswürdig. »Du begleitest mich nach Venedig. Ich kann mich dann viel besser auf meine Arbeit konzentrieren.«

»Ich würde lieber hierbleiben«, erwiderte Julien.

»Du kommst mit«, sagte Suzanne.

Wahrscheinlich hat sie ihm eine ziemlich heftige Szene gemacht, dachte Beatrice, sie ist ganz sicher keine Frau, die es einfach hinnimmt, wenn ihre Pläne durchkreuzt werden.

Die Sonne schien ungewöhnlich heiß für Juni, und am Horizont lagen Schleier über dem Wasser. Die Felsen in der Petit Bôt Bay waren warm und glatt. Über den Büschen und Hecken entlang des Klippenpfades summten die Bienen. Eine schläfrige Stimmung schien über der ganzen Insel zu liegen. Irgendwo mochten Leben und Treiben herrschen, aber nichts davon drang bis hinunter in die Bucht. Zwei ältere Damen hatten ihre Schuhe ausgezogen und ihre Hosen hochgekrempelt und wateten am Rand der Brandung entlang. Der weiße Schaum des Meeres floß über ihre Füße und füllte die Spuren, die sie im Sand hinterließen. Sonst war kein Mensch weit und breit zu sehen.

»Es ist einfach zu heiß«, murmelte Julien, »zu heiß, um irgend etwas Vernünftiges zu tun.« Er lag auf einem breiten Felsen, hielt den Kopf an einen anderen Felsen gelehnt und blinzelte aus halb geschlossenen Augen in die Sonne. Die Bräune in seinem Gesicht hatte sich noch vertieft. Er sah phantastisch gesund und jung aus.

»Wir sollten uns ein wenig am Wasser abkühlen«, meinte Beatrice, »wie die beiden älteren Damen dort drüben. Das ist äußerst gesund.«

Julien brummte etwas. Er war von einer geradezu aufreizenden Entspanntheit, wenn man bedachte – und Beatrice bedachte es –, daß er vermutlich jede Menge Ärger mit Suzanne hatte. Sie war notgedrungen abgereist, da sie für den Fototermin in Venedig fest gebucht war, und Julien war auf Guernsey zurückgeblieben, ohne daß sie irgend etwas dagegen hatte tun können. Beatrice nahm an, daß sie häufig anrief und ihm Vorwürfe machte, aber Julien ließ darüber nichts verlauten. Falls Suzanne drüben in Italien Amok lief, so schien ihn das ziemlich kalt zu lassen. Er war auf Guernsey und genoß das Leben; mit möglichen Problemen würde er sich später beschäftigen. Und mit einer entwaffnenden Selbstverständlichkeit hatte er sich sofort mit Beatrice verabredet, schien völlig sicher davon auszugehen, daß sie die Zeit gemeinsam verbrachten. Beatrice fand nicht einmal die Gelegenheit, dieses Ansinnen in Frage zu stellen. Sie wurde nicht gefragt, und überraschenderweise hatte sie kein Bedürfnis, gefragt zu werden. Sie hatte das starke Gefühl, daß hohe Wellen auf sie zurollten und über ihr zusammenschlagen würden, und sie fand nicht den Willen, sich dagegen zu wehren.

»Ich glaube nicht, daß ich jetzt zwischen den alten Tanten am Wasser herumspielen möchte«, murmelte Julien. »Ich glaube, mir wäre es am liebsten, die beiden würden verschwinden.«

»Warum? Sie stören doch niemanden.«

»Nein?« Er öffnete die Augen und sah sie an. »Du findest es gut, daß sie hier sind?«

»Nein.« Sie versuchte, die Sogkraft seiner Augen zu ignorieren. »Das heißt, ich finde es weder gut noch schlecht. Es ist mir im Grunde gleichgültig.«

»Aha.« Er schloß die Augen wieder. »Es gab Zeiten, da waren wir ganz allein in dieser Bucht.«

»Ja, aber das ist schon ziemlich lange her.« Sie wartete, ob er etwas darauf erwidern würde, aber er schwieg eine ganze Weile, und sie vermutete schon, er sei eingeschlafen. Aber plötzlich fragte er mit klarer, wacher Stimme: »Liebst du deinen Mann eigentlich?«

Nach einer Überraschungssekunde gab sie zurück: »Liebst du Suzanne?«

»Ich glaube schon«, meinte er nachdenklich.

Die Eifersucht war wie ein hauchfeiner Nadelstich. »Weil sie so schön ist?«

»Sie hat noch ein paar Qualitäten mehr«, bemerkte er lässig.

»Welche?« Sie hatte das Gefühl, bereitwillig über ein Stöckchen zu springen, das er ihr hinhielt, aber sie konnte nicht davon ablassen. »Welche Qualitäten hat Suzanne, außer daß sie wundervoll aussieht, jede Menge Charme versprüht und Kleider trägt, von denen andere Frauen nur träumen können?«

Julien überlegte. »Das Leben mit ihr ist abwechslungsreich. Suzanne ist ständig unterwegs, und wenn sie nach Hause kommt, dann ist sie angefüllt mit Energie, mit Ereignissen, mit Erfolgen. Sie ist ein Motor, der ohne Unterlaß läuft. Um sie herum vibriert die Luft. Mit ihr gibt es keine Sekunde Ruhe.«

»Ist das nicht sehr anstrengend?«

»Natürlich ist es anstrengend. Zumal mein Job ja auch nicht gerade ruhig ist. Aber anders könnte ich nicht leben.«

»So wie ich könntest du nicht leben?«

»Nein. Diese Beschaulichkeit wäre nichts für mich. Ich habe immer noch nicht aufgeholt, was man mir einmal vorenthalten hat. Wahrscheinlich hole ich es nie auf. Ich laufe den Jahren hinterher, die mir gestohlen wurden, aber ich habe oft das Gefühl, ich werde mich nie zurücklehnen und sagen können: Ich habe sie wieder.«

»Aber Suzanne gibt dir zumindest zeitweise die Illusion, du könntest dein Ziel erreichen.«

Julien lächelte. »Ja. Es ist eine Illusion, natürlich. Aber viele Menschen, vielleicht sogar die meisten, hangeln sich ihr ganzes Leben lang von einer Illusion zur nächsten, und auf gewisse Weise sichern sie damit ihr Überleben. Was das Festhalten an Illusionen nach meiner Meinung legitimiert.« Er richtete sich auf, sein Blick war nun wach und klar. »Die beiden Damen sind weg«, stellte er fest, »wir sind allein.«

Sein Tonfall, seine Stimme verursachten bei Beatrice Gänsehaut. »Wir sind beide verheiratet«, erinnerte sie.

Julien nahm ihre Hand. Seine Augen blitzten. »Oh, richtig«, sagte er, »stimmt. Hattest du den Eindruck, ich könnte das vergessen?«

Sie versuchte, ihre Sachlichkeit wiederzufinden, die kühle Gelassenheit, mit der sie kritischen Situationen zu begegnen pflegte, aber ihre üblichen Strategien schienen nicht funktionieren zu wollen. Weder ihr Kopf noch ihr Körper scherten sich um das, was sie wollte.

»Vielleicht könntest du es vergessen«, sagte sie mit belegter Stimme.

»Vielleicht könntest *du* es vergessen«, korrigierte Julien und küßte sie.

Sie wollte ihn wegschieben. Aber sie war nicht in der Lage dazu. Nicht einmal, als seine Hand unter den Saum ihres Kleides glitt, sich langsam an ihren Oberschenkeln hinauftastete, als sich seine Finger sanft in ihre Haut gruben, fand sie die Kraft zu widerstehen. Es war Sommer. Es war warm. Sie hörte die Brandung des Meeres und fühlte, wie ein hauchzarter Wind über ihr Gesicht fächelte. Sie war wieder jung. Sie war das Mädchen, das über den Klippenpfad lief, um den Geliebten zu treffen, und das Herzklopfen hatte vor Sehnsucht und Erwartung – und weil es so schnell rannte, weil die Deutschen auf der Insel waren und der nächtliche Ausflug tödlich enden konnte.

Sie lag zwischen den Felsen im feuchten Sand, und Julien war über ihr, und es schien kein Tag vergangen seit jener Zeit des unendlichen Herzklopfens.

»Sag, daß du dich zu Tode langweilst mit deinem Mann«, sagte Julien, ehe er in sie eindrang, und sie wollte ihn so unbedingt, so unverzichtbar, daß sie ihren Stolz vergaß und jeden Rest von Loyalität.

»Ich langweile mich zu Tode mit ihm«, flüsterte sie und wußte, sie hätte in diesem Moment alles gesagt und getan, was er forderte. In der nächsten Sekunde war er in ihr, und sie vergaß Frederic und alles, was zu ihrem Leben gehörte.

»Es ist nach ein Uhr«, sagte Franca leise, »und ich habe überhaupt nicht bemerkt, wie schnell die Zeit vergangen ist.«

Beatrice zuckte zusammen. Sie war tief versunken gewesen in ihre Erinnerungen. »Entschuldigen Sie, Franca. Ich rede ohne Pause und halte Sie vom Schlafen ab. Ich hoffe, Sie haben sich nicht gelangweilt.«

»Überhaupt nicht! Im Gegenteil. Wie ging es weiter?«

Beatrice seufzte. »Nun – es blieb nicht bei diesem... Erlebnis in der Bucht. Natürlich nicht. Wir wollten beide mehr. Wir sahen uns jeden Tag, wir liebten uns jeden Tag. Wir vergaßen alles und jeden. Helene merkte, daß etwas im Gange war, und Frederic merkte es auch. Er rief nach wie vor täglich an, und ich erzählte ihm, es gehe mit dem Verkauf des Hauses nicht voran, und ich würde länger bleiben müssen als geplant. Er sagte, ich klänge komisch und verändert, und irgend etwas könne nicht stimmen, und ich stritt das natürlich ab, erklärte immer wieder, es sei alles in Ordnung. Aber nichts war in Ordnung, überhaupt nichts. Ich hatte eine Affäre mit dem Mann, der mich bereits einmal hatte sitzen lassen, und ich wußte, er würde es wieder tun, aber ich konnte ihm nicht widerstehen.« Beatrice bewegte unruhig ihre Hände über die Tischplatte. »Alles, worauf ich einmal so stolz gewesen war, versagte: meine Willenskraft, mein Stolz, meine Disziplin. Ich war Wachs in Juliens Händen. Und ich verspürte nicht einmal den Wunsch, es nicht zu sein. Ich lebte! Mit jeder Faser meines Körpers und meiner Seele lebte ich. Freiwillig hätte ich keinen Augenblick davon hergegeben.«

»Haben Sie über die Zukunft gesprochen? Über eine möglicherweise *gemeinsame* Zukunft, meine ich.«

Beatrice schüttelte den Kopf. »Irgendwie war klar, daß das nie in Erwägung stand. Julien sagte es nicht, aber es war einfach so. Wir hatten diese paar Sommerwochen. Danach würde jeder von uns in sein eigenes Leben zurückkehren, und wahrscheinlich würden wir einander nie wiedersehen.«

»Damit konnten Sie leben?«

»Damit mußte ich leben, und deshalb konnte ich es auch. Ich denke, jeder von uns holte sich in dieser Zeit etwas, das er brauchte. Wir dachten nicht voraus.«

»Was holten Sie sich?«

»Ich hatte wenig Jugend gehabt«, sagte Beatrice, »und ich war nach dem Krieg durch ein Tränental gegangen. Danach hatte ich mich in ein Leben zurückgezogen, das nicht meinem Alter entsprach. Ich fand ein Stück Leichtigkeit wieder mit Julien. Diese Leichtigkeit hat mich dann nie mehr ganz verlassen. Bis heute nicht, und dafür bin ich sowohl Julien als auch dem Schicksal sehr dankbar.«

»Und was wollte Julien?«

Beatrice zuckte mit den Schultern. »Das sollte man ohne jede Sentimentalität sehen. Julien wollte einfach sein altes Revier noch einmal in Besitz nehmen. Er wollte wissen, ob er mich noch immer haben konnte. Diese Südfranzosen sind so.«

»Merkte Suzanne etwas?«

»Selbstverständlich. Im nachhinein war mir klar, daß sie in der ersten Sekunde etwas bemerkt hatte, schon als wir uns oben auf dem Klippenpfad trafen und Julien und ich einander erkannten. Das gemeinsame Abendessen diente dem Abtasten der Lage. Nicht umsonst wollte sie dann Julien sofort mitnehmen nach Venedig. Und endgültig wurde ihr dann wohl alles klar, als er am Ende jener ersten Woche auch nicht wie vereinbart nach Paris kam, um sie zu treffen, sondern ihr am Telefon sagte, er wolle länger auf Guernsey bleiben. Sie hatte schon wieder den nächsten Job und konnte nicht herkommen und dazwischengehen. Es muß sie ziemlich umgetrieben haben zu wissen, daß wir uns hier auf der Insel vergnügten, während sie irgendwo ihre Modefotos machte und außer Gefecht gesetzt war.«

»Eine äußerst unschöne Situation für sie.«

»Natürlich. Und so hatte sich auch eine Menge Wut in ihr gesammelt, als sie endlich Ende Juli angerauscht kam und eine Szene hinlegte, die filmreif war. Ersparen Sie mir die Einzelheiten, es fielen Worte, die man kaum wiedergeben kann. Suzanne war eine temperamentvolle Frau. Und sie wurde zu einem wilden Tier, als sie ihren Besitz bedroht sah.«

»Helene«, sagte Franca, »bekam alles mit.«

Beatrice nickte. »Der Auftritt fand in unserem Haus statt. Helene stand die ganze Zeit daneben, und Mae übrigens auch, sie war gerade zu Besuch. Am Schluß hatten beide begriffen, daß ich sechs Wochen lang ein intimes Verhältnis mit einem französischen Journalisten unterhalten hatte, der zudem noch mein Liebhaber aus Kriegstagen war. Die arme Helene fiel von einem Schock in den nächsten. Ich hatte sie zweimal ausgetrickst: im Krieg, und nun schon wieder. Aber endlich hatte sie alle Informationen beisammen, die ihr bis dahin gefehlt hatten.«

»Haben Sie Julien wiedergesehen?«

»Nie mehr. Nicht einmal nach der Szene mit Suzanne, zum Abschied gewissermaßen. Wir konnten einander nicht Adieu sagen. Als ich am nächsten Tag zum Hotel kam, waren beide abgereist. Ich vermute, daß sie ihm ein Ultimatum gestellt hat: Entweder er kommt sofort mit ihr, ohne mich noch einmal zu sehen, oder sie wirft ihm ihre Ehe vor die Füße. Julien wußte, daß es kurz vor zwölf war. Und er hatte gehabt, was er wollte. Also ging er mit.«

»Und Sie ...«

»Und ich war schwanger. Wie sich wenig später herausstellte. Ich ging nach Cambridge zurück, ohne das Haus verkauft zu haben, und irgendwann wurde es auch für Frederic ersichtlich, daß ein Kind unterwegs war. Natürlich dachte er, es sei seines. Er war außer sich vor Freude.«

»Und Sie?«

»Ich hatte eine schlechte Phase«, sagte Beatrice, »ich fühlte mich elend und unglücklich. Die Schwangerschaft machte mir sehr zu schaffen, mir war ständig übel, und ich fühlte mich depressiv. Ich zerrieb mich in Sehnsucht nach Julien, hatte zugleich ein entsetzlich schlechtes Gewissen gegenüber Frederic, der sich rührend um mich bemühte. Er bemerkte natürlich meine Gereiztheit, mein häufiges Weinen. Aber er schob es auf die Schwangerschaft und kam nicht auf die Idee, daß etwas anderes dahinterstecken könnte.«

»Es wäre nie aufgeflogen«, sagte Franca leise.

»Nein«, sagte Beatrice, »das wäre es nicht. Alan wäre als unser gemeinsamer Sohn geboren worden und aufgewachsen. Ich hätte mich in dem engen Leben von Cambridge erneut eingewöhnt und wahrscheinlich meinen Frieden wiedergefunden. Ich hätte es gut gehabt. Frederic und ich wären Hand in Hand alt geworden.«

»Aber dann kam Helene.«

»Ja. Buchstäblich. Sie reiste an. Anfang Januar 1957. Sie stand so überraschend vor der Tür wie seinerzeit in London, als ich Frederic zum erstenmal mitnehmen wollte in meine Wohnung. Sie hatte zwei Koffer bei sich und war tief gekränkt, weil wir sie weder zu Weihnachten noch zu Silvester eingeladen hatten. Ich war im siebten Monat, hatte einen ziemlich dicken Bauch, geschwollene Fußgelenke und watschelte wie eine Ente. Insgesamt war ich jedoch gerade dabei, mich in mir und in dem vertrauten Leben wieder zurechtzufinden. Aber man hat manchmal eigenartige Ahnungen, nicht wahr? Ich sah Helene da vor der Tür stehen und wußte, daß Schwierigkeiten auf mich zukamen.«

»Sie erzählte Frederic, was sie wußte.«

»Ich weiß nicht, ob sie schon in dieser Absicht nach Cambridge gekommen war oder ob sie einen spontanen Entschluß faßte – aber eines Tages, während ich einen Spaziergang machte, schenkte sie ihm reinen Wein ein, erzählte alles aus jenem Sommer, berichtete von Julien und mir und Suzanne und äußerte die Vermutung, das Kind, das im März zur Welt kommen sollte, sei von Julien und nicht von ihm, Frederic. Ich weiß noch, es war ein naßkalter Januartag, häßlich und trüb, und ich kehrte mit einbrechender Dunkelheit ziemlich verfroren nach Hause zurück. Ich freute mich auf ein warmes Bad, auf einen heißen Tee und einen Abend vor dem Kaminfeuer. Helene war schon zu Bett gegangen, was mich verwunderte, und Frederic verließ nicht sein Arbeitszimmer, um mich zu begrüßen, wie er es sonst immer tat. Ich ging schließlich zu ihm. Das Zimmer stank nach Whisky, was absolut ungewöhnlich war. Noch nie hatte Frederic zuviel getrunken. Er hatte verweinte Augen, war totenblaß, und ich dachte zunächst an einen Trauerfall. Irgend jemand mußte gestorben sein, jemand, der ihm sehr nahe stand. Einer seiner Studenten? Mir rasten ein paar Möglichkeiten durch den Kopf, während ich in der Tür stand und ihn auf mich zukommen sah, und obwohl ich nicht wußte, worum es wirklich ging, fühlte ich, wie etwas Dunkles wuchs zwischen uns, zwischen mir und Frederic, daß dort eine Gefahr entstand, die ich noch nicht überblickte, die mir aber Angst einflößte.

›Frederic‹, flüsterte ich, ›was ist geschehen?‹

Er mußte eine Menge getrunken haben, aber er schwankte nicht. Wahrscheinlich hatte ihn der Schock so hart getroffen, daß ihn der Alkohol nicht wirklich betäuben konnte. Zwar sprach er stockend, aber er lallte nicht. Er war betrunken, und er war es auch nicht. Ich hatte noch nie einen Menschen in solch einem Zustand erlebt.

›Sag, daß es nicht wahr ist‹, bat er, ›sag mir um Gottes willen, daß es nicht wahr ist!‹

Ich wollte wissen, was er meinte, aber er schien es kaum formulieren und aussprechen zu können. Wäre der Geruch nach Whisky nicht gewesen, ich hätte nicht vermutet, daß er etwas getrunken hatte, ich hätte geglaubt, er sei krank. Ich drückte ihn in den Sessel neben dem kleinen Kamin und fragte, was geschehen sei. Am liebsten hätte ich mich zu seinen Füßen hingekauert und seine Knie umfaßt, aber mein dicker Bauch ließ es nicht zu. Also stand ich vor ihm und strich ihm über die Haare, und nach einer Weile, die ewig schien und in der er verzweifelt nach Worten suchte, erzählte er endlich von dem Gespräch mit Helene. Er sah mich nicht an dabei, sondern starrte an die gegenüberliegende Wand oder vielleicht auch einfach ins Leere. Ich hingegen blickte in das Bücherregal neben dem Kamin, ohne etwas zu sehen außer den flimmernden Buchstaben der Buchtitel. Der Boden unter meinen Füßen schwankte, mein Mund fühlte sich plötzlich trocken an, und mir wurde entsetzlich übel. Mir war sofort klar, daß ich nichts würde abstreiten können, selbst wenn Frederic vielleicht nur allzu bereit gewesen wäre, mir zu glauben.

›Sag, daß es nicht wahr ist‹, wiederholte er, und nun blickte er hoch zu mir und in meine Augen. Dort las er die Antwort, noch ehe ich den Mund hatte öffnen können, und soweit das überhaupt möglich war, wurde er noch fahler im Gesicht. Er begann wieder zu weinen, und ich streichelte mechanisch sein Haar, während ich gegen den Schwindel ankämpfte, der es mir schwermachte, aufrecht zu stehen. Ich hatte nie einen so tief verletzten, verstörten Menschen gesehen. Ich begriff, daß hier Scherben vor mir lagen, die niemals wieder zu kitten sein würden. Frederic war zerbrochen an diesem Nachmittag. Unsere Liebe war zerbrochen. Und ganz zwangsläufig zerbrach bald darauf auch unsere Ehe.«

Beatrice schwieg, die Erinnerung malte Schmerz auf ihre Züge.

»Wir hätten es gar nicht mehr versuchen müssen«, fügte sie hinzu.

»Er verlangte die Scheidung?« fragte Franca mit belegter Stimme.

»Das hätte Frederic nie getan. Er war bereit, dem Kind, das ich erwartete, seinen Namen zu geben, er war bereit, unser Zusammenleben aufrechtzuerhalten. Er wollte versuchen, alles wieder so werden zu lassen, wie es war. Aber es funktionierte nicht. Er kam nicht über die Geschichte hinweg, und mir wurde irgendwann klar, daß ich mit diesem gebrochenen Mann nicht leben konnte. Seine Schwermut erdrückte mich nach und nach, ich verlor jede Lebensfreude, ich magerte ab und hing nur noch bleich und verweint herum. Als Alan ein halbes Jahr alt war, beschloß ich zu gehen. Frederic akzeptierte es sofort. Ihm war wohl auch deutlich geworden, daß es für uns beide keine Zukunft gab.«

»Sie kamen hierher zurück.«

»Es war der einzige Ort, an den ich gehen konnte. Mein Haus, meine Heimat. Die Alternative wäre irgendeine kleine Wohnung gewesen, aber ich wollte, daß Alan Platz hatte und in einer gesunden Umgebung aufwachsen konnte. Guernsey war ideal.«

»Aber Helene war hier«, erinnerte Franca, »und Helene hatte alles zerstört. Konnten Sie mit ihr unter einem Dach sein?«

»Zunächst dachte ich, ich könnte es nicht«, sagte Beatrice, »ich war voller Wut, voller Schmerz. Ich wollte sie hinauswerfen, ein für allemal. Aber dann kam ich an, und sie saß hier, an diesem Tisch, und heulte und jammerte und klagte sich an – und ich wußte, ich würde es nicht fertigbringen. Sie bot ein solches Bild des Elends, und irgendwann reifte dann auch der Gedanke in mir, daß...«, Beatrice zögerte, »daß es letztlich nicht Helene gewesen war, die meine Ehe zerstört hatte. Sie hatte etwas Schlimmes getan, aber sie hatte nicht die Unwahrheit gesagt. Verstehen Sie? Die Affäre mit Julien hatte wirklich stattgefunden, und die Gefühle, die mich zu dieser Affäre bewogen hatten, waren echt gewesen.

Etwas hatte zwischen mir und Frederic nie gestimmt, sonst wäre ich nicht derart hungrig in Juliens Arme gesunken. Ich bin heute sicher, daß es auch ohne Helenes Zutun irgendwann zwischen uns beiden zu Ende gewesen wäre.«

»Sie spürten keinen Haß mehr?«

»Oh, den spürte ich schon«, sagte Beatrice, »den spüre ich auch heute noch. Aber nicht wegen dieser Geschichte. Ich hasse Helene, weil sie es geschafft hat, mich ein ganzes Leben lang festzuhalten und an sich zu binden. Weil sie 1940 in mein Haus gekommen ist und es besetzt hat und bis heute besetzt *hält*. Sie hat ihr Besatzer-verhalten nie aufgegeben. Als Winston Churchill die Befreiung der Kanalinseln verkündete, hat er Helene Feldmann vergessen.«

»Sie bauten die Rosenzucht Ihrer Eltern wieder auf?« fragte Franca vorsichtig.

Irgendwo im Haus schlug eine Uhr die halbe Stunde.

»Halb zwei«, sagte Beatrice, »wir sollten allmählich zu Bett gehen. Kommen Sie«, sie griff nach der Rotweinflasche, »wir trinken jede noch einen ordentlichen Schluck. Man fühlt sich einfach besser danach.« Sie schenkte das rubinrote Getränk in die Gläser.

»Ja, ich züchtete Rosen«, sagte sie übergangslos in Beantwortung der Frage, die Franca gestellt hatte, »irgend etwas mußte ich machen, und es lag nahe, auf dem aufzubauen, was meine Eltern geschaffen hatten.« Sie nahm einen großen Schluck von ihrem Rotwein. Ihre Augen verrieten, daß sie über die Jahre zurückblickte und den Weg überflog, den sie gegangen war.

»Ich stellte einen Gärtner hier von der Insel ein; er verstand eine Menge von Rosen und brachte mir bei, was ich nicht wußte. Allerdings muß ich sagen, daß er wohl stets die Hauptarbeit tat, und wenn es ein paar Erfolge in der Züchtung gab, die wir verbuchen konnten, so lag das an ihm. Ich wurde nicht reich dabei, aber ich konnte ihn bezahlen, und ich konnte mich ernähren. Zudem Geld einzahlen für die bescheidene Rente, die mich heute über Wasser hält. Anstelle von Cambridge hatte ich also diese verdammten Blumen.« Sie lächelte bitter.

»Ich zog mein Kind groß und sorgte für Helene, die mit den Jahren immer lebensuntüchtiger wurde. Es gab Zeiten, da haßte ich jeden einzelnen Moment meines Lebens. Aber irgendwie hielt ich durch, und ich denke, es hat heute keinen Sinn mehr zu jammern. Insgesamt war alles gar nicht so schlecht.«

Das war eine Lüge, wie Franca begriff, aber sie tat der alten Frau den Gefallen, ihr nicht zu widersprechen.

8

Sie hatte nicht gedacht, daß sie sich so schrecklich langweilen würde. Nicht in London. Von St. Peter Port kannte sie die grauen, ereignislosen Tage, an denen sich der Vormittag zäh und endlos dahinschleppte, um dann in einen ebenso langatmigen Nachmittag überzugehen. Mit dem Einfallen der Abenddämmerung regte sich wieder das Leben, aber jeden Tag stellte sich von neuem das fast unüberwindliche Problem, wie man die Zeit bis dahin hinter sich bringen sollte.

Sie konnte schlafen bis in die späten Vormittagsstunden, aber spätestens um elf Uhr war sie hellwach und hielt es im Bett nicht länger aus. Dann schlenderte sie, nur mit Slip und T-Shirt bekleidet, durch die Wohnung, betrachtete die Bilder an den Wänden, obwohl sie von jedem einzelnen genau wußte, wie es aussah, nahm sich ein paar Bücher aus den Regalen und blätterte gelangweilt darin herum und blieb schließlich an bunten Modemagazinen hängen, die sie zumeist am Vortag gekauft hatte. Die Zeitschriften, die *er* in der Wohnung herumliegen hatte, interessierten sie nicht; es handelte sich fast ausschließlich um juristische Fachpresse.

Das Frühstück, das sie beim Lesen – oder besser: beim Betrachten der Fotos – zu sich nahm, bestand fast immer aus einem Glas Orangensaft, einer Scheibe Brot mit etwas Cheddar und vielen Tassen starken, schwarzen Kaffees. Dann rauchte sie eine Zigarette, starrte aus dem Fenster, lauschte dem Leben und Treiben auf den Straßen und fragte sich, ob *so* das große Abenteuer aussah, auf das sie sich eingelassen hatte.

Irgendwann war sie fertig im Bad, war angezogen und startbereit – ohne zu wissen, wohin sie eigentlich starten wollte. Sie ließ sich durch die Straßen und Geschäfte treiben, starrte sehnsüchtig all die wundervollen Dinge an, die sie so gerne besessen hätte, verbrachte Stunden bei *Harrod's*, probierte Dutzende von Kleidern an und hängte sie dann wieder weg, weil ihr das Geld fehlte, sie zu kaufen.

Das Wetter war sonnig und mild, und meist trank sie gegen zwei Uhr in einem Straßencafé einen Kaffee und aß ein Doughnut dazu, und um auf lustigere Gedanken zu kommen, bestellte sie hinterher oft meist ein Glas Sekt – Champagner hätte ihr besser gefallen, aber ihr Geld neigte sich bedrohlich dem Ende zu, und sie konnte sich kaum einen Luxus erlauben.

Alan könnte mir ruhig ab und zu etwas zustecken, dachte sie manchmal ärgerlich.

Sie war jetzt seit zehn Tagen bei Alan in London, und nichts schien sich anzubahnen, was geeignet gewesen wäre, ihr Leben nachhaltig zu verändern. Alan schien nicht auf die Idee zu kommen, ihr das Dasein angenehmer zu gestalten.

Abends lud er sie stets zum Essen ein, das mußte sie zugeben, und er war, wenn sie später in seinem Wohnzimmer noch zusammensaßen, höchst freigiebig mit teuren Weinen und Champagner. Aber frühmorgens verschwand er in seine Kanzlei, und dort blieb er bis zum Abend.

Was denkt er, was *ich* tue die ganze Zeit? überlegte sie erbost.

Am zweiten Tag ihres Aufenthalts war sie mittags überraschend in seinem Büro aufgekreuzt und hatte ihn zum Essen abholen wollen. Er war im Gespräch mit zwei Mandanten gewesen, war aber herausgekommen, nachdem ihm seine Sekretärin Maja gemeldet hatte. Maja hatte sich ungeheuer schick angezogen und aufwendig zurechtgemacht, und sie sah ihm an, daß er sie sehr attraktiv fand.

»Schatz, es geht nicht«, sagte er bedauernd, »ich muß mit meinen Mandanten zum Essen gehen. Das ist seit langem verabredet.«

Sie zog einen Schmollmund, warf die langen Haare zurück. Ihre Ohrringe klirrten leise und aufreizend. »Und morgen?«

»Morgen ist es das gleiche. Es tut mir leid. Wir gehen heute abend essen, ja?«

Er strich ihr vorsichtig mit dem Finger über die Wange. »Wir gehen jeden Abend essen. Aber tagsüber kann ich leider nicht.«

»Warum kann ich nicht mit?«

»Weil diese Leute Dinge mit mir zu besprechen haben, die wirklich nur für meine Ohren bestimmt sind. Sie würden nie reden, wenn eine weitere Person dabei ist. Ich kann das unmöglich machen.«

Sie war abgezogen und hatte sich für den Rest des Tages entsetzlich gelangweilt, und erwartungsgemäß hatte Alan am Abend davon angefangen, wie sie sich ihr Dasein denn nun vorstelle, was sie tun wolle, welche Aufgabe sie sich zu suchen vorhabe.

»Es kann dich schließlich nicht befriedigen, den ganzen Tag in der Wohnung zu sitzen oder in der Stadt umherzustreifen«, hatte er hinzugefügt.

Sie hatte schon gefürchtet, daß er irgendwann damit anfangen würde, hatte jedoch gehofft, es werde erst später dazu kommen.

Sie hatte versucht, ihn möglichst treuherzig und aufrichtig anzublicken. »Natürlich. Du hast recht, Alan«, sagte sie, »aber laß mir noch ein bißchen Zeit, ja? Für mich ist das alles so neu hier, so fremd. Ich muß mich eingewöhnen ... irgendwie ... Vertrauen finden zu dieser Stadt.«

»Wenn du einer geregelten Tätigkeit nachgingest, würdest du neue Menschen kennenlernen«, gab Alan zu bedenken, »auch das hilft beim Eingewöhnen.«

»Laß mir Zeit«, bat sie erneut. »Alles ist so ungewohnt und verwirrend. Aber ich werde mich hier bald wie zu Hause fühlen.«

Er kam, wie sie gehofft hatte, zunächst auf das Thema nicht zurück. Natürlich würde er es irgendwann erneut anschneiden, aber sie kannte ihn gut genug, um zu wissen, daß sie eine ganze Weile Ruhe haben würde. Alan war zu sensibel, um einen anderen Menschen zu bedrängen.

Und wenn er wieder anfängt, dann muß ich eben weitersehen, dachte sie.

Mae hatte zweimal angerufen und gefragt, ob sie schon Urgroßmutter Wyatt besucht habe. Sie war sehr ärgerlich geworden, als sie gehört hatte, daß Maja sich noch nicht dort hatte blicken lassen.

»Wirklich, Maja, ich bin enttäuscht! Du hattest es mir so fest versprochen. Warum kannst du mir nicht diesen einen Gefallen tun? Ich habe Mum gesagt, daß du in London bist, und sie ist wirklich traurig, weil du sie nicht einmal anrufst.«

Als ob ich Lust hätte, einen ganzen Tag im Altenheim zu vertrödeln, dachte Maja mißmutig.

An diesem Tag nun, dem zehnten nach ihrer Ankunft, dachte sie ein wenig anders darüber. Von »vertrödeln« konnte sie kaum mehr sprechen, da sie ohnehin nichts anderes tat, als die Zeit totzuschlagen mit sinnlosen Aktivitäten, die nicht einmal wirklich als solche zu bezeichnen waren. Anstatt sich in Geschäften herumzutreiben, deren Angebote sie sich nicht leisten konnte, und darüber in immer tiefere Frustration zu fallen, konnte sie auch Urgroßmutter Wyatt aufsuchen und sich einen Tag zwischen alten Knackern um die Ohren schlagen. Sie winkte dem Kellner des Bistros, in dem sie saß und etwas gebutterten Toast aß, bezahlte und überquerte die Straße, auf deren anderer Seite sie eine Telefonzelle entdeckt hatte. Sie trat ein und wählte die Nummer ihrer Urgroßmutter.

Edith Wyatt lebte, wie viele alte Menschen, nur noch in der Vergangenheit, und am liebsten beschwor sie Geschichten herauf, die mit dem Krieg zusammenhingen. Stundenlang konnte sie über die Besatzung auf Guernsey sprechen. So war es immer gewesen, wie sich Maja erinnerte. Es ging um den gräßlich vorgestrigen Käse, der sie nicht im allermindesten interessierte.

Das Altenheim lag außerhalb Londons in einem idyllischen Dorf unweit von Henley. Ein großes, verschnörkelt gebautes Haus aus viktorianischer Zeit mit einer breiten Veranda, die um alle vier Seiten herumführte, und einem alten, etwas verwilderten Garten voller Obstbäume, unter denen weißlackierte Bänke und Stühle standen. Die Alten saßen allerdings nicht dort, in der lauschigen Tiefe zwischen hohen Gräsern und Brombeerhecken, sondern hatten sich auf der Veranda aufgereiht wie eine Kette hungriger Krähen, die auf irgend etwas Eßbares lauern, das zufällig des Weges kommt. Als Maja sich näherte, verstummten die Gespräche, und alle Köpfe wandten sich ihr zu. Maja hätte ihnen am liebsten die Zunge herausgestreckt.

Sie haßte alte Menschen. Sie haßte graue Haare und Wackelköpfe und Sabbermünder. Sie haßte den Anblick des Verfalls, der sie daran gemahnte, wie nahe sie alle jener Grenze standen, hinter der es nur noch den Weg in Richtung Tod gab.

Leben, dachte sie, als sie an den Krähen vorüberging und versuchte, den Geruch nach Alter und Krankheit nicht einzuatmen, ich muß leben, ich muß viel mehr und viel stärker leben, und ich darf nicht soviel Zeit vertrödeln.

Der Gedanke, daß sie mit Alan womöglich eine reine Zeitverschwendung betrieb, beschäftigte sie schon seit ein paar Tagen, aber nun, da sie diesen Geruch atmete, fiel er geradezu über sie her, und sie wußte, daß er sie von nun an keine Sekunde lang mehr aus seinen Klauen lassen würde.

Edith Wyatt saß als einzige nicht auf der Veranda, sondern ganz hinten im Garten in einem weißen Korbsessel. Auf einem Tischchen vor ihr standen eine Kanne mit Tee, zwei Gedecke und eine Schale mit Gebäck. Sie war außer sich vor Freude, ihre Urenkelin zu sehen.

»Nimm dir Tee«, sagte sie, »nimm dir etwas von dem Gebäck! Du bist zu dünn, Kind. Laß dich anschauen! Man sollte nicht meinen, daß du ein Sproß unserer Familie bist. So hübsch wie du ist keine von uns je gewesen.«

Zum Glück riecht sie nicht so wie die anderen, dachte Maja, sonst könnte ich sie auch nicht ertragen.

Sie lehnte sowohl Tee als auch Gebäck ab, das Geschirr, von dem sonst die Alten aßen, ekelte sie zu sehr an. Wer weiß, wie sorgfältig sie hier spülen, überlegte sie und spürte schon wieder eine Gänsehaut.

Edith Wyatt wollte natürlich alles über Guernsey wissen, den neuesten Tratsch und Klatsch, aber die meisten Menschen, die sie gekannt hatte, lebten nicht mehr, und die Namen, die Maja nannte, sagten ihr nichts.

»Ich habe den Bezug zu Guernsey verloren«, meinte sie traurig nach einer Weile. »Ach, ich wünschte, wir wären nie von dort weggegangen. Die Insel war meine Welt.«

Als treue Ehefrau vom alten Schlag hatte sie sich widerspruchslos gefügt, als ihr Mann Mitte der fünfziger Jahre nach London übersiedelt war, weil ihm dort die Praxis eines verstorbenen Studienfreundes angeboten worden war – eine großartige Chance, die kein vernünftiger Mensch ausgeschlagen hätte. Aber Edith Wyatt wurde nie heimisch in England, und als ihr Mann starb, hatte sie lange gezaudert, ob sie nicht zu Kindern und Enkeln nach Guernsey zurückkehren sollte. Doch ihr Mann hatte schon zu Lebzeiten die Plätze im Altenheim für sie beide gekauft, und irgendwie wäre es Edith als ein Verrat an ihm erschienen, seinen Plan zu umgehen und den Rest ihres Lebens nach ihren eigenen Wünschen zu gestalten. Sie war erzogen worden, ihrem Mann zu folgen, wohin er sie führte, und nach ihrer Vorstellung endete dieses Prinzip auch nicht mit dem Tod des Partners.

»Ach, ich möchte so gerne, *so gerne,* St. Peter Port noch einmal sehen«, seufzte sie, »noch zwei Wochen, dann ist ›Liberation Day‹. Die Insel wird ersticken in Blumen. Nimmst du am Festzug teil, Darling?«

»Ich werde dann immer noch in London sein«, erinnerte Maja. Sie hatte heftigen Durst, aber sie brachte es nicht über sich, den Tee anzurühren. »So rasch gehe ich nicht nach Guernsey zurück!«

Edith musterte sie aus klugen Augen. »Mae erzählte, du lebst in London mit Alan Shaye zusammen, Beatrice Shayes Sohn.«

»Ja. Er wollte seit Jahren, daß ich bei ihm einziehe, und nun habe ich es eben getan.«

»Liebst du ihn? Willst du bei ihm bleiben?«

Maja rutschte unruhig auf ihrem Stuhl hin und her. »Wir müssen uns noch erst aneinander gewöhnen.«

»Aber ihr seid seit Jahren sehr vertraut miteinander. Allmählich müsstest du wissen, wie es um deine Gefühle steht.« Edith seufzte. Ihrer Ansicht nach hatten die jungen Leute heutzutage viel zu ausführlich die Gelegenheit, einander unverbindlich zu testen. Sie verlernten völlig, sich einmal wirklich festzulegen. »Alan Shaye ist ein sehr sensibler Mann«, fuhr sie fort, »ein Mensch, mit dem man rücksichtsvoll umgehen sollte.«

»Du kennst ihn doch kaum!«

»Er hat mich und deinen Urgroßvater manchmal besucht. Und hier war er auch schon ein paarmal. Er ist sehr treu, er vergißt Menschen nicht, nur weil sie alt und krank sind und ihm nichts mehr einbringen.«

Maja war überrascht. Alan hatte ihr nicht erzählt, daß er Urgroßmutter Wyatt hin und wieder besuchte.

Typisch Alan, dachte sie und wußte selbst nicht, weshalb sie sich über ihn ärgerte, er ist einfach so grundgut.

»Nun ja«, sagte Edith, »ich hoffe, es wird alles schön zwischen euch. Erzähle mir von Beatrice. Und von Helene. Wie geht es den beiden?«

Maja interessierte sich weder für Beatrice noch für Helene, und im Grunde wußte sie auch über beide nichts zu berichten.

»Ich weiß nicht«, sagte sie unlustig, »ich glaube, es geht ihnen beiden wie immer.«

»Mein Gott, ich sehe sie noch vor mir, als sie jung waren«, sagte Edith mit lebhaft blitzenden Augen, und Maja dachte: Nein, nun geht es los mit den alten Zeiten und dem Krieg!

»Damals, im Mai 1945, fast um diese Zeit vor über fünfzig Jahren... weißt du, daß ich jedes Jahr im Mai an die Tage der Befreiung denken muß? Die Bilder steigen immer wieder vor meinem inneren Auge auf.«

Das ist ja genau das Elend mit euch alten Menschen, dachte Maja genervt.

»Beatrice war sechzehn, so zart und jung«, fuhr Edith fort, »unterernährt, hungrig wie wir alle, fiebernd, was geschehen würde... und Helene war nur noch ein Schatten ihrer selbst, sie hatte Angst. Das Dritte Reich fiel zusammen, und sie wußte nicht, was aus ihr und ihrem Mann werden würde. Die Inseln wurden noch gehalten, aber die Zeit lief ab, und man fragte sich, wie das Ende aussehen würde. Wir hielten noch immer diesen französischen Kriegsgefangenen, Julien, bei uns versteckt, und wir waren nervös wie nie zuvor. Es war eine Art abergläubische Furcht, die uns beherrschte, die Angst, es werde auf dem letzten Wegstück noch etwas passieren, gerade weil wir bis dahin mit einem blauen Auge davongekommen waren.«

Maja seufzte. Sie hatte es schon *so oft* gehört!

»Die Ereignisse überschlugen sich in jenen letzten Tagen«, fuhr Edith fort, »es wurden immer noch Todesurteile verhängt und vollstreckt von den Deutschen, wußtest du das? Oh, was zitterten wir! In solchen Zeiten verbreiten sich ja auch die Gerüchte mit rasender Geschwindigkeit. Manche behaupteten, die Deutschen würden die Inseln in die Luft sprengen oder alle Bewohner erschießen ... Das war natürlich Unsinn.«

»Natürlich«, stimmte Maja gelangweilt zu.

»Aber die Besatzer wurden nervös«, fuhr Edith fort, »und nervöse Menschen sind besonders gefährlich. Am schlimmsten war Erich Feldmann. Wir fanden ja später heraus, daß er sich seit Jahren schon mit Psychopharmaka vollstopfte, und in jenen Tagen brauchte er wohl mehr denn je davon. Aber er bekam nichts mehr. Die Versorgungslage war katastrophal. Bei Medikamenten, die überhaupt noch aufzutreiben waren, handelte es sich um eine Grundausstattung für Verletzte und ein bißchen Penizillin und Ähnliches ... aber Psychodrogen gab es natürlich keine, und Erich geriet immer mehr in Panik. Er war abhängig von dem Zeug.«

Maja seufzte erneut, diesmal ein wenig lauter. Erich Feldmann und seine Probleme interessierten sie nicht im mindesten.

»Er hat Thomas bedroht«, sagte Edith, »deinen Urgroßvater. Habe ich dir das eigentlich schon einmal erzählt? Am Morgen des Tages, an dem er starb, Erich, meine ich. Er erschien in aller Herrgottsfrühe in der Praxis. Er sah fürchterlich aus. Grau im Gesicht, mit blutunterlaufenen Augen. Er verlangte Aufputschmittel, schrie herum, Thomas als Arzt müsse etwas vorrätig haben, es gebe sicher noch geheime Quellen ... Tommy hatte wirklich nichts, aber Erich glaubte ihm nicht. Er hielt eine Waffe in der Hand, und Thomas mußte ihm jeden Schrank, jede Schublade öffnen, nicht nur in der Praxis, sondern auch im Haus. Erich führte sich auf wie ein Berserker. Wir waren halb verrückt vor Angst, denn oben auf dem Dachboden saß Julien, und es gab die Klappe nach oben, sie war deutlich sichtbar. Jeden Augenblick hätte Erich in seiner Verzweiflung, mit der er unbedingt an ein Medikament gelangen wollte, uns auffordern können, die Leiter herunterzulassen und ihm auch noch diesen Raum vorzuführen. Es war wie ein Alptraum.« Edith schauderte in der Erinnerung an jene Momente. »Ich dachte, ich müßte schreien, so entsetzlich vibrierten meine Nerven. Aber das hätte alles noch schlimmer gemacht. Ich mußte einigermaßen unbefangen und normal erscheinen.«

Maja kannte diese Geschichte noch nicht, aber deswegen fand

sie sie keineswegs spannend. Es lag alles so schrecklich weit zurück. Es hatte keine Bedeutung mehr für sie und ihr Leben.

»Ich nehme an, daß er Julien nicht entdeckt hat«, sagte sie mißmutig, »denn sonst würdest du wohl nicht hier sitzen.«

»Nein«, stimmte Edith zu. Vorsichtig nahm sie einen Schluck Tee. »Ich würde wahrscheinlich nicht hier sitzen. Er zog ab, ohne den Dachboden gesehen zu haben. Aber ich hatte die ganze Zeit über das Gefühl, daß noch etwas Schlimmes geschehen würde, und ich behielt damit recht. Am späten Nachmittag desselben Tages wurde Thomas zu Beatrice und Helene hinübergerufen. Der andere Franzose, der für Erich arbeitete, Pierre hieß er, glaube ich, lag schwer verletzt in der Küche des Hauses. Erich hatte auf ihn geschossen. Ich weiß gar nicht mehr genau, warum...«, Edith runzelte die Stirn, »irgendeine Meinungsverschiedenheit, nehme ich an. Erich drehte wohl einfach durch, weil er seine Medikamente nicht bekam... Thomas sagte, es habe schlimm ausgesehen.«

»Hat er dem Franzosen helfen können?« fragte Maja. Sie hatte furchtbaren Durst. Vielleicht finde ich in der Küche etwas zu trinken, überlegte sie, eine Dose oder eine ungeöffnete Flasche, an der garantiert noch niemand von den Alten dran war.

»Er hat ihm helfen können«, antwortete Edith, »soweit ich mich erinnere, sprach er von einem glatten Durchschuß im Bein. Pierre hatte wohl ziemlich viel Blut verloren, und es herrschte eine mörderische Hitze draußen...« Ihre Augen verdunkelten sich ein wenig. »Ach, das waren Zeiten«, sagte sie unbestimmt, und es klang etwas wie Sehnsucht in ihrer Stimme. »Sie waren schrecklich, sie waren gefährlich, aber wir waren alle zusammen, wir lebten... hier habe ich manchmal das Gefühl, schon gar nicht mehr da zu sein.«

»Du solltest nach Guernsey zurückkommen«, sagte Maja. »Großmutter würde sich bestimmt sehr freuen, dich bei sich zu haben.«

»Ich weiß nicht...«, murmelte Edith, wobei sie offenließ, ob sich ihre Zweifel auf Maes Freude bezogen oder auf den Vorschlag, nach Guernsey zurückzugehen. »Wer weiß, ob ich dort noch hingehöre...«

Maja erhob sich. »Du erlaubst doch, daß ich rasch in die Küche gehe, ja? Ich brauche unbedingt etwas zu trinken...«

Edith wies auf die Teekanne. »Der Tee...«

»Etwas Kaltes«, sagte Maja rasch, »es ist einfach zu warm heute für Tee.«

»Ein sehr sonniger Frühling«, stimmte Edith zu, »vielleicht sind deshalb die Erinnerungen besonders lebendig. 1945 war es ebenfalls so warm. Zu warm für den April, zu warm für den Mai...«

Sie tun alle so, als sei diese Zeit toll gewesen, dachte Maja, während sie sich in Richtung Haus entfernte. Dabei ging es doch einfach fürchterlich zu. Ich hätte damals nicht leben mögen. Krieg und Hunger und unmögliche Klamotten...

Sie verzog das Gesicht und schüttelte sich. Sie hatte das Haus erreicht und entdeckte zu ihrer Freude eine Hintertür, die offenstand. Es hätte sie gestört, vorne an den Alten vorbeizumüssen und erneut angestarrt zu werden.

Die Tür führte direkt in die Küche, wie sie beim Anblick mehrerer großer Kühlschränke und eines gigantischen Herdes feststellte. Sie war penibel aufgeräumt, nirgendwo stand schmutziges Geschirr herum, nirgendwo lag auch nur ein Stäubchen. Als unordentlich konnte man das Heim beim besten Willen nicht bezeichnen.

Eine der Kühlschranktüren war geöffnet, ein junger Mann kniete davor und kramte in den Fächern herum. Als er Majas Schritte hörte, sprang er erschrocken auf und drehte sich um. In der Hand hielt er eine Coladose. Sie war beschlagen von der Kälte, ein Tropfen perlte langsam herunter. Bei diesem Anblick wurde Maja ganz schwach.

»Hey«, sagte sie, »hier gibt es ja Cola!«

»Ich würde das gern bezahlen«, sagte der junge Mann verlegen, »ich habe nur niemanden gefunden. Sind Sie hier zuständig? Ich möchte...«

»Ich bin nur zu Besuch hier«, unterbrach Maja, »und ich verdurste beinahe.« Sie schob ihn beiseite und angelte nach einer zweiten Coladose. »Ich möchte nichts von dem Tee trinken, den sie hier anbieten.«

»Der Tee ist schauderhaft«, stimmte der junge Mann zu, »so dünn, daß man eigentlich ebensogut Wasser zu sich nehmen könnte.«

»Ich habe ihn gar nicht erst probiert«, sagte Maja. Die Dose zischte leise, als sie sie öffnete. »Ich ekle mich vor dem Geschirr hier. Ich weiß nicht, ob richtig gespült wird.«

»Da drüben stehen große Spülmaschinen«, meinte der junge Mann. Er öffnete seine Dose nun ebenfalls, offenbar hatte Maja ihm Mut gemacht. »Das tut gut«, murmelte er.

Maja trank fast die ganze Cola in einem Zug leer.

»Das tut wirklich gut«, meinte sie, »ich weiß nicht, ob es nur die Hitze ist oder auch die deprimierende Atmosphäre, aber ich brauche jetzt unbedingt etwas, das mich aufrichtet.«

»Sie besuchen Ihre Großmutter oder Ihren Großvater?« erkundigte sich der junge Mann. Seine Augen verrieten jene erste Faszination, die Maja von Männern kannte. Es schaute sie kaum je ein Mann an, ohne daß dieses Glimmen im Blick auftauchte.

»Ich besuche meine Urgroßmutter«, sagte sie.

Er war überrascht. »Wirklich? Das ist selten. Ich meine, es ist selten, daß jemand seine Urgroßmutter noch hat.«

»In unserer Familie werden alle ziemlich alt«, sagte Maja.

Sie standen einander etwas unschlüssig gegenüber. Maja registrierte die weichen, dunkelblonden Haare des Mannes, die topasfarbenen Augen, einen Zug von Sanftheit um den Mund, den sie anziehend fand.

Was für ein hübscher Junge, dachte sie.

»Ich heiße Frank«, sagte er, »Frank Langtry.«

»Maja Ashworth.«

»Freut mich, Maja. Wo wohnen Sie? In London?«

»Ja. Sie auch?«

»Ja. Vielleicht könnten wir zusammen zurückfahren. Sind Sie mit dem Auto da?«

»Nein. Ich bin mit dem Bus gekommen.«

»Dann nehme ich Sie gern mit. Wenn es Ihnen recht ist.«

Maja war hoch erfreut. Sie haßte es, mit dem Bus zu fahren, und zudem würde der gutaussehende Mann sie die Eindrücke des Altenheims vergessen lassen.

»Um fünf Uhr?« fragte sie.

Er nickte eifrig. »Okay. Wir treffen uns vor dem Haupteingang. Um fünf Uhr.«

Der Tag hatte ein neues Gesicht bekommen. Maja empfand es geradezu körperlich, als sie, die Coladose mit dem letzten noch übrigen Schluck in der Hand, durch den Garten zu Edith zurückschlenderte. Die Sonne schien goldener, und das Grün der Bäume leuchtete heller. Ein sanfter Wind spielte in ihren Haaren.

Mal sehen, was kommt, dachte sie. Insgesamt schien es jedenfalls nicht die dümmste Idee gewesen zu sein, den Tag im Altenheim zu verbringen.

9

Der 1. Mai fiel auf einen Montag. Franca hatte am Vorabend eine Bowle angesetzt, mit der sie in den Mai hineingefeiert hatten. Mae und Kevin waren ebenfalls dagewesen. Mae redete wieder mit Beatrice, aber die Spannung zwischen den beiden war im höchsten Maße spürbar, und soweit Franca wußte, war auch noch kein erlösendes Wort gefallen. Beatrice hatte fast zwei Wochen lang nichts von Alan gehört, und Franca vermutete, daß sie ziemlich genau zuhörte, als Mae von Maja berichtete. Man hätte es ihr jedoch nicht anmerken können. Sie trank ihre Bowle, blickte aufs Meer hinaus, und ihre gleichmütige Miene verriet nichts von dem, was in ihr vorgehen mochte.

»Maja hat Gott sei Dank endlich einmal meine Mutter besucht«, hatte Mae berichtet. »Mum war entzückt, wie hübsch sie aussieht. Sie habe entspannt gewirkt.« Sie warf einen Seitenblick auf Beatrice. »Es scheint ihr gutzugehen.«

»Wie schön«, sagte Beatrice.

»Jeder Mensch wird irgendwann einmal erwachsen«, fuhr Mae fort, »und vielleicht ist Maja nun an diesen Punkt gekommen. Das könnte doch sein, oder?«

Nach allem, was Franca von Maja gehört hatte, bezweifelte sie, daß Maja je so weit kommen würde, doch sie sagte nichts dazu. Maja und Alan gingen sie im Grunde nichts an, ebensowenig wie die Spannung zwischen Mae und Beatrice. Obwohl sie inzwischen wesentliche Teile von Beatrices Lebensgeschichte kannte, fühlte sie noch immer eine gewisse Scheu, sich in die Belange der alten Dame einzumischen. Sie empfand die Distanz, die trotz allem zwischen ihnen blieb. Sie hatte den Eindruck, daß Beatrice diese respektiert zu sehen wünschte.

Sie hatten bis in den späten Abend auf der rückwärtigen Veranda sitzen können; der Abend war hell und warm gewesen, und nur langsam war das Licht am westlichen Horizont erloschen. Franca hatte, wie meist, eine Beobachterposition eingenommen und merkte, daß Kevin nervös und ungewöhnlich blaß war und daß Helene eigenen Gedanken nachhing. Franca erinnerte sich, daß der 1. Mai Erichs Todestag war. Vermutlich durchlebte Helene in ihrer Erinnerung noch einmal jene dramatischen Stunden, die nun fünfundfünfzig Jahre zurücklagen. Darüber hinaus flogen ständig feine Giftpfeile zwischen Mae und Beatrice hin und her. Im Grunde, dachte Franca, ist dies hier keineswegs die Idylle, als die sie sich auf den ersten Blick darstellt.

Sie hatten bis Mitternacht alle etwas zuviel Alkohol erwischt, und Beatrice bot Kevin und Mae an, die Nacht in ihrem Haus zu verbringen. Mae lehnte sofort ab, sie könne nur in *ihrem* Bett schlafen, sagte sie, und sie brauche ihre Sachen um sich herum.

»Aber du bleibst, Kevin«, bat Beatrice, doch auch Kevin lehnte das Angebot ab. »Nein, ich muß nach Hause«, sagte er hastig.

Er hat abgenommen, dachte Franca, er hat sehr schmale Wangen bekommen.

Irgendwie sah er auch ungepflegter aus, nicht mehr so gestylt und perfekt wie früher. Seine Haare waren eine Spur zu lang, so als schiebe er einen überfälligen Friseurbesuch vor sich her, und er schwitzte stark. Es ging ihm ganz offensichtlich nicht gut, aber es war nicht ersichtlich, ob er sich mit einem psychischen Problem herumschlug oder sich körperlich unwohl fühlte. Er machte keinerlei Anstalten, über das, was in ihm vorging, zu sprechen, und verabschiedete sich statt dessen hastig.

»Wenn ihn die Polizei kontrolliert, ist er seinen Führerschein los«, meinte Beatrice unruhig. »So leichtsinnig kenne ich ihn gar nicht. Zudem schien er mir äußerst nervös. Ich wüßte gern, was ihn derart beschäftigt.«

Am nächsten Morgen schliefen sie alle lange. Es war noch völlig still im Haus, als Franca erwachte. Sie blinzelte ins helle Sonnenlicht, setzte sich auf und konnte einen Schmerzenslaut kaum unterdrücken. Ihr Kopf brummte, ihre Augen brannten.

»O Gott«, murmelte sie, »ich habe zuviel Alkohol erwischt.«

Vorsichtig stieg sie aus dem Bett, tappte zum Fenster und sah hinaus. Strahlend sonnig, frisch und von seltener Klarheit lag der Maitag vor ihr. In der Ferne konnte sie das Meer glitzern und funkeln sehen. Für gewöhnlich lagen um diese Zeit feine Nebelschleier über dem Wasser, aber selbst diese hatten sich bereits aufgelöst.

Ein vollkommener Tag, dachte Franca.

Sie zog ihren Bademantel an und schlich, so leise sie konnte, nach unten. Ihr Mund brannte, sie brauchte unbedingt ein Glas Wasser.

Auf dem Eßtisch standen noch die Gläser und Teller vom Vorabend. In dem großen Krug schimmerte in leuchtendem Erdbeerrot die Bowle. Franca schlurfte in die Küche hinüber. Jede Erschütterung spürte sie im Kopf.

Ich wünschte, ich wüßte, wo es hier ein Aspirin gibt, dachte sie.

Während sie in der Küche an die Spüle gelehnt stand und in kleinen Schlucken ihr Wasser trank, vernahm sie Schritte von draußen. Jemand schien um das Haus herumzugehen. Gleich darauf tauchte Kevins Gesicht hinter dem Fensterglas in der Verandatür auf. Franca erschrak so heftig, daß sie fast ihr Glas hätte fallen lassen.

»Himmel, es ist nur Kevin«, sagte sie streng zu sich selbst und öffnete ihm die Tür.

Er kam sofort herein, offensichtlich erleichtert, einen Menschen angetroffen zu haben, der wach war.

»Ach, Franca, wie schön, Sie zu sehen«, sagte er. »Ich weiß, es ist noch ziemlich früh am Morgen, aber...«

Er ließ den Satz unfertig in der Luft hängen, wußte wohl selbst nicht zu erklären, weshalb es ihn schon so früh aus dem Bett getrieben hatte. Wenn er überhaupt im Bett gewesen war. Franca bezweifelte es. Kevin sah aus, als habe er kein Auge zugetan und sei kaum in die Nähe eines Bettes gekommen.

»Ich wollte Sie fragen, ob Sie Lust hätten, heute abend zu mir zu kommen«, fuhr er hastig fort, »ich meine, Sie alle. Helene und Beatrice. Heute ist der Todestag von Helenes Mann, das ist immer sehr schwierig für sie. Ich dachte, ich könnte etwas kochen, und wir könnten sie ein bißchen auf andere Gedanken bringen.«

»Oh – das ist eine nette Idee«, sagte Franca überrascht. »Ich komme gern. Beatrice und Helene schlafen noch, aber ich bin sicher, sie freuen sich auch.«

»Ja, also, vielleicht könnten Sie mich anrufen, wenn alles geklärt ist«, sagte Kevin. Er trat von einem Fuß auf den anderen, wirkte unschlüssig, übernervös, angespannt. Es schien ihn zu beunruhigen, Helene und Beatrice nicht angetroffen zu haben, aber damit, so dachte Franca, hatte er um diese Uhrzeit nicht rechnen können.

»Glauben Sie wirklich, die beiden werden zustimmen?« erkundigte er sich noch einmal.

Es schien ihm viel daran gelegen. Franca betrachtete sein fahles Gesicht und fragte sich, ob es tatsächlich nur die Geldsorgen waren, die diesem Mann den Schlaf und die Ruhe raubten.

»Ich sehe da kein Problem«, sagte sie freundlich, »und ich komme ja auf jeden Fall.«

»Gut, in Ordnung, dann um sieben Uhr heute abend bei mir, ja?« bat Kevin. Mit einer erschöpften Geste strich er sich die Haare aus der Stirn. Franca sah, daß ein feiner Schweißfilm sein Gesicht bedeckte.

»Geht es Ihnen gut?« fragte sie. »Sie sehen ziemlich elend aus. Möchten Sie vielleicht einen Kaffee?«

»Hätten Sie einen Cognac?« fragte Kevin zurück.

Irritiert holte sie Flasche und Glas aus dem Eßzimmer. Er kippte den Cognac in einem Zug hinunter, nannte Franca noch einmal die geplante Uhrzeit und verabschiedete sich dann.

Franca machte sich einen starken Kaffee, ging noch einmal auf die vergebliche Suche nach einem Aspirin und zog sich dann mit einem Buch ins Wohnzimmer zurück. Ihr schwerer Kopf und der Schlafmangel machten sich bald bemerkbar.

Trotz des Kaffees schlief sie in ihrem Sessel ein.

Alan saß am Frühstückstisch, las die *Times* und fragte sich, weshalb er so häufig einen Absatz zweimal lesen mußte und ihn nicht im ersten Durchgang erfaßte. Weshalb gelang es ihm nicht, sich zu konzentrieren? Vor ihm standen Tee, Orangensaft, weiche Eier, Toastbrot, verschiedene Marmeladensorten, Käse und ein paar Scheiben Lachs. Er hatte sich jede erdenkliche Mühe gegeben, einen schönen Tisch zu decken und die Dinge herbeizuschaffen, die Maja gern aß. Er hatte ein richtiges Sonntagsfrühstück gezaubert – und dies an einem Montagmorgen. Um acht Uhr hatte er seine Sekretärin angerufen und ihr gesagt, daß er an diesem Tag nicht kommen werde.

»Aber... Ihre Termine...«, hatte sie erschrocken erwidert, doch er hatte sie unterbrochen: »Alle absagen. Ich bin erst morgen wieder da.« Dann hatte er aufgelegt.

Am Samstag hatte er eingekauft, war durch die Lebensmittelhallen von *Harrod's* gestreift und hatte sich Zeit genommen, von allem nur das Beste und Schönste auszusuchen. Eigentlich hatte er mit Maja zusammen einkaufen wollen, aber diese hatte ihm schon morgens erklärt, sie wolle Edith besuchen und den Tag mit ihr verbringen.

»Schon wieder?« hatte er mit hochgezogenen Augenbrauen gefragt. »Du hast sie doch schon zweimal in der letzten Woche besucht!«

»Ich weiß. Aber gerade am Wochenende freut sie sich besonders. So ein Samstag im Altenheim kann sich lang hinziehen.«

»Ich bin wirklich erstaunt. Die ganze Zeit hast du gejammert, daß ich mich nicht um dich kümmere, daß ich ständig weg bin, daß du immerzu allein herumhängst. Nun habe ich Zeit, möchte einen Samstag mit dir verbringen, und ausgerechnet für diesen Tag verabredest du dich anderweitig. Du hättest Edith doch auch nächste Woche besuchen können!«

Sie hatte ihn bekümmert angesehen. »Ich habe nicht richtig nachgedacht. Entschuldige, Alan. Aber wenn ich Edith jetzt absage, dann...«

»Nein, nein!« Er hatte resigniert abgewehrt. »Auf keinen Fall. So kurzfristig kannst du ihr natürlich nicht absagen, sie wäre zu enttäuscht.« Er hatte überlegt. »Wenn ich mitkäme, dann...«

Es schien ihm fast, als erschrecke sie dieser Vorschlag.

»Es geht ihr nicht so gut. Ich glaube, sie wäre lieber mit mir allein. Wenn du also nicht gekränkt bist...«

»Nein, nein!« Gekränkt war er natürlich nicht. Aber beunruhigt. Irgend etwas paßte nicht zusammen. Er kannte Maja, seit sie auf der Welt war, er kannte sie nur zu gut. Maja hatte nie besonders viel Familiensinn bewiesen. Es verband sie eine gewisse Zuneigung mit ihrer Großmutter Mae, aber die beruhte in erster Linie auf den Geldscheinen, die Mae ihrer Enkelin höchst großzügig zukommen ließ. Sicher mochte sie auch Edith, aber es sah Maja überhaupt nicht ähnlich, ihr innerhalb von zehn Tagen drei Besuche in einem Altersheim abzustatten. Er kannte ihren Horror vor alten Menschen. Dies war ein Aspekt des Lebens, dem sie auswich, wo es nur ging.

Um das Maß vollzumachen, war sie dann auch am Sonntag nach Henley hinausgefahren. Er war gerade dabei gewesen, ein Frühstück zu bereiten, das so hätte aussehen sollen wie das Frühstück des heutigen Tages, aber mitten in die Vorbereitungen war Maja hineingeplatzt und hatte verkündet, sie werde den ganzen Tag fort sein.

»Edith ist gar nicht gut beieinander. Ich möchte einfach heute bei ihr sein. Bitte, versteh mich!«

Nun, bei seinem einsamen Frühstück an diesem 1. Mai, ging ihm eine Menge beunruhigender Gedanken durch den Kopf. Waren es vielleicht nur Hirngespinste? Maja hatte ihm gesagt, daß sie sich verändern wolle. Sie hatte ihm gezeigt, daß es ihr ernst war damit.

Hatte sie das?

Am ersten Abend auf jeden Fall. Er löffelte Zucker in seinen Tee, rührte ihn nachdenklich um. Er sah sie vor sich, adrett gekleidet, zurückhaltend, dezent geschminkt – völlig anders als das schillernde Geschöpf, als das sie sich sonst immer präsentierte. Aber das war äußerlich, das war die Maske. Das war *einfach*.

Sie ist jeden Abend zu Hause gewesen, rief er sich ins Gedächtnis, immer wenn ich aus dem Büro kam, war sie hier. Lag auf dem Sofa, las, sah fern, freute sich, mich zu sehen.

Was nur bereitete ihm solche Kopfschmerzen? Er war am Samstag durch die Stadt geschlichen, hatte eingekauft und sich ebenso verzweifelt wie vergeblich gegen das immer heftiger aufsteigende Gefühl der Bedrohung gewehrt. Zu wehren versucht. Es hatte irgendwann vollständig Besitz von ihm ergriffen, und seitdem war er es nicht mehr losgeworden.

Er hatte bei *Harrod's* gestanden und gedacht: Das gibt es doch nicht! Ich sage zu ihr: Wir gehen einkaufen. Einkaufen ist das Zauberwort schlechthin für sie. Sie weiß genau, daß eine Menge herausspringen würde für sie. Normalerweise hätte sie alles stehen- und liegenlassen und mich genau in die Geschäfte geschleppt, die sie während der letzten Woche ausgekundschaftet hat. Statt dessen besucht sie Edith Wyatt im Altenheim!

Den Sonntag hatte er lesend auf einer Bank im St. James's Park verbracht und sich sehr einsam gefühlt, und am frühen Abend war er heimgegangen, hatte gehofft, Maja sei vielleicht schon da und sie könnten irgendwo zusammen etwas trinken und später zum Essen gehen. Aber die Wohnung lag leer und still. Er mischte sich einen Gin Tonic, wußte aber bereits, er würde zu härteren Sachen greifen, wenn Maja nicht bald kam. Er hatte sich mit dem Trinken sehr zurückgehalten, seitdem sie da war. Er brauchte nichts am Abend, wenn sie ihn mit einem zärtlichen Lächeln empfing, wenn sie die Arme um ihn schlang, wenn sie ihn küßte und er ihren Geruch atmete; jenen Geruch, den er als so süß empfand, als warm und vertraut, als begehrenswert und als nur ihm gehörend. Irgend etwas, sein Herz, seine Seele oder was auch immer, zog sich in ihm zusammen, wenn er nur daran dachte. Lieber Gott, überlegte er hilflos, könnte ich nur endlich sicher sein!

Den ganzen Samstag über und den ganzen Sonntag hatte es in seinen Fingern gezuckt, zum Telefonhörer zu greifen und bei Edith anzurufen. Sich zu erkundigen, ob Maja noch bei ihr oder bereits aufgebrochen sei. In Wahrheit aber, um herauszufinden, ob sie überhaupt dagewesen war.

Er war sich wie ein mieser kleiner Schnüffler vorgekommen, und jedesmal hatte er im letzten Moment die Hand weggezogen, hatte den Anruf nicht getätigt. Weil er nicht spionieren wollte. Vielleicht aber auch, weil er es gar nicht wissen wollte.

Um zehn Uhr am gestrigen Abend hatte er den ersten Whisky

getrunken, kurz darauf den zweiten, dann den dritten. Ihm war übel gewesen, er hatte gefroren. Wo zum Teufel blieb sie so lange? Um Mitternacht hatte ihn die Verzweiflung gepackt. Selbst am Samstag war sie früher daheim gewesen als nun am Sonntag, aber natürlich, bei ihrer Lebensweise konnte es ihr gleich sein, ob ein Feiertag oder ein normaler Werktag sie am nächsten Morgen erwartete, sie schlief ohnehin bis in die Puppen. Aber konnte man sich so lange in einem Altenheim aufhalten? Es schien ihm kaum vorstellbar. Er war um halb eins zu Bett gegangen und hatte trotz des vielen Whiskys keinen Schlaf gefunden, hatte sich herumgewälzt und auf das Ticken der Uhr gelauscht. Irgendwann hatte er die Haustür gehört, hatte auf die Leuchtanzeige des Radioweckers neben seinem Bett gestarrt. Halb drei. Dafür würde es keine überzeugende Erklärung geben, bei aller Bereitwilligkeit von seiner Seite, ihr abzunehmen, was immer sie sagen würde.

Nicht jetzt, hatte er gedacht, nur nicht jetzt, ich muß überlegen, ich muß mir Zeit lassen, ich darf nichts überstürzen.

Er hatte sich schlafend gestellt und dabei gemeint, das Bett müsse beben unter seinem lauten Herzschlag. Maja machte sich eine Weile im Bad zu schaffen und kam dann auf Zehenspitzen ins Schlafzimmer geschlichen. Sie gab sich die größte Mühe, möglichst lautlos zu ihm ins Bett zu kriechen – natürlich, dachte er aggressiv, sie will mich keinesfalls wecken, damit ich bloß nicht mitbekomme, zu welch unmöglicher Uhrzeit sie hier eintrudelt.

Irgendwann in den frühen Morgenstunden war er eingeschlafen, jedoch schon um halb sieben wieder aufgewacht. Der kurze Schlaf hatte ihn eher erschöpft als aufgebaut. Er konnte Majas gleichmäßigen Atem neben sich hören. Helles Sonnenlicht sickerte zwischen den Lamellen der Jalousien hindurch, hatte den Raum längst der nächtlichen Dunkelheit entrissen. Von Maja sah er nur die langen Haare, die über dem Kopfkissen verteilt lagen. Ihr Gesicht hatte sie tief im Kissen vergraben, die Bettdecke fest um ihren Körper gezogen. Es würde Stunden dauern, bis sie wach war.

Nun saß er vor dem schön gedeckten Tisch, fragte sich, weshalb er sich überhaupt soviel Mühe gegeben hatte und weshalb er Majas wegen seinen Beruf vernachlässigte, und er versuchte den Schmerz zu ignorieren, der in seinem Kopf hämmerte. Er hatte zuviel Whisky erwischt und mußte die Nachwirkungen auf irgend-eine Weise überstehen. Nachdem er fast zwei Wochen lang eine – für seine Maßstäbe – weitgehende alkoholische Abstinenz einge-halten hatte, machte ihm der Kater nun besonders heftig zu schaf-fen. Er fragte sich, ob es ihm jemals gelingen würde, dem Alkohol als Seelentröster zu entsagen.

Man geht so verdammt kaputt dabei, dachte er und rieb sich die schmerzenden Augen, und man merkt auch noch, wie man ka-puttgeht und kann trotzdem nicht aufhören.

Er betrachtete sich selbst mit gnadenlosem Blick ohne die Spur jener Milde, die er sonst selbst dem härtesten Kontrahenten gegen-über walten ließ. Er sah einen dreiundvierzigjährigen Mann, der an einem Montagmorgen allein an einem Frühstückstisch saß, sein Büro schwänzte und dabei noch nicht einmal in der Lage war, etwas von den Köstlichkeiten vor sich anzurühren. Dem sich der ausschweifende Alkoholgenuß vieler Jahre überdeutlich ins Ge-sicht gegraben hatte. Der Ringe unter den Augen hatte und dessen Haut zu fahl und zu großporig war. Der eigentlich ein gutausse-hender Mann war, sich jedoch deutlich am alleräußersten Ende einer Grenze bewegte: Er konnte den Boden unter den Füßen ver-lieren, endgültig abkippen und in fünf Jahren aussehen wie ein sechzigjähriger Alkoholiker. Er konnte aber andererseits auch ge-rade noch das Ruder herumreißen. Die Ehrlichkeit, mit der er sich ansah, zeigte ihm eine Möglichkeit mit derselben Klarheit wie die andere. Noch war er jung genug, sich zu regenerieren. Noch konnte er die Spuren aus seinen Zügen verbannen. Noch hatte er eine Chance.

Aber wie sollte er sie nutzen, während ihm doch täglich von neuem klarwurde, wie gründlich er sein Leben verpfuscht hatte! Eine Menge kurzer, wilder Frauengeschichten anstelle einer lan-gen, intakten, auf Vertrauen und Kameradschaft basierenden Be-ziehung. Warum war er nicht verheiratet, hatte zwei Kinder, ein Häuschen im Grünen und einen Bobtail? Warum war er verstrickt in eine Affäre mit einer Frau, die zwanzig Jahre jünger war als er und es mit nahezu jedem Mann trieb, der ihren Weg kreuzte? Die ihn ausnutzte und ausnahm, ihn immer wieder mit falschen Ver-sprechungen köderte, ihn lächerlich machte, mit ihm spielte, wie es ihr gerade paßte, und ihn seit Jahren blockierte für eine mögliche andere Beziehung, die im Zweifelsfall nur besser sein konnte.

Ich sollte sie rauswerfen, dachte er, mit Sicherheit war sie gestern und vorgestern bei einem Kerl. Wahrscheinlich betrügt sie mich schon die ganze letzte Woche. Und schämt sich nicht einmal, mir die Geschichte von Urgroßmutter Edith aufzutischen, die sie voller Selbstlosigkeit immer wieder im Altenheim besucht.

Er wußte, er mußte Aggression in sich erzeugen, wenn er es fertigbringen wollte, Maja die Tür zu weisen. Aus Gründen, die ihm völlig unerklärlich blieben, konnte er jedoch nicht die Spur von Wut in sich finden. Er fand nur Traurigkeit und Resignation. Und Hilflosigkeit.

Franca träumte, sie schlage einen Nagel in die Wand, um ein Bild aufzuhängen. Sie hämmerte aus Leibeskräften, aber der Nagel wollte sich nicht in den Beton bohren.

Vielleicht kann man gar keinen Nagel in Beton schlagen, dachte sie, und im selben Moment wachte sie auf und sah sich verwirrt um. Sie begriff ziemlich schnell, daß sie geträumt hatte, aber sie verstand nicht, weshalb das Hämmern nicht verstummen wollte. Es dröhnte durch das ganze Haus, und erst nach einigen Sekunden wurde es Franca klar, daß jemand an der Tür war und Einlaß begehrte.

Sie erhob sich und unterdrückte dabei einen Schmerzenslaut: Von der zusammengekauerten Haltung in dem Sessel taten ihr alle Glieder weh, und ihr Hals war steif geworden, sie konnte ihn kaum drehen. Das Buch, das sie gelesen hatte, war auf den Boden gefallen, lag aufgeschlagen auf dem Teppich. Trotz des warmen Tages fröstelte sie, kein Wunder, daß sie sich elend fühlte.

Als sie in die Halle trat, kam gerade Beatrice die Treppe herunter. Sie sah verschlafen und zerzaust aus.

»Was ist los?« rief sie. »Warum weckt mich niemand? Es ist fast zwölf Uhr!«

»Ich bin auch noch einmal eingeschlafen«, gestand Franca, »Wir haben wohl alle etwas zuviel Bowle erwischt.«

»Das befürchte ich auch.« Beatrice zog den Gürtel ihres Bademantels fester um ihre Taille und blickte gereizt zur Tür. »Lieber

Himmel! Da hämmert ja einer wie nicht ganz gescheit!« Sie versuchte, ihre Haare vor dem Spiegel ein wenig zu ordnen. »Können Sie bitte aufmachen, Franca?«

Franca ging zur Tür und öffnete. Vor ihr stand Michael.

»Mein Gott«, rief er wütend, »ich dachte schon, es ist niemand da!«

»Michael!« sagte Franca und blickte ihn entgeistert an.

Er hatte einen kleinen Koffer neben sich stehen, den er nun hochnahm. »Darf ich hineinkommen? Ich stehe hier schon eine Weile.«

Sie trat einen Schritt zurück. »Ja. Natürlich.«

Michael kam herein, und es war, als werde mit einem Schlag das helle Licht des Tages ausgeknipst. Franca nahm das Frösteln ihres Körpers verstärkt wahr und spürte wieder jenen engen Ring um die Kehle, der sie in den letzten Jahren begleitet hatte. Das Atmen fiel eine Spur schwerer, auch die Brust schien sich weniger leicht zu heben und zu senken. Eine diffuse Angst breitete sich in ihr aus. Eine Angst, die nicht zu ihrem Alter paßte, nicht zu einer erwachsenen Frau. Eine Angst, die sie an ein kleines Mädchen erinnerte und von der sie wußte, daß sie sie eigentlich nicht mehr verspüren sollte. Aber sie schwappte so jäh über sie hin, daß sie keine Chance hatte, sich zu wehren.

»Guten Tag«, sagte Michael, als er Beatrice entdeckte. »Ich bin Michael Palmer.«

»Beatrice Shaye«, sagte Beatrice freundlich. Etwas irritiert blickte sie zu Franca hin. »Sie haben gar nicht gesagt, daß Sie Ihren Mann erwarten.«

»Sie hat mich nicht erwartet«, erklärte Michael, »ich habe mich spontan zu der Reise entschlossen.«

»Ach so«, sagte Beatrice. Franca hatte den Eindruck, daß ihr die Anspannung, die sich ausgebreitet hatte, nicht entging.

»Franca, gehen Sie doch ins Wohnzimmer mit Ihrem Mann. Nehmen Sie aus der Küche, was Sie mögen, Kaffee, Tee, Wasser oder was auch immer. Ich bin oben, wenn Sie mich brauchen.«

Franca verspürte den kindischen Wunsch, sie zu bitten, nicht wegzugehen, aber natürlich unterdrückte sie es, dies auszusprechen. So sagte sie nur: »Kevin war vorhin hier, Beatrice. Wir sind alle heute abend zum Essen bei ihm eingeladen – Sie, Helene und ich. Um sieben Uhr.«

»Erstaunlich, welch ein Besucherstrom sich heute früh hier schon blicken läßt«, sagte Beatrice. »Sind Sie sicher, daß es Kevin war? Für gewöhnlich spricht er solche Einladungen nicht wochentags aus.«

»Nun, er wollte wegen Helene…«, setzte Franca an, aber ein ungeduldiges Hüsteln von Michael ließ sie verstummen. »Es war jedenfalls Kevin«, sagte sie überflüssigerweise, denn natürlich hatte Beatrice nicht daran gezweifelt.

»Gibt es hier im Haus noch ein Zimmer, das ich für die Nacht mieten kann?« fragte Michael. »Sonst müßte ich mich um ein Hotel kümmern.«

»Das Zimmer, in dem jetzt Ihre Frau wohnt, ist das einzige, das wir vermieten«, erklärte Beatrice.

»Du kannst auf jeden Fall erst einmal deine Koffer dort abstellen«, sagte Franca hastig. »Ich zeige dir den Weg.«

»Ich würde danach gern zum Essen gehen«, sagte Michael und folgte ihr die Treppe hinauf. »Unsere Unterredung muß ja nicht unbedingt hier stattfinden, oder?«

»Nein… wie du möchtest… wir können gern irgendwohin fahren…«

Michael brachte seinen Koffer in ihr Zimmer, der – obwohl er nur klein war – wie ein großer, schwarzer Eindringling darin wirkte. Dann verschwand er im Bad, um »sich frisch zu machen«. Franca wischte ihre feuchten Handflächen an ihrer Jeans ab und starrte wie gebannt in den Spiegel im Flur. Hatte das T-Shirt Flecken? War die Hose verbeult? Warum hatte sie bloß am Morgen nicht ihre Haare gewaschen? Sie zupfte an den Strähnen herum, kniff sich in die Wangen, um ein wenig Farbe hineinzuzaubern und fand sich unattraktiv und fade. Flüchtig kam ihr der Gedanke, daß sie während der vergangenen vierzehn Tage durchaus einverstanden gewesen war mit ihrem Äußeren und daß erst Michaels Auftauchen sie in diese Unsicherheit getrieben hatte.

Er hat nicht einmal etwas gesagt, dachte sie, und dennoch dauert es keine fünf Minuten, und ich bin das reinste Nervenbündel.

»Sie sollten einen kräftigen Schluck Schnaps nehmen«, sagte eine Stimme neben ihr. Beatrice hatte in ihr Zimmer gehen wollen, war dann aber noch einmal umgekehrt. »Und dann sollten Sie sich auf Ihre Stärke besinnen. Schauen Sie nicht drein wie ein Kaninchen, das vor dem Gewehrlauf sitzt. Sie haben das nicht nötig.«

Franca seufzte. »Sieht man es mir so sehr an?«

»Sie sind eine völlig veränderte Frau seit ein paar Minuten«, sagte Beatrice. »Und, ehrlich gesagt, die Frau, die Sie vorher waren, gefiel mir weit besser. Meiner Ansicht nach war das die echte Franca. Was ich jetzt vor mir sehe, ist ein verängstigtes Geschöpf, das rasch in die Rolle eines kleinen Mädchens schlüpft, um den bösen Papa gnädig zu stimmen. Mit einem kleinen Mädchen geht man vorsichtig um. So hoffen Sie jedenfalls.«

»Ich weiß nicht, was los ist. Irgendwie…«

»Zeigen Sie ihm die Zähne«, sagte Beatrice, »und hören Sie endlich auf, an Ihren Haaren herumzuzupfen. *Er* hat den Überfall-Besuch gemacht. Er kann nicht erwarten, daß Sie gestylt wie die Queen zu seinem Empfang bereitstehen.«

Unwillkürlich mußte Franca lachen. »Gestylt kann man mich wirklich nicht nennen. O Gott, meine Nerven flattern. Ich glaube, ich brauche wirklich einen Schnaps. Kevin bat heute früh auch um einen. Was ist nur los mit uns?«

»Hier herrscht allgemein eine gewisse Nervosität«, sagte Beatrice. »Irgend etwas liegt in der Luft. Ich weiß nicht, was es ist, aber es gefällt mir nicht. Es ist so, als hätten sich eine Menge Emotionen angestaut.« Sie atmete tief. »Ob ich Alan anrufe?«

»Warum nicht? Es ist der 1. Mai. Wünschen Sie ihm einen schönen Sommer.«

»Heute nachmittag vielleicht«, sagte Beatrice, »möglicherweise habe ich dann mehr Mut.«

Franca ging die Treppe hinunter, nahm zum zweiten Mal an diesem Morgen die Cognacflasche vom Regal, schenkte sich ein und leerte das Glas in einem Zug. Das Getränk brannte wie Feuer in ihrer Kehle, tat ihr aber gut. Die Spannung löste sich ein wenig. Sie trank ein zweites Glas und atmete tief durch.

Das sollte nicht die Regel werden, dachte sie, aber hin und wieder braucht man es einfach.

»Du trinkst schon am Mittag?« sagte eine kalte Stimme hinter ihr. »Ich sehe das mit einiger Verwunderung.«

Sie drehte sich um. Michael war unbemerkt ins Zimmer gekommen und musterte sie mißbilligend. Er hatte den sezierenden Blick, den sie nur zu gut an ihm kannte, den sie fürchtete, seitdem sie mit ihm zusammen war. Die Wirkung des Alkohols verflog unter diesem Blick so schnell, wie sie sich zuvor aufgebaut hatte. Ohne daß sie es hätte verhindern können, war das kleine Mädchen wieder da. Wie hatte Beatrice gesagt?

»Zeigen Sie ihm die Zähne!«

Sie wollte ihm die Zähne zeigen. Sie wollte um nichts in der Welt das kleine Mädchen sein. Sie wollte eine starke, erwachsene Frau sein.

Es gelang ihr nicht.

»Ich brauchte einfach etwas zu trinken«, sagte sie leise.

Michael nahm ihr die Flasche aus der Hand, stellte sie mit Nachdruck in das Regal zurück.

»Damit fängst du am besten gar nicht erst an. Übrigens, ich habe mir das Zimmer oben angesehen. Ich frage mich, wie du ein derart spartanisches Quartier wählen konntest! Ich würde es dort nicht eine einzige Nacht aushalten!«

»Wie hast du mich gefunden?« fragte sie.

Er zuckte mit den Schultern. »Ich kannte ja den Namen deiner Wirtin. Beatrice Shaye. Und diese Insel ist ein Dorf. Ich habe am Flughafen in St. Martin nach ihr gefragt, und sie war sofort ein Begriff. Ich habe einen Mietwagen genommen und bin hierhergefahren.«

Sie nickte. Es hatte ihn nicht allzuviel Mühe gekostet.

»Weshalb bist du gekommen?« fragte sie.

Er verzog ungeduldig das Gesicht. »Müssen wir das hier besprechen? Ich habe Hunger, und ich möchte irgendwohin, wo es gemütlich ist und wir reden können. Wäre das möglich?«

»Das *ist* möglich«, sagte Franca. Sie nahm ihren Autoschlüssel vom Eßtisch. Michael schüttelte den Kopf. »Ich fahre«, sagte er.

Es war eigentlich unbedeutend, wer fuhr, aber irgendwie erschien Franca diese Frage plötzlich wichtig.

»Nein«, sagte sie, »ich fahre.«

Etwas in ihrem Tonfall mußte Michael erstaunt haben. Er sah sie ein wenig überrascht an und nickte dann.

»In Ordnung. Meinetwegen. Dann fahr du.«

Sie saßen auf der Veranda des *Chalet*-Hotels oberhalb der Fermain Bay. Den Berg hinunter zum Meer erstreckten sich die üppigen Blumengärten der Hotelanlage. Die Maisonne schien warm, schon mußte man den Schutz der Sonnenschirme aufsuchen. Über dem Meer lagen nun feine Schleier gebreitet, der Mittag war nicht mehr kristallklar wie der Morgen, sondern diesig durchsetzt. Ein ganz leichter Wind kam auf, fächelte salzdurchtränkte Luft den Berg hinauf.

»Es ist warm wie im Sommer«, sagte Franca.

Michael rührte in seiner Kaffeetasse. Sie hatten Quiche und Salat gegessen und dazu ein Guernsey-Bier getrunken, und nun waren sie beim Kaffee angelangt und hatten noch immer nichts als Belanglosigkeiten ausgetauscht. Michael hatte von Problemen im Labor erzählt und von der Kündigung seines besten Mitarbeiters, was ein harter Schlag für ihn war, wie er sagte. Franca hatte von ihren Wanderungen über die Insel berichtet, und davon, daß am 1. Mai fünfundfünzig Jahre zuvor Erich Feldmann Selbstmord verübt hatte. Es schien Michael nicht im geringsten zu interessieren, aber wenigstens hörte er höflich zu.

Er merkt sich nicht ein Wort von dem, was ich sage, dachte Franca, aber andererseits ist er wegen Erich und Helene natürlich auch nicht hergekommen.

Sie hatte ein kleines Stück Sicherheit wiedergefunden. Michael hatte die Wahl des Restaurants gelobt, und das war mehr, als er ihr an Anerkennung während der letzten fünf Jahre hatte zukommen lassen.

»Ja«, sagte er nun, »wir sollten wirklich ernsthaft miteinander sprechen, findest du nicht? Du hast dich Hals über Kopf nach Guernsey abgesetzt und weigerst dich, irgendeine nähere Erklärung für dein Verhalten abzugeben oder dich zu der Frage zu äußern, wie es nun weitergehen soll. Am Telefon war es jedenfalls nicht möglich, etwas aus dir herauszubringen. Deshalb bin ich hergekommen.«

Er klang gekränkt. Natürlich empfand er es als Zumutung, daß er die weite Reise hatte machen müssen.

Was er wohl seiner Geliebten erzählt hat, fragte sich Franca. Die war bestimmt nicht begeistert von dem Vorhaben, seiner Ehefrau hinterherzureisen.

»Ich habe dir doch schon am Telefon erklärt, daß du es bist, der eine Entscheidung treffen muß«, sagte Franca, »du hast eine Affäre. Oder sogar eine ernsthafte Beziehung, ich weiß es nicht. Du mußt doch irgendwann einmal herausfinden, wie das für dich weitergehen soll.«

Er rührte etwas heftiger in seiner Tasse. Das Thema behagte ihm nicht, aber er begriff wohl, daß er es nicht unter den Teppich kehren konnte.

»An dieser Affäre, wie du es nennst«, sagte er, »bist du nicht völlig unschuldig. Das habe ich dir ja schon einmal gesagt.«

»Natürlich«, sagte Franca, »es wäre ja auch unmöglich, daß du allein die Verantwortung dafür übernimmst.«

»Das wäre unmöglich, weil es nicht gerecht wäre. So wie du dich verhalten hast, konnte ich gar nicht anders, als …« Er hielt inne, suchte nach einer Formulierung.

»… als zu einer anderen Frau ins Bett kriechen«, fuhr Franca fort, »das willst du doch sagen, oder?«

»Darauf kannst du es nicht reduzieren«, widersprach Michael sofort. »Ich habe nicht in erster Linie ein sexuelles Verhältnis gesucht. Ich habe etwas ganz anderes gesucht – ich wollte eine Frau, mit der ich etwas *anfangen* kann. Ins Kino gehen, ins Theater, in die Oper. Mit der ich Freunde besuchen und einladen kann. Die Selbstvertrauen hat und Kraft und mir davon auch etwas abgibt, wenn ich einmal durchhänge. Ich wollte einfach leben, Franca. Ist das so schwer zu verstehen?«

Es ist für ihn auch nicht einfach gewesen, dachte Franca, natürlich nicht. Eine Frau, die so häufig weint, die so neurotisch ist, die auf größere Menschengruppen mit Panikanfällen reagiert … das hat ihm das Leben auch schwergemacht.

»Ich kann das schon verstehen«, sagte sie. »Jeder würde es verstehen. Aber so, wie du es darstellst und wie du es dir selber sicher auch einredest, läßt du einfach einen großen Teil der Wahrheit aus.

Ich kann dir nicht alle Schuld zuschieben, Michael, aber vom Tag unseres Kennenlernens an bis heute hast du dich immer so verhalten, daß es mich verunsichern mußte. Ich konnte einfach nie etwas richtig machen. Ich war nie so in Ordnung, wie ich eben war. Du hattest ständig etwas an mir auszusetzen. Meinst du nicht, daß das Selbstvertrauen eines Menschen dadurch untergraben wird? Daß es immer kleiner wird und irgendwann völlig verkümmert?«

»Nun schiebe mir noch deine Selbstzweifel und Neurosen in die Schuhe!« sagte Michael empört. »In erster Linie wurde dies alles doch durch dein Versagen in der Schule ausgelöst.«

Sie zuckte zusammen. Auch sie empfand es als Versagen, was in der Schule passiert war, aber es war noch etwas anderes, dieses Wort von *ihm* um die Ohren zu bekommen.

Das ist es eben, dachte sie müde, diese Art ist es, die mich so fertiggemacht hat. Warum kann er in einem solchen Fall nicht einen anderen Ausdruck finden? Es weniger verletzend sagen? Warum muß er es für mich stets schwerer machen als leichter?

»Ich habe versagt, das stimmt«, sagte sie. Ihre Stimme klang sehr ruhig. Vielleicht war auch das immer ein Fehler, schoß es ihr durch den Kopf, dieses verdammte »Haltung bewahren«. Nie zu schreien, nie Wut und Angst und Schmerz zu zeigen. Vielleicht konnte er nie kapieren, wie weh er mir tut.

»Aber«, fuhr sie fort, »hast du je darüber nachgedacht, daß dieses Versagen auch gefördert wurde von einem Mann, der mir noch vor dem ersten Staatsexamen ständig erklärte, ich könne nach seiner Ansicht in diesem Beruf nie bestehen? Der mir unentwegt klargemacht hat, ich sei zu schüchtern, zu schwach, zu unfähig, mich wirklich zu behaupten? Als ich zum erstenmal vor einer Schulklasse stand, war ich schon, bevor ich die ersten Worte sprach, davon überzeugt, daß es schiefgehen würde.«

»Oh – jetzt macht es sich Madame aber ganz einfach! Du willst allen Ernstes behaupten, alles bei dir wäre wundervoll gelaufen, wenn ich nicht vorher ein paar gutgemeinte Warnungen ausgesprochen hätte?«

So hatte sie es nicht ausgedrückt, und sie wußte, daß er es auch wußte. Die Gespräche der letzten Jahre waren allzu häufig daran gescheitert, daß er Tatsachen verdrehte und sie absichtlich mißverstand. Es hatte immer damit geendet, daß sie jede Menge Kraft und Energie aufwandte, sich gegen diese Mißverständnisse zu wehren, anstatt sich auf das Thema zu konzentrieren, um das es zu Anfang gegangen war. Zum Schluß war sie nur noch damit beschäftigt, sich zu rechtfertigen, und geriet darüber in immer tiefere Erschöpfung.

»Ich denke nicht, daß alles gutgegangen wäre, wenn du mich nicht beeinflußt hättest«, sagte sie, »aber es wäre vielleicht ein bißchen besser gelaufen. Ich wäre anders gepolt gewesen, hättest du mir hin und wieder Mut gemacht. Aber«, sie hob die Stimme, erstickte seinen Protest, zu dem er schon den Mund geöffnet hatte, im Keim, »das ist jetzt auch nicht mehr wichtig. Wir könnten Stunden, Tage, Wochen verbringen, einander vorzurechnen, was jeder von uns nach Ansicht des anderen wann und wie falsch gemacht hat. Es würde nichts bringen. Wir müssen überlegen, was werden soll.«

»Unsere Zukunft hängt mit unserer Vergangenheit zusammen«, beharrte Michael, »wir sind an dem Punkt, an dem wir sind, weil wir Fehler in der Vergangenheit gemacht haben.«

Immerhin sagt er *wir*, dachte Franca.

Er machte eine Pause. Sie hörten nur das Rauschen des Windes in den Zweigen und die Rufe der Möwen. Dann lachte eine Frau am Nachbartisch, und auf einmal setzten an allen Tischen die Unterhaltungen wieder ein, und die Luft schwirrte von den verschiedenen Stimmen.

»Ich habe mich ins Flugzeug gesetzt und bin hierhergekommen, um mit dir zu reden«, sagte Michael schließlich, »das sollte dir zeigen, daß mir an unserer Beziehung gelegen ist.«

Franca erwiderte nichts. Sie sah ihn abwartend an.

»Wenn du dich ändern könntest«, fuhr er fort, »wenn du es ernsthaft versuchen würdest... Mir ist diese Beziehung zu der anderen Frau nicht wirklich wichtig. Ich wäre bereit, sie zu beenden.«

Es begann ganz zart in ihren Schläfen zu pochen. Ein Schmerz, der fast nicht als Schmerz zu identifizieren war, eher einer unangenehmen Störung glich.

Wenn du dich ändern könntest, wenn du es ernsthaft versuchen würdest...

Es wird nicht funktionieren, dachte sie, und sie faßte diese Erkenntnis, mit der sie den Bankrott ihrer Ehe erklärte, erstaunlich kühl und sachlich: Es wird nicht, und es kann nicht. Es hat keinen Sinn. Jeder weitere Versuch wäre Zeitverschwendung.

»Ach, Michael«, sagte sie resigniert. Es tat nicht einmal weh. Das Ende war zu selbstverständlich, um zu schmerzen. Es kam um eine Reihe von Jahren zu spät, aber es war völlig klar, daß es hatte kommen müssen.

»Was heißt: *Ach, Michael?*« fragte er aggressiv. »Hast du nichts anderes dazu zu sagen? Ich habe dir ein Angebot gemacht. Ich habe einen Vorschlag unterbreitet. Vielleicht gäbe es dazu ein wenig mehr zu sagen als *Ach, Michael*!«

Das Pochen in ihren Schläfen verstärkte sich. Es wuchs sich zu einem Dröhnen aus. Einem Dröhnen, das sie abschnitt von den übrigen Geräuschen der Welt – dem Stimmengewirr, dem Tellergeklappere, den Möwenschreien. Aber auch von dem Geruch des Essens und des Salzes im Wind. Sogar von den Farben der Blumen, des Meeres und des Himmels.

Hoffentlich habe ich meine Tabletten dabei, dachte sie, ich habe gar nicht nachgeschaut, bevor wir weggingen.

»Michael, ich möchte die Scheidung«, sagte sie.

Maja erschien gegen ein Uhr am Mittag im Wohnzimmer, unausgeschlafen und verkatert. Sie war blaß im Gesicht, und ihre sonst großen, wilden Augen hatten sich zu kleinen Schlitzen verengt. Sie sah um etliches älter aus als die zweiundzwanzig Jahre, die sie zählte. Sie sah auch nicht hübsch aus an diesem Mittag, nicht sexy und attraktiv, aber auch nicht wie ein niedliches, verschlafenes Kind.

Sie sieht einfach ziemlich kaputt aus, dachte Alan.

Sie trug ein übergroßes, weißes T-Shirt mit einem verwaschenen Teddybären-Aufdruck auf der Brust, hatte nackte Beine und nackte Füße. Sie ließ sich auf ihren Platz fallen und stützte aufstöhnend den Kopf in die Hände.

»O Gott, ist mir schlecht!« murmelte sie.

»Möchtest du etwas essen oder trinken?« fragte Alan. Er legte die Zeitung beiseite. Er wunderte sich, wie normal er mit ihr sprach, wie gleichmütig seine Stimme klang. Etwas in ihm vibrierte leise, ein angespannter, gereizter Nerv. Die Unverfrorenheit, mit der sie ihre Übernächtigung, ihren unmäßigen Alkoholkonsum vom Vorabend demonstrierte, schockierte ihn. Sie gab sich nicht einmal die Mühe, so zu tun, als sei sie spät von einem Kaffeekränzchen im Altenheim zurückgekehrt.

Was bin ich für sie? fragte er sich. Ein Waschlappen, bei dem man nicht einmal vorgeben muß, man habe noch eine Spur Achtung vor ihm?

»Nein, bloß nichts essen«, meinte sie gequält, »ich glaube, ich würde sofort kotzen. Kann ich eine Tasse Tee haben?«

»Der Tee ist kalt«, sagte Alan.

»Mach mir neuen«, murmelte sie.

Das Vibrieren wurde stärker. »Mach ihn dir selbst«, sagte Alan.

Immerhin war er damit in die Dumpfheit vorgedrungen, die sie umfangen hielt. Sie blickte überrascht auf, und ihre verquollenen Augen weiteten sich ein wenig. »Wie bitte?« fragte sie.

»Du sollst ihn dir selbst machen«, wiederholte Alan. »Ich habe seit dem frühen Morgen mit dem Frühstück auf dich gewartet. Da wir gestern und vorgestern nichts voneinander hatten, habe ich für heute alle Termine abgesagt und bin nicht ins Büro gegangen. Wenn du meinst, erst mittags aus dem Bett kriechen zu müssen, kannst du nicht erwarten, daß ich aufspringe und ein zweites Mal anfange, alles herbeizuschleppen.«

»Alles! Ich will eine winzige Tasse Tee, und nicht einmal die bekomme ich!«

»Du weißt, wo die Küche ist, du weißt, wo der Tee ist«, sagte Alan ruhig. »Niemand hindert dich daran, dir zu nehmen, was du möchtest.«

Sie starrte ihn ungläubig an, dann sprang sie mit einer unbeherrschten Bewegung auf, nahm sich eine Cognacflasche von der Anrichte, kippte den Cognac in das Glas neben ihrem Teller, das eigentlich für den Orangensaft vorgesehen gewesen war, und trank ihn in großen, durstigen Zügen.

»So«, sagte sie, »dann trinke ich eben das hier! Da ich mir ja nehmen darf, was ich will, wirst du kaum etwas dagegen haben.«

»Ich habe auch nichts dagegen«, erwiderte Alan, »ich denke

nur, es wird dir nicht allzugut bekommen. Du siehst jetzt schon zehn Jahre älter aus, als du bist. Durch den Cognac wird das nicht besser.«

Demonstrativ schenkte sie sich sofort nach, trank das Glas zum zweitenmal leer.

»Weißt du«, sagte sie böse, »ausgerechnet von dir so etwas zu hören, ist schon ziemlich komisch. Wer von uns beiden ist denn der Alkoholiker? Vielleicht sehe ich heute morgen älter aus, als ich bin, na und? Spätestens morgen früh bin ich wieder okay. Ich stecke eine durchzechte Nacht wie nichts weg. Ganz im Unterschied zu dir. Du bist dreiundvierzig und siehst aus wie Anfang Fünfzig, und du änderst daran nichts mehr. Egal, was du tust. Du regenerierst dich nicht mehr.«

Jedes einzelne ihrer Worte traf ihn wie ein Schlag. Er mußte sich bemühen, nicht zusammenzuzucken. Das Schlimme war: Sie hatte recht. Sie verspritzte nicht wahllos Gift, versuchte nicht einfach, ihm auf irgendeine Weise weh zu tun. Sie nannte Fakten, gegen die es nichts einzuwenden gab.

»Kein Grund für dich, mir nachzueifern, oder?« sagte er, denn irgend etwas mußte er sagen, und es war das einzige, was ihm einfiel.

Sie lächelte. Es ging ihr noch immer beschissen, aber sie war jetzt hellwach. Und kampfbereit. Und auch wenn Alan sich dafür verachtete: Er fürchtete Maja, wenn sie kampfbereit war.

»Ich eifere dir nicht nach, keine Sorge«, sagte sie. »So wie du werde ich nie sein. Ich bin ein ganzes Stück stärker. Ich weiß, wann man die Bremse ziehen muß.«

»Das zu wissen haben schon viele vor dir geglaubt. Und haben doch den Moment verpaßt.«

Sie zuckte mit den Schultern. »Mir ist es gleich, was du denkst. Du kannst ruhig unken wie eine alte Frau. Machst du mir jetzt den Tee?«

»Nein«, sagte Alan.

Sie setzte sich wieder und sah ihn an.

»Okay, Alan, was ist los? Du hast heute früh den Gesichtsausdruck einer Gouvernante und führst dich einfach unerträglich auf. Was hat dir so die Stimmung verhagelt?«

Er gab jegliche Strategie der Zurückhaltung, der feinen Spitzen, der dezenten Anzüglichkeiten auf.

»Wo warst du gestern?« fragte er direkt.

Ihr Gesicht blieb unbewegt. »Bei Edith. Das hatte ich dir doch gesagt.«

»Bis nachts um halb drei? Ich glaube nicht, daß sie in Altenheimen die Besuchszeiten so weit ausdehnen. Am Samstag war es übrigens auch recht spät, aber für gestern, denke ich, solltest du dir eine gute Erklärung einfallen lassen.«

»Ich war natürlich nicht *so* lange bei Edith.«

»Aha. Immerhin räumst du das ein. Wo warst du dann?«

Sie stöhnte leise und theatralisch. »Weißt du, wie gräßlich du dich anhörst? Weißt du, wie unattraktiv du wirkst, wenn du so bist? Weißt du, daß es mir stinkt, auf diese Art und Weise von dir verhört zu werden?«

»Wenn du nichts dagegen hast, setzen wir das Verhör trotzdem fort. Ich möchte wissen, wo du warst.«

»Mit welchem Recht möchtest du das wissen?«

»Du lebst in meiner Wohnung. Du lebst von meinem Geld. Auf deinen eigenen Wunsch hin versuchen wir, eine Beziehungsform zu finden. Ich denke, dazu gehört ein gewisses Maß an Aufrichtigkeit.« Noch immer hörte er sich selbst verwundert zu. Er sprach so ruhig, argumentierte sachlich und wog die Worte ab, ehe er sie über die Lippen brachte.

Falsch, ganz falsch, sagte eine innere Stimme zu ihm: du erklärst, du rechtfertigst. Schrei sie an! Verlier die Beherrschung! Behandle dieses Flittchen so, wie du es seit Jahren hättest tun sollen! Sie gehört zu dieser Sorte Frau. Sie versteht nur diese Sprache.

Das Problem war: Er beherrschte diese Sprache nicht. Er kannte sie, aber er wußte sie nicht zu handhaben. Als Anwalt konnte er alle Register subtiler oder auch offener Bedrohung ziehen, aber das war etwas anderes: In seinem Beruf legte er sich eine Rüstung an, die er in dem Moment auszog, da sein Privatleben begann.

»Ich warte auf deine Antwort«, sagte er. »Wo warst du?«

»Lieber Himmel, du hast einfach überhaupt keine Ahnung, wie sehr du mich nervst! Okay, ich bin bei Edith weg um sieben Uhr. Aber ich bin in den falschen Bus gestiegen und irgendwo am Arsch der Welt gelandet. Was weiß ich, durch welche verrückten Käffer ich gefahren bin ... Na ja, und irgendwann habe ich geschnallt, daß ich im falschen Bus sitze, da bin ich ausgestiegen, aber dann habe ich an einem gottverlassenen Ort warten müssen, bis ein Bus kam, der mich zum Altenheim zurückbrachte, und dort mußte ich dann warten, bis der Bus nach London kam, und dann ...« Sie holte tief Luft und sah ihn anklagend an. »Es war eine scheußliche Nacht. Ich habe gefroren, und ich hatte Angst. Und dann muß ich mich am nächsten Morgen von dir auch noch beschimpfen lassen!«

»Drei Dinge wollen mir nicht recht einleuchten«, sagte Alan. »Zum einen, wie es dir gelungen ist, in den falschen Bus zu steigen, nachdem du bereits zum viertenmal in dieser Woche genau diese Strecke gefahren bist. Zum zweiten, wieso du nicht in der Lage warst, irgendwo ein Telefon zu entdecken und mir Bescheid zu sagen, daß es später wird. Oder mich zu bitten, dich abzuholen, was ich, wie du weißt, sofort getan hätte. Und zum dritten, wie du es geschafft hast, während deiner Irrfahrten so viel Alkohol zu trinken, daß du heute früh kaum in der Lage bist, geradeaus zu blicken.«

»Da war eben nirgends ein Telefon«, sagte Maja, »das Heim ist auf dem Land! Das ist in der Mitte von Nirgendwo. Sollte ich mir zwischendurch noch die Hacken ablaufen, um einen Apparat aufzutreiben?«

»Dein Handy hattest du nicht zufällig dabei?«

»Ich hatte es vergessen.« Sie log, das erkannte er sofort, aber da er ihr die Lüge nicht würde nachweisen können, verzichtete er darauf, diesen Umstand anzusprechen.

»Okay.« Er nickte. »Bleiben die Fragen nach dem falschen Bus und dem Alkohol.«

»Bist du noch nie, noch *nie* in deinem Leben in einen falschen Bus oder in eine falsche Bahn gestiegen? Hast du dich noch nie verfahren? Hast du noch nie ...«

»Gut, gut!« Er winkte ab. »Also ein Zufall, ein Mißgeschick, wie es jedem zustoßen kann. Und was«, er neigte sich näher zu ihr hin, betrachtete sie eindringlich, »was ist mit dem Alkohol? Wann, um Himmels willen, hast du so viel gesoffen, daß du heute früh wie eine wandelnde Leiche aussiehst?«

Jetzt war sie in die Enge getrieben, und sie reagierte auf die für sie typische Weise: Sie verwandelte sich in Sekundenschnelle in eine gereizte Katze.

»Du bist so etwas von gemein, Alan Shaye!« fauchte sie. »Gemein und bösartig! Du versuchst, den ekelhaften Anwalt herauszuhängen, versuchst mich zu verhören, mich niederzumachen, mir irgend etwas anzuhängen. Aber es wird dir nicht gelingen. Ich werde einfach aufhören, deine Fragen zu beantworten. Du hast überhaupt kein Recht, mich unter Druck zu setzen! Du hast kein Recht, derart zu insistieren. Es ist meine verdammte Sache, was ich wann trinke! Und mit wem!«

Er gab das Spiel auf. Es war der richtige Moment dafür. Er kannte die Anzeichen, die dafür sprachen, daß ein Angeklagter mit der Wahrheit herausrücken wollte, weil er es leid war, zu lügen. Maja war soweit.

»Hören wir auf«, sagte er. »Wir wissen beide, was los ist, also sollten wir dieses unwürdige Hin und Her beenden. Wenn du überhaupt bei Edith warst gestern, dann bist du ziemlich früh von dort weggegangen, aber meiner Ansicht nach bist du überhaupt nicht dort gewesen. Du hast dich mit irgendeinem Kerl getroffen, bist mit ihm durch die Kneipen gezogen und vermutlich irgendwann ins Bett gegangen. Stimmt's?«

Sein Kalkül ging auf. Sie stand dicht genug mit dem Rücken zur Wand, um ihre übliche Vorsicht aufzugeben. Sie wollte sich nicht mehr verteidigen, sie wollte zurückschlagen.

»Ja«, sagte sie heftig, »du hast es genau erfaßt, Alan. Ich habe mit einem anderen Mann geschlafen. Und es war verdammt viel besser als jemals mit dir!«

Er hatte gewußt, daß sie fremdgegangen war, und trotzdem schmerzte es. Es tat so weh, daß es ihm für Sekunden den Atem nahm. Wie aus weiter Ferne hörte er sich sagen: »Und warum bist du dann noch hier?«

»Wie? Was meinst du mit ›Warum bist du dann noch hier‹?«

»Es gibt einen anderen Mann in deinem Leben, und er ist phantastisch im Bett. Also möchte ich wissen, was du hier noch willst.«

Sie lachte, aber ihr Lachen klang ein wenig unsicher. »Meine Güte, Alan, die Geschichte mit Frank ist doch nicht ernst! Du hast mich ständig allein gelassen, also habe ich mich ein wenig getröstet. Das ist alles!«

»Sieht Frank das auch so?«

Sie zuckte mit den Schultern. »Woher soll ich wissen, wie Frank das sieht?«

»Euer Kontakt ist ziemlich intim. Könnte doch sein, daß ihr manchmal über euch und eure Gefühle sprecht!«

Sie fuchtelte ungeduldig mit den Händen umher. Es war ihr anzumerken, daß sie sich ärgerte. Frank hatte sie nicht preisgeben wollen. Sie wünschte, sie könnte ihre Aussage widerrufen, sie wünschte, sie wäre nicht so bereitwillig in die von Alan gestellte Falle getappt. Alan erkannte, daß es ihr nun darum ging, die Begegnung mit Frank herunterzuspielen.

»Frank ist wirklich nicht wichtig. Er ist ein netter Junge, er ist okay. Aber er ist kein *Mann* für mich, verstehst du? Wäre ich nicht so allein gewesen, die Sache mit ihm wäre nie passiert.«

Er war immer wieder von neuem perplex, mit welch unverhohlener Dreistigkeit sie sich aus ihren Fehltritten herausredete.

»Aha«, sagte er, »soll ich das so verstehen, daß du auch in Zukunft immer dann, wenn du dich langweilst oder allein fühlst, die Berechtigung zu haben glaubst, eine kurze Affäre mit einem anderen Mann einzuschieben? Zum Zeitvertreib? Manche belegen einen Sprachkurs oder besuchen ein Sportstudio. Du nimmst dir ein paar Quickies. Und das liegt für dich ungefähr auf der gleichen Ebene.«

»So wie du das jetzt formulierst...«

»Ich denke, ich formuliere es genau so, wie es ist. Alles andere wäre beschönigend.« Er machte eine kurze Pause. Der Schmerz tobte in ihm. Es war nicht nur der Schmerz über das, was geschehen war. Die Qual lag in dem Bewußtsein, daß er die Beziehung mit Maja beenden mußte, wenn er auch nur einen Funken Selbstachtung behalten wollte. Der Punkt war endgültig erreicht. Übersprang er ihn jetzt wieder, dann würde er sich zu keinem Moment seines Lebens mehr im Spiegel ansehen können.

»Ich hatte dir gesagt, daß ich dich heiraten will«, fuhr er fort, »aber als Mrs. Shaye würdest du die Dinge genauso handhaben wie jetzt – nicht wahr?«

»Was weiß ich! Alan, wirklich, muß ich jetzt eine Erklärung abgeben für immer und alle Zeiten? Willst du jetzt wissen, was ich wann, wie, in welcher Situation tun werde? Keiner von uns kann sagen, was sein wird! Niemand weiß...«

»Hör auf mit diesen Allgemeinplätzen, Maja!« *Nimm endlich Abschied von dieser Frau, Alan!* »Hör auf, um den Kern herumzureden! Wir wissen beide, was los ist. Du kannst nicht treu sein. Selbst wenn du es unbedingt wolltest, könntest du es nicht. Du könntest es nicht, und wenn dein Leben davon abhinge. Du bist so veranlagt, und wahrscheinlich kann man dich nicht einmal dafür verantwortlich machen.« Er betrachtete sie. So schrecklich sie aussah an diesem Morgen, konnte er es doch nicht verhindern, daß Zärtlichkeit ihn bei ihrem Anblick erfüllte.

Ich werde lange brauchen, dachte er, und Angst stieg in ihm auf bei der Vorstellung von all den langen, einsamen, traurigen Stunden und Tagen, da er versuchen würde, sie stückweise aus seinem Herzen zu reißen. Ich werde sehr lange brauchen, bis ich über sie hinweg bin, und vielleicht gelingt es mir nie.

»Aber ich kann mit dieser Veranlagung bei dir nicht umgehen«, fuhr er fort, »ich habe es fast fünf Jahre lang versucht. Ich habe gehofft, du würdest dich ändern, oder ich würde einen Weg finden, die Art, die du nun einmal hast, zu ertragen. Beides hat nicht funktioniert, und es war vermutlich dumm von mir zu glauben, es könnte irgendwie gehen. Ich hätte mir viel Zeit und Kraft erspart, wenn ich die Vergeblichkeit meiner Hoffnung früher erkannt hätte.«

Er gewahrte einen Ausdruck der Unruhe in ihren Augen. Offensichtlich merkte sie, daß etwas anders war als sonst. Er hatte schon manchmal zu ihr gesprochen wie jetzt, sie hatte zugehört, und er hatte ihr angesehen, daß sie ihn keine Sekunde lang ernst nahm.

Jetzt aber ist sie nervös, dachte er, doch diese Erkenntnis gab ihm kein Gefühl des Triumphs.

»Alan, wir sollten...«, begann sie, aber zum wiederholten Mal an diesem Vormittag schnitt er ihr das Wort ab.

»Wir sollten nichts mehr, Maja. Wir sollten uns nur noch trennen. Das ist das einzig Richtige und Vernünftige.«

Sie lehnte sich über den Tisch, wollte seine Hand ergreifen, aber er zog sie zurück und ließ keine Berührung zu.

Ihre Augen wurden schmal. »Du meinst es ernst?«

Er erwiderte ihren Blick, wußte, daß sehr viel Schmerz in seinen Zügen zu lesen war, aber auch viel Entschlossenheit. »Ich meine es ernst, ja. Und ich möchte nichts mehr hinauszögern. Nach dem Frühstück packst du deine Sachen und verläßt meine Wohnung.«

»Wo soll ich denn hin?«

»Zu Frank.«

»Zu Frank? Frank wohnt in einem winzigen möblierten Zimmer! Da ist überhaupt kein Platz für mich!«

»Es war doch offensichtlich genug Platz vorhanden, um dich dort mit ihm zu treffen und mit ihm ins Bett zu gehen. Ich denke, du wirst klarkommen. Du lebst einfach mal für einige Zeit in einem ›winzigen, möblierten Zimmer‹. Es geht. Du wirst es sehen.«

Ihre Hand krallte sich um die Papierserviette, die neben ihrem Teller lag, zerknüllte und zerdrückte sie.

»O Gott, Alan«, sagte sie leise, »du ahnst ja nicht, wie gern ich gehe! Wie satt ich es habe, mit dir zusammenzusein! Du bist langweilig und spießig und siehst noch dazu alt und versoffen aus!« Sie erhob sich langsam von ihrem Stuhl, während sie ihre Giftpfeile abschoß. »Ja, Alan, das mußt du dir leider sagen lassen, du siehst nicht einmal mehr gut aus. Du warst einmal ziemlich attraktiv, aber deine Schönheit hast du dir inzwischen weggesoffen. Wie konnte ich nur so blöd sein und überhaupt mehr als einen Tag mit dir verbringen! Und mehr als eine Nacht!« Ihre Stimme wurde noch leiser und böser. »Du bist eine solche Null im Bett, Alan, eine solche Null! Jede Sekunde war verschwendet. Aber eines sage ich dir«, sie lehnte sich vor, ihre Augen funkelten, »du wirst nach mir schreien! Du wirst betteln, daß ich zurückkomme. Denn du wirst niemanden mehr finden. Niemanden! Du wirst so allein und so einsam sein, daß du noch mehr säufst, um damit fertig zu werden. Dir wird es so dreckig gehen, daß du zähneklappernd hinter mir herläufst. Du tust mir von ganzem Herzen leid, Alan!«

Sie warf die zerknüllte Serviette auf den Tisch und verließ das Zimmer.

10

Obwohl der Abend friedlich war und der Wind sanft wehte, brandeten die Wellen mit beeindruckender Gewalt gegen die Steilküste, schlugen an den Felsen hoch, warfen weiße, schaumige Gischt über das Gestein, zogen sich rauschend zurück und warfen sich im nächsten Moment erneut mit wütender Kraft gegen den Widerstand, der sich ihnen entgegenstellte. Dort unten hätte man im Getöse der Brandung sein eigenes Wort nicht mehr verstanden. Aber bis nach oben klang sie nur noch als sanftes Brausen, nicht lauter, als hätte ein leichter Wind die Blätter der Bäume gefächelt.

Die Sonne hing als vollkommene, feuerrote Kugel am Horizont tief über der Wasseroberfläche, malte eine kupfergoldene, breite Straße über die Wellen und tauchte die Felsen und das karge, bräunliche Gras auf den Hochflächen in ein überirdisch schönes Licht. Selbst die Wolken, die über den Himmel segelten, wurden angestrahlt. Das Bild hätte kitschig anmuten können, wäre die Landschaft nicht so rauh, so brüsk und so wenig lieblich gewesen.

Es war der Ort, den Beatrice auf der ganzen Insel am meisten liebte. Hier, am Pleinmont Point, im Südwesten Guernseys, konnte sie stundenlang sitzen und über das Wasser schauen oder laufen und sich den Wind durch die Haare wehen lassen. Sie liebte die Wildheit der Küste und die Kraft des Meeres. Sie liebte die Einsamkeit, die dieser Platz verströmte. Irgendwie kam ihr Pleinmont wie ein Ebenbild ihrer selbst vor: herb, kühl, zäh. Pleinmont kam nie zur Ruhe, behauptete sich jedoch standhaft. Hier wuchsen weder Blumen noch Palmen, und wenn nicht gerade die Sonne unterging, gab es keine Farben außer dem Graubraun der Felsen und dem Graugrün des Grases. Häßlich und kalt ragten die steinernen Türme der ehemaligen deutschen Befestigungsanlage in den Himmel. Hier mischten sich Trotz und Entschlossenheit mit Melancholie und einer Schönheit, die nur wenige zu empfinden vermochten.

Auf jeden Fall, dachte Beatrice, fühle ich mich hierher gehörend, ob ich nun passe oder nicht.

Sie saß im Auto, hatte den Wagen auf dem staubigen, unbefestigten Parkplatz zehn Minuten vom Pleinmont Tower entfernt abgestellt. Sie rauchte eine Zigarette, starrte auf das Meer. Aus dem Radio dudelte ganz leise Musik.

Sie saß hier seit fast einer Stunde, und in der ganzen Zeit waren nur zwei Spaziergänger vorbeigekommen. Trotz des herrlichen Sonnenuntergangs schien es die zahlreichen Touristen auf der Insel kaum an diesen Ort zu locken. Beatrice vermutete, daß die meisten beim Essen saßen – es war kurz nach halb neun – oder eher die Sandbuchten im Süden oder Osten der Insel aufsuchten, Lagerfeuer machten oder entlang den Klippenpfaden träumten. Um so besser. Sie war froh, ungestört zu bleiben.

Sie hatte Helene bei Kevin abgesetzt und sich selbst entschuldigt. »Es tut mir leid, Kevin. Ich weiß, es ist unhöflich, so kurzfristig abzusagen, aber ich kann nichts essen. Es ist unmöglich. Ich…« Sie hatte ihn bittend angesehen, auf sein Verständnis hoffend. »Sei mir nicht böse. Ich muß allein sein.«

»Sie hat mit Alan telefoniert«, hatte Helene eingeworfen und dabei vielsagend die Augenbrauen hochgezogen, »und das war wieder einmal… unerfreulich.«

»Tut mir leid«, sagte Kevin. Er sah erschreckend blaß aus. Beatrice entging nicht, daß seine Hände leicht zitterten. »War er wieder…?«

Sie nickte. Für den Augenblick brachte sie keinen Ton hervor.

»O Gott«, sagte Kevin, »das tut mir leid.« Er fuhr sich mit allen zehn Fingern durch die Haare. Sie standen ohnehin schon strubbelig vom Kopf ab, ein ungewohnter Anblick, wenn man sein sonstiges gepflegtes Äußeres kannte.

»Wo ist Franca?« fragte er. »Kommt sie allein nach?«

»Kevin, es tut mir leid, aber Franca kommt auch nicht«, sagte Beatrice. Sie biß sich auf die Lippen. Franca hatte sie am frühen Nachmittag gebeten, Kevin in ihrem Namen abzusagen, aber über das Telefonat mit Alan hatte sie es völlig vergessen.

Wir benehmen uns alle miteinander unmöglich, dachte sie, Kevin hat für drei Gäste gekocht, und nun kommt gerade mal einer.

»Francas Mann ist überraschend aufgetaucht«, erklärte Helene, »und die beiden haben offensichtlich ein paar äußerst problematische Dinge miteinander zu klären. Sie muß den Abend mit ihm verbringen.«

Kevin war beängstigend fahl im Gesicht. »Also sind wir beide allein«, sagte er zu Helene. »Himmel, ich dachte... ich habe eine Menge gekocht, und...«

»Es tut mir wirklich leid«, wiederholte Beatrice, »es ist ein ungünstiger Tag heute, in jeder Beziehung. Für jeden von uns.«

»Für mich nicht«, lächelte Helene. Sie war in himmelblaue Seide gehüllt, ihr Kleid hatte einen bauschigen Tüllrock, der an die Petticoats der fünfziger Jahre erinnerte. Sie sah nach Beatrices Ansicht ein wenig grotesk aus, aber sie selbst schien mit sich äußerst zufrieden.

»Ich freue mich auf den Abend mit dir, Kevin«, fuhr sie fort, »wir werden uns wunderbar unterhalten, nicht wahr? Es ist immer so gemütlich und harmonisch bei dir. Und das Essen duftet wieder einmal ganz herrlich.«

Kevin hatte Beatrice zum Auto zurückbegleitet und noch einmal gefragt, ob sie nicht doch bleiben wolle, aber sie hatte brüsk abgelehnt, was ihr gleich darauf leid tat, denn schließlich hatte sie sich unhöflich verhalten, nicht er. Es verwunderte sie, daß er soviel Wert auf ihre Anwesenheit legte, denn für gewöhnlich forcierte er Treffen mit Helene allein, weil er sie nur dann ungestört anpumpen konnte.

Nicht mein Problem, hatte sie schließlich entschieden, über Kevin kann ich jetzt nicht nachdenken. Ich habe genug andere Sorgen.

Nun drückte sie die halb aufgerauchte Zigarette im Autoaschenbecher aus, öffnete die Tür und stieg aus. Sie brauchte frische Luft, sie mußte ein paar Schritte laufen. Der Wind war kühl um diese Zeit, sie kuschelte sich tiefer in ihre Jacke. Sie lief ein Stück den Pfad entlang, wandte sich dann nach links und ging über die Wiese, die zu den großen, vorgelagerten Felsen führte. Hier gab es keinen Weg, der Boden war steinig und uneben, aber vor ihr waren nur das Meer und um sie herum nur die Klippen, die Wiesen und die Einsamkeit. Das überwältigende Gefühl von Freiheit, das sie jedesmal an diesem Ort fand, streifte sie auch in diesem Moment, aber ihre Sorgen wogen zu schwer, als daß sie sich ihm hätte hingeben, als daß sie es hätte wirklich zulassen können.

Den halben Tag lang hatte sie mit sich gekämpft, ob sie Alan anrufen sollte, und es war ihr die ganze Zeit über so vorgekommen, als warne sie eine innere Stimme davor. Dann hatte sie mit Franca gesprochen, und Franca hatte überhaupt nichts gefunden bei dem Gedanken, sie könne mit Alan telefonieren. Und schließlich hatte sie gedacht: Wo ist denn eigentlich das Problem? Ich will meinen Sohn sprechen, will ihn fragen, wie es ihm geht. Das ist die normalste Sache der Welt.

Um vier Uhr hatte sie in seinem Büro angerufen und erfahren, daß er für diesen Tag alle Termine abgesagt hatte und daheim geblieben war. Tief beunruhigt hatte sie daraufhin seine Privatnummer gewählt, und eine Ewigkeit lang war niemand an den Apparat gegangen. Als sie schon wieder hatte auflegen wollen, hatte Alan sich gemeldet, in letzter Sekunde. Im allerersten Moment hatte sie nicht begriffen, daß er es war, dann *hatte* sie begriffen und war erstarrt.

Noch jetzt, auf diesen rauhen Wiesen, die getaucht lagen in das rotgoldene Licht des wunderbaren Frühsommerabends, spürte sie die eisige Kälte, den Schmerz dieses Moments. Sie erinnerte sich an jedes Wort, an jedes Schweigen, an jeden Atemzug während des Gesprächs.

»Wer is' da?« hatte es aus dem Hörer gelallt, und sie hatte zurückgefragt: »Hallo?«

»Wer is' da?« wiederholte die Stimme am anderen Ende, und in dieser Sekunde hatte sich alles in ihr zusammengekrampft.

»Alan?«

»Ja. Wer is' da?«

»Ich bin es. Beatrice. Mummie. Alan, bist du krank? Du klingst so eigenartig.«

Sie wußte, daß er nicht krank war, aber sie krallte sich an einem winzigen Funken irrationaler Hoffnung fest.

Es dauerte eine Weile, bis er antwortete. Es schien ihm schwerzufallen, seine Gedanken zu sammeln und sich zu konzentrieren. »Mummie?«

»Ja. Alan, wie geht es dir? Ist alles in Ordnung?«

»Oh… klar… alles in Ordnung.« Er sprach abgehackt, verschluckte einzelne Silben. »Wie geht… es… dir?«

»Alan...« Ihre Stimme klang wie klirrendes Glas. »Hast du etwas getrunken?«

»O Gott... Mummie... rufst... rufst du deshalb an?« Er klang so undeutlich, daß sie ihn kaum verstand.

»Alan!« Es war ihr, als müsse sie ihn festhalten mit ihrer Stimme. »Warum hast du getrunken? Es ist mitten am Tag! Warum bist du nicht im Büro?«

»Ein... einen Whisky«, sagte er angestrengt. »Ehrlich... einen... kleinen... Whisky...«

»Das war kein kleiner Whisky. Das waren mehrere doppelte. Mindestens. Du bist völlig betrunken.«

»Uns... Unsinn. Mummie, du... bist ziemlich hys... hysterisch.« Er brachte das Wort mit größter Mühe hervor. »Mach dir keine... Sorgen. M... mir geht's gut... ehrlich.«

»Dir geht es überhaupt nicht gut, sonst wärst du nicht so betrunken mitten am Tag. Wo ist Maja?«

»Maja?«

»Ja. Maja! Sie lebt doch seit ein paar Wochen bei dir. Wo ist sie?«

»Sie... is' nich' da.«

»Wo ist sie denn?«

»Ich... weiß nich'.«

»Du weißt es nicht? Das mußt du doch wissen, wenn ihr zusammenlebt. Alan, konzentriere dich doch mal!« Verzweifelt versuchte sie, seinem alkoholumnebelten Gehirn einzelne Erinnerungsfetzen zu entreißen. »Was ist mit Maja? Habt ihr euch gestritten?«

Er begriff nicht, was sie ihn fragte, versuchte, sie mit sinnlosen Auskünften zufriedenzustellen, stammelte irgend etwas von einem juristischen Fall, mit dem er im Vorjahr beschäftigt gewesen war. Zwischendurch machte er so lange Pausen, daß Beatrice meinte, er sei gar nicht mehr am Apparat. Dann jedoch lallte er plötzlich weiter, plapperte zusammenhanglos, und einmal lachte er laut, lachte so schrill und verzweifelt, daß es ihr das Herz zerschnitt. Irgendwann, im Verlauf der folgenden Stunde, fand sie in mühevoller Kleinarbeit und durch zähes Nachfragen heraus, daß Maja für immer gegangen war, genauer gesagt, daß er sie hinausgeworfen hatte.

»Sie is' jetz' bei Frank«, erklärte er, nachdem er längere Zeit überlegt hatte, wie der Nebenbuhler hieß, mit dem sich Maja eingelassen hatte, »ich hab ihr gesagt, sie ... soll bei ihm bleiben.«

»Das ist vernünftig, Alan. Das einzig Richtige, was du tun konntest. Alan, hör zu«, sie hatte versucht, trotz ihrer Verzweiflung einen sachlichen Ton anzuschlagen, »Alan, du wirst dieses Mädchen nicht mehr wiedersehen. Hast du verstanden? Maja tut dir nicht gut. Es ist jedesmal das gleiche. Es funktioniert nicht zwischen euch, und du wirst damit immer schlechter fertig. Hörst du? Begreifst du, was ich sage?«

Irgendwann hatte sie ihn so weit, daß er folgsam versicherte, er werde mit Maja nichts mehr anfangen, aber Beatrice vermutete, daß er nicht wirklich begriffen hatte, was los war. Sie redete auf ihn ein, er solle alle Flaschen wegstellen, sich ins Bett legen und für den Rest des Tages auf keinen Fall auch nur einen Tropfen Alkohol zu sich nehmen. Er versprach auch das, doch es schien ihr unwahrscheinlich, daß er sich daran halten würde. Er würde an jede Reserve gehen, die er in seiner Wohnung auftreiben konnte, und das würde nicht wenig sein.

Sie hatte das Gespräch beendet und war in eine tiefe Depression gestürzt, hatte nicht gewußt, was sie tun sollte, war planlos im Haus herumgelaufen, war schließlich in den Garten gegangen und hatte begonnen, die Rosenbeete vom Unkraut zu befreien. Aber ihre Hände hatten gezittert dabei, und ihre Knie waren weich gewesen. Irgendwann war Franca aufgekreuzt und hatte ein totenblasses Gesicht gehabt.

»Wo ist denn Ihr Mann geblieben?« hatte Beatrice gefragt, eher mechanisch, denn es interessierte sie kaum in diesem Moment.

»Wir waren zum Essen im *Chalet*-Hotel«, sagte Franca, »an der Fermain Bay. Sie hatten dort noch ein Zimmer, das hat er gleich genommen.« Sie wirkte fahrig, unruhig.

Heute ist kein guter Tag, dachte Beatrice.

»Ich kann heute abend nicht mitkommen zu Kevin«, sagte Franca, »ich muß Michael noch einmal treffen. Es ist ... es müssen eine Menge Dinge geklärt werden, und daher muß ich ihn noch einmal sehen. Wenn Sie mir Kevins Telefonnummer ...«

»Ich gehe sowieso ins Haus, ich rufe ihn an«, erklärte Beatrice und kam wacklig auf die Beine. Es hatte keinen Sinn, mit den Rosen weiterzumachen, ihr war übel, und sie würde irgendwann zusammenklappen. Sie ging hinein, aber dann fehlte ihr plötzlich die Energie, mit Kevin zu sprechen; sie verschob das Vorhaben, ihn anzurufen, und zog sich in ihr Zimmer zurück, wo sie bis zum Abend blieb. Schließlich hörte sie, wie sich Helene im Bad zurechtmachte. Wie meistens summte die alte Frau dabei vor sich hin und vermittelte einen Eindruck von Selbstzufriedenheit, der Beatrice aggressiv machte.

Franca geht es nicht gut, und mir geht es nicht gut, dachte sie zornig, aber sie merkt nichts und tut so, als sei die Welt in Ordnung.

Franca zog schließlich zu dem Treffen mit Michael ab; sie trug das neue, kurze Kleid, das Helene ihr in St. Peter Port gekauft hatte. Mit ihrer leicht gebräunten Haut, den frisch gewaschenen Haaren und ein wenig Farbe auf den Lippen sah sie besser aus denn je, obwohl sie ernst und traurig wirkte.

Ihr Mann wird einige Hebel in Bewegung setzen, um ihr Herz zurückzugewinnen, dachte Beatrice, aber ich glaube nicht, daß er erfolgreich sein wird.

Und nun lief sie über die Klippen, weil sie sich unfähig gefühlt hatte, einen Abend mit Helene zu ertragen. Hätte sie mit Kevin allein sein können, sie hätte ihm von dem Telefonat erzählt, hätte mit ihm über die Dinge gesprochen, die sie beschäftigten. Aber Helenes Kommentare hätte sie nicht anhören können. Sie wollte ihr nichts erzählen. Alans schrecklicher Zustand ging Helene nichts an. Schlimm genug, daß sie etwas ahnte; sie hatte das Telefonat mitbekommen, und natürlich konnte sie sich manches zusammenreimen. Sie wußte um sein Problem. Jeder auf Guernsey wußte es. Und eine Menge Leute in London vermutlich auch.

Gott, ich wußte es, dachte sie, ich wußte es, ich wußte es. Als ich hörte, Maja ist zu ihm gegangen, da wußte ich, was passieren würde.

Sie war schnell gelaufen, ihr Atem ging heftig. Sie stieg den Felsen hinauf, der unmittelbar vor ihr aufgetaucht war. Ihre Hände legten sich auf das rauhe Gestein, das noch warm war von der

Sonne des Tages. Wie immer war es ihr, als ströme etwas von der Kraft des Steins in sie. Der Zauber versagte nie, und selbst an diesem fürchterlichen Tag erwies er sich als Trost. Sie wurde ein wenig ruhiger, ein wenig entspannter. Sie setzte sich auf einen Stein am höchsten Punkt des Felsens und stützte den Kopf in die Hände.

Verdammt, dachte sie, er wird nicht davon loskommen. Er schafft es nicht. Es geschehen immer wieder Dinge, die ihn zurückreißen.

Es hatte sie so entsetzt, ihn ins Telefon lallen zu hören, weil sie seine Stimme kannte, wenn er in diesem Zustand war, wenn er zu betrunken war, um noch gerade stehen zu können, wenn ihm die Sprache versagte, wenn er sich wie ein Kleinkind anhörte, kaum einen Gedanken fassen und ihn schon gar nicht zu Ende denken konnte. Sie hatte ihn so oft so erlebt, daß sie es nicht mehr hätte zählen können.

Wann war es das erste Mal? überlegte sie. Sie kramte in ihrem Gedächtnis: Er mußte einundzwanzig oder zweiundzwanzig gewesen sein. Er hatte schon studiert und war während der Ferien auf Guernsey gewesen. Es hatte Probleme gegeben, mit denen er nach und nach erst herausgerückt war; es war, soweit sie sich erinnerte, um mißglückte Prüfungsarbeiten gegangen. Nachdem er es einmal gesagt hatte, konnte er nicht mehr aufhören, davon zu reden, es hatte ihn umgetrieben und beschäftigt, Tag und Nacht. Weder Helene noch Beatrice hatten dieses Ereignis, das sich für ihn als Katastrophe darstellte, als eine solche empfunden, aber Beatrice dachte heute, daß sie hellhöriger hätte sein müssen.

Ein Mensch sprach nicht ständig über ein Thema, wenn es ihn nicht zutiefst beschäftigte. Eines Nachts hatte sie ihn nach Hause kommen und auf der Treppe schwer stürzen hören, sie war hinausgelaufen und zurückgezuckt vor der Alkoholfahne, die ihr entgegenschlug. Alan lag über die beiden untersten Stufen gebreitet und stöhnte. Sein Hemd war aus der Hose gerutscht, sein Jackett hatte er im Flur verloren. Seine Haare standen wirr und struppig um den Kopf, sein Gesicht war gerötet.

»H… hallo, Mummie«, lallte er, versuchte aufzustehen, brach aber sofort wieder zusammen.

»Lieber Himmel, Alan, was hast du denn gemacht?« Sie neigte

sich zu ihm, hob seinen Kopf, strich ihm mit den Fingern über die glühenden Wangen.

»Mir … ist schlecht«, murmelte Alan.

Natürlich war inzwischen auch Helene wach geworden und eilte herbei. Sie reagierte geschockt, fast hysterisch.

»O nein, was ist los? Ist Alan verletzt? Großer Gott, er ist doch nicht betrunken? Er stinkt ja fürchterlich nach Alkohol! Meinst du, er hat …?«

»Er hat«, sagte Beatrice kurz, »und das kommt bei jedem jungen Mann hin und wieder vor. Jetzt hilf mir, ihn auf sein Zimmer zu bringen.«

Gemeinsam zogen sie Alan die Treppe hinauf. Zwischendurch übergab er sich, was erneut heftiges Zetern bei Helene auslöste. Sie dramatisierte die Geschichte über alle Maßen – hatte Beatrice damals gefunden. Heute dachte sie: als ob sie den Beginn der Tragödie geahnt hätte!

Alan hatte, auf seinem Bett liegend, ununterbrochen geredet, und ständig war es um die Prüfungen gegangen, bei denen er durchgefallen war. Beatrice hatte ihn ausgezogen und gesäubert und ihm erklärt, er solle die dummen Prüfungen vergessen; er werde sie wiederholen, und in kürzester Zeit sei Gras über die Angelegenheit gewachsen. Sie hatte sich gesagt, daß ihm etwas schiefgegangen war und er sich tief frustriert hatte vollaufen lassen. Wem war so etwas noch nicht passiert?

Es passierte Alan für den Rest der Ferien an jedem einzelnen Abend. Er ging mit Freunden weg und kehrte völlig betrunken nach Hause zurück. Einige Male kam er gar nicht wieder, und Beatrice ging ihn suchen, fand ihn am Hafen von St. Peter Port auf Parkbänken oder auf den Steinen liegend. Häufig lag er in seinem Erbrochenen. Sie wußte, daß das nicht mehr normal war. Es passierte zu häufig, und sein Konsum war zu unmäßig. Er betrank sich nicht einfach. Es schien, als wolle er sich zu Tode trinken. Es schien, als finde er das Leben so unerträglich, daß er ihm ständig und am besten für immer entfliehen wollte. Beatrice klammerte sich an der Hoffnung fest, es geschehe nur während der Ferien, während *dieser* Ferien. Wenn er wieder an der Uni war, regelmäßig arbeiten mußte, konnte er sich derartige Eskapaden kaum leisten. Dann mußte er zu einer anderen Lebensweise zurückfinden.

Er fand nicht mehr zu einer anderen Lebensweise zurück, zumindest nicht dauerhaft. Es gab Phasen, da war er trockener, aber das bedeutete auch nur, daß sich sein Alkoholkonsum in Grenzen hielt, die es ihm erlaubten, sich unauffällig zu bewegen. Er brauchte eine bestimmte Menge jeden Tag, mit der er »gut« war – erfolgreich, kommunikativ, selbstsicher. Blieb er darunter, wurde er zittrig und nervös. Überschritt er die Menge, dann lag er in einer Ecke, und es war nichts mit ihm anzufangen. Seiner Umgebung – selbst Beatrice – machte er auf diese Weise eine ganze Weile lang glaubhaft vor, es sei alles in Ordnung mit ihm. Wer die typischen Merkmale des Gewohnheitstrinkers nicht kannte – die großporige Haut, die gerötete Nase, die gelbliche Färbung der Wangen, die tiefen Säcke unter den Augen –, hätte ihn für einen gesunden, stabilen Mann gehalten, der manchmal ein wenig elend aussah, was man aber auf Streß und Überarbeitung zurückführen konnte. Beatrice hatte Jahre gebraucht, um zu begreifen, daß ihr Sohn ständig trank. Daß er jedem Problem des Alltags mit Alkohol begegnete. Jeder beruflichen Herausforderung, jedem Ärger mit Kollegen oder Mandanten, jeder Frustration in seinem Beziehungsleben. Sie wußte später gar nicht genau zu sagen, woran sie es am Ende erkannt hatte, es war ein schleichendes Erkennen gewesen, ein langsamer Prozeß, in dessen Verlauf sie gelernt hatte, die Anzeichen zu deuten, hellhörig und scharfsichtig zu werden. Irgendwann gelang es ihr nicht mehr, sich noch etwas vorzumachen. Ihr Sohn war Alkoholiker. Und es schien keinen Weg zu geben, ihm zu helfen. Sie konnte ihm nur immer wieder zu verstehen geben, daß sie *da* war. Daß er – was auch immer passierte – nie eine Scheu haben mußte, zu ihr zu kommen.

Sie saß auf dem Felsen und sah zu, wie die Sonne ins Wasser fiel, und dachte verzweifelt, daß alles erst wirklich schlimm geworden war, als er begonnen hatte, sich mit Maja einzulassen. Was zum Teufel fand er an dieser kleinen, billigen Schlampe, die ihm das Wasser nicht reichen konnte? Maja war sehr attraktiv, aber es gab unendlich viele attraktive Frauen, und viele von ihnen hatten darüber hinaus Stil und Anstand und lebten nach gewissen moralischen Regeln. Alan sah gut aus und hatte einen interessanten Beruf. Beatrice wußte, daß ihn viele Frauen anhimmelten. Warum mußte es die unmöglichste Person von ganz Guernsey sein?

Und natürlich war es nun wieder schiefgegangen. Es ging immer schief, und außer ihm hatte das auch schon jeder begriffen. Zwei Wochen lang hatte sich Maja offenbar zusammengenommen, dann war sie in das ihr angestammte Verhaltensmuster geglitten. Genaugenommen hatte sie ihr Muster wohl nie verlassen. Es hatte nur zwei Wochen gedauert, bis Alan ihr auf die Schliche gekommen war.

Mae, diese dumme, naive Person! Die außer Alan als einzige immer noch glaubte, Maja werde sich ändern.

Wie beleidigt war sie wieder, als ich meine Sorgen äußerte, dachte Beatrice, und sie war einmal mehr der Ansicht, ich übertreibe! Es macht sie fertig, wenn jemand schlecht reden könnte über ihren kleinen Liebling. Bis zu ihrem Tod wird sie in Maja das Unschuldslamm sehen.

Sie fröstelte. Die Sonne war jetzt untergegangen, und sofort wurde es kühl. Der Himmel im Westen war noch rot gefärbt, aber über die Felsen und Wiesen kroch nun die Dunkelheit. Sie wußte, wie die Entwicklung sein würde: Alan würde sich nicht nur an diesem heutigen Montag bis zur Besinnungslosigkeit betrinken. Er würde es während dieser, der nächsten und der übernächsten Woche Tag für Tag tun. Er würde völlig ausfallen, für niemanden zu sprechen sein, keinen einzigen beruflichen Termin mehr wahrnehmen. Seine Sekretärin, die glücklicherweise treu und völlig verschwiegen war, würde die Hände ringen und wieder einmal mit aller Kraft versuchen, die Situation zu retten, Ausflüchte und Erklärungen zu finden, um ihren Chef wenigstens vor den Mandanten in Schutz zu nehmen, sein Ansehen zu wahren. Beatrice ahnte, daß ihr das immer schlechter gelang. In der Branche hatte es sich natürlich längst herumgesprochen, was mit Alan Shaye los war, und niemand war an Diskretion interessiert. Niemandem war daran gelegen, Alans Integrität zu schützen. Es war eine Frage der Zeit, wann seine Mandanten abspringen würden. Es hing von der Häufigkeit ab, mit der er Termine platzen ließ. Niemand machte das allzuoft mit. Die Leute gingen los und suchten sich einen anderen Anwalt, und Beatrice vermutete, daß viele das auch schon getan hatten, daß Alan nur nicht darüber sprach. Maja würde nicht nur seine Gesundheit ruinieren. Sie konnte ihn auch in ein berufliches Fiasko treiben.

Beatrice wußte auch, aus jahrelanger, leidvoller Erfahrung, wie es nun zwischen Alan und Maja weitergehen würde. Er hatte sich von ihr getrennt und litt wie ein Hund, und sie ging ihren Vergnügungen nach und wartete in aller Seelenruhe ab. Sie wußte ganz genau, daß er sie zurücknehmen würde, daß er betteln würde, sie möge sich ihm wieder zuwenden. Er würde ungefähr zwei Wochen saufen, dann würde er wieder ins Büro gehen, er würde aussehen wie ein Gespenst, bleich und krank und elend, aus einer Hölle emporgestiegen und nachhaltig von ihr gezeichnet, aber zunächst einmal wieder unter den Lebenden weilend, wobei sein Aufenthalt dort befristet war. Die Hölle hatte ihn, es bedurfte nur einer geringen Erschütterung, ihn dorthin zurückkehren zu lassen. Er würde sich durch den Berufsalltag schleppen, sich auf sein »normales« Alkoholmaß einpendeln, das, wie stets nach derartigen Einbrüchen, wieder ein wenig über dem Pegel der Zeit davor liegen würde. Er würde leiden, er würde seine Einsamkeit spüren, sie würde in jede Faser seines Körpers und seiner Seele eindringen, ihn schwach machen, trostlos und krank. Seine innere Einsamkeit in den Zeiten ohne Maja stellte seinen schlimmsten Feind dar – und für Maja den Schlüssel zu ihrer Rückkehr. Irgendwann war er soweit. Er vergaß seinen Stolz, gab jede Selbstachtung auf. Sie beteuerte, sie wolle sich bessern, und er wollte es glauben und glaubte es daher auch, klammerte sich an die trügerische Hoffnung und eilte dem nächsten Absturz entgegen.

Sie stand auf, kuschelte sich noch tiefer in ihre Jacke, aber das nützte nichts mehr bei dem frischen Wind, der nun vom Meer kam. Zudem fror sie von innen, und dagegen half nicht einmal die wärmste Wolle.

Ich wünschte, Maja wäre tot, dachte sie, während sie zum Auto zurückging. Sie spürte die Verzweiflung wie einen stechenden Schmerz und erschrak nicht einmal über die Inbrunst ihres Wunsches. Ich wünschte, es würde sie einfach nicht mehr geben.

Sie setzte sich ins Auto, fühlte sich klein und verloren. Schuldgepeinigt. Denn irgendwo lag eine Schuld auch bei ihr. Alan war ihr Kind. Sie hatte nicht genügend aufgepaßt.

Sie wollte nicht nach Hause. Sie blieb im Auto sitzen und sah der Nacht zu, die sich über die Insel senkte.

Sie saßen im *Old Bordello,* das so plüschig war, wie es sein Name verhieß, und ignorierten das Gähnen und Hüsteln der Kellner, die um sie herumeilten und sichtlich nur darauf warteten, daß sie endlich die Rechnung verlangten und gingen. Sie waren die einzigen Gäste. Im Lauf des Abends war noch ein anderes Paar dagewesen, hatte aber sehr schnell gegessen und war dann eilig wieder verschwunden. Franca hatte den Eindruck, daß jemand während der vergangenen fünf Minuten schleichend die Musik lauter gedreht hatte. Sie wollten ihnen die Unterhaltung erschweren. Sie wollten sie endlich hinausekeln.

Allerdings sprachen sie ohnehin nicht miteinander, seit einer halben Stunde schon nicht mehr. Michael hatte noch einen Cognac geordert und drehte das Glas hin und her, als wolle er den Stiel abbrechen. Es befand sich ein winziger Rest Cognac in dem Glas, eine letzte goldene Färbung am Grund.

Wofür spart er ihn sich auf? fragte sich Franca. Ist es seine Rechtfertigung dafür, hier ungebührlich lange sitzen zu bleiben? Oder will er *mich* halten? Er weiß, wie absurd höflich ich in jeder Lebenslage bin. Ich würde nicht aufstehen und gehen, solange noch jemand am Tisch nicht fertig gegessen und getrunken hat.

Sie hatte eine Tablette genommen, um den Abend überstehen zu können, dann war sie losgefahren und hatte Michael in seinem Hotel abgeholt. Sie wollte ihm die Wahl des Restaurants überlassen, aber er war zu lange schon nicht mehr auf Guernsey gewesen, ihm fiel kein Name ein. Sie waren an den Hafen gefahren, hatten das Auto geparkt und waren die Uferstraße entlanggelaufen, und plötzlich hatte Michael gesagt: »Schau mal, dieses Restaurant dort heißt *Old Bordello*! Das klingt doch witzig, oder? Laß uns hineingehen.«

Franca fand, daß die Situation an diesem Abend alles andere als *witzig* war, daher verstand sie ihn nicht recht, aber da es ihr ohnehin gleich war, wo sie aßen, stimmte sie zu. Immerhin saßen sie am

Fenster und hatten einen schönen Blick auf Castle Cornet. Obwohl auch das im Prinzip keine Rolle spielte. Es ging um ihre Scheidung. Das Ambiente war in dieser speziellen Situation zweitrangig.

Michael hatte zunächst, ein wenig mühsam, oberflächliche Konversation gemacht, Smalltalk über das Wetter, die Insel, die Mentalität der Menschen, die hier lebten.

»Eine Dame im Hotel erzählte mir vorhin, daß auf der ganzen Insel am 9. Mai Feierlichkeiten stattfinden«, sagte er, »Umzüge, Paraden, Blumenschmuck... Wie fändest du es, wenn wir eine Woche hierblieben, um dabeizusein? Ich meine, was meine Arbeit betrifft, kann ich es mir kaum leisten, aber ich könnte einmal fünf gerade sein lassen. Die Augen zumachen und einfach leichtsinnig sein... Was hältst du davon?«

Es war der Moment gewesen, an dem sie das eigentliche Thema ein zweites Mal anschneiden mußte.

»Ich will nicht Ferien mit dir machen«, sagte sie, »ich will besprechen, wie wir unsere Scheidung regeln.«

Der Kellner hatte das Essen gebracht, und Michael hatte einen Moment gewartet, ehe er antwortete, obwohl der Bedienstete ihre auf deutsch geführte Unterhaltung wohl ohnehin nicht hätte verstehen können.

»Du bist aufgewühlt und erregt«, sagte er dann, »und du hast dich da in etwas hineingesteigert... Deshalb hielt ich es auch für völlig falsch, daß du einfach weggelaufen und hierhergereist bist. Ich verstehe ja, daß dich meine... meine Affäre wütend gemacht hat.« Er stocherte etwas verlegen mit der Gabel in seinem Essen herum.

»Es tut mir leid«, sagte er schließlich. Wer ihn kannte, hätte die Einzigartigkeit des Augenblicks zu schätzen gewußt. Franca konnte sich nicht erinnern, daß Michael sich jemals entschuldigt hätte – bei wem auch immer.

»Es war nicht richtig von mir. Ich habe dich verletzt. Ich werde die Sache beenden, und es wird nie mehr vorkommen.«

»Michael...«

Er hob die Hand. »Moment. Ich wollte noch hinzufügen, daß Weglaufen in solchen Situationen völlig falsch ist.«

Natürlich, dachte Franca, es wäre ja auch das erste Mal, daß ich etwas richtig mache.

»Es ist nicht gut, sich in die Einsamkeit zurückzuziehen und vor sich hin zu grübeln. Ich kann verstehen, daß du Abstand wolltest, daß du allein sein wolltest. Aber man kommt auf dumme Gedanken, wenn man sich im engen Gefängnis des eigenen Kopfes ständig im Kreis dreht. Du siehst es ja in deinem Fall. Nun denkst du an Scheidung – was eine völlige Überreaktion ist.«

Franca schob ihren Teller ein Stück von sich. Sie bezweifelte plötzlich, daß sie in der Lage sein würde, auch nur einen Bissen hinunterzubekommen.

»Es ist keine Überreaktion«, sagte sie, »und ich habe diesen Plan auch nicht im ›engen Gefängnis meines Kopfes‹ gefaßt, wie du es nennst. Tatsache ist, daß ich bis heute morgen überhaupt nicht daran gedacht habe. Erst in der Sekunde, in der du zur Tür hereinkamst...« Sie überlegte, wie sie in Worte fassen sollte, was sie empfand. »In der Sekunde wußte ich, daß wir uns trennen müssen. Verstehst du, es war keine Überlegung. Es war ein *Wissen*. Ich brauchte und brauche nicht darüber nachzudenken. Es geht nicht mehr.«

»Mein Gott, das ist ja noch schlimmer!« Auch Michael schob seinen Teller zurück, zündete sich eine Zigarette an. »Das ist ja eine richtige Kurzschlußreaktion! Dir schießt ein Gedanke durch den Kopf – ein Gedanke solch ungeheuren Ausmaßes in den Auswirkungen. Du bildest dir ein, es handle sich um ein *Wissen*, und – peng! Schon knallst du mir die Scheidung hin und willst nicht einmal mit mir darüber reden!«

»Wenn ich es ablehnen würde, mit dir zu reden, säßen wir nicht hier. Nach zehn Jahren gehe ich nicht weg ohne ein Wort. Wir können reden, aber das wird nichts an meinem Entschluß ändern. Und zwar deshalb, weil ich, selbst wenn ich wollte, nichts ändern könnte. Ich kann nicht! Es geht nicht mehr. Versteh das doch, schon rein körperlich kann ich bei dir nicht bleiben.«

Er sah sie beunruhigt an. »Du willst nicht mehr mit mir schlafen? Aber wir haben doch sowieso sehr selten...«

»Aber es geht doch nicht um Sex!« Sie ahnte, daß er nicht begreifen würde, was in ihr vorging. »Ich habe eine körperliche

Angstreaktion gespürt heute morgen. Ich hatte nasse Hände und weiche Knie. Mein Atem ging schneller. Ich merkte, wie ich... o Gott, Michael, das ist doch nicht normal, oder? Keine Frau sollte sich so fühlen, wenn ihr Mann ins Haus kommt.«

»Natürlich nicht, aber ist das nicht eine Reaktion, wie du sie bei dir kennst? Ich bin wirklich bereit, eine Menge Schuld auf mich zu nehmen...«

Genau das bist du nicht, dachte Franca.

»...aber ich muß doch widersprechen, wenn du behaupten willst, dies sei eine Reaktion von dir speziell auf mich. Du reagierst auf alles mögliche so. Du *bist* so! Panisch, überängstlich, nervös und – sei mir nicht böse – zudem hysterisch. Das ist ja auch der Grund für dein berufliches Scheitern.«

»Aber selbst wenn das stimmt – wenigstens bei dir sollte ich doch Geborgenheit finden, oder nicht?«

»Ja, das wäre schön. Ich denke auch, ich habe eine Menge getan, dir dieses Gefühl zu vermitteln.« Er sah sie gekränkt an, beleidigt, weil sie seine Mühen nicht zu schätzen gewußt hatte. »Aber offensichtlich hat es nichts genützt. Du hast dich gegen meine Hilfsangebote ja auch immer gewehrt. Ich habe dich zu stützen versucht, habe dir erklärt, was ich an deiner Stelle tun würde und was nicht... aber meistens wurde mir dann ja der Vorwurf gemacht, ich würde dich gängeln und bevormunden. Was ich auch tat für dich, es war dir nicht recht.«

Der Kopfschmerz meldete sich wieder, fein und hintergründig wie ein Hauch nur, aber Franca nahm ihn dennoch wahr und wußte, er würde nun von Minute zu Minute stärker werden. Der Schmerz kam immer, wenn Michael auf sie einredete. Vielleicht lag es an der Eindringlichkeit, mit der er sprach, vielleicht an den ewigen Vorwürfen, die er ihr machte, ganz gleich, um welches Thema es ging. Daß er nicht merkt, daß es keinen Sinn mehr hat zwischen uns, dachte sie voller Staunen, daß er nicht merkt, wie krank und kaputt alles ist.

Aber er konnte es nicht fühlen, überlegte sie, weil er sich nie so gestreßt gefühlt hatte in ihrer Ehe. *Er* war nicht niedergemacht worden. *Er* hatte sich nicht ständigen Angriffen ausgesetzt gesehen. *Er* hatte sich nicht Tag für Tag in Frage stellen müssen. *Er* hatte vermutlich nie an diesem nagenden Kopfschmerz gelitten. Er war ganz einfach völlig anders bei Kräften als sie.

Der Kellner hatte inzwischen bemerkt, daß sie beide ihre Teller weggeschoben hatten, und eilte herbei.

»Ist mit dem Essen etwas nicht in Ordnung?«

»Wir haben keinen Hunger«, knurrte Michael, »Sie können abräumen.«

»Aber ...«

»Nehmen Sie es weg. Und bringen Sie mir einen Schnaps!«

Der Kellner eilte mit den unberührten Tellern davon. Michael rauchte mit hastigen Zügen.

»Ich weiß nicht, was vorgefallen ist«, sagte er, »aber irgendwie mußt du ein wenig größenwahnsinnig geworden sein hier auf Guernsey. Ich meine, du kennst dich doch schließlich! Du bist völlig lebensunfähig allein. Über Wochen konntest du nicht einmal in einen Supermarkt gehen, ohne Panikreaktionen zu bekommen, also bist du einfach nicht gegangen. Du wärst glatt verhungert, wenn ich nicht eingekauft hätte. Überlege dir doch einmal, wie eine Frau allein leben will, die kaum die Nase zur Tür hinausstrecken kann, ohne sich vorher mit Beruhigungstabletten vollzustopfen.«

»Ich bin, trotz allem, immerhin allein bis Guernsey gekommen«, erinnerte Franca, »und ob du es glaubst oder nicht, ich betrete hier auch Supermärkte. Ich sitze mit dir in einem Restaurant. Bisher habe ich kein Anzeichen von Panik gezeigt.«

»Du hast vermutlich Tabletten genommen.«

»Ja. Aber das habe ich früher auch immer getan, und trotzdem konnte ich die meisten Dinge nicht bewältigen.«

Ich müßte etwas essen, dachte sie, der Hunger wird das Kopfweh schlimmer machen. Aber ich werde nichts hinunterbringen.

»Guernsey ist eine kleine, in sich abgeschlossene Welt, die dir offenbar ein Gefühl der Sicherheit vermittelt«, meinte Michael, »aber das ist trügerisch. Irgendwann mußt du ins normale Leben zurück. Und dann sind die alten Probleme wieder da.«

»Vielleicht bleibe ich auch auf Guernsey«, sagte Franca.

Michael starrte sie entgeistert an. »Auf Guernsey? Was willst du denn hier machen?«

»Leben.«

»Leben? Und wovon, wenn ich das wissen dürfte?«

»Eine Zeitlang werde ich ganz gut durchhalten, wenn wir unser Vermögen aufgeteilt haben. Und dann muß ich weitersehen.«

»Aha. Endlich sprichst du Klartext. Du willst Geld.«

»Ich denke, die Hälfte von allem, was wir haben, steht mir zu. Das ist so.«

»Darum geht es dir also! Mich arm zu machen und dann das Weite zu suchen. Vermutlich hoffst du, weit mehr als die Hälfte zu bekommen. Aber ich…«

Der Schmerz erreichte nun jäh eine betäubende Heftigkeit. Er kam so überfallartig, wie sie es selten erlebt hatte. Es war, als wetze ein Tier seine Krallen in ihrem Kopf.

»Ich will nicht mehr, als mir zusteht«, sagte sie mühsam. »Aber über diese Dinge können wir später reden. Wir werden uns irgendwie einigen. Ich denke, wir sollten versuchen, die Trennung fair und sauber zu bewältigen.«

Michael zündete sich die nächste Zigarette an. Die Haut um seine Nase herum hatte sich gelblich verfärbt, ein Zeichen dafür, daß er unter großer Anstrengung stand.

»Es ist nicht zu fassen«, sagte er, »es ist einfach nicht zu fassen! Wir sitzen hier auf einer verfluchten Insel am Abend des 1. Mai und sprechen über unsere Scheidung! Ich glaube es nicht!«

»Irgendwann«, sagte Franca, »werden wir uns beide nur noch erlöst fühlen.«

Sie kramte ein Aspirin aus ihrer Handtasche und warf es in ihr Wasserglas.

»Entschuldige. Ich brauche rasch eine Tablette.«

Von da an war Schweigen gewesen, nur ab und an unterbrochen von Schuldvorwürfen und Anklagen, die Michael aussprach, und von düsteren Schilderungen, mit denen er Francas Zukunft ausmalte. Dazwischen bestellte er Wein und Cognac und ließ sich neue Zigaretten bringen. Franca hielt sich an ihrem Mineralwasser fest, registrierte erleichtert, daß der Kopfschmerz ein wenig nachließ, und hoffte, der Abend möge vorübergehen. Mit einer fast erschreckenden Heftigkeit sehnte sie sich von Michael fort. Sie hatte den Eindruck, daß das Gebot der Höflichkeit sie verpflichtete, den Abend durchzustehen, Michael die Möglichkeit zu geben, loszuwerden, was ihm im Kopf herumging, auch wenn es Gift war, was er in sie hineinträufelte. Sie hatte die Trennung verlangt, und irgendwie schien es ihr die gerechte Buße zu sein, daß sie nun hier sitzen und ihn über sich ergehen lassen mußte. Sie war entschlossen, durchzuhalten. Notfalls würde sie ein zweites Aspirin nehmen.

Aber irgendwann, dachte sie, irgendwann in nicht allzu ferner Zukunft wird es überstanden sein. Wir werden einander nie wiedersehen. Er wird seinen Weg gehen und ich meinen, und es wird keine Berührungspunkte mehr geben.

Sie forschte in sich, ob sie irgendwo Trauer fand bei dieser Vorstellung oder wenigstens ein Gefühl der Beklemmung. Aber da war nichts. Statt dessen war es, als liege, noch verborgen hinter Bergen aus vergessenem Schmerz und alten Ängsten, eine lebendige Freude auf der Lauer, ein Glücksgefühl, das in seiner Kraft und Vitalität fast erschreckend schien. Eine innere Stimme mahnte zur Vorsicht, während eine andere ihr zurief, daß sie nicht länger vorsichtig zu sein brauche. Etwas hatte sich geändert und stand im Begriff, sich noch weiterhin zu ändern, aber noch mißtraute sie diesem Angebot, das ihr das Leben machte. Sie hatte jegliches Glücksgefühl, jedes Gefühl von Freude und Zuversicht zu lange entbehrt. Sie hatte keine Vorstellung, wie es sein mußte, damit umzugehen.

Es war kurz vor Mitternacht, als sich der Kellner erneut entnervt ihrem Tisch näherte.

»Wir schließen jetzt um zwölf Uhr«, nuschelte er, »wenn ich Ihnen die Rechnung bringen dürfte…«

»Ich entscheide selbst, wann ich gehe«, bellte Michael. Er war ziemlich betrunken inzwischen und brauchte überdies ein Ventil für seine Aggressionen. Franca ahnte, daß er sich mit dem Kellner ernsthaft anlegen würde, wenn dieser auch nur den kleinsten Fehler machte. Eilig zog sie ihre Brieftasche hervor.

»Bringen Sie mir die Rechnung«, sagte sie, »ich übernehme das.«

»Du läßt dich von dem Typen nötigen?« fragte Michael mit schwerer Zunge. »Meine Frau läßt sich aus einem Restaurant weisen wie ein lästiger Zechpreller? Du…«

»Wir sitzen hier lange genug«, unterbrach Franca, »diese Leute haben auch irgendwann Feierabend. Wir hätten längst…«

»Wir hätten gar nichts *längst*! Das ist wieder typisch Franca! Einer kommt und sagt etwas, und Franca zieht den Schwanz ein. Du kuschst, wenn ein anderer nur den Mund aufmacht. Du bist so etwas von unterwürfig, das hat die Welt noch nicht gesehen. Du…«

»Michael!« bat Franca leise. Er war ziemlich laut geworden, die Kellner blickten schon irritiert herüber.

»Ich lasse mir doch von dir nicht den Mund verbieten!« fuhr Michael auf.

»Ich bin müde«, sagte Franca, »ich möchte nach Hause.«

»Du möchtest nach Hause? Du möchtest das Gespräch beenden? Und du meinst, so einfach kommt du davon? Du knallst mir die Scheidung hin und erklärst dann, du seist jetzt müde und müßtest ins Bett?«

»Es gibt nichts mehr zu besprechen«, sagte Franca, »deshalb macht es keinen Sinn, hier noch länger zu sitzen.«

Der Kellner brachte die Rechnung. Franca legte ein paar Scheine auf den Tisch.

»Wir sind noch nicht am Ende«, sagte Michael.

Sie stand auf. Ihre Knie fühlten sich weich an. Der Tag war ihr an die Nerven gegangen, aber sie hatte den Eindruck, sich insgesamt gut geschlagen zu haben.

»Doch, Michael«, sagte sie, »wir sind am Ende.«

Es war seine Sache, wie er in sein Hotel zurückkam. Es gab Taxis. Es war nicht ihr Problem. Sie verließ das Restaurant, wußte, daß er ihr fassungslos hinterherstarrte, und ging zu ihrem Auto. Sie konnte fühlen, daß er in diesem Moment begriff: Es hat keinen Sinn, sie zurückhalten zu wollen. Die Angelegenheit war entschieden.

Sie schloß die Autotür auf, ließ sich auf den Sitz vor dem Lenkrad fallen. Vor ihr lag das hell angestrahlte Castle Cornet. Die Wellen des Meeres rauschten an den dunklen Strand.

Ich bin frei, dachte sie. Es war ein fast überwältigendes Gefühl, das sie für ein paar Sekunden fest die Augen schließen ließ. Ich bin frei. Und ich habe mir meine Freiheit selbst genommen. Niemand hat sie mir zugeteilt oder aufgezwungen oder gnädig gewährt. *Ich habe sie genommen.*

Sie öffnete die Augen. Sie wußte, daß Selbstzweifel und Ängste wieder erwachen, an ihr nagen würden. Aber für den Moment spürte sie eine Kraft, die so grenzenlos und unbezwingbar war, daß es ihr fast den Atem nahm.

Ich muß mich immer an diese Sekunden erinnern, dachte sie, immer, solange ich lebe. Ich muß mich erinnern, daß es diese Kraft gibt. Ich könnte sie nicht spüren, wenn sie nicht da wäre. Sie ist in mir. Sie wird immer in mir sein. Ich muß es nur *wissen.*

Sie wartete ein paar Sekunden, bis sich ihr Herzschlag beruhigt hatte, dann startete sie den Wagen und verließ den Parkplatz.

Es war genau Mitternacht.

11

Sie fuhr durch das tief schlafende Le Variouf und schlich die steile, gewundene Straße am Ende des Dorfes hinauf. Die Nacht war klar und dunkel. Wahrscheinlich ist der Himmel voller Sterne, dachte sie.

Sie bog in die Einfahrt, bremste hinter einem dort bereits parkenden Wagen. Es war Beatrices Auto. Erst als sie ausstieg, bemerkte sie, daß Beatrice noch hinter dem Steuer saß.

Sie klopfte gegen die Scheibe. Beatrice schrak zusammen, öffnete dann die Tür.

»Ach Franca, Sie sind es«, sagte sie, »ich habe völlig die Zeit vergessen. Wie spät ist es?«

»Es müßte gleich halb eins sein. Was machen Sie denn hier im Auto?«

»Ich habe nachgedacht.« Beatrice stieg aus, schüttelte den Kopf, als wolle sie eine Reihe von unangenehmen Gedanken abschütteln. »Es gibt Probleme mit Alan, wissen Sie. Irgendwie werde ich das heute den ganzen Abend über nicht los.«

»Hat Kevin Sie ein wenig ablenken können?«

»Ich war gar nicht dort. Ich habe Helene abgesetzt und bin zum

Pleinmont Point gefahren. Dort habe ich lange auf den Klippen gesessen. Wahrscheinlich«, sie lachte, und es klang gekünstelt, »bekomme ich eine Erkältung, und das ist alles, was ich von diesem Abend haben werde.«

Sie gingen nebeneinander her zum Haus, traten ein.

»Helene schläft sicher schon«, meinte Beatrice. »Wie war Ihr Abend, Franca? Wie lief es mit Ihrem Mann?«

Franca zuckte die Schultern. »Es war unerfreulich. Aber ich denke, wir sind fertig.«

Beatrice betrachtete sie forschend. »Sie sehen eigentlich nicht traurig aus!«

»Ich bin auch nicht traurig«, sagte Franca. Sie hängte ihren Mantel, den sie über dem Arm getragen hatte, an die Garderobe. »Ich bin erleichtert.«

»Ich werde noch rasch nach Helene sehen«, meinte Beatrice, »ich will wissen, daß sie wieder gut hier gelandet ist. Und dann trinken wir einen Rotwein, und Sie erzählen mir ein bißchen, ja?«

Franca berührte kurz ihren Arm. »Was ist mit Alan?« fragte sie leise.

»Das erzähle ich Ihnen dann auch«, sagte Beatrice.

Sie lief die Treppe hinauf. Franca blieb unten vor dem Spiegel neben der Garderobe stehen.

Wie sieht eine Frau aus, die frei ist? fragte sie sich. Sie lächelte ihrem Bild zu. Die Frau in dem leuchtendroten Kleid lächelte zurück. Sie sieht gut aus, entschied sie. Freiheit scheint attraktiv zu machen.

Oben lehnte sich Beatrice über die Brüstung.

»Helene ist nicht da!« rief sie. Ihre Stimme klang beunruhigt. »Sie ist nicht in ihrem Bett.«

»Vielleicht sonst irgendwo im Haus?« meinte Franca.

Beatrice runzelte die Stirn. »Es ist alles dunkel. Und still. Nein, sie ist offenbar nicht daheim.«

»Dann ist es eben später geworden bei Kevin. Sie kommt sicher gleich.«

Beatrice eilte die Treppe hinunter. Sie schien zutiefst irritiert.

»Helene schafft es gar nicht, so lange aufzubleiben. Spätestens um halb elf ist sie todmüde. Sie ist noch nie so lange weggeblieben.« Sie schien ernsthaft verstört zu sein.

»Das kommt mir sehr eigenartig vor«, sagte sie.

Um Viertel nach eins riefen sie bei Kevin an. Zuvor hatten sie das ganze Haus durchsucht. Schließlich konnte Helene auch in den Keller gegangen und dort unglücklich gestürzt sein, wie Beatrice meinte.

Nirgends war eine Spur von ihr zu finden.

»Ihr Mantel hängt nicht an der Garderobe«, stellte Franca fest, »demnach ist sie nicht heimgekommen.«

Beatrice schnappte sich die große Taschenlampe, die in der Küche auf einem Regal lag. »Vielleicht hat sie den Schlüssel vergessen und ist irgendwo im Garten. Im Gewächshaus oder im Schuppen. Aber wenn ich sie dort nicht finde, rufe ich Kevin an, und wenn ich ihn aus dem tiefsten Schlaf hole.«

»Ich komme mit«, bot Franca an.

Beide Frauen stolperten durch den nächtlichen Garten. Die Taschenlampe malte einen hellen Lichtkegel in die Dunkelheit vor ihnen. Der Mond stand nur als schmale Sichel am Himmel, geheimnisvoll rauschte der Wind im Laub der Bäume. Franca trat in die weiche, aufgeplusterte Erde einiger Maulwurfshügel.

»Es ist unheimlich hier in der Nacht«, sagte sie schaudernd.

Beatrice rief Helenes Namen, aber es kam keine Antwort. Sie leuchteten in jeden Winkel der beiden Gewächshäuser, durchstöberten den alten Schuppen, in dem nun vorwiegend Fahrräder, ausrangierte Möbel und ein paar Bücherkisten standen. Franca kletterte sogar die Leiter zur ehemaligen kleinen Wohnung hinauf. Sie hörte ein paar Mäuse raschelnd verschwinden und verfing sich in klebrigen Spinnweben.

»Hier oben ist niemand!« rief sie hinunter.

»Jetzt rufe ich Kevin an«, sagte Beatrice entschlossen.

Es dauerte eine Ewigkeit, bis Kevin an den Apparat ging. Beatrice hatte dreimal gewählt, jedesmal endlos durchläuten lassen. Als er sich endlich meldete, klang er keineswegs verschlafen.

»Hallo, wer ist denn da?« fragte er. Er war hellwach.

»Kevin! Mein Gott, ich hatte schon Angst, du hast das Telefon abgestellt und kannst das Läuten nicht hören. Hier ist Beatrice. Ist Helene noch bei dir?«

»Nein. Schon lange nicht mehr.«

»Seit wann ist sie fort?«

Er überlegte. »Seit etwa halb elf.«

»Halb elf? Es ist bald halb zwei. Sie ist nicht daheim!«

»Das ist eigenartig«, sagte Kevin.

»Eigenartig? Ich finde das außerordentlich beunruhigend. Hast du *gesehen,* wie sie ins Haus gegangen ist?«

»Ich habe sie gar nicht nach Hause gefahren.«

»Wie ist sie denn dann heimgekommen?«

»Mit einem Taxi. Sie hat es zwischen zehn und halb elf bestellt.«

»Aber wieso hast du sie nicht gefahren? Das hast du *immer* gemacht!«

»Ja, aber diesmal nicht. Ich hatte zuviel getrunken.«

»Das ist dir doch noch nie passiert!«

»Diesmal *ist* es aber passiert. Ist es ein Verbrechen, *einmal* etwas zuviel Alkohol zu erwischen?«

Beatrice merkte, wie sie langsam zornig wurde. Zum Teufel, Kevin sollte nicht so tun, als sei alles wie immer. Er hatte sich nicht an die Spielregeln gehalten, und nun war Helene nicht auffindbar, und offenbar schien es Kevin nicht einmal besonders zu erschüttern.

»Kevin, verdammt, diese alte Frau war zuletzt bei dir, also hattest du die Verantwortung! Wer war der Taxifahrer?«

»Das weiß ich nicht. *Sie* hat das Taxi bestellt.«

»Aber du hast ihr doch wahrscheinlich die Nummer gegeben.«

»Nein. Aber es hängt eine Taxinummer über meinem Telefon, die hat sie wohl gewählt.«

»Wieso mußte sie sich selber…«

»Himmel, Beatrice, ich war betrunken! Ich hatte einen Aussetzer… sie wollte weg… jetzt mach mich doch nicht so fertig deswegen!«

»Ich möchte die Nummer haben. Irgend etwas stimmt da nicht. Helene löst sich nicht plötzlich in Luft auf!«

»Vielleicht ist sie noch irgendwo hingegangen«, meinte Kevin.

Beatrice schnaubte. »Kevin, ich bitte dich! Wir kennen beide

Helene! Sie ist nicht die Frau, die plötzlich nachts durch die Kneipen von St. Peter Port zieht! Würdest du mir jetzt bitte die Nummer von dem Taxi-Unternehmen geben? Vielleicht wissen die etwas von einem Unfall.«

Sie notierte die Nummer, sagte hastig: »Ich melde mich wieder, Kevin!«, legte auf und rief bei dem Taxi-Unternehmen an. Sie mußte es wieder und wieder versuchen, ehe sich endlich eine Frau meldete. Sie klang verschlafen und war offensichtlich wütend über die Störung.

»Entschuldigen Sie bitte«, sagte Beatrice, »aber wir vermissen eine Frau, die heute abend mit einem ihrer Taxis gefahren ist. Sie ist offenbar nicht daheim angekommen.«

Am anderen Ende der Leitung wurde ausgiebig und demonstrativ gegähnt.

»Muß das jetzt sein?« fragte die Frau verärgert.

»Natürlich muß es jetzt sein«, sagte Beatrice. »Vielleicht ist der alten Dame etwas zugestoßen. Ich kann mit meinen Nachforschungen nicht bis morgen früh warten.«

»Mein Mann ist am Abend gefahren. Ich werde ihn wecken. Er wird nicht begeistert sein, das kann ich Ihnen sagen.«

Beatrice hörte sie davonschlurfen. Ganz langsam schien sich ein immer dichter werdendes Netz von Bedrohung und Angst über sie zu breiten. Der Taxi-Unternehmer selbst war gefahren. Er lag offenbar friedlich schlafend in seinem Bett. Also hatte es keinen Unfall gegeben, was zwar bedeutete, daß niemand verletzt worden war, was aber die Angelegenheit noch mysteriöser machte.

Gleich weiß ich mehr, dachte sie und hatte dabei die dumpfe Ahnung, daß etwas Schreckliches auf sie zukam.

Der Taxifahrer, der nach einer schier unendlichen Zeit brummig und mißgelaunt ans Telefon kam, berichtete, daß sein einziger Angestellter derzeit Urlaub in Frankreich mache und daß er daher alle Fahrten selbst übernehme. Er erinnerte sich gut an den Auftrag in Torteval, erinnerte sich an Helene, die er dort abgeholt und nach Le Variouf gefahren hatte.

»Eine ziemlich verängstigte Person«, sagte er, »ich hatte sie selbst am Telefon und konnte sie kaum verstehen. Sie flüsterte. Ich verrenkte mir fast das Ohr, um zu begreifen, wo sie ist und was sie will. Ich sagte, sie solle lauter sprechen, aber das konnte sie offenbar nicht.«

»Sie hat *geflüstert*?«

»Sag ich doch. Schien mir total daneben zu sein. Als ich dann nach Torteval kam, stand sie schon an der Ecke zur Hauptstraße und sprang mir fast ins Auto. Als sie dann im Wagen saß, ging es ihr wohl besser. Sie sagte, sie wolle nach Le Variouf, und ich solle mich beeilen.«

Das klang mehr als eigenartig und beunruhigte Beatrice zutiefst.

»Sie haben sie dann am Fuß der Auffahrt abgesetzt?« fragte sie. »Oder haben Sie sie bis nach oben zur Haustür gefahren?«

Es schien, als winde sich der Fahrer ein wenig, aber offenbar hielt er es dann doch für angebracht, mit der Wahrheit herauszurücken.

»Ich bin nicht bis zum Haus gefahren«, nuschelte er, »ich meine, nicht mal bis zum Grundstück. Ich... ach, zum Teufel, konnte ich denn wissen, daß die alte Dame nun plötzlich verschwindet? Ich habe sie ein Stück weit unterhalb vom Haus abgesetzt, vielleicht hundert Meter entfernt.«

»Weshalb *das* denn?« fragte Beatrice entgeistert.

»Da gabelt sich doch die Straße.« Es war deutlich, daß der Fahrer seine Bequemlichkeit verfluchte, die ihn nun möglicherweise in große Schwierigkeiten bringen würde. »Ich dachte, weiter oben könnte ich vielleicht nicht mehr so gut wenden. Hinter mir war ziemlich dicht ein anderes Auto, und... na ja, die Straße dort ist extrem schmal...«

»Die Straßen sind praktisch überall auf der Insel so schmal«, unterbrach Beatrice, »und Sie hätten in unserer Einfahrt problemlos wenden können!«

»Ja, aber die alte Dame meinte, dort sei das Tor womöglich zu, und ehe sie es aufgemacht hätte... Ja, und der hinter mir saß mir wirklich ziemlich im Genick... Jedenfalls fragte ich sie, ob es ihr etwas ausmache, dort an der Abzweigung schon auszusteigen, und sie meinte, sie ginge ganz gern noch ein paar Schritte, das tue ihr auf jeden Fall gut. Also....«

»Also ließen Sie eine achtzigjährige Frau allein durch die Nacht laufen! Ich muß sagen, ich...«

»Knapp hundert Meter!« Der Taxifahrer war jetzt hellwach und hochnervös. »Bestimmt nicht mehr. Sie kennen doch sicher die Stelle!«

»Auf diesen knapp hundert Metern,« sagte Beatrice, »muß irgend etwas geschehen sein, weshalb Helene jetzt nicht daheim ist. Das könnte ein Problem werden für Sie, ich hoffe, das ist Ihnen klar!« Sie knallte den Hörer auf die Gabel, sah Franca an, die neben ihr stand. »Dieser verdammte Idiot! Nur um sich ein etwas kompliziertes Wendemanöver zu ersparen und schnell nach Hause ins Bett zu kommen, läßt er Helene vorn an der Weggabelung aussteigen! Es hätte sich gehört, sie die Auffahrt hinaufzufahren und sich zu vergewissern, daß sie gut ins Haus kommt. Mein Gott, sie ist eine alte Frau!«

»Ich frage mich allerdings wirklich, was auf diesem kleinen Stück passiert sein kann«, sagte Franca. »Wir sind hier nicht in New York, wo man an jeder Straßenecke überfallen werden kann. Guernsey! Ich dachte immer, hier passiert überhaupt nichts.«

»Ich kann es nicht begreifen.« Beatrice schüttelte den Kopf. »Aber ich habe ein äußerst ungutes Gefühl.«

»Vielleicht hat sie noch irgendwelche Nachbarn besucht...«

»Nicht so spät. Und ringsum ist ja auch alles dunkel. Da ist doch niemand mehr wach.«

»Aber dann...«

»Ob sie vielleicht in eine Art Verwirrung gefallen ist? Anstatt nach Hause zu gehen, den Weg in Richtung Klippen eingeschlagen hat...«

»Das wäre sehr gefährlich«, sagte Franca, «in der Dunkelheit... Und sie ist auch nicht besonders sicher auf den Beinen.«

»Los«, sagte Beatrice entschlossen, »wir gehen noch einmal hinaus. Diesmal nehmen wir die Hunde mit. Und suchen das Gelände *außerhalb* des Grundstücks ab.«

Franca hielt sie zurück. »Sollten wir nicht die Polizei rufen?«

»Wenn wir sie in einer Stunde noch nicht gefunden haben«, antwortete Beatrice, »dann werden wir das tun.«

Die Hunde, allen voran die unverwüstliche Misty, sprangen aufgeregt bellend um sie herum, entzückt über den nächtlichen Ausflug. Sie schnüffelten so wild am Wegesrand, als seien in den vergangenen acht Stunden wenigstens hundert neue, aufregende Gerüche entstanden. Wieder warf die Taschenlampe ihren hellen Schein, malte geheimnisvolle Bilder auf die steinerne Mauer entlang des Weges, auf die wuchernden Hecken, den Efeu, die Bäume. Am Himmel waren Wolken aufgezogen, die zeitweise den Mond verdeckten.

»Es wird regnen«, sagte Beatrice, und auch Franca bemerkte die schwere Feuchtigkeit, die in der Luft lag.

»Ob sie bis zu Petit Bôt gelaufen ist?« fragte sie, und Beatrice erwiderte: »Ich verstehe nicht, weshalb sie das tun sollte. Sie hatte nie einen Bezug zu diesem Ort.«

Misty, die jetzt ein ganzes Stück vor ihnen war, blieb plötzlich stehen und hob witternd die Nase. Ihre Ohren stellten sich auf, ihr ganzer Körper nahm eine angespannte Haltung an. Die beiden anderen Hunde taten es ihr nach. Alle drei standen unbeweglich wie Standbilder auf dem Weg.

»Irgend etwas muß da vorn sein«, sagte Beatrice. »Hoffentlich...«

Misty jaulte leise auf. Eine Art ängstliches Unbehagen ging von den Hunden aus.

»Das sieht nicht gut aus«, meinte Beatrice, und für ein paar Sekunden waren beide Frauen ebensowenig in der Lage, sich zu bewegen, wie die Hunde.

Aber dann setzten sie sich allesamt in Bewegung, die Hunde vornweg, die beiden Frauen hinterher. Als die Hunde laut bellend stehenblieben, sagte Beatrice: »O Gott, ich denke, das ist das Ende.«

»Wieso meinen Sie, daß...«, setzte Franca an, und in diesem Moment sah sie das dunkle Bündel vor sich auf dem Weg liegen, neben dem die Hunde sich aufgebaut hatten. Misty fiepte, die beiden anderen stellten knurrend die Haare auf. Langsam, zögernd richtete Beatrice den Strahl der Taschenlampe auf die Gestalt. Sie erkannten Helenes schmales Gesicht. Die schulterlangen, grauen Haare hatten sich aus der Spange, die sie immer trug, gelöst und lagen wirr um ihren Kopf herum auf dem Weg. Und dann sahen sie die dunkle Lache, die sich gleich neben dem Kopf über die

Schottersteine ergoß, und Franca sagte erschrocken: »Ich glaube, das ist Blut!«

Beatrice machte eine unkontrollierte Bewegung mit der Hand, der Schein der Taschenlampe wanderte ein Stück weiter hinunter vom Gesicht, und nun sahen sie es: Man hatte Helene die Kehle durchgeschnitten und sie auf dem schmalen Weg, der zur Petit Bôt führte, verbluten lassen.

12

Gemessen an den üblichen Verhältnissen auf Guernsey, wo tatsächlich praktisch nie ein Verbrechen geschah – wenn man von den Yacht-Diebstählen absah, und deren regelmäßiges Vorkommen war seit Jahrzehnten Teil des Inselgeschehens –, war es ein ungeheures Polizeiaufgebot, das sich in der Nacht über Le Variouf und die Umgebung ergoß. Beamte von der Spurensicherung überprüften Schuhsohlen- und Reifenprofile und sperrten den Tatort weiträumig ab. Im Dorf war man aufmerksam geworden; die Menschen verließen ihre Betten, wanderten die Straße hinauf und drängten sich an der Absperrung. Selbst von St. Martin kamen sie herüber, begierig, nichts von der Sensation zu versäumen. Auf geheimnisvolle Weise hatte sich bereits herumgesprochen, daß Helene Feldmann Opfer eines Verbrechens geworden war, und vom Schauer des Entsetzens gepackt, raunten die Menschen einander zu: »Es heißt, ihr sei die Kehle durchgeschnitten worden! Großer Gott, könnt ihr euch so etwas *vorstellen?*«

Beatrice und Franca saßen im Wohnzimmer, jede in einem Sessel, eigenartig weit voneinander entfernt, als ertrüge eine die Nähe der anderen nicht. Ein Beamter befragte sie, nachdem ein Arzt die Erlaubnis dazu gegeben hatte. Franca war zunächst überzeugt gewesen, Beatrice habe einen schweren Schock erlitten. Zum erstenmal hatte sie die alte Frau bewegungs- und handlungsunfähig gesehen, Beatrice hatte auf dem Feldweg gestanden und zu zittern begonnen, die Taschenlampe war ihr aus den Händen gerutscht und krachend vor ihre Füße gefallen. Franca hatte die Lampe aufgehoben und Beatrice am Arm genommen. Zu ihrer Verwunderung zitterte sie selbst kein bißchen.

Vielleicht kommt das später, dachte sie.

»Wir müssen die Polizei rufen«, sagte sie dann. »Kommen Sie, Beatrice, wir gehen ins Haus zurück.«

Beatrice ließ sich willenlos von ihr den Weg entlangführen. Franca rief die Hunde; verstört, mit hochgestellten Nackenhaaren und gesenkten Köpfen folgten sie ihnen.

Im Haus drückte Franca Beatrice in einen Sessel und stellte ein Glas mit Cognac vor sie hin, dann rief sie die Polizei an und schilderte einem völlig verblüfften Beamten, der vermutlich gerade Kreuzworträtsel gelöst und vor sich hin gedämmert hatte, was geschehen war. Im ersten Moment hielt er die Geschichte für einen schlechten Scherz.

»Sie sind sicher, das stimmt, was Sie da gerade erzählt haben?« fragte er.

»Bitte kommen Sie sofort her«, sagte Franca und dachte, sie würde wahrscheinlich nicht die Kraft haben, mit diesem Mann nun noch lange zu diskutieren.

»Haben Sie etwas getrunken, Madam?« vergewisserte er sich noch.

»Nein. Bitte schicken Sie jetzt ein paar Leute her!«

Endlich kam Leben in den Beamten. »Sofort«, sagte er, »und fassen Sie nichts an am Tatort.«

Franca ging wieder ins Wohnzimmer, wo Beatrice mit grauem Gesicht saß. Sie hatte ihren Cognac nicht angerührt.

»Beatrice, bitte, nehmen Sie einen Schluck«, drängte Franca. »Sie fallen sonst gleich um!«

Beatrice sah sie an. Ein eigentümlicher Ausdruck von Leere stand in ihren Augen.

»Sie haben ihr die Kehle durchgeschnitten«, flüsterte sie, »wie entsetzlich. Wie unvorstellbar entsetzlich.«

»Wir sollten jetzt nicht darüber nachdenken«, sagte Franca. Sie wußte, daß sie selbst zusammenklappen würde, wenn sie nun anfing, sich mit Details des Verbrechens zu beschäftigen. Die Vorstellung, daß da draußen ein Geisteskranker herumlief, der Menschen überfiel und ihnen die Kehle durchschnitt, der dort irgendwo in den Hecken entlang der Straße gelauert und dann die arglose Helene überfallen hatte... Es hätte jeden treffen können, dachte sie, jeden, auch mich. Wie viele einsame Spaziergänge über die Klippen habe ich gemacht in den letzten Tagen...

Sie merkte, daß Übelkeit in ihr aufstieg, und verdrängte rasch diese Gedanken. Später konnte sie alle Möglichkeiten des Grauens durchspielen, aber nicht jetzt. Für den Moment mußte sie die Nerven behalten.

Es erschienen zwei Polizisten, mißtrauisch und ganz offensichtlich immer noch überzeugt, irgend jemand leide entweder unter Halluzinationen oder erlaube sich einen dummen Scherz. Franca schickte sie zum Ort des Geschehens und sagte, sie würden die Frau mit der durchschnittenen Kehle dort auf dem Weg liegen sehen. Die beiden zogen los, und bald darauf kehrte einer von ihnen mit totenblassem Gesicht zurück.

»Jesus«, keuchte er, »so etwas habe ich ja noch nie gesehen.«

Und kurze Zeit später wimmelte es von Beamten, Scheinwerfer tauchten die ganze Gegend in gleißendes Licht, die Schaulustigen drängten herbei, und ein Krankenwagen raste mit Sirengeheul durch die Nacht. Franca erklärte dem Arzt, sie selbst sei in Ordnung, sie brauche keine Hilfe, aber Beatrice gehe es schlecht, und er solle sich um sie kümmern. Der Arzt musterte sie aufmerksam.

»Ich fürchte, Sie sind der Typ, der mit Verspätung zusammenbricht«, sagte er. »Hier«, er drückte ihr ein kleines Fläschchen, gefüllt mit weißen Kügelchen, in die Hand, »ein rein homöopathisches Präparat. Nehmen Sie fünf Stück, wenn die Nerven zu wackeln beginnen.«

Sie versprach es und sah zu, wie er Beatrice eine Spritze gab, was diese ohne Protest über sich ergehen ließ.

»Nur zur Beruhigung«, meinte er.

Beatrices Wangen bekamen kurz darauf wieder ein klein wenig Farbe, und sie tauchte aus der Trance auf, die sie umfangen gehalten hatte.

»Fragen Sie«, sagte sie zu dem Beamten, der zaghaft auf sie zutrat, »ich werde alles beantworten.« Ihre Stimme hatte an Festigkeit gewonnen.

Sie reagierte mit erstaunlicher Ruhe auf alle Fragen, die der Beamte ihr stellte. Sie erzählte, daß Helene am Abend bei Kevin in Torteval zum Essen gewesen und gegen halb elf mit dem Taxi nach Hause aufgebrochen war. Der Beamte schrieb eifrig mit und zeigte sich sehr interessiert, als er hörte, daß der Fahrer Helene ein Stück unterhalb des Hauses hatte aussteigen lassen.

»Auf diesen hundert Metern könnte sie ihrem Mörder begegnet sein«, meinte er.

»Sie kam an dem Weg vorbei, der an der Ostseite unseres Grundstücks entlang zum Klippenpfad führt«, sagte Beatrice, »der Weg also, auf dem sie ...«

»Ja. Der Tatort.«

»Glauben Sie, sie wurde an der Stelle getötet, an der wir sie gefunden haben?« fragte Beatrice. »Oder vorne an der Straße? Man könnte sie auch ...«

Der Beamte schüttelte den Kopf. »Die Spurensicherung hat ihre Arbeit noch nicht abgeschlossen, aber nach allem, was ich gesehen habe, denke ich, sie ist direkt am Fundort getötet worden. Wir hätten sonst Blut- und Schleifspuren sehen müssen.«

»Ja, natürlich«, sagte Beatrice, und ihre Wangen wurden wieder ein wenig bleicher.

»Ich müßte noch wissen, wo Sie beide heute abend waren«, sagte der Beamte und sah Franca an. »Verbrachten Sie den Abend zusammen?«

»Nein«, antwortete Franca. Sie berichtete von ihrem Essen im *Old Bordello*.

»Aber Ihr Mann wohnt nicht hier?« hakte der Polizist nach.

Franca verneinte. »Er wohnt im *Chalet*-Hotel an der Fermain Bay.«

»Aha. Und er hat Sie nicht hierher begleitet?«

»Nein. Ich bin allein mit dem Auto zurückgefahren.«

»Mrs. Shaye war daheim, als Sie ankamen?«

»Sie saß in ihrem Auto in der Auffahrt.«

Der Beamte sah Beatrice an.

»Dann waren Sie auch in diesem Moment gerade erst gekommen? Oder wollten Sie wegfahren?«

»Ich war seit einer halben Stunde da«, sagte Beatrice, »ich saß noch im Auto und dachte nach.«

Der Polizist blickte sie überrascht an. »Sie saßen *eine halbe Stunde* lang im Auto und *dachten nach*? Wieso gingen Sie denn nicht ins Haus?«

Sie zuckte die Schultern. »Ich hatte keine Lust. Ich kam gar nicht darauf. Ich hatte völlig die Zeit vergessen. Wäre Franca nicht plötzlich aufgetaucht, ich säße wahrscheinlich jetzt noch dort.«

»Sehr eigenartig«, murmelte der Beamte und notierte kopfschüttelnd die Aussage.

Franca fand es keineswegs eigenartig, daß jemand im Auto sitzen blieb, nachdachte und die Zeit vergaß, wenn ihn gerade schwerwiegende Probleme beschäftigten, aber möglicherweise war dies für eine schlichte Beamtenseele schwer nachvollziehbar.

»Kann es sein, daß Sie zur Tatzeit bereits hier waren?« fragte der Beamte.

Beatrice überlegte kurz, aber Franca mischte sich sofort ein. »Nein. Ich kam etwa um zwanzig nach zwölf hier an. Wenn Beatrice zu diesem Zeitpunkt bereits seit einer halben Stunde da war, muß sie gegen viertel vor zwölf gekommen sein. Helene stieg in Torteval um halb elf ins Taxi…« Sie überlegte. »Noch vor elf war sie dann hier. Also mindestens eine dreiviertel Stunde *vor* Beatrice.«

»Vielleicht kann uns der Taxifahrer noch etwas zu der genauen Uhrzeit sagen«, meinte der Beamte. »Im übrigen denke ich, daß Mrs. Shaye nicht völlig sicher sein kann, daß sie tatsächlich eine halbe Stunde lang hier vor dem Haus stand. Sie sagte schließlich, sie habe die Zeit vergessen. Also kann sie auch eine oder anderthalb Stunden hier gewesen sein.«

»Ich meine, ich bin kurz vor halb zwölf am Pleinmont Point losgefahren«, sagte Beatrice, »aber ich kann mich natürlich irren.«

»Was haben Sie nachts am Pleinmont Point gesucht?« Es war dem Beamten anzusehen, daß ihm Beatrice immer eigentümlicher vorkam. Nach seinem Verständnis tat sie sehr seltsame Dinge.

»Ich war schon am Abend da«, antwortete sie auf seine Frage, »ich bin ein wenig spazierengegangen. Habe dem Sonnenuntergang zugesehen. Und habe dann auch dort im Auto gesessen.«

Der Polizist zog die Augenbrauen hoch.

»Sie haben also den Abend und die halbe Nacht über im wesentlichen in Ihrem Auto gesessen? Zuerst am Pleinmont Point und dann hier? Ich finde das ziemlich eigenartig. Sind das sehr schwerwiegende Probleme, die Sie derzeit beschäftigen?«

»Ja«, sagte Beatrice knapp, und ihr Gesichtsausdruck fügte unmißverständlich hinzu: Und mehr werden Sie darüber nicht erfahren.

»Sie könnten also zur Tatzeit bereits hiergewesen sein?«

»Wenn die Tatzeit für elf Uhr festgelegt wird, kann ich nicht hiergewesen sein. Ich bin keinesfalls *vor* elf Uhr am Pleinmont Point losgefahren.«

Er kritzelte etwas auf seinen Notizblock und sah Beatrice an. Es schien, als sei seine Austrahlung, sein Gebaren um eine Nuance kälter geworden.

»Gibt es jemanden, der Ihre Angaben bestätigen kann?« fragte er.

Beatrice schüttelte den Kopf. »Nein.«

Er klappte sein Notizbuch zu. »Vorerst habe ich keine Fragen mehr.«

Aber halten Sie sich zu unserer Verfügung, dachte Franca.

»Aber halten Sie sich zu unserer Verfügung«, sagte er.

Alan legte den Telefonhörer ganz langsam auf die Gabel zurück. Er starrte den Apparat an, als habe er ihn noch nie vorher gesehen. Er war fassungslos und betäubt.

»Guter Gott«, murmelte er.

Er ging zur Anrichte, entkorkte den Sherry, schenkte sich ein Glas ein, kippte ihn hinunter, öffnete dann die Whiskyflasche. Sherry reichte nicht auf einen solchen Schock hin. Außerdem war es nach sechs Uhr am Abend, da durfte man zu den härteren Sachen greifen. Er ließ gerade den ersten Schluck die Kehle hinabrinnen, begrüßte das warme Brennen, das das Leben soviel erträglicher machte, als es an der Wohnungstür klingelte.

Er überlegte kurz, ob er überhaupt öffnen sollte, im Grunde hatte er keine Lust, wollte mit sich und seinem Erschrecken allein sein. Und mit seinem Whisky.

Ich bin einfach nicht daheim, dachte er. Der Tag war hart und anstrengend gewesen. Eine Menge Termine, vorwiegend unerfreulicher Natur. Er hatte sich mit Gin und einem Malt Whisky über die Stunden gerettet. Seit seinem Absturz vor drei Tagen hing er wieder völlig durch. Er hatte den ganzen Montag getrunken, den Dienstag und den halben Mittwoch. Am Mittwoch nachmittag hatte er sich stundenlang übergeben und war erschrocken über den unrasierten Mann, der ihm aus dem Spiegel entgegenblickte. Seine Hände hatten gezittert.

Ein Penner, dachte er, ich sehe aus wie ein Penner!

Das Telefon hatte immer wieder geläutet, aber er war nicht an den Apparat gegangen. Er hatte nicht den Eindruck gehabt, daß es ihm gelingen würde, einen zusammenhängenden, intelligenten Satz herauszubringen. Am Ende würde er sogar lallen. Es hätte nahegelegen, dies einmal auszuprobieren, in der Einsamkeit des Badezimmers ein paar Worte an sich selbst zu richten, aber selbst davor fürchtete er sich. Sein Anblick reichte, ihn tief zu erschüttern. Seine eigene Stimme hätte er nicht zusätzlich ertragen.

Er hatte sich am späten Abend zum letztenmal übergeben und sich inzwischen so entkräftet gefühlt, daß er auf allen vieren zitternd aus dem Badezimmer gekrochen war. Das Telefon läutete immer noch. Irgend jemand schien ihn äußerst dringend erreichen zu wollen. Wahrscheinlich Beatrice. Er erinnerte sich dunkel, am Montag mit ihr gesprochen zu haben. Er war ziemlich betrunken gewesen, und vermutlich regte sich Beatrice deswegen wieder schrecklich auf. Er hatte nicht die geringste Lust auf ihre Vorhaltungen, und er hatte nicht die Kraft, ihrem Gezetere – wie er es für sich nannte – etwas entgegenzusetzen.

Er legte sich ins Bett, glaubte, die Erschöpfung werde ihn sofort in tiefen Schlaf fallen lassen, aber zu seiner Überraschung war er plötzlich hellwach und ruhelos. Er wälzte sich von einer Seite zur anderen, gepeinigt von dem Gedanken an einen Schluck Whisky. Das Zittern würde aufhören, das Herzrasen, er würde Ruhe finden... Aber es würde nicht bei einem Schluck bleiben, das wußte er auch, und das war gefährlich. Wenn er am nächsten Tag ins Büro wollte, dachte er verzweifelt, verdammt, ich werde es nicht schaffen. Es fängt alles von vorn an. Das Alleinsein. Die Trinkerei.

Am heutigen Morgen hatte er noch immer schrecklich ausgesehen, aber nachdem er ausgiebig geduscht, die Haare gewaschen und gefönt, sich rasiert und zwei Tassen starken Kaffee getrunken hatte, meinte er, es riskieren zu können, wieder unter Menschen zu gehen. Er zog einen guten Anzug an und schluckte zwei Aspirin.

Im Büro sagte ihm die Sekretärin, es habe Probleme gegeben wegen einiger ausgefallener Termine an den vergangenen drei Tagen, und er nickte; er hatte sich das gedacht, es war immer so gewesen, wenn er abgestürzt war. Bislang hatte es ihn noch nicht wirklich in Schwierigkeiten gebracht, aber auch was diesen Punkt anging, dachte er: Es darf so nicht weitergehen.

»Wenn meine Mutter anruft«, sagte er zu der Sekretärin, »dann stellen Sie sie bitte *nicht* durch. Sagen Sie, ich habe einen Termin nach dem anderen.«

Die Sekretärin nickte. Auch das kannte sie. Wenn der Chef einen Zusammenbruch gehabt hatte, war er nie für seine Mutter zu sprechen. Die alte Dame konnte offensichtlich unangenehm werden in solchen Fällen.

»Ihre Mutter hat zweimal angerufen«, teilte sie ihm mittags mit. Er hatte es geahnt. Aber immerhin wußte sie nun, daß er noch am Leben war.

Mehr braucht sie nicht zu kümmern, dachte er aggressiv.

Irgendwie überstand er den Tag, klammerte sich an dem Ziel fest, am Abend einen Whisky trinken zu können.

Ein Whisky kann nicht schaden, sagte er sich, aber nun hielt er schon das zweite Glas in der Hand, und davor hatte er den Sherry gehabt, aber Sherry zählte eigentlich nicht, vor allem dann, wenn man gerade eine schockierende Nachricht erhalten hatte.

Es klingelte wieder und wieder an der Tür, mit einer Penetranz, die eigentlich nur auf einen Vertreter schließen ließ, der sich Einlaß verschaffen wollte.

Ich bin nicht da, dachte Alan und nahm einen Schluck Whisky. In dem Moment hörte er, wie ein Schlüssel im Schloß herumgedreht wurde. Als er in die Diele hinaustrat, stand er Maja gegenüber.

»Tut mir leid«, sagte sie anstelle einer Begrüßung, »aber als du überhaupt nicht aufmachtest ...«

»Du kannst doch nicht einfach hier hereinkommen!«

»Ich hatte noch den Schlüssel. Ich habe mir Sorgen um dich gemacht. Seit vorgestern versuche ich ständig, dich telefonisch zu erreichen. Im Büro warst du nicht, und hier hat sich auch niemand gemeldet. Da wollte ich nachsehen.«

Er streckte die Hand aus. »Gib mir bitte den Schlüssel. Und dann geh wieder. Du weißt ja nun, daß ich in Ordnung bin.«

Ihre hübsche Nase – die er so zerbrechlich fand, so zart – zuckte ganz leicht. Als sei sie ein Tier, das eine Witterung aufgenommen hatte.

»Du hast getrunken«, stellte sie fest.

Er nickte. »Einen Whisky. Das dürfte erlaubt sein, oder? Und jetzt gib mir bitte den Schlüssel.«

Sie ging, ohne seiner Aufforderung Folge zu leisten, an ihm vorbei ins Wohnzimmer. Überall standen noch Flaschen und Gläser herum. Eine Szenerie, die ihr alles verraten mußte.

Verdammt, dachte er und folgte ihr.

Sie drehte sich um. Sie schien verstört, ihre Augen waren größer als sonst.

»Du hast von Helene gehört?« fragte sie.

Er atmete tief. »Gerade eben. Beatrice rief mich an.«

»Großmutter hat es mir am Dienstag morgen erzählt. Sie hat so geweint, daß ich sie ganz lange nicht verstand. Ich hatte sie eigentlich nur angerufen, weil ich sie bitten wollte, mir noch etwas Geld zu schicken... und dann so etwas! Ich habe dann dauernd versucht, dich zu erreichen. Ich wollte mit jemandem sprechen, der Helene kennt, der so fassungslos ist wie ich...« Sie hielt inne. In ihren Augen stand echtes Entsetzen.

Es war ein sehr seltsamer Moment, fand Alan. Er erlebte Maja zum erstenmal, seit er sie kannte, in einem Zustand der Echtheit. Ihre Erschütterung war ungekünstelt. Es war, als sei eine Maske von ihrem Gesicht genommen worden und als stehe sie für den Moment als der Mensch da, der sie war: ein nettes, normales Mädchen.

»Es ist entsetzlich«, sagte Alan, »unfaßbar. Ein solches Verbrechen auf Guernsey...« Er dachte an Helene. Sie hatte immer unverzichtbar zu seinem Leben gehört. Wie eine Tante, die eben stets da war. Helene hatte auf ihn aufgepaßt, wenn Beatrice nicht zu Hause gewesen war, hatte ihm Geschichten erzählt, Kuchen für ihn gebacken, ihm deutsche Märchen vorgelesen und ihn getröstet, wenn er nachts aus Alpträumen aufschreckte. War irgend etwas schiefgegangen, so war er immer zu Helene gelaufen. Beatrice konnte hart sein, manchmal verständnislos, häufig gereizt. Helene war stets ausgeglichen gewesen. Sanft und immer freundlich, hilfsbereit und fürsorglich. Er hatte ihr schlechte Noten gebeichtet und jeden Ärger, den er mit Lehrern oder Mitschülern gehabt hatte.

Er konnte es sich nicht vorstellen, daß Helene tot sein sollte. Und noch weniger konnte er sich vorstellen, daß sie auf eine so entsetzliche Weise ums Leben gekommen war. Wie fürchterlich, dachte er, und das Grauen überschwemmte ihn mit einer Woge von Übelkeit. Wie sehr muß sie gelitten haben!

»Großmutter sagt, die Handtasche habe neben ihr gelegen«, sagte Maja, »und offensichtlich seien ihr Geld und ihre Kreditkarte da gewesen ... man hat sie wohl nicht berauben wollen.«

»Ein Sexualverbrechen ist auch auszuschließen?« fragte Alan. Er hatte nicht lange mit Beatrice gesprochen, war zudem viel zu erschüttert gewesen, um überhaupt eine Frage zu stellen.

»Bestimmt nicht«, sagte Maja, »wer würde denn über so eine alte Frau herfallen?«

»So etwas passiert schon hin und wieder«, sagte Alan, »es passieren im übrigen noch ganz andere Dinge.«

»Es heißt, die Polizei tappt völlig im dunkeln, was das Motiv angeht«, sagte Maja. »Also scheint ein Sexualverbrechen auch nicht vorzuliegen.«

»Ich kann mir nur vorstellen, daß es sich bei dem Täter um einen Geisteskranken handelt«, meinte Alan, »ein Verrückter, der einfach um des Tötens willen handelt. Helene hatte das Pech, im falschen Moment am falschen Ort zu sein. Was tat sie überhaupt nachts auf der Straße?«

»Sie kam von Kevin zurück. Der Taxifahrer setzte sie ein Stück unterhalb des Hauses ab, um besser wenden zu können. Auf diesem letzten Wegstück ...« Maja atmete tief durch.

»Kann ich auch einen Whisky haben?« fragte sie mit leiser Stimme.

Schweigend schenkte Alan ein, reichte ihr das Glas. Sie kippte den Whisky wie Wasser hinunter.

»Scheiße«, sagte sie inbrünstig, »ich habe im Moment das Gefühl, nie wieder unbefangen sein zu können. Weißt du, was ich meine? Irgendwie war vorher alles in Ordnung, aber nun kann nichts mehr so sein, wie es war. Viele Jahre lang nicht.«

Er verstand, was sie ausdrücken wollte. Gewalt in dieser Form war weder in ihrem noch in seinem Leben jemals vorgekommen. Gewalt kannte man aus den Fernsehnachrichten und aus den Zeitungen. Man wußte davon, wurde aber nicht selbst davon berührt. Nun war die Gewalt greifbar geworden. Die Wunde, an der Helene verblutet war, hatte auch die Menschen in ihrer Umgebung verletzt.

Vielleicht hat sie recht, dachte Alan, vielleicht wird wirklich nie wieder etwas so sein, wie es einmal war.

»Meine Mutter sagt, sie geben die...« Er biß sich auf die Lippen. Er hatte »Leiche« sagen wollen. Aber das Wort klang so furchtbar im Zusammenhang mit Helene, daß er es nicht aussprechen konnte. »Die Polizei gibt Helene Anfang nächste Woche frei«, sagte er, »am Mittwoch soll sie beerdigt werden.«

»Wirst du dabeisein?«

»Natürlich. Helene ist... war eine Art zweite Mutter für mich. Außerdem muß ich mich um Beatrice kümmern. Sie wird jetzt Hilfe brauchen.«

»Das glaube ich weniger«, meinte Maja. »Beatrice ist sicher geschockt wie wir alle, aber ihr Schmerz wird sich durchaus in Grenzen halten.«

Überrascht sah Alan sie an. »Sie hat praktisch ihr ganzes Leben mit Helene verbracht. Für sie muß nun eine Welt zusammengebrochen sein.«

»Sie hat Helene nie gemocht. Es hat kaum einen Menschen gegeben, den sie sich mehr aus ihrer Nähe fortgewünscht hat, als Helene.«

»Du übertreibst. Natürlich hat es manchmal Reibereien zwischen den beiden gegeben, aber das ist doch normal. Im Prinzip...«

»Im Prinzip hat sich Helene wie eine Zecke an Beatrice festgesaugt, und Beatrice hat sie dafür zum Teufel gewünscht«, sagte Maja. Der Schock hatte ihrer Urteilsfähigkeit nichts an Klarheit genommen und die Deutlichkeit ihrer Ausdrucksweise nicht vermindert.

»Du solltest ein wenig vorsichtig sein mit dem, was du sagst«, meinte Alan ärgerlich. »Ich denke nicht, daß du…«

Sie lachte leise, aber das Lachen klang nicht fröhlich und kokett wie sonst. Etwas Schrilles und Gehetztes schwang darin mit. »Alan, das ist wirklich immer so entzückend bei dir. Du bist bei diesen beiden Frauen groß geworden, hast dein halbes Leben mit ihnen verbracht. Trotzdem weißt du offenbar nicht, was außer dir die ganze Insel weiß: daß die beiden über fünfzig Jahre lang eine fürchterliche Beziehung hatten, und daß keine im Grunde mit der anderen zurechtkam. Helene kam nicht weg von Beatrice, weil sie völlig abhängig war von ihr, und Beatrice konnte sich ihrer nicht entledigen, weil sie möglicherweise Mitleid hatte oder…«

»Meine Mutter hat mit niemandem jemals Mitleid«, korrigierte Alan, »das ist sicherlich nie ihr Motiv gewesen, eine Person in ihrem Haus zu dulden, die sie im Grunde nicht dort haben wollte. So ist Beatrice nicht. Ein klein wenig kenne ich sie durchaus. Wenn sie jemanden nicht will, dann sagt sie ihm das sehr deutlich und unmißverständlich.«

»Ganz offensichtlich hat sie das aber bei Helene nicht getan.«

»Möglicherweise deshalb«, sagte Alan, »weil sie Helene mochte.«

»Mae sagt…«

»Mae!« Alan runzelte ärgerlich die Stirn. »Nimm es mir nicht übel, Maja, aber deine Großmutter Mae plappert eine Menge dummes Zeug, wenn der Tag lang ist. Du solltest nicht auf alles etwas geben.«

»Ganz sicher nicht auf alles. Aber sie hat recht in dem, was sie über Beatrice und Helene sagt. Denn außer ihr sagen noch hundert andere Leute genau das gleiche. Und überdies hatte auch ich immer diese Empfindung.«

»Es ist müßig, darüber zu diskutieren«, sagte Alan. »Helene ist tot, und… mein Gott!« Er ließ sich in einen Sessel fallen, barg das Gesicht in den Händen. Als er wieder aufblickte, waren seine Augen vor Traurigkeit gerötet, ohne daß er geweint hätte.

»Was tust du überhaupt hier?« fragte er tonlos.

»Das habe ich doch gesagt.« Maja stand mitten im Zimmer, das leere Whiskyglas in den Händen. »Ich wollte mit jemandem sprechen, der Helene gekannt hat.«

»Du hättest auch zu Edith gehen können.«

»Edith soll es nicht wissen. Sie ist zu alt, es würde sie zu sehr aufregen.«

»Nun gut. Du bist also zu mir gekommen. Du hast mit mir gesprochen. Jetzt könntest du eigentlich wieder gehen.«

»Ja. Eigentlich könnte ich das.«

»Und?«

»Möchtest du, daß ich gehe?«

»Wenn du irgendwelche Probleme hast«, sagte Alan, »solltest du mit deinem Freund darüber sprechen. Für das Trösten ist er zuständig.«

»Ach, der ...« Ihre Stimme klang gepreßt.

»Ja?«

»Mit dem ist es aus. Ich habe nichts mehr, kein Geld, keine Wohnung, keinen Menschen.« Sie brach in Tränen aus. »Ich werde in das gottverdammte St. Peter Port zurückkehren müssen.«

13

»Ich verstehe nicht, wie dieser Beamte so herzlos sein kann, Beatrice am selben Tag zu verhören, an dem Helene zu Grabe getragen wurde«, sagte Franca. »Man könnte ihr doch ein wenig Zeit geben.«

»Das ist kein Verhör«, erinnerte Alan, »der Beamte bat sie um ein kurzes Gespräch und stellte ihr völlig frei, ob sie sich darauf einlassen wollte oder nicht. Sie war sofort dazu bereit und lehnte sogar meinen Beistand ab. Ich denke also, sie hatte tatsächlich nichts dagegen.«

Es war ein strahlend schöner Maitag; nicht eine einzige Wolke verdüsterte den blauen Himmel. Die Sonne schien fast so warm wie im Hochsommer, kein Windhauch regte sich. Die Wiesen und Hecken entlang den Klippen über dem Meer blühten. Das Meer glitzerte in einem türkis schimmernden Blau. Ein paar Segelboote kreuzten entlang der Küste oder dümpelten träge in den Buchten. Ein heißer, stiller, träger Tag.

»Ich muß einfach ein Stück laufen«, hatte Franca gesagt, kurz nachdem der Polizeibeamte erschienen und mit Beatrice im Wohnzimmer verschwunden war, »ich glaube, mir platzt sonst der Kopf.«

»Wenn Sie nichts dagegen haben, komme ich mit«, meinte Alan. Er stand ebenso unschlüssig wie sie in der Diele herum und starrte auf die Tür, die hinter seiner Mutter und dem Polizisten ins Schloß gefallen war. »Ich könnte es auch vertragen, mir ein wenig die Beine zu vertreten.«

Die Trauerfeier hatte ihn angegriffen; er hatte sie nur durchgestanden, weil er kurz davor ein paar Gläser Cognac in sich hineingekippt hatte. Nach der Beerdigung hatte Beatrice in ihrem Haus ein kaltes Buffet angeboten, dazu wurden Wein und Bier gereicht. Alan trank genug, um eine gewisse Ruhe zu bewahren. Natürlich hatte er bemerkt, daß Beatrice ihn die ganze Zeit über aus scharfen Augen musterte, daß sie die Gläser mitzählte, die er trank. Aber in Anwesenheit der vielen Gäste konnte sie nichts dazu sagen, und er achtete sorgfältig darauf, keinen Moment lang mit ihr allein zu sein. Und kurz nachdem die letzten Gäste gegangen waren, erschien auch schon der Polizist, und damit hatte Beatrice erneut keine Gelegenheit, ihn beiseite zu nehmen und ihm Vorhaltungen wegen seines Alkoholkonsums zu machen.

Nun wanderte er neben Franca den Pfad hoch über dem Meer entlang. In stillschweigender Übereinkunft hatten sie den Weg gemieden, an dem man die ermordete Helene gefunden hatte. Sie waren hinunter ins Dorf gegangen und hatten den Pfad eingeschlagen, der gleich hinter dem ehemaligen Haus der Wyatts in Richtung Petit Bôt Bay führte. Hier herrschte tiefer Schatten, und ein Hauch von Kühle wehte aus dem feuchten Gras am Wegesrand herauf. Doch dann öffnete sich das Dach aus Blättern, und nun glühte die Sonne auf sie nieder.

»Wir hätten uns vielleicht umziehen sollen«, meinte Alan. Er trug noch den schwarzen Anzug von der Beerdigung, Franca ein schwarzes Kostüm und unbequeme, hochhackige Pumps. »Können Sie in diesen Schuhen überhaupt laufen?«

»Wenn wir nicht zu schnell gehen...«

Das Meer tauchte vor ihnen auf, ein glänzender, sonnenüberfluteter Spiegel. Selbst an einem Tag wie diesem empfand Franca den Zauber der Landschaft. »Wie schön es hier ist«, sagte sie.

»Ja, nicht wahr?« Er folgte ihrem Blick und dachte, daß sie recht hatte: Es war wirklich schön. Da er die Landschaft von klein auf kannte, hatte er ihre wilde, malerische Schönheit immer als etwas Selbstverständliches hingenommen. Nun betrachtete er sie durch Francas Augen und nahm sie, wie ihm schien, zum erstenmal wirklich wahr. Das Meer und die Felsen waren wie ein Trost. Helene war verbunden gewesen mit dieser Insel.

Sicher ist sie an einem Ort, an dem es so aussieht wie hier, dachte er und kam sich dabei ein wenig kindisch vor.

»Haben Sie die Blicke bemerkt, die uns im Dorf folgten?« fragte Franca.

Er hatte gar nichts bemerkt. Er war völlig in seine eigenen Gedanken versunken gewesen. »Nein. Wessen Blicke folgten uns?«

»Die von ein paar Menschen aus dem Dorf. Ich habe gesehen, wie sich Gardinen bewegten, und ein paar Leute hörten mit den Arbeiten in ihren Gärten auf und starrten uns an.«

»Das ist normal«, sagte Alan. »In meiner Familie ist ein schreckliches Verbrechen passiert. Deshalb wurde *ich* angestarrt. Und Sie haben das Pech, seit einigen Wochen im Haus meiner Mutter zu leben. Daher wurden *Sie* angestarrt. So sind eben die Menschen.«

Sie schüttelte den Kopf. »Es kursiert ein häßlicher Verdacht auf der Insel.«

»Ein Verdacht?«

»Beatrice kann nicht erklären, wo sie jenen Abend verbracht hat. Das heißt, sie kann es natürlich schon erklären, aber es klingt für die meisten ein wenig eigenartig. Sie hat stundenlang auf den Klippen am Pleinmont Point gesessen, dann noch einmal eine halbe Stunde lang vor dem Haus im Auto. Manche sagen, das klingt merkwürdig.«

»Woher wissen Sie, was *manche* sagen?«

»Mae erzählt es.«

»Mae! Schon wieder Mae!« Mit einer ärgerlichen Handbewegung wischte er den Namen fort. »Hört denn jeder hier nur noch auf das Gewäsch dieser Klatschtante?«

»Wer denn noch?«

»Maja. Sie fing auch vor ein paar Tagen von ihr an.«

Franca zuckte mit den Schultern. »Ich kann nur sagen, was ich gehört habe. Und was ich zudem selbst empfinde. Die Leute wittern eine Sensation und steigern sich natürlich hinein.«

Alan blieb stehen. »Man glaubt *im Ernst*, Beatrice habe Helene umgebracht?«

»Ich glaube nicht, daß sich irgend jemand das tatsächlich vorstellt«, sagte Franca, »aber man tuschelt herum, daß Beatrices Schilderung, wie sie den Abend verbracht hat, einfach merkwürdig sei. Und nachdem man ja weiß, wieviel Haß und…«

»O nein«, sagte Alan, »jetzt fangen Sie auch noch damit an! Meine Mutter hat Helene nicht gehaßt!«

Franca sah ihn an. In ihren Augen las er weder Sensationsgier noch Lust am Klatsch. Er sah Wärme, Anteilnahme und sehr viel Aufrichtigkeit.

»Ich denke auch nicht, daß Haß das richtige Wort ist«, sagte sie. »Aber Ihre Mutter hat Helene so weit fortgewünscht, wie es überhaupt nur möglich ist. Und jeder Einheimische auf Guernsey weiß das.«

Eigenartig, dachte Beatrice, durch dieses Haus zu gehen und zu wissen, daß Helene nicht mehr da ist. Daß sie nie mehr wiederkommen wird.

Der Beamte hatte sich eine Viertelstunde zuvor verabschiedet. Er hatte noch einmal eine Reihe von Fragen zum Ablauf jenes Abends gestellt, hatte wissen wollen, was Beatrice wann und warum getan hatte.

»Sie waren doch auch bei Kevin Hammond zum Abendessen eingeladen. Weshalb sind Sie nicht hingegangen?«

»Das habe ich doch schon gesagt. Ich hatte Probleme. Ich wollte allein sein.«

Er hatte geduldig genickt. »Probleme mit Ihrem Sohn, ich weiß. Welcher Art waren diese Probleme?«

»Das ist meine Privatangelegenheit.«

Er hatte nicht weiter nachgehakt.

»Ist Ihnen an Helene Feldmann irgend etwas Besonderes aufgefallen an jenem Tag? War sie anders als sonst?«

»Sie war wie immer. Sie freute sich auf den Abend. Mir ist nichts aufgefallen, nein.«

»War sie öfter Gast bei Mr. Hammond?«

»Alle vier bis fünf Wochen vielleicht. Im Durchschnitt. Mal häufiger, mal weniger. Die beiden verstanden einander gut.«

»Eigenartig, nicht? Dieser junge Mann und die alte Frau... eine seltene Konstellation.«

»Sie war seine Vertraute. Eine Art mütterliche Freundin. Und er war für sie der Sohn, den sie nie gehabt hat.«

»Trafen sich die beiden oft allein?«

»Ja. Sonntag abend allerdings, wie bereits erwähnt, hätten Mrs. Palmer und ich dabeisein sollen. Es war Zufall, daß die beiden am Ende nur zu zweit waren.«

»Nach meiner Information traf sich Mrs. Palmer mit ihrem Mann, der an diesem Tag überraschend aus Deutschland angereist kam.«

»Ja.«

»Warum kam Mr. Hammond nicht auf die Idee, seine Dinner-Einladung abzusagen? Wenn von drei Gästen zwei nicht erscheinen...«

»Wir waren ein wenig unhöflich. Wir versäumten es, Kevin anzurufen. Erst als ich Helene bei ihm absetzte, sagte ich ihm, daß sowohl Franca als auch ich nicht am Essen teilnehmen würden.«

»War er verärgert?«

»Er war nicht gerade glücklich. Er hatte ja schon gekocht und alles vorbereitet.«

»Sie vereinbarten, er werde Helene Feldmann nach Hause bringen?«

»Wir vereinbarten das nicht ausdrücklich. Es stand ja sozusagen fest. Er brachte sie immer heim, wenn sie bei ihm gegessen hatte.«

»Normalerweise fuhr sie also nicht mit dem Taxi?«

»Nein. Das hatte sie noch nie getan.«

»Mr. Hammond sagt, er habe sie nicht gefahren, weil er betrunken gewesen sei. So etwas war vorher nie vorgekommen?«

»Soweit ich mich erinnere, war so etwas noch nicht passiert, nein.«

»Warum trank er an jenem Abend zuviel?«

»Das müssen Sie ihn fragen. Ich weiß es nicht.«

»Wir haben ihn natürlich gefragt. Er gab an, seit einiger Zeit in finanziellen Schwierigkeiten zu stecken. Er hat sich offenbar mit dem Kauf zweier Gewächshäuser übernommen. Er habe, sagte er, in der letzten Zeit überhaupt mehr getrunken, um seine Sorgen zu vergessen.«

»Wenn er Ihnen das gesagt hat, dann wird es so sein.«

»Offensichtlich war er nicht einmal in der Lage, für Mrs. Feldmann das Taxi zu bestellen. Erstaunlich, daß man den Gast selber telefonieren läßt, nicht wahr? Als Sie später in der Nacht mit ihm sprachen – war er da noch sehr betrunken? Er hätte eigentlich kaum in der Lage sein dürfen, ein vernünftiges Wort mit Ihnen zu wechseln.«

Sie überlegte kurz. »Nein... nein, ich hatte eigentlich nicht den Eindruck, daß er betrunken war. Er schien mir wach und ziemlich klar zu sein.«

»Hm. Sie werden zugeben müssen, daß das ein wenig widersprüchlich klingt, oder? Zwischen zehn und halb elf am Abend ist ein Mann zu betrunken, um für seinen Gast ein Taxi herbeizutelefonieren, und um kurz nach eins kann er ein ganz normales Gespräch führen. Dieser Sache werden wir nachgehen müssen.« Er hatte in seine Aufzeichnungen geblickt. »Der Taxifahrer gab an, Helene Feldmann habe auf ihn einen verstörten Eindruck gemacht. Am Telefon habe sie so leise gesprochen, daß er sie kaum habe verstehen können. Sprach Mrs. Feldmann beim Telefonieren generell sehr leise?«

»Nein. Sie sprach nie besonders laut, aber man konnte sie immer gut verstehen.«

»Zudem stand sie bereits an der Straßenecke, als der Fahrer kam. Sie hat nicht im Haus gewartet. Das scheint mir ebenfalls nicht das typische Verhalten einer alten Dame zu sein!«

Sie hatte keine Erklärung gewußt. »Ich habe keine Ahnung, was mit ihr los war. Ich kann nur sagen, daß sie den Tag über ganz normal war. Bedrückt, ja. Aber das war sie immer am 1. Mai. An diesem Tag vor fünfundfünfzig Jahren ist ihr Mann gestorben.«

»Könnte es sein, daß sie abends – nachdem sie ja auch ein wenig Alkohol getrunken hatte – deswegen in eine sentimentale oder sogar depressive Stimmung fiel? Daß sie deswegen so leise sprach und die Ankunft des Taxis nicht erwarten konnte?«

»Das wäre möglich. Helene ist über den Tod ihres Mannes nie wirklich hinweggekommen.«

»Der Taxifahrer sagt, ihm sei ein anderer Wagen gefolgt. Er sei ihm ziemlich dicht aufgefahren – was ihn, den Fahrer, wohl auch verleitete, die weiter vorn gelegene Wendemöglichkeit zu nutzen und Mrs. Feldmann unterhalb des Hauses hinauszulassen. In dem Wagen könnte ein wichtiger Zeuge sitzen, und es wäre sehr nützlich, ihn ausfindig zu machen. Natürlich hat der Taxifahrer die Nummer nicht erkannt, und er weiß nicht einmal, um welchen Wagentyp es sich handelte. Wir haben in Presse und Radio dazu aufgerufen, daß der Fahrer dieses Autos sich bei uns meldet, aber bislang hat sich nichts getan.« Der Beamte stand auf und schob seinen Notizblock in die Tasche. »Das war es im wesentlichen, was ich wissen wollte. Nur eine Frage noch.« Er hatte sie angesehen, sehr aufmerksam, wie es ihr schien. »Wie war Ihr Verhältnis zu Helene Feldmann?«

Sie dachte später noch über ihre Antwort nach, während sie durch das Haus ging und sich auf der Suche befand nach einem Menschen, der nicht mehr da war.

»Wir kannten einander seit fast sechzig Jahren.«

Erwartungsgemäß hatte er darauf gesagt: »Das ist keine Antwort auf meine Frage.«

Sie hatte nicht die geringste Neigung verspürt, dem Beamten Einzelheiten über die komplizierte Beziehung zwischen ihr und Helene anzuvertrauen. »Wir lebten seit fast sechzig Jahren miteinander unter einem Dach. Das ist durchaus eine Antwort auf Ihre Frage. Wir waren eine Art Familie geworden. Die Mitglieder seiner Familie sucht man sich nicht aus, und man hinterfragt nicht ständig das Verhältnis, das man zu ihnen hat. Man kann ja doch nichts ändern. Man gehört zwangsläufig zusammen.«

Er hatte noch nicht lockergelassen.

»Gab es häufig Streit zwischen Ihnen?«

»Nein. Wir stritten sehr selten.«

»Gab es Vorbehalte von Ihrer Seite aus? Ursprünglich war Mrs. Feldmann schließlich als Frau eines Besatzers in Ihr Haus gekommen.«

»O Gott, ich war ein Kind damals! Das hat keine Rolle mehr gespielt, schon lange nicht mehr.«

»Was hat denn eine Rolle gespielt zwischen Ihnen und Mrs. Feldmann?«

»Wir respektierten einander. Und wir hatten uns aneinander gewöhnt.«

Er hatte geseufzt. Ganz offensichtlich wußte er wenig mit diesen Informationen anzufangen.

Dabei, dachte Beatrice nun, habe ich ihm wahrscheinlich wirklich die einzig richtige Antwort gegeben. Respekt und Gewohnheit. Das ist es gewesen in den letzten Jahren.

Tatsächlich? Sie stieg die Treppe hinauf, öffnete die Tür zu Helenes Zimmer, blieb dort stehen. Der Raum sah unverändert aus, so als werde seine Bewohnerin jeden Moment zurückkehren. Er roch auch noch nach Helene, nach ihrem Parfüm und nach dem Talkumpuder, den sie zu benutzen pflegte. Auf dem zierlichen Sekretär neben dem Fenster stapelten sich Papiere, die mit ihrer Handschrift bedeckt waren. Ein unüberschaubarer Wust von Zetteln, Briefen, Zeitungsausschnitten.

Lieber Gott, sie hat wohl alles aufgehoben, was ihr je in die Hände gefallen ist, dachte Beatrice, es wird mühsam werden, alles durchzugehen und zu sortieren.

Sie würde die Kleider und die Wäsche aus den Schränken räumen müssen; einen Teil würde sie wegwerfen, den anderen einer gemeinnützige Organisation spenden. Die Papiere durchgehen, nach unbezahlten Rechnungen sehen, Bankauszüge prüfen.

Wer erbt überhaupt ihr Geld? fragte sie sich. Gibt es ein Testament?

Sollte das Zimmer Helenes Zimmer bleiben – auch nach deren Tod? Das hieße, daß Helene auf irgendeine Weise noch da wäre, selbst jetzt noch.

Ich werde das Zimmer leerräumen, entschied Beatrice. So, wie ich die Kleider weggebe, wie ich die Papiere wegwerfen werde. Das Zimmer kann ein weiterer Raum für Feriengäste werden.

Die Schnelligkeit, mit der sie beschloß, sich von den Habseligkeiten der alten Frau zu trennen, erschreckte sie ein wenig.

Wie war Ihr Verhältnis zu Mrs. Feldmann?

Sie schaute in das Zimmer. »Sie hat mir ziemlich in meinem Leben herumgepfuscht. Es gab Zeiten, da wünschte ich sie zum Teufel.«

Haben Sie sie auch jetzt noch zum Teufel gewünscht? hätte der Beamte daraufhin gefragt.

Sie überlegte. »Ich denke nicht, daß das jemals aufgehört hat. Ja, ich glaube, ich wünschte sie noch immer zum Teufel. Vielleicht an jedem einzelnen Tag unseres Lebens.«

Sind Sie erleichtert, daß sie tot ist?

»Ich weiß nicht ... Ein solches Ende habe ich ihr nicht gewünscht. Aber ich denke, wenn der Schock vorüber ist, wird sich Erleichterung einstellen.«

Wahrscheinlich, dachte sie, würde ich die perfekte Zielperson für eine Mordanklage abgeben.

Wer hatte Helene etwas so Entsetzliches angetan?

Sie hatte sich mit Franca während der vergangenen Tage darauf geeinigt, daß es sich um die Tat eines Wahnsinnigen handelte. Es war die Version, mit der sie beide am besten leben konnten. Die Vorstellung, daß ein geisteskranker Mörder auf Guernsey umherlief, war schlimm, aber noch schlimmer war der Gedanke, jemand könne einen solchen Haß auf Helene entwickelt haben, daß er ihr die Kehle durchschnitt und sie auf einem einsamen Feldweg verbluten ließ.

Sie hörte ein Geräusch auf der Treppe und zuckte zusammen. Für einen Moment kam ihr der absurde Gedanke, der Polizeibeamte könne sich nach der Verabschiedung wieder ins Haus geschlichen haben, sei nun leise heraufgekommen und habe ihren Monolog, der einer Selbstbezichtigung gleichkam, belauscht. Aber das war Unsinn, kein englischer Polizist würde so etwas tun.

Sie trat nach vorn an die Brüstung und rief: »Hallo?«

Im selben Moment sah sie Kevin, der sich gerade anschickte, die Treppe heraufzuschleichen. Es hatte den Anschein, als erschrecke er fast zu Tode bei ihrem Ausruf. Ein Ruck ging durch seinen ganzen Körper, sein Gesicht wurde fahl.

»Mein Gott! Ich dachte, niemand wäre daheim! Ich habe vorn an die Tür geklopft, bin dann durch die Küche ins Haus gekommen und habe gerufen... aber niemand hat geantwortet.« Er wirkte fahrig und nervös. »Tut mir leid, daß ich einfach so...«

»Unsinn. Du gehörst zur Familie, Kevin.« Sie lief die Treppe hinunter und realisierte dabei wirklich, daß er die Treppe *hinauf* gewollt hatte – was sie tatsächlich ein wenig eigenartig fand.

»Was wolltest du oben, Kevin?« fragte sie so leichthin wie möglich und küßte ihn auf beide Wangen.

Er erwiderte ihre Küsse, seine Lippen fühlten sich kalt an. »Ich... ich weiß, es gehört sich nicht. Aber ich wollte ihr Zimmer noch einmal sehen.«

»Dann geh hinauf. Du brauchst diesen Abschied von ihr so nötig wie ich. Ich mache uns inzwischen einen Kaffee.«

Sie hörte ihn oben herumgeistern, während sie in der Küche hantierte. Vielleicht, überlegte sie, habe ich ihm unrecht getan, wenn ich immer dachte, er suche ihre Gesellschaft nur, um sie anzupumpen. Vielleicht hat ihn mehr mit ihr verbunden. Vielleicht war es genau so, wie ich heute zu dem Beamten sagte: Sie war eine mütterliche Freundin für ihn.

Sie stellte Kaffeekanne, Tassen, Zuckerdose und Milch auf ein Tablett und trat auf die Veranda, die hinter der Küche lag. Kurz fiel ihr die Silvesternacht ein, in der sie hier mit Erich gestanden hatte. Einer der wenigen Momente, da er nicht vom Endsieg gesprochen hatte. Er hatte Angst gehabt. Er hatte gewußt, daß sich sein Führer ins Verhängnis manövriert hatte und daß sie alle mit ihm untergehen würden. Er hatte ihr aufgetragen, für Helene zu sorgen.

Das Tablett zitterte, die Kaffeelöffel klirrten. Rasch stellte sie es auf dem Tisch ab.

Zum Teufel, es war nicht die Zeit, daran zu denken. Jene Nacht lag so viele Jahrzehnte zurück, sie lag auf der anderen Seite eines ganzen Lebens. Eine naßkalte Nacht, in der sie sich eine Lungenentzündung geholt hatte.

Heute war ein heißer Maitag. Ein warmer Wind ließ die Blätter in den Bäumen rauschen.

Beatrice atmete tief. Mit Helene war ein weiteres Stück einer belastenden Vergangenheit verschwunden. So spät erst, so spät!

»Ich werde es mir nie verzeihen, wie dieser Abend verlaufen ist«, sagte Kevin, »der letzte Abend mit Helene.« Unbemerkt war er zu ihr getreten.

»Du kannst doch nichts dafür, Kevin. Es ist völlig normal, einen Gast mit dem Taxi nach Hause fahren zu lassen. Nicht einmal dem Fahrer kann man wirklich einen Vorwurf machen, er konnte mit einem solchen Vorkommnis beim besten Willen nicht rechnen. Nein«, Beatrice hob hilflos die Hände, »es war Schicksal. Es sollte so sein. Niemand konnte es ändern.«

Kevin kramte eine Zigarette hervor und versuchte sie anzuzünden. Drei Streichhölzer knickten ab, ehe es ihm gelang.

»Himmel, Kevin, was ist denn los mit dir?« fragte Beatrice. »Seit wann rauchst du wieder?«

»Seitdem ich auch zuviel trinke.« Er tat ein paar hastige Züge. »Beatrice, ich stecke in ernsthaften Schwierigkeiten. Ich weiß, heute ist nicht der Tag, darüber zu sprechen, wir haben Helene begraben, und...«

»Wenn du die Schwierigkeiten *heute* hast, dann solltest du auch *heute* darüber sprechen. Dir geht es seit einiger Zeit nicht gut, das kann jeder sehen.«

»Ja... nun.« Er druckste herum, rauchte. Er war so bleich, als sei er ernsthaft krank. »Beatrice, ich brauche ganz dringend Geld. Ich brauche eine ziemlich große Summe. Es... es steht alles auf dem Spiel für mich. Meine gesamte Existenz, alles, was ich habe.«

»Wieviel Geld? Wofür?«

»Fünfzigtausend Pfund.«

»Fünfzigtausend Pfund? Um Himmels willen, das ist ein Vermögen!«

»Ich weiß!« Verzweifelt fuhr er sich mit der rechten Hand durch die Haare, daß sie wild vom Kopf abstanden. »Ich weiß, es ist entsetzlich viel Geld. Ich hätte es nie so weit kommen lassen dürfen, aber nun ist es, wie es ist. Und ich muß die Summe möglichst schnell haben.«

»Wem schuldest du den Betrag?«

»Der Bank. Ich habe mein Haus, mein Grundstück, alles beliehen. Bis unters Dach. Da gibt es keinen Grashalm, auf dem nicht eine Hypothek liegt.«

»Aber wozu brauchst du denn soviel Geld? Fünfzigtausend Pfund gibt man schließlich nicht so nebenher aus!«

»Über die Jahre«, sagte Kevin bedrückt, »das kam über die Jahre zusammen. Das Leben ist teuer, und... na ja, mit meinen Rosen habe ich nie so schrecklich viel umgesetzt.«

»Du hast gar nicht so schlecht verdient«, sagte Beatrice, »aber du hast ein wenig zu üppig gelebt. Dein Lebensstil lag immer ein ganzes Stück über deinem Einkommen.«

»Ja. Das tat es wohl«, räumte Kevin kleinlaut ein. »Und das war mein Verhängnis.«

»Die Bank macht jetzt Schwierigkeiten?«

»Die Zinsen brechen mir das Genick. Ich kann sie seit Monaten nicht mehr zahlen. Von der Tilgung will ich gar nicht sprechen, da bewegt sich ohnehin nichts. Aber was die Zinsen angeht, setzen sie natürlich die Daumenschrauben an.« Er drückte seine Zigarette aus. In der Bewegung lagen Wut und Verzweiflung. »O Gott, Beatrice, ich werde alles verlieren. Alles.«

»Dann würde es dir doch zunächst helfen, wenn dir jemand bei den Zinsen unter die Arme griffe«, sagte Beatrice vorsichtig, »um die Pfändung erst einmal abzuwenden.«

»Ja, aber was nützt das auf längere Sicht? Im nächsten Monat stehe ich genauso da, und im Monat darauf schon wieder. Ich müßte zumindest einmal den größten Teil abtragen, damit die Zinsbelastung insgesamt geringer wird. Verstehst du?«

»Ich würde dir gern helfen, Kevin. Aber soviel Geld habe ich nicht. Beim besten Willen nicht. Komm«, sie schenkte Kaffee ein, setzte sich und wies einladend auf den zweiten Stuhl. »Setz dich. Trink einen Schluck. Wir müssen in Ruhe beratschlagen, was wir tun können.«

Als er die Tasse zum Mund führte, zitterte seine Hand so stark, daß Kaffee über seine Hose schwappte.

»Helene hat dir immer wieder geholfen, nicht?« hakte Beatrice behutsam ein.

Er nickte. »Ja. Ohne sie wäre ich schon seit langem verloren gewesen. Sie hat mir wesentlich mehr Geld gegeben, als du mitbekommen hast. Zigtausende.«

»Woher hatte sie das Geld?«

»Sie hatte es eben.«

»Sie bekam eine Rente, aber die war nicht allzu üppig. Ich kann mir kaum vorstellen, daß sie davon ein größeres Sparguthaben hat anlegen können.«

»An dem Abend, an dem sie starb«, sagte Kevin, »habe ich ihr zum erstenmal das ganze Ausmaß meiner verzweifelten Lage geschildert. Ich sagte ihr, auf welche Höhe sich meine Schulden tatsächlich belaufen.«

»Das wußte sie bis dahin nicht?«

»Ich hatte nie so konkret darüber gesprochen. Ich sagte nur immer wieder, daß ich gerade diese oder jene Summe bräuchte.«

»Wollte sie nie wissen, wofür?«

»Doch, aber ich hatte immer den Eindruck, es handle sich dabei eher um rhetorische Fragen. Präzise interessierte es sie nicht. Ich sagte ihr im Prinzip die Wahrheit, nämlich, daß ich Bankschulden hätte. Nur kannte sie eben die gesamte Höhe nicht.«

»Und am Montag abend...«

»...legte ich alle Karten offen auf den Tisch.«

»Wie reagierte Helene?«

»Sie war keineswegs so erschrocken, wie ich gefürchtet hatte. Sie schimpfte ein wenig, weil ich nicht von Anfang an offen mit ihr gewesen war. Sie meinte, ich hätte wohl kein Vertrauen gehabt, und so weiter. Und ich merkte, wie ich ruhiger wurde.« Er versuchte, den nächsten Schluck Kaffee zu nehmen, und beschmutzte erneut seine Hose. »Sie saß da in ihrem albernen, himmelblauen Kleid, viel zu stark geschminkt, die Haare zu lang, eine alte Frau, die vergeblich versucht, wie ein junges Mädchen auszusehen, aber auf einmal hatte sie etwas von einer gütigen Großmutter. Sie wirkte plötzlich so reif. Du weißt, bei Helene hatte man sonst eigentlich nie den Eindruck, sie sei erwachsen...«

Sie nickte. Wie oft hatte sie gereizt gedacht, daß Helene hundert Jahre alt werden könne, und sie würde sich immer noch kindisch benehmen.

»Sie sagte, alles würde gut werden«, fuhr Kevin fort. Er mußte schlucken, die Tränen saßen locker bei ihm an diesem Tag, das bemerkte Beatrice deutlich.

»Sie würde mir helfen, und ich solle aufhören, mir Sorgen zu machen.«

»Was ja nett gemeint war von ihr«, sagte Beatrice, »aber da ging sie natürlich an jeglicher Realität weit vorbei. Dein Schuldenberg überstieg ihre Möglichkeiten bei weitem.«

Er versuchte es erneut mit der Kaffeetasse, gab aber diesmal von vornherein auf. Er würde es nicht schaffen, die Tasse zum Mund zu führen. »Sie sagte, sie würde mir das Geld geben«, sagte Kevin. Seine Stimme klang brüchig. Er war so dicht am Ziel gewesen. Der Absturz hatte ihn hart und brutal getroffen. »Sie wollte am nächsten Tag zu ihrer Bank gehen. Ich sollte sie abholen und hinfahren. Sie wollte mir fünfzigtausend Pfund leihen.«

Beatrice lehnte sich vor. Sie runzelte die Stirn. »Woher wollte sie *soviel* Geld nehmen?«

Kevin sah sie an, sein Blick war müde und fast ausdruckslos. »Du weißt nicht alles über Helene«, sagte er, »so inbrünstig sie sich stets als deine beste Freundin und engste Vertraute bezeichnete, so geschickt hat sie dennoch ein paar wesentliche Details ihres Lebens vor dir verheimlicht. Beatrice, Helene war eine schwerreiche Frau. Sie saß auf einem Vermögen. Die bescheidene kleine Rente, auf die sie sich stets berief, um dir klarzumachen, daß du dich um sie zu kümmern hattest, war eine Farce. Die fünfzigtausend Pfund hätte sie mir aus der Portokasse gezahlt.«

Beatrice spürte, wie sie blaß wurde. »Wie ist sie an das Geld gekommen?«

»Das ist eine lange Geschichte«, sagte Kevin. Er hörte sich nicht so an, als genieße er es, Überbringer einer sensationellen Neuigkeit zu sein und seine jahrelange geheime Komplizenschaft mit einer alten Frau zu enthüllen, die nun auf schreckliche Weise ermordet worden war. Er war zu erschöpft, um überhaupt irgend etwas außer seiner Müdigkeit zu empfinden. »Wenn du möchtest, erzähle ich sie dir.«

»Ich bitte darum«, sagte Beatrice.

Dritter Teil

1

Wenn man einen Menschen kennenlernt, kann sich das ganze Leben verändern, dachte Alan, und wenn man einen Menschen verliert, ist es das gleiche.

Er saß in *The Terrace* am Hafen von St. Peter Port und versuchte zu begreifen, daß Helene nicht mehr am Leben war.

Es herrschte reges Leben und Treiben um ihn herum, das Café war voll besetzt mit Touristen. Die Sonne brannte vom Himmel, die Menschen drängten sich unter den Sonnenschirmen, versuchten alle, ein Stück Schatten zu erhaschen. Die Luft roch nach Pommes frites, nach Hamburgern und nach gegrillten Würstchen; dazu schleppten die Café-Gäste Wasser- und Weinflaschen heran und riesige Eisbecher. Unten im Hafen machten die Yachtbesitzer ihre Schiffe startklar. Angesichts der nahezu vollkommenen Windstille waren die Motorboote im Vorteil; sie schlängelten sich aus dem Hafen hinaus, um dann über das Meer zu brausen, an ihren Steuern sonnenbebrillte, braungebrannte Menschen mit wehenden Haaren und einem Ausdruck geballter Lebensfreude in der Haltung ihrer Körper. Sie würden in irgendeiner Bucht vor Anker gehen und dort den Tag mit Schwimmen, Tauchen, Sonnenbaden verbringen, um dann am Abend müde und hungrig die Kneipen und Restaurants der Inselhauptstadt zu stürmen und sich bis in die tiefen Nachtstunden hinein zu vergnügen. Wie fröhlich sie alle sind, dachte Alan.

Ein Mädchen fiel ihm auf, das unten an die steinerne Hafenmauer gelehnt saß; sie trug abgeschnittene Jeans, die über ihren braungebrannten Knien fransten, und ein Bikinioberteil, dessen Träger sie über die Schultern hinuntergestreift hatte. Sie reckte ihr Gesicht der Sonne entgegen und hielt die Augen geschlossen. Neben ihr stand eine Wasserflasche.

Alles Dinge, die Helene nun nicht mehr tun kann, dachte Alan und wußte gleichzeitig, daß dieser Gedanke absurd war, denn Helene hatte Dinge dieser Art sowieso nie getan. Weder war sie gesegelt noch in Motorbooten dahingebraust, und sie hätte auch nie wie hingegossen an einer Hafenmauer gelehnt und über das Wasser geträumt. Helene hätte das Maß an Entspannungsfähigkeit, das zu solcherlei Lebensgenuß gehörte, überhaupt nicht aufgebracht. Wenn sich Helene überhaupt einmal im Hafen in die Sonne gesetzt hätte – und er hatte keine Ahnung, ob das je der Fall gewesen war –, dann gewiß nicht in Shorts und BH, und schon gar nicht mit geschlossenen Augen. Helene hatte ihre Umgebung stets gemustert, analysiert, bewacht. Sie hatte Gefahren an allen Ecken und Enden gewittert. Selten einmal hatte Alan sie erlebt, ohne daß sie quengelte, jammerte, ihr Schicksal beklagte oder sich in düsteren Prophezeiungen ihrer aller Zukunft betreffend erging. Eine gewisse Fröhlichkeit hatte sie eigentlich nur in Kevins Gegenwart an den Tag gelegt. Kevin hatte es verstanden, eine Seite in ihrem Wesen anzurühren, an die sonst niemand reichte. Das sorglose Mädchen, das sie vielleicht einmal gewesen sein mochte, war dann erwacht. Es war wie ein kurzer Blick in einen unbekannten Teil ihrer Persönlichkeit gewesen. Alan hatte sich davon immer seltsam tief berührt gefühlt.

Er trank gerade seinen zweiten Wein und fragte sich, weshalb er erneut *medium* geordert hatte – der Wein war pappig süß und schmeckte wie alkoholisiertes Zuckerwasser. Immerhin hatte er es an diesem Tag geschafft, mit dem Trinken bis zum Mittag zu warten. Den ganzen Morgen über war er trocken geblieben, was allerdings auch an Beatrices Argusaugen lag, mit denen sie ihn überwachte. Im Haus seiner Mutter auch nur einen Schluck Alkohol zu sich zu nehmen, erschien ihm inzwischen schier als ein Ding der Unmöglichkeit. Ständig war sie hinter ihm, neben ihm, tauchte aus den überraschendsten Winkeln urplötzlich auf und vereitelte sein Vorhaben, sich still und leise wenigstens einen Sherry oder einen Schluck Portwein zu genehmigen. Darum hatte er sich schließlich ihren Wagen geschnappt – was sie hoffentlich daran hinderte, ihm zu folgen – und war nach St. Peter Port gebraust. Der erste Schluck Wein hatte ihm bereits ein Gefühl der Erleichterung verschafft. Der erste Schluck eines Tages war stets der schönste.

Helene ruhte seit zwei Tagen unter der Erde, und er hätte längst wieder in London sein sollen. Es wartete eine Menge Arbeit auf ihn, zumal er sich ja in der Woche zuvor bereits einige Ausfälle geleistet hatte. Seine Sekretärin war verzweifelt gewesen, als er ihr erklärt hatte, er werde erst am Montag der darauffolgenden Woche wieder im Büro sein.

»Ich weiß nicht, wie ich ...«, hatte sie mit Panik in der Stimme angesetzt, aber er hatte sie sogleich unterbrochen. »Sie wissen doch, die Lebensgefährtin meiner Mutter ist auf eine sehr schreckliche Weise ermordet worden. Ich kann meine Mutter jetzt nicht von heute auf morgen allein lassen.«

Dagegen hatte sie natürlich nichts einwenden können, und woher hätte sie wissen sollen, daß er eine faustdicke Lüge auftischte? Beatrice mußte nicht getröstet werden. Zwar lief sie mit einer Miene herum, die wie versteinert wirkte; zwar vermittelte sie den Eindruck, jedesmal aus einer fernen Welt aufzutauchen, wenn man sie ansprach; aber trotz allem schien sie nicht wirklich hilfebedürftig. Vielleicht hatte Helenes grausamer Tod sie tiefer geschockt, als sie zum Ausdruck zu bringen vermochte, aber in jedem Fall würde sie dies mit sich allein abmachen. Sie hatte immer alles mit sich allein abgemacht. Er fragte sich manchmal, ob Beatrice überhaupt wußte, wie das ging: Hilfe und Beistand von anderen Menschen anzunehmen.

Es gab also für ihn in Wahrheit keinen Grund, noch immer auf Guernsey zu sein, aber irgend etwas hielt ihn davor zurück, in das nächste Flugzeug zu steigen und nach London zu fliegen. Er hatte nie dazu geneigt, sich selbst zu belügen – manchmal mutmaßte er, er wäre nicht Alkoholiker geworden, hätte er die Kunst der Selbsttäuschung besser beherrscht –, und so gestand er sich auch an diesem Mittag in *The Terrace* ein, daß ihn die Angst vor seiner leeren Wohnung zurückhielt, die Angst vor seinem leeren Leben.

Er hatte es immer gehaßt, nach Hause zu kommen und von niemandem erwartet zu werden. Einen Mann seines Alters hätte eine Frau begrüßen müssen, zwei etwas bockige Kinder, die kurz vor ihrem Eintritt ins Teenageralter standen, ein schwanzwedelnder Hund und eine schnurrende Katze. Man hätte ihn überfallen müssen mit so brennenden Neuigkeiten wie der, daß die Putzfrau gekündigt hatte, die Mathematiklehrerin ungerechte Noten gab und man mit der ehemals besten Freundin nie wieder ein Wort reden würde.

»O Gott«, würde er dann sagen, »darf ich mir vielleicht erst einmal die Hände waschen und mich hinsetzen?« Und sie würden ihm ins Bad folgen und weiter auf ihn einreden, und er würde nicht dazu kommen, sich einen Whisky einzuschenken, weil ihm gar nicht die Zeit dazu bliebe. Er würde auch nicht dieses Vakuum in sich, in seinem Leben spüren, das es notwendig machte, zum Alkohol zu greifen, um es ertragen zu können.

Ein verpfuschtes Leben, dachte er, und die Hoffnungslosigkeit umklammerte ihn trotz der Hitze des Tages mit eiskalten Fingern. Ein restlos verpfuschtes Leben.

Vielleicht kam ihn auch deshalb Helenes Tod so hart an. Vielleicht hätte ihn jeder Todesfall im näheren Verwandten- oder Bekanntenkreis zu diesem Zeitpunkt tief getroffen. Ein Leben, das jäh zu Ende ging, wies ihn mit grausamer Deutlichkeit auf die zeitliche Begrenzung hin, die ihm zugedacht war wie jedem anderen Wesen unter der Sonne. Auch wenn es wohl auszuschließen war, daß man ihn einmal mit durchschnittener Kehle auf einem Feldweg liegend finden würde, so würde er vor dem endgültigen Aus stehen mit derselben Unausweichlichkeit, mit der auch Helene mit ihrem Ende konfrontiert worden war. Helene hatte ihr Leben oft als vertan bezeichnet. Genau wie er. Wie bitter mochte es sein, mit dieser Erkenntnis zu sterben.

Er überlegte, ob er die Energie aufbringen würde, sich zu erheben und ein drittes Glas Wein zu holen, und wollte gerade aufstehen und sich noch einmal in die Schlange am Tresen einreihen, da sah er Maja auf sich zukommen.

Sie näherte sich ihm so zielsicher, daß ihm klar wurde, sie hatte ihn längst gesehen, und es hatte keinen Sinn mehr, sich zu ducken und so zu tun, als sei man gar nicht da. Er dachte daran, wie freudig er früher jedes zufällige Zusammentreffen mit ihr begrüßt hatte, denn in jeder Begegnung hatte er eine Chance für sie beide gesehen. Es war neu für ihn, sich in ein Mauseloch zu wünschen, um nicht mir ihr sprechen zu müssen.

Wahrscheinlich, dachte er fast verwundert, fühlte es sich so an, wenn eine Beziehung endgültig vorbei ist.

Er stand auf, um sie zu begrüßen. Ihre Lippen wirkten kühl auf seinen Wangen. Sie war ungeschminkt, und er sah, daß sie verweinte Augen hatte.

»Hallo, Maja«, sagte er.

»Ich stand drüben bei der Kirche«, erklärte sie, »da habe ich dich hier sitzen sehen. Ich wollte wissen, ob du es wirklich bist. Ich dachte, du seist längst wieder in London!«

»Nein, bin ich nicht«, entgegnete er etwas lahm und wies dann auf den Stuhl, der auf der anderen Seite seines Tisches stand. »Möchtest du dich nicht setzen? Ich wollte mir gerade noch ein Glas Wein holen. Kann ich dir eines mitbringen?«

»Bring mir ein Wasser mit«, sagte sie und fügte mit einem kaum merklichen Zögern hinzu: »Bitte. Ich vertrage Alkohol bei dieser Hitze nicht.«

Er trat in das Innere des Cafés und stellte sich in die Schlange, die sich nur langsam vorwärtsbewegte. Die meisten Leute wollten um diese Zeit etwas essen und taten sich schwer mit der Entscheidung. Alan blickte hinaus zu dem Tisch, an dem Maja saß. Sie kramte in ihrer Handtasche, zog ihre Sonnenbrille hervor und setzte sie auf. Für gewöhnlich hätte sie diese Geste genutzt, sich in Szene zu setzen, ihre langen Haare zurückzuwerfen, die Beine übereinanderzuschlagen und einen herausfordernden Blick in die Runde zu senden, ehe sie ihre Augen mit den sinnlichen langen Wimpern hinter dunklen Gläsern verbarg.

Doch diesmal führte sie nicht die Spur einer Show auf. Sie schaute sich nicht einmal um, um zu sehen, ob irgendwo ein interessanter Mann saß, der es möglicherweise auf sie abgesehen hatte. Sie starrte vor sich hin auf die Tischplatte und kaute an ihren Fingernägeln.

Endlich hatte er seine Getränke erhalten und kehrte zu ihr zurück.

»Wenn du doch einen Schluck Wein möchtest...«, sagte er. »Du siehst aus, als könntest du ihn brauchen.«

»Nein, danke.« Sie nippte an ihrem Wasser. Es war völlig ungewohnt für Alan, keine rote Lippenstiftfarbe am Glasrand zu sehen, nachdem sie das Wasser wieder abgesetzt hatte. »Du solltest vielleicht auch lieber auf Mineralwasser umsteigen.«

»Der Wein bekommt mir jetzt besser.«

»Wie du meinst.« Sie nahm einen weiteren Schluck. »Und warum«, fragte sie, »bist du nicht in London?«

Er tischte ihr dieselbe Lüge auf wie seiner Sekretärin. »Ich muß mich um meine Mutter kümmern. Man kann sie jetzt nicht ganz allein lassen.«

Aber Maja wußte es natürlich besser. »Oh – komm! Wenn man einen Menschen auf der Welt immer und unbesorgt allein lassen kann, so ist es deine Mutter! Ihretwegen mußt du bestimmt nicht hierbleiben.«

»Ich kenne meine Mutter ein wenig besser als du.«

Sie lächelte, aber es war ein trauriges Lächeln. »Dann rede es dir ein. Wenn du einen Grund brauchst, bleiben zu können, dann halte dich ruhig an deiner Mutter fest.«

»Und du wirst auch bleiben? Ich meine – du wirst tatsächlich nicht nach London zurückkehren?«

»Wo sollte ich hin? Wovon soll ich leben? Ich habe nicht einmal das Geld für den Flug oder die Schiffspassage.« Sie hob ein wenig den Kopf. Alan erkannte, daß sie mit dieser Bewegung versuchte, die Tränen, die ihr bereits wieder in die Augen stiegen, zurückzuhalten.

»Ich habe alles verpfuscht. Ich habe mein Leben verpfuscht.«

Es berührte ihn eigenartig, diese Worte von ihr zu hören. Einige Minuten zuvor hatte er den gleichen Gedanken gehabt – sein eigenes Leben betreffend. Und er hatte daran gedacht, daß Helene oft so gesprochen hatte. Wie viele Menschen, überlegte er, schlagen sich mit diesem Gedanken herum? Es liegt daran, daß uns so grausam wenig Zeit zugemessen ist. Und daß wir so viele Erwartungen haben, so viele Träume, Pläne, Wünsche. Und zugleich so schwach sind. Wir hinken hinter dem her, was wir umsetzen wollen, und zwischendurch geht uns immer wieder die Luft aus, und wir haben das Gefühl, zu versagen.

Er griff über den Tisch hinweg nach ihrer Hand und drückte sie kurz. Es war eine liebevolle, väterliche Geste, in der nichts mehr von dem erotischen Prickeln mitschwang, das sonst zwischen ihnen geherrscht hatte.

»Du bist so jung«, sagte er, »du kriegst noch die Kurve.«

»Ach, schau mich doch an!« erwiderte sie heftig und nahm ihre Sonnenbrille ab. Ihre Augen, die schon zuvor verweint gewesen waren, hatten sich noch heftiger gerötet. »Man sieht es bereits in meinem Gesicht, nicht wahr? Jedenfalls hast du das immer gesagt. Daß es sich schon abzeichnet!«

Er betrachtete sie. Nüchtern und objektiv, wie er sie noch nie angesehen hatte. Sie sah sehr jung aus, wie ein trauriges, trotziges Kind mit blassen Wangen und roter Nase. Aber es stimmte, was sie sagte: Da war auch etwas Hartes, Gewöhnliches in ihren Zügen. Alkohol und durchtobte Nächte mochte ihr Körper noch wegstecken, ihre Haut sah noch nicht aus wie die eines Menschen, der zuviel raucht und trinkt. Aber jahrelang war sie leicht zu haben gewesen, hatte sich an Hafenarbeiter ebenso weggeworfen wie an braungebrannte Touristen, an denen das Surfbrett festgewachsen schien. Ihr lasterhaftes Leben hatte ihre Züge geprägt: Billig, dachte er und erschrak gleichzeitig über die Gnadenlosigkeit dieses Gedankens. Sie sieht billig aus.

Ihr entging nicht, was sich in seinem Kopf abspielte.

»Ja«, sagte sie leise, »du siehst es also auch.«

»Ach, Maja«, meinte er müde, »wir haben so oft schon darüber gesprochen. Es gibt einfach nichts mehr zu diesem Thema zu sagen.«

»Werden wir einander wiedersehen?«

»Sicher. Ich werde ja weiterhin öfter hier sein. Und wir laufen uns bestimmt über den Weg.«

»Na schön. Wie nennt man das, was wir dann sind? Gute Freunde. Wir werden richtig gute Freunde sein.«

»Besser, als wenn wir weiterhin versuchen, eine Beziehung zu führen. Irgendwann würden wir kaum noch ein freundliches Wort füreinander finden. Es würde in gegenseitigem Haß enden. Da gefällt mir die neue Variante besser.«

»Es wird andere Männer in meinem Leben geben«, sagte sie unvermittelt. Es hatte sich etwas in der Klangfarbe ihrer Stimme verändert. Hoffnung schien wieder in ihr zu keimen. So niedergeschlagen sie war, sosehr Helenes Tod sie erschüttert hatte, so geschockt sie vor dem Ende ihrer beider Beziehung stand, so hatte sie dennoch starke Widerstandskräfte in sich. Sie hatte ausschweifend gelebt, sich nie geschont, aber sie besaß noch immer eine ausgeprägte Regenerationsfähigkeit.

Sie wird sich fangen, dachte er, sie ist schon dabei.

Und dann sah er, was ihre Aufmerksamkeit erregte, was sie hatte aufrechter und selbstsicherer werden lassen. Ein Kerl kam aus dem Restaurantgebäude heraus auf die Terrasse. Jener schmierige Typ, mit dem er sie im September des vergangenen Jahres die Hauteville Road hatte hinaufkommen und in ihrer Wohnung verschwinden sehen. Die miese Visage, die er aus dem Gedächtnis niemals mehr hätte beschreiben können, stand ihm wieder glasklar vor Augen – und auch jener furchtbare Nachmittag, den er in uferlosem, selbstquälerischem Schmerz vor ihrem Haus verbracht hatte, die geschlossenen, abweisenden Fenster ihrer Wohnung vor sich und in seiner Phantasie Bilder wollüstigen Treibens, als Maja sich diesem Typen hingab, der als Klischee eines Gangsters in jedem drittklassigen Sex-and-crime-Streifen hätte auftreten können.

Er sah den Mann durch die Tischreihen gehen, er trug ein Bierglas in der Hand und hielt offensichtlich Ausschau nach einem freien Platz. Er war in Begleitung eines anderen Mannes, der dem Alter nach sein Vater hätte sein können, dafür jedoch einen zu dunklen Teint und zu dunkle Augen hatte und zudem einige Grade vornehmer aussah. Er hielt ebenfalls ein Bierglas, sah sich suchend um. Beide hatten sie Maja offensichtlich noch nicht gesehen.

»Ist das nicht…?« fragte Alan.

Maja setzte rasch ihre Sonnenbrille wieder auf. Ihr war in diesem Moment wohl bewußt geworden, wie unattraktiv ihre verquollenen Augen aussahen. »Kennst du Gérard?« fragte sie.

»Gérard? Ich wußte nicht, daß er so heißt, und ich kann auch nicht sagen, daß ich ihn kenne. Aber ich habe dich einmal mit ihm gesehen. Vor einem halben Jahr. Ihr wart gerade auf dem Weg in deine Wohnung.« Eigenartig, er konnte dies ganz ruhig sagen. Das war ihm früher noch nie geglückt. Es tat nicht mehr weh. Leere war da, sehr viel Leere, aber kein Schmerz. Und er begriff, wie sehr ihn der Schmerz ausgefüllt hatte, und ganz zaghaft dämmerte ihm auch die Erkenntnis, daß Menschen sich manchmal von einem Schmerz nicht zu trennen vermochten, weil er ihnen erträglicher schien als das Nichts dahinter, und daß in diesem komplizierten Mechanismus der menschlichen Psyche etwas verborgen lag von dem Geheimnis seiner jahrelangen, selbstzerstörerischen Bindung an Maja.

»Der Kerl sieht aus wie ein Verbrecher«, sagte er, und die Anfänge einer ungewohnten Erleichterung durchströmten ihn, weil er sich von Majas Welt verabschiedet hatte und sich nie wieder eine Frau würde teilen müssen mit Männern, denen er unter normalen Umständen nicht einmal die Hand gegeben hätte. »Bist du immer noch mit ihm zusammen?«

Sie zuckte die Schultern. »Ich habe ihn länger nicht gesehen, weil ich, wie du weißt, in London war. Ich war auch nicht direkt mit ihm *zusammen*. Ich habe nur…«

»Du hast nur hin und wieder mit ihm geschlafen, ich weiß.« Er betrachtete sie nachdenklich. »Maja, es geht mich absolut nichts mehr an, und ich hoffe, du hältst mich nicht wieder für einen Oberlehrer. Aber sei ein bißchen vorsichtiger mit der Auswahl deiner Bettgefährten. Mit Helene ist etwas Entsetzliches passiert. Die Welt kann ziemlich grausam und schlecht sein. Und dein… Freund dort sieht wirklich so aus wie ein…«

»…wie ein Verbrecher, du sagtest es bereits.« Sie wandte den Blick von Gérard ab und ihm zu. Hinter den tiefschwarzen Gläsern ihrer Brille konnte er nichts von ihren Augen sehen. »Er *ist* ein Verbrecher, Alan. Ein ziemlich mieser, abgefeimter Gauner. Sein Begleiter übrigens auch. Ich habe einen Kriminellen gevögelt und fand das unheimlich heiß. Das hatte ich vorher noch nie, weißt du? Wenn man so lebt wie ich, braucht man ständig einen neuen Kick, denn alles wird irgendwann langweilig. Es hat mich scharf gemacht, wenn ich…« Sie sprach nicht weiter, aber ein Instinkt verriet Alan, was sie hatte sagen wollen.

»Der Reiz war die Mischung«, vollendete er ihre Ausführung, »abwechselnd mit ihm und mit mir ins Bett zu gehen. Mit einem Juristen und mit einem Gauner.«

»Inzwischen«, sagte sie, »will nicht einmal er mehr etwas von mir wissen.«

»Das käme auf einen Versuch an«, meinte Alan leichthin. »Du warst lange fort. Vielleicht hat er wieder Lust auf dich.«

Er hatte ihr weh getan mit dieser Bemerkung, das konnte er an einem leisen Zucken ihrer Mundwinkel sehen, und ohnehin kamen ihm seine Worte sofort sehr kindisch vor. Gerade hatte er sie noch gewarnt vor Typen wie Gérard, und im nächsten Moment forderte er sie auf, doch ihre Wirkung auf ihn zu testen – und dies nur, um vorsichtig mit seiner neuen Freiheit zu spielen, die es ihm erlaubte, Maja ohne eine Gemütsregung zu ertragen.

»Entschuldige, das war dumm«, sagte er. »Im Ernst, Maja, laß die Finger von dem Kerl. Ich weiß nicht, womit er sich beschäftigt, aber er ist in jedem Fall schlechter Umgang, und…«

»Würdest du es gern wissen?« fragte Maja.

»Was?«

»Was er macht. Womit er sein schmutziges Geld verdient?«

»Ich weiß nicht. Ich…«

Sie lehnte sich vor. Sie kam sehr dicht an ihn heran, er roch ihren Atem, in dem sich Zigarettenrauch und Pfefferminzbonbons mischten. Sie senkte ihre Stimme. »Du bist Anwalt. Wenn ich dir jetzt etwas als *Anwalt* erzähle, darfst du es nicht weitergeben, nicht wahr?«

»Ich glaube nicht, daß ich wissen möchte, was dein Liebhaber…« Er hatte ein ungutes Gefühl. Die Angelegenheit ging ihn nichts an. *Er wollte es nicht wissen.*

»Maja…«

Ihre Stimme war jetzt nur noch ein Flüstern. »Die klauen Schiffe. Hier aus dem Yachthafen. Die Schiffe werden umgespritzt und mit neuen Namen versehen und nach Frankreich gebracht. Das ist ein lukratives Geschäft. Soviel ich weiß, verdienen die ziemlich gut daran.«

»O Gott!« Ihm schwante Schlimmes. »Hast du…?«

Sie wühlte in ihrer Tasche nach einer Zigarette. »Ich war nicht direkt Komplizin. Aber manchmal habe ich… Himmel, wo sind meine Zigaretten?« Sie hatte das Päckchen endlich gefunden, zog eine zerknautschte Zigarette hervor und ließ sich von Alan Feuer geben.

»Manchmal habe ich… ein paar Erkundigungen eingezogen«, fuhr sie fort, »über Schiffe, und darüber, wie lange ihre Besitzer fort sein werden, und so weiter. Na ja«, sie bemerkte offensichtlich seine entsetzte Miene und versuchte, die Angelegenheit noch weiter herunterzuspielen, »ich habe hin und wieder – selten, eigentlich – ein bißchen das Terrain sondiert. Das war alles. Oh, Alan, schau mich nicht so an! Das war früher, das ist schon ziemlich lange her. Ich brauchte Geld, und Gérard sagte...« Sie brach ab. Sie sah plötzlich aus wie ein kleinlautes Mädchen. »Findest du es sehr schlimm?« fragte sie. Er würde ein weiteres Glas Wein brauchen. Er wußte nicht, *was* ihn so erschütterte, aber er fühlte sich plötzlich ungeheuer elend.

»Ach, Maja!« sagte er nur hilflos.

»Hallo, Franca«, rief Beatrice, »wissen Sie, ob Alan schon zurück ist? Das Auto steht nicht in der Einfahrt, aber es könnte ja sein, daß...«

»Ich habe ihn nirgends gesehen«, sagte Franca, »weder ihn noch das Auto. Wohin ist er denn gefahren?«

»Ich weiß es nicht. Ich nehme an, er wollte nach St. Peter Port. Ich mache mir ein bißchen Sorgen...« Beatrice brach ab, biß sich auf die Lippen. Es verursachte ihr stets ein Gefühl der Illoyalität, wenn sie mit Fremden – und in gewisser Weise zählte sie selbst Franca dazu – über die Trunksucht ihres Sohnes sprach. Es wußte ohnehin jeder Bescheid, und Franca sowieso, aber manchmal hatte sie den Eindruck, als Mutter so tun zu müssen, als gebe es diese *Krankheit* nicht. Es war ihr, als beschütze sie damit Alan vor der Boshaftigkeit, dem Tratsch und Klatsch, den giftigen Kommentaren der Welt. Als könne sie durch das Verschweigen seiner Lebensumstände eine Art Mantel um ihn hüllen, der ihn abschirmte vor allem, was ihn in seiner Verletzbarkeit treffen konnte. So, wie sie ihn als Baby in eine flauschige Decke gewickelt hatte, damit ihn die Zugluft nicht...

Blödsinn, rief sie sich zur Ordnung. *Er ist kein Baby mehr!* Behandle ihn wie einen erwachsenen Mann, und das heißt, liefere ihn auch den gnadenlos sezierenden Augen der Menschen aus, egal, wie weh ihm das tun mag. Er muß stark genug sein, das auszuhalten.

»Franca, ich habe Angst«, sagte sie, »es geht Alan gar nicht gut. Er zögert seine Rückreise nach London hinaus, er lebt hier in den

Tag hinein... das kann nicht gut sein. Am liebsten würde ich ihn irgendwo festbinden, um seinen Griff zur Flasche zu verhindern, aber wie soll ich das anstellen? Vielleicht sitzt er in St. Peter Port in einer Kneipe und läßt sich vollaufen.«

Sie und Franca waren einander in der Halle begegnet, Beatrice war aus dem Garten gekommen, wo sie sich halbherzig um die Blumenbeete gekümmert hatte, und Franca kam gerade die Treppe hinunter. Beatrice stellte fest, wie gesund die junge Frau aussah. Ihre Haut hatte inzwischen eine tiefbraune Farbe angenommen, und die Haare waren durch die Sonne noch heller geworden. Sie wirkte vital und erwartungsvoll. Obwohl mitgenommen durch Helenes grausamen Tod, schien sie doch von allen Personen, die von der Tragödie in irgendeiner Weise betroffen waren, am stärksten und gesündesten. Sie hatte ihre fünf Sinne beisammen und hielt das Alltagsgeschehen am Laufen, sie erledigte die Einkäufe, kochte die Mahlzeiten, füllte die Waschmaschine.

Eigentlich dürfte ich ihr wirklich kein Geld abnehmen für ihren Aufenthalt, dachte Beatrice, inzwischen sorgt sie dafür, daß hier überhaupt noch etwas funktioniert.

Sie selbst sah sich kaum in der Lage dazu. Helenes Tod hatte sie in einen Schockzustand versetzt, von dem sie sich nur sehr langsam erholte. Und dann die Geschichte, die Kevin ihr erzählt hatte... Sie fühlte sich wie jemand, der in Trance durch den Tag wandert, gefangen in einem Gefühl der Unwirklichkeit, durch einen feinen Schleier abgetrennt von allen Geschehnissen ringsum. Das einzige, worauf sie noch zu reagieren vermochte, war Alans Alkoholproblem. Die Sorgen um den Sohn drangen durch bis in jene Sphäre, in der sie sich eingeschlossen hatte, um über Helene nachzudenken, über die Frau, mit der sie ihr Leben geteilt und von der sie den Eindruck hatte, betrogen worden zu sein – um ebendieses Leben und um vieles mehr.

»Machen Sie sich nicht zu viele Gedanken«, sagte Franca nun auf Beatrices ängstliche Bemerkung wegen Alan hin. »Ich glaube, daß Alan sein Leben in den Griff kriegen wird. Fragen Sie mich nicht, warum. Ich habe einfach das sichere Gefühl.«

Beatrice musterte sie eindringlich. »Sie sehen gut aus, Franca. Die Frau, die mir letztes Jahr im September unerwartet ins Haus geschneit ist, ist fast nicht wiederzuerkennen. Das Leben hier bekommt Ihnen.«

»Die Freiheit bekommt mir«, sagte Franca. Sie strich sich die Haare aus der Stirn, eine Geste, die noch etwas von der Unsicherheit früherer Tage verriet. »Ich fange an, wieder ein wenig an mich zu glauben.«

Beatrice hätte sie gern gefragt, ob sie noch Tabletten nahm, aber sie sagte sich, daß sie nicht das Recht hatte, sich danach zu erkundigen. Die Tranquilizer waren Francas Privatangelegenheit. Man wußte nicht, welche Wunde man aufriß, wenn man sie darauf ansprach.

So sagte sie statt dessen: »Dabei sollte man meinen, Sie müßten das Gefühl haben, hier mitten in einen Alptraum geraten zu sein. Niemand ist jemals vorbereitet auf einen solchen Vorfall, nicht wahr? Wir meinen immer, wir wüßten von diesen Dingen – von grausamen Verbrechen, von Scheußlichkeiten, die Menschen einander antun. Die Welt ist voll davon, und über die Zeitungen und das Fernsehen nehmen wir ständig unmittelbar daran teil. Wir halten uns für ziemlich abgebrüht. Aber es ist etwas anderes, wenn es uns selbst berührt.«

»Es ist eine Tragödie«, sagte Franca, »und dennoch...« Sie suchte nach Worten. »O Beatrice«, sagte sie schließlich, »ich sollte das nicht sagen. Nach allem, was geschehen ist... aber für mich ist es, als stünde ich am Beginn eines neuen Lebens.«

»Dafür müssen Sie sich nicht entschuldigen«, meinte Beatrice. »Sie haben Ihr Leben, ich habe meines, Helene hatte ihres. Die Schicksale verlaufen nun einmal sehr unterschiedlich. Sie haben eine gute Zeit vor sich, Franca, das kann man Ihnen ansehen. Lassen Sie sich nichts davon verderben.«

»Ich wollte zum Friedhof«, sagte Franca, »und Helene ein paar Blumen bringen.«

Beatrice lächelte. »Tun Sie das. Ist eigentlich Ihr Mann wieder abgereist?«

»Vorgestern. Er hat endlich aufgegeben.«

»Und Sie sind sicher, daß Sie die Scheidung wollen?«

»Völlig sicher«, sagte Franca.

2

Franca stieß die kleine Pforte auf, die zu dem Friedhof südlich von St. Peter Port führte. Sie trug Jeans, die ihr bei der Hitze an den Beinen klebten, ein ärmelloses T-Shirt und auf dem Kopf einen Strohhut. Es war warm wie im Hochsommer, und das schon seit Tagen. Pünktlich zum »Liberation Day« hatte der Sommer eingesetzt. Die Menschen hatten in Scharen an den Straßenrändern gestanden und gejubelt, und die Blumen auf den geschmückten Umzugswagen hatten in der Sonne geleuchtet und einander in den herrlichsten Farben übertroffen. Eine Kapelle hatte gespielt, und alle hatten mitgesungen: »Land of Hope and Glory« und »Rule Britannia«. Ein als Winston Churchill verkleideter Redner hatte flammend patriotische Worte gefunden, die mit jenem berühmten Satz des einstigen Premiers endeten, der für alle Bewohner der Kanalinseln bis zu diesem Tag wie Musik in den Ohren klang: »And our beloved channel islands will also be freed today!« Im tosenden Geschrei der jubelnden Menschen hätte niemand sein eigenes Wort mehr verstanden.

Franca war nur kurz in St. Peter Port gewesen, sie hatte einen Blick auf das Ereignis werfen, nicht wirklich daran teilnehmen wollen. Zu nahe lag noch Helenes Tod. Der Jubel der Massen tat ihr weh.

Es ist nicht die Zeit dafür, hatte sie gedacht, in diesem Frühjahr ist nicht die Zeit für ausgelassenes Feiern.

An diesem Tag nun wollte sie allein sein, ganz für sich, wollte nachdenken können. Zuerst hatte sie vorgehabt, zur Petit Bôt Bay zu laufen und sich dort auf einen warmen Felsen in die Sonne zu setzen, aber dann hatte sie an Helene gedacht und daran, daß ihr Mörder irgendwo dort draußen noch immer frei herumlief, und schon war das Grauen wieder da gewesen. Guernsey hatte für sie den Anschein von Paradies verloren. Irgendwo zwischen den lieblichen Dörfern, den herrlichen Blumengärten, den malerischen Buchten und den wilden Felsen trieb sich ein Wahnsinniger herum, der Frauen überfiel und ihnen die Kehle durchschnitt.

Sie hatte einen großen Strauß bunter Rosen gekauft und gedacht, daß es schön wäre, ihn Helene zu bringen, ein wenig an ihrem Grab zu sitzen, Zwiesprache mit ihr zu halten und darüber nachzudenken, wie es nun weitergehen sollte. Michael hatte sich seit seiner Abreise nicht mehr bei ihr gemeldet, und sie hatte keine Lust, ihn in Deutschland anzurufen. Nach dem Abend im *Old Bordello* war er noch einige Male in Beatrices Haus aufgekreuzt, völlig geschockt von dem Drama um Helene und mehr denn je entschlossen, seine Frau »aus diesem ganzen Irrsinn« fortzuholen. Dagegen sprach zunächst die Polizei ein Machtwort; Franca sollte, wie auch Beatrice und Kevin, vorläufig nicht die Insel verlassen. Michael begann zu toben und zu drohen.

»Hör zu«, sagte er, »du hast mit diesem verfluchten Mist nichts zu tun. Die haben kein Recht, dich hier festzuhalten, bis sie irgendwann in hundert Jahren herausgefunden haben, wer die Alte umgebracht hat. Und wenn ich bis zum Botschafter gehen muß, ich werde dafür sorgen, daß du hier wegkannst!«

»Es geht nicht, Michael«, hatte Franca gesagt.

Sofort war er aufgefahren. »Was heißt, *es geht nicht?* Das ist typisch Franca, weißt du das? Wieso soll das nicht gehen? Wieso willst du es hinnehmen, wenn diese Leute…«

»Ich nehme gar nichts hin«, unterbrach Franca, »du hast mich mißverstanden. Ich *möchte* hierbleiben. Ich *will nicht* mit dir nach Deutschland zurück. Insofern stellt sich für mich nicht die Frage, ob ich hier zu Recht oder zu Unrecht festgehalten werde. Ich bin hier, weil ich es will.«

Er hatte sie ein paar Sekunden lang schweigend gemustert. »Dir ist nicht zu helfen«, sagte er schließlich, »du bist verrannt in die fixe Idee deiner Selbstbefreiung oder Selbstverwirklichung, oder was immer da durch deinen Kopf geistert. Ich denke, du machst einen riesigen Fehler. Falls du in der nächsten Zeit ebenfalls zu dieser Erkenntnis kommst, ruf mich bitte an.«

Sie verstand dies als eine Aufforderung, sich alles noch einmal zu überlegen und einzulenken, aber sie lebte in dem sicheren Gefühl, daß es kein Zurück für sie gab; und da sich somit an ihrer Position nichts geändert hatte, sah sie keinen Grund, hinter ihm herzutelefonieren. Es ging ihr besser, hatte sie festgestellt, wenn sie nicht mit ihm sprach, wenn sie nichts von ihm hörte. Was ihre eigene Zukunft betraf, so hatte diese mit *ihm* ohnehin nichts zu tun. Sie mußte sich allein darüber klarwerden, wie ihre nächsten Schritte aussehen sollten.

Sie ging den kiesbestreuten Weg entlang, stieg dann die Stufen hinunter, die zu den Grabreihen führten. Von hier aus konnte man über die blühenden Bäume hin zum Meer sehen. Heute war es von der gleichen lichtblauen Farbe wie der Himmel.

Es sieht aus wie ein Gemälde, dachte Franca.

Es tat ihr gut, hier zu sein. Die ganze Zeit über hatte sie der Gedanke verfolgt, sich von Helene nicht wirklich verabschiedet zu haben. Scharen von Menschen hatten sich auf dem kleinen Friedhof fast auf die Füße getreten.

War Helene so beliebt? hatte sich Franca gefragt, aber dann hatte sie auf vielen Gesichtern die Sensationsgier, das lüsterne Interesse wahrgenommen. Die meisten waren aus Schaulust gekommen, hatten den Gruseleffekt gesucht. Sie hatten Beatrice angestarrt und Kevin, von dem man inzwischen wußte, daß Helene den Abend bei ihm verbracht hatte. Franca hatte Ekel empfunden, den sie zu unterdrücken suchte, weil sie fand, er sei ungerecht. Die Menschen konnten gar nicht anders, als eine Art grausige Faszination zu empfinden bei dem Gedanken an eine Frau, die man mit durchschnittener Kehle auf einem Feldweg gefunden hatte.

Sie hatte höchstens zwei Sekunden am Grab verweilt, dann war sie abgedrängt worden. Nun würde sie die versäumte Gelegenheit nachholen.

Das Grab lag an der untersten Reihe, gleich dort, wo der Friedhof endete und der Wald begann, der sich dann bis zum Klippenpfad erstreckte. Hier war Erich Feldmann mehr als ein halbes Jahrhundert zuvor bestattet worden. In demselben Grab hatte nun auch Helene ihre letzte Ruhe gefunden.

Im Näherkommen bemerkte Franca, daß sie nicht allein war. Jemand stand bereits vor dem frisch aufgeworfenen Grab und betrachtete den Stein mit der Inschrift. Es war Maja, wie sich zu Francas größtem Erstaunen herausstellte. Sie war der Mensch, den sie am wenigsten hier anzutreffen erwartet hätte.

»Hallo, Maja«, sagte sie zaghaft, »stört es Sie, wenn ich hier ein paar Rosen niederlege?«

Maja zuckte zusammen. »Nein, natürlich nicht. Guten Tag, Franca. Ich weiß gar nicht, wie lange ich hier schon stehe.« Sie runzelte die Stirn. »Es ist eine Hitze heute, daß ich schon richtig Kopfweh bekommen habe.«

»Ja, heute ist es mir auch fast zu warm«, stimmte Franca zu. Maja sah sie an. Ebenso wie Alan einige Stunden zuvor, registrierte Franca mit Erstaunen die verweinten Augen der jungen Frau sowie den Umstand, daß sie völlig ungeschminkt vor ihr stand.

»Arme Helene«, murmelte sie.

Franca hatte nie den Eindruck gehabt, Maja habe eine intensive Beziehung zu Helene gehabt. Ihre Traurigkeit verwunderte sie.

»Ja«, sagte sie leise, »arme Helene. Ein schreckliches Ende, so sinnlos und so grausam.«

Beide betrachteten das Grab. Die Erde glänzte schwarz. Bald würde Gras hier wachsen wie über den anderen Gräbern. Auf dem Stein stand Erichs Name, der von Helene war noch nicht angebracht worden.

OBERSTLEUTNANT ERICH FELDMANN
GEBOREN AM 24. 12. 1899
GESTORBEN AM 1. MAI 1945

Mir ist noch gar nicht bewußt geworden, daß beide am 1. Mai gestorben sind, dachte Franca, wie eigenartig. Fünfundfünfzig Jahre dazwischen, aber beide am 1. Mai!

Sie legte die Rosen auf den Erdhügel. Die Hitze hatte ihnen schon zugesetzt, sie sahen ein wenig müde aus. Sie würden sehr rasch verwelken.

»Morgen wird es regnen«, sagte Maja, »ich kann es riechen.«

»Den Pflanzen auf der Insel würde das sehr guttun. Wenn es wirklich einen Wetterumschwung gibt, rührt Ihr Kopfweh vielleicht daher.«

»Vielleicht«, meinte Maja gleichgültig. Sie starrte das frisch aufgeworfene Grab an mit einer Verzweiflung in den Augen, die Franca erschütterte. Sie widerstand dem Impuls, den Arm um Majas Schultern zu legen. Sie war nicht sicher, ob das Mädchen dies geschätzt hätte.

»Sie haben so sehr an ihr gehangen?« fragte sie mit einem Seitenblick auf das Grab.

Maja schüttelte den Kopf. »Ich habe sie doch kaum gekannt.«

»Aber die Tat hat Sie sehr erschreckt?«

»Mich erschreckt es, daß jemand plötzlich tot ist. Gerade hat sie noch gelebt, und nun ist sie tot. Und alles so sinnlos, und…«

»Ein Verbrechen erscheint als besonders sinnlos, aber…«

»Ich meine nicht das Verbrechen«, sagte Maja heftig. Aus ihren Augen traten schon wieder Tränen. »Ich meine das Leben. Was hatte sie schon davon? Was hatte Helene von ihrem Leben?«

Von der Heftigkeit, mit der Maja diese Worte hervorstieß, überrascht, trat Franca einen Schritt zurück. »Maja…«

»Sie hat ganz jung ihren Mann verloren. Sie hat dann nie wieder jemanden gefunden, der sie liebt. Sie hat in einem Land gelebt, das nicht ihres war. Mit Menschen, zu denen sie in einer Sprache sprach, die nicht ihre war. Und jeder wußte, daß Beatrice sie nur aus Mitleid nicht hinauswarf. Sie hat sie geduldet – wie eine arme, alte Tante, die niemanden hat auf der Welt und um die man sich deshalb kümmern muß. Sie wäre sie lieber heute als morgen losgeworden, und das wußte Helene auch. Ihr Leben war vertan. Und niemand gibt ihr diese verlorene Zeit jetzt zurück.«

»Vielleicht hat sie sie gar nicht als verloren empfunden.«

»Oh – natürlich hat sie das! Sie haben sie nur nicht lange genug gekannt, sonst hätten Sie es auch gewußt. Helene war enttäuscht und einsam und wußte, daß sie alles verspielt hatte.«

»Aber deswegen sollten Sie jetzt nicht…«, setzte Franca an, doch Maja unterbrach sie sofort: »Helene ist doch nur ein *Beispiel*! Ich sehe an ihr, wie ein verpfuschtes Leben aussieht. Ich sehe an ihr, wie *mein* Leben sein wird!«

Franca betrachtete sie verblüfft. »*Ihr* Leben? Aber Maja, Ihr Leben läßt sich doch an keiner Stelle mit dem von Helene vergleichen! Sie sind eine junge, ungemein attraktive Frau, der alle Herzen, vor allem die der Männer, zufliegen. Sie werden sich noch ein paar Jahre lang austoben, und dann werden Sie einen netten Mann heiraten und eine Familie gründen. Es gibt nicht die geringste Parallele zu Helene!«

»Ach, reden Sie doch nicht solchen Unsinn!« rief Maja. Sie war ungerecht, aber das schien ihr gleichgültig zu sein in diesem Moment. Sie suchte ein Ventil, und Franca war gerade zur Stelle. »Ich habe doch schon alles verdorben! Ich habe keinen Schulabschluß. Ich habe keine Ausbildung. Ich habe keinen Job. Ich muß bei meiner Großmutter um Geld betteln und mir von ihr sagen lassen, daß sie von mir enttäuscht ist. Jeder behandelt mich, als sei ich ein Versager. Ich…«

»Das stimmt nicht, und das wissen Sie auch. Aber was Schulabschluß und Ausbildung angeht, so hindert Sie doch niemand daran, diese Dinge nachzuholen. Sie sind zweiundzwanzig! Sie sind so jung. Ihnen stehen doch alle Wege noch offen.«

Maja wandte sich ab. Sie war noch blasser geworden während der letzten Minuten und sah viel jünger aus, als sie war.

»Aber nicht der Weg zurück zu Alan«, sagte sie leise.

Arme Kleine, dachte Franca, wie allein sie auf einmal ist.

Sie trat einen Schritt näher an Maja heran und legte nun doch den Arm um sie. Maja schmiegte sich an sie und begann zu weinen, heftig und immer heftiger, bis das Schluchzen ihren ganzen Körper schüttelte.

»Es ist alles so schrecklich«, jammerte sie, »ich habe ihn verloren. Er wird sich nie wieder auf mich einlassen, nie wieder. Die ganzen Jahre wußte ich, daß ich tun konnte, was ich wollte, er würde mich immer wieder zurücknehmen. Immer, egal, wie sehr ich ihm weh getan hatte, wie sehr ich ihn gekränkt hatte. Er nahm mich in die Arme und verzieh mir, und ich…« Sie konnte nicht weitersprechen, die Tränen strömten nur so. Franca strich ihr sanft über die Haare.

»Sie haben ihm oft weh getan in den vergangenen Jahren, stimmt das?« fragte sie leise.

Maja nickte. »Ich habe alles getan, was mir in den Sinn kam«, schluchzte sie, »alles, wie es mir gerade paßte. Manchmal habe ich mich mit furchtbaren Typen eingelassen. Sie würden es kaum glauben, mit Trinkern, mit Kriminellen, mit richtigem Pack. Irgendwie hatte ich nie Angst dabei. Alan stand hinter mir. Es war immer so, als ob er mich beschützte. Ich wußte, daß mir nichts passieren konnte.«

»Aber passieren kann Ihnen immer noch nichts.«

»Er ist nicht mehr da.«

»Er ist noch da. Vielleicht ist im Augenblick eine Menge Schmerz und Verbitterung zwischen euch, aber das wird vergehen, und das, was zwischen euch tragfähig ist, wird übrigbleiben. Er wird für immer Ihr Freund sein, Maja. Nicht Ihr Liebhaber, aber Ihr Freund.«

»Aber ich liebe ihn«, stieß Maja hervor. Ihr Schluchzen verebbte. Sie sah sehr traurig aus. »Ich liebe ihn wirklich!«

»Er ist fast doppelt so alt wie Sie, Maja. Deswegen hat jeder von Ihnen beiden eine andere Lebenseinstellung. Sie wollen Ihr Dasein genießen, flirten, tanzen, Ihre Wirkung auf Männer ausprobieren. Alan ist über vierzig. Er sieht das Leben jetzt anders. Er will etwas anderes. Und das ist genauso normal. Nur läßt es sich schwer miteinander vereinbaren.«

Maja starrte auf den Grabstein, mit einem Gesichtsausdruck, als sehe sie in ihm die ganze Trostlosigkeit verkörpert, die das Leben bereithalten konnte.

»Er ist auch am 1. Mai gestorben«, sagte sie, »genau wie Helene.«

»Ja«, stimmte Franca zu, »das fiel mir auch vorhin auf. 1. Mai 1945. Und genau wie Helene ist er eines gewaltsamen Todes gestorben. Von eigener Hand zwar, aber nichtsdestoweniger war es Gewalt.«

»Ob die beiden zusammengeblieben wären, wenn Erich nicht gestorben wäre?«

Franca zuckte mit den Schultern. »Ich weiß nicht. Ich denke, ja. Helene hätte nicht die Kraft zu einer Trennung aufgebracht. Sie wäre an Erich hängengeblieben, so wie sie nun an Beatrice hängengeblieben ist.«

»Weshalb«, fragte Maja, »hat man ihm damals eigentlich nicht mehr helfen können? Hatte er sich ... in den Kopf geschossen?«

»Soweit ich weiß, hat er sich nur in die Brust geschossen und hat dann noch stundenlang gelebt. Er wäre wohl zu retten gewesen. Er ist verblutet, weil kein Arzt aufzutreiben war. Ihr Urgroßvater war den ganzen Tag über unterwegs, und auch anderswo konnten sie niemanden finden. Das war Erich Feldmanns Verhängnis.«

Maja runzelte die Stirn. »Mein Urgroßvater war den ganzen Tag unterwegs?«

»Es muß ein ziemliches Chaos geherrscht haben auf den Inseln. Hitler hatte sich einen Tag zuvor erschossen. Die Russen standen in Berlin. Die Alliierten waren auf dem Vormarsch. Niemand wußte, was aus den Besatzern der Kanalinseln werden sollte. Alle Ärzte waren im Einsatz, und bestimmt achtete niemand mehr darauf, ob es noch irgendwo einen erreichbaren Notdienst gab oder nicht.«

»Das meine ich nicht«, sagte Maja, »ich wundere mich nur, weil...«

»Ja?«

»Ich glaube, Urgroßmutter Wyatt hat mir erzählt, daß ihr Mann am Tag, als Erich starb, drüben war. In Beatrices Haus. Irgendwann am späteren Nachmittag wurde er dorthin gerufen... es hatte einen Unfall gegeben mit einem französischen Zwangsarbeiter... ich weiß nicht mehr genau...«

»Eigenartig«, sagte Franca, »ich bin ganz sicher, daß Beatrice mir erzählte, daß...«

»Oh, vielleicht täusche ich mich auch«, sagte Maja. Sie schlang beide Arme um den Körper, so als fröstele sie. Es war unvermindert heiß, aber das Frieren mochte aus ihrem Innern kommen.

»Ich habe sicher etwas mißverstanden«, fügte sie hinzu.

Ihre Haut glänzte, als habe sich ein Schweißfilm darauf gebildet. »Ich glaube, ich sollte nach Hause gehen. Entschuldigen Sie, Franca, daß ich Sie mit meinen Problemen belästigt habe.«

»Ich habe mich nicht belästigt gefühlt. Auf Wiedersehen, Maja. Setzen Sie sich daheim in die Sonne und entspannen Sie ein wenig.« Sie sah ihr nach, der schmalen, hochgewachsenen Gestalt mit den langen Haaren und den endlosen Beinen.

Ein Kind, dachte sie, wie konnte Alan so viele Jahre seines Lebens an ein Kind verschenken?

Als Franca nach Le Variouf zurückkehrte, stand Beatrice in der Eingangstür und wartete auf sie. Sie schien sich den ganzen Tag über nicht gekämmt zu haben, denn ihre Haare hingen wirr und zerzaust um ihren Kopf, und sie hatte auch die Kleidung, in der sie mittags im Garten gearbeitet hatte, nicht gewechselt: An ihren Jeans klebte Erde, und das übergroße Herrenhemd, das sie darüber trug, zierten Grasflecken. Ihr Gesicht war spitzer geworden in den vergangenen zwei Wochen, magerer und älter. Zum erstenmal dachte Franca, daß man ihr das Alter ansah.

»Wie gut, daß Sie kommen, Franca!« sagte Beatrice erleichtert, »ich habe ständig versucht, Maja zu erreichen, denn ich dachte, vielleicht weiß sie, wo Alan ist. Vor ein paar Minuten habe ich sie endlich daheim erwischt. Sie sagte, Sie beide haben sich auf dem Friedhof getroffen? Sie hat mit Alan heute mittag in *The Terrace* gesessen, und offenbar war Alan wieder ziemlich am Trinken. Ich habe so gehofft, daß Sie nach Hause kommen, Franca. Andernfalls hätte ich jetzt ein Taxi bestellt, aber so…« Sie holte tief Luft, sie hatte so schnell geredet, daß sie darüber das Atmen vergessen hatte. »Franca, könnten Sie mit mir nach St. Peter Port fahren? Ich möchte Alan abholen. Ich habe gar kein gutes Gefühl. Wahrscheinlich ist er bereits so betrunken, daß er nicht mehr Auto fahren kann, und ich möchte nicht, daß er heute nacht noch bewußtlos ins Hafenbecken fällt oder etwas noch Schrecklicheres tut!«

»Natürlich fahre ich Sie«, sagte Franca sofort, »ich will nur meine Handtasche holen.«

Sie rannte die Treppe in ihr Zimmer hinauf, kramte aus ihrer Nachttischschublade eine Tablette, schluckte sie ohne Wasser. Sie hatte am Morgen eine genommen und auf der Heimfahrt vom Friedhof bereits gespürt, daß die Wirkung abgeklungen war: Ein leichtes Prickeln in den Fingerspitzen hatte ihr dies signalisiert, und eine Nervosität, die sich ganz langsam in ihr auszubreiten begann. Sie nahm die Tranquilizer nun regelmäßig morgens und abends und wertete dies immerhin als Fortschritt: Das unkontrollierte Konsumieren hatte aufgehört, sie trug die Medikamentenschachtel nicht mehr überall bei sich, um im Falle einer plötzlichen Panik rasch zugreifen zu können. Überhaupt hatten die Attacken aufgehört und sich in jene aufkeimende Unruhe verwandelt, die sie auch jetzt wieder zu spüren begann. Sie vermutete, daß die feine Nervosität irgendwann in einer handfesten Panikattacke gipfeln würde, ließe sie diese Entwicklung zu, aber die zweimalige Einnahme des Präparats verhinderte dies zuverlässig.

Irgendwann, dachte sie, werde ich ohne die Tabletten leben. Es kann dauern, aber irgendwann ist es geschafft.

Als sie die Treppe wieder hinunterging, mußte sie lächeln bei dem Gedanken, daß sie nun gemeinsam mit Beatrice losziehen würde, Alan vor den fatalen Folgen seiner Trunkenheit zu bewahren, und dazu selber, um diesen Akt überhaupt vollbringen zu können, ihre obligatorischen Beruhigungsmittel schlucken mußte. Eigentlich bin ich kein bißchen anders als Alan, dachte sie, ich habe nur das Glück, daß der Mißbrauch von Tabletten weniger auffällt als der Genuß von zuviel Alkohol.

Als sie im Auto saßen, sagte Beatrice: »Ich hoffe, Sie fühlen sich nicht ausgebeutet, Franca. Sie sind hier in ein ziemliches Drama hineingeraten, und ich habe den Eindruck, wir alle laden recht viele Lasten auf Ihren schmalen Schultern ab.«

»Machen Sie sich keine Sorgen. Das Drama *meines* Lebens lag woanders und hat mit Guernsey und mit Ihnen nichts zu tun. Ich komme zurecht.« Sie zögerte und fügte dann hinzu: »Ich komme besser zurecht als je zuvor. Aber das sagte ich ja heute mittag schon.«

»Ich bin froh, daß Sie hier sind«, sagte Beatrice leise, »zum erstenmal in meinem Leben fühle ich mich völlig überfordert. Zum erstenmal habe ich den Eindruck, mit den Dingen, die um mich herum geschehen, nicht fertig zu werden. Ich könnte den ganzen Tag nur in der Mitte eines Zimmers stehen, die Arme hängen lassen und vor mich hinstarren. Und selbst das würde mich auslaugen.«

Franca warf ihr einen raschen Blick von der Seite zu. »Sie sehen schlecht aus, Beatrice. Haben Sie heute überhaupt schon etwas gegessen?«

»Nein. Irgendwie bringe ich zur Zeit keinen Bissen hinunter.«

Sie waren in St. Peter Port angelangt. Franca entdeckte einen freien Parkplatz direkt vor der Kirche, steuerte ihn entschlossen an und bremste.

»Ganz gleich, ob Alan jetzt in *The Terrace* ist oder nicht«, sagte sie, »wir setzen uns dorthin und essen etwas, und ich werde Sie nicht gehen lassen, ehe Sie nicht Ihren Teller geleert haben.«

»Franca, ich kann wirklich nicht...«

»Keine Widerrede. Sie müßten sich einmal sehen. Sie haben bestimmt fünf Kilo abgenommen, und das in so kurzer Zeit. Kein Wunder, daß Sie keine Energie haben und sich überfordert fühlen. Sie müssen zusehen, daß Sie bei Kräften bleiben.«

In *The Terrace* herrschte Hochbetrieb. Das Restaurant hatte an diesem Abend geöffnet, und die warme Luft verlockte die Menschen zum Sitzen im Freien. Beatrice und Franca durchstreiften das ganze Restaurant, konnten Alan aber nirgendwo entdecken.

»Er ist weitergezogen«, sagte Beatrice resigniert, »wahrscheinlich ist er schon in der achten Kneipe gelandet und hat bereits eine mittlere Alkoholvergiftung. O Gott, Franca, wir müssen…«

Franca drückte sie mit sanfter Gewalt auf einen Stuhl. »Es ist niemandem gedient, wenn Sie zusammenklappen. Sie bleiben hier sitzen, und ich hole uns etwas zu essen. Auf die eine Stunde kommt es nun nicht mehr an. Wenn wir fertig sind, suchen wir ihn, aber vorher müssen wir uns stärken. Sie wissen, daß es dauern kann, bis wir alle Kneipen von St. Peter Port abgeklappert haben.«

Sie ließ Beatrice zurück und stellte sich im Innern des Gebäudes in der langen Schlange an. Unwillkürlich mußte sie daran denken, wie sie zum erstenmal hiergewesen war, im September des vergangenen Jahres. Panik hatte sie überfallen, sie war davongestürmt, und Geschirr war dabei auch noch zu Bruch gegangen. Diesmal würde sie ohne peinlichen Zwischenfall über die Runden kommen. Sie war eine andere Frau – oder nicht? In einer verspiegelten Wand konnte sie sich sehen, und sie mußte zugeben, daß sie sich zumindest optisch gewandelt hatte. Sie war bei weitem nicht mehr so blaß und unscheinbar wie noch im letzten Jahr. Sie hielt den Kopf anders, hatte die Schultern gestrafft. Ihr Blick war klarer, flackerte nicht mehr so nervös wie früher. Ihr war sogar schon aufgefallen, daß sie manchmal den Blick des einen oder anderen Mannes auf sich zog.

Nicht schlecht, dachte sie, nicht schlecht für eine Frau, von der Michael gesagt hat, sie sei allein überhaupt nicht lebensfähig.

Sie wählte zweimal das gleiche thailändische Gericht – irgend etwas Undefinierbares aus Nudeln und Gemüse – und nahm auch gleich zwei Gläser Wein mit. Beatrice konnte mit Sicherheit einen Schluck Alkohol brauchen.

Beatrice beteuerte natürlich sofort wieder, absolut *nichts* essen zu können, aber Franca sagte, daß sie andernfalls nicht nach ihrem Sohn suchen würden, und Beatrice begann lustlos auf ihrem Teller herumzustochern.

»Meine Welt ist aus den Fugen geraten«, sagte sie, und es klang so hilflos, wie Franca es von ihr noch nie erlebt hatte, »und ich kann mein Gleichgewicht nicht mehr finden.«

»Helenes Tod?« fragte Franca behutsam. »Oder ist es wegen Alan?«

»Helene, Alan... einfach alles. Wenn die Balance fehlt, wiegt alles so viel schwerer. Es gibt keinen Halt mehr, alles ist in Frage gestellt.« Beatrices Augen waren verschleiert vor Kummer. »Selbstverständlich habe ich mich auch früher schon gefragt, was ich falsch gemacht habe. Wenn das eigene Kind sein Leben so wenig in den Griff bekommt, muß man sich als Mutter diese Frage stellen. Natürlich, Alan ist ohne Vater aufgewachsen. Vielleicht hat auch das eine Rolle gespielt. Er ist aufgewachsen in einem Haushalt mit zwei Frauen, von denen die eine, neurotisch und labil, ihn vergöttert hat und die andere, seine Mutter, immer versucht hat, dies auszugleichen, und womöglich manchmal zu streng war.« Beatrice führte endlich ihre Gabel zum Mund, ließ sie aber wieder sinken, noch ehe sie etwas gegessen hatte. »Ich denke oft, wir haben beide, Helene und ich, jede auf ihre Weise zuviel von ihm verlangt. Wir wollten den idealen Sohn, den idealen Schüler, den idealen Mann, den idealen Anwalt. Wir haben erwartet, daß er unsere Vorstellungen und Wünsche erfüllt – die noch zudem oft widersprüchlich waren, weil wir unsere eigenen Kontroversen darin auslebten. Alans Alkoholismus begann, nachdem er in ein paar Prüfungen versagt hatte. Die Weichen dafür haben wir gestellt. Alan hat immer geglaubt, Versagen dürfe in seinem Leben nicht vorkommen. Und irgendwann hat er den Druck nicht mehr ertragen. Es bedurfte dann nur noch eines Auslösers. Der kam eines Tages zwangsläufig... und seither scheint nichts dieses Drama beenden zu können.«

»Seien Sie nicht so streng mit sich, Beatrice«, sagte Franca. Sie legte für einen Moment ihre Hand auf die der alten Frau. »Sie haben für Alan getan, was Sie konnten. Wer ist schon eine ideale

Mutter? Wenn Sie das von sich fordern, verlangen Sie Unmögliches.«

»Vielleicht hätte ich auch Helene konsequenter von ihm fernhalten müssen. Unser sogenanntes Familienleben wurde im Grunde nur von ihr bestimmt. Von einer sentimentalen, in ewigem Pessimismus und in ständiger Weltuntergangsstimmung verhafteten Frau, die so tat, als wäre sie dem sicheren Tod preisgegeben, wenn ich mich nicht um sie kümmerte.« Beatrice lachte, es klang bitter. »Sie jammerte ohne Ende. Sie jammerte über das Wetter, das Königshaus, den Irlandkonflikt, das Essen, ihre eingebildeten Krankheiten, ihr Alter. Am meisten jammerte sie über ihre Einsamkeit und darüber, daß sie eine so kleine Rente bekam, daß sie auf ewig von mir abhängig sein würde. ›Ich müßte in einem Loch von einer Wohnung leben, wenn ich dich nicht hätte‹, sagte sie oft.« Beatrice verzog das Gesicht. »Diese weinerliche, unzufriedene Frau war in Wahrheit eine ziemlich raffinierte und auf ihren Vorteil bedachte Person. Im nachhinein muß ich den Hut vor ihr ziehen. Ich war mein Leben lang bei weitem weniger clever als sie.«

Franca sah sie aufmerksam an. »Sie sprechen anders von ihr als früher. Zwar hatte ich nie den Eindruck, es herrsche echte Freundschaft zwischen Ihnen, aber irgendwie... Ihr Ton ist härter geworden, Beatrice. Zynischer. Für gewöhnlich ist es anders, wenn einem nahestehenden Menschen etwas wirklich Schreckliches widerfährt. Man verklärt ihn eher, wird weicher und nachsichtiger gegenüber seinen Fehlern und Schwächen. Was ist passiert?«

Beatrice legte ihr Besteck zur Seite. Der Abend war noch hell, und Franca fiel erneut auf, wie elend die alte Frau aussah. »Ich kann nichts mehr essen. Zwingen Sie mich nicht, Franca. Mein Magen ist wie zugeschnürt.«

»Was ist passiert?«

Beatrice schüttelte den Kopf. »Ich kann darüber nicht sprechen. Es ist alles... zu nah. Zu frisch. Ich muß es verarbeiten, und ich brauche Zeit dafür.«

Franca drängte nicht weiter. In gleichmütigem Ton sagte sie: »Maja machte heute eine eigenartige Bemerkung. Wir haben uns ja an Helenes Grab getroffen und beide dabei erst richtig realisiert, daß sie und Erich beide am selben Tag gestorben sind – am 1. Mai. Ein eigenartiger Zufall, nicht?«

»Es gibt keine Zufälle«, sagte Beatrice. Der Ausdruck ihrer Augen war wacher geworden. »Welche Bemerkung machte Maja denn?«

»Wir sprachen über den Tag, an dem Erich starb, und ich erzählte, daß er wohl hätte gerettet werden können, wenn es möglich gewesen wäre, einen Arzt aufzutreiben – was aber wegen des allgemeinen Chaos auf der Insel nicht möglich war. Maja reagierte verwundert. Ihre Urgroßmutter hatte ihr erzählt, Dr. Wyatt sei an jenem Nachmittag doch bei Ihnen gewesen; er war wohl wegen eines Zwischenfalls mit einem französischen Zwangsarbeiter zu Hilfe gerufen worden. Ich hatte es aber so verstanden, daß am Nachmittag des Unglücks mit Erich schon geschehen war, daß er den Nachmittag im Todeskampf verbrachte. Aber dann hätte doch Dr. Wyatt nach ihm sehen können, nicht wahr?« Franca zuckte die Schultern. Sie sah Beatrice an. »Aber möglicherweise habe ich irgend etwas falsch aufgefaßt.«

Es war dunkler geworden, der Restaurantgarten lag tief im Schatten. Beatrices blasses Gesicht sah in diesem letzten dämmrigen Licht des Tages grau aus – aber vielleicht, dachte Franca, liegt es gar nicht an dem Licht. Sie leidet an einem tiefen Schmerz. Sie ist grau vor Kummer.

»Dieser 1. Mai damals«, sagte Beatrice leise, »dieser 1. Mai 1945... Mein Gott, was für ein Tag! Ein so schicksalhafter Tag. Alles entschied sich damals innerhalb weniger Stunden, und wir beeinflußten die Entscheidung, ohne sie in ihrer ganzen Tragweite zu begreifen.«

Franca lehnte sich nach vorn. Zum zweitenmal innerhalb weniger Minuten legte sie ihre Hand auf die von Beatrice. Sie spürte die rauhe, faltige Haut der alten Frau und nahm das leise Zittern wahr, das ihren Körper erfüllte.

»Was geschah an jenem Tag, Beatrice?« fragte sie mit leiser Stimme. »Was geschah an jenem 1. Mai vor fünfundfünfzig Jahren?«

Guernsey, Mai 1945

Seit Jahresbeginn steuerte Deutschland auf das endgültige Desaster zu, und die Stimmen, die den Endsieg beschworen, wurden leiser und zaghafter. Die *Deutsche Guernsey Zeitung* brachte noch immer Durchhalteparolen auf ihrer Titelseite, aber es gab wohl kaum noch jemanden auf der Insel, der tatsächlich daran geglaubt hätte. *Wir geben nicht auf*, prangte dort immer wieder in dicken Lettern, und das selbst am 20. April noch; am Geburtstag des Führers übertrafen die deutsche Zeitung, der *Star* und die *Evening Press* einander mit Lobeshymnen auf die Person Adolf Hitlers und bekräftigten seine unvermindert anhaltende Entschlossenheit, sein Volk zum Sieg zu führen. Zu diesem Zeitpunkt war Berlin bereits von den Russen umschlossen, war Polen befreit, waren Ostpreußen und Schlesien von russischen Truppen erobert worden, drängten sich Hunderttausende von Flüchtlingen in den zerbombten Städten, kapitulierte eine deutsche Armee nach der anderen. Nicht einmal ein Wunder hätte das zusammenbrechende Reich noch retten können. Der Krieg war entschieden, und wer noch verkündete, das Blatt werde sich zu Deutschlands Gunsten wenden, log oder war so hoffnungslos in seiner Ideologie verfangen, daß er selbst angesichts unverkennbarer Tatsachen noch immer die Augen verschließen konnte.

Erich, inzwischen zum Oberstleutnant befördert, änderte seine Meinung mindestens fünfmal am Tag. Seine Stimmungsschwankungen, die schon immer auffällig gewesen waren, hatten noch zugenommen, zeigten sich nun völlig willkürlich, so daß niemand mehr berechnen konnte, wann man ihm auf welche Weise begegnen mußte. Zum erstenmal gab Erich offen zu, daß er Tabletten nahm, daß er Tabletten *brauchte*. Auf den Inseln, die abgeschieden waren von der Außenwelt, gab es kaum noch Lebensmittel, kaum noch Medikamente, und schon gar keine stimmungsaufhellenden Präparate mehr. Erich saß auf dem trockenen. Je weiter das Frühjahr voranschritt, desto verzweifelter wurde seine Situation. Er war seinen Ängsten, seinen Phobien und seiner Depression wehrlos ausgeliefert. Manchmal sprach er stundenlang kein einziges Wort, saß nur in einer Ecke und starrte vor sich hin. Dann wieder wurde er aggressiv, durchkämmte das ganze Haus, jeden Schrank, jede Schublade nach möglicherweise vergessenen Medikamentenresten. Im Februar hatte er einmal in einem alten Koffer, der seit Jahren auf dem Dachboden lag, eine Schachtel gefunden, die einen Streifen mit zwei letzten Tabletten enthielt. Seither war er von der fixen Idee besessen, daß es weitere Reserven im Haus geben mußte und daß er sie finden würde, wenn er nur verbissen genug suchte. Er durchstöberte Orte, die er sich schon an die hundertmal zuvor vorgenommen hatte, aber wenn Helene ihn fragte, weshalb er glaube, inzwischen seien wohl von Geisterhand neue Vorräte dort deponiert worden, reagierte er aggressiv und uneinsichtig.

»Du hast schon damals behauptet, es sei nichts mehr im Haus!« schrie er. »Und dann habe ich doch noch etwas gefunden! Also sei ganz still! Du hast keine Ahnung! Du hast nie gewollt, daß ich das Zeug schlucke, und jetzt glaubst du, du könntest über mich triumphieren. Aber ich lasse mich nicht kleinkriegen, verstehst du? Ich werde Tabletten bekommen, und du wirst es nicht verhindern können!«

Wenn es ihm schlechtging, konnte er zum Berserker werden. Er warf den Inhalt ganzer Schubladen auf den Boden und kümmerte sich nicht darum, ob irgend etwas davon wieder aufgeräumt wurde. Er riß Helenes Kleider aus dem Schrank und schleuderte sie unbeherrscht mitten ins Zimmer. Er durchwühlte die Küche, wobei manches Glas, manches Stück Porzellan zu Bruch ging. Oft saß er hinterher erschöpft und enttäuscht in einem Trümmerfeld, starrte vor sich hin und murmelte: »Ich weiß, daß etwas da ist. Ich weiß es.«

Natürlich wiederholte sich der Glücksfall vom Februar nicht, er fand nie wieder einen vergessenen Vorrat. Manchmal – oft unmittelbar nach einem besonders heftigen Ausbruch von Aggression – rettete er sich in ein auffallend leutseliges Verhalten, verkündete, daß alles gut werden würde, wobei er nicht näher definierte, was er mit »alles« meinte, und schmiedete Pläne für die Zeit nach dem Krieg. Er ließ dabei offen, wie der Ausgang des Krieges aussehen würde, aber er vermittelte den Eindruck, daß er die Entwicklung der Dinge positiv sah.

»Ich denke, Helene, wir werden auf Guernsey bleiben«, sagte er, »es gefällt mir hier sehr gut. Die Insel hat ein angenehmes Klima. Was meinst du? Werden wir es hier aushalten?«

Wenn er derartige Reden führte, sah Helene stets blaß und angestrengt aus und wirkte völlig überfordert. Sie wußte offensichtlich nicht, ob sie ihm erklären sollte, wie absurd es war, was er da sagte, oder ob sie so tun sollte, als stimme sie ihm zu. Meist flüchtete sie sich in ein schwaches »Ach, Erich…«, was er fast immer als Zustimmung auffaßte. Nur einmal trat plötzlich ein böses Glimmen in seine Augen, er starrte Helene an und fragte lauernd: »Was meinst du damit? Was meinst du mit *Ach, Erich*?«

Natürlich geriet Helene sofort ins Stottern. »Ich weiß nicht… ich wollte nur…«

»Ja? Was wolltest du?«

»Erich…«

Er sah sie drohend an. »Ich möchte deine Meinung wissen, Helene. Und ich möchte, daß du sie mir ganz ehrlich sagst, verstehst du?«

»Ich weiß nicht genau, was du meinst, Erich. Ich wollte wirklich nur…«

»Ja? Sag doch endlich, was du *wirklich nur wolltest*!«

»Ich denke, es wird schwierig werden für uns nach dem Krieg«, sagte Helene, all ihren Mut zusammennehmend, »wir wissen doch gar nicht, ob die Menschen auf Guernsey uns dann noch hier haben wollen.«

»Warum sollten sie uns nicht haben wollen?«

»Nun, wir… wir haben die Inseln besetzt, und es könnte doch sein, daß später… ich meine, wenn der Krieg vorbei ist, könnte es sein, daß wir hier nicht bleiben dürfen.«

Er musterte sie mit unheilvollem Blick. »Heißt das, du glaubst, daß Deutschland den Krieg verlieren wird?«

Helene sah aus wie ein in die Enge getriebenes Tier. »Wir wissen doch alle nicht genau, was sein wird«, flüsterte sie.

»Wir wissen es nicht? Vielleicht weißt du es nicht, Helene, *ich* weiß, was sein wird! Ich weiß es!« Und dann hatte er sich mitten im Zimmer postiert und eine lange, verworrene Rede auf den Endsieg gehalten und eine Reihe von konfusen Gründen aufgezählt, die nach seiner Ansicht belegten, daß der Sieg kommen mußte und völlig unausbleiblich war. Niemand hatte es gewagt, ihm zu widersprechen. Beatrice, die das Zimmer noch rasch hatte verlassen wollen, war von ihm sofort zurückgerufen und zum Bleiben verdonnert worden. Sie dachte später immer, daß sie und Helene wie zwei brave Schulmädchen gewirkt haben mußten, die aufrecht und stumm auf ihren Stühlen saßen und einen Schwall von Belehrungen über sich ergehen ließen, hoffend, daß man nachher nicht von ihnen verlangen würde, wiederzugeben, was gesagt worden war. Irgendwann war Erich am Ende gewesen, hatte innegehalten und war blaß vor Erschöpfung auf das Sofa gesunken. »Ihr werdet es ja doch nie verstehen«, hatte er gemurmelt, »im Kern werdet ihr das alles nicht begreifen.«

»Wenn ich nur diese Tabletten irgendwo auftreiben könnte«, sagte Helene immer wieder zu Beatrice. »Früher habe ich es gehaßt, wenn er die Dinger schluckte. Jetzt möchte ich sie ihm am liebsten selber eintrichtern. Wenn man ihn nur ein wenig ausgleichen könnte!«

Beatrice war sechzehn Jahre alt und reif für ihr Alter, und sie begriff, daß Erich eine tickende Zeitbombe darstellte. Solange er seine Medikamente nicht bekam, würde er völlig unberechenbar bleiben. Sie hatte das Gefühl, daß die Dinge auf einen Eklat zusteuerten und daß am Ende etwas Schreckliches geschehen würde.

Erich brauchte immer wieder Opfer, um seine Frustration, seine Unruhe und seine wachsende Panik abzureagieren. Oft brüllte er Will an, der hin und wieder Botengänge für ihn erledigen mußte und nie herbeischaffen konnte, was Erich verlangte. Häufig diente Helene als Ventil; er warf ihr vor, nie den Mund aufzubekommen, ein Gesicht zu machen wie ein verschrecktes Huhn oder dreinzuschauen wie die berühmte Kuh, wenn es donnert. Helene schlich nur noch als Schatten durch das Haus und bemühte sich, möglichst nicht aufzufallen. Sie entwickelte eine erstaunlich ausgereifte Fähigkeit, sich unsichtbar zu machen, sich lautlos zu bewegen und auf geheimnisvolle Weise mit ihrem jeweiligen Hintergrund zu verschmelzen. Erich suchte sie manchmal und konnte sie tatsächlich über Stunden nicht finden, obwohl sie daheim war. Sie schien mit hochkomplizierten Seismographen ausgestattet, die es ihr ermöglichten, vorab zu ahnen, wenn Erich ein Zimmer betreten würde. Fast immer konnte sie den betreffenden Raum noch rechtzeitig verlassen. Erichs vibrierende Nervosität verstärkte sich natürlich, wenn ihm sein Opfer stundenlang entwischte, und er sah sich nach einem anderen Sündenbock um. Am wenigsten konnte ihm Pierre ausweichen, der französische Zwangsarbeiter. Er war noch immer mit der Pflege des Grundstücks betraut, obwohl es angesichts der katastrophalen Versorgungslage absurd schien, sich noch um Rosen zu kümmern oder um ordentlich eingefaßte Gartenwege und sauber geschnittenes Gras. Pierre hatte im Grunde vom Gartenbau nicht die geringste Ahnung, so daß er auch nicht wußte, wie er die Beete und Gewächshäuser wenigstens für den Anbau von Gemüse hätte nutzen können, was ihnen allen hin und wieder einen Salat oder ein paar Tomaten hätte einbringen können. Wenn er schlecht gelaunt war, regte sich Erich darüber entsetzlich auf.

»Wir haben ein großes Grundstück!« brüllte er. »Wir haben schöne, braune Erde und Beete ohne Ende! Wir haben zwei Gewächshäuser! Ich möchte wissen, weshalb du nicht in der Lage bist, irgend etwas Gescheites damit anzufangen! Warum haben wir keinen Salat? Keinen Blumenkohl? Warum haben wir absolut nichts Eßbares?«

Pierre, abgemagert wie alle, ein hohlwangiges, blasses Gerippe, drehte seine Mütze zwischen den Händen. Er hatte hart zu arbeiten und stand ständig am Rande eines Zusammenbruchs.

»Das liegt daran, daß ich kein gelernter Gärtner bin, Herr Oberstleutnant«, sagte er, »ich bin nicht ausgebildet dafür. Ich hatte daheim in Frankreich begonnen, Literatur und Geschichte zu studieren. Ich habe nicht die geringste Ahnung, wie man Gemüse anbaut. Ich bin mitten in Paris aufgewachsen. Meine Familie hatte nie einen Garten. Nicht einmal einen Balkon.«

Erich musterte ihn aus zusammengekniffenen Augen. »Wie lange bist du nun schon hier bei uns? Hast du davon eine Vorstellung, oder bist du mit der Beantwortung dieser Frage überfordert wie mit allem anderen?«

»Nein, Herr Oberstleutnant. Ich bin seit bald fünf Jahren hier.«

»Fünf Jahre – soso.« Erichs Augen waren von einer unmenschlichen Kälte. »Würdest du mir zustimmen, daß fünf Jahre eine ziemlich lange Zeit sind?«

Für Pierre mochten die vergangenen fünf Jahre einer Ewigkeit gleichen. »Es ist eine lange Zeit«, sagte er leise, »eine sehr lange Zeit, Herr Oberstleutnant.«

»Zeit genug, sich manches Wissen anzueignen, oder nicht?«

»Nun, ich …«

»Beantworte einfach meine Frage. Meinst du nicht auch, daß fünf Jahre ausreichen müßten, sich alles Wissenswerte auf einem Gebiet anzueignen, von dem man zuvor wenig Ahnung hatte?«

»Herr Oberstleutnant, das ist richtig, wenn …«

»Länger hättest du für dein Studium auch nicht Zeit bekommen. Oder hättest du ein ewiger Student sein wollen, der seinen Eltern immer nur auf der Tasche liegt? Ich glaube fast, daß du solch eine Art Mensch bist. Einer, der nichts auf die Beine stellen kann. Der sich durchs Leben mogelt und sich auf Kosten anderer satt ißt.«

»Ich denke, es hat mir an Anleitung gefehlt«, sagte Pierre mit bewunderungswürdigem Mut, denn es mußte ihm klar sein, daß es für Erich nicht darum ging, ihm Gerechtigkeit widerfahren zu lassen oder objektiv einen Sachverhalt zu klären. Es ging ihm einzig darum, seine Aggressionen loszuwerden, und jeder Versuch Pierres, sich zu rechtfertigen, würde seine Wut nur steigern.

Erich schüttelte langsam den Kopf. »An Anleitung hat es dir gefehlt? Das ist eine interessante Aussage. Eine sehr interessante Aussage. Du hast geglaubt, dein Aufenthalt auf Guernsey sei eine Art Lehrgang? Eine Ausbildung? Du dachtest ernsthaft, du würdest hier in den Genuß einer *kostenlosen* Ausbildung kommen? Wobei *kostenlos* in diesem Fall bedeutet hätte: auf Kosten des deutschen Volkes?«

»Nein, Herr Oberstleutnant, ich habe nur gesagt, daß …«

»Du hast erwartet, das deutsche Volk werde dir, einem hergelaufenen *Franzosen*, eine Ausbildung finanzieren? Fleißige deutsche Hände hätten nichts anderes zu tun, als sich für dich und deine verdammte Ausbildung zu regen? Du hast gedacht, einen Anspruch darauf zu haben?«

Pierre schwieg nun. Er hatte die Sinnlosigkeit der Debatte begriffen. Er hielt den Kopf gesenkt und ließ Erichs Wutgeschrei über sich hinwegbrausen, das schließlich in der Ankündigung endete, von nun an würden andere Saiten aufgezogen, und Pierre werde jetzt deutlich kürzer gehalten, denn offenbar gehe es ihm zu gut; er habe zuwenig Arbeit und zuviel Essen, und es sei angebracht, dies umzukehren. Nach seiner, Erichs, Erfahrung bringe es die Menschen rasch zur Vernunft, wenn sie genug zu tun hatten und keine Gelegenheit, sich dicke Bäuche anzufressen.

Pierres tägliche Essensration war fast nicht mehr zu kürzen, aber Erich schaffte es, sie noch zu reduzieren und Pierre auf ein Minimum zu drücken, was er nur dann würde überleben können, wenn er keinesfalls krank wurde oder in eine irgendwie geartete Ausnahmesituation geriet. Er sah bald noch elender und schlechter aus. Helene hatte wie üblich zuviel Angst, um sich über das Diktat ihres Mannes hinwegzusetzen, aber Beatrice steckte Pierre hin und wieder etwas Eßbares zu, obwohl dies auch für sie zunehmend schwieriger wurde: Es gab praktisch nichts mehr. Während des ganzen März und April hegten Besatzer, Besetzte und Kriegsgefangene die Furcht, gemeinsam auf den Inseln zu verhungern.

Am 30. April erschoß sich Adolf Hitler in der von den Russen bereits zu großen Teilen eingenommenen Reichshauptstadt. Am 1. Mai eskalierte die Situation im besetzten Haus der Feldmanns.

Natürlich wußten sie nichts vom Tod des Führers. Die Nachrichten hatten es noch nicht gemeldet; möglicherweise wußte man selbst im umkämpften Berlin noch nichts davon oder war zumindest nicht in der Lage, den Wahrheitsgehalt des Gerüchts zu bestätigen. Das Radio meldete am Morgen, daß Straßenzug um Straßenzug Berlins von russischen Truppen erobert würde und daß deutsche Soldaten trotz der verzweifelten Lage tapferen Widerstand leisteten. Niemand wagte das Wort *Kapitulation* auszusprechen, aber Beatrice fand, daß es so klang, als stehe das Ende des Krieges unmittelbar bevor. Was mußte noch geschehen, um Deutschland zum Aufgeben zu bewegen? Der endgültige Zusammenbruch konnte nur eine Frage von Tagen sein.

Erich war am Morgen sehr früh erwacht; Beatrice hörte ihn

schon ab fünf Uhr im Haus umherstreifen. Er war offensichtlich wieder auf der Suche nach seinen Tabletten, denn Beatrice lauschte, wie er Schubladen aufzog, Schranktüren öffnete und schließlich sogar begann, Sofas und kleinere Schränke von den Wänden zu rücken. Gegen sechs Uhr fing er an, nach Helene zu brüllen.

»Helene! Verdammt, wo steckst du? Komm herunter und hilf mir!«

Auf dem Flur erklang das leise Tappen nackter Füße, dann streckte Helene ihren Kopf in Beatrices Zimmer.

»Bist du wach?« wisperte sie.

Erich hatte so laut geschrien, daß niemand ihn hätte überhören können, und so widerstand Beatrice ihrem ersten Impuls, sich schlafend zu stellen und Helene mit ihrem Problem allein zu lassen.

»Was ist denn?« fragte sie unwillig.

»Kannst du mit hinuntergehen?« flüsterte Helene. »Erich ist, glaube ich, in einer schrecklichen Laune. Ich habe Angst vor ihm. Ich möchte nicht allein zu ihm.«

»Er hat aber *dich* gerufen«, stellte Beatrice klar, »es ist ihm offenbar nicht an *mir* gelegen.«

Helene sah blaß und spitz aus und hatte flackernde Augen. »Bitte, Beatrice. Er sucht nach seinen Tabletten, und er wird keine finden, das wissen wir beide. Seine ganze Wut wird sich auf mich richten!«

Beatrice hätte ihr am liebsten erklärt, daß sie es schließlich auch gewesen war, die Erich geheiratet hatte, und daß es daher ihre Sache sei, mit seinem Charakter zurechtzukommen, aber sie unterließ es, da es keinen Sinn hatte. Es war nicht der Moment, mit Helene über ihre Beziehung zu Erich zu diskutieren.

Die beiden Frauen liefen, in ihre Morgenmäntel gehüllt, die Treppe hinunter. Erich stand im Eßzimmer neben der schweren Anrichte aus dunklem Holz. Sein Gesicht war hektisch gerötet, er schwitzte stark und verströmte einen unangenehmen Geruch. Seine Hände zitterten.

»Ah – gut, daß ihr beide kommt! Wir müssen die Anrichte beiseite rücken. Ich glaube, mir ist seinerzeit eine Tablettenschachtel dahintergerutscht. Sie müßte dort noch liegen.«

»Da liegt bestimmt nichts«, sagte Beatrice, »und ich glaube kaum, daß wir das schwere Ding bewegen können.«

»Wir schaffen das, wenn wir alle kräftig zupacken«, behauptete Erich. »Ihr geht an die eine Seite, ich an die andere. Also, los jetzt!«

Beatrice konnte sich nicht erinnern, daß die Anrichte jemals vom Fleck gerückt worden wäre. Auch jetzt bewegte sie sich nicht, obwohl sie alle drei mit vereinten Kräften zogen und zerrten.

»Das hat keinen Sinn«, keuchte Beatrice schließlich, »wir schaffen das nicht!«

Erich lief der Schweiß in Strömen über das Gesicht. »Natürlich nicht, denn da drin ist ja alles vollgestellt mit Geschirr. Wir müssen die ganzen Sachen herausräumen.«

»O mein Gott«, jammerte Helene, »das müssen *Berge* sein!«

Erich riß bereits alle Türen und Schubladen auf und begann den Inhalt der Anrichte mit hektischen Bewegungen herauszuzerren. Tischdecken und Servietten flogen in die Mitte des Zimmers. Besteck folgte. Innerhalb kürzester Zeit versank der Raum im Chaos. Mit dem Geschirr war Erich zu Anfang noch vorsichtig, aber mit zunehmender Ungeduld wurde es ihm gleichgültig, ob Porzellan zu Bruch ging oder nicht. Er warf Teller und Tassen mit der gleichen Rücksichtslosigkeit hinter sich wie zuvor die Tischdecken.

Beatrice versuchte zu retten, was zu retten war. So rasch sie konnte, räumte sie die kostbaren Gläser ihrer Mutter beiseite, gefolgt von dem Festtagsgeschirr, auf das Deborah stets mit Argusaugen geachtet hatte. Sie arbeitete schnell, konnte aber Erichs Tempo nicht mithalten. Eine große Suppenschüssel zerbarst krachend am Tischbein.

Erich fluchte lautstark. »Gottverdammtes Zeug! Wer ist nur auf die hirnlose Idee gekommen, hier so viel überflüssigen Mist zu verstauen! Ich meine, das ist doch nicht zu fassen! Wir hätten das längst alles anders ordnen sollen!«

Irgendwann war die Anrichte leer, und das Zimmer glich einer Schutthalde. Tatsächlich gelang es den dreien aber jetzt, das schwere Möbel von der Wand zu bewegen. Eine Menge Staub wirbelte auf, und auf der Tapete zeichneten sich dunkel die Umrisse des Schrankes ab.

Erich quetschte sich sofort zwischen Wand und Anrichte und

wühlte im Dreck herum, als gelte es sein Leben. Er hustete und keuchte. Sein Schwitzen wurde stärker; der Gestank stieg in Wolken von ihm auf.

»Wir müssen sie weiter zurückschieben«, sagte er und wischte sich den Schweiß von der Stirn, »wahrscheinlich liegt die Schachtel nicht direkt an der Wand.«

»Weiter geht es nicht.« Helenes Stimme klang, als sei sie den Tränen nahe. »Da fängt der Teppich an. Beim besten Willen können wir da nichts mehr bewegen.«

»Dann wird eben der Teppich zusammengerollt«, bestimmte Erich.

»Auf dem Teppich steht der Eßtisch«, gab Beatrice zu bedenken. Ihr schwante, daß Erich keine Ruhe geben würde, bis nicht das ganze Zimmer leergeräumt wäre. »Außerdem liegen die Geschirrberge da herum!«

Erichs Augen glänzten unnatürlich; er sah aus, als habe er Fieber. »Das muß alles weg«, bestimmte er, »los, faßt mit an! Wo ist eigentlich der Franzose, Himmelherrgott noch mal? Immer wenn man diese stinkfaule Kreatur braucht, ist sie nicht da!«

»Pierre wird um sieben Uhr gebracht«, sagte Helene mit Piepsstimme, »und jetzt ist es erst Viertel vor sieben.«

»Das muß anders werden!« brüllte Erich. »Sieben Uhr! Sieben Uhr! Sind wir hier ein Sanatorium oder was?«

Sie schleppten Eßtisch und Stühle hinaus in die Halle und machten sich daran, auch das Geschirr dorthin zu schaffen. Zwischenzeitlich trafen auch der Wachmann und Pierre ein und wurden sofort zur Mitarbeit verpflichtet. Pierre hatte noch kein Frühstück gehabt und sah aus, als würde er jeden Moment zusammenbrechen. Dem Wachmann mußte klar sein, daß sie alle einer ebenso kräftezehrenden wie sinnlosen Tätigkeit nachgingen, aber natürlich hätte er es nicht gewagt, etwas dazu zu sagen. Er vermied es, Helene oder Beatrice anzusehen, und tat so, als sei der Wahnsinn, den sie betrieben, völlig normal.

Schließlich war der Teppich zusammengerollt und hinausgeschafft, und Erich, Pierre und der Wachmann zogen und zerrten die Anrichte in die Mitte des Zimmers. Sie wirbelten noch mehr Staub auf und brachten weitere Mengen an Dreck zum Vorschein, aber nirgendwo war eine Tablettenschachtel zu entdecken. Erich kroch auf dem Boden umher und fluchte; er war überzeugt gewesen, etwas zu finden, und sein Bedürfnis war unermeßlich geworden. Er sah aus, als sei er bereit, für ein Antidepressivum zu töten, und wahrscheinlich, dachte Beatrice, war er es auch.

»Niemand verläßt den Raum!« brüllte er schließlich. »Niemand, bevor die Tabletten nicht aufgetaucht sind!«

Alle standen betroffen herum, Helene kämpfte mit den Tränen, und es war bereits klar, daß sie den Kampf verlieren würde. Pierre war so weiß wie die Wand, seit Wochen lebte er am Rande des Hungertodes, und er war deutlich am Ende seiner Kräfte. Erich sah sich aus irren Augen um. »Hat einer von euch das Zeug geklaut?« fragte er und starrte Helene an. »Es muß irgendwo sein, versteht ihr? Wenn es hier nirgendwo liegt, hat es einer von euch geklaut!«

»Niemandem wäre es gelungen, die Anrichte beiseite zu rücken«, sagte Beatrice, »nicht ohne daß Sie es gemerkt hätten. Sie sehen ja, wir mußten zuvor das ganze Zimmer leerräumen!«

Erich schien sich ihre Worte durch den Kopf gehen zu lassen.

»Vielleicht hat eben jemand schnell zugegriffen«, mutmaßte er dann, »in einem Moment, in dem ich nicht richtig hingeschaut habe. Wie ist es? Kann das sein? Helene?«

Helene zuckte zusammen. »Warum ich?« flüsterte sie. »Warum sollte gerade ich es gewesen sein?«

Er atmete schwer. In seinem Blick lag ein Haß, der Beatrice schaudern ließ. Er wünscht sie zum Teufel, dachte sie beklommen.

»Warum gerade du?« Er trat näher an sie heran. Helene wich einen Schritt zurück. »Warum gerade du? Weil du immer nur Unheil anrichtest, Helene, weil du dein Leben lang nichts anderes getan hast, als mir Probleme zu bereiten. Von dem verdammten Tag an, an dem ich dich kennengelernt habe, gab es nichts als Schwierigkeiten mit dir. Soll ich dir etwas sagen?« Er trat noch näher an sie heran. Helene stand mit dem Rücken zur Wand, sie konnte nicht weiter zurückweichen, obwohl sie es sicher gern getan hätte. »Ich wünschte, ich wäre dir nie begegnet. Es würde mir sehr viel besser gehen, wenn ich mein Leben ohne dich verbringen könnte. Du müßtest dich einmal sehen. Als junges Mädchen hast du wenigstens noch halbwegs appetitlich ausgesehen, aber das ist jetzt auch vorbei. Du bist nicht einmal mehr hübsch, verstehst du? Geh hinauf und schau in den Spiegel. Sei aber vorsichtig, du wirst sicherlich erschrecken.«

Helene brach in Tränen aus. Seine Vorwürfe waren ungerecht, und wahrscheinlich wußte sie das auch, aber es erschütterte sie dennoch, die harten Worte aus seinem Mund zu hören. Sie drehte sich um, rannte aus dem Zimmer. Sie hörten sie die Treppen hinaufstolpern und oben ihre Zimmertür zuschlagen.

Erich ging im Raum auf und ab, schlug die geballte Faust immer wieder in die Handfläche. Er schien heftig nachzudenken. Schließlich blieb er stehen.

»Zieh dich an!« sagte er zu Beatrice. »Wir gehen zu den Wyatts.«

»Zu den Wyatts?« wiederholte Beatrice fragend, obwohl sie ihn genau verstanden hatte. In ihrem Kopf jagten sich die Gedanken. Verzweifelt suchte sie nach einer Begründung, die ihn von seinem Vorhaben abbringen könnte. Bei den Wyatts war Julien, und es war überaus gefährlich, Erich dorthin gehen zu lassen.

»Ja«, sagte er ungeduldig, »zu den Wyatts. Ich bin sicher, der gute Doktor hat noch ein paar hübsche Vorräte an Tabletten, und ich bin sicher, er gibt sie mir gern.«

»Ich glaube nicht, daß er noch etwas hat. Die Ärzte bekommen genausowenig Nachschub wie alle anderen auch. Er hat wahrscheinlich nicht einmal mehr eine Pille gegen Kopfschmerzen in seiner Praxis.«

Erich war jedoch ganz offensichtlich nicht mehr in der Lage, vernünftig abzuwägen und die Sinnlosigkeit seines Planes zu überblicken. »Er hat noch etwas«, beharrte er mit der gleichen Sturheit, mit der er zuvor verkündet hatte, es befinde sich eine vergessene Schachtel hinter der Anrichte. »Zieh dich endlich an. Beeile dich.«

Sie ging hinauf, so langsam sie es bewerkstelligen konnte. Sie hätte die Wyatts gern angerufen, aber der Apparat stand unten in der Halle, gleich neben der weit offenen Tür zum Eßzimmer. Ausgeschlossen, daß Erich nichts mitbekommen sollte. Ob sie *ihn* überreden konnte, sein Kommen telefonisch anzukündigen? Das würde den Wyatts wenigstens die Möglichkeit geben, Julien außer Haus zu schaffen, obwohl es ihnen nicht gelingen konnte, in der Eile alle Spuren auf dem Dachboden zu beseitigen. Jedem mußte auffallen, daß dort oben ein menschliches Wesen hauste.

Erich ließ sich jedoch ohnehin nicht darauf ein, einen Anruf zu tätigen. »Nein, verdammt, wozu?« fragte er aggressiv zurück. »Bist du endlich fertig? Los, komm, wir gehen!«

Sie durchquerten das Dorf im Sturmschritt. An der Auffahrt zum Haus des Arztes zog Erich seine Pistole hervor.

»Damit hat man immer die besseren Karten«, sagte er. »Ich bin sicher, wir werden nun auf eine Menge Bereitwilligkeit stoßen. Wir gehen jetzt dort hinein, und ich werde nicht ohne die verfluchten Tabletten wieder herauskommen, und wenn ich das Unterste zuoberst kehren müßte.«

Beatrice sandte ein Stoßgebet zum Himmel und folgte ihm.

Er hatte getobt, geflucht und geschrien, er hatte mit seiner Pistole herumgefuchtelt, hatte sich jeden Schrank öffnen lassen, hatte den Inhalt von Schubladen durch das Zimmer geworfen und hatte sogar in die Kaninchenställe im Garten gespäht, als vermute er, dort könne etwas versteckt sein. Er hatte die Familie des Doktors in Angst und Schrecken versetzt, und Mrs. Wyatt hatte ausgesehen, als werde sie jeden Moment der Schlag treffen. Mae war aus dem Bett gekommen und hatte wie Espenlaub gezittert.

»Was ist denn los mit ihm?« hatte sie sich flüsternd an Beatrice gewandt, doch ehe diese hatte antworten können, war Erich schon herumgefahren und hatte mit seiner Waffe auf Mae gezielt.

»Niemand spricht ein Wort!« brüllte er. »Verstanden? Noch ein Wort, und ich schieße!«

Edith Wyatt zog Mae, die ihre Mutter inzwischen um einen halben Kopf überragte, an sich und umklammerte sie, als halte sie noch immer das kleine Mädchen in den Armen, das Mae einmal gewesen war.

Dr. Wyatt hatte versucht, beruhigend auf Erich einzuwirken, aber Erich war nicht daran interessiert gewesen, sich beschwichtigen zu lassen. »Ich will die Medikamente«, wiederholte er stereotyp, »ich will die gottverdammten Medikamente!«

Beatrice sah Dr. Wyatt flehend an, doch der zuckte bedauernd mit den Schultern und formte mit den Lippen ein lautloses *Ich habe wirklich nichts da!*

Es war ein Wunder, daß Erich die Bodenklappe nicht entdeckte. In seiner Besessenheit wäre er nicht davon abzubringen gewesen, hinaufzusteigen und dort oben weiterzusuchen. Aber tatsächlich versäumte er es im oberen Flur, einen Blick zur Decke zu werfen. Er tobte herum, anstatt die Ruhe zu wahren und alles zu überprüfen. Er durchwühlte den Kleiderschrank im Schlafzimmer der Wyatts, warf Mrs. Wyatts Wäsche auf das Bett, kippte dann die Matratze hinunter und stierte auf den Eisenrost, als könne sich ihm ein Geheimnis enthüllen, wenn er nur lange genug denselben Fleck fixierte. Danach kramte er in Maes Zimmer umher, rannte dann wieder die Treppe hinunter. Beatrice sah, daß Edith mit einer Ohnmacht kämpfte. Es wurden noch immer Todesurteile auf der Insel verhängt und vollstreckt. Edith wußte, daß vermutlich ihre ganze Familie würde erschossen werden, wenn Erich Julien entdeckte.

Erich war inzwischen so erschöpft, daß seine Hände, die die Waffe hielten, zitterten. Sein Gesicht hatte die hektische Rötung verloren und war nun sehr bleich. Er hatte braune Schatten unter den Augen, sah aus, als litte er unter einer Krankheit.

»Gott, Wyatt«, stieß er heiser hervor und sah den Arzt haßerfüllt an, »Sie sind erledigt, wenn ich dahinterkomme, daß Sie gelogen haben. Wenn sich herausstellt, daß es Medikamente für mich hier im Haus gibt. Ich erschieße Sie eigenhändig, das schwöre ich!«

»Ich habe nichts, Sir«, erwiderte Wyatt ruhig, und Beatrice bewunderte den Arzt für die Gelassenheit, die er ausstrahlte. Auch ihm mußte das Herz bis zum Hals schlagen, aber niemand hätte ihm etwas angemerkt. »Ich versichere Ihnen, auch mir wird seit Monaten nur noch das allernotwendigste Material für meine Praxis geliefert, und das, was Sie brauchen, zählt nicht dazu.«

Erich schlich mit letzter Kraft nach Hause zurück, den steilen Berg, den sie hinauf mußten, schaffte er kaum. Er hatte sich in den letzten Stunden völlig verausgabt. Beatrice hoffte, daß er den Rest des Tages im Bett verbringen würde.

Tatsächlich ging er, kaum daheim angekommen, wortlos ins

Schlafzimmer und schloß sich darin ein. Helene spähte durch die Küchentür.

»Was ist passiert?« flüsterte sie.

»Dr. Wyatt konnte ihm auch nichts geben«, antwortete Beatrice, »aber ich hoffe, er wird jetzt ruhiger. Er ist restlos erschöpft. Er wird wohl einige Stunden schlafen.«

»Es wird immer schlimmer mit ihm«, sagte Helene. Sie hatte verweinte Augen. »Ich glaube auch nicht, daß er für heute Ruhe gibt. Er wird eine Weile schlafen, und dann fängt er von vorn an.«

»Wir können nur abwarten«, sagte Beatrice, »und bis dahin sollten wir versuchen, die Unordnung im Eßzimmer einigermaßen zu beseitigen.«

»Er ist nicht mehr normal«, flüsterte Helene. Es schien kaum möglich, sie zu einer vernünftigen Handlung zu bewegen. »Er ist einfach krank. Er gehört in Behandlung. Wie soll das nur werden, wenn der Krieg vorbei ist?«

Beatrice hoffte, daß Erich nach dem Krieg in Gefangenschaft geraten und für eine ganze Reihe von Jahren aus dem Verkehr gezogen würde, aber sie sagte nichts. Es hatte keinen Sinn, Helene nun unnötig zu beunruhigen. Es ging ihr ohnedies schlecht genug.

»Gibt es etwas zum Frühstück?« fragte Beatrice.

Helene hob in einer hilflosen Bewegung die Schultern. »Wir haben kein Stück Brot mehr. Wir haben kein eingemachtes Obst mehr, nichts mehr. Ich habe etwas Ersatzkaffee gekocht, aber das ist alles.«

Beatrice trank eine Tasse von dem Kaffee, der wie Wasser schmeckte. Sie hatten keinen Zucker mehr und auch keine Milch, und so gab es nichts, womit sie ein wenig Geschmack in die bräunliche Flüssigkeit hätte bringen können.

Helene saß mit hängenden Armen am Küchentisch, lamentierte wegen Erich und wegen des ihnen allen bevorstehenden Hungertodes und sagte dann, es sei im Grunde gleichgültig für sie, ob es etwas zu essen gebe oder nicht, sie hätte sowieso keinen Bissen hinuntergebracht.

Beatrice setzte sich auf die Veranda und blickte in den Garten, wo Pierre unter der Aufsicht des Wachmanns ein Beet vom Unkraut befreite; er arbeitete langsam, hielt immer wieder inne und atmete tief durch. Er hatte ebenfalls kein Frühstück bekommen und stand dicht vor einem Zusammenbruch. Der Wachmann kaute auf einem Stück Baumrinde herum, starrte müde vor sich hin.

Die Sonne stand schon hoch am östlichen Horizont und versprach einen heißen Tag. Wir sollten wirklich aufräumen, dachte Beatrice, aber auch sie fühlte sich so tief erschöpft, daß sie nicht wußte, wie sie sich aufraffen sollte. Eine innere Stimme sagte ihr, daß Helene diesmal wohl recht hatte mit ihrer düsteren Prognose: Erich würde für diesen Tag noch nicht Ruhe geben.

Es war ein Tag, der gewitterschwer schien. Das lag nicht am Wetter, das heiß und trocken, aber nicht schwül war. Doch es herrschte eine eigentümliche Spannung im Haus, eine leise Vibration unter einer scheinbar völlig ruhigen Oberfläche, die an ein Gewittergrollen erinnerte. Es war die berühmte Ruhe vor dem Sturm. Nichts bewegte sich. Aber es war eine trügerische Reglosigkeit, die Menschen und Natur befallen hatte. Sie war nicht echt. Unter ihr brauten sich unheilvolle Geschehnisse zusammen.

Am frühen Nachmittag, kurz nach drei Uhr, klappte der Wachmann zusammen. Er hatte die ganze Zeit auf einem Baumstumpf gesessen und an immer neuen Stücken Rinde gekaut. Wie sie alle hatte auch er an diesem Tag noch nichts gegessen. Er sah fahl aus im Gesicht, aber da niemand mit rosigen Wangen umherlief, fiel das nicht weiter auf. Im Grunde achtete keiner auf ihn. Er hatte von mittags an aufgehört, Pierre zur Arbeit anzutreiben, und Beatrice dachte, daß es Mitgefühl war, was ihn sich menschlicher verhalten ließ, denn Pierre sah so schlecht aus und war so sichtlich am Ende seiner Kräfte, daß nur ein Unmensch ihn zu harter körperlicher Arbeit hätte zwingen können. Pierre kauerte im Schatten eines Apfelbaums, wischte sich ab und zu den Schweiß von der Stirn und hielt die Augen geschlossen. Sein Atem ging flach.

Der Wachmann stand auf – vielleicht wollte er sich etwas zu trinken holen –, wurde um eine Nuance bleicher und sank zu Boden. Er gab keinen Laut von sich, sein Sturz vollzog sich wie im Zeitlupentempo. Er blieb liegen und rührte sich nicht mehr.

Beatrice, die noch immer auf der Veranda saß und selbst gegen das Gefühl zunehmender Schwäche kämpfte, stand auf.

»Was hat er denn?« fragte sie.

Pierre erhob sich mühsam, trat an den Wachmann heran und kauerte neben ihm nieder. »Ein Schwächeanfall«, sagte er, »er ist bewußtlos.«

Beatrice starrte ihn an. Pierre lächelte müde. »Nein, Mademoiselle. Danke.« Er hatte ihr unausgesprochenes Angebot verstanden. »Ich laufe nicht weg. Ich weiß nicht, wohin, und ich bin zu schwach. Ich bleibe. Es wird ohnehin nicht mehr lange dauern.«

»Wir müssen ihn in den Schatten schaffen«, sagte Beatrice. Mit vereinten Kräften – und beide hatten sie davon nicht mehr viel – zogen und schoben sie den Ohnmächtigen unter den Apfelbaum, unter dem Pierre zuvor gesessen hatte. Beatrice brachte einen Krug kaltes Wasser. Sie benetzten seine Stirn und rieben seine Handgelenke ein.

»Ich glaube, wir müssen einen Arzt holen«, meinte Beatrice ängstlich. »Er wacht ja gar nicht mehr auf!«

In diesem Moment öffnete er die Augen, starrte Beatrice und Pierre ohne Begreifen an. Seine Lider flatterten.

»Was ist passiert?« fragte er.

Aber noch ehe Beatrice antworten konnte, verlor er mit einem leisen Seufzer erneut die Besinnung.

»Ich rufe Dr. Wyatt an«, sagte Beatrice entschlossen und sprang auf die Füße. Sie war zu schnell gewesen und taumelte. Ihr wurde schwarz vor Augen, eine Woge Schweiß überschwemmte ihren Körper. Haltsuchend griff sie nach dem Stamm des Apfelbaumes, hielt sich daran fest und wartete, daß der Schwindel vorüberging. Als sie die Augen wieder aufschlug und die Welt um sie herum aufhörte, sich zu drehen, sah sie Erich, der auf der Veranda aufgetaucht war. Er war bleich wie ein Geist. In der Hand hielt er seine Pistole. Hinter ihm stand, wie ein kleiner, schmaler Schatten, Helene, mit einem Gesicht, das wie in Angst erstarrt schien.

Die Dinge geschahen so schnell, daß Beatrice erst später ihren Ablauf wirklich begriff und sich klarzumachen vermochte, was genau sich ereignet hatte.

Erich kam die Stufen von der Veranda in den Garten herunter, er hielt seine Waffe auf Pierre gerichtet, der noch immer bewegungslos neben dem Wachmann im Gras kauerte.

»Du nicht«, sagte Erich, »du wirst mir nicht entkommen.«

Pierre machte so deutlich nicht den geringsten Versuch zu fliehen, daß Erichs kalte Wut und Entschlossenheit nur auf seinen Wahnvorstellungen und seiner Hysterie beruhen konnten.

Helene gab einen Schreckenslaut von sich, der wie das ängstliche Zwitschern eines Vogels klang und unbeachtet verhallte.

Beatrice dachte: Tu das nicht! Sie spürte die Tragödie, die ihren unaufhaltsamen Lauf nehmen würde, und brachte doch kein Wort heraus, konnte keine Bewegung machen, womit sie irgend etwas hätte verhindern können. Bis auf Erich waren alle erstarrt, unbeweglich, gebannt von dem Haß, der in Erichs Augen zu lesen war.

Erich schoß, verfehlte aber sein Ziel. Die Kugel schlug dicht neben Pierre in den Boden ein. Pierre rührte sich nicht.

»Lauf weg!« schrie Beatrice. »Lauf doch weg!«

Erich schoß noch einmal. Diesmal traf er Pierre ins Bein. Der junge Franzose schrie auf vor Schmerz, preßte die Hände auf die Wunde. Erich hatte ihn dicht unterhalb des Knies erwischt. Endlich kam Bewegung in ihn, er versuchte, durch das Gras davonzurobben, aber er hatte keine Chance, denn vor ihm lag nur weit und sonnenhell der Garten, und über viele Meter würde er eine perfekte Zielscheibe abgeben.

»Die Pistole!« schrie Beatrice. »Pierre, die Pistole! Schieß zurück! Schieß doch zurück!«

Trotz seiner Panik begriff Pierre, was sie meinte: die Waffe des noch immer bewußtlosen Wachmanns. Er drehte sich um.

Erich schoß erneut. Wieder traf er Pierre am Bein, und der Schuß riß den Franzosen, der gerade die Pistole aus dem Gurt hatte ziehen wollen, herum, warf ihn zu Boden.

Erich kam noch zwei Schritte näher.

Er genießt es, dachte Beatrice, die seinen Gesichtsausdruck beobachtete, er genießt es wie ein spannendes Spiel.

Er wartete. Er wartete, bis Pierre, grau vor Schmerz, sich wieder aufgerappelt und umgedreht hatte, bis er ein zweites Mal nach der Pistole griff, die sich direkt vor ihm befand. Er wartete sogar, bis Pierre die Waffe gezogen und entsichert hatte, bis er sich wieder umdrehte und den Lauf auf ihn richtete.

Sie schossen beide gleichzeitig.

Diesmal verfehlte Erich sein Ziel, die Kugel schlug weit entfernt von Pierre in den Boden.

Im selben Moment jedoch fiel Erich wie ein gefällter Baum. Er lag auf der Erde und rührte sich nicht mehr.

Kein Laut durchdrang die Stille. Selbst die Vögel, verschreckt durch die Schüsse, waren verstummt. Es herrschte eine unwirkliche Stille, so als habe die ganze Welt aufgehört zu atmen. Die Sonne strahlte herab auf eine gespenstische Szenerie. auf drei Männer, die im Gras lagen, auf zwei Frauen, die dastanden und offensichtlich nicht begreifen konnten, was geschehen war, auf zwei Pistolen, die zu Boden gefallen waren und wie Requisiten erschienen, die jemand nach sehr genauen Vorstellungen genau dort plaziert hatte, wo sie nun lagen.

Ein Bühnenbild, Höhepunkt eines dramatischen Schauspiels. Und für den Moment wußte keiner der Akteure, wie es weitergehen sollte. Die Regie hatte vergessen, weitere Anweisungen zu geben. Sie verharrten und rührten sich nicht.

3

»Pierre«, sagte Franca, »hat also auf Erich geschossen! Er war es nicht selbst.«

»Er war es nicht selbst«, bestätigte Beatrice. Überall im Restaurantgarten brannten jetzt Lampen. In deren schönem, warmen Licht sah Beatrice nicht mehr so elend aus wie zu Beginn des Abends, aber in ihren Augen standen noch immer Traurigkeit und tiefer Schmerz. »Pierre hatte in Notwehr gehandelt, aber das hätte ihm nichts genützt. Er wäre standesrechtlich erschossen worden, hätte jemand von den Besatzern Wind davon gekriegt. Wir mußten zusehen, die Situation schnell in den Griff zu bekommen.«

»Erich war tot?«

Beatrice schüttelte den Kopf. »Nein. Dieser Teil der Geschichte stimmt. Erich war nicht tot, aber es war klar, daß er ohne ärztliche Hilfe keine Chance haben würde. Der Schuß hatte ihn oberhalb des Herzens getroffen.«

»Der Wachmann...«

»... hatte Gott sei Dank von alledem nichts mitbekommen. Sonst wären wir erledigt gewesen.«

»Was taten Sie? Wie bewältigten Sie die Situation?«

»Pierre verlor sehr viel Blut«, sagte Beatrice, »und ich sagte, daß wir sofort einen Arzt holen müßten. Pierre geriet in Panik; wir hatten uns ja noch keine Gedanken zum Tathergang zurechtgelegt, und er fürchtete um sein Leben, wenn ein Arzt auftauchte, dem man ja irgend etwas würde erzählen müssen. Helene und ich schleppten ihn in die Küche, und während Helene das Bein oberhalb der zwei Wunden abband, um die Blutung zu verlangsamen, lief ich wieder hinaus, um nach Erich zu sehen. Er stöhnte leise, war aber nicht richtig bei Bewußtsein. Der Wachmann rührte sich noch immer nicht, aber es war klar, daß er irgendwann wieder zu sich kommen würde, und bis dahin mußte uns etwas eingefallen sein. Ich lief wieder ins Haus und sagte Helene, sie müsse mir helfen, Erich hereinzubringen. Ihn zu transportieren erwies sich als schwieriger; Pierre hatte mithumpeln können, aber Erich hing mit seinem ganzen Gewicht bewegungslos auf unseren Schultern. Zum Glück wog er nicht mehr allzuviel, dafür hungerten wir schon zu lange. Ich weiß nicht mehr, wie wir es schafften, aber irgendwann hatten wir ihn im Eßzimmer. Er lag dort auf dem Teppich und sah aus, als sei er bereits tot. Er verlor auch Blut, aber nicht soviel wie Pierre, der dramatisch blutete, trotz seines abgebundenen Oberschenkels. Helene und ich diskutierten noch, was am besten zu tun sei, da sah ich zufällig den Wachmann durch den Garten auf das Haus zuwanken. Wenn er hereinkam und das Lazarett sah, das wir dort inzwischen unterhielten, würde er Zeter und Mordio schreien, also mußte ich ihn draußen abfangen. Ich lief hinaus.«

»War nicht Blut im Garten?« fragte Franca. »Sie hatten Pierre schließlich über die Wiese geschleift und...«

»Natürlich war Blut im Garten«, bestätigte Beatrice, »und jemand, der klareren Auges gewesen wäre, hätte das auch bemerkt. Aber dieser Mann war am Ende seiner Kräfte. Sein Kreislauf war kollabiert, und er stand dicht vor dem nächsten Zusammenbruch. Er taumelte. Er konnte sich nicht auf einer geraden

Linie vorwärtsbewegen. Wenn er Blut gesehen hätte, er hätte es für eine Halluzination gehalten.«

»War er nicht in Sorge, wo der Gefangene geblieben war?«

»Natürlich, aber zugleich kämpfte er ständig gegen die nächste drohende Ohnmacht. Es ging ihm wirklich äußerst schlecht. Zum Glück kam er nicht einmal die vier Stufen zur Veranda hinauf. Er sank auf die unterste Stufe, stützte den Kopf in die Hände und stöhnte. Ich sagte ihm, er solle sich keine Sorgen machen, Erich habe alles im Griff. Er werde jetzt gleich abgeholt und in seine Unterkunft zurückgebracht. Er solle einfach sitzen bleiben.« Beatrice schwieg einen Moment, während vor ihrem inneren Auge die Bilder jenes Tages wiedererstanden. »Ich hätte ihm wenigstens ein Glas Wasser bringen sollen«, fuhr sie fort, »aber ich hatte Angst, daß er, sollte er plötzlich wieder zu Kräften kommen, doch noch das Haus betreten würde. Pierre lag ja gleich in der Küche. Er wäre sofort über ihn gestolpert.«

»Wie ließen Sie ihn wegbringen?«

»Helene rief Will an und bat ihn zu kommen. Will war sofort da. Ich mußte blitzschnell die Entscheidung treffen, ob wir ihn einweihen sollten oder nicht. Ich wußte, daß es schwierig werden würde, ihm den Wachmann aufzuhalsen und ihn mit ihm wegzuschicken. Will würde wissen wollen, wo Pierre war, wer auf ihn aufpaßte, ob Erich Bescheid wußte. Er würde Erich sprechen wollen. Ich ging das Risiko ein. Ich schilderte Will, so schnell ich konnte, was geschehen war.«

Franca sah die alte Frau nachdenklich an. »Sie wuchsen sehr weit über das hinaus, was für gewöhnlich ein sechzehnjähriges Mädchen zu leisten in der Lage ist«, sagte sie.

»Die Situation erforderte es«, entgegnete Beatrice. »Ich konnte mich nicht hinsetzen und heulen. Und auf Helene konnte ich, wie üblich, nicht bauen. Sie hatte noch einigermaßen funktioniert, als sie mir half, die beiden Verletzten ins Haus zu schaffen, aber nun klappte sie zusammen. Sie wagte sich nicht ins Eßzimmer, wo Erich lag, und so hockte sie neben Pierre in der Küche, erneuerte ständig die ohnehin sinnlose Bandage an seinem Bein, starrte wie hypnotisiert auf die Blutlache um ihn herum und zitterte wie Espenlaub. Sie war am Ende ihrer Nervenkraft.«

»Ein bißchen«, sagte Franca, »kann ich das verstehen.«

»Ja, sicher. Nur damit blieb das Problem einzig an mir hängen. Ich mußte alles organisieren, und wenn ich einen Fehler gemacht hätte…« Sie schauderte. »Pierre wäre ein toter Mann gewesen. Obwohl der Krieg praktisch schon vorbei und längst entschieden war, fanden immer noch Erschießungen statt. Die Deutschen wüteten bis zum Schluß.«

»Wie nahm Will die Geschichte auf?«

»Ich hatte richtig kalkuliert. Will war kein Nazi. Im Grunde hatte er mir das bereits in der ersten Zeit der Besatzung mitgeteilt, in jenem Sommer und Herbst 1940, als wir zusammen auf seinem Dachboden saßen und er mir Deutsch beibrachte. Ich ging davon aus, daß ihm nicht daran gelegen war, Pierre ans Messer zu liefern. Ich sagte ihm, was passiert war, und daß wir nun versuchen würden, so rasch wie möglich einen Arzt aufzutreiben. ›Und was wollt ihr dem Arzt erzählen?‹ fragte er, und ich sagte, das würden wir uns noch überlegen. Es sei wichtig, erst einmal den Wachmann wegzubringen, und zwar solange dieser noch nicht wieder ganz klar denken konnte. Will spielte mit, und er nahm ein großes Risiko auf sich. Er hätte niemals auf Bitten eines sechzehnjährigen englischen Mädchens hin einen Wachmann mitnehmen dürfen, er hätte verlangen müssen, Erich zu sprechen. Aber ihm würde nicht die Todesstrafe drohen, das wußte er, und zudem konnte er hoffen, daß es wirklich mit den Nazis vorbei sein würde, bis man ihn eventuell zur Verantwortung ziehen konnte.«

»Dann waren Sie und Helene ganz allein mit Pierre und Erich?«

»Dann waren wir ganz allein. Ich versuchte, mit Helene einen Plan zu machen, aber sie schwamm in Tränen und war keines vernünftigen Gedankens fähig. Noch immer weigerte sie sich, zu Erich zu gehen. Ich sah ein paarmal nach ihm, noch immer war er bewußtlos, stöhnte aber leise. Ich sagte zu Helene, daß er wahrscheinlich sterben werde, wenn wir keinen Arzt holten, und sofort sagte Pierre, daß *er* sterben werde, *wenn* wir einen holten… Doch dann«, fuhr Beatrice fort, »am späteren Nachmittag, war klar, daß Pierre es nicht schaffen konnte. Er verblutete vor unseren Augen. Die Küche sah inzwischen so aus wie seinerzeit das Bad, als Helene versucht hatte, sich das Leben zu nehmen. Ich ging zum Telefon und rief Dr. Wyatt an.«

Franca sagte leise: »Und Sie erreichten ihn?«

Beatrice nickte. »Ja. Ich erreichte ihn. Und er kam sofort.«

Guernsey, 1. Mai 1945

Dr. Wyatt traf gegen fünf Uhr ein und leistete rasch Erste Hilfe bei Pierre, der sich bereits in einem Zustand der Agonie befand.

»Er muß ins Hospital«, sagte er. »Beatrice, ruf dort an. Sie sollen einen Wagen schicken. Falls sie hoffentlich«, fügte er hinzu, »noch genug Benzin haben.«

Beatrice erledigte den Anruf, kehrte dann in die Küche zurück.

»Wie ist das passiert?« fragte Dr. Wyatt gerade.

»Mein Mann hat auf ihn geschossen«, sagte Helene. Sie hatte aufgehört zu weinen. »Er war heute... nun, er war...«

»Ich weiß, wie er heute war«, unterbrach Dr. Wyatt trocken, »ich hatte am frühen Morgen selbst das Vergnügen.« Er hatte einen Verband angebracht, der die Blutung stillte, aber Pierre sah mehr tot als lebendig aus. »Himmel, warum haben Sie mich denn nicht früher geholt?« fragte er, und ohne eine Antwort abzuwarten, setzte er hinzu: »Wo ist Mr. Feldmann?«

Beatrice öffnete den Mund, um ihm zu sagen, daß Erich nebenan liege und ebenfalls mit dem Tod kämpfe, aber ehe sie die Worte aussprechen konnte, mischte sich Helene ein. Ihre Stimme klang überraschend klar und fest.

»Wir wissen es nicht«, sagte sie. »Mein Mann hat das Haus verlassen nach der Schießerei. Er war nicht bei Sinnen. Wir konnten ihn nicht aufhalten.«

Wyatt schien an dieser Auskunft nicht zu zweifeln. Er nickte nur und wandte sich wieder seinem Patienten zu. Beatrice starrte Helene fassungslos an. Diese erwiderte den Blick sehr ruhig. Sie will ihn nicht retten, schoß es Beatrice durch den Kopf, mein Gott, sie will ihn dort liegen und sterben lassen!

Ihre Beine wurden schwach, und sie setzte sich auf einen

Küchenstuhl, sah Dr. Wyatt bei seinen Wiederbelebungsversuchen zu und wartete auf den Krankenwagen. Dabei schossen ihr Hunderte von Gedanken durch den Kopf: Was ging in Helene vor? Weshalb hatte sie Wyatt angelogen? Sie verurteilte Erich zum Tode, wenn sie ihn ohne ärztliche Hilfe dort im Nebenzimmer liegen ließ. Sollte sie eingreifen? Sagen, daß Helenes Auskunft nicht stimmte? Daß …?

Wahrscheinlich, überlegte sie, war Helene geleitet worden von dem Gedanken, den sie, Beatrice, während ihrer hektischen Gespräche zu Beginn des Nachmittags bereits geäußert hatte: Wenn Erich gerettet wurde, konnte er unverzüglich Pierres Verhaftung anordnen, die dann unweigerlich zu dessen Erschießung führen mußte.

Ist es deshalb, fragte sich Beatrice tief verwundert. Opfert sie Erich, um Pierre zu retten? Opfert sie ihren Mann für einen französischen Kriegsgefangenen und Zwangsarbeiter?

Der Krankenwagen erschien rasch, und Pierre wurde abtransportiert. Dr. Wyatt folgte kurz danach mit seinem Auto. Er verschwand am Fuße der Auffahrt, bog auf die Straße. Die friedliche Stille des Maitages senkte sich wieder über Haus und Anwesen.

Die beiden Frauen waren jetzt allein mit Erich Feldmann.

Beatrice sah Helene von der Seite an.

»Warum hast du das getan?« fragte sie. »Warum hast du behauptet, daß Erich weg ist? Warum hast du …?«

»Was hätte ich sonst tun sollen?« fragte Helene zurück.

»War es wegen Pierre? Wolltest du ihn retten?«

»Nein. Ich wollte nicht Pierre retten. An ihn habe ich gar nicht gedacht.«

»Aber …?«

»Ich habe an *mich* gedacht«, sagte Helene. »Ich wollte *mich* retten.«

Sie starrte Helene an. Sie konnte nicht fassen, was diese gesagt hatte. Helene hatte soeben erklärt, daß sie entschlossen war, ihren Mann sterben zu lassen, um ihn für alle Zeiten loszuwerden, und Beatrice hatte den Eindruck, in einen bösen Traum geraten zu sein. Helene hatte den ganzen Tag über geweint und gezittert und sich der Situation keinen Moment lang gewachsen gezeigt, und nun stand sie da und erklärte kaltblütig, sie werde ihren Mann sterben lassen, um sich für den Rest ihres Lebens von ihm zu befreien.

»Das können wir nicht machen«, sagte Beatrice, als sie endlich wieder sprechen konnte, »das ist… das ist so etwas wie Mord.«

Das Wort Mord stand im Raum wie ein Fremdkörper, von dem niemand genau wußte, was er darstellte, der aber Bedrohung und Schrecken atmete.

»Pierre oder Erich«, sagte Helene, aber dies war nicht ihr Motiv, und das war das Schreckliche.

»Laß uns nach ihm sehen«, meinte Beatrice nur.

Erich lag im leergeräumten Eßzimmer, in dem nur noch die Anrichte quergerückt und einsam herumstand, auf dem Boden. Sie hatten eine Decke unter und eine über ihn gelegt. Erichs Gesicht hatte eine gelbliche Farbe angenommen, er verlor laufend Blut, und sein Atem ging flach. Aber er war bei Bewußtsein und wandte den Kopf, als die Frauen eintraten.

»Bastard«, murmelte er mit zusammengepreßten Zähnen, »gottverfluchter Bastard. Wo ist er? Er darf nicht entkommen.«

Beatrice nahm an, daß er von Pierre sprach, und der Umstand, daß er – offensichtlich – wenigstens für den Augenblick genau wußte, was geschehen war, bewies, wie gefährlich es für Pierre tatsächlich wäre, wenn man einen Arzt holte.

Aber wir können ihn doch nicht einfach seinem Schicksal überlassen, dachte sie schaudernd.

Erich versuchte sich aufzusetzen, aber es gelang ihm nicht. Sein Kopf fiel schwer wieder zurück.

»Schmerzen«, flüsterte er, »ich habe Schmerzen. Ich brauche einen Arzt.«

»Es ist keiner zu bekommen«, sagte Helene. Sie kniete neben ihm nieder, legte die Hand auf seine Stirn. Sie sah aus wie die perfekte barmherzige Samariterin. »Alle Ärzte sind im Einsatz und nicht zu erreichen. Aber wir versuchen es weiter.«

»Das Hospital«, stieß Erich hervor, »bringt mich zum Hospital!«

»Wir haben doch kein Auto«, sagte Helene sanft.

»Will soll kommen.«

»Wir wissen nicht, wo er ist. Wir können einfach niemanden erreichen. Bleib ganz ruhig liegen. Ich bin sicher, heute abend kann Dr. Wyatt kommen!«

»Bis heute abend bin ich tot«, murmelte Erich. Über seinem Gesicht lag ein dicker Schweißfilm. Er verlor zuviel Blut, und nun setzten auch die Schmerzen ein, die bislang durch den Schock für ihn nicht spürbar gewesen waren. Die Kugel mußte Muskeln und Nerven, wahrscheinlich auch die Lunge, zerfetzt haben. Schließlich begann Erich zu wimmern wie ein kleines Kind. In seine Schmerzen mischten sich Todesangst und steigendes Fieber.

Beatrice hätte sich am liebsten die Ohren zugehalten.

»Helene, das ist unmenschlich«, sagte sie, »ich kann das nicht aushalten. Ich...«

Ihrer beider Rollen hatten sich auf eigentümliche Weise vertauscht. Helene war erwachsen, beherrschte die Situation. Beatrice verlor beinahe die Nerven und wußte nicht weiter.

»Geh du hinaus«, sagte Helene, »tu etwas Vernünftiges. Du könntest versuchen, etwas zum Essen zu organisieren. Ich bleibe bei Erich.«

»Aber...«

»Geh hinaus«, wiederholte Helene mit einem Anflug von Schärfe in der Stimme, die Beatrice noch nie an ihr vernommen hatte. Es ging um alles für sie. Sie war entschlossen, sich von Erich zu befreien, und sie entwickelte Kräfte, die kein Mensch jemals bei ihr vermutet hätte.

Beatrice stand auf und schlich hinaus. Der Garten lag trocken und heiß unter der Sonne, die nur ganz langsam jetzt an Höhe verlor und sich dem westlichen Horizont zu nähern begann. Es ging kein Windhauch, kein Blatt, kein Grashalm rührte sich. Beatrice setzte sich auf die Stufen, die von der Veranda in den Garten hinunterführten, und stützte den Kopf in die Hände. Sie hätte losziehen können und zusehen, ob ihr ein Bauer im Dorf noch irgend etwas verkaufte, ein paar Eier oder etwas Brot, aber sie hatte das Gefühl, jeder müßte ihr ansehen, was passiert war. Jeder müßte in ihren Zügen lesen können, daß Erich daheim im Eßzimmer lag und sterben würde, und daß ein Arzt dagewesen war, dem sie nichts erzählt hatten, und daß Helene entschlossen war, ihn sterben zu lassen, damit sie befreit war von ihm für den Rest ihres Lebens.

Ein Alptraum, dachte sie ratlos und verzweifelt, ein entsetzlicher Alptraum, und ich weiß nicht, wie er enden wird.

Ihr war schwach vor Hunger, aber sie hätte nichts essen können. Sie war überzeugt, überhaupt *nie wieder* etwas zu essen. Einmal stand sie auf und stolperte in die Küche, um Wasser zu trinken, aber ansonsten saß sie nur bewegungslos da und wartete, daß etwas geschehen würde, von dem sie nicht wußte, wie es aussehen sollte.

Gegen halb sechs begann Erich laut zu stöhnen. Die ganze Zeit über war kein Laut aus dem Zimmer bis in den Garten gedrungen; Beatrice hatte nur, als sie in der Küche gewesen war, ein leises Murmeln vernommen. Erich und Helene schienen miteinander zu sprechen. Das hatte ihr ein wenig Mut gemacht, vielleicht sah es nicht so düster aus für ihn. Aber als sie sein Stöhnen hörte, wußte sie, daß der Todeskampf begonnen hatte.

4

»Die Endphase seines Sterbens dauerte etwa eine Stunde«, sagte Beatrice. Etwas von dem Grauen jenes Tages war in ihren Augen zu lesen, Franca konnte es deutlich sehen. »Wenn ein Mensch stundenlang um Hilfe bettelt, wenn er sich gegen den Tod wehrt, von dem er weiß, daß er bereits nach ihm greift und ihn nicht wird entkommen lassen, so scheinen solche Stunden eine ganze Ewigkeit zu dauern. Es hätten Jahre sein können. Es nahm kein Ende, und ich dachte, ich würde es nicht aushalten. Ich lief in den hinteren Teil des Gartens, warf mich auf die Erde, preßte beide Fäuste gegen die Ohren. Ich betete, es möge vorübergehen. Er mußte schrecklich leiden. Und es gab kein Morphium, keinen Äther, nichts. Er mußte aushalten ohne die kleinste Erleichterung.«

»Und Helene blieb bis zum Schluß bei ihm?« fragte Franca.

Beatrice nickte. »Sie hielt durch. Gott weiß, wer oder was ihr die Kraft dazu gab. Ich hätte es nicht geschafft. Ich kenne niemanden, der es geschafft hätte. Erich quälte sich langsam zu Tode, und sie saß nicht nur daneben, sie zog auch ihren Plan eisern durch. Die ganze Zeit dachte ich: Jetzt kippt sie um. Das hält sie nicht aus. Sie wird einen Arzt holen. Nur ein Ungeheuer könnte ihm jetzt noch Hilfe verweigern ... Und Helene war kein Ungeheuer. Sie war eine labile, sentimentale, ziemlich wehleidige Person, die es mit viel Quengeln und Jammern ihr Leben lang fertigbrachte, daß andere für sie die Kastanien aus dem Feuer holten und sich um sie kümmerten. Sie war nicht in der Lage, irgendeine Entscheidung selbständig zu treffen oder sich einer Verantwortung zu stellen. Aber sie ging hin und sah zu, wie Erich sein Leben verlor, und sie tat nichts, absolut nichts, dies zu verhindern.«

Franca nahm den letzten Schluck Wein aus ihrem Glas. Er schmeckte warm und scheußlich, war zwei Stunden alt und außer der Wärme des Abends auch der ihrer Hände ausgesetzt gewesen, die ständig mit dem Glas gespielt hatten. »Ich denke nicht, daß sie das war«, sagte sie, »ich meine, eine labile, sentimentale Person ... Helene wußte ganz genau, was sie wollte. Sie wußte es vielleicht am besten von der ganzen Familie, besser als Erich oder Sie. Sie hat in ihrem Leben durchgesetzt, was sie wollte: Sie blieb auf Guernsey, sie blieb in dem Haus, sie hatte mit Ihnen und Alan eine kleine Familie ... Im Grunde passierte doch immer, was sie sich wünschte. Sie hatte eine bestimmte Strategie, und die hieß: Mach dich klein und schwach, jammere und bettle und zwinge die anderen, genau das zu tun, was du möchtest. Sie nahm in Kauf, daß man sie für schwach hielt und sie verachtete, denn es ging ihr nur um die Resultate, und die gerieten nach ihrer Vorstellung. Ihr Verhalten bei Erichs Tod paßte genau in das Muster, nur mußte sie ausnahmsweise eine andere Strategie anwenden. Sie konnte sich nicht hinsetzen und heulen und Beatrice machen lassen, denn in diesem Fall klappte nun einmal Beatrice zusammen. Helene mußte aktiv werden, beziehungsweise sie mußte einmal *sichtbar* aktiv werden, denn auf ihre Art war sie es immer. Und sie beherrschte auch diese Variante perfekt. Sie war keine andere an diesem Tag, Beatrice. Sie war dieselbe Helene wie immer. Sie hatte einen Entschluß gefaßt, und sie drückte ihn durch. Nichts an ihrem Verhalten war auch nur im geringsten ungewöhnlich.«

Beatrice drehte ihr schon lange leeres Glas in den Händen. »Ja«, sagte sie leise, »das stimmt, Franca. Sie war stark. Und egoistisch. Und raffiniert. Ich habe das mein Leben lang nicht begriffen. Erst an dem Tag, an dem sie beerdigt wurde. Als Kevin mir erzählte, was *noch* geschehen war an jenem 1. Mai 1945.«

Franca runzelte die Stirn. »Was war denn noch geschehen? Ich meine, was konnte überhaupt noch geschehen sein, ohne daß Sie es mitbekommen hätten?«

Beatrice neigte sich nach vorn. Sie sah gequält aus, und ihre Stimme war zu einem Flüstern geworden. »Ich möchte erst etwas wissen, Franca. Sie sind der erste Mensch, dem ich die Wahrheit erzählt habe, die Wahrheit über Erichs Tod. Außer Dr. Wyatt damals, den wir einweihen mußten, um unsere Geschichte durchhalten zu können. Aber Wyatt, der ja auch Julien versteckte, gehörte ohnehin zu der Verschwörung, war Teil seiner Zeit und dessen, wozu sie die Menschen nötigte. Aber sonst gibt es niemanden. *Niemanden*, der etwas wußte. Und ich würde gern... ich würde gern wissen, was Sie von all dem halten, Franca. Wie Sie über uns denken. Über mich und Helene und über das, was wir getan haben. War es Mord in Ihren Augen? Glauben Sie, daß wir zwei Mörderinnen waren?«

Sie dachte über diese Frage nach, während sie die Hafenpromenade von St. Peter Port entlanglief und Ausschau hielt nach Alan. Ab und zu spähte sie in ein Restaurant oder in eine Kneipe hinein und faßte alle Bänke, die entlang der Straße standen, ins Auge. Die Laternen am Hafenbecken brannten, und sie konnte alles recht gut sehen. Aber natürlich konnte er auch irgendwo tiefer in der Altstadt sein oder an eine ganz andere Ecke der Insel gefahren sein.

Sie hatte Beatrice nach Hause geschickt, weil die so müde und blaß, so entkräftet schien, daß es nach Francas Ansicht kaum Sinn hatte, mit ihr durch die Stadt zu ziehen. Es hatte sie allzuviel Energie gekostet, von Erichs Tod zu sprechen. Sie hatte fahl, hager und todmüde ausgesehen. »Passen Sie auf«, hatte Franca gesagt, »Sie fahren heim und legen sich ins Bett. Sie klappen mir sonst noch zusammen, und damit ist niemandem gedient. Ich werde nach Alan sehen.«

Natürlich hatte Beatrice heftig protestiert. »Keinesfalls, Franca. Vier Augen sehen mehr als zwei. Außerdem haben Sie kein Auto hier, wenn ich mit Ihrem nach Le Variouf fahre!«

»Ich habe dann ja Ihres – sowie ich Alan gefunden habe.«

»Und wenn Sie ihn nicht finden?«

»Dann nehme ich ein Taxi. Das ist doch alles kein Problem.«

Beatrice kapitulierte, ein Zeichen, daß sie sich so schlecht fühlte, wie sie aussah. »Aber Sie bringen ihn mit?« vergewisserte sie sich noch.

»Ich bringe ihn mit«, versprach Franca, »Sie können sich darauf verlassen.«

Sie entdeckte ihn nirgendwo, und langsam fürchtete sie, ohne ihn nach Hause fahren zu müssen. Arme Beatrice, dachte sie, wenn er nicht mitkommt, wird sie kein Auge zutun.

Ein paarmal drehte sie sich um und betrachtete die Märchenkulisse, die das hell angestrahlte Castle Cornet bot. Die Nacht war sehr warm, und noch immer waren viele Menschen unterwegs. Sie hätten sich in einem südeuropäischen Ferienort befinden können.

Das Wort »Mörderinnen« tanzte durch ihren Kopf.

»Sie und Helene waren keine Mörderinnen«, hatte sie zu Beatrice gesagt, als diese sie so angespannt angesehen hatte dort oben in *The Terrace*. »Den tödlichen Schuß auf Erich haben nicht Sie abgegeben, sondern Pierre. Was Sie getan haben, nennt man unterlassene Hilfeleistung.«

Beatrice hatte den Begriff mit einer unwirschen Handbewegung vom Tisch gewischt. »Ich möchte nicht die juristische Definition dessen, was ich getan habe, sondern die moralische. Und da wissen wir beide, daß es Mord war, nicht? Wir können es nicht beschönigen.«

»Sie könnten auch argumentieren, Erich zu retten hätte Mord an Pierre bedeutet. Und Pierre wäre sicher das weitaus unschuldigere Opfer gewesen als Erich.«

»Aber die Rettung Pierres war nicht unser Motiv. Es geht mir darum, was wir im Innersten wirklich gefühlt haben. Vor der Welt, das weiß ich, würden wir gar nicht so schlecht dastehen. Erich war ein Nazi-Bonze. Er hat ein paar wirklich schlimme Dinge getan, und er hat seinem verbrecherischen Regime mit Leib und Seele gedient. Und tatsächlich haben wir Pierre gerettet – einen jungen, französischen Kriegsgefangenen, der von Erich jahrelang schikaniert und ausgebeutet wurde. Ich denke, niemand würde verurteilen, was wir getan haben. Aber ich weiß, daß nicht Erichs Hitlertreue uns verleitet hat, ihn sterben zu lassen, und auch nicht der Gedanke an Pierre. Helene wollte ihn los sein. Sie hatte den falschen Mann geheiratet und wußte nicht, wie sie aus der Geschichte herauskommen sollte. Nun bot sich eine Gelegenheit, und sie ergriff sie. So einfach und so wenig heroisch war das. Ein schlichter Gattenmord, der nichts mit Krieg, Verfolgung oder den Nöten der Zeit zu tun hatte. Nicht das geringste.«

»Was war eigentlich Ihr Motiv?« hatte Franca gefragt, und Beatrice hatte sie erstaunt angesehen.

»Mein Motiv?«

»Ja. Sie haben Helenes Motiv geschildert, aber was war Ihres? Die junge Beatrice war eine eigenständige, tatkräftige Person, das hatte sie oft genug bewiesen. Sie hätte losgehen können und einen Arzt holen, anstatt in den Garten zu flüchten und sich die Ohren vor Erichs Todesqualen zuzuhalten.«

Jetzt, auf der Uferstraße, dachte sie wieder an die Antwort, die Beatrice ihr gegeben hatte, und die schlicht, klar und wahr gewesen war.

»Mein Motiv war Rache. Rache für die Besetzung meiner Insel. Rache für die Vertreibung meiner Eltern. Rache für die Jahre, die er unrechtmäßig in meinem Haus verbracht hatte. Ich hätte ihn nicht eigenhändig getötet, aber ich sah auch keinen Grund, seinen Tod zu verhindern.«

Ja, dachte Franca, das ist verständlich. Kaum einer könnte ihr das übelnehmen. Niemand *würde* es tun. Aber sie – sie verzeiht es sich nicht. Sie ist nie damit fertig geworden.

»Sie weihten also Dr. Wyatt ein?« hatte sie sachlich gefragt, eigentlich nur, um etwas zu sagen, ohne auf Beatrices Antwort eingehen zu müssen.

»Wir mußten ihn einweihen. Er durfte nicht sagen, daß er wegen Pierre bereits im Haus gewesen war. Er stellte für Erich einen Totenschein aus, gab an, daß Erich sich durch einen Kopfschuß habe töten wollen und schließlich an dem versehentlich gesetzten Schuß dicht über dem Herzen verblutet sei. Er sorgte dafür, daß man die Leiche abholte und begrub. Er versprach uns, über den tatsächlichen Geschehensablauf jenes 1. Mai Stillschweigen zu bewahren. Ihm gegenüber gaben wir natürlich an, daß wir Pierre hatten retten wollen. Wyatt begriff dies als eine Notsituation, in der wir nach seiner Ansicht nicht anders hatten handeln können. Er war dankbar, daß wir ihm von Erich nichts erzählt hatten, als er nachmittags da war, denn er hätte es mit seinem Gewissen und mit seinem Eid nicht vereinbaren können, Erich seine ärztliche Hilfe zu verweigern. Aber so hatte er nichts gewußt, und damit mußte er sich auch keine Vorwürfe machen. Er erklärte, er werde seiner Frau Bescheid sagen, denn sie wisse ja, daß er bei Pierre gewesen und überhaupt den ganzen Tag über erreichbar gewesen sei. Mrs. Wyatt würde dichthalten, das wußten wir.« Beatrice hatte gelächelt und die Schultern gezuckt. »Und nun hat sie es am Ende offenbar doch ausgeplaudert, nicht wahr? Ich denke, man darf ihr deshalb nicht böse sein. Sie ist weit über neunzig, und sie hatte wohl nicht mehr ganz den Überblick. In ihrem Alter wird es uns sicher nicht anders ergehen.«

Fünf Menschen, dachte Franca, fünf Menschen wußten es und schwiegen darüber. Und mehr, als Beatrice glaubt, hat es sie wahrscheinlich an Helene gefesselt. Sie hatten gemeinsam ein Verbrechen begangen. Es hat sie zusammengeschweißt, selbst wenn es ihnen nicht klar war.

Sie ging weiter und sah plötzlich einen Mann auf einer Bank sitzen, und obwohl sie sein Gesicht nicht erkennen konnte, wußte sie, daß es Alan war.

Sie waren ziemlich weit von *The Terrace* entfernt, an der breiten Straße, die nach vorn zum Pier führte, wo die Autos von Ferienreisenden auf Schiffe verladen wurden. Auf großen Schildern wiesen die Namen der Fährverbindungen auf die Spuren hin, auf denen man sich einordnen mußte. Zu dieser nächtlichen Stunde lief hier niemand mehr umher. Große Bogenlaternen warfen ein bläuliches Licht über die Parkplätze und die leeren, stillen Verwaltungsgebäude. Leise schwappte das Wasser gegen die Kaimauern.

Sie trat an Alan heran und sagte vorsichtig: »Alan? Wir haben Sie überall gesucht.«

Er wandte sich ihr zu.

Wie zerquält er aussieht, dachte sie mitleidig, und wie einsam.

»Ach, Franca, Sie sind es. Was tun Sie denn hier um diese Zeit?«

Erstaunt registrierte sie, daß er nicht betrunken war. Er mochte ein paar Gläser Wein zu sich genommen haben im Laufe des Tages, aber es handelte sich keinesfalls um nennenswerte Mengen. Der Zug durch die Kneipen, von dem Beatrice überzeugt gewesen war, er werde ihn am Abend unternehmen, hatte offensichtlich nicht stattgefunden.

»Ich sagte doch, wir haben Sie gesucht. Ihre Mutter und ich.«

»Wo ist meine Mutter?«

»Ich habe sie nach Hause geschickt. Es geht ihr nicht gut heute. Helene und das alles...« Sie machte eine unbestimmte Handbewegung. »Sie wissen schon.«

»Ja«, sagte er, »ich weiß schon.«

Er schaute wieder zum Wasser hin, und sie verharrte einen Moment lang unschlüssig, setzte sich dann aber neben ihn.

»Möchten Sie mit mir heimkommen?« fragte sie. »Sie können ja nicht die ganze Nacht hier sitzen bleiben.«

»Wie spät ist es?«

»Schon nach elf Uhr. Gleich halb zwölf.«

»Ich weiß nicht... Ich glaube, ich möchte noch eine Weile hierbleiben.«

»Beatrice sorgt sich um Sie.«

Er lachte bitter. »Jede Wette, daß sie denkt, ich bin sternhagelvoll! Deshalb hat sie St. Peter Port nach mir durchkämmt, stimmt's? Und deswegen mußten auch Sie Ihre Zeit und Ihre Nachtruhe opfern. Mum denkt, ich torkele hier herum und falle irgendwann bewußtlos ins Hafenbecken.«

Francas erster Impuls war, dies abzustreiten – »Was denken Sie denn, wir haben uns einfach Sorgen gemacht, als Sie zum Abendessen nicht erschienen!« –, aber dann kam ihr dies zu durchsichtig und zudem zu unehrlich vor.

»Ist es ein Wunder, daß sie so denkt?« fragte sie daher. »Ich glaube nicht, daß Sie ihr das ernsthaft übelnehmen könnten.«

Er schüttelte den Kopf. »Nein«, sagte er müde, »das kann ich wohl nicht.«

»Aber Sie haben nichts getrunken«, stellte Franca fest. »Ihre Mutter wird sehr erleichtert sein.«

»Und sehr überrascht«, sagte er, »in erster Linie wird sie überrascht sein.«

Wieder wandte er sich ab.

»Wäre es Ihnen lieber, ich ginge?« fragte Franca. »Und ließe Sie in Ruhe?«

Er schwieg einen Moment, und als Franca schon überlegte, ob sie ihre Frage wiederholen sollte, sagte er unvermittelt: »Ich habe mich von Maja getrennt. Endgültig und unwiderruflich.«

»Warum?« fragte Franca und hätte sich eine Sekunde später am liebsten geohrfeigt für diese Bemerkung. Sie kannte Maja, sie wußte, was diese Alan angetan hatte. Und Alan wußte, daß sie es wußte. Wie dumm mußte ihm ihre Frage vorkommen. Aber er sagte ganz ruhig: »Sie ist noch verdorbener, als ich ahnte. Sie hat viel schlimmere Dinge getan, als ich dachte. Ich habe Zeit, Kraft und Liebe investiert in eine gewöhnliche...« Er stockte, sprach den Satz nicht zu Ende. Statt dessen sagte er: »Es ist jetzt ja auch gleich.«

»Maja ist jung und leichtsinnig«, sagte Franca. »Vielleicht wird sie ein ganz ordentlicher Mensch, wenn sie sich erst richtig ausgetobt hat.«

»Ich weiß es nicht. Ehrlich gesagt, ich bezweifle es. Sie hat mir heute ein paar Dinge über sich erzählt, die jeder normale Mensch nur zutiefst verurteilen kann. Sie hat keine Moral, Franca, nicht die geringste. Sie hat kein Ehrgefühl. Sie hat keinen Stolz, denn der verliert sich mit der Ehre. Es gibt keine Grenzen für sie und keinen Halt. Sie lebt, wie es ihr paßt. Die Gefühle anderer Menschen interessieren sie einen Dreck. Sie schert sich nicht einmal um Begriffe wie fremdes Eigentum oder um etwas so Verstaubtes wie Recht und Ordnung. Diese Werte haben keinerlei Bedeutung für sie. Das ist nicht mehr nur jugendlicher Leichtsinn oder ein ausgeprägtes Bedürfnis, sich richtig auszuleben. Ihr Charakter ist so. Unmoralisch und ehrlos. Und diese Frau habe ich geliebt. O Gott.« Seine Stimme wurde sehr leise, klang wie zerbrochenes Glas. »Diese Frau habe ich wirklich geliebt.«

Franca hatte keine Ahnung, was Alan über Maja erfahren haben mochte, aber sie begriff, daß es erschütternd für ihn gewesen sein mußte und daß er am Ende seiner Kräfte war. So sehr am Ende, daß er sich nicht einmal mehr vom Alkohol Trost und Ruhe versprochen hatte, denn in diesem Zustand wäre er in einer Kneipe versackt und hätte getrunken bis zum nächsten Morgen. Seine Verzweiflung schnitt ihr ins Herz, und sie sagte: »Es ist schlimm, ich weiß. Es ist schlimm, die ganze Wahrheit über einen Menschen zu erfahren. Es muß nicht einmal eine dramatische Wahrheit sein. Ich glaube, es ist immer schwer erträglich, in alle Winkel eines Menschen zu schauen. Es zerstört in jedem Fall eine Menge Illusionen, und den Abschied von den Bildern, die wir uns von einer Person gebastelt haben, verschmerzen wir kaum. Es tut weh, und es verunsichert uns zutiefst.«

Er sah sie endlich wieder an. Seine Züge waren voller Kummer, aber sehr sanft. »Ja, so ist es. Wir geraten ins Wanken, wenn wir eine Illusion als solche entlarven. Vielleicht liegt es daran, daß unsere gesamte Urteilskraft in diesem Moment in Frage gestellt wird. Wo überall noch täuschen wir uns so sehr? Warum haben wir nicht früher erkannt, was los war? Warum waren wir so blind und so taub?«

»Es ist nicht nur das«, meinte Franca. »Natürlich befallen uns Selbstzweifel, Ängste, Unsicherheiten. Aber ich glaube, das schlimmste ist, daß unsere Gefühle verletzt werden. *Sie* sind in erster Linie getäuscht worden, weit mehr als unsere Urteilskraft. Und es gibt kaum etwas, das so weh tut wie enttäuschte Gefühle.«

»Sie heilen mit der Zeit«, sagte er leise, mehr zu sich selbst als zu ihr, »das wenigstens ist gewiß. Irgendwann heilen sie.«

Sie hätte ihm gern etwas Tröstliches gesagt, etwas, das ihn gestärkt und die entsetzliche Hoffnungslosigkeit aus seiner Stimme vertrieben hätte, aber sie hätte nichts anderes zu sagen gewußt als jene Wahrheit, die er gerade schon selbst formuliert hatte und die doch nur seinem Verstand entsprang, nicht seinem Herzen.

»Beatrice hat von Kevin etwas über Helene erfahren, das sie völlig durcheinandergebracht hat«, sagte sie. Beatrice hatte ihr nicht ausdrücklich das Versprechen abgenommen, mit niemandem über diese Geschichte zu sprechen; Franca hatte von selbst den Eindruck gehabt, die Angelegenheit sei vertraulich, und dennoch glaubte sie in diesem Augenblick, es gegenüber Beatrice vertreten zu können, wenn sie deren Sohn davon erzählte: um ihn abzulenken von seinem tiefen Kummer, um ihm zu zeigen, daß das, was ihm widerfahren war, jedem Menschen zustieß, daß es jeden Tag irgend jemanden traf.

»Über Helene?« fragte Alan. »Da wußte Kevin etwas, das Beatrice nicht wußte?«

»Oh – ich glaube, Kevin war ihr engster Vertrauter. Helene fürchtete sich durchaus vor Beatrices scharfer Zunge, aber von dem sanften Kevin fühlte sie sich verstanden.«

Alan lächelte ein wenig, ohne dabei heiter zu wirken. »Hatte die gute Helene eine geheime Liebschaft? Ein leidenschaftliches Verhältnis über Jahre, von dem niemand etwas wußte?«

Franca erwiderte sein Lächeln, aus keinem anderen Grund als dem, es zu übernehmen und damit noch einen Moment länger am Leben zu erhalten. »Nein, ich denke, sie ist ihrem Erich tatsächlich über seinen Tod hinaus treu geblieben. Und dazu hatte sie manchen Grund: Bevor er starb, machte er sie zu einer steinreichen Frau.«

»Helene war reich?« fragte Alan ungläubig. »Unsere Helene?«

»Sie saß auf einem Vermögen. Buchstäblich. Das meiste Geld hatte sie in ihrem Zimmer im Kleiderschrank. Aber nach und nach hat sie auch größere Beträge auf verschiedenen Bankkonten verteilt. Sie muß fast eine halbe Million Pfund besessen haben. Sie half Kevin immer wieder aus seiner ständigen finanziellen Misere – vermutlich deshalb, um sich bei ihm wichtig und interessant zu machen und sich seine Zuneigung zu erhalten. Irgendwann fiel auch Kevin auf, daß sie das alles unmöglich nur von ihrer Rente bezahlen konnte, und er fragte sie, woher das Geld komme. Sie konnte nicht an sich halten und erzählte die Wahrheit. Von da an war Kevin Stammgast bei ihr. Er holte das Geld tausenderweise aus ihr heraus.«

»Aber woher«, fragte Alan zutiefst verwirrt, »hatte Helene ein Vermögen? Ich meine, woher hatte Erich es, wenn Sie sagen, sie hat es von ihm bekommen?«

»Von Juden«, sagte Franca. »Erich hat sich an jüdischem Eigentum bereichert. Er war oft in Frankreich während des Krieges. Er hat sich eine Menge Geld und Schmuck von französischen Juden angeeignet, die aus ihren Häusern vertrieben und deportiert wurden. Und es gab zwei reiche jüdische Familien auf Guernsey, denen er versprochen hatte, ihnen zur Flucht zu verhelfen gegen Übereignung ihres gesamten Hab und Guts. Er bekam, was er wollte, hat die Ärmsten dann aber doch in die Arme der Küstenwache laufen und erschießen lassen. Jedenfalls hinterließ er eine wohlversorgte Witwe, die weitaus besser dastand, als alle dachten.«

»War Helene informiert?« wollte Alan wissen. »Ich meine, wußte sie schon während des Krieges, was ihr Mann trieb, und daß in ihrem Haus ein stattliches Vermögen anwuchs?«

Franca schüttelte den Kopf. »Nein. Das wußte sie nicht. Er sagte es ihr an dem Tag, an dem er starb. Sie saß bei ihm, Stunde um Stunde, bis er tot war. Und irgendwann während dieser langen Stunden erzählte er ihr, daß es dieses Geld gab und wo sie es finden konnte. Beatrice war draußen im Garten. Sie bekam nichts davon mit.«

»Mein Gott«, murmelte Alan, »und all die Jahre...«

»... sagte sie kein Wort darüber. Der Besitz eines Vermögens hätte sie zu stark dastehen lassen. Am Ende hätte es Beatrice dann doch fertiggebracht, sie vor die Tür zu setzen.«

»Sie hat immer geklagt, so wenig Geld zu haben«, erinnerte sich Alan. Er schien verstört und verwirrt. »Sie rechnete uns manchmal vor, was sie an Rente bekam, und sagte, es sei zum Leben zuwenig und zum Sterben zuviel. Und irgendwie sah man ein, daß das stimmte. Es war wirklich wenig.«

»Eine ihrer zahlreichen Listen, um Beatrice zu bewegen, sich lebenslänglich um sie zu kümmern«, sagte Franca. »Sie kämpfte mit allen Mitteln. Sie war eine absolut egozentrische Persönlichkeit.«

»Und nur Kevin wußte Bescheid...«

»Ja, und der hütete sich natürlich, etwas zu sagen. Er wollte der einzige bleiben, der die Kuh molk. Am Tag der Beerdigung schlich er in das Haus Ihrer Mutter. Er wollte Helenes Zimmer durchsuchen in der Hoffnung, dort etwas von dem Geld zu finden. Aber er stieß auf Beatrice, und schließlich vertraute er ihr alles an. Er scheint in einer dramatischen finanziellen Notlage zu stecken.«

Alan kniff die Augen zusammen. Er sah wacher aus als zuvor, nicht mehr so versunken in seiner Verzweiflung. Etwas Aufmerksames und Gespanntes war in seinem Gesicht.

»Kevin wußte also als einziger Bescheid«, sagte er langsam. »Kevin wußte Bescheid, und Helene wurde ermordet. An dem Abend, an dem sie bei Kevin zu Gast war. Am Tag ihrer Beerdigung versuchte Kevin, das Geld zu finden...«

Unausgesprochen und dennoch klar umrissen und überdeutlich schwebte der Verdacht zwischen ihnen. Franca gab einen erschrockenen Seufzter von sich.

»O nein«, sagte sie, »nicht Kevin! Das kann ich mir nicht vorstellen.« Aber sie sah Alan an, daß *er* es sich durchaus vorstellen konnte. Und auch sie selbst hatte längst begriffen, daß es letztlich nichts gab, was nicht vorstellbar war.

»Kommen Sie, wir fahren nach Hause«, sagte sie.

5

Am nächsten Morgen war von dem strahlend schönen Wetter nichts übriggeblieben, so als habe irgendwann in der Nacht jemand einen Schalter umgelegt und auf Regen eingestellt. Die Luft war mild und der Himmel klar gewesen, als Franca und Alan ins Haus zurückgekehrt und die Auffahrt hinaufgegangen waren. In keinem der Fenster brannte Licht.

»Ich hoffe so sehr, daß Beatrice schlafen kann«, hatte Franca gesagt, »sie sah so schlecht aus vorhin. Sie braucht dringend Ruhe.«

Auf Zehenspitzen waren sie die Treppe hinaufgeschlichen. Vor Francas Zimmertür waren sie stehengeblieben, und Alan hatte Francas Hand gedrückt. »Danke«, sagte er.

»Wofür?« fragte Franca.

»Dafür, daß Sie mich gesucht und heimgebracht haben.«

Sie wurde plötzlich verlegen. »Ich bitte Sie... das war selbstverständlich... ich bin froh, daß es Ihnen gutgeht.«

»Nein«, sagte Alan, »selbstverständlich war es nicht. Aber es war einfach nett.«

»Sie haben mir ja auch schon einmal geholfen«, erinnerte sie ihn. »Damals wäre es einfacher für Sie gewesen, diese halb durchgedrehte, fremde Frau zu ignorieren. Sie hatten nichts mit mir zu tun.«

»Sie hielten sich an meinem Auto fest. Ich konnte Sie nicht ignorieren.«

»Trotzdem hätten Sie sich weniger Mühe geben müssen«, beharrte Franca und dachte gleichzeitig, daß das wieder einmal die für sie typische tolpatschige Art war, mit einem Mann zu sprechen. Sie fand ihn attraktiv, sie mochte ihn, und es war eine warme, stille Nacht.

Jede andere, dachte sie, hätte jetzt ein wenig geflirtet. Oder hätte etwas gesagt, was sie in einem guten Licht zeigt, etwas Geistreiches, Spritziges... und ich stehe da wie ein Stück Holz und tausche höfliche Floskeln mit ihm aus... O Gott, er muß mich für entsetzlich langweilig halten.

»Dann haben wir uns eben beide außerordentlich viel Mühe miteinander gegeben«, sagte Alan, und Franca meinte, einen ganz leisen gereizten, zumindest genervten Unterton in seiner Stimme wahrzunehmen.

Sie tat etwas Verrücktes. Etwas, das sie noch nie getan hatte, wovon sie nie geglaubt hätte, den Mut zu haben: Sie stellte sich auf die Zehenspitzen, hauchte ihm einen Kuß auf die Wange und sagte hastig: »Entschuldigen Sie. Ich rede manchmal schrecklich viel Unsinn!«

Und dann verschwand sie in ihrem Zimmer, schloß nachdrücklich die Tür und dachte, daß sie zumindest einmal getan hatte, wonach ihr zumute war. Selbst wenn Alan ihr Verhalten als unmöglich und zudringlich empfand, so hatte sie doch das Gefühl, für sich dazu stehen zu können, denn es hatte ihren Empfindungen des Augenblicks entsprochen.

Sie sah ihn am nächsten Morgen beim Frühstück wieder. Er saß schon im Eßzimmer vor Früchtemüsli, Toastbrot und Kaffee, als sie hinunterkam. Als sie eintrat, legte er die Zeitung weg, in der er gelesen hatte, stand auf und gab ihr einen Kuß. »Guten Morgen«, sagte er, »haben Sie gut geschlafen? In den wenigen Stunden, die von der Nacht noch blieben, meine ich.«

»Wie ein Stein«, sagte sie, »ich bin ins Bett gefallen und war weg.« Sie sah zum Fenster hin. »Wie schade, daß das Wetter umgeschlagen ist. Gestern war es fast wie im Hochsommer, und heute...« Der Regen rauschte vom Himmel, und dicke Wolken hingen tief am Horizont, dort, wo das Meer war, von dem man aber heute nichts sah. Die Bäume bogen sich im Wind.

»Das Wetter ändert sich hier schnell«, sagte Alan, »aber zum Glück regnet es sich dafür auch nicht ein. Es ist durchaus möglich, daß wir heute nachmittag wieder strahlende Sonne haben.«

Franca setzte sich und zog die Kaffeekanne heran. Sie fühlte sich ein wenig befangen und hätte sich gewünscht, irgendein harmloses Gesprächsthema zu finden, aber natürlich fiel ihr jetzt nichts ein.

»Möchten Sie nicht etwas essen?« erkundigte sich Alan. »Wenigstens ein kleines Stück Toastbrot?«

Sie schüttelte den Kopf. »Danke. Aber morgens esse ich fast nie etwas. Dafür erwischt mich um zehn Uhr der große Hunger und ich schlinge irgend etwas Unvernünftiges in mich hinein, Schokolade oder so.«

»Na ja, Sie können es sich leisten.« Er spielte mit dem Toast auf seinem Teller herum, zerbröselte ihn zwischen den Fingern. »Ich habe nachgedacht«, sagte er schließlich. Zuvor hatte er einen raschen Blick zur Tür geworfen und seine Stimme etwas gesenkt. »Ich denke, daß wir unseren Verdacht nicht einfach für uns behalten können. Wir müssen mit der Polizei sprechen.«

»Welchen Verdacht?« fragte Franca überrascht.

»Kevin«, sagte Alan. »Was Sie mir da gestern erzählt haben... Helenes Geld. Kevin, der als einziger davon wußte...«

»Das ist Kevins Ansicht«, unterbrach Franca rasch, »er meint, daß sie es nur ihm gesagt hat. Aber das wissen wir nicht. Vielleicht hat sie es einigen Leuten erzählt.«

»Das glaube ich nicht. Dann wäre die Nachricht in Windeseile auf der Insel herum gewesen. Guernsey ist ein Dorf. Der Tratsch ist ungeheuerlich. Es ist ein Wunder, daß über Kevin nichts herausgekommen ist, aber das liegt natürlich daran, daß Kevin wie ein Grab geschwiegen hat – er durfte auf keinen Fall die Quelle gefährden, die so schön für ihn sprudelte. Nein«, Alan schüttelte nachdrücklich den Kopf, »ich bin sicher, Kevin war wirklich der einzige, der etwas wußte.«

»Aber...«

»Helene war nicht dumm. Sie hätte es nicht riskiert, die Geschichte Mae oder einer der anderen Klatschtanten anzuvertrauen. Das Ganze hat ja auch rechtliche Aspekte. Das Geld ist diesen armen Menschen damals gestohlen worden. Helene hätte es gar nicht behalten dürfen. Es war schon überaus leichtsinnig von ihr, es Kevin zu sagen, aber ich denke, irgendwo mußte sie es loswerden, mußte auch ihr Gewissen erleichtern. Und Kevin in seiner chronischen Geldnot war noch das ungefährlichste Objekt – eben weil er in seinem eigenen Interesse dichthalten würde, was sich Helene auch ausrechnen konnte.«

»Wieso sollte Kevin Helene töten? Er brauchte sie doch ständig!«

»Wir wissen doch nicht«, sagte Alan, »was an jenem Abend in Torteval wirklich geschah. Wir kennen nur Kevins Version. Vielleicht hat Helene gestreikt. Vielleicht hat sie ihm gesagt, daß endgültig Schluß sei. Daß er nichts mehr bekomme von ihr. Eine Drohung, die Kevin sicher in Verzweiflung stürzte. Ich weiß ja nicht, worin er verstrickt ist, aber er braucht jedenfalls ständig Geld und scheint dabei unter schlimmstem Druck zu stehen. Sie sagten, meine Mutter habe ihn erwischt, als er am Tag der Beerdigung in Helenes Zimmer schleichen und nach Geld suchen wollte? Vielleicht war das sein Plan. Helene umzubringen und sich dann ihr Vermögen anzueignen.«

»Kevin«, sagte Franca ratlos, »ist der Mensch, von dem ich mir eine solche Gewalttat am wenigsten vorstellen kann. Ich meine, im Grunde kann ich mir so etwas bei überhaupt niemandem vorstellen, aber Kevin... Er kommt mir so sanft vor, so völlig harmlos!«

»Sie wissen nicht, unter welch massivem Druck er möglicherweise gestanden hat. Sie würden sich wundern, wie viele sanfte, harmlose Menschen zu wahren Bestien werden, wenn sie in Geldnot geraten. Kevin bekam vielleicht von den Banken Daumenschrauben angelegt. Oder auch von jemandem, der in der Lage wäre, Geldzahlungen mit härteren Mitteln zu erzwingen, als es eine Bank tut.«

Franca runzelte die Stirn. »Was meinen Sie?«

»Ich könnte mir vorstellen«, sagte Alan vorsichtig, »daß Kevin möglicherweise seine Finger in ein paar unsauberen Geschäften hat. Das ist, wohlgemerkt, eine Vermutung, ich habe keine konkreten Anhaltspunkte für diesen Verdacht. Aber diese ständige Misere mit dem Geld… Ich kenne Kevin seit vielen Jahren. Ich kenne seine Lebensumstände, seinen Lebensstil. Kevin lebt ein wenig auf großem Fuß, und vermutlich ist sein Konto die meiste Zeit überzogen, aber nach meiner Meinung kann es sich dabei nicht um wirklich ernstzunehmende Beträge handeln. Nicht um Beträge, die ihn derart verrückte Dinge tun lassen…«

»Was meinen Sie mit *verrückte Dinge?* Bisher wissen wir ja nicht, ob…«

Alan lehnte sich nach vorn. »Ich finde es verrückt, heimlich in ein Haus zu schleichen, um aus dem Zimmer einer ermordeten Frau Geld zu stehlen. Er geht ein enormes Risiko ein dabei. Selbst wenn er mit Helenes Tod nichts zu tun hat, denn zumindest bringt er sich in den Verdacht, auf irgendeine Weise beteiligt zu sein.«

»Soviel ich weiß, hat er Gewächshäuser gekauft und sich dabei übernommen.«

»Gewächshäuser können einen Mann nicht ruinieren. Er mußte dafür sicher einen Kredit aufnehmen, und vielleicht ist er auch in ein paar Zahlungsrückstände hineingeschlittert, aber darüber hätte er nicht derart in die Klemme geraten können. Das konnte er Helene weismachen und vielleicht auch meiner Mutter – aber mir kommt in seiner Version manches ziemlich suspekt vor.«

Franca goß sich die nächste Tasse Kaffee ein. Sie fröstelte etwas, legte die Hände fester um das heiße Porzellan. Das Zimmer war nicht geheizt, und durch das schräggestellte Fenster krochen allmählich Kälte und Feuchtigkeit herein. Alan, der ihr leises Schaudern bemerkt hatte, stand auf und schloß das Fenster. Er blieb dort stehen, sah hinaus in den Garten, der im Regen versank.

»Da gibt es ja die Aussage des Taxifahrers«, sagte er, »wonach seinem Wagen ein anderes Auto folgte. Den ganzen Weg von Torteval bis Le Variouf. Was, wenn das Kevin war?«

»Er wäre wahnsinnig. Es ist reiner Zufall, daß der Taxifahrer nicht auf das Kennzeichen geachtet hat.«

»Wenn hinter Ihnen ein Auto mit aufgeblendeten Scheinwerfern und dazu sehr dicht heranfährt – und der Taxifahrer sagte, der fremde Wagen habe ihm fast im Kofferraum gestanden –, können Sie die Nummer nicht erkennen. Darauf kann Kevin gebaut haben.«

»Darauf würde er nicht bauen. Zu riskant.«

Alan drehte sich um und sah Franca an. Ihr fiel auf, wie konzentriert sein Blick war, wie wach und gespannt seine Züge. Sie sah etwas von jenem Mann in ihm, der er jenseits von Alkohol, durchzechten Nächten, wechselnden Bekanntschaften war. Sie erkannte den erfolgreichen, intelligenten Anwalt, den Mann, der strukturiert handelte, der beherrscht war und sich und sein Leben im Griff hatte. Sie begriff, wie stark diese Seite in ihm war, wie rasch sie aber auch zusammenbrechen konnte, wenn der Teufel Alkohol sein zerstörerisches Werk betrieb.

»Manches an diesem Abend ist höchst eigenartig«, sagte er, »wenn man bedenkt, wie andere Abende zwischen Kevin und Helene vorher verliefen. Helene kam noch nie im Taxi zurück. Kevin hat sie immer gefahren, immer. Das war ja wesentlicher Bestandteil der ganzen Zeremonie – daß er sie abholte und zurückbrachte wie ein… ein verliebter Jüngling seine Tanzstundenflamme. Um in Helenes Jargon zu bleiben. Denn es ging ihr um die Rekonstruktion einer möglichen Phase ihres Lebens, die sie nicht gelebt hat.«

»An jenem Abend war das Ritual aber von Anfang an durchbrochen«, erinnerte Franca. »Kevin holte Helene nicht ab. Beatrice brachte sie hin.«

»Ja, weil Helene diesmal nicht allein eingeladen war. Es war ja wohl nur Zufall, daß sie…« Alan unterbrach sich. »Weshalb«, fragte er, »ist meine Mutter eigentlich nicht geblieben? Bei Kevin. Weshalb hat sie sich den ganzen Abend auf den Klippen am Pleinmont Point herumgetrieben?«

Franca hatte die ganze Zeit schon auf diese Frage gewartet. Sie fühlte sich unbehaglich. »Sie… es ging ihr nicht so gut…«, meinte sie ausweichend.

Alan sah sie scharf an. »Weshalb ging es ihr nicht so gut? Sie hat es Ihnen doch bestimmt erzählt.«

Franca zögerte, gab sich dann aber einen Ruck. »Sie hatte am Nachmittag mit Ihnen telefoniert. Sie hatten sich gerade von Maja getrennt und…«

Sie sprach nicht weiter, aber Alan hatte schon begriffen, worum es ging. »Ich war sturzbetrunken«, sagte er, »ich erinnere mich. Das hat sie schrecklich aufgeregt, nicht?«

»Sie war völlig außer sich. Geschockt, verzweifelt, ratlos. Ich habe sie so noch nicht erlebt. Sie sagte, sie könne Helenes Geplapper nicht den ganzen Abend über aushalten, und… na ja, da zog sie dann die Einsamkeit der Klippen vor.«

Alan lehnte sich gegen das Fensterbrett. Er sah bekümmert und nachdenklich aus. »Ich habe Mum viel zugemutet«, meinte er leise. »Für eine Mutter muß es schrecklich sein, ihren Sohn immer wieder im Alkoholrausch zu erleben.«

»Sie erlebt Sie auch anders«, sagte Franca warm, »und im Grunde ist sie sehr stolz auf Sie.«

Er lächelte. »Sie sind ein lieber Mensch, Franca. Weshalb waren Sie nicht bei Kevin? Oder hatte er Sie gar nicht eingeladen?«

»Mein Mann erschien an diesem Tag überraschend auf Guernsey. Er wollte mich zur Rückkehr bewegen, und ich wollte ihn um die Scheidung bitten. Daher brauchten wir den Abend für ein ziemlich brisantes Gespräch.«

»Und?« fragte Alan.

Sie sah ihn an. »Was – und?«

»Kehren Sie zu ihm zurück? Oder lassen Sie sich scheiden?«

»Ich lasse mich scheiden«, antwortete Franca kurz.

Alan nickte, kommentierte dies aber nicht mehr.

»Irgendwie«, sagte Franca, »hinkt Ihre Theorie. Kevin kann an jenem Abend nicht vorgehabt haben, Helene anzupumpen, denn sonst hätte er nicht Beatrice und mich dazu eingeladen.«

»Vielleicht hatte er es nicht vor. Er dachte, er könne nicht immer nur Helene einladen, irgendwann müsse er auch einmal den Rest der Familie einbeziehen. Als er dann aber unerwarteterweise doch mit Helene allein war, nutzte er die Gelegenheit und bat sie erneut um einen Betrag. Helene lehnte ab.«

»Warum sollte sie? Sie half ihm schon lange immer wieder.«

»Irgendwann ist eben Schluß. Helene mag eine Menge Geld gehabt haben, aber vielleicht dämmerte ihr langsam, daß sie auch damit ein bißchen haushalten könnte. Schließlich konnte sie nicht wissen, ob sie irgendwann ein Pflegefall sein und teure Betreuung brauchen würde. Sie zog den Schlußstrich.«

»Hm«, machte Franca und schenkte sich die dritte Tasse Kaffee ein. Sie würde für den Rest des Tages unter Herzrasen leiden, aber sie mochte im Moment nicht verzichten.

»Erinnern Sie sich an die Aussage des Taxifahrers?« fragte Alan, »Helene rief ihn an – aus Kevins Haus. Normalerweise übernimmt diese Aufgabe der Gastgeber, finden Sie nicht? Angeblich war Kevin zu betrunken, aber meine Mutter sagt, er sei ihr sehr wach und klar vorgekommen, als sie später in der Nacht mit ihm telefonierte. Sie hatte nicht den Eindruck, daß da übermäßig viel Alkohol im Spiel war. Der Taxifahrer hatte berichtet, Helene habe ungewöhnlich leise gesprochen und sei verstört gewesen. Sie stand mitten auf der Straße, als er sie abholte. Wir kennen beide Helene. Sie würde nicht am späten Abend allein irgendwo auf einer Straße herumstehen. Sie würde warten, bis der Taxifahrer klingelt. Es sei denn...«

»Was?«

»Es sei denn, sie wurde bedroht. Sie wurde so massiv bedroht, daß sie aus Kevins Haus flüchten mußte. Vielleicht hat sie schon den Anruf heimlich tätigen müssen – und hat deshalb geflüstert. Irgendwie gelang es ihr, an den Telefonapparat zu gelangen und dann heimlich auf die Straße zu entwischen.«

»Abgesehen davon«, sagte Franca, »daß ich mir Kevin beim besten Willen nicht vorstellen kann, wie er einen anderen Menschen massiv bedroht, finde ich es dann aber wiederum unlogisch, daß er – sollte es wirklich so gewesen sein – seelenruhig abwartet, bis Helene ein Taxi gerufen hat. Und dann kann sie auch noch eine ganze Weile wartend auf der Straße herumstehen, ohne daß Kevin sie sucht und findet. Und halten Sie es nicht im übrigen für eigenartig, daß Helene in einem Fall, wie Sie ihn gerade geschildert haben, dann nicht gleich bei der Polizei angerufen hat?«

Alan lief ein paar Schritte zwischen Fenster und Tisch hin und her, blieb dann aber wieder am Fenster stehen. Der Regen ließ langsam nach, aber vom Meer her drängten schon wieder neue Wolken heran, und der Wind rüttelte an den tropfnassen Bäumen.

»Ich denke, es war ziemlich typisch für Helene, daß sie in einer solchen Situation zunächst einmal nach Hause wollte. Wenn Kevin sie bedroht hat, dann muß sie völlig verstört gewesen sein. Nie hätte sie so etwas von ihm erwartet. Ich glaube nicht, daß sie sofort an die Polizei gedacht hätte. Kevin war ihr Freund, ihr Vertrauter, eine Art Sohn. Der einzige Mensch, dem sie von dem Geld erzählte, das Erich ihr hinterlassen hat. So schnell hetzt man nicht die Polizei auf den besten Freund. Man will erst einmal nachdenken. Man will versuchen zu begreifen, was geschehen ist.«

Franca hob hilflos die Schultern. »Und jetzt? Was sollen wir tun?«

»Zur Polizei gehen. Ihr unseren Verdacht mitteilen.«

»Oder«, sagte Franca, »wir sprechen erst einmal mit Kevin.«

Alan wollte etwas darauf erwidern, wurde aber von Mae unterbrochen, die ins Zimmer trat. Niemand hatte ihr Auto kommen hören. »Hallo«, sagte sie schüchtern, »ich habe an der Haustür geklopft, aber offenbar hat man mich nicht gehört. Ich bin mit Beatrice verabredet.«

Mae sah ziemlich unpassend gekleidet aus in ihrem hellgelben Leinenkleid mit den sommerlich kurzen Ärmeln und den leichten weißen Schuhen. Offensichtlich hatte sie sich am Vortag entschlossen, diese Garderobe zu wählen, und war nun nicht davon abzubringen, nur weil es regnete und fast acht Grad kälter war. Ihre dünnen, faltigen Arme waren von einer Gänsehaut überzogen.

Typisch Mae, dachte Franca liebevoll, lieber holt sie sich den Tod, als sich auch nur ein bißchen in ihrer Eitelkeit einschränken zu lassen.

»Beatrice und ich wollten nach St. Peter Port«, fuhr Mae fort, »bummeln und dann irgendwo Mittag essen.«

»Ich glaube, meine Mutter ist noch oben«, sagte Alan. »Ich werde mal nachsehen, wo sie bleibt. Setz dich doch zu Franca und nimm dir eine Tasse Kaffee.«

Mae setzte sich und wärmte dankbar ihre Finger an dem heißen

Getränk. »Was für ein grausiges Wetter«, sagte sie mit einem Blick nach draußen und schüttelte sich, »man sollte nicht glauben, daß die Leute gestern im Badeanzug herumgesprungen sind.«

»Wenn es wenigstens nicht so kalt wäre«, stimmte Franca zu. »Ich fand es richtig lästig, mich heute früh wieder in einen dicken Pulli zu quälen.«

»Ich bin über St. Peter Port hierhergefahren«, berichtete Mae, »und am Hafen sah ich Maja und Kevin. Maja war wie immer unmöglich angezogen, viel zu dünn.«

Franca grinste in sich hinein. Mae schien nicht zu bemerken, wie wenig weit da der Apfel vom Stamm fiel.

»Sie und Kevin standen im Regen, ohne Schirm, ohne Ölzeug und redeten und gestikulierten... Ich hupte und winkte ihnen, aber ich glaube, sie haben mich gar nicht bemerkt. Sie waren viel zu vertieft.« Mae schüttelte heftig den Kopf. »Diese jungen Leute sind manchmal schwer zu verstehen. Wie ist es denn nun eigentlich«, sie senkte verschwörerisch die Stimme, »bleiben Maja und Alan zusammen? Klappt es endlich zwischen ihnen?«

»Sie sind auseinander«, sagte Franca, »und ich denke, man sollte da auch nichts forcieren. Der Altersunterschied ist zu groß, die Lebenseinstellungen zu verschieden. Ich denke, es wäre besser, wenn jeder von ihnen jemand anderen findet.«

»Alan wird sich da schwertun«, meinte Mae, die wieder einmal ihre Enkelin herausstreichen mußte, »ich meine, welche Frau will schon einen Mann haben, der ständig zuviel trinkt? Und es scheint ja auch gar nicht besser zu werden mit ihm. Ein völlig haltloser Mensch.«

Franca fand, daß man dies im gleichen Brustton der Überzeugung auch von Maja sagen konnte, aber sie schwieg. Eine Diskussion darüber wäre mit Mae sowieso sinnlos gewesen.

Alan und Beatrice kamen hinunter, und Beatrice fragte entgeistert, ob Mae angesichts des scheußlichen Wetters wirklich an ihrem Plan festhalten und nach St. Peter Port fahren wolle. Mae zog ein Gesicht, das allen klarmachte, sie würde tief beleidigt sein, wenn Beatrice diese Verabredung absagte.

»Na gut«, sagte Beatrice ergeben, »aber willst du wirklich *so* losgehen? Du mußt dich ja zu Tode frieren!«

»Mir ist kein bißchen kalt«, behauptete Mae, »von mir aus können wir aufbrechen.«

Alan wandte sich an Franca. »Was ist, wollen wir auch mitfahren? Wir können uns ja dann selbständig machen. Aber ich habe irgendwie keine Lust, den ganzen Tag hier im Haus zu sitzen und in den Regen zu starren.«

»Ich finde das eine gute Idee«, sagte Beatrice rasch, »Franca, kommen Sie, begleiten Sie ihn. Wenn er bis heute abend allein hier herumsitzt...«

»... wird er sich garantiert restlos vollaufen lassen«, vollendete Alan den Satz. Seine Stimme klang bitter. »Keine Sorge, Mum. Ich werde mich so ablenken, daß ich nicht den kleinsten Griff in Richtung Schnapsflasche tun kann.«

»Alan war gestern abend kein bißchen betrunken«, sagte Franca rasch, »es war alles in Ordnung mit ihm.«

Alan lächelte. »Danka, Franca. Aber diese Aussage wird meine Mutter kaum beeindrucken. Sie ist von meiner Haltlosigkeit zutiefst überzeugt. Ein einziger enthaltsamer Abend kann ihr da kaum ein anderes Bild vermitteln.«

Ein kurzes, betretenes Schweigen herrschte zwischen ihnen, dann sagte Mae betont munter: »Also, dann fahren wir doch jetzt los! Wir machen uns einfach einen netten Tag!«

»Fahrt ihr ruhig voraus«, sagte Alan. »Franca und ich kommen später. Wir müssen ja nicht die ganze Zeit nebeneinander hertrotten.«

Es war klar, daß er keine Lust hatte, allzuviel Zeit mit seiner Mutter zu verbringen – nicht, nachdem sie ihn wieder einmal auf seinen Alkoholkonsum angesprochen hatte.

»Sag doch gleich, daß du...«, begann Beatrice aufgebracht, aber Franca sagte rasch, um die Situation zu entschärfen: »Wir könnten uns ja vielleicht alle zum Mittagessen irgendwo in St. Peter Port treffen.«

Sie vereinbarten, um ein Uhr bei *Bruno* zu sein, einem Italiener an der Hafenstraße. Es war zehn Uhr, und es regnete noch immer.

Um halb eins hörte der Regen fast schlagartig auf, ein kräftiger Wind riß die Wolken auseinander, und immer größere Stücke eines stahlendblauen Himmels schauten zwischen den Fetzen hervor. Gras und Blätter funkelten vor Nässe. Die Sonne erzeugte sofort so viel Wärme, daß Dampf von der Erde aufstieg und die Luft vor Feuchtigkeit waberte. Alan und Franca kehrten von einer Wanderung über den Klippenpfad bis zur Moulin Huet Bay zurück, beide völlig durchweicht, mit tropfenden Haaren und vor Nässe glänzenden Regenmänteln.

»Kaum sind wir daheim, hört es auf zu regnen«, sagte Alan, »unser Timing war außerordentlich schlecht.«

»Wir müssen nach St. Peter Port«, mahnte Franca mit einem Blick auf die Uhr, »Ihre Mutter und Mae warten.«

»Ach, lassen wir es doch ausfallen«, meinte Alan. »Ich habe nicht die geringste Lust, zwei Stunden mit meiner Mutter zusammenzusitzen und mir ihre Belehrungen anzuhören.«

»Es war ursprünglich Ihr Vorschlag, die beiden zu begleiten.«

»Das war dumm von mir. Irgendwie denke ich immer, wenn ich schon hier bin, sollte ich mich ein wenig um Mum kümmern, zumal jetzt, da sie nur noch mich hat … und dabei vergesse ich dann, wie unleidlich sie sein kann, und daß sie wohl nie mehr aufhören wird, an mir herumzuziehen.«

»Ja, aber jetzt können wir die beiden nicht bei *Bruno* sitzenlassen«, sagte Franca. »Kommen Sie, es hilft nichts, Sie müssen da durch.«

Alan seufzte ergeben und kramte seinen Autoschlüssel aus der Hosentasche. »Wie ist es – sind Sie unter Ihrem Regenmantel trocken genug, oder müssen Sie sich umziehen?«

»Es ist okay. Wir können fahren.«

Der Wagen stand ganz unten an der Auffahrt. Während sie zwischen den nassen Blumen den Weg hinuntergingen und immer wieder Tropfen von den Bäumen ihre Köpfe trafen, fiel Franca etwas ein. »Oh, Mist!« sagte sie auf deutsch und blieb stehen.

Alan hatte sie nicht verstanden und sah sie verwirrt an. »Was ist?«

Sie überlegte kurz. »Ich glaube, ich würde mich doch ganz gern umziehen«, sagte sie dann, nun wieder auf englisch, »und mir die Haare kämmen … na ja, mich einfach ein bißchen zurechtmachen. Warten Sie auf mich?«

»Selbstverständlich«, sagte Alan, »ich gehe schon mal zum Auto.«

Sie nickte und rannte zum Haus zurück. Lief die Treppe hinauf in ihr Zimmer und schloß die Tür hinter sich. Sie hatte es vergessen am Morgen. Sie hatte vergessen, ihre Tablette zu nehmen. Sie zog die Nachttischschublade auf, nahm die Schachtel heraus. Sie war leer.

Zwanzig Minuten später hatte sie noch immer nirgendwo im Zimmer eine letzte Reserve gefunden. Die Packung in der Schublade war aufgebraucht gewesen. Sie hatte darauf gestarrt und es nicht fassen können. Sie versuchte, sich an den vergangenen Abend zu erinnern: Sie hatte sich eine Tablette geholt, ehe sie mit Beatrice nach St. Peter Port gefahren war. Sie war in Eile gewesen, aber ihr fiel ein, daß sie die letzte Tablette eines Streifens genommen hatte. Sie hatte in die Schachtel gespäht und gemeint, einen weiteren, vollen Blisterstreifen darin zu sehen, aber nun mußte sie feststellen, daß sie sich getäuscht hatte: Lediglich der zusammengefaltete Zettel mit den Einnahmehinweisen steckte noch in der Papphülle.

»Scheiße!« sagte sie inbrünstig. Sie war zu hektisch gewesen am Vorabend, zu schlampig. Aber genaugenommen war sie die *ganze Zeit* über zu schlampig gewesen. Sie bekam das Präparat auf der Insel nicht. Sie hätte vor mindestens zwei Wochen neue Medikamente in Deutschland bestellen müssen.

Sie stand mitten im Zimmer.

Warum habe ich das nicht getan, überlegte sie, warum bloß? So etwas ist mir noch nie passiert…

Sie begann erneut im Zimmer herumzustöbern und mußte dabei unwillkürlich an Erich denken, der am letzten Tag seines Lebens ebenso hastig und unter zunehmender Panik im Haus herumgewühlt hatte.

Du bist nicht Erich, sagte sie sich, du bist nicht wie er. Bleib ruhig.

Aber es fiel ihr schwer, diesen Befehl an sich selbst zu befolgen. Ihre Nervosität schien sich mit jeder Minute zu vertiefen. Das Prickeln in ihren Fingerspitzen verstärkte sich. Sie wußte, in einigen Minuten würden ihre Hände zittern.

Sie sah sich im Zimmer um, bemühte sich krampfhaft, die aufsteigende Panik zu kontrollieren.

Ich bin jetzt nur unruhig, weil ich keine Tablette finde, dachte sie, sonst würde ich gar nichts merken. Es ist reine Einbildung. Es ist nicht echt.

Sie konnte nicht ewig hier oben bleiben. Sie schaute auf die Uhr, es war gleich eins, und sie war nun schon seit fünfundzwanzig Minuten im Haus verschwunden. Alan würde irgendwann auftauchen und nach ihr suchen. Und sie hatte sich immer noch nicht umgezogen, dabei hatte sie behauptet, deswegen auf ihr Zimmer gegangen zu sein.

Mein Koffer, dachte sie, im Koffer könnten noch welche sein. Wo ist der Koffer?

Sie sah sich hastig um, dann fiel ihr ein, daß sie ihn oben auf dem Schrank verstaut hatte. Sie zog einen Stuhl heran, kletterte hinauf, wühlte in dem Koffer herum. Sie konnte nichts sehen, denn selbst mit Hilfe des Stuhls blieb sie zu klein, sie konnte nicht über den Kofferrand hinwegschauen. Sie tastete auf dem Seidenfutter herum, aber die Erkenntnis blieb: Der Koffer war leer.

Sie versuchte, den Reißverschluß der Innentasche zu öffnen, hob sich dazu noch höher auf die Zehenspitzen, reckte sich. Sie hatte noch immer ihre nassen Gummistiefel an und rutschte plötzlich auf dem glatten Holz des Stuhls. Sie versuchte sich an der Schrankkante festzuhalten, verfehlte sie aber. Sie verlor das Gleichgewicht und wäre rückwärts hinuntergestürzt, hätten nicht zwei Hände an ihre Hüften gegriffen und sie gehalten.

»Vorsicht«, sagte Alan, »so ein Sturz kann schlimm ausgehen. Was suchen Sie denn da oben?«

Sie hatte ihre Balance wiedergefunden, drehte sich um und sah zu ihm hinunter. Er ließ sie los.

»Danke«, sagte sie, »das war wirklich im richtigen Moment.«

»Entschuldigen Sie, daß ich einfach in Ihr Zimmer gekommen bin«, sagte Alan, »aber ich saß da unten im Auto und dachte, so lange kann das doch nicht dauern!« Er musterte sie. »Sie haben sich noch nicht umgezogen«, stellte er fest. »Sie haben ja sogar noch Ihre Regenjacke an. Und die Gummistiefel!«

Es hatte keinen Sinn, diese Tatsachen abzustreiten, und so

nickte sie einfach. Er nahm ihre Hand und half ihr, vom Stuhl herunterzuklettern.

»Sie sind sehr blaß«, meinte er, »stimmt etwas nicht?« Sie stand in ihren tropfnassen Sachen mit hängenden Armen vor ihm und hatte das Gefühl, ein Bild des Jammers zu bieten. »Das wissen Sie doch«, sagte sie resigniert. »Sie wissen doch, was nicht stimmt.«

Er nickte. »Ihre Tabletten.«

»Ich brauche morgens und abends eine, dann ist alles okay. Heute früh habe ich keine genommen, und nun müßte ich unbedingt eine haben. Aber die Schachtel ist leer!« Sie machte eine Handbewegung zu ihrem Nachttisch hin. Die Schublade stand offen, oben, gleich neben der Leselampe, lag die leere Packung, daneben der zerknüllte Beipackzettel. »Ich bin ein solcher Idiot!« Fast kamen ihr die Tränen, sie kämpfte heftig dagegen an. »Ich habe die ganze Zeit gedacht, der blöde Zettel sei ein weiterer Streifen. Ich dachte, ich hätte noch Zeit, ehe ich neue bestellen müßte. Und nun hab ich gehofft... na ja, es hätte ja sein können, daß im Koffer noch etwas ist.«

»Aber Sie hatten Pech.«

»Ja. Der verdammte Koffer ist restlos leer! Und ich weiß nicht, wo ich noch suchen soll!«

Er sah sich im Zimmer um. »Wahrscheinlich«, meinte er, »ist tatsächlich nichts mehr da.«

»Ja. Das fürchte ich auch.«

Sie standen einander gegenüber, ratlos, unschlüssig.

Schließlich sagte Alan: »Sie brauchen das Zeug doch gar nicht!«

Franca lachte bitter. »Oh – das müßten Sie aber wirklich besser wissen. Sie haben mich doch in Hochform erlebt, letztes Jahr im September!«

»Das war, wie Sie richtig formulierten, letztes Jahr im September«, sagte er ruhig, »und jetzt haben wir Mai, und vor mir steht eine völlig andere Frau. Eine Frau, die kaum noch etwas zu tun hat mit dem zitternden Geschöpf, das sich damals an meinem Auto festhielt und zuvor einiges Unheil in *The Terrace* angerichtet hatte.«

»Ich bin keine andere Frau«, sagte Franca, aber er widersprach ihr sofort: »Und ob Sie das sind! Sie selbst können das vielleicht nicht beurteilen, weil Sie natürlich nicht genügend Abstand zu sich selbst haben. Sie haben sich sehr verändert, und ich denke, daß Sie diese Tabletten eigentlich vergessen können.«

Sie merkte, daß Zorn in ihr hochkroch. Sie hatte genug Psycho-Ratgeber der populären Sorte gelesen, um Sätze dieser Art zu kennen:

Sie brauchen keine Tabletten!
Sie sind stark!
Sie müssen sich vor nichts und niemandem fürchten!
Sie schaffen alles, was Sie wollen!

Die Zeiten waren vorbei, da sie an derartige Sprüche geglaubt hatte. Lächerliche Versuche, mittels hartnäckiger Suggestion die Probleme wegzuwischen, mit denen sich ein Mensch so oder so herumschlug. Es wurde nicht besser, aber es wurde zumindest auch nicht schlechter. Aber sie hatte es satt, wenn jemand meinte, sie auf so billige Art therapieren zu können.

»Und das wollen *Sie* wissen?« fragte sie zurück, und es schwang einige Schärfe in ihrer Stimme. »Meinen Sie, mich gut genug zu kennen, um das beurteilen zu können?«

Er ging auf ihren aggressiven Ton nicht ein. »Ich kenne Sie nicht besonders gut, das stimmt. Aber ich habe schließlich Augen im Kopf. Und ich sehe Sie nun einmal verändert. Ob Sie das nun gern hören oder nicht, und egal, wie heftig Sie es abstreiten – ich kann Ihnen nur *meinen* Eindruck schildern.«

»Vielleicht interessiert der mich gar nicht«, meinte Franca patzig, »und außerdem sollten ausgerechnet Sie...« Sie sprach nicht weiter, aber Alan hatte schon erraten, was sie hatte sagen wollen.

»Außerdem sollte ausgerechnet ich ganz still sein«, sagte er, »Alkoholabhängiger, der ich bin. Aber das gibt mir auch eine gewisse Kompetenz, meinen Sie nicht? Sie wirken auf mich nicht labil, abhängig, schwach und arm. Sie sind eine aktive und energische Frau, die ihren Weg geht und die nur aus völlig überholten Gewohnheitsgründen heraus glaubt, irgendwelche Psychopharmaka zu brauchen, um sich auf den Beinen zu halten.«

Sie vernahm seine Worte, aber sie schienen nicht bis in ihr Inneres vorzudringen. »Ich brauche die Tabletten«, sagte sie, aber nun war keine Wut mehr in ihr, nur noch Resignation. »Ich kann nicht ohne sie sein.«

»Und es gibt sie hier nicht zu kaufen?«

»Nein. Das habe ich schon bei meinem Aufenthalt im letzten Jahr herausgefunden. Ich kann sie nur in Deutschland bestellen, über meine Therapeutin.«

Alan trat an den Nachttisch heran, nahm den Beipackzettel und schob ihn in seine Hosentasche. »Da steht ja die genaue Zusammensetzung gedruckt. Ich nehme an, diese chemischen Bezeichnungen unterscheiden sich nicht allzusehr in den verschiedenen Sprachen. Vielleicht finden wir einen Apotheker, der Ihnen etwas ganz Ähnliches verkaufen kann.«

Sie zuckte mutlos mit den Schultern. »Ich weiß nicht. Es dürfte auch schwierig sein, ein ähnliches Präparat ohne Rezept zu bekommen. Das sind ziemlich harte Pillen, Alan. Man kann sie nicht so einfach kaufen.«

»Wir versuchen es«, meinte er gleichmütig. »Kommen Sie jetzt, oder wollen Sie sich wirklich noch umziehen?«

Franca sah ihn perplex an. »Sie meinen, ich begleite Sie jetzt nach St. Peter Port?«

Er sah auf die Uhr. »Es ist Viertel nach eins! Um eins waren wir verabredet. Wir sollten uns beeilen. Die beiden alten Ladies sitzen schon da und meinen, wir seien verunglückt.«

»Ich kann nicht mitkommen.«

»Wieso nicht?«

Die Wut ballte sich erneut in ihrem Bauch zusammen. Seine Ignoranz, die sie für eine lächerliche Strategie hielt, ging ihr zunehmend auf die Nerven.

»Wieso nicht? Ich weiß nicht, ob ich mich vielleicht irre, aber ich dachte, das hätte ich gerade lang und ausführlich erklärt! Worüber, meinen Sie, haben wir die ganze Zeit gesprochen? Über das Wetter?« Sie merkte, daß ihre Stimme schrill und unschön klang, aber das lag an der Panik, die zwischen ihren Nerven umherflatterte, sich noch zurückhalten ließ, aber irgendwann ausbrechen würde.

Alan ließ sich nicht provozieren. »Ich denke, ich habe durchaus begriffen, worum es gerade ging. Ich sehe nur nicht, weshalb Sie deshalb jetzt daheim bleiben wollen. Sie haben keine Tabletten, und Sie befürchten eine Panikattacke. Okay – aber wenn sie kommt, dann kommt sie. Hier genauso wie in St. Peter Port. Sie sind nirgendwo sicher. Also können Sie auch mitkommen.«

»Wenn ich im Haus bleibe, erwischt es mich nicht so heftig.«

»Sind Sie da sicher?«

Sie war auf einmal schrecklich müde. »Ich weiß es nicht. Aber es geht mir dann sehr schlecht, und ich hätte solch einen Anfall lieber nicht in der Öffentlichkeit.«

»Das kann ich verstehen. Aber hier wären Sie ganz allein, und das finde ich auch nicht so gut.«

Die Müdigkeit nahm zu, und Franca begriff, daß sie für den Moment vor dem Aufflammen der Panik sicher war. Wenn diese schreckliche Erschöpfung über sie hereinfiel, bedeutete das, daß die Panik in sich zusammengebrochen war, noch ehe sie ihren Angriff hatte beginnen können. Sie hatte sich gewissermaßen verwandelt – in eine kaum vorstellbare Kraftlosigkeit. Sie würde eine Weile brauchen, bis sie erneut Gestalt annehmen konnte. Zuerst mußten die Kräfte zurückkehren.

Sie brachte nicht mehr die Energie auf, ihre Tränen zurückzuhalten. Sie liefen ihr einfach aus den Augen und rollten über ihre Wangen. »Tut mir leid«, murmelte sie, »ich weiß nicht, warum ich weine. Ich bin so müde. Ich bin einfach so schrecklich müde.«

Sie fühlte, wie Alans Arme sie umschlossen. Ihr Gesicht wurde gegen seine nasse Regenjacke gepreßt, aber das machte nichts, da es von ihren Tränen ohnehin schon feucht war. Eine tröstliche Dunkelheit umhüllte sie, und Alans Arme gaben ihr Halt und Wärme.

Wie aus der Ferne vernahm sie seine Stimme: »Es muß dir doch nicht leid tun! Um Gottes willen, weine doch einfach. Weine, solange du willst!«

Sie überließ sich ihren Tränen, seinen Armen und seiner Stimme. Sie wollte sich nicht dagegen wehren, selbst wenn sie es gekonnt hätte.

Ich brauche Kraft, dachte sie, irgendwoher brauche ich Kraft.

Zu ihrer Verwunderung merkte sie, daß sie eine Quelle gefunden hatte.

6

Es war nach zwei Uhr, als sie schließlich bei *Bruno* ankamen.

»Meine Mutter wird schon ganz aufgelöst sein«, bemerkte Alan, »sicher ist sie überzeugt, daß ich sinnlos betrunken in irgendeiner Ecke liege und du es nicht fertigbringst, mich hierherzuschaffen.«

Sie waren auf die vertraute Anrede übergegangen seit der Szene in Francas Zimmer. Franca hatte eine halbe Stunde lang geweint, sie hatte geschluchzt und gezittert und dabei gespürt, daß sie nicht wegen ihrer fehlenden Medikamente so heftig weinte, sondern daß ein sehr alter, sehr lange aufgestauter Schmerz aus ihr herausbrach, daß es um ihre verlorenen Jahre ging, um Michaels Lieblosigkeit, um all die Kränkungen, die ihr zugefügt worden waren, und um die Kraftlosigkeit, mit der sie sie hingenommen hatte.

Er hatte sie schluchzen lassen, bis ihre Tränen von selbst versiegten, bis sie ruhiger wurde, bis der Kummer nicht länger stoßweise aus ihr herausfloß. Einmal hatte er ihr über die Haare gestrichen und leise gesagt: »Ich weiß, was du fühlst. Ich weiß es so gut.« Und sie hatte das Gefühl gehabt, daß auch er sich an ihr festhielt, daß auch er in ihr einen Trost fand, selbst wenn es schien, als sei allein sie es, die Kraft schöpfte aus ihm.

»Es geht wieder«, hatte sie schließlich gesagt und sich ein wenig befangen aus seinen Armen gelöst. Sie hatte sich über die Haare gestrichen.

»Ich muß fürchterlich aussehen.«

»Du siehst hübsch aus«, sagte er, »aber du solltest dir das Gesicht waschen. Wir müßten sonst meiner Mutter und Mae eine Erklärung geben.«

Sie ging ins Bad, spritzte kaltes Wasser in ihr Gesicht, putzte sich die Nase, kämmte die Haare. Der Anblick von Verwahrlosung blieb, aber sie hatte jetzt keine Zeit mehr, sich umzuziehen und einigermaßen herzurichten.

Egal, dachte sie, Alan ist nicht Michael. Er wird sich auch so mit mir sehen lassen.

Im Auto auf dem Weg nach St. Peter Port sprachen sie kein Wort mehr über das Vorgefallene. Der Wind hatte inzwischen die letzten Wolken verjagt, und der Himmel war so blau wie am Vortag.

»Ich wußte, daß es heute noch schön werden würde«, sagte Alan. Er klang zufrieden. »Ein bißchen kenne ich mich doch noch aus mit der Insel.«

»Hast du manchmal überlegt, zurückzukehren?« fragte Franca, und Alan sagte: »Manchmal habe ich ein wenig Heimweh. Aber letztlich bietet mir die Insel keine interessanten beruflichen Möglichkeiten. Und an diesen Punkt muß ich schließlich auch denken ... An ihn muß ich vor allem denken«, fügte er nach einer sekundenlangen Pause hinzu, und es klang ein wenig so, als müsse er sich selbst überzeugen.

Als sie vor dem Restaurant standen und er die Bemerkung über seine Mutter machte, die nach seiner Ansicht schon das Schlimmste vermutete, winkte Franca ab.

»Ich habe deine Mutter noch nie aufgelöst gesehen. Sie ist eine ungeheuer starke Person. Ich bewundere sie.«

»Ich könnte mir denken«, sagte Alan nachdenklich, »daß sie ihre eigene Stärke manchmal ein wenig zu sehr kultiviert hat. Daß sie an diesem Bild von sich selbst so sehr hängt, daß sie damit auch ausnutzbar wurde. Du hast mir erzählt, daß Helene sie belogen hat, um ihr ganzes Leben in ihrem Haus verbringen zu können. Aber wenn man es genau nimmt, gab es dennoch für Mum keinen Grund, die Witwe eines deutschen Besatzungsoffiziers fünfzig Jahre lang zu beherbergen. Mum wären so viele Wege offengestanden ... sie hätte sich nicht hierher setzen und ihre ungeliebten Rosen züchten müssen. Aber vielleicht hat es ihr irgendwo gefallen, Helene Asyl zu gewähren. Vielleicht hat es ihr gefallen, das starke Familienoberhaupt zu sein, das ein Kind großzieht und für eine wehleidige alte Frau sorgt und sich irgendwie um alles kümmert. Ich glaube, was sie jetzt fertigmacht, ist weniger der Umstand als vielmehr die Erkenntnis, daß Helene ihr an Stärke und Raffinesse den Rang abgelaufen hat. Sie hat ihre Kraft in eine Person investiert, die das gar nicht nötig gehabt hätte. Daran beißt sie jetzt herum.«

Franca dachte über seine Worte nach, während sie ihm in das Restaurant folgte. Es waren nur einige wenige Tische besetzt; bei dem schönen Wetter zog es die Feriengäste ins Freie. An einem

Tisch in der Ecke saß Mae in ihrem Sommerkleid, das sich nun doch als die richtige Wahl für den Tag erwiesen hatte, und sah sich, wie es schien, ein wenig verzweifelt um. Als sie Alan und Franca entdeckte, winkte sie wild.

»Da seid ihr ja endlich! Ihr seid über eine Stunde verspätet! Was war denn los?«

»Meine Mutter ist wohl schon gegangen?« fragte Alan. Sie setzten sich zu Mae, und Alan fuhr fort: »Entschuldige, Mae. Wir haben noch einen Spaziergang gemacht und uns völlig in der Entfernung verschätzt. Ich hoffe, du hast schon etwas gegessen.«

Vor Mae stand ein Glas mit Sherry. Sie nickte. »Ja, aber eigentlich hatte ich gar keinen Appetit. Ich habe fast alles zurückgehen lassen. Mir war überhaupt nicht nach Essen zumute.«

Franca hatte den unbestimmten Eindruck, daß Mae nicht nur wegen ihrer und Alans Verspätung durcheinander war. Irgend etwas lag in der Luft.

»Wo ist Beatrice?« fragte sie.

»Sie ist gar nicht erst mit hierhergekommen«, sagte Mae. Sie wirkte gekränkt und verärgert. »Ich meine, man kann es mir durchaus sagen, wenn man sich nicht mit mir verabreden will. Ich zwinge niemanden. Aber daß es erst heißt, wir gehen zusammen in die Stadt, wir bummeln, wir gehen dann schön Mittag essen zusammen, und zuletzt sitze ich zwei Stunden lang mutterseelenallein in einem Lokal – das ist nicht richtig. Ich hätte mir für diesen Tag auch etwas anderes vornehmen können.«

»Also, *zwei* Stunden sind wir nicht verspätet!« protestierte Alan. »Etwas über eine Stunde nur!«

»Ich sitze seit zwölf Uhr hier«, sagte Mae, »und jetzt ist es bald halb drei.«

»Seit zwölf? Warum das denn? Und weshalb ist meine Mutter nicht mitgekommen?«

»Sie hat einen Bekannten getroffen. An der Uferpromenade«, erklärte Mae, »und von dem Moment an existierte ich nicht mehr für sie.«

Alan runzelte die Stirn. »Einen Bekannten? Ist sie mit dem jetzt zusammen?«

»Sie wollten sich irgendwo an den Hafen setzen und einen Kaffee trinken. Das Wetter wurde ja wieder schön. Sie haben nicht ausdrücklich gesagt, daß sie mich nicht dabeihaben wollen, aber ich merke es, wenn ich störe. Und ich dränge mich nicht auf«, sagte Mae beleidigt. »Beatrice meinte, gegen halb zwei sei sie hier, ich solle euch Bescheid sagen, daß sie ein wenig später komme. Aber mir war gleich klar, daß sie die Zeit vergessen würde.«

»Wen hat sie denn da getroffen?« fragte Alan zerstreut. Er hatte die Speisekarte zu sich herangezogen und studierte die Seite, auf der die Weine angeboten wurden. Als ihm dies bewußt wurde, blätterte er rasch nach vorn zu den Pastagerichten.

Mae lehnte sich ein wenig vor und senkte die Stimme. Sie tat sehr geheimnisvoll. »Ihr werdet es nicht glauben«, flüsterte sie, »nach all den Jahren … ich dachte erst, sie bildet sich das ein, aber sie hatte recht. Er war es wirklich.«

»Wer?« fragte Franca.

»Julien. Der Franzose. Der Franzose von damals.«

»Wer ist Julien?« fragte Alan verwundert.

»Das gibt es doch nicht!« rief Franca gleichzeitig.

Alan bestellte Rigatoni Napoli, und Franca, erschöpft, wie sie war, hatte das Gefühl, sich eine Sünde leisten zu dürfen. Sie wählte Spaghetti mit viererlei Käsesorten. Dazu tranken sie einen Pinot Grigio, und Alan wollte wissen, wer Julien sei. Mae wand sich; vermutlich hatte sie ihrer Freundin irgendwann einmal versprochen, Alan gegenüber nichts von Julien zu erzählen, aber andererseits brannte sie darauf, diejenige zu sein, die Alan über intime Details aus dem Leben seiner Mutter aufklärte.

»Das Verrückte ist«, sagte sie, »daß Beatrice schon im letzten Jahr eines Abends glaubte, ihn gesehen zu haben. Wir saßen im *Le Nautique*, es muß Ende August oder Anfang September gewesen sein, und plötzlich behauptete sie, ihn zwischen den Menschen draußen erblickt zu haben. Ich sagte ihr, daß das nicht sein könne. Ich dachte, nach so langer Zeit könne sie ihn sowieso nicht erkennen, aber sie war sich ihrer Sache ziemlich sicher. Und heute erstarrte sie plötzlich und sagte: Da ist Julien! Und ich muß zugeben, ich hätte ihn auch erkannt. Er ist ein ganz alter Mann, Ende Siebzig schon, aber irgendwie haben sich seine Züge nicht verändert.

Er wirkt jung für sein Alter. Er ist immer noch ein gutaussehender Mann.« Mae seufzte. »Das war er damals auch, das muß man zugeben.«

»Würde mich irgend jemand endlich einmal aufklären, um wen es sich bei diesem geheimnisvollen Julien handelt?« fragte Alan. »Immerhin scheint er für meine Mutter recht bedeutsam zu sein, wenn sie eine Verabredung mit uns dreien zum Mittagessen einfach vergißt.«

Mae schlug die Augen nieder, und Franca dachte, daß auch ein Mann, der weniger intelligent gewesen wäre als Alan, an ihrem Getue inzwischen erkannt hätte, was los war.

»Ein Jugendfreund«, sagte sie, »aus der Zeit des Krieges. Er arbeitete für Erich Feldmann.«

»Aha«, sagte Alan, »er war Mums erste Liebe?«

Franca sah keinen Grund, dies abzustreiten. »Ja. Sie verbrachten wohl einige recht romantische Jahre. Er konnte fliehen und…«

»…und meine Eltern versteckten ihn auf dem Dachboden«, ergänzte Mae, »was natürlich schrecklich gefährlich war. Meinen Vater hätte es das Leben kosten können.«

»Interessant«, sagte Alan, »und Mum hatte dann ihre Schäferstündchen mit ihm dort oben?«

»Das kann man wohl sagen!« Es war Mae anzumerken, daß sie bis heute nicht mit der Tatsache fertig wurde, daß Julien seinerzeit Beatrice den Vorzug gegeben hatte. »Beatrice war natürlich viel zu jung, und ich finde, daß…«

»Ich glaube, man muß das unter den Vorzeichen der damaligen Zeit sehen«, sagte Franca rasch. »Ich denke, die Menschen, auch die jungen Menschen, waren sich ständig der Gefahren um sie herum bewußt. Alles konnte von einem Tag zum anderen zu Ende sein. Man wartete nicht, bis man das passende Alter erreicht hatte, um sich zu verlieben. Man nahm sich, was man bekam, und man nahm es sich schnell.«

»Im übrigen sind die jungen Mädchen heutzutage auch recht früh bei der Sache«, warf Alan ein. »Nach unten hin scheint es da kaum noch eine Altersgrenze zu geben.«

Mae nickte wehmütig. »O ja, und ich finde das sehr bedauerlich. Die jungen Dinger bringen sich doch um die echten Gefühle, um das wirkliche Erleben eines wunderschönen Ereignisses. Ich erinnere mich, wie entsetzt ich war, als ich erfuhr, daß Maja ihr erstes sexuelles Erlebnis mit dreizehn Jahren hatte. Mit dreizehn! Auf dem Rücksitz eines Autos. Und ich wette, heute weiß sie nicht einmal mehr, wie der Junge hieß.«

»Davon bin ich überzeugt«, sagte Alan trocken. »Wenn sich Maja an die Namen all ihrer Liebhaber erinnern wollte, wäre das so, als würde jemand die Telefonbücher aller Kanalinseln auswendig kennen. Und das ist eindeutig zuviel verlangt.«

Mae preßte die Lippen aufeinander, wagte aber nicht zu widersprechen, da sie wußte, daß Alan recht hatte.

»Nun ja«, sagte sie und kramte in ihrer Handtasche nach dem Geldbeutel, »ich werde jedenfalls jetzt nicht noch länger auf Beatrice warten. Ich finde sehr unhöflich, was sie tut, aber in gewisser Weise bin ich das von ihr ja gewöhnt.«

»Du bist eingeladen, Mae«, sagte Alan, »und bitte entschuldige das Benehmen meiner Mutter. Aber wenn dieser Mann ihre erste Liebe war...« Er lächelte gewinnend, vermochte aber Mae nicht zu versöhnen. Sie verließ das Restaurant hocherhobenen Hauptes und mit einer Miene, die ihre Verstimmung nur allzu deutlich verriet.

»Ich muß feststellen, daß du viel besser über das Leben meiner Mutter informiert bist als ich«, sagte Alan, nachdem Mae verschwunden war. »Mir hat sie von diesem Julien nie etwas erzählt.«

»Ich glaube, Mütter erzählen ihren Söhnen selten etwas über ihre Liebschaften«, meinte Franca, »das solltest du keinesfalls persönlich nehmen.«

Aber Alan hatte das Thema offensichtlich schon wieder abgehakt, es interessierte ihn nicht besonders, mit welchen Männern seine Mutter irgendwann einmal eine Beziehung unterhalten hatte. Er schien froh, daß Mae nicht länger bei ihnen am Tisch saß.

»Ich habe mir überlegt«, sagte er, »daß es das beste wäre, zu Kevin zu fahren und ihm unseren Verdacht auf den Kopf zuzusagen. Wir werden sehen, wie er reagiert. Ich kann ihm juristische Hilfe anbieten. Ich denke, das wäre fair.«

»Wenn er es nicht war«, entgegnete Franca, »wovon ich überzeugt bin, dann wird er sehr verletzt sein. Und zwar zu Recht. Das ist nicht *irgendein* Verdacht, Alan, den du da aussprichst. Es geht um Mord. Um einen besonders grausamen Mord dazu. Und das«, fügte sie mit einem Kopfschütteln hinzu, »ist es auch, weshalb ich mir Kevin als Täter absolut nicht vorstellen kann. Selbst wenn alles zusammenpaßt, Alan, wenn alles, was du sagst, Hand und Fuß hat – Kevin würde nicht hingehen und Helene *die Kehle durchschneiden*! Vielleicht würde er sie erwürgen oder ihr eine Flasche auf den Kopf schlagen, im Affekt, in seiner Verzweiflung, aber er würde es nicht fertigbringen, etwas so Entsetzliches zu tun. Kevin ist...« Sie suchte nach einer Formulierung, wußte, daß das Wort, das sie schließlich fand, unangemessen war und dennoch die Sache traf, »Kevin ist viel zu zimperlich für eine so blutige Grausamkeit.«

»Wir werden ihn mit unseren Überlegungen konfrontieren«, beharrte Alan. »Vielleicht kann er uns etwas sagen dazu, was alles entkräftet. Es ist besser, als gleich zur Polizei zu gehen, und er muß sich dann den Beamten gegenüber rechtfertigen.«

»Ich fühle mich scheußlich dabei«, sagte Franca. Sie schob ihren halbleeren Teller von sich, sie hatte keinen Hunger. Die Panik lag wieder auf der Lauer. Sie erwischt mich heute noch, dachte sie deprimiert, irgendwann, in einem unpassenden Moment. Bei Kevin vielleicht.

Alan schob seinen Teller ebenfalls weg. Auch er schien keinen rechten Appetit zu haben. »Ich bin sicher«, sagte er, »daß die Polizei auch bald auf die Idee kommen wird, Kevin ins Auge zu fassen. Die sitzen schließlich nicht untätig herum. Sie ziehen Erkundigungen ein, kombinieren... und es wird ihnen klarwerden, daß da irgend etwas mysteriös ist. Es wird ein bißchen dauern, weil sie eine Reihe von Fakten nicht kennen, von denen wir wissen: Sie wissen nichts über Helenes Geld, wissen nicht, daß Kevin sie ständig angepumpt hat, daß er am Tag der Beerdigung versucht hat, ihr Zimmer zu durchstöbern und so weiter. Aber glaube mir, sie kommen hinter das alles, und dann ist er fällig. Im Grunde tun wir ihm einen Gefallen, indem wir der Polizei vorgreifen.«

Seine Worte leuchteten ihr ein, und doch hatte sie ein dummes Gefühl. Sie bemühte sich, es zu ignorieren. Vielleicht fühlte sie sich auch nur deshalb so elend, weil sie keine Tablette eingenommen hatte.

»Na gut, dann gehen wir«, sagte sie und stand auf.

Das kleine Café am Hafen hatte eine Terrasse, die direkt über dem Wasser lag, ein schlichter Boden aus Holzplanken, schlichte Tische und Stühle, ein paar zerfledderte Sonnenschirme. Das Gebäude stand so, daß es jeden Windhauch abfing, und so war es auf der Veranda inzwischen sehr heiß geworden.

Beatrice hatte längst ihre Regenjacke ausgezogen und streifte nun auch ihren Pullover über den Kopf. Darunter trug sie ein weißes T-Shirt, auf das ein Pferdekopf gedruckt war. Mit beiden Händen versuchte sie, ihre wirren Haare zu ordnen. »Gott, wer hätte das gedacht«, sagte sie, »daß es heute noch so warm werden würde!«

Julien sah sie an und lächelte. »Du wirst es für ein dummes Kompliment halten, Beatrice, aber du hast dich gar nicht so sehr verändert. Natürlich bist du älter, genau wie ich. Aber deine Bewegungen, dein Lachen, die Art, wie du den Kopf wendest... das alles ist gleich geblieben. In deiner Ausstrahlung hast du nichts von einer alten Frau. Du könntest das junge Mädchen sein, das mit mir auf dem Dachboden in Le Variouf saß und Victor Hugo las.«

»Jetzt übertreibst du«, widersprach Beatrice, »mich trennen Lichtjahre von diesem Mädchen. Ein ganzes Leben sogar.«

»Hast du die Geschichte vom Glöckner von Notre-Dame noch einmal gelesen seitdem?«

Sie sah ihn an, überlegte, wie weit sie ihre Sentimentalität ihm gegenüber eingestehen wollte. »Ich habe ihn noch oft gelesen«, sagte sie schließlich, »jede Zeile ist mit Erinnerungen verbunden. Und wahrscheinlich liegt es am Alter, daß man anfängt, in Erinnerungen zu schwelgen.«

»Ich habe ihn auch noch oft gelesen. Ich habe dabei viel an uns gedacht.« Er kramte eine Zigarre hervor, wollte auch Beatrice eine anbieten, aber sie schüttelte den Kopf. Zigarren hatte sie noch nie gemocht.

»Im nachhinein verklärt sich manches«, fuhr er fort, »für mich hat sich die Zeit damals zunehmend romantisch verklärt. Ich muß mir immer wieder sagen, daß sie alles andere als schön war. Sie war gefährlich und grausam, und ich war verzweifelt. Die Nazis stahlen mir Jahre meines Lebens. Ich saß dort oben auf dem Boden, starrte durch die Dachluke in den blauen Himmel und wünschte mir, anschreien zu können gegen das Schicksal. Aber das weißt du ja. Ich habe damals wirklich genug gejammert.«

»Ich denke aber, den Begriff *Schicksal* hast du gerade schon zu Recht gebraucht«, meinte Beatrice. »Es war unser Schicksal. Deines wie meines. Wenn wir heute beide die romantischen Seiten darin sehen, sollten wir uns das nicht verbieten. Es bedeutet auch, daß wir angenommen haben, was uns zugedacht war, daß wir uns ausgesöhnt haben damit. Und das ist gut so. Alles andere würde zu Verbitterung führen und uns anfällig machen für Krankheiten.«

Er stutzte einen Moment, dann lachte er. »Du hast immer noch diese wunderbar praktische Art. Wir würden anfällig werden für Krankheiten! Ich kenne kaum eine Frau, die diese Assoziation getätigt hätte.«

Sie rührte in ihrem Kaffee. Sie betrachtete Julien dabei so intensiv, wie sie ihn seit Stunden schon ansah. Er war bald achtzig Jahre alt, aber sie hätte ihn auf siebzig geschätzt. Was er über den Schwung und die Jugendlichkeit ihrer Bewegungen gesagt hatte, traf auch auf ihn zu. Er hatte nicht die Ausstrahlung eines alten Mannes. Seine einst dunklen Haare waren weiß geworden, sein einst glattes, junges Gesicht faltig, aber seine Augen waren noch immer klar und blitzend. Und hellwach.

Er hatte ihr erzählt, daß er von Suzanne geschieden war, schon seit Mitte der sechziger Jahre, daß er inzwischen noch zweimal verheiratet gewesen war. Seine zweite Ehe war in den Siebzigern geschieden worden. Seine dritte Frau war 1992 an Krebs gestorben.

»Mit ihr war ich wirklich glücklich«, hatte er nachdrücklich gesagt, »wir verstanden uns gut, ließen einander viel Freiraum. Vielleicht lag es aber auch daran, daß wir beide nicht mehr jung waren. Daß wir abgeklärter waren. Sie versuchte nicht, mich zu ändern, und ich drehte mich nicht mehr ständig nach anderen Frauen um. Irgendwann wirkt das lächerlich, findest du nicht? Spätestens dann, wenn das Grau im Haar eindeutig überwiegt. Ich hatte dann auch keinen Nachholbedarf mehr. Ich hatte das Gefühl, die versäumte Zeit wiedergutgemacht zu haben – wenn man das überhaupt sagen kann. Denn jede Lebenszeit ist etwas ganz Eigenes. Unwiederbringlich, unwiederholbar.«

Nun erst, Stunden nachdem sie auf der Uferpromenade beinahe

ineinandergelaufen und einander ungläubig angestarrt hatten, fragte er: »Was ist mit deinem – wie hieß er? – Frederic geworden? Seid ihr noch zusammen?«

Sie schüttelte den Kopf. »Schon lange nicht mehr. Wir sind seit über vierzig Jahren geschieden. Wir haben keinerlei Kontakt mehr. Ich weiß nicht einmal, ob er noch lebt.«

»Deshalb bist du wieder auf Guernsey«, folgerte er. »Ich dachte, du seist für immer in Cambridge geblieben. Du schienst damals so entschlossen, der Insel für alle Zeiten den Rücken zu kehren.«

»Es ist anders gekommen«, sagte sie nur, und ihr Ton verhieß, daß sie dieses Thema nicht zu vertiefen wünschte, »ich war nun praktisch mein ganzes Leben lang auf Guernsey.«

Er betrachtete sie nachdenklich und aufmerksam, sagte aber nichts.

»Ich war einige Male hier«, sagte er, »zuletzt im März. Und davor im letzten Jahr im August. Ich bin heute früh von St.-Malo herübergekommen. Ich werde ein paar Tage bleiben.«

»Du hast nie den Versuch gemacht, mit mir Kontakt aufzunehmen, wenn du hier warst. In all den Jahren nicht.«

»Ich dachte doch, du seist in Cambridge«, sagte er lahm, und sie schüttelte den Kopf. »So genau konntest du das nicht wissen. Es hätte sich gelohnt, einmal einen Versuch zu machen.«

»Du hast recht. Es war … es paßte irgendwie nicht …«

Sie begriff, was er eigentlich sagen wollte: Sie hatte keinen Platz mehr gehabt in seinem Leben. Sie hatte nicht mehr hineingepaßt. Sie hatte zu einer anderen Epoche gehört, und er war nicht gewillt gewesen, sie in sein neues Leben zu integrieren. Es hätte bedeutet, die Bestandteile zu vermischen, und offensichtlich hatte er eine klare Trennung haben wollen.

Aber er hat Victor Hugo gelesen, dachte sie, und es war fast kindliches Frohlocken in ihr, er hat ihn gelesen und an uns gedacht. Er ist mich nie ganz losgeworden. Es war keine Fremdheit zwischen ihnen, obwohl sie einander fast ein halbes Jahrhundert lang nicht gesehen hatten. Sie saßen so friedlich nebeneinander in der Sonne wie ein altes Ehepaar, das zusammen schweigen kann, weil es sich ohne Worte versteht. Sie hätten voreinander ausbreiten können, was alles geschehen war im Laufe der vielen Jahre und

Jahrzehnte, aber keiner von ihnen hatte das Bedürfnis. Sie hatten einander einige Fakten mitgeteilt, aber im wesentlichen hatten sie geschwiegen. Nun fragte Julien: »Lebt *sie* noch? Du weißt schon, die Witwe Feldmanns. Nach dem Krieg ist sie doch in deinem Haus geblieben.«

Beatrice war überrascht; Helenes Tod war seit zwei Wochen *das* Gesprächsthema auf der Insel, und für einen Moment irritierte es sie, einem Menschen gegenüberzusitzen, der sich arglos nach ihr erkundigte. Aber dann fiel ihr ein, was Julien gesagt hatte: Erst an diesem Morgen war er aus der Bretagne herübergekommen.

»Helene ist tot«, sagte sie, »sie wurde vor zwei Wochen ermordet. Wir fanden sie auf dem Weg gleich hinter unserem Haus. Man hat ihr die Kehle durchgeschnitten.«

Während sie das sagte, wurde ihr beinahe schlecht. Es klang so ungeheuerlich, so entsetzlich. Es hätte heißen müssen: *Sie ist gestorben. Sanft entschlafen.* Oder: *Sie war sehr krank. Endlich wurde sie erlöst. Das* war es, was man im allgemeinen über verstorbene ältere Damen sagte. Man sagte nicht: *Jemand hat ihr die Kehle durchgeschnitten.*

O Gott, dachte sie.

»O Gott«, sagte Julien fassungslos. »Das gibt es doch nicht! Wer hat das denn getan?«

»Sie haben den Täter noch nicht. Die Polizei tappt völlig im dunkeln.«

Julien sah geschockt aus und wußte für einige Minuten überhaupt nichts mehr zu sagen. Stumm zog er an seiner Zigarre. Beatrice zündete sich eine Zigarette an und überlegte, ob sie zwei Schnäpse bestellen sollte. Ihr Blick ging zum Ufer hin, und sie sah Franca und Alan, die gerade vorbeikamen.

Sie sprang auf und winkte. »Alan! Franca! Kommt doch mal her!«

Beide schauten sich erstaunt um, entdeckten dann aber, woher der Ruf kam. Zwei Minuten später standen sie auf der Terrasse.

»Mein Sohn Alan«, stellte Beatrice vor, »Alan, das ist Julien. Ein alter Freund.«

Die beiden Männer reichten einander die Hände. Julien lächelte Alan sehr offen an, Alan wirkte eher verhalten.

Vater und Sohn, dachte Franca fasziniert, und beide haben keine Ahnung.

Beatrice stellte auch sie vor, und Julien begrüßte sie liebenswürdig. Er mußte, stellte Franca fest, ein ungeheuer gutaussehender Mann gewesen sein mit einer phänomenalen Wirkung auf Frauen. Selbst dem alten Mann war das noch deutlich anzusehen.

Welch ein schöner Mensch, dachte sie, und wie schwierig für eine Frau, mit ihm zusammenzusein.

»Mum, wir fahren nach Hause«, sagte Alan, »möchtest du mit uns kommen? Auf Mae kannst du nicht mehr zählen, die ist schon zornig abgerauscht, nachdem du sie eine Ewigkeit lang allein im Restaurant hast sitzen lassen.«

»Fahrt ihr nur«, sagte Beatrice, »ich möchte hier noch eine Weile bei Julien bleiben und mit ihm über die alten Zeiten plaudern. Ich komme dann mit dem Bus.«

»Oder ich fahre dich«, bot Julien an, »ich habe mir sowieso einen Leihwagen genommen.« Er wandte sich an Alan. »Ich bin heute erst von Frankreich herübergekommen.«

»Aha«, sagte Alan. Irgend etwas schien ihn an Julien zu stören, aber Franca vermochte nicht auszumachen, was es war. »Wenn Sie meine Mutter nach Hause bringen, wäre das natürlich sehr freundlich von Ihnen.«

»Das ist doch selbstverständlich«, meinte Julien.

Er blieb stehen, bis Franca und Alan die Terrasse verlassen hatten.

»Du hast mir nicht gesagt, daß du einen Sohn hast«, sagte er zu Beatrice.

»Ich habe dir sehr vieles nicht gesagt«, erwiderte sie.

7

»Wie günstig, daß wir Mum nicht erst heimfahren müssen«, meinte Alan, als sie im Auto saßen. »So können wir gleich zu Kevin und brauchen ihr auch keine Erklärungen abzugeben.«

Franca ließ die Fensterscheibe am Beifahrersitz herunter, um ein wenig frische Luft zu schnappen. Sie wußte, daß sie dringend eine Tablette brauchte. Alan hatte offenbar völlig vergessen, daß er sich in einer Apotheke nach einem ähnlichen Präparat hatte erkundigen wollen. Er war jetzt auf Verbrecherjagd, fieberte seinem Gespräch mit Kevin entgegen. Franca mochte ihn nicht erinnern, zumal sie dies ohnehin für sinnlos hielt: Sie war überzeugt, ihr Medikament nirgendwo ohne Rezept zu bekommen.

Die Sonne hatte jetzt eine immense Kraft erreicht. In Francas Erschöpfung mischten sich erste Anflüge jenes heftigen Kopfschmerzes, den sie nur zu gut kannte und der für gewöhnlich immer im Zusammenhang mit Michael aufgetreten war. Jetzt war es offensichtlich eine Reaktion auf den Entzug des gewohnten Medikaments.

Verdammt, dachte sie müde.

»Irgendwoher kenne ich den Typ«, sagte Alan, »ich weiß nur noch nicht, wo ich ihn einordnen soll. Aber das Gesicht habe ich schon einmal gesehen.«

»Vielleicht irgendwann einmal im Haus deiner Mutter?«

Er schüttelte den Kopf. »Das wüßte ich. Nein, nein. Es war in einem anderen Zusammenhang... Aber beim besten Willen komme ich jetzt nicht darauf.«

Er sprach nicht mehr davon, bis sie in Torteval anlangten. Das Hoftor vor Kevins Haus war geschlossen, und so parkten sie das Auto am gegenüberliegenden Straßenrand. Der eigentümlich spitzgiebelige Turm der Kirche von Torteval ragte in einen inzwischen strahlenden, wolkenlosen Himmel. Franca konnte die riesigen blauen Hortensien sehen, die entlang der Friedhofsmauer wuchsen. Eine sehr alte, steinerne, moosdurchsetzte Mauer... Sie versuchte, sich an dem Eindruck dieser Idylle festzuhalten, Kraft aus dem Frieden zu schöpfen, der das verwunschene, in blühende Gärten gebettete Dorf prägte. Sie brauchte Verstärkung gegen die Panik, die langsam wieder zu Kräften kam und eigensinnig hervorlugte. Sie hatte noch keineswegs aufgegeben.

Eine Hortensie als Waffe gegen die Angst, dachte Franca und bemühte sich, über diesen Gedanken zu lachen. Es gelang ihr nicht. Das Ausmaß ihrer Angst hatte nichts Komisches mehr.

Sie öffneten das Tor und traten in den Garten. Bienen summten umher, im leisen Wind rieselten weiße Blüten von den Kirschbäumen. Alle Türen und Fenster des Hauses waren verschlossen. Alan betätigte einige Male den Türklopfer, aber es kam keine Reaktion darauf. Sie umrundeten das Haus, konnten jedoch niemanden entdecken.

»Ich glaube, Kevin ist nicht daheim«, sagte Alan enttäuscht, »ich verstehe das nicht! Wo kann er denn sein?«

»Vielleicht macht er irgendwelche Besorgungen«, meinte Franca. Sie war insgeheim erleichtert. Der Gedanke, Kevin mit den ungeheuerlichen Vorwürfen zu konfrontieren, die Alan offensichtlich schon fast zur Tatsache nahm, hatte sie belastet. Außerdem konnte sie nun hoffen, schneller nach Hause zu kommen. Vielleicht gelang es ihr, zwischen den schützenden Mauern ihres Zimmers zu sein, ehe die Panik wie eine Flutwelle über sie hinwegrollen würde.

Alan sah in den Garten, an dessen Ende die Sonne sich in den gläsernen Scheiben der Gewächshäuser spiegelte.

»Wo sind denn eigentlich die berühmten neuen Gewächshäuser, deretwegen Kevin nun angeblich ständig in Schwierigkeiten steckt?« fragte er stirnrunzelnd. »Die Dinger dort hinten stehen jedenfalls schon seit Ewigkeiten da.«

»Keine Ahnung«, sagte Franca, »ich bin heute zum erstenmal hier.«

Das Haus, in dem Helene den letzten Abend ihres Lebens verbracht hatte... Franca blickte an der Fassade hoch. An der Ostseite wuchs Efeu. Die Fenster hatten Sprossen und waren von grünen Läden eingefaßt. Man konnte sich nicht vorstellen, daß in diesem Haus ein Verbrechen seinen Ausgang genommen haben sollte. Und doch mußte etwas geschehen sein... irgend etwas... denn auch wenn Franca Alans Überlegungen, den Ablauf jenes Abends betreffend, nicht teilte, so blieben ein paar befremdliche Tatsachen bestehen, die sie nicht abstreiten konnte: vor allem die, daß eine offensichtlich ziemlich verstörte Helene nachts auf der Straße gestanden und auf ein Taxi gewartet hatte und daß es bislang dafür keine überzeugende Erklärung gab.

Sie war hier, dachte Franca, in diesem schönen, gemütlichen Häuschen, sie aß mit Kevin, trank mit ihm, plauderte... Und dann hörte sie etwas, oder Kevin tat etwas, das sie zum Telefon eilen und mit Flüsterstimme ein Taxi bestellen ließ und das ihr sogar die Ruhe nahm, im Haus zu warten, bis der Fahrer anklopfen würde.

Weshalb hatte sie solche Angst? fragte sich Franca. Was kann sie so erschreckt haben bei Kevin, den sie seit Ewigkeiten kannte, den sie liebte, dem sie vertraute, der wie ein Sohn war für sie?

»Vielleicht hat er noch irgendwo auf der Insel ein Stück Land«, überlegte Alan, »und dort befinden sich diese ominösen Gewächshäuser. Möglicherweise ist er dann gerade auch dort. Ich werde sehen, ob ich einen Nachbarn finden und fragen kann.«

Sie sah ihn bewundernd an; bewundernd deshalb, weil er so souverän und entschlossen agierte. Er hatte ein einziges Glas Wein getrunken. Er war gut ohne Alkohol, er war überzeugend, bestimmt und sicher. Franca wußte nur zu gut, was es hieß, auf die gewohnte Droge zu verzichten. Alan, davon war sie jetzt überzeugt, hatte Alkohol nicht im geringsten nötig. Er mochte damit angefangen haben, weil er geglaubt hatte, auf andere Weise den Anforderungen des Lebens nicht genügen zu können, aber es war ein Irrtum von ihm gewesen – ein tragisches Unterschätzen seiner Fähigkeiten. Er war ein gutaussehender, intelligenter und gebildeter Mann und vermutlich ein brillanter Anwalt. Sie vermutete jedoch, daß er seinen eigenen Wert nie wirklich begriffen hatte.

Sie gingen wieder nach vorn in den Hof und stießen auf einen jungen Mann, der gerade durch das Gartentor hereinkam. Er war sehr groß und ungewöhnlich dünn und hatte auffallend sorgfältig geföhnte blonde Haare, die silbrig im Sonnenlicht glänzten. Er sah so schwul aus, daß er als Verkörperung des Begriffs Homosexualität hätte gelten können.

Er erschrak, als er Franca und Alan bemerkte, faßte sich jedoch rasch wieder.

»Mr. Shaye?« sagte er. »Ich weiß nicht, ob Sie sich noch an mich erinnern. Steve Gray. Wir sind uns zwei- oder dreimal im Haus Ihrer Mutter begegnet. Als Kevin und ich noch zusammen waren.«

Alan runzelte kurz die Stirn, dann entsann er sich. »Richtig! Mr. Gray. Guten Tag. Wir wollten zu Kevin. Er scheint nicht daheim zu sein.«

»Er ist selten da in der letzten Zeit«, klagte Steve. Er wirkte sehr unglücklich. Franca nahm an, daß er noch immer heftig verliebt war in Kevin, daß seine Gefühle aber nicht in der gleichen Weise erwidert wurden. »Ich mache mir große Sorgen um ihn.«

Alan hakte natürlich sofort ein. »Ja? Weshalb?«

Steve schien erpicht darauf, irgend jemandem sein Herz auszuschütten. »Er ist so gehetzt. So unruhig. Ihn plagen schreckliche Sorgen. Dauernd braucht er Geld, und ich begreife nicht recht, wofür eigentlich.«

»Nach allem, was ich gehört habe«, sagte Alan, »hat er neue Gewächshäuser gebaut oder gekauft und sich damit völlig übernommen.«

»Ach«, Steve winkte ab, »für diese Gewächshäuser *kann* er gar nicht viel bezahlt haben! Diese uralten, windschiefen Dinger... der letzte Besitzer müßte sie ihm eigentlich nachgeworfen haben!«

»Wo befinden sich diese Gewächshäuser denn?« Alan sah sich um. »Ganz augenscheinlich ja nicht auf dem Grundstück hier!«

»Nein, nicht hier. Sie liegen direkt an der Perelle Bay. Ursprünglich gehörten sie zu einer großen Gärtnerei, deren Besitzer aber vor zwei Jahren gestorben ist. Die Erben hatten kein Interesse, das Geschäft weiterzuführen, und haben das Gelände mit den Gebäuden aufgeteilt und verkauft. Kevin erzählte mir damals...« Er unterbrach sich und warf Franca einen tieftraurigen Blick zu. »Kevin und ich waren fast drei Jahre lang ein Paar«, erläuterte er, »obwohl ich fürchte, daß Kevin nicht immer treu war.«

»Er erzählte Ihnen daß man ihm Gewächshäuser in der Perelle Bay angeboten habe?« fragte Alan drängend. Steves Beziehungsprobleme interessierten ihn nicht im geringsten.

»Ja, er erzählte mir davon. Er borgte sich Geld von mir dafür. Ich habe ihm abgeraten. Ich fand es Unsinn, daß er Gewächshäuser kauft, die ganz woanders liegen als seine Gärtnerei. Ich dachte mir, er würde nur Ärger und Umstände damit haben.«

»Wo ist denn die Perelle Bay?« mischte sich Franca ein.

»An der Westküste«, erklärte Alan, »noch ein Stück nördlich von Pleinmont. Mit dem Auto ein Katzensprung von hier, und insofern finde ich es nicht allzu verwunderlich, daß Kevin sich dort etwas zugelegt hat.«

»Er tat unheimlich geheimnisvoll mit den Dingern«, sagte Steve,

»er wollte mich gar nicht mit dorthin nehmen. Ich dachte... nun, ich dachte schon, er träfe sich dort vielleicht mit einem anderen Mann... also bin ich ihm eines Tages heimlich gefolgt. Das sind wirklich Bruchbuden, die er sich gekauft hat. Zwei Stück. Wacklig und klapprig.«

»Was baut er darin an?«

Steve zuckte die Achseln. »Damals war noch gar nichts geplant, aber da hatte er sie ja auch gerade erst erworben. Er sagte, er wolle vor allem Gemüse dort züchten. Er war unheimlich wütend, als er erfuhr, daß ich ihm gefolgt war. Ich habe ihn noch nie so aufgebracht erlebt. Mein Gott«, er fuhr sich mit den Fingern durch die Haare, die jedoch so perfekt geschnitten und geföhnt waren, daß sie sogleich wieder in ihre alte Form zurückfielen. »Ich glaube, ich habe damals alles zwischen uns kaputtgemacht. Danach begann unsere Beziehung zu bröckeln. Es wurde nichts Richtiges mehr daraus.«

»Das tut mir leid«, sagte Alan. Er sah gespannt und erregt aus. Die Information, die er gerade bekommen hatte, mußte seine Theorie unterstützen. Irgend etwas stimmte mit Kevins Geschichten nicht. Und das machte ihn noch verdächtiger.

»Ja, wenn er nicht da ist...«, meinte Steve unschlüssig, »dann gehe ich wohl wieder... Ich nehme an, er ist in der Perelle Bay, aber dorthin würde ich ihm nie wieder folgen. Ich möchte, daß die Sache zwischen uns noch mal in Ordnung kommt, wissen Sie. Ich habe Kevin sehr geliebt. Und ich glaube, daß wir gut zusammenpassen.«

Armer Junge, dachte Franca mitleidig. Er wirkte einsam und verloren. Sie hoffte für ihn, daß er eines Tages eine glückliche Liebe finden würde.

»Wir müssen Kevin unbedingt sprechen«, sagte Alan, »wir fahren jetzt am besten in die Perelle Bay.«

Steve sah ihn entsetzt an. »Aber sagen Sie nichts von mir! Bitte! Er soll nicht wissen, daß ich Ihnen von den Gewächshäusern erzählt habe. Das empfindet er sonst wieder als einen Vertrauensbruch. Bitte, sagen Sie nichts!« Seine Furcht war mitleiderregend.

»Nein, nein«, versprach Alan, »wir sagen kein Wort. Kommst du, Franca?«

Sie folgte ihm zum Wagen. Allzubald, dachte sie resigniert, würde sie wohl kaum wieder in ihr Zimmer kommen.

Schon von weitem sahen sie die zwei langgestreckten Gewächshäuser, die direkt am Rand der Bucht lagen. Jetzt, da die Flut beinahe ihren Höhepunkt erlangt hatte, reichte das Wasser bis fast zu den Häusern hin. Nur wenige Meter lagen noch dazwischen. Ein einsamer Spaziergänger überquerte den schmalen Streifen Strand, der noch übrig war. Sonst war kein Mensch zu sehen.

Sie stellten das Auto ab und gingen über den schmalen Trampelpfad, der zwischen Gras und Heidekraut zur Bucht führte. Im Näherkommen erkannten sie, was Kevins einstiger Liebhaber gemeint hatte: Die Gebäude sahen außerordentlich verkommen und baufällig aus. Ganze Seitenwände waren nur notdürftig mit Brettern vernagelt worden, Fensterscheiben fehlten, waren mit ausrangierten Läden verschlossen worden. Es schien kaum vorstellbar, daß sich ein Mensch in gigantische Unkosten gestürzt haben sollte, um zwei derartige Bruchbuden zu erwerben.

»Dort hinten«, sagte Franca, »steht Kevins Auto!«

Es parkte ganz in der Nähe der Gewächshäuser.

»Also ist er hier«, stellte Alan zufrieden fest, »wir haben wirklich Glück.«

Sie waren an dem ersten Gewächshaus angelangt. Alan öffnete die Tür, spähte hinein. Dämmerlicht herrschte im Innern des feuchtwarmen Raumes, denn es gab ja kaum noch Glasscheiben nach draußen, fast alles war mit Brettern vernagelt. In der Mitte und an den Wänden zogen sich Gestelle mit Blumenkästen entlang, in denen ein paar klägliche Gemüsepflanzen vor sich hinwelkten. Alles wirkte ungepflegt und vernachlässigt und zeigte nichts von der Ordnungsliebe und der Pedanterie, die Kevin sonst auszeichneten.

»Kannst du dir vorstellen, daß dies ein blühendes Geschäft ist?« fragte Alan ungläubig. »Das hier ist die provisorischste Gärtnerei, die ich je erlebt habe.«

»Kevin hat die Sache ganz offensichtlich nicht richtig im Griff«, sagte Franca. »Das alles hier scheint mir ziemlich chaotisch zu sein.«

»Ich würde sagen, hier wird eine Pseudogärtnerei betrieben«, sagte Alan, »das sieht mir keineswegs nach einer ernsthaften Geschichte aus.«

Er schaute sich um, konnte aber nirgendwo einen Menschen entdecken.

»Wir sehen in dem anderen Gewächshaus nach«, sagte er. »Kevin muß ja hier irgendwo sein, wenn schon sein Auto dasteht.«

Sie verließen den baufälligen Schuppen. Draußen atmete Franca tief durch. Die klare Luft tat ihr gut. Drinnen hatte eine Stickigkeit geherrscht, die ihre Beklemmungen und ihren Kopfschmerz verstärkt hatte.

»Na gut«, sagte sie, »sehen wir nach.«

Sie öffneten die Tür des zweiten Gewächshauses. Es handelte sich um eine große Pforte, sehr breit, mit zwei Flügeln versehen, die sich beide nach außen aufklappen ließen. Auch hier waren die Fenster mit Brettern und Pappe verschlossen, aber es brannten einige Lampen. Entlang den Wänden befanden sich die gleichen karg bestückten Gestelle und Kästen, die sie bereits vorher gesehen hatten. In der Mitte des Raumes aber stand ein weißgrünes Segelboot. Darum hatte sich eine Gruppe von Männern postiert.

Einer von ihnen war Kevin.

Franca begriff nicht sofort, was sie da sah, und sie hatte den Eindruck, daß auch Alan nicht auf Anhieb wußte, was sich vor seinen Augen abspielte. Das Gespräch der Männer war abrupt verstummt; sie wandten sich zur Tür und starrten die Eintretenden an. Kevin wurde blaß, und es schien, als verdunkelten sich sogar die Ringe unter seinen Augen.

Er war der erste, der das Schweigen brach.

»Alan!« rief er.

Die beiden Männer schauten einander an, schweigend, so als versuche jeder zu ergründen, was im anderen vor sich ging.

Der Bann war gebrochen. Einer der Männer sagte mit scharfer Stimme: »Wer sind die beiden?«

In Francas Kopf jagten sich die Gedanken. Ein Segelboot, fünf fremde Männer, Kevin, das halbverfallene Gewächshaus, die Atmosphäre von Angst und Bedrohung... Noch immer vermochte sie sich nicht die Zusammenhänge zu erklären, aber ihr Blick fiel auf Alan, und an seinem Gesichtsausdruck sah sie, daß er soeben etwas begriffen hatte, daß er seine Schlüsse zog, und sie erkannte noch etwas: Ein kaum merkliches Zucken in seinem Gesicht verriet ihr, daß er den Unwissenden spielen, daß er seine Erkenntnis für sich behalten würde.

»Wir sind Freunde von Kevin«, sagte Alan. »Wir machen gerade eine Fahrt über die Insel und dachten, wir schauen einmal vorbei. Wir wußten ja nicht, daß wir stören.« Er sprach sehr beiläufig und harmlos. Wer ihn kannte, mußte stutzig werden: Alan legte eine solch gleichgültige Attitüde nur dann an den Tag, wenn er irgend etwas verbergen wollte.

Er hob lässig die Hand. »Okay, Kevin. Du hast zu tun. Wir fahren ein wenig die Küste nach Norden hoch. Franca soll ja auch einmal die Ecken der Insel sehen, die sie nicht kennt.«

»Klar«, sagte Kevin und rang sich ein mühsames Lächeln ab, »sie kennt noch viel zuwenig von Guernsey.«

»Bis bald«, meinte Alan, nickte den fremden Männern zu und schob Franca vor sich her zur Tür hinaus. Sie spürte seine Hand ungewohnt hart an ihrem Rücken, er grub seine Finger in ihr Fleisch, tat ihr weh.

Er wollte weg, so rasch wie möglich, und er mußte sich beherrschen, ihrer beider Rückzug so gelassen wie möglich darzustellen.

Kaum waren sie draußen, raunte er ihr zu: »Schnell! Zum Auto! Aber wir dürfen nicht rennen. Sie beobachten uns, und dann wissen sie, daß wir etwas gemerkt haben.«

»Wer sind die Leute?«

»Hast du das Boot gesehen? Die klauen Yachten. In Kevins sogenannten Gewächshäusern werden die Schiffe umlackiert. Dann gehen sie vermutlich nach Frankreich.«

Sie entfernten sich mit gleichmäßigen Schritten von dem Schuppen. Franca merkte, daß ihr Herz raste, daß ihr der Schweiß an den Handflächen und am Bauch ausbrach. Auf einmal war die Bedrohung, die sie gerade so vage und unfaßbar empfunden hatte, Realität geworden. Die Einsamkeit ringsum war nicht mehr wild und schön, sondern gefährlich und abgründig. Die Flut brauste über den Strand, die Schreie der Möwen gellten wie Warnrufe. Sie sah Helene vor sich, sah sie auf dem Feldweg liegen, während rings um sie das Blut sich ausbreitete.

Gott, dachte sie entsetzt, denn irgendwie wurde ihr in diesem Moment klar, daß dies alles in einem Zusammenhang stand und daß sie gerade eben die Mörder der alten Frau gesehen hatte. Daß sie mit den Mördern ganz allein waren.

»Meinst du, daß Kevin…«, setzte sie an, und Alan wußte, was sie fragen wollte, nahm ihr den Satz aus dem Mund.

»… etwas damit zu tun hat? Aber sicher. Der steckt mittendrin. Und den einen Typ kenne ich auch. Maja hatte ein Verhältnis mit ihm.«

Mit wem, dachte Franca, hatte Maja eigentlich kein Verhältnis?

Der Weg zwischen Auto und Gewächshäusern war ihr vorher nicht so lang erschienen. Mit den Männern im Rücken, die einer alten Frau die Kehle durchgeschnitten hatten, kam er ihr endlos vor. Sie wollte laufen, aber eine seltsame Kraft in ihr bezähmte sie. Sie bewegte sich so normal, als mache sie einen Spaziergang an einem warmen Frühsommertag.

»Ich weiß jetzt auch, woher ich diesen Julien kenne«, murmelte Alan. »Ich habe ihn gestern in *The Terrace* gesehen. Er war mit Gérard zusammen – dem Kerl, der gerade gefragt hat, wer wir sind.«

»Aber dann…«

Er nickte. »Dann sollten wir meine Mutter schleunigst vor ihm warnen. Oder sie bitten, ihn aufzuhalten, bis die Polizei kommt. Ich habe mein Handy im Wagen. Wie heißt das Café, in dem sie mit ihm sitzt?«

»Ich weiß es nicht«, sagte Franca, »keine Ahnung, ich habe nicht darauf geachtet.«

»Mir fällt es gleich ein«, sagte Alan, »ich habe dort selbst hundertmal gesessen.«

Im selben Moment vernahmen sie eine scharfe Stimme: »Einen Augenblick! Bleiben Sie stehen!«

Alan fluchte. »Jetzt haben sie kapiert, daß wir etwas kapiert haben. Los, Franca, lauf, so schnell du kannst!«

Sie spürte, daß er ihre Hand nahm. Spürte, daß er sie vorwärtsriß. Ihre Knie wurden weich, begannen zu zittern.

»Ich kann nicht«, stieß sie hervor, aber er zerrte sie unbarmherzig weiter.

»Denk an Helene! Denk daran, was sie mit ihr gemacht haben! Wir müssen zum Auto!«

Sie stolperte mehr, als daß sie rannte. Vermutlich wäre sie gefallen, hätte er sie nicht gehalten. Sie dachte an Helene, und die Panik türmte sich vor ihr auf wie eine dunkle, riesige Welle. Es gelang ihr, sie zurückzuschmettern, aber die nächste, das wußte sie, würde sie erwischen. Voll erwischen. Dann konnte sie keinen Schritt mehr tun.

Sie hörte, daß die Verbrecher ihnen folgten. Sie hörte ihre Schreie, nahm die Vibration des Bodens wahr. Noch fünfhundert Meter bis zum Auto. Hatten sie die Tür abgeschlossen? Was, wenn es nicht ansprang?

In Filmen springt es nie an, dachte sie, und da sie sich vorkam wie in einem Film – oder in einem Alptraum –, war sie bereits überzeugt, daß das Auto sie beide im Stich lassen würde.

»Es heißt *Sea View*«, hörte sie Alan neben sich keuchen, »das Café, in dem Mum sitzt!«

In diesem Moment fiel der erste Schuß. Er krachte über die Ebene und erschreckte die Möwen, die gleich darauf in tosendes Geschrei verfielen. Es klang wie ein Echo auf die Waffe. Der zweite Schuß fiel. Noch dreihundert Meter bis zum Auto. Franca zweifelte nun nicht mehr daran, daß die Männer sie töten würden, wenn sie sie erwischten. Sie hatten zuviel auf dem Kerbholz, um es sich leisten zu können, geschnappt zu werden. Sie hatten nicht nur Schiffe geklaut. Sie hatten auch einen Mord begangen.

Als Alan stürzte, dachte er im ersten Augenblick, ein Schuß habe ihn getroffen. Zu seiner Verwunderung spürte er zunächst keinen Schmerz. Irgendwo müßte es doch weh tun, überlegte er sachlich und hatte dabei den unbestimmten Eindruck, daß er sich diese für den Moment unerhebliche Frage nur stellte, weil er einen leichten Schock hatte und nicht an das Eigentliche denken wollte: daran, daß sie ihn gleich erwischen und dann töten würden.

Er wollte aufstehen, doch ein stechender Schmerz in seinem rechten Knöchel ließ ihn stöhnend in sich zusammensinken. War dort die Kugel eingeschlagen? Oder war er einfach gestolpert, hatte sich dabei irgend etwas gezerrt oder gerissen?

Oder gebrochen, dachte er, du lieber Gott!

Er bemerkte, daß Franca stehen geblieben war. Er hatte sie an der Hand gehalten, und beinahe wäre sie mit zu Boden gegangen. Nun starrte sie ihn schwer atmend an. Ihre Augen waren weit geöffnet und starr wie bei einem verängstigten Tier. Er griff nach dem Autoschlüssel, der in der Tasche seiner Jeans steckte. Er warf ihn ihr zu.

»Lauf«, sagte er, »los, lauf zum Auto. Fahr zur Polizei! Ruf Mum an! Beeil dich!«

Sie rührte sich nicht.

»Beeil dich!« drängte er.

Zwei Männer rannten über die Wiese auf sie zu. Einer war Gérard. Der Verbrechertyp, dessen Visage sich ihm an jenem Nachmittag in der Hauteville Road vor Majas Wohnung so unauslöschlich ins Gedächtnis gegraben hatte. Gérard, Majas Liebhaber. Gérard, der Killer. Vermutlich derjenige in der Bande, der die Drecksarbeit erledigte.

»O verdammt, Franca, steh nicht da und schau mich an wie das Kaninchen die Schlange!« Plötzlich fiel ihm ihre erste Begegnung wieder ein – ebenfalls in der Hauteville Road, am selben Tag, als er Gérard zum erstenmal sah. Wie ein Kaninchen vor dem Gewehrlauf, hatte er damals über sie gedacht. Einmal Kaninchen, dachte er, immer Kaninchen!

Warum dachte er nur gerade jetzt solch unwesentliches Zeug?

»Lauf jetzt!« fuhr er sie an. »Lauf, oder ich mach dir Beine!«

Eine lächerliche Bemerkung, aber sie bewegte Franca immerhin, ihren Mund aufzutun.

»Nein. Nicht ohne dich! Komm, ich helfe dir! Steh auf!«

»Es hat keinen Sinn. Ich schaffe das nicht! Bitte, sieh zu, daß du wegkommst. Warne meine Mutter!«

Ihre Augen flackerten.

Jetzt keine Panik! dachte er beschwörend.

Sie rannte los. Als hätte er irgendeinen geheimnisvollen, offenbar entscheidenden Hebel umgelegt. Sie rannte zum Auto, riß die Tür auf, fiel auf den Fahrersitz. Sie startete den Wagen. Er sprang sofort an. Sie wendete mit quietschenden Reifen. Wieder fiel ein Schuß. Der Wagen schlingerte davon.

Gott sei Dank, dachte Alan. Er sank ins Gras zurück. Er schloß für einen Moment die Augen. Als er sie wieder öffnete, sah er Gérard über sich. Das kalte, brutale Gesicht. Es war ohne eine menschliche Regung, unbewegt und von gnadenloser Härte.

Er dachte an Helene. An die Frau, die ihm Märchen erzählt und Geschichten vorgelesen, die ihm abends warme Milch ans Bett gebracht hatte. Er dachte daran, wie sie in dieses Gesicht geblickt hatte, als sie starb. In diese mitleidslosen Augen. Sie hatte nicht darauf hoffen können, daß er Gnade würde walten lassen. Hatte sie das begriffen? Oder war alles so schnell gegangen, daß sie ohnehin nicht hatte begreifen können, was geschah?

Warum nur hatte er unbedingt Kevin aufsuchen, warum unbedingt Detektiv spielen müssen?

Das ist das Ende, dachte er. Flüchtiges Bedauern befiel ihn, weil er so wenig aus seinem Leben gemacht hatte. Dann wandte er den Kopf ab.

Er wollte nicht länger in Gérards Augen starren.

8

»Es tut mir wirklich leid, was mit Helene passiert ist«, sagte Julien, »es muß entsetzlich für dich sein.«

Sie hatten kaum ein Wort gesprochen, seitdem Alan und Franca gegangen waren. Julien schien tief in eigene Gedanken versunken. Er hatte noch zweimal Kaffee nachbestellt, und Beatrice hatte gedacht, daß ihm langsam das Herz bis zum Hals schlagen mußte. Er trank seinen Kaffee schwarz und ohne Zucker. Hatte er das früher schon getan? Sie überlegte, aber dann fiel ihr ein, daß es im Krieg praktisch keinen Kaffee mehr gegeben hatte, Zucker und Milch schließlich auch nicht mehr, und die schreckliche Ersatzbrühe, die man trank, wäre geschmacklich ohnehin durch nichts zu retten gewesen.

»Es war ein Schock«, erwiderte sie nun auf Juliens Bemerkung hin. »Es ist schon dann ein Schock, wenn ein Mensch überhaupt plötzlich stirbt, aber wenn es auch noch auf diese Weise geschieht... man kann es nicht fassen. Manchmal wache ich nachts auf und denke, ich habe schlecht geträumt. Und dann begreife ich, daß es *passiert ist*. Daß es von jetzt an zu meinem Leben gehören wird.« Sie zuckte mit den Schultern. »Zu dem kläglichen Rest meines Lebens jedenfalls. Allzuviel Zeit wird mir sicher nicht mehr bleiben.«

»Du wirst hundert Jahre alt«, prophezeite Julien, »das bedeutet, dreißig Jahre mußt du noch durchstehen.«

»Na ja«, sagte sie gleichmütig, »die schaffe ich wohl auch noch.«

Sie sahen einander an, und plötzlich streckte Julien die Hand über den Tisch, und Beatrice ergriff sie. Sie hielten sich fest und atmeten beide ganz ruhig und gleichmäßig. »Manchmal denke ich...«, begann Julien, aber er unterbrach sich und sprach nicht weiter, und sie drängte nicht, weil sie wußte, was er hatte sagen wollen: Er hatte von dem Leben sprechen wollen, das sie beide hätten führen können und das sie sich nicht gegönnt hatten, das vielleicht ein besseres gewesen wäre als das, was jeder von ihnen nun gehabt hatte; ihm mochte die absolute Unwiederbringlichkeit dieser verpaßten Chance aufgegangen sein.

»Schön, hier mit dir am Meer in der Sonne zu sitzen«, sagte er schließlich statt dessen, und dann schwiegen sie beide wieder, und Beatrice fragte sich, ob er auch befallen war von der Traurigkeit, die sie erfüllte.

Verdammt, dachte sie, manches im Leben läuft einfach so schrecklich schief!

Aber das gehörte dazu, und es hatte keinen Sinn, darüber zu verzweifeln. Sie versuchte, des Schmerzes Herr zu werden, blinzelte in die Sonne, hielt sich mit den Blicken an Castle Cornet fest, das so hoheitsvoll und unberührbar vor dem Hafen thronte und das ihr ganzes Leben begleitet hatte. Seine Massivität gab ihr ein wenig Ruhe zurück, ein Stück Gelassenheit.

Julien sah auf seine Uhr. »Ich muß gehen«, sagte er, »ich habe noch eine Verabredung. Tut mir leid, wenn ich so abrupt...«

Die blonde Serviererin des *Sea View* hatte sich genähert, blieb an ihrem Tisch stehen. »Mrs. Shaye?« fragte sie.

Beatrice blickte auf. »Ja?«

»Telefon für Sie. Drinnen an der Theke.«

»Oh!« Sie war überrascht. Sie war noch nie in einem Café oder Restaurant angerufen worden. Sie stand auf. »Bitte, warte noch einen Moment, Julien, ja? Ich bin gleich wieder da.«

Sie hatte den Eindruck, daß er nervös war, es wirklich eilig hatte. Sie nahm sich vor, ihn gleich zu fragen, mit wem er verabredet war. Sie hatte die ganze Zeit gedacht, er sei einfach so nach Guernsey gekommen, aus irgendwelchen sentimentalen Erinnerungen heraus, aber offenbar hatte er wirklich etwas vor.

Mit mir hat er sich nie verabredet, dachte sie, und die Eifersucht war wie ein feiner Stich in ihrem Körper.

Der Telefonhörer lag neben dem Apparat auf der Theke. Die Serviererin, die vorausgegangen war, machte eine Handbewegung. »Hier. Bitte sehr!«

Beatrice nahm den Hörer auf. »Beatrice Shaye«, meldete sie sich.

Am anderen Ende war Franca. Sie hörte sich völlig aufgelöst an.

»Beatrice, sind Sie noch mit Julien zusammen? Gut. Dann halten Sie ihn bitte irgendwie fest. Was? Das kann ich Ihnen nicht ausführlich erklären. Er gehört zu einer Bande, die Schiffe auf den Kanalinseln stiehlt und nach Frankreich verkauft. Ja, ich weiß, das klingt absurd. Aber Alan ist ganz sicher. Kevin gehört auch dazu. Ich muß die Polizei anrufen und in die Perelle Bay schicken und zum *Sea View*. Julien muß unbedingt dort bleiben. Beatrice, er ist möglicherweise gefährlich. Er hat… er hat vielleicht etwas mit Helenes Tod zu tun. Nein, ich phantasiere nicht. Bitte, Beatrice, glauben Sie mir. Ich bin mit knapper Not entkommen. Sie müssen nichts tun, als Julien festzuhalten. Bitte, machen Sie einfach, was ich Ihnen sage. Ich muß jetzt unbedingt die Polizei anrufen. Wir reden später!«

Sie schaltete das Handy aus. Nach ihrem Gefühl hatte es eine Ewigkeit gedauert, bis sie herausgefunden hatte, wie es funktionierte. Sie stand am Eingang irgendeines Dorfes am Meer, sie wußte nicht, wo sie war, nahm aber an, daß sie sich in der Nähe von Pleinmont befand. Sie hatte am Straßenrand gehalten und sich mit dem Handy beschäftigt. Schon während der Fahrt hatte sie daran herumprobiert, aber es war ihr nicht gelungen, ins Netz zu kommen. Sie sah ein, daß sie im Fahren nichts ausrichten konnte. Wenn es jetzt nicht sofort funktionierte, würde sie das nächste Café oder Restaurant suchen und von dort telefonieren.

Ruhig, ganz ruhig, hatte sie sich ermahnt, du mußt die Nerven bewahren, sonst passiert gar nichts.

Das Handy hatte plötzlich gepiept, und es war ihr sogar gelungen, mit dem Auskunft-Service der Betreibergesellschaft verbunden zu werden. Sie verlangte das Cafe *Sea View* in St. Peter Port. Zu ihrer eigenen Überraschung hatte sie dann plötzlich eine Frau vom dortigen Personal in der Leitung.

»Mrs. Shaye«, hatte sie zu dem Mädchen gesagt, »eine weißhaarige Dame, siebzig Jahre alt. Sie sitzt bei Ihnen auf der Terrasse, ganz hinten, direkt am Wasser.« Die Terrasse des *Sea View* war, wie ihr einfiel, an drei Seiten vom Wasser umgeben, und so war ihre Beschreibung nicht allzu präzise, aber das Mädchen sagte, es werde nachsehen. Francas Hände zitterten, während sie wartete. Hatte sie richtig gehandelt? Hätte sie zuerst die Polizei verständigen müssen? Aber dann wäre Julien vielleicht weg gewesen. Sie durfte nicht an Alan denken. Der Schweiß brach ihr aus, ihre Finger prickelten. O Gott, sie durfte jetzt *keinen Moment* an ihn denken!

Dann hatte sie Beatrices Stimme gehört und ihr mit sich überschlagender Stimme geschildert, was geschehen war, und daß sie Julien festhalten solle. Sie hatte nichts von Alan gesagt, und sie hatte das Gespräch beendet, ehe Beatrice weitere Fragen stellen konnte. Sie hatte gemerkt, daß Beatrice sie für übergeschnappt hielt, und sie wollte nicht in weitere Diskussionen verwickelt werden. Sie schaltete das Handy ab und atmete tief. Sie konnte nur hoffen, daß Beatrice tun würde, was sie ihr gesagt hatte.

Keine Zeit, dachte sie, keine Zeit, darüber nachzudenken. Ich muß die Polizei anrufen.

Sie würde sich ebenfalls über die Auskunft verbinden lassen. Sie knipste wieder an dem Handy herum.

Ich hätte zuerst die Polizei anrufen sollen. Wieso habe ich das nicht getan? Das war falsch!

Ihre Hände zitterten stärker. Das Wort *falsch* hämmerte in ihrem Kopf. Es war das vertraute Maschinengewehrfeuer, das sie von Michael kannte. Sie machte alles falsch. Sie funktionierte einfach nicht. Sie verhielt sich konfus und idiotisch und traf die falschen Entscheidungen. Es war einfach so. Es war immer so gewesen. Sie hatte sich für den falschen Beruf entschieden. Sie hatte sich für den falschen Mann entschieden. Im Restaurant wählte sie das falsche Essen und in der Boutique das falsche Kleid. Und sie telefonierte in der falschen Reihenfolge. Für Alan ging es um Leben und Tod, und sie rief zuerst Beatrice an, nur damit der unbedeutende Julien gefaßt werden konnte.

Und wenn es falsch war, sagte eine innere Stimme, jetzt ist nicht der Zeitpunkt, darüber nachzudenken. Dann wird alles noch viel falscher. Ruf jetzt, verdammt noch mal, endlich die Polizei an!

Ihre Finger bebten so sehr, daß sie die Tasten des Apparats nicht bedienen konnte. Alles an ihr vibrierte, die Beine, der Körper. Sie war überall naß. Der Schweiß brach stoßweise aus, überschwemmte sie. Tiefste Hoffnungslosigkeit, eine lähmende Niedergeschlagenheit packten sie.

Eine Panik. Die Panik, die sie den ganzen Tag über bekämpft hatte, brach sich jetzt Bahn. Sie hatte Zeit gehabt, Kraft zu sammeln. Sie war entschlossener denn je. Sie war über Stunden zurückgedrängt worden. Jetzt würde sie sich nicht mehr aufhalten lassen.

Nicht jetzt, nicht jetzt, nicht jetzt! Ich muß die Polizei anrufen. Um Gottes willen, nicht jetzt!

Ihr Atem ging keuchend. Vor ihren Augen flimmerte es. Sie konnte keinen Punkt mehr fixieren, alles drehte sich um sie. Das Handy entglitt ihren Fingern, rutschte irgendwo zwischen die Pedale des Autos. Sie war jetzt naß am ganzen Leib, sie hätte im Wasser gewesen sein können. Ihr Atem ging immer schwerer. Die Angst umgab sie wie ein Nebel, der mit jeder Sekunde dichter und undurchdringlicher wurde. Sie drängte sich an sie heran, wurde dunkel. Schwarz. Der Nebel wandelte sich in eine schwarze Wand, die auf sie zukam.

O Gott, ich werde sterben. Ich werde sterben.

Sie rang nach Luft. Sie hatte immer gefürchtet, an ihrer Panik eines Tages zu ersticken. Jetzt war es soweit. Sie saß auf Guernsey in einem Auto am Straßenrand, am Eingang eines Dorfes, dessen Namen sie nicht kannte, Alan schwebte in Lebensgefahr oder war vielleicht schon tot, so schrecklich und grausam ermordet wie Helene, sie hatte Beatrice angerufen und in Verwirrung versetzt und war nun unfähig, die Polizei zu verständigen, und hatte eine Panik, an der sie sterben würde. Puls und Herz rasten. In ihren Ohren rauschte es. Sie wollte die Wagentür öffnen, wollte nach Luft ringen, aber ihre Hände gehorchten ihr nicht. Da sie zudem nichts sehen konnte, war es ihr auch unmöglich, den Türgriff zu finden. Sie hatte den Eindruck, daß die Windschutzscheibe auf sie zukam, bereits auf ihrer Brust lag und ihr den Atem nahm. Sie konnte nicht einmal mehr schreien. Das Entsetzen ballte sich in ihrem Innern zu Worten und Lauten zusammen, die sie jedoch nicht herausbrachte. Ihre Hilferufe verhallten ungehört in ihrem eigenen Kopf. Und es wurde schlimmer. Mit jedem Augenblick wurde es schlimmer, bedrohlicher, enger, tödlicher. Mit jedem Augenblick wurde Alans Lage gefährlicher.

Der Gedanke an Alan löste irgend etwas in ihr aus. Irgendeine Gedankenassoziation, die sie nicht gleich zu erfassen mochte. Aber da war etwas inmitten des Chaos, das in ihr tobte. Etwas, woran sie sich festhalten konnte. Sie mußte es nur zu fassen bekommen. Es war ein Bild ... Sie kam sich vor wie jemand, der ein Blatt fangen will, das im Wind umherflattert: Jedesmal wenn sie die Hand danach ausstreckte, wirbelte es schon wieder davon.

Sie bekam einen kleinen Zipfel zwischen die Finger, hielt ihn fest. Eine Welle. Das Bild einer Welle. Einer Welle, die anstieg und anstieg, höher und höher, die sich aufbäumte und schließlich umschlug, zusammenbrach, hinunterstürzte, klein und flach wurde und als weißer harmloser Schaum über den Sand lief.

Alan hatte davon gesprochen. Irgendwann hatte er das Bild dieser Welle vor ihr gemalt. Was hatte er genau gesagt? Sie hatte das sichere Gefühl, daß das Erinnern an seine Worte ihr helfen würde. Was hatte er von der Welle gesagt?

Nichts kann höher steigen als bis zu seinem eigenen Höhepunkt. Danach beginnt es wieder hinunterzufallen. Wie die Wellen im Meer.

Und er hatte noch etwas gesagt:

Sie sollten sich erinnern, wie es war... als die Panik in sich zu-sammenfiel. Wie Sie wieder atmen konnten, ruhig und gleich-mäßig. Wie das Zittern aufhörte. Wie Sie feststellten, daß Sie am Leben bleiben würden.

Daß Sie am Leben bleiben würden. Sie krallte sich an diesem Satz fest, stellte sich Alans ruhige, tiefe Stimme vor, die ihn sprach.

Daß Sie am Leben bleiben würden... Sie werden nie daran ster-ben. Sie werden Ihre eigene Panik jedesmal überleben. Sie müssen nicht halb soviel Angst haben, wie Sie jetzt empfinden.

Die Welle stieg, stieg und stieg. Franca konnte noch immer nicht atmen, aber sie hatte Alans Worte, die sie umschlangen wie etwas, das lebenslange Rettung verhieß. Es gelang ihr, sich nicht mehr ge-gen die Panik zu stemmen. Sie ließ sie kommen, ließ sie sich auf-türmen. Die schwarze Wand war jetzt unmittelbar vor ihr. So dicht, so dicht... noch einen Millimeter näher, und es würde zur Katastrophe kommen, sie würde verschlungen werden, aufgeso-gen, aufgelöst...

Und genau in diesem Moment war der Höhepunkt erreicht. Sie schnappte noch einmal nach Luft, rang um Atem, ein letzter stoßartiger Schweißausbruch durchweichte ihre Kleider, und dann fiel die Panik herab, wurde schwächer, kleiner, wurde unbedeu-tender. Wurde zu weißem, flachem Schaum, der über den Sand rollte.

Ihre Atmung kehrte zurück. Das Rauschen in den Ohren ver-ebbte. Vor den Augen flimmerte es nicht mehr, Bilder tauchten auf, nahmen klare Konturen an. Sie sah wieder das Lenkrad vor sich, sah durch die Windschutzscheibe hindurch auf Bäume und Blu-men und eine asphaltierte Straße, die sich in ein Dorf hinein-schlängelte. Sie roch den Geruch des Autos: ein wenig Benzin, Stoffsitze, den Gummi der Reifen. Dazwischen mischte sich ihr Schweiß, der nun kalt und langsam trocken wurde auf der Haut. Sie hörte Vögel zwitschern, irgendwo brummte ein Flugzeug. Sie war wach und lebendig. So lebendig, wie man überhaupt nur sein konnte. Sie hatte es überstanden. Allein. Ohne Tabletten, aber auch ohne einen Menschen, der sich um sie kümmerte, so wie da-mals Alan in der Hauteville Road in St. Peter Port. Sie hatte es über sich ergehen lassen, und nun hob sie den Kopf und stellte fest, daß es keine Tragödie gewesen war. Es war unangenehm gewesen, schrecklich und furchterregend, aber letztlich hatte es nicht allzulang gedauert.

Auch wenn es wiederkommt, dachte sie, werde ich es überstehen.

Sie hatte keine Zeit, dazusitzen und sich ihres Sieges zu freuen. Das konnte sie später tun. Alan brauchte sie. Sie bückte sich, angelte das Handy zwischen den Pedalen hervor. Sie mußte jetzt sofort die Polizei in die Perelle Bay schicken. Und ins *Sea View* nach St. Peter Port.

9

Beatrice kehrte mit langsamen Schritten an den Tisch draußen in der Sonne zurück. In ihrem Kopf jagten die Gedanken. Was Franca da gerade hastig und atemlos erzählt hatte, klang so befremdlich, so eigenartig, daß sie es nicht glauben konnte. Julien Mitglied einer Bande, die Schiffe klaute und nach Frankreich verschob? Und hatte sie nicht auch noch erwähnt, er habe etwas mit Helenes Tod zu tun? Franca mußte völlig durchgeknallt sein.

Was soll ich denn jetzt machen? fragte sie sich.

Sie dachte daran, was sie von Franca wußte.

Sie nahm Tabletten, weil sie irgendwelche Angstattacken hatte. Sie litt unter tiefen Selbstzweifeln, Minderwertigkeitsgefühlen und der neurotischen Vorstellung, stets zu versagen. Zwar schien sie stabiler geworden zu sein in den letzten Wochen, aber natürlich war es nicht auszuschließen, daß sie irgendwann noch einmal einen Rückfall erleiden würde. Sie hatte am Telefon allerdings nicht den Anschein erweckt, als sei sie verwirrt. Aber wahrscheinlich war das für einen Außenstehenden ohnehin schwer zu erkennen.

Julien stand auf, als sie an den Tisch trat, und schob seine Zigarrenschachtel in die Jackentasche.

»Da bist du ja«, sagte er. »Ich muß jetzt leider wirklich gehen.

Ist alles in Ordnung? Du bist etwas blaß. Wer wollte dich denn sprechen?«

Anstelle einer Antwort fragte sie zurück: »Mit wem bist du verabredet?«

»Du kennst diese Leute nicht.« Es klang ausweichend. »Freunde. Ich bin schon ein bißchen spät…« Er wies auf ein paar Pfundnoten, die er auf den Tisch gelegt und mit dem Aschenbecher beschwert hatte. »Du bist mein Gast.«

Er umfaßte ihre Oberarme, neigte sich zu ihr und wollte sie küssen, aber sie drehte den Kopf zur Seite.

»Was ist los?« fragte er.

Es war eine spontane Eingebung, daß sie direkt auf ihr Ziel losging. Oder vielleicht entsprach es einfach ihrer Art. Ihr Leben lang hatte sie sich selten mit Umwegen oder ausgeklügelten Strategien aufgehalten.

»Ist es wahr, daß du mit Leuten gemeinsame Sache machst, die Schiffe klauen und nach Frankreich verkaufen?« fragte sie.

Seine Augen verengten sich. Seine Lippen wurden schmal. »Wer war da eben am Telefon?«

Sie schüttelte den Kopf. »Das ist gleichgültig. Ich will nur eine Antwort auf meine Frage.«

»O Gott!« Er faßte sich an die Stirn. »O Gott!« Er sank wieder auf seinen Stuhl. Für den Moment schienen ihn seine Nerven zu verlassen. Er sah plötzlich sehr elend aus und sehr alt.

Sie starrte ihn an. Ohne es wirklich zu wollen, hatte sie in Windeseile fertiggebracht, worum Franca sie gebeten hatte. Julien dachte nicht daran, zu gehen. Wahrscheinlich waren seine Knie weich geworden. Sie hatte ihn derart überrascht, derart überrumpelt, daß es einige Minuten dauern konnte, ehe er in der Lage sein würde, wieder einen klaren Gedanken zu fassen.

Sie begriff, daß Franca die Wahrheit gesagt hatte. Sonst wäre Juliens Reaktion eine andere gewesen. Er wäre verblüfft gewesen, konsterniert. Vielleicht hätte er auch gelacht und sie gefragt, was der Unsinn denn sollte… Aber er wäre nicht in sich zusammengesunken, er wäre nicht so blaß geworden. Er war das verkörperte Schuldeingeständnis.

»O Gott!« flüsterte nun auch sie.

Nichts an dem Bild des Tages hatte sich verändert. Noch immer warf das Wasser in tausendfachem Funkeln das Licht der Sonne zurück. Noch immer jubilierten die Möwen in der herrlichen Sommerluft. Noch immer schwatzten und lachten ringsum die Menschen. Noch immer thronte Castle Cornet behäbig vor dem Hafen und betrachtete wohlwollend das Leben und Treiben.

Und doch war alles anders. Düster. Drohend. Es schien Beatrice, als sei der Tag um sie herum ausgeblendet. Als habe sich eine Wand zwischen die Welt auf der einen Seite und sie und Julien auf der anderen geschoben. Sie gehörten nicht mehr dazu. Sie waren allein.

Und auf einmal war es, als lösten die Jahre und Jahrzehnte sich auf. Julien war nicht länger der weißhaarige Mann mit dem zerfurchten Gesicht, und sie selbst nicht länger die alte Frau, die bald ihren zweiundsiebzigsten Geburtstag feiern würde. Sie sah den jungen Julien vor sich, sah seine dunklen, blitzenden Augen, hörte sein Lachen, aber sah auch seine Tränen, sah sein Aufbegehren. Sah ihn auf dem engen Dachboden, sah ihn durch die Luke in den blauen Himmel starren und spürte seine Verzweiflung. Seine Wut und seine Angst. Sie sah ihn trauern um die Jahre, die man ihm stahl. Sie stand neben ihm, das junge Mädchen, und überlegte, wie sie ihm helfen könne, und wußte doch, daß sie nichts tun konnte, daß es keine Möglichkeit für sie gab, ihn zu befreien, ihm das Leben zurückzugeben, das man ihm genommen hatte.

Sie konnte ihm nicht helfen. Damals nicht, aber heute doch.

Die Realität kehrte zurück. Die Wand löste sich auf. Sonne, Möwen und Menschen waren wieder nah. Sie war jetzt hellwach. Sie wußte, was sie zu tun hatte.

Sie rüttelte ihn an der Schulter. »Komm mit. Schnell. Die Polizei wird jeden Moment hier sein. Franca und Alan sind dir und deinen Kumpanen irgendwie auf die Schliche gekommen, und Franca schickt die Polizei hierher. Wir müssen verschwinden!«

Er starrte sie aus großen Augen an. Sie ergriff seine Hand, zog ihn hoch. »Komm. Beeil dich. Wir haben nicht viel Zeit!«

Sie zerrte ihn hinter sich her aus dem Café. Draußen auf der Straße blieb sie stehen. »Wo ist dein Auto?«

»Was?«

»Dein Auto. Du sagtest, du hättest einen Leihwagen.«

Endlich kam ein wenig Bewegung in ihn. »Ein Stück die Straße hinunter. Er parkt gleich am Straßenrand.«

Sie fanden das Auto, stiegen ein.

»Wohin?« fragte Julien.

»Ich weiß nicht. Fahr einfach los.«

»Ich habe seit fast zwanzig Jahren meine Finger in diesem Geschäft«, sagte Julien, »ich bin also seit fast zwanzig Jahren ein Krimineller, wenn du es so nennen willst. Eine späte Karriere.«

»Warum tust du das?«

Er zuckte die Schultern. »Abenteuerlust. Spaß am Nervenkitzel. Am wenigsten hat mich noch das Geld gereizt. Ich bin nicht der Mann, der sich mit sechzig – was ich damals war – zur Ruhe setzen kann. Ich suchte eine neue Herausforderung. Und fand sie. Sicherlich in einem falschen Bereich.«

Sie saßen in der Petit Bôt Bay. Das Auto hatten sie ein Stück die Straße hinauf geparkt und waren im Schatten wuchernder, blühender Büsche und Bäume zur Bucht hinuntergelaufen. Der Strand lag im hellen Sonnenschein. Es waren ziemlich viele Menschen da. Die Flut hatte ihren Höhepunkt erreicht, und so war von dem goldfarbenen, breiten Sandstreifen nichts zu sehen. Ein paar Badende planschten in den Fluten. Im Eingang der Bucht dümpelte ein Segelschiff. Beatrice und Julien hatten sich einen abseits gelegenen, flachen Felsen gesucht, an dessen unterem Rand zwar die Wellen leckten, auf dem man oben aber bequem und geschützt sitzen konnte. Über ihnen türmten sich die Klippen.

»Die Besetzung wechselte immer wieder«, sagte Julien. »Ich war, neben dem Chef, die einzige konstante Größe. Wir stehlen Yachten überall auf den Kanalinseln, spritzen sie um und verkaufen sie in Frankreich. Das war mein Part. Der Weiterverkauf, meine ich. Ich organisiere das drüben. Ich finde die Abnehmer und manage die Geldübergabe.«

Sie blinzelte in die Sonne. Sie hatte ein flaues Gefühl im Magen.

»Ich kann das gar nicht mit dir in Einklang bringen«, sagte sie, »mit dem Bild, das ich von dir habe.«

»Welches Bild hast du denn?«

»Du bist der Mann, den ich einmal geliebt habe. Ich sehe dich als ein wenig leichtsinnig, als einen Menschen, der nicht besonders achtsam mit anderen umgeht. Aber in einem Buch oder in einem Spiel wärst du für mich bei den ›Guten‹. Verstehst du, was ich meine?«

»Ja«, sagte er, »ich verstehe. Du mußt das Bild revidieren.«

»Das scheint so, ja.«

»Ich wußte natürlich, daß es kriminell ist, was wir tun. Da habe ich mir nie etwas vorgemacht. Nur bislang…«

»Bislang?«

»Bislang handelte es sich wirklich nur um Diebstahl. Um Hehlerei. Und nun…«

Beatrice merkte, daß sie zu frösteln begann. Obwohl die Sonne heiß herunterbrannte, bekam sie eine Gänsehaut auf den Armen, und ein Schaudern lief durch ihren Körper.

Franca hatte in allem recht gehabt.

»Helene«, fragte sie, »ihr habt wirklich etwas mit Helenes Tod zu tun?«

»Bis gestern wußte ich nichts davon«, sagte Julien, »genaugenommen wußte ich bis vorhin auch nicht, daß es um Helene ging. Ich bin gestern schon von St.-Malo herübergekommen, nicht erst heute. Ich habe dich beschwindelt, weil… ach, es schien mir einfacher. Und gestern hörte ich auch von Gérard – das ist einer aus der Bande, ein unangenehmer Typ –, daß es ein Unglück gegeben hat. Daß sie eine Frau getötet haben, die ihnen auf die Spur gekommen ist. Eine alte Frau, die lediglich das Pech hatte, im falschen Moment am falschen Ort zu sein… Ich war schockiert. Entsetzt.« Er schwieg einen Moment, kratzte aus einer Kuhle im Stein etwas Sand, ließ ihn durch die Finger rieseln. Direkt neben ihnen schrien Kinder, die mit einer Frisbee-Scheibe spielten. Ihre mageren, braungebrannten Körper bewegten sich pfeilschnell von Felsen zu Felsen.

»Wie gesagt«, fuhr er fort, »ich hatte keine Ahnung, daß es Helene war. Ich wußte auch nicht, daß sie… ihr die Kehle durchgeschnitten haben. Auch so schon empfand ich es als schlimm genug. Diebstahl ist eine Sache. Mord eine andere.«

»Kevin Hammond gehört auch zu euch?« Es ging Beatrice auf, daß Franca tatsächlich alle wesentlichen Informationen überbracht hatte.

»Kevin Hammond? Das ist der Gärtner, bei dem wir die Boote seit knapp zwei Jahren umlackieren. Er hat Gewächshäuser in der Perelle Bay aufgetrieben. Dort kann alles unbemerkt über die Bühne gehen.« Er sah sie aufmerksam an. »Kennst du Kevin?«

»Wir sind seit langem befreundet. Und Helene verstand sich sehr gut mit ihm. Er war ihr Vertrauter, ihr engster Freund. Sie wurde ermordet an dem Abend, an dem sie bei ihm war. Ich nehme an, dort hat sie etwas gehört oder gesehen, was nicht für sie bestimmt war.«

»Ich kenne den Ablauf nicht genau. Aber deine Vermutung klingt schlüssig. So wird es gewesen sein.«

»Ob Kevin selbst …?«

»Nein. Das war Gérard. Er ist der Typ für so etwas. Er hat jahrelang als bezahlter Killer in Südfrankreich gearbeitet. Er ist irgendwie mit der französischen Mafia verstrickt. Ich war von Anfang an dagegen, ihn bei uns mitmachen zu lassen. Ich hielt ihn für hochgefährlich. Aber ich hatte darüber nicht zu bestimmen.«

»Franca sagte, sie wolle die Polizei in die Perelle Bay schicken.«

Julien verzog das Gesicht. »Dann gehen die jetzt alle hoch. Ich sollte auch dort hinkommen. Sie holen heute ein Schiff, das nach Calais soll. Die Bande ist deshalb fast vollzählig versammelt. Das Schiff läuft jetzt mit der Flut aus. Jedenfalls war das so geplant. Aber vielleicht ist schon die Polizei da.«

»Ich hoffe es«, sagte Beatrice inbrünstig, »ich hoffe von ganzem Herzen, daß diese Verbrecher geschnappt werden. Helene war weiß Gott kein Engel, aber dieses Ende hatte sie nicht verdient. Niemand verdient es. Ich werde nie diesen grausigen Anblick vergessen.« Sie zog die Schultern hoch, umschlang ihren Körper mit beiden Armen, als versuche sie sich zu schützen vor dem, was das Leben seinen Geschöpfen antun konnte. »Ich möchte, daß sie bestraft werden. Ich möchte, daß dieser Gérard für den Rest seines Lebens hinter Gittern sitzt.«

Julien nickte langsam. Ohne Beatrice anzusehen, fragte er: »Warum willst du es für mich nicht?«

»Was?«

»Ich gehöre auch zu diesen Leuten. Warum willst du nicht, daß *ich* für den Rest meines Lebens hinter Gittern sitze?«

»Du hast mit Helenes Ermordung nichts zu tun.«

»Geht es nur um Helene?«

Sie überlegte. Auf gewisse Weise ging es *gerade* um Helene.

»Ich will, daß sie gerächt wird. Sie hat mich belogen und betrogen. Sie hat mir Jahre meines Lebens gestohlen. Aber ich habe mich auch bestehlen lassen. Ich denke, häufig ist das Opfer an der Tat ebenso beteiligt wie der Täter. Ich habe Helene den Platz eingeräumt, den sie schließlich innehatte in meinem Leben. Ohne mein Zutun wäre ihr das nicht geglückt. Also denke ich, daß ich keinen Grund habe, sie zu verurteilen.«

»Das sagt dein Verstand. Aber was sagt dein Gefühl?«

Die Frisbee-Scheibe sauste haarscharf an ihren Köpfen vorbei und schlug ins Wasser. Die Kinderschar sprang johlend und kreischend hinterher.

»Mein Gefühl«, sagte Beatrice, »erklärt mir, daß Helene mir etwas gegeben hat. So absurd sich das für mich selbst anhört, aber einen Teil meiner Kraft habe ich aus Helene bezogen. Sie war immer da. Sie jammerte ohne Unterlaß. Sie bettelte um meine Gunst. Sie setzte Himmel und Hölle in Bewegung, um mich bei sich zu behalten. Und ich denke heute, daß ich das gebraucht habe. Ich brauchte die Anforderungen, die sie an mich stellte, ich brauchte ihr Buhlen, ich brauchte ihr ständiges Heulen und Zähneklappern. Ich war die Starke, weil sie die Schwache war. Und wenn dies auch nicht der Wahrheit entsprach, so war es zumindest eine konsequent aufrechterhaltene, lebenslange Illusion, die wir uns beide nicht nehmen ließen. Und ohne die wir nicht hätten sein können. Also«, sie zuckte mit den Schultern, eine Geste, die sie gleichmütiger erscheinen ließ, als sie sich tatsächlich fühlte, »habe ich meinen Frieden mit ihr geschlossen. Und für *ihren* Frieden ist es wichtig, daß ihren Mördern der Prozeß gemacht wird.«

»Trotz allem«, beharrte Julien, »beantwortet dies meine Frage noch nicht. Warum hast du mich gewarnt?«

»Aus alter Freundschaft.«

Er sah sie zweifelnd an. »Freundschaft?«

»Mehr ist es von deiner Seite aus nicht gewesen.«

»Was war es auf deiner Seite?«

In ihrem Alter, so fand Beatrice, mußte sie nicht mehr taktieren und kokettieren.

»Von meiner Seite aus war es Liebe. Was hättest du anderes von dem vierzehnjährigen Mädchen erwartet, das ich damals war? Es war Liebe, und sie war stark und tief genug, mich für den Rest meines Lebens für jeden anderen Mann zu verderben.«

»Mein Gott«, murmelte Julien.

Sie bemühte sich, die sentimentale Stimmung, die sich ihrer zu bemächtigen drohte, abzufangen, ehe sie Fuß fassen konnte.

»Na ja«, meinte sie, » ich finde, dich sollte niemand mehr einsperren. Du hast viele Jahre deines Lebens in einem Gefängnis verbracht. Unschuldig. Eingekerkert von den Deutschen. Wenn du so willst, hast du deine Mitschuld an Helenes Tod, wenn es überhaupt eine gibt, längst abgesessen. Damit ist der Gerechtigkeit Genüge getan.«

Er sah sie an. »Du bist eine erstaunliche Frau, Beatrice. Du willst mich wirklich nicht mehr eingesperrt sehen?«

Er konnte ihr ansehen, wie ernst es ihr war. »Nein«, antwortete sie, »das will ich nie mehr sehen. Nie mehr erleben. Ich habe nie den Ausdruck in deinen Augen aus jener Zeit vergessen. Er hat mich immer verfolgt. Er hat mich immer… erfüllt. Und daher habe ich vorhin im *Sea View* meine Entscheidung getroffen. Für dich.«

»Ich muß«, sagte Julien, »so rasch wie möglich die Insel verlassen. Bevor mein Name der Polizei bekannt wird und sie die Paßkontrollen auf den Schiffen und am Flughafen verschärfen.« Auf einmal wirkte er unruhig. Die ganze Zeit über hatte er den Anschein eines Menschen erweckt, der geschockt ist, der vom Gang der Ereignisse überrollt wird und nicht weiß, wie er reagieren soll. Nun aber war er wieder hellwach und angespannt. Jetzt wußte er, daß er sich beeilen mußte.

»Ich muß weg«, sagte er noch einmal und stand auf.

Beatrice erhob sich ebenfalls. »Wie du das bewerkstelligst, mußt du selbst sehen. Ich wünsche dir viel Glück, daß du es schaffst.«

Sie sahen einander an. Sie wußten, daß es nie wieder eine Begegnung zwischen ihnen geben würde. Keiner von ihnen wußte, was er sagen sollte. Aber Beatrice war mit ihren Gedanken ohnehin schon wieder anderswo.

»Alan«, sagte sie, auf einmal nervös. »Franca sagte gar nicht, wo Alan ist. Warum hat sie angerufen und nicht er? Ich muß sofort in die Perelle Bay. Fahr mich rasch nach Hause, Julien. Dort kann ich dann mein Auto nehmen. Mein Gott, hoffentlich ist Alan nichts zugestoßen!«

10

Schon von weitem sah sie die Absperrung der Polizei. Sah die Menschenmenge, die sich dort drängte, die vielen Schaulustigen, die sich aus unerklärlichen Gründen schon wieder rechtzeitig eingefunden hatten. Sie hörte eine Stimme, die durch ein Megaphon sprach, aber sie konnte die einzelnen Worte nicht verstehen. Ein Hubschrauber kreiste über der Szenerie. Am Eingang der Bucht konnte sie Polizeiboote erkennen. Ihre Unruhe wuchs. Sie hatte jetzt Angst. Sie wußte, daß etwas Schlimmes passiert war. Sie konnte es fühlen. Sie beschleunigte den Wagen, mußte aber gleich darauf wieder abbremsen. Es wimmelten zu viele Menschen herum.

Ein Polizist trat ihr in den Weg, legte seine Hand auf die Motorhaube ihres Wagens und bedeutete ihr, anzuhalten. Sie kurbelte die Fensterscheibe hinunter. »Was ist?« fragte sie.

»Sie können nicht weiterfahren, Madam. Ich muß Sie bitten, hier zu bleiben.«

»Mein Sohn«, sagte sie, »mein Sohn ist dort irgendwo.«

»Wo, Madam?«

»Bei den Verbrechern. Er muß dort irgendwo sein.«

Der Polizist sah sie zweifelnd an. »Wie heißen Sie?«

»Shaye. Beatrice Shaye.«

»Warten Sie bitte einen Moment«, sagte er und entfernte sich einige Schritte, um sich mit einem Kollegen zu beratschlagen.

Diesen Moment nutzte Beatrice. Sie sprang aus ihrem Auto und rannte durch die Menge. Rücksichtslos schob sie die Leute beiseite. Irgendwo hinter sich hörte sie den Beamten rufen.

»Mrs. Shaye! Mrs. Shaye, warten Sie doch!«

Aber sie dachte nicht daran, stehenzubleiben. Sie erkannte den Ambulanzwagen, der jenseits der Absperrung stand. Es war ihr, als setze ihr Herz für einige Sekunden aus. Was hatte der Krankenwagen dort zu suchen? Gab es Verletzte? War *Alan* verletzt?

Lieber Gott, betete sie lautlos, nicht Alan. Nicht Alan. Tu mir das nicht an, lieber Gott!

Sie stand jetzt ganz vorn, direkt an dem Gitter, das die Polizisten dort aufgestellt hatten. Sie hielt sich daran fest. Sie atmete keuchend.

Sie versuchte zu erfassen, was sie sah.

Zwei Sanitäter trugen eine Bahre über den sandigen Weg aus der Bucht hinauf. Darauf lag ein Körper, der vollständig verhüllt war von einem Tuch.

Warum haben sie seinen Kopf nicht frei gelassen, fragte sich Beatrice. Sie kannte die Antwort, aber sie versuchte, sie nicht als Erkenntnis in ihren Verstand vordringen zu lassen: Die Person auf der Bahre mußte tot sein.

Aus den Gewächshäusern unten in der Bucht kamen Männer. Man hatte sie mit Handschellen gefesselt. Schwerbewaffnete Polizisten begleiteten sie. Irgendwie sah das alles unwirklich aus. Als werde ein Film gedreht. Kameras hätten herumstehen müssen, und ein Regisseur hätte seine Wünsche und Befehle brüllen müssen. Eine Szene wie diese konnte nicht wahr sein. Sie gehörte nicht in die Realität.

Beatrice schob das Gitter zur Seite, schlängelte sich blitzschnell hindurch. Ein Polizist, der ein Stück entfernt stand, sah sie entgeistert an. »Madam …«, protestierte er, aber sie rannte los, ehe er die Hand nach ihr ausstrecken konnte. Trotz ihrer siebzig Jahre war sie gewandt und flink wie ein Wiesel. Sie stolperte über die Wiese, zum Glück trug sie Turnschuhe wie immer. Mae in ihren Pumps wäre keine zwei Meter weit gekommen.

Sie erreichte die Bahre. Es war einer jener Momente in ihrem Leben, da sie alle Gefühle, alles Denken, alles, was in ihr lebte und sich regte, ausschaltete. Sie war eine kalte Hülle, die funktionierte. Die tat, was getan werden mußte, und die nichts, was um sie herum geschah, an ihr Inneres dringen ließ.

Noch bevor die beiden Sanitäter überhaupt begriffen hatten,

was geschah, zog sie das weiße Tuch zurück, das den leblosen Körper auf der Bahre bedeckte.

Sie sah in das starre, tote Gesicht von Kevin Hammond.

11

»Was ich nicht verstehe«, sagte Alan, »was ich einfach nicht verstehe, Mum: Wie konntest du diesen Julien entwischen lassen?«

Er saß in einem bequemen Sessel auf der Veranda des Hauses seiner Mutter. Vor ihm stand ein Stuhl, auf dem er seinen dick verbundenen Fuß abstützte. Eine Sehne war gerissen, und der Arzt hatte ihm absolute Ruhe verordnet. Es hätte der Anordnung nicht bedurft; Alan hätte sich auch so nicht bewegt.

Beatrice, die auf der Bank kauerte und ein Glas Sherry in der Hand hielt, schüttelte bedauernd den Kopf. »Ich war völlig geschockt von dem, was ich da hörte. Ich konnte es nicht fassen. Irgendwo war ich auch ungläubig. Ich dachte, Franca ist betrunken oder verwirrt. Es klang so absurd, was sie erzählte. Als ich an den Tisch zurückkehrte, war Julien schon im Aufbruch. Er hatte es eilig.«

»Natürlich hatte er es eilig«, sagte Alan, »denn er wollte ja zu seinen Kumpanen in die Perelle Bay. Nur ist er eigenartigerweise dort nie aufgetaucht. Als hätte er eine Ahnung gehabt.«

»Als *ich* dort hinkam«, sagte Beatrice, »wimmelte es von Polizei. Er wird das gesehen haben und umgekehrt sein. Julien rennt doch nicht offenen Auges in sein Verderben!«

»Es ärgert mich, daß er entkommen ist«, beharrte Alan, »er gehört zu den Verbrechern, und er hätte mit ihnen ins Gefängnis gehen müssen.«

Beatrice erwiderte nichts, sondern nippte nur an ihrem Sherry. Franca, die gerade heraustrat und die letzten Sätze gehört hatte, warf ihr einen eindringlichen Blick zu. Beatrice erwiderte diesen Blick voller Gelassenheit. Franca nickte fast unmerklich: Sie hatte begriffen. Und würde sich einer Wertung enthalten.

Sie alle hatten stundenlange Befragungen durch die Polizei über sich ergehen lassen müssen. Alan vor allem, der mit angesehen hatte, wie Kevin erschossen wurde. Sie hatten sich mit ihm im Gewächshaus verbarrikadiert, hatten ihn als Geisel genommen.

Er konnte es noch immer nicht fassen, daß er am Leben war. Als er im Gras gelegen hatte, war er überzeugt gewesen, Gérard werde ihn erschießen. Es schien keinen Grund zu geben, weshalb er es nicht hätte tun sollen. Aber dann hatte er gehört, wie Gérard zu den anderen sagte: »Die Alte holt die Bullen, jede Wette. Wir kommen hier nicht mehr weg. Los, schafft ihn ins Gewächshaus!«

Kräftige Arme hatten ihn gepackt und aufgerichtet. Vor Schmerz war er fast ohnmächtig geworden. Von seinem Fuß aus jagten Schmerzpfeile wie tödliches Gift durch seinen Körper. Der Weg bis zum Gewächshaus kam ihm endlos vor, war eine Tortur, wie er sie noch nie erlebt hatte. Drinnen war er in sich zusammengesunken, zwischen einem Blumentopf, in dem ein paar Usambaraveilchen vor sich hinwelkten, und einem großen Strohkorb, in dem Blumenzwiebeln lagen. Er atmete keuchend und bemühte sich, an etwas anderes zu denken als an die Schmerzen, die das Bein hinaufpochten. Er sah Kevin an, doch der wandte den Blick ab. Die Männer beratschlagten leise, er konnte nicht verstehen, was sie sagten.

Alles, was von nun an geschah, hatte er wie durch einen Nebel erlebt. Der Schmerz hatte über ihm gelegen und ihn umklammert. Irgendwann bekam er mit, daß offenbar die Polizei draußen war, dann, daß Verstärkung anrückte. Dazwischen hatten die Gangster verkündet, eine Geisel zu haben. Eigenartigerweise dauerte es eine ganze Weile, bis er begriff, daß sie ihn damit meinten.

Er wußte nie, wieviel Zeit vergangen war. Später erfuhr er, daß das ganze Drama etwas über zwei Stunden gedauert hatte. Für ihn hätten es Tage sein können. Der Schmerz erfüllte ihn ganz und gar, seinen Körper, aber auch seinen Verstand, seine Seele, alle seine Gefühle. Es gab nichts mehr jenseits des Schmerzes. Alles war gleichgültig. Er wünschte nur, daß das Hämmern in seinem Fuß, in seinem Bein aufhören würde.

Wie war es dazu gekommen, daß plötzlich ein Schuß fiel? Die Polizei wollte das später ganz genau von ihm wissen, und er zerbrach sich den Kopf, um einen wahrheitsgemäßen Bericht des Geschehens abzugeben. Er hatte dagelegen, zwischen den Usambaraveilchen und den Zwiebeln, hatte den Schmerz in seinem Kopf dröhnen gefühlt. Er hielt die Augen geschlossen, hatte sich eingekapselt in seiner Verzweiflung und seiner Angst. Die Stimme eines der Männer war zu ihm durchgedrungen, vielleicht deshalb, weil sie plötzlich so schrill und aufgeregt klang.

»Die kommen her! Verdammt noch mal! Die Bullen kommen hierher!«

»Okay«, sagte Gérard, »dann sagen wir ihnen jetzt, daß wir die Geisel abknallen. Wenn sie es so haben wollen, dann sollen sie nur noch näher kommen!«

Jemand brüllte etwas nach draußen.

»Die kommen wirklich näher«, rief ein Mann, »die kommen trotz allem näher! Verdammter Mist! Wir hätten abhauen sollen!«

»Dann ist der Typ jetzt fällig«, sagte Gérard, »aber die sollen zuschauen. Stellt ihn auf!«

Mehr noch als vor dem Sterben hatte er Angst gehabt, sie könnten ihn auf die Füße stellen. Er würde den Schmerz nicht überleben. Es war Folter. Er wimmerte, als zwei Männer ihn packten und hochzerrten.

»Bitte nicht!« Er bettelte, er weinte fast. »Bitte nicht!«

Sie scherten sich nicht darum. Er verlagerte sein Gewicht auf das gesunde Bein, was jedoch nicht verhinderte, daß ihn der Schmerz anfiel wie ein wütendes Tier. Ihm traten Tränen in die Augen, liefen ihm über die Wangen, und er konnte nichts dagegen tun. Er ahnte, daß sie ihn vor die Tür bewegen wollten. Er wußte nicht, wie er das aushalten sollte. Er hoffte, er würde ohnmächtig werden.

Ihm war schwarz vor Augen, als sie ihn bis zur Tür geschleift hatten. Er hing in ihren Armen wie ein nasser Sack. Er bemühte sich, keinen Laut von sich zu geben. Irgendwo in ihm war noch der Gedanke, daß es nachher nicht heißen sollte, er habe in den letzten Minuten seines Lebens gewinselt wie ein Kind.

Was dann geschah, hatte er vor den Polizeibeamten immer wieder zu rekonstruieren versucht, aber es blieben blinde Flecken in seinem Gedächtnis.

»Er richtete die Waffe auf mich.«

»Wer tat das?«

»Der Franzose. Sie nennen ihn Gérard. Ich weiß nicht, ob das sein richtiger Name ist.«

»Er richtete also seine Waffe auf Sie. Wie weit stand er ungefähr von Ihnen entfernt?«

»Drei Schritte? Vielleicht auch vier. Ich stand in der Tür, er stand ein Stück weit im Innern des Gewächshauses. Er zielte genau auf mich.«

»Sie sahen unsere Leute näher kommen?«

Er versuchte sich zu erinnern, aber da waren nur Schemen, die er nicht zu fassen bekam.

»Nein. Ich glaube nicht, daß ich irgend etwas wahrnahm. Oder irgend jemanden. Ich sah nur die Pistole. Ich konnte nicht richtig denken. Die Schmerzen machten mich fast wahnsinnig.«

»Was geschah dann?«

»Es ging alles so schnell... und ich hatte immer wieder die Augen geschlossen. Aber ich glaube, daß Kevin ein paar Schritte links von mir stand. Im selben Moment, als Gérard schoß...« Er hatte die Augen zusammengekniffen vor Anstrengung, sich zu erinnern, »im selben Moment schrie Kevin auf.«

»Was schrie: Mr. Hammond?«

»Er schrie: ›Nein‹! Und dann war er plötzlich vor mir.«

»Er *sprang* vor Sie?«

Er zuckte hilflos mit den Schultern. »Ich weiß nur, daß er plötzlich da war. Und im selben Moment auch schon zusammenbrach.«

Gérard hatte Kevin direkt ins Herz getroffen. Er war in Sekundenschnelle tot gewesen.

»Kann es sein, daß er gestoßen wurde?«

»Ich weiß es nicht. Wirklich nicht. Aber ich kann es mir eigentlich nicht denken. Warum hätten seine Leute das tun sollen?«

»Warum sollte sich Mr. Hammond für Sie opfern?«

Darüber hatte er auch nachgedacht, immer wieder. Warum sollte sich Kevin für ihn opfern? Sein *Leben* opfern?

»Ich könnte mir denken, daß er im Reflex gehandelt hat. Daß er verhindern wollte, daß Gérard wirklich schießt. Vielleicht dachte er, Gérard würde es nicht tun, wenn plötzlich ein anderer

Mann da steht… Oder es war sein Schuldgefühl. Kevin Hammond ist seit langem mit unserer Familie befreundet. Im Haus meiner Mutter ging er ein und aus. Helene war bereits ums Leben gekommen. Vielleicht hätte er es nicht ertragen, daß noch jemand sterben muß. Er hätte alles getan, um es zu verhindern.« Er korrigierte sich. »Er *hat* alles getan.«

Aber daneben war noch ein anderer Aspekt. Den behielt er für sich, weil er für seine Theorie keinen Beweis hatte. Es war ein Gefühl, und er wußte selbst nicht, worauf er es stützte: Etwas sagte ihm, daß Kevin den Tod gesucht hatte. Er *wollte* sterben. Jetzt, im nachhinein, dachte Alan, daß er seit langem schon eine unbestimmte Todessehnsucht in Kevin gespürt hatte. Vielleicht schon immer. Kevin war nie wie von dieser Welt gewesen, und das hatte nichts zu tun gehabt mit seiner Sexualität. Er war ein Träumer gewesen, ein Mensch, der die Nähe der Blumen mehr gesucht hatte als die der Menschen. Der sich mit einer alten Dame gut verstanden hatte, die ihn gütig und rücksichtsvoll behandelte, die genauso wie er unter den Härten des Lebens und unter der Unsensibilität der Mitmenschen gelitten hatte. Kevin hatte versucht, sich abseits zu halten von allem, was derb war, häßlich und rauh. Er hatte sich ein Leben gezimmert, das schöner, reiner und sanfter gewesen war als das anderer Menschen. Seine Tragödie war es gewesen, schließlich mit dem wirklich Bösen, dem Brutalen und Gewalttätigen enger zusammenzukommen, als das anderen für gewöhnlich passierte. Seit er mit den Verbrechern gemeinsame Sache gemacht hatte, war er immer grauer, immer müder und trauriger geworden. Er war wie ein Schatten gewesen in den letzten zwei Jahren. Nun hatte er sein Leben beendet, dem er sich nicht mehr gewachsen fühlte. Vielleicht hatte er im Bruchteil einer Sekunde seine Chance gesehen und genutzt.

Dann war alles sehr schnell gegangen. Die Polizei hatte das Gewächshaus gestürmt, kaum daß der Schuß gefallen war. Alan hatte zu diesem Zeitpunkt halb bewußtlos auf der Erde gelegen; die Männer hatten ihn fallen lassen, als Kevin tot zusammenbrach. Er wußte nicht, weshalb Gérard nicht ein zweites Mal geschossen hatte. Vielleicht lag es daran, daß die Polizei so rasch dagewesen war. Oder selbst er, in seiner Kälte und völligen Gefühllosigkeit, war erschrocken gewesen, als Kevin plötzlich leblos vor ihm gelegen hatte.

Alan war nicht sicher, ob er tot war oder lebendig war. Erst als irgendwann ein Arzt sich über ihn beugte und seinen Fuß abtastete, ihm eine Schmerzspritze gab, die sehr rasch ihre wunderbare Wirkung entfaltete, begriff er, daß er davongekommen war. Und das nächste Bild war dann schon Franca gewesen, die seine Hand hielt und ihm irgend etwas Verworrenes erzählte darüber, daß es ihr leid tue, nicht schneller gehandelt zu haben, sie habe zuerst im *Sea View* angerufen, und das noch vergeblich, denn Julien sei nun dennoch entkommen, und dann habe sie eine schwere Panikattake erlitten, und das habe noch einmal Zeit gekostet...

Er verstand nicht ganz, was sie erzählen wollte, aber er sagte einige Male beruhigend: »Es ist doch alles in Ordnung. Alles ist in Ordnung.« Er hatte sie angesehen und sich geborgen und getröstet gefühlt.

Er hatte noch nicht gewußt, daß Kevin tot war.

Beatrice trauerte um Kevin, das spürten sie alle. Sie saß dort an dem sonnigen Tag auf der Veranda, hielt sich an ihrem Sherryglas fest und sagte: »Ich werde nie wieder einen Schluck mit ihm trinken.«

Franca und Alan wußten sofort, daß sie von Kevin sprach.

»Kevin war labil«, meinte Alan und fragte sich gleich darauf, weshalb er das sagte. Schließlich konnte das kein Trost sein für seine Mutter. »Ein weniger labiler Mensch hätte sich nie so weit in eine kriminelle Geschichte verstricken lassen, wie das Kevin getan hat.«

Seine Kumpane hatten vor der Polizei ausgepackt. Demnach war Kevin zweieinhalb Jahre zuvor zum erstenmal mit der Bande in Berührung gekommen – über einen sehr jungen Franzosen, mit dem er für einige Zeit liiert gewesen war. Dieser hatte ihn mit seinen Freunden bekannt gemacht. Irgendwann war es Kevin klargeworden, daß er es mit Kriminellen zu tun hatte, aber er war damals Wachs in den Händen seines Freundes gewesen. Er hatte die Beziehung unter keinen Umständen aufs Spiel setzen wollen und hatte sich mehrfach als Handlanger einsetzen lassen: hatte Botengänge erledigt, Informationen weitergegeben, Erkundigungen getätigt. Schließlich hatte er sich sogar überreden lassen, die beiden leerstehenden Gewächshäuser in der Perelle Bay zu kaufen, seinen Namen und seinen Gärtnereibetrieb als Tarnung herzugeben. Sie hatten zum erstenmal ein Schiff dort versteckt und umgespritzt. Kurz darauf war die Beziehung zwischen Kevin und dem jungen Franzosen in die Brüche gegangen, und Kevin hatte aus der ganzen Geschichte aussteigen wollen. Doch da hatten sie ihn dann schon erpreßt: Wenn er sich zurückzog, würden sie ihn auffliegen lassen. Für sie risikolos: Sie konnten sich leicht nach Frankreich absetzen und dort untertauchen. Aber Kevin wäre ruiniert, seine Existenz vernichtet. Er hatte weitermachen müssen.

Unglücklicherweise hatte Kevin in einem intimen Moment seinem Freund anvertraut, daß er in Helene eine ewig sprudelnde Geldquelle und wohlgesonnene Gönnerin gefunden hatte, und diese Information war an die anderen weitergetragen worden. Nun hatten sie von Kevin immer wieder Geld gefordert – das dieser dann bei Helene herauszuschlagen versuchen mußte.

»Das Geschäft mit den gestohlenen Schiffen wurde immer riskanter und weniger lukrativ«, erzählte eines der Bandenmitglieder vor der Polizei. »Wir hatten einfach nicht mehr die Gewinne von früher. Wenn wir Geld brauchten, gingen wir zu Kevin Hammond. Er pumpte dann die Alte an. Einmal, im letzten Jahr, weigerte er sich. Als Warnung machten wir sein Auto kaputt. Er verstand und war dann wieder in der gewohnten Weise kooperativ.«

Es bedrückte sie alle – Beatrice, Alan und Franca –, im nachhinein noch zu erfahren, daß Kevin sehr verzweifelt gewesen sein mußte. Er hatte unter höchstem Druck gestanden und es offensichtlich nicht gewagt, sich irgend jemandem anzuvertrauen. An jenem Abend des 1. Mai, der Helene zum Verhängnis geworden war, war die Situation eskaliert: Kevin hatte wenige Tage zuvor voller Entschlossenheit, die sich jedoch mit heftiger Angst mischte, erklärt, endgültig aussteigen zu wollen. »Ich lasse mich nicht länger erpressen!« hatte er geschrien. »Laßt mich endlich in Ruhe!«

Gérard hatte ihm einen Besuch für den Abend des 1. Mai angekündigt.

»Ich nehme an«, sagte Beatrice, »daß er uns deshalb alle eingeladen hat. Wenn so viel Besuch da ist, dachte er, würden sie ihm nichts tun können. Er war geschockt, als ich Helene bei ihm absetzte und mich dann davonmachte und er zudem erfahren mußte, daß auch Franca nicht kommen würde. Er muß von Angst erfüllt gewesen sein.« Sie schauderte, ihre Finger umschlossen das Sherryglas fester. »Vieles wird mir jetzt erst klar. Seine plötzliche Ängstlichkeit, seine Angewohnheit, sich im Haus einzuschließen… Ich dachte, er finge an, wunderlich zu werden. In Wahrheit hatte er einfach Angst. Und es war eine höchst reale und sehr begründete Angst.«

»Helene ist von diesem Gérard umgebracht worden?« fragte Franca. Sie war bereits vernommen worden, hatte aber noch nichts von den Ergebnissen der anderen Verhöre mitgeteilt bekommen.

Beatrice nickte. »Sie haben Blutspuren an seinem Klappmesser gefunden. Eindeutig Helenes Blut. Sie war wohl mit Kevin im Eßzimmer, als die Männer erschienen. Sie konnten durch die Küchentür eindringen, was Kevin mitbekam. Er ging zu ihnen in die Küche, verschwieg, daß er einen Gast nebenan sitzen hatte. Die Leute bedrohten ihn, sie wollten seine Existenz vernichten, sie würden auch ganz gezielt gegen seine Person vorgehen – Autoreifen zerstechen, Fensterscheiben einschlagen und ähnliches. Kevin flehte darum, aussteigen zu dürfen. Offenbar belauschte Helene das Gespräch. Vielleicht wollte sie einfach sehen, was Kevin so lange in der Küche tat, hörte im Näherkommen etwas, das sie irritierte, blieb stehen und lauschte. Sie muß von einem Entsetzen ins nächste gefallen sein. Sie hat dann wohl ganz leise und still vom Telefon im Wohnzimmer aus das Taxi bestellt. Möglicherweise hat sie noch eine Weile gewartet. Als sie aus dem Haus schlich, hörten die Männer in der Küche die Tür klappen.« Beatrice schwieg für einen Moment.

»Sie muß entsetzliche Angst gehabt haben«, meinte Franca.

»Helene, die vor jeder Spinne davonlief«, sagte Beatrice, »Helene, die sich bei jedem Krimi im Fernsehen die Augen zuhielt. Um dann plötzlich selbst im Mittelpunkt eines Gangsterdramas zu stehen.«

Sie sahen einander alle an, und jeder spürte das gleiche: Jeden Moment hätte Helene durch die geöffnete Verandatür zu ihnen heraustreten müssen. In einem viel zu jugendlichen, gerüschten Sommerkleid. Sie hätte große Augen machen müssen und sagen: »Oh – ihr sitzt hier alle! Warum sagt mir keiner etwas?« Und sie alle hätten den Vorwurf gespürt und betreten geschwiegen, und Helene hätte sich ein Glas geholt und sich ebenfalls einen Sherry eingeschenkt. Sie hätte Alan über den Kopf gestreichelt und Franca ein Kompliment gemacht, das ernst gemeint gewesen wäre. Dann hätte sie sich hingesetzt und angefangen zu jammern. Über das Wetter und über die Weltpolitik. Und über Misty, deren Haare alle Stühle und Sessel im Haus verunzierten. Irgendwann hätte Beatrice gereizt gesagt: »Ja, wir wissen es, Helene! Das Leben ist schrecklich, und besonders zu dir ist es wirklich immer nur gemein gewesen. Könntest du jetzt mal still sein und uns den schönen Tag genießen lassen?«

»Bitte«, hätte Helene gesagt und die Lippen zu einem dünnen Strich zusammengepreßt.

»Gérard«, fuhr Beatrice fort, »wollte sofort wissen, wer da eben das Haus verlassen habe. Kevin stotterte herum, aber ein Blick ins Eßzimmer zeigte den Verbrechern gleich, daß ein Gast dagewesen sein mußte. Es war nicht schwer zu kombinieren, daß dieser Gast davongeschlichen war, weil er etwas gehört hatte, was er nicht hätte hören dürfen. Gérard lief hinaus, suchte aber zuerst im Garten; von dem Telefonat hatte ja keiner etwas mitbekommen, und er vermutete wohl, daß Helene versuchen würde, sich irgendwo zwischen den Büschen zu verstecken. Als er schließlich auf die Idee kam, vorn an der Straße nachzusehen, sah er Helene in das Taxi steigen. Nachts ist in Torteval niemand unterwegs. Es war Gérard klar, daß es sich bei der alten Frau um Kevins Besucherin handeln mußte. Er nahm sein eigenes Auto und folgte ihr. Und tötete sie. Um zu verhindern, daß sie redete. Das war der einzige Grund, weshalb Helene sterben mußte.«

»Wenn Michael an diesem Tag nicht hier aufgetaucht wäre«, sagte Franca, »wenn Alan nicht…«

»Wenn ich mich nicht so hemmungslos betrunken hätte«, sagte Alan, als er merkte, daß sie nicht weitersprechen würde, »dann wäre Mummie nicht in den Klippen von Pleinmont umhergeirrt, und du hättest nicht mit deinem Mann in einem Restaurant gesessen. Ihr hättet Helene zu Kevin begleitet und vielleicht wäre sie noch am Leben. Aber es ist müßig, darüber nachzudenken. Noch müßiger, sich Vorwürfe zu machen. Die Dinge sind nicht zu ändern. Vielleicht war es einfach nur Schicksal.«

»Ja, vielleicht war es das«, sagte Beatrice, »vielleicht war es Helenes Bestimmung von Anfang an. Auf den Tag genau fünfundfünfzig Jahre nach dem Tod ihres Mannes nachts auf dem Feldweg zur Petit Bôt Bay zu sterben. Nichts hätte sie gerettet. Niemand hätte sie beschützen können.« Sie stellte ihr Glas ab und stand auf. »Wißt ihr«, sagte sie mit einer eigenartig harten Stimme, die nicht zu ihrem Gesichtsausdruck paßte, »auch wenn ihr es nicht glaubt: Ich vermisse sie. Ich vermisse sie, und daran wird sich wohl bis zu meinem Ende nichts ändern.« Sie verließ die Terrasse mit schnellen Schritten in den Garten hinunter. Franca hatte gesehen, daß sie Tränen in den Augen hatte. Irgendwo würde sie nun ungestört weinen. Sie würde niemanden dabei zusehen lassen.

»Arme Mum«, sagte Alan, »sie hat sie wohl doch geliebt. Auf eine ganz besondere Art.«

»Ja«, sagte Franca, »das hat sie wohl.«

Alan drückte ihre Hand. »Was machst du als nächstes?«

»Was meinst du?«

»Na ja, was ich sage. Bleibst du noch eine Weile hier?«

»Eine oder zwei Wochen noch. Ich möchte jetzt nicht Hals über Kopf abreisen und Beatrice ganz allein lassen. Sie muß sich an ein neues Leben gewöhnen. In ihrem Alter ist das keine Kleinigkeit.«

»Sie kommt mir vor wie eine alte Frau, deren Mann gestorben ist«, meinte Alan. »Die Ehe war unglücklich und nervenaufreibend und bestand schon längst nur noch aus Frustration. Aber im Laufe eines Lebens war man zusammengewachsen, so oder so, und nun fühlt sie sich wie amputiert. Weil einfach ein Teil von ihr fehlt, ob sie diesen Teil nun mochte oder nicht. In gewisser Weise ist sie zur Witwe geworden.«

»Sie wird sich ihren Gefühlen stellen müssen«, sagte Franca, »sie wird sich mit ihrem Haß, mit ihrer Liebe, mit ihrer Abhängigkeit, mit ihrer Aggression und ihrem Schmerz auseinandersetzen müssen. Es wird ihr nicht erspart bleiben, vollkommen ehrlich sich selbst gegenüber zu sein. Und so wird sie es verarbeiten und wird sich in ihrem neuen Leben einrichten können.«

Er sah sie an; sie empfand seinen Blick als sehr liebevoll.

»Du weißt, wovon du sprichst«, sagte er.

Sie nickte. »Ich weiß es, ja. Ich weiß es ziemlich genau.«

»Wann wirst du nach Deutschland fahren?«

»Wenn ich das Gefühl habe, Beatrice allein lassen zu können. Ich muß mich um meine Scheidung kümmern. Meine finanziellen Ansprüche klären. Ich muß mir eine eigene Wohnung suchen. Ich…«, sie hob die Schultern in einer Geste der Hilflosigkeit, »ich muß mir auch überlegen, wie mein neues Leben aussehen soll.«

Er überlegte einen Moment. »Reiche die Scheidung ein. Kläre, was du klären mußt. Aber ehe du eine Wohnung suchst, eine Arbeit und was auch immer – besuche mich doch in London. Ich würde mich freuen.«

Sie sah ihn zweifelnd an. »Ich soll dich in London besuchen?«

»Schau dir London wenigstens an. Gib uns beiden eine Chance, einander kennenzulernen. Ohne Verpflichtung. Wir haben beide viel hinter uns. Wir werden Zeit brauchen. Aber wir sollten einander nicht aus den Augen verlieren.«

»Ich denke, das läßt sich machen«, sagte Franca. Sie klang vorsichtig. »Ich denke, ich kann nach London kommen.«

»Versprochen?« fragte Alan.

»Versprochen«, sagte Franca.

Epilog

Der Wirt vom *Le Nautique* in St. Peter Port näherte sich dem Tisch am Fenster, an dem die zwei alten Damen saßen.

»Zwei Sherry, wie immer?« fragte er.

»Zwei Sherry, wie immer«, antwortete Beatrice, »und zweimal Salat. Avocado mit Orangen.«

»Gern. Kommt sofort!« Er lächelte. »Nicht zu glauben, nicht wahr? Bald ist es ein Jahr her, daß wir uns hier über die gestohlenen Schiffe unterhalten haben. Wie hieß noch die Yacht, die sie damals gerade geklaut hatten? Sie hatte so einen eigenartigen Namen ...«

»*Heaven Can Wait*«, sagte Beatrice, »so hieß sie.«

»Richtig. *Heaven Can Wait.* Mein Gott, und jetzt hat Ihr Sohn die Bande zur Strecke gebracht!«

»Das ist ein wenig übertrieben formuliert. Aber er hatte im richtigen Moment den richtigen Instinkt.«

»Tragisch, der Tod von Mr. Hammond! Wer hätte gedacht, daß auf unserer friedlichen Insel so schreckliche Dinge geschehen können?«

»Die können überall geschehen. Das ist nun einmal so.«

»Ja, ja«, seufzte der Wirt. Im Grunde hatte er den Wirbel genossen, der sich um die zahlreichen Diebstähle und die zwei Morde entfacht hatte. Ein richtiges Drama war immer gut fürs Geschäft. Die Leute saßen zusammen und redeten sich die Köpfe heiß, tranken doppelt soviel wie sonst und merkten es gar nicht. Ihm hatte es nur recht sein können.

Er eilte davon, die Wünsche der Damen zu erfüllen. Mae sagte: »Ich mag ihn nicht besonders. Er ist so sensationsgierig.«

Sie selbst hatten die Ereignisse sichtlich mitgenommen. Zwei Menschen, die sie geschätzt hatte, die Teil ihres Lebens gewesen waren, waren innerhalb kürzester Zeit auf gewaltsame Weise ums

Leben gekommen. Irgendwie schien es ihr, als könne sie es noch nicht richtig fassen. Es kam ihr alles so unwirklich und schrecklich vor. Sie wünschte, plötzlich aufzuwachen und festzustellen, daß sie in einem bösen Traum gefangen gewesen war, der nichts mit der Wirklichkeit zu tun hatte.

»Die meisten Menschen lieben Sensationen«, sagte Beatrice, »da macht er keine Ausnahme. Helenes und Kevins Tod haben in den letzten Wochen überall auf der Insel für Gesprächsstoff gesorgt und die Leute ergötzt.«

Mae seufzte. Wie üblich hatten sie und Beatrice nicht viel miteinander zu reden, auch wenn Mae den gemeinsamen Abend unter der Ankündigung inszeniert hatte, man werde endlich wieder einmal richtig plauschen können.

Der Sherry wurde gebracht, wie üblich in hohen Sektgläsern, und sie prosteten einander zu.

»Wenn es dir nichts ausmacht, würde ich gern auf Maja trinken«, sagte Mae schüchtern, »darauf, daß sie es endlich packt!«

»Ihr habt großes Glück, daß sie ihr im *Chalet*-Hotel einen Ausbildungsplatz gegeben haben«, meinte Beatrice. »Immerhin hat sie keinen Schulabschluß. Dafür einen mehr als schlechten Ruf.«

Mae preßte die Lippen zusammen. In all den Jahren hatte sie sich noch nicht an die ungeschminkte Art gewöhnt, mit der Beatrice Tatsachen auf den Punkt brachte. »Maja ist dabei, sich wirklich zu verändern«, verteidigte sie ihre Enkelin. »Das endgültige Ende ihrer Beziehung zu Alan hat sie geschockt. Ich glaube, sie will nun wirklich etwas aus ihrem Leben machen.«

»Nun, vielleicht gelingt es ihr. Wenigstens wärst du ein paar Sorgen los, und das ist dir wirklich zu wünschen.« Es gelang Beatrice nicht, sich wohlwollend über Maja zu äußern. Sie konnte ihr nicht verzeihen, daß sie es verschuldet hatte, Alan in eine tiefe Lebenskrise zu treiben.

Mae sah, daß es ratsam war, das Thema zu wechseln. »Denkst du, Franca wird wirklich ihre Scheidung durchsetzen?« fragte sie mit einigem Zweifel in der Stimme. »Ich fürchte, daß ihr Mann sie so lange bearbeiten wird, bis sie ihr Vorhaben zurückzieht und sich auf einen neuen Versuch mit ihm einläßt.«

»Ich glaube nicht, daß sie das tun wird«, meinte Beatrice.

Sie hatte sich von Franca am Vortag verabschiedet. »Sie wirkte außerordentlich gefestigt.«

Mae konnte ihre Neugier nicht bezähmen. »Und was ist mit Alan? Werden die beiden einander wiedersehen? Du deutetest neulich an, daß...«

»...daß sie einander sehr gern mögen? Ja, das tun sie. Franca wird Alan in London besuchen, wenn sie in Berlin alles wegen ihrer Scheidung in die Wege geleitet hat. Und dann wird man sehen.«

»Ob das gut gehen kann zwischen zwei Menschen, die so labil sind?« fragte Mae.

»Ich glaube nicht, daß sie labil sind«, sagte Beatrice, »aber sie haben beide sehr schwere Zeiten hinter sich. Sie werden das alles in den Griff bekommen, da bin ich überzeugt.«

»Na ja...«, machte Mae, und dann schwiegen sie wieder beide und sahen hinaus, wo ein warmer Junitag kaum merklich in einen hellen, langen Abend überging. Die Masten der Segelschiffe ragten in einen lichtblauen Himmel. Die meisten Menschen, die an der Uferpromenade entlangschlenderten, leckten an einem Eis. Auf den Zinnen von Castle Cornet wehte die britische Flagge.

Der Wirt brachte die beiden Salatteller und stellte gleich noch eine Vase auf den Tisch. »Ihr Tisch hatte gar keine Blumen«, sagte er, »das geht natürlich nicht!«

In der Vase stand eine dunkelrote Rose. Beatrice berührte die samtigen Blütenblätter mit den Fingerspitzen. Wie schön sie sich anfühlt, dachte sie, wie wunderschön sie aussieht.

Sie wartete auf das Gefühl, das sich immer unweigerlich einstellte, wenn sie eine Rose sah. Das Gefühl, um ihr Leben betrogen worden zu sein. Das Gefühl, daß ihr keine Wahl geblieben war.

Nach einigen Sekunden begriff sie, daß es diesmal nicht kam. Es blieb dabei, daß sie die Rose schön fand. Daß sie es genoß, die weichen Blüten ganz zart zwischen den Fingern zu reiben. Daß sie Lust hatte, ihren Duft einzuatmen.

Das ist neu, dachte sie erstaunt.

»Du schaust diese Rose an, als hättest du noch nie eine gesehen«, bemerkte Mae, »dabei hast du nun wirklich jahrelang an der Quelle gesessen!«

»In gewisser Weise«, sagte Beatrice nachdenklich, »habe ich auch noch nie eine Rose gesehen. Nicht mit den Augen, mit denen ich sie heute sehe.«

Mae überlegte, was ihre Freundin meinen könnte, aber ihr fiel nichts ein, und sie sagte sich, Beatrice werde eben mit zunehmendem Alter immer wunderlicher.

»Hast du noch etwas von Julien gehört?« fragte sie.

»Nein«, sagte Beatrice, »natürlich nicht. Er kann es wohl für lange Zeit nicht riskieren, irgendwo in Erscheinung zu treten.«

»Hättest du dir vorstellen können, daß er gemeinsame Sache mit *Verbrechern* macht?« fragte Mae.

»Ach«, sagte Beatrice, »bei Julien konnte ich mir eigentlich immer alles vorstellen.«

»Hm«, machte Mae. Sie musterte Beatrice nachdenklich.

»Wie geht es dir jetzt?« fragte sie. »Ich meine, so ganz allein im Haus. Ohne Helene?«

»Ich vermisse sie«, sagte Beatrice.

Mae starrte sie an. »Ja?«

»Ja.« Beatrice sah an ihr vorbei hinaus zum Hafen. Etwas hatte sich verändert. Sie hatte ihren Frieden gemacht. Spät in ihrem Leben, aber doch noch zu guter Letzt. Ihren Frieden mit den Rosen.

Und mit Helene.

»Komm«, sagte sie zu Mae, »laß uns bezahlen und dann nach Hause fahren. Ich bin müde.«

»In Ordnung«, sagte Mae.

CHARLOTTE LINK

Westhill House, ein einsames Farmhaus im Hochmoor
Yorkshires. Ehemals Schauplatz einer wechselvollen
Familiengeschichte – und jahrzehntelang Hüter eines
bedrohlichen Geheimnisses. Bis eine Fremde
kommt und wie zufällig die Mauern des Schweigens zum
Einsturz bringt ...
Raffiniert, suggestiv und dramatisch bis zur letzten Seite!

44436

GOLDMANN